現代文學系列五三

五行經脈命門關（四）

遵本草之性味歸經　法傳統之辨證論治

謝文慶　著

博客思出版社

人體周身經脈之相位區分與臟腑對照

人體周身上下		
正面	背後	兩側
陽明	太陽	少陽

	手			足		
	開	闔	樞	開	闔	樞
陽	太陽	陽明	少陽	太陽	陽明	少陽
	小腸	大腸	三焦	膀胱	胃	膽
陰	太陰	厥陰	少陰	太陰	厥陰	少陰
	肺	心包	心	脾	肝	腎

奇經八脈			
任脈	督脈	衝脈	帶脈
陽蹻脈	陰蹻脈	陽維脈	陰維脈

五行之於五臟與五方位

東為肝木

南為心火

中為脾土

西為肺金

北為腎水

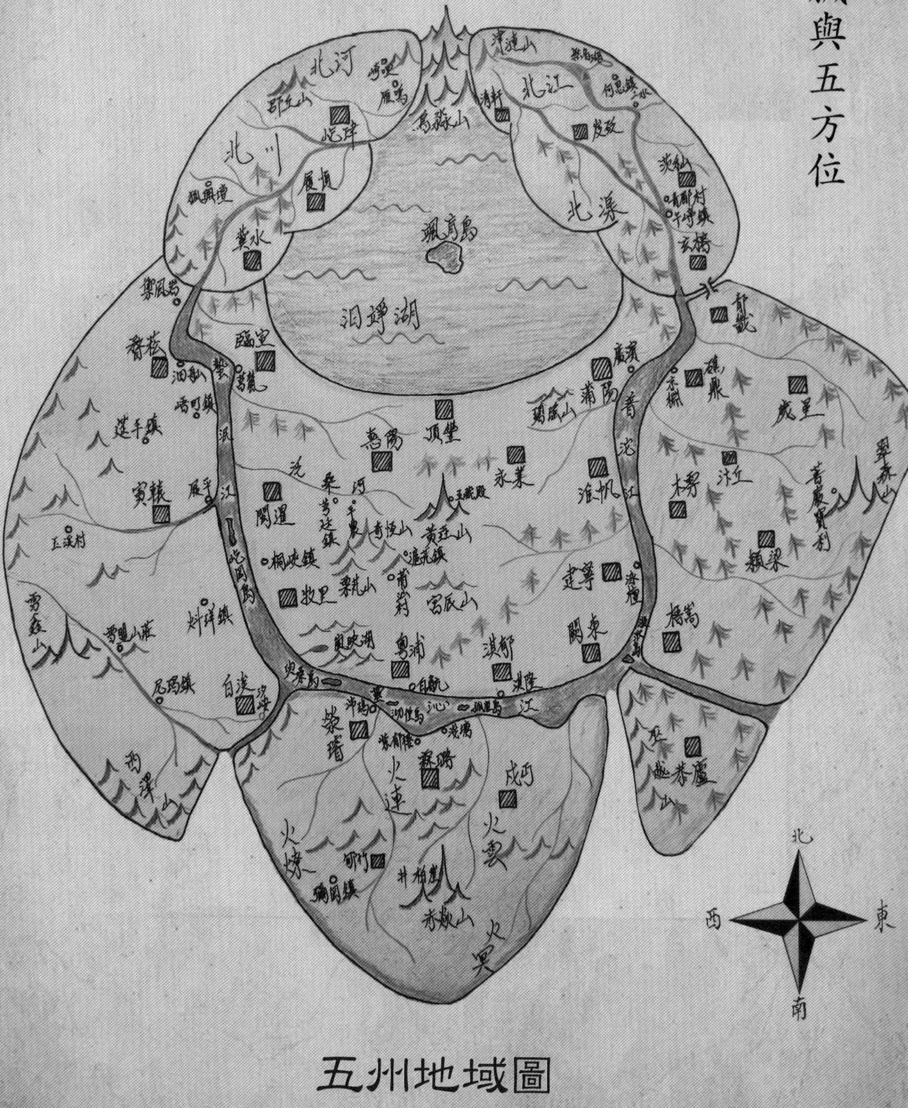

五州地域圖

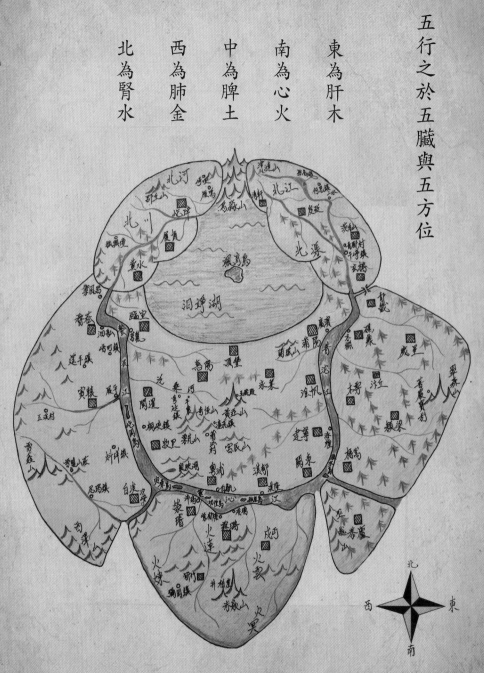

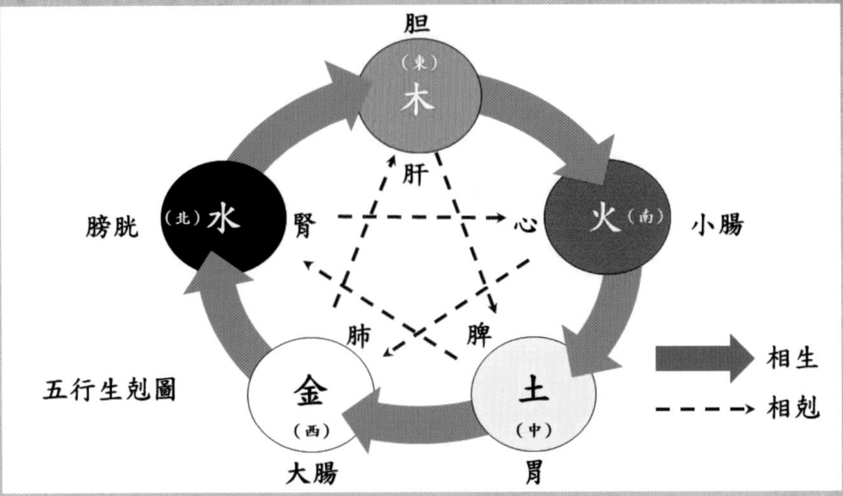

五行生剋圖
胆
(東)
木
肝
(北)水
膀胱
腎
心
火(南)
小腸
肺
脾
金
(西)
大腸
土
(中)
胃
相生
相剋

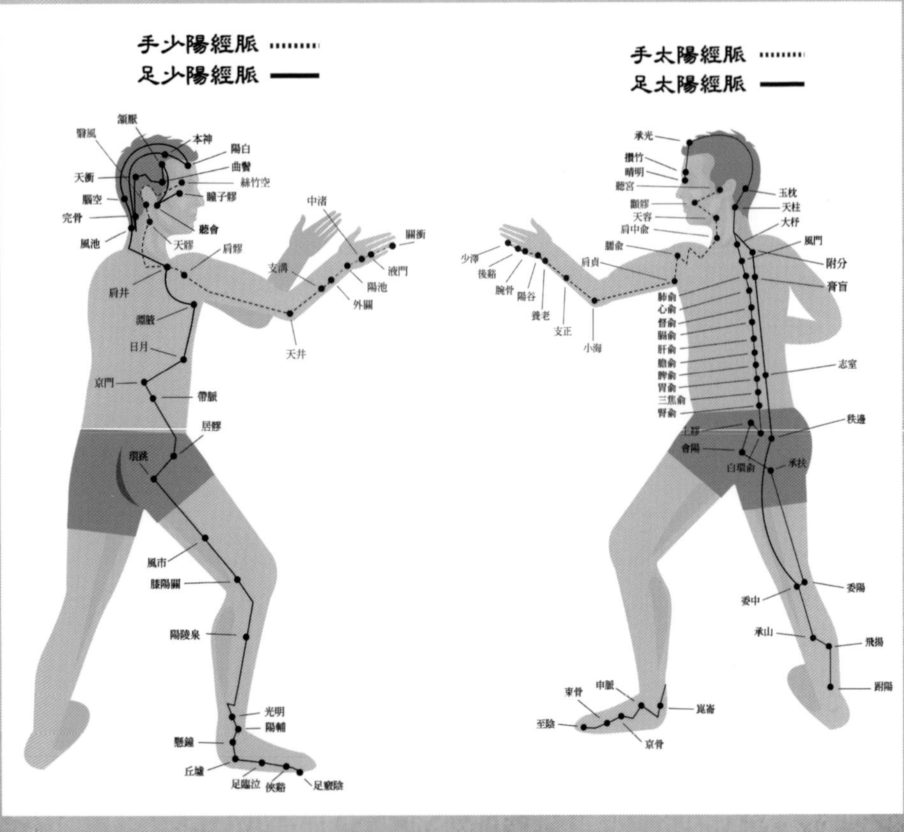

手少陽經脈
足少陽經脈
頷厭
翳風
本神
陽白
天衝
曲鬢
絲竹空
腦空
瞳子髎
完骨
聽會
風池
天髎
肩髎
中渚
關衝
支溝
液門
陽池
外關
天井
肩井
淵腋
日月
京門
帶脈
居髎
環跳
風市
膝陽關
陽陵泉
光明
陽輔
懸鐘
丘墟
足臨泣
俠谿
足竅陰
手太陽經脈
足太陽經脈
承光
攢竹
睛明
聽宮
顴髎
天容
肩中俞
臑俞
肩貞
少澤
後谿
腕骨
陽谷
養老
支正
小海
玉枕
天柱
大杼
風門
附分
膏肓
肺俞
心俞
督俞
膈俞
肝俞
膽俞
脾俞
胃俞
三焦俞
腎俞
志室
上髎
秩邊
會陽
白環俞
承扶
委陽
委中
承山
飛揚
跗陽
束骨
申脈
崑崙
至陰
京骨

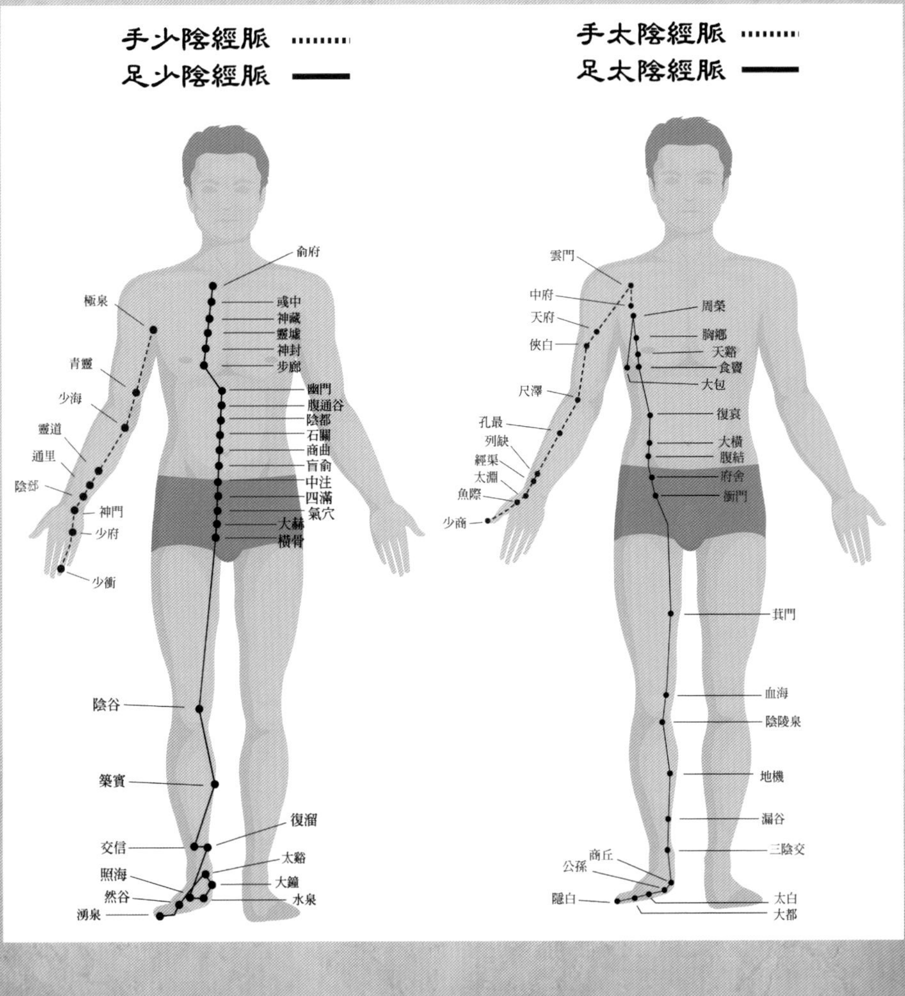
手少陰經脈
足少陰經脈
手太陰經脈
足太陰經脈
俞府
彧中
神藏
靈墟
神封
步廊
幽門
腹通谷
陰都
石關
商曲
盲俞
中注
四滿
氣穴
大赫
橫骨
極泉
青靈
少海
靈道
通里
陰郄
神門
少府
少衝
陰谷
築賓
復溜
交信
太谿
照海
大鐘
然谷
水泉
湧泉
雲門
中府
天府
俠白
尺澤
孔最
列缺
經渠
太淵
魚際
少商
周榮
胸鄉
天谿
食竇
大包
復哀
大橫
腹結
府舍
衝門
箕門
血海
陰陵泉
地機
漏谷
三陰交
商丘
公孫
隱白
太白
大都

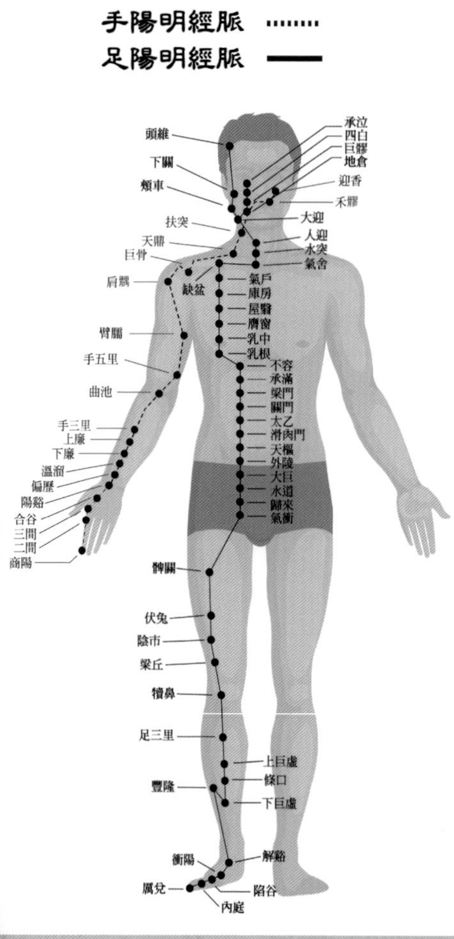
手陽明經脈
足陽明經脈
頭維
下關
頰車
扶突
天鼎
巨骨
肩髃
臂臑
手五里
曲池
手三里
上廉
下廉
溫溜
偏歷
陽谿
合谷
三間
二間
商陽
承泣
四白
巨髎
地倉
迎香
禾髎
大迎
人迎
水突
氣舍
缺盆
氣戶
庫房
屋翳
膺窗
乳中
乳根
不容
承滿
梁門
關門
太乙
滑肉門
天樞
外陵
大巨
水道
歸來
氣衝
髀關
伏兔
陰市
梁丘
犢鼻
足三里
上巨虛
條口
下巨虛
豐隆
解谿
衝陽
厲兌
陷谷
內庭
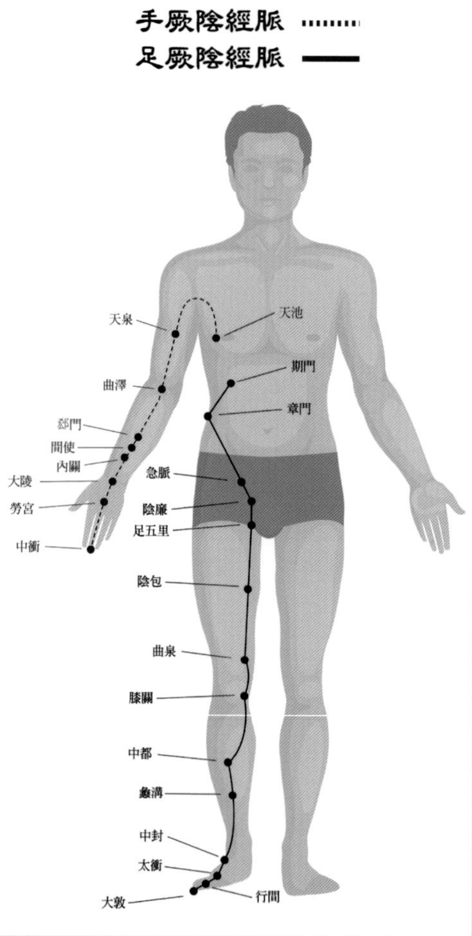
手厥陰經脈
足厥陰經脈
天泉
天池
期門
曲澤
章門
郄門
間使
內關
大陵
勞宮
中衝
急脈
陰廉
足五里
陰包
曲泉
膝關
中都
蠡溝
中封
太衝
大敦
行間

目錄

導讀 一〇
第廿四回 聯外制內 七二
第廿五回 三陽淬礪 一三二
第廿六回 追本溯源 一九五
第廿七回 誅凶殄逆 二五四
第廿八回 滅景追風 三一六
第廿九回 烏集之交 三七六
第卅回 發奸擿伏

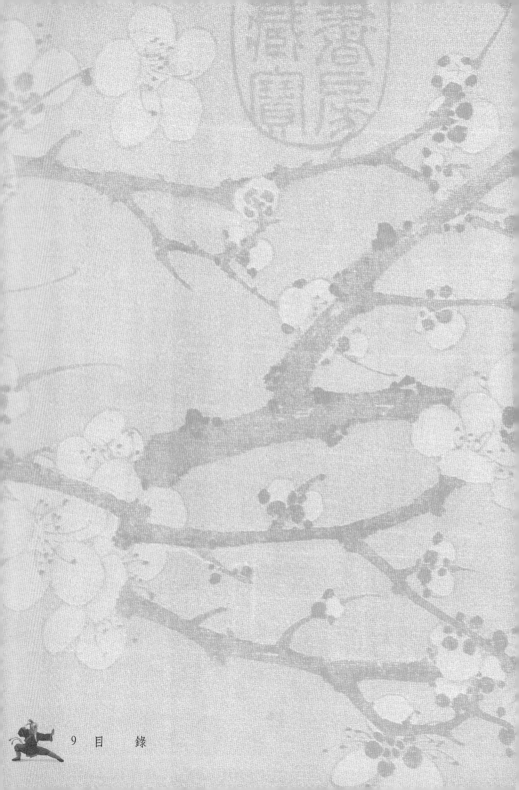

第廿四回 聯外制內

眾鳥何啁啾，肅殺氣相遞，城郭方百里，阡陌景交替。本為白商素節，草木黃落之季，惟遇深秋天寒竄雜，金風玉露難免蕭瑟。坐觀中州瑞辰大殿，戶限為穿，文武眾臣，眾口囂囂，無不以待國師歸殿呈報。

薩孤齊一入殿堂，立對主公打躬作揖後，佇立廳中央，惟聞中鼎王嚴肅說道……

「一切訊息，始自東震大殿。國師舟車勞頓，隻身護送真經，功不可沒。然而真經之外，何以萌生枝節？甚而傷及友邦重臣？本王聞訊當下，暫以片面之詞視之。今見國師回殿，已是負責之舉，文武眾臣於此一聚，只為探得來龍去脈，盼國師詳實以述。」

「榮根此行東州，只為安全護送《五行真經》，故採低調行事。孰料身抵東州後，遇友邦之相對禮儀，不甚尊重！不僅不見軍機首長於港埠相迎，更指派一名不見經傳之年輕女子，上

前鑑識真經之真偽，此等矮化我中州之舉，是可忍也，孰不可忍也！」國師話說至此，眾臣嘩然，紛紛點頭，同表友邦失禮對待。

薩孤齊又說：「為此，榮根咬牙容忍，但不為中州爭口氣，實在辜負中鼎王對貧僧之拔擢與器重，遂臨時起意，提出東州須追加雙倍打撈計畫之材源，若能如願，即可減輕我中州之龐大支出。」

「雙倍材源？如此巨量，東州怎會輕易點頭？」財政大臣辜亦勛疑問道。

國師回應道：「凡為中州之福利，榮根絕對竭盡己能，全力力爭，遂以收回原始承諾為由，欲將《五行真經》帶回，並強烈表明，若友邦予以為難，榮根不惜與《五行真經》俱焚，雙方僵持一陣，終得到嚴東主首肯。為此，得有勞掌理財政之辜大人，為我中州緊盯友邦承諾！」

「好啊……真是大快人心啊！能讓吝嗇之嚴震洲點頭，惟我中州國師能也！哈哈……」中鼎王與奮道。

然此時刻，狼行山突然入殿，對中鼎王致敬後，立對國師問道……

「國師此行之回程倉促，行經濮陽而未予相告，直接夥同公主回往惠陽。先不咎國師此等禮數不周，難到真如東州所言，國師傷了友邦軍機大臣，以致亂了方寸，甚以潛逃方式歸隊，是否有損我方之國格？」

薩孤齊冷笑回道：「貧僧回濮陽時，並不見狼城主於府城坐鎮，聽聞狼城主因與一女子談笑暢飲而惹怒了公主，甚而離家不回。貧僧遂前去逸和苑慰問，巧遇公主有回返娘家之意願，遂偕公主前來惠陽。」

薩孤齊如此一說，隨即引來廳堂一陣嘈雜，且令中鼎王搖頭以對。

「還望國師尊重國是殿堂，勿藉私人家務而模糊焦點。然私人家務，倏可釐清，但以國師之身分，竟於友邦境內，出手傷人，此舉甚可引來雙方戰事，還請國師據實已告！」狼略顯不悅道。

薩孤齊微笑回道：「軍政內閣，匿藏內賊，直可動搖國基，啃蝕國本。然我中州之軍機與神鬣，猶如龍之雙犄，堅不可摧。孰料東州軍機屬下，良莠不齊，遂讓貧僧此行，感觸良多。話說，榮根於護送真經途中，聽聞火連邢教主，因私掘密道不慎，竟遭南州赤晶石所傷，現已呈腦寒痞啞狀態。昔日貧僧曾隨世勛太子入洞麒麟，並無大礙，猜想，是否各州晶石窟，真有鬼魅？抑或不兆之說？故藉此行，向東震王提出前往青龍洞窟參訪之要求，倘若能有所發現，即可向中鼎王報備。」

國師接著又說：「孰料，當隨軍機總管曹崴入洞後，同行之軍機副總管余翊先，居心叵測，貧僧與曹總管論及邢教主事件時，巧見余翊先舉止詭異，有盜採晶石之嫌，怎料余惱羞成怒下，竟嫁禍於貧僧，甚對貧僧出手，貧僧出於自衛而回擊，遂引來曹總管護短，致使衝突擴大，一陣混亂中，曹總管竟使出了〈劈手鎮樁〉絕技以對！情急之下，貧僧深覺，若枉死於此，則個人與中州勢必蒙羞，故奮力一回擊，劈中了曹總管之左肩骨，待逃出洞口時，又見衛蟄沖將軍率兵前來，所謂好漢不食眼前虧，遂躍入了洞窟旁之山泉流水，順流逃離！」

軍機總管戎兆犹，接話表示，國師所言，頗為合理。惟聞屬下回報，東州確實對余翊先發出了緝捕令，其父余伯廉一如當年嚴東主處置嚴翃寬一般，表明與余翊先完全切割。倘若余翊先毫無嫌疑，為何畏罪潛逃？然而，東州視我國師之舉不當，欲加之罪何患無辭，國師遂選擇直奔惠陽，對我中州核心表明實情。

「好，國師為不使中州蒙羞，機警以對，化險為夷，值得嘉許，故賞賜白銀百兩，以為犒賞。」中鼎王又說：「惟因中、東二州尚有合作計畫，故誤會不宜渲染與擴大。倒是今早南區都衛水師罕井絃軍長傳來，探勘船似乎覓得了些古船殘骸，此聞之於打撈計畫，無疑是劑強心針，為此，我中州暫不宜與東州起衝突；倒是嚴東主願意再提供雙倍材源，中州必須做出善意回應！即日起，增加輸往東州之五穀及釀酒數量，並獨降東州相關稅收，應可平息此一風波。」

待國師與諸臣一一離席，薩孤齊仍不放心地回顧了一下，僅見中鼎王上前拍了拍狼行山肩膀，猶有說教意味，遂於睥睨一笑後離開了大殿。殊不知，狼行山正對著中鼎王提議，立馬召集戎兆狁總管與神鬣門刁總督，並前往殿後議室一聚。孰料此一聚會，竟使議室徹夜燈火，通宵達旦！

翌日，狼行山睡眼惺忪地走在承豐大街，心想著，「唉……國事雖如麻，終究易於家務之釐清啊！嗯……還是得向婕兒說清楚才是。對，回雷王府好好地解釋才對。」適值此念頭閃過腦海之際，遠處隱隱呈現之一幕，霎令狼行山一陣腦麻，「那……那是……」驚見一對男女自群瓏客棧走出，背對著狼行山，雙雙上了二馬背，不待狼行山追上，二人隨即馭馬，俄而奔離了承豐大街。

頓時一陣錯愕之狼行山，嘴裡直唸：「不可能！婕兒怎可能會……」

原來，狼行山所見二人，一乃自個兒妻室雷婕兒，另一則是燒成灰都識得出之……樊曳騫！

「這……這太不像話了！」雷嘯天聞狼行山敘述後，於王府大廳咆哮道。

雷夫人隨即酸言道：「怎麼？那女婿私會舊情人不就該死啦！婕兒甫回濮陽，怎知咱們那寶貝女婿，尚與那姓蔓的藝妓瞎混，所幸遭婕兒逮個正著，否則，咱們至此還矇在鼓裡嘞！」

「蔓姑娘她……她只是個曾救過我之好友，況且她……」正當狼行山說著，雷婕兒回到了王府。

「阿爹、娘，瞧這野兔，女兒的箭術還不錯吧！哦……狼城主回惠陽啦！有啥事兒比密會蔓晶仙重要啊？哼……」婕兒又說：「過往僅是見著阿爹於叢林獵鹿，真沒料到，原來打獵這麼好玩兒啊！哇……還真覺累了，女兒回房歇著啦！」

雷嘯天見婕兒走了後，推了阿山一把，「快……快追上去啊！」待狼行山離開後，突然！「呃啊……我的頭！」雷王瞬間頭疼發作，隨即服了狼行山留下之「苛依松」，咬牙說道：「難道……真如法王所說，吾之腦袋須剖開，才得袪這頭疼？」

「若此藥丸兒能止疼，咱們再想想其他法子，或許坊間名醫有解。」夫人又說：「對了，聞薩孤齊提及，當日為東震王鑑識真經之年輕女子，即是替東震王診治肝疾者，名曰龐鳶！」

「龐鳶？真是她！」雷王面露訝異，又說：「日前聞展鵬與岑鴞回報，曾於北渠發現悍子熙行蹤，後因一身懷絕技，名曰龐鳶之女子出現，致使二人無功而返。難道……會是同一人？嗯……得差人仔細打探一下。」

忽然！由西廂房傳來爭吵聲響，雷嘯天不禁搖頭嘆氣，唸道：「這麼吵下去，咱們何時才能抱孫啊？」

數日之後，狼行山牽著雷婕兒於市集閒逛，此回反由遠處瞧他倆動作親暱者，即是置身客棧露台，獨飲悶酒之……樊曳騫！然此時刻，一人突然搭了下樊將軍肩膀，轉身坐了下來。

「怎麼啦？樊將軍一人獨飲，不悶啊？瞧您一副艴然不悅樣兒，貧僧直覺……同令咱們咬牙者，應是同指一人才是。」

「啊！不知國師來到，真是失禮了。」樊曳騫接著又問：「聞國師之說，莫非……國師亦與那姓狼的……結過樑子？」

「自從狼行山登上駙馬爺後，干涉了中州諸多朝政；狼之思維與行徑，幾與貧僧背道而馳。貧僧此回於濮陽城，見狼駙馬私會一蔓姓女子！想想，老天爺實在太眷顧他了，世間若干好處，怎盡歸狼行山所享嘞？所以，只要除了咱們眼中釘，以樊將軍之資歷與才能，何以不能頂替狼行山？」

「如此說來，國師可有良計可施？」樊好奇道。

接著，薩孤齊拿出了蔓晶仙所遺之小橫笛，並對樊曳騫詳述了一套未來計策。

數日後，薩孤齊佯裝巧遇狼行山，惟因曾於殿堂道出了狼之家務，遂客氣地對阿山表示歉意。阿山本不欲與國師多聊，待薩孤齊一提「蔓晶仙」這三字，霎時吸引狼行山之注意。薩孤齊表示，之前自東州回程時，雖見倉促，卻於近濮陽東城門時，見過蔓姑娘含淚朝向廣濱埠，而後登船前往了東州。待貧僧進濮陽城後，因遍尋不著狼城主，遂聞了城主於嵩安客棧發生之事兒；只因公主性格火爆，故能體會駙馬爺當時心情。又說：「然於殿堂上，因狼駙馬質疑了貧僧行徑，故僅以簡單解釋帶過，還望駙馬爺莫擱在心上。」

狼行山當下為著薩孤齊之善意告知，遂顯出了前嫌盡釋，一切歸於平和，望雙方以國事為重。待二人離開後，盛氣凌人之薩孤齊，對自己低聲下氣之表現，雖感不可思議，心裡確是一陣竊喜。然而瞬顯憂鬱之狼行山，幻想著蔓晶仙含淚離城之一幕，內心竟湧上一股莫名酸楚。而後，好一陣低頭不語，竟不知覺地來到承豐大街，仰頭一望，見斗大招牌呈著「淨心茶坊」，怎奈此刻之腦海裡，不由自主地浮出了當年與蔓晶仙於此談天之景象。這時，一人瞬由狼行山肩後，發聲道……

「嗨呀！駙馬爺啊！自從您前去濮陽城後，欲同您談天說地，暢飲兩杯之機會，稍縱即逝啊！今兒個千載難逢，咱們找個地方，好好聊聊。」

「哦……原來是只瀧城主！」「是啊！成天東奔西走的，甚與老朋友談天機會都剝奪了；既然不期而遇，不妨於此淨心茶坊，品茶話家常囉！」接著，兩人漫無邊際地從惠陽談到王府，從中州聊到五霸，其中甚夾雜了諸多江湖恩怨，狼行山聞訊後，煞是訝異連連。

突然！雷婕兒駕著快馬，經路人提示後，朝著淨心茶坊急奔而來，直喊道：「山郎！快……快跟我回王府，我爹出事兒啦！」

待狼行山回到雷王府，見夫人拭著淚，聞一旁御醫李焜娓娓表示，甫見王爺猝然昏倒，並顯麻木不仁，此證恐因絡脈空虛，賊邪不瀉，以致經脈痺阻，瘀塞不通。然邪之於經絡，可分……

邪在於絡，因營氣不能運行於肌表，以致肌膚不仁，此乃感覺障礙。

邪在於經，因血氣不能運動於四肢，以致即重不勝，此乃運動障礙。

中鼎王過度勞傷，夜不成眠，更因腦血脈瘀塞，以致生成缺血性之氣虛血滯症，歸屬顱內中風之類。所幸王爺之諸多反應尚可，影響有限，若能適時服以對證湯劑，痲木現象將得改善，惟短期內須確保充足休息與氣血調養，且……不得再隨意耗損內力，施展武藝！

「能否再服鎮痛速效之藥丸兒，以解王爺突發之頭疼？」夫人問道。

李焜搖了搖頭，表明止疼僅是治標而非治本，並解釋王爺之證乃因正氣虧虛、氣虛血滯、脈絡瘀阻所致。當前要務，僅求王爺狀況穩定，並治其氣虛血滯，故須施以**黃耆、當歸尾、赤芍、川芎、桃仁、紅花、地龍所組成之……補陽還五湯**以治症。此般傳世名方之配伍，乃以……

黃耆為君藥，大補元氣，以暢血行，使得**氣為血之帥**。

當歸尾重於活血為臣藥，能養血而不傷正。

桃仁、紅花、赤芍、川芎之桃仁四物為佐藥，藉以活血化瘀，行氣通經。

地龍為使藥，其可通經活絡，舒張脈管。

如此君、臣、佐、使，諸藥合用，可達益氣血行，祛瘀通絡以解症。

此方若加以一味**雞血藤**，不僅能助活血化瘀，亦能舒筋活絡，並治末梢不暢之手腳痲木。

翌日，中鼎王於意識較清醒下，倏令文武大臣，齊聚於大殿廳堂，隨後鄭重宣布：因身體不適，需若干時日調理，然經冥思苦想與御醫諫言，終而決定，未來二曆月，中州上下一切政務，暫由狼駙馬代為主持，薩孤國師將從旁輔助，軍機處與神鬣門仍維持警戒。雷王此話一出，全場嘩然！待中鼎王對重要親信表明，將偕夫人前往碧瑤山靜養後，緩步離開大殿。而後，趨炎附勢之官員，隨即表示支持狼駙馬代理政務，而相對一派之文臣則不以為然，其中自當包含

了國師薩孤齊！

薩孤齊心有不甘地覺到，「哼！過往主公遇著要事兒，除我薩孤齊外，絕不做二人考慮。孰料自狼行山攀上公主後，扶搖直上，直抵雷王府，現又代中鼎王處理朝政，更要我薩孤齊為輔助角色，霎令吾切齒以對。哼！雷嘯天啊雷嘯天，爾之身子欠安，每況愈下，應是發不了〈陰陽電擊〉神掌才是！呵呵，坊間有句貼切之語『若沒本事兒，就待他人出事兒』，雷王若真出了事兒，我薩孤齊可非沒本事之人啊！好，狼行山，吾不信於短時期內，爾能懂多少中州政務？能刁得動軍機處之戎兆犺？擺得平神鬣門之刁刃嗎？嗯……吾已收了三稜青晶石之能，倘若再收下麒麟洞之黃晶鎮，瑞辰大殿之王位，將是我薩孤齊囊中之物！」

狼行山暫代中鼎王之消息傳出，隨即引來各地諸多評論。綜觀五州之內，另有一人聞訊惱怒，其內心之不悅，絕不亞於國師薩孤齊，此人即是滯留北川，現正領導著狐與壇之壇主……雷世勛！

然而，雷世勛之所以暫留北州而不歸，其因有二，一乃吸收了麒麟洞窟之六稜黃晶能後，始終無法順利將體內能量，融合其覡巫大法，遂與喬承基勤著尋出破解之道，無暇他顧。另一即因雷世勛時感身體不適，又隱於對壇內公開，本以為透過晶石能量能予改善，卻是事與願違，直至其舌尖與舌邊開始出現蝕爛、咽喉潰瘍而咽乾聲嘶，甚而外陰部發生潰瘍癢痛、雙眼目赤、畏光、腫痛，以致目不得閉，臥起不安，這才驚慌到，是否染上絕症？

一日，一人突然現身狐與壇，與雷世勛密談之後，得知了雷世勛染上怪異之證，此一極具關鍵性之人物，正是北坎王之二公子……莫乃行！

莫乃行曾隨北坎王前往惠陽城，參與雷王府喜宴，因而結識了重返瑞辰殿之雷世勛。當下即表出對雷所施巫術極為崇拜，雷遂答應回北川之後，教授莫乃行幾招，其中一招，即是先前與凌允昇於何思鎮追逐時，藉著小油包所施展之〈火焰群幻〉！然而，見雷世勛為疾所困，莫乃行立藉其特殊身份，暗地請王府御醫孔炩祺，私下前來狐與壇為雷世勛診治怪病。

自離開王府後之雷世勛，難得遇上御醫層級者為之診治，立向醫者呈出上下潰爛之處，並告知於**日哺所**時（約為午後三時至傍晚），病發最劇。孔炩祺一見雷世勛之病徵，再切其左手**關脈**後，毫不猶豫地表示……

「**狐惑之為病，狀如傷寒，默默欲眠，目不得閉，臥起不安，蝕於喉為惑，蝕於陰為狐，不欲飲食，惡聞食臭，其面目乍赤、乍黑、乍白。病者脈數，無熱，微煩，默默但欲臥，汗出。病蝕於上部則聲喝，亦可蝕於下部二陰**。」

然此**狐惑之病**，起因於**濕熱內蘊**，**蟲毒襲侵**。此濕熱之邪，依循**足厥陰肝經**而上擾下注，以臟腑經絡而言，是以肝、心病變為主，且須上部**蝕於喉為惑**，下部**蝕於陰為狐**，上下聯生之病變，始可稱之**狐惑病**。然病者之所以不欲飲食，惡聞食臭，此乃濕熱內蘊而困脾之結果。脾運不健，以致影響了飲食，而面目異常乃濕熱交爭所致。熱邪偏盛則面紅，濕邪偏盛則面色晦暗，且當屆臨「**日哺所**」時，乃濕熱邪盛之時，甚有精神恍惚不定之證，此即濕熱或蟲毒已影響到肝、心二臟，故深感此時病證為劇。

「敢問孔大夫，此等**狐惑**之病，可有藥醫？」雷世勛心急問道。

孔大夫回應表示，此**狐惑病**雖**上擾目喉**，**下注二陰**，卻非不治之症。

狐惑蝕於上部則聲喝，以**甘草瀉心湯**主之，可達清熱解毒，安中化濕之效。

狐惑釀膿而生眼目症狀，以**赤豆當歸散**主之，可達清熱利濕，解毒排濃之效。

狐惑蝕於下部前陰者，以**苦參湯**洗之，可達殺蟲、解毒、化濕之效。

狐惑蝕於下部後陰者，向肛以**雄黃**熏之，能達殺蟲、解毒、燥濕之效。

然取**炙甘草**為主藥，藉以補益脾胃，接施以**辛開苦泄**之法，以**乾薑**和**半夏**作為辛開之用，惟**辛味能散**、**能行**，二藥同用，以利於溫燥化濕。而**黃連**、**黃芩**作為苦泄之用，**苦味藥能泄**、**能清**、**能降**，二藥同用，以利於清熱瀉火。再藉**人參**、**大棗**之甘溫補益脾氣，亦可採**生甘草**與**炙甘草**各半，以**生甘草**之清熱解毒，和以**炙甘草**補益脾胃，二藥相輔相成，可增添治症效益，此乃傳世名方……**甘草瀉心湯**！

喬承基於接獲孔大夫所予之諸方劑後，立馬差遣屬下煎煮藥方，並偕莫乃行打躬作揖，感激孔焌祺之助。然而乃行為免節外生枝，隨即安排馬車，倏將御醫送回王府。

待雷世勛病證暫得緩解，莫乃行則進一步關注，未來狐與壇之何去何從？喬承基隨即表示，由於流散於中土之狐基族人，多分散於西州與北州，故藉雷壇主之力，號召族人團結，壇主雖為中土人士，但憑藉其祖先救過狐基長老，並持有我狐基族之聖物……覡魘杉法杖與透淨水晶，應可凝聚我族之向心力。

雷世勛之覡巫法術，本已讓莫乃行崇拜不已，眼下又聞身擁二寶物，不禁心生好奇，問：「何謂覡魘杉法杖？何謂透淨水晶？」

這時候，雷世勛緩緩起身，拿出了條紅絲綢，見其嘴唇微微抖動，並將紅絲綢由上而下一畫，「唰……」的一聲兒，一柄約莫五尺長之三犄法杖，隨即握於雷之手上，接著再將絲綢布於法杖上端一蓋，彈指間將紅絲綢抽離，一手掌大之透淨水晶球，旋即呈現於三犄之基座，此二手法看得莫乃行瞠目咋舌，隨後驚道：「就……就這兩玩意兒？」

喬長老隨即為莫總管解釋道：「覡魘杉乃我狐基族境內一種不畏雷擊之神木，樹齡約莫三至五百年，當樹葉完全脫落，將於一年內漸漸枯去，而族人即是於落葉後鋸下樹幹，將其製成祭祀用品，遐邇聞名者，即是研習巫術者所用之法杖；而壇主手上之覡魘杉乃千年以上之聖木，其可吸收或承受之能量，莫大於其他同種。再提那透淨水晶，此晶種僅出於狐基族與摩蘇族之交界上。摩蘇族之覡巫師可藉此極致透淨之水晶球，透過某種咒語，即可行能量之吸收與釋放，而雷壇主藉其特異體質，即成為這般覡巫法術之能者。然而，越大越透淨之晶球，其可產生之動能就越大，而壇主三犄法杖上之透淨水晶，乃為罕見之大晶種，待壇主病痛復原，相信莫總管將可見其驚人神力！」

「哇……乍聞之下，似乎強過我莫氏家族之冰霰神功啊！來日定向雷壇主討教一番。」莫乃行說道。

雷世勛突來一句：「莫老弟勝任北州機察處總管，透過機密調查之工作，應有不少令人頭疼之事兒吧？不過……以莫總管之背景與實力，北州四縣，應沒啥辨不了案子才是。」

「唉……能查的，能辨的，什麼芝麻綠豆大的事兒，我莫乃行都經歷了，唯獨兩件事兒，令乃行不悅。這其中一件，已成歷史，而另一件事兒卻是掐著未來！」

「呵呵，一事已發生！一事未發生！嗯……有趣！不知莫總管可與老哥分享之？」雷說道。

莫總管理了頭緒後，將先前發生於北江何思鎮之藏毒事件，一一道出，並強調，本是件探囊取物之事，而後竟功虧一簣，徒勞無功。

雷世勛聞訊後，冥想片刻，隨後認為，依莫總管所述，其一是身擁經脈武學之凌允昇！惟首創「經脈武學」之龍武尊，已敗於身懷「至陰神功」之摩蘇里奧，依此推知，凌允昇乃不足為懼之角色。另一能破莫總管之「凝關冰劍」絕技，此人恐非等閒之輩，難道……機察調查處毫無線索？

莫乃行嚴肅回應道：「所得線索，似是而非，只因……存有記載之部分已註明，此人早已於十多年前墜崖，惟種種跡象顯示，此人似乎又活了過來。憶得於何思鎮某夜，本官與此人於何思樓前交手，其所散發之冰冷，非比尋常，究其是人是鬼？乃行尚且質疑。如此奇人即是昔日江湖人稱嵐映五俠之首……寒肆楓！」

「寒……寒肆楓！」雷世勛極度訝異道。

「鮮少見得壇主如此語帶結巴，寒肆楓？何方神聖？」喬承基問道。

雷壇主嚥了口水後，將寒肆楓過去之傳奇事蹟，對莫、喬二人描述了一遍。莫乃行隨即皺眉指出，倘若寒肆楓之內力，真能回到過往那般，甚而凌駕摩蘇里奧之「三重至陰」神功，不僅是股不容小覷之力量，甚可成為中土五州之致命威脅。

「這就難怪了！」喬承基憶得了某事兒後，說道……

「掌握克威斯基國政務之摩蘇族，長期以來，皆視狐基族為反動份子，故派遣諸多爪牙，監視我狐基境域內之行動。近些年來，游散中土之狐基族人，相繼傳出，法王不時調派爪牙前往北州，時時關注著津漣山斷崖，莫非……法王欲找尋灰色山丘？」

「何謂灰色山丘？」雷莫二人齊問道。

喬承基表示，歷代摩蘇家族中，曾有一女子外嫁狐基族人，傳聞其所生子嗣，因練成了四重至陰後不久，暴斃身亡，此人果真於數年後，驚見當年掩埋之地，隆起一草不生、木不長之灰色山丘。倘若以此推論，摩蘇里奧欲證實，墜崖之寒肆楓是否已身亡？倘若對照莫總管之所述，寒肆楓應尚存於世才是！

「寒肆楓之思維乃仇恨所積，其若重生，麻煩頗大！」雷世勛搖了搖頭又說：「倘若寒肆楓能回復其過往之至陰神功，這對擴大狐基族之勢力，實具若干阻力，看來得找個機會，有勞莫總管牽線，一同走訪北州玄武洞窟，藉以提昇實力，以防寒肆楓突來之逆襲。」

雷世勛見莫乃行一臉茫然，遂將北州出土之烏晶石秘密，訴予了莫乃行，隨後卻見莫乃行搖頭表示，自從惲子熙上任北州軍師以來，即令符戩總管加強戒備玄武洞窟，若無北坎王與軍師之同意，符總管絕不允任何人入洞。

機靈的莫總管隨即又問：「不過，一旦能入洞，那乃行能否吸得晶石能量呢？」

雷世勛愣了一下，想著，「哼！臭小子，學了吾之法術，換來安排御醫為吾解症，即算兩不相欠，沒想到，還想再吸收晶石之能？若非狐興壇設於北州境內，還真懶得理你嘞！不過，若沒了這臭小子，還真沒法子進入玄武岩洞哩！嗯……就憑你莫乃行三字兒，尚具若干利用價值！」

雷微笑回應道：「呵呵，有你雷大哥在，即可藉由法術，將晶石能量傳授給你。倘若莫兄弟能於冬至之前，理好入洞路子，屆時吾之身體狀況更好些，亦能相對降低轉能之失誤率。」

「轉能失誤？那將如何？」莫乃行急問道。

「吸取能量能夠壯大內力，想當然爾，失誤即侵蝕了部分原有功力囉！更甚者，恐有武藝盡失之虞，故本座之狀況乃一重要關鍵！」雷說道。

一旁的喬承基想著，「壇主果然高招，過往壇主教授莫乃行法術，原以為只是討好莫總管，以換來狐與壇之安全；孰料壇主留了這麼一手，終為了讓莫乃行替咱們開路啊！呵呵，轉換失誤，頂多是白忙一場，用武藝盡失來嚇唬莫總管，壇主果真有一手！其實，自從知悉了壇主即是中鼎王之子，吾更不能放棄這一可用棋子！畢竟有了雷世勛領著，狐基族或能先於摩蘇族，於中土建立有效之勢力。」

這時，喬長老立馬提示壇主，道：「冬至之前，壇主尚須參與一重要聚會，倘若能早些解去這狐惑病，使體能儘速恢復，將對我狐與壇之陣容產生極大助力。」

「何等聚會？本座怎沒聽說過！」

喬承基斯須指出，隨著西州邊境開放，近些年來，由境外移居西州之種族，與日俱增；除了原有之摩蘇族與狐基族外，尚有夏塔沙族、羅特達族、奇嶼族等等。然而，西兑王明白，外來族人除了部分納為西州傭兵，其餘皆為著討生活而來。而今，西州甚有了相關部門以控管外族，但真正令西兑王頭疼者，卻是由在地西州人所組織之反動勢力，而該勢力之領頭，實乃前西州霸主石延英之子……石濬！喬又說：「傳聞石濬已掌握了部分前朝官員之支持，並已於西州各地組成了反抗組織。為此，侯西主已向各外來族群，發出了聚集通告，半月之後，將於白鑫大殿前，舉行盛大之外族聯會，而我狐基族早已列於受邀名單之中！」

「看來西兑王是有些芒刺在背了！」莫總管接著又說：「我北州機察處亦收到了石濬之相關消息，據聞當年西霸主石延英為安全之故，將其子石濬，交予了軍機大臣魏天灝，而後二人杳無音訊，而魏天灝即為現任西州軍機總管魏廷釗之父！為此，侯西主已有了漸漸架空魏廷釗之動作，甚至本由軍機處守衛之白虎洞窟，現已全權交由雪盟山莊護守。」

喬承基接說道：「雪盟山莊之喻湘芹莊主，因無以解開白晶石之謎，曾欲藉助摩蘇里奧之力，惟因西兑王曾遭法王擺了一道，遂堅持與法王保持一定距離。為此，喬承基曾試圖向喻莊主表明，我雷壇主可為其解開白晶石之謎，怎料喻莊主以覡巫之術，不足採信，加上侯士封與中鼎王曾有不少過節，生性多疑之西兑王，壓根兒不讓壇主靠近洞窟。然此時刻，西兑王對外不信任摩蘇里奧，對內又信不過魏廷釗，眼下又出現了化零為整之石濬！兼權熟計之下，遂採納谷翎軍師之建議，藉由舉辦外族大會，統合西州境內之外來族群。」

「哼……侯士封與我父王乃死對頭，當然信不過本座囉！」雷又說：「就衝著這一點，本座定領著狐基族人，出席外族大會，屆時要讓大夥兒見識一下本座之厲害。」又說：「歐……對了，甫聞莫總管尚提及一事兒掐著未來！所指為何？」

莫總管回道：「北州三縣令之北河薛勝霖、北江宋世恭、北渠葉啟丞，均屬老成一輩，且與北坎王交情甚篤，可掌握度較高。倒是北川甫上任之新縣令……鄒煬！惟其繼承了龐大家產，遂為一方之霸。我機察處曾上報惲軍師，懷疑鄒煬乃藉賄賂而登上縣令之位。惟收受賄賂之百姓，個個否認，遂無以查得犯罪事實。更令機察處頭疼的是，鄒煬交友廣闊，不僅包羅各路人馬，甚含摩蘇里奧與余伯廉等巨頭，其中尚有一棘手人物，即是在下之胞兄……莫乃言！」

乃行接續指出，自從鄒煬當上縣令後，不時偕乃言總管浸享奢華，而乃言於惲軍師圖強變法後，因中州對北州之藥材限制降低，致使乃言所掌之醫藥處，為北州賺進了碩大財富，令北坎王樂不可支。相較於機察處，整天秘密調查，待查到不法，盡是讓人錯愕與不悦，煞是苦悶！不過，乃行今訪狐與壇，不虛此行，只因雷壇主告知了晶石之密，不禁讓乃行聯想到乃言一舉動！又說：「近些日子來，見鄒煬動作頻頻，除了跑西州與中州之外，就是與乃言聚會。幾天前，乃行於不經意中，聽聞乃言向父王問及玄武洞窟一事兒，莫非……吾兄乃言已知悉了晶石之密！」

雷世勛冷笑説道：「呵呵，這事兒確實掐著乃行總管之未來啊！一旦乃言藉晶石提升了功力，將會是接掌北州王位之大紅人啊！您瞧，機察處並不如軍機處擁有實質軍隊，手上經濟資源亦不及醫藥處。倘若莫乃言再藉鄒煬之商業人脈作為後盾，乃行老弟恐是莫乃言足下，永遠之墊腳石啊！由此推得，乃行總管非得跟本座合作不可了！倘若咱們取得了晶石能量，本座即可倏回中州，剔除那狼行山，進而執掌中州大位，而乃行總管擁有一身精湛武藝，孰敢不從？能如此，坐擁北州四縣江山，指日可待啊！」

喬承基隨即問道：「壇主若回掌中州，那我狐基族該是如何？」

「哈哈，狐基族將成我中土外來族群之代表，而喬長老自當成為狐基族之領導人。有了這般勢力撐腰，摩蘇里奧怎敢再恣意擾動狐基族呢？」雷世勛剖析道。

霎時，莫乃行心想，「嗯……雷世勛之剖析，頗有道理。莫家老三莫沂，終日忙著水利工程，尚不足為懼，但本以為不諳武功之乃言，應得不到父王讚賞。而今乃言藉由通達三教九流之鄒煬，應能間接取得外來資訊才對。嗯……沒錯，玄武洞窟是我莫乃行攀上另一高峰之捷徑，而雷世勛即是開啟這晶石之鑰匙，吾必須與其合作，始可制衡乃言與鄒煬！眼下唯有籌組更強之實力，才能擁有未來談判桌上之籌碼！」

莫乃行接著說道：「乃行尚有一關於鄒煬之說，須向壇主提示在先。過去，乃行與父王切磋武藝時，曾聞父王提過，鄒煬之父鄒敦，曾打出一套鄒氏祖傳之絕世武藝，名曰『碎骨溶髓』神掌，乍聞之下，頗為震人，惟當下僅見鄒敦耍著片段架勢，並無實質效能，但鄒敦卻說，曾見其子嘗試對一小山羊出手，驚見那山羊四肢關節出煙，而後隨即倒地，嗚呼咄嗟！倘若鄒敦只為炫耀家族武藝之犀利，想當然爾，浮誇在所難免；但若真有其事兒，而今之鄒煬，恐是個不容小覷之對手！」

「碎骨溶髓掌？」雷壇主立顯亙古未聞之貌，道：「倘若鄒煬真有絕世神功的話，莫乃言極可能遭其利用，只是……鄒煬應尚無轉換晶石能量之能力才是，所以……他必須藉由……」

這時，壇內對話三人，異口同聲地唸出……摩蘇里奧！

雷再說道：「我看這麼吧！冬至探索玄武一事兒，有勞莫總管策劃，而本座首當解去狐惑之病，並適時地調養好內力，屆時於西州外族大會上，探探那年逾七旬之耄耋老人，是否依然老驥嘶風，寶刀未老？喬長老則藉此機會，號召游散狐基族人，以壯大咱們狐與壇之聲勢。」

「好，就這麼說定了！未來的外族大會上，除了西兌王外，僅雷壇主為中土人士。倘若西兌王居中損及中土權益，還望世勛兄為中土蒼生把關！」莫乃行話後，隨即躍上馬背，斯須離

開了狐與壇。

喬承基立馬提出疑問：「莫總管乃機警之輩，真會與咱們合作？」

雷世勛笑著指出，駑鈍之人不能理解利弊得失，不易說服，根本不適合作。然機警之輩，雖以自保為前提，一旦提及未來可能衍生之變數，定會比較事件前後之利害關係。又說：「莫乃行是個精明者，當明瞭本座所言。然而，眼下對我方有利者，即是轉換能量之技術，操之在我，乃行總管不得不聽從本座使喚啊！哈哈哈……」

此刻，喬承基瞧見雷世勛得意之貌，不禁想到，「壯大我狐基族，為吾之大願。然無意之間，遇上這身擁法杖、水晶之雷世勛，冀望其能凝聚游散中土之狐基族人。不過……自從將曲蚺長老遺物中所提示之晶石秘密，告知了雷世勛後，雷遂一味地將目標鎖定中土五洞窟，反將教務全交於承基一人。今見莫乃行密派御醫前來為雷解症，雷即刻想到利用乃行總管之身份，鎖定玄武洞窟，若非方才提及狐基族之未來如何？壇主壓根沒想到狐與壇之將來，僅提及如何與摩蘇里奧一較高下；此般只為壯大自己，進而藉強能以脅迫他人，此等行徑，何異於摩蘇里奧！嗯……是到如今，我喬承基仍先順水推舟，藉雷壇主之力，牽制摩蘇族對我族之威嚇，再伺機查探雷世勛取得水晶與法杖之真相，否則，力助另一惡魔誕生，我喬承基亦是罪人啊！」

待雷世勛緩緩睡去後，喬承基隨即動員壇內上下，積極為半月時日後，參與西州外族大會而磨礪以須。

時屆秋末，金風颯颯，惟暑熱隨東南風上行，秋老虎逆襲西州，寅轅城霎遇濕熱數日。體弱不適者，或感頭痛惡寒，或覺身重疼痛，抑或午後身熱且面色淡黃。百姓本可藉速效藥劑，鎮痛退熱，惟此療法，治標不治本，病狀不僅藥效後復發，更因藥後之副症而昏昏欲寐，日復一日，見病證不瘥，患者轉向求助傳統醫藥。然因西州乃甚早開放境外醫藥，傳統醫者難以維生，紛紛出走他州，遂使西州傳統醫療水平驟降，醫者見患者脾胃虛弱，怠惰嗜睡，口苦舌乾而不欲食，無不以傷寒、傷暑論之。

一日，一手持羽扇之外來醫者入城，名曰城屆模，見百姓為病所苦，遂走訪城內貧窟，出手以助老殘貧疾。患者經城屆模診治，一劑知，二劑已，消息一出，無不引來同道喬裝窺視，藉以探查所施藥方；其中一佯裝圍觀者，實乃西州侯王府御醫……熬匡！

熬匡聞一受診叟翁表出，體重節痛，腸胃不適，食不知味，小便頻數。待城屆模為其診斷後，娓娓表示……

秋季陰氣上升，與陽氣相激，所致生之濕氣入肺，濕阻肺氣使脾土生金受阻，以致胃氣不能輸佈，遂引來脾胃不適，因而發生脾胃虛弱，口苦舌乾而不欲食。然土不能生金，肺氣無以與腎氣交通上下，則使人深感疲憊而欲睡；再因濕阻經脈，以致水濕運化不暢而體重節痛，兼見肺病，灑淅惡寒，慘慘不樂，面色惡而不華，治此症狀，可藉益氣、健脾、燥濕之六君子湯為基底，加以益氣、固表、禦外邪之黃耆，升發清陽亦祛邪之柴胡、防風、羌活、獨活，清熱解毒之黃連，酸斂陰柔之白芍，諸藥合用，即為升陽益胃湯之應用，藉此升發陽氣，強胃健脾，諸症得解。

熬匡聽了城姓醫者之辨證論治後，立覺到，「御醫們辨證，無不朝傷寒、傷暑而去，原來毛病出於脾胃之虛弱！只是……吾所遇西兑王之證，似乎異於方才叟翁之病證，嗯……不如這麼辦吧！」

熬匡跟隨著城屆模到各病家診治，忽於一巷弄轉角，遭轉身一霎之城屆模逮著，惟聞城話出：「城某與閣下素昧平生，何以跟隨城某行蹤？莫非城某醫助貧困行徑，觸犯西州法令？」熬匡見狀，隨即坦承跟隨之舉，並表明其御醫身份後，立馬懇請城屆模，撥冗前往侯王府為西兑王診病。

當下，城屆模質疑，侯西主是否長期倚賴治標藥丸兒，以致循傳統醫道之御醫們束手無策？頓時，熬匡猶豫了下，回應道……

「閣下有所不知，過往之西兑王，確實倚賴外來製劑，一如麻鎮丹、激能丸、鎮咳丹、禦風丸之類。惟自西兑王得手《五行真經》後，一度閉室研習，而後逐漸脫離服用速效丸藥兒，進而依循真經所述之道，以護其五臟六腑，亦因此而為難了諸御醫們。每輒吾等辨證時，西兑王均以《五行真經》之所說，質疑御醫們之所論，御醫們未敢忤逆西兑王，故不敢斷然開方。熬匡見得城兄辨證之犀利，遂欲藉城兄之醫術，說服西兑王。」

「呵呵，我城某人雖未見過《五行真經》，惟此經出自黃垚山，且以『真』字定名，多少脫離不了傳統醫經醫理之辨證論治。嗯……行！只要西兑王之所提，乃正統醫經言論，在下或可與之教學相長！明日未時，城屆模定抵侯王府！」

熬匡得城屆模同意後，心想，「城屆模若祛得了西兑王之證，推算時間，應還來得及才是。

唉……此刻無暇解釋！待城居模來到侯王府，自然就會明白。」接著，熬匡倏而登上馬背，隨即奔回王府報訊，以備安排西兌王就診事宜。

翌日午時將去，城居模依約來到侯王府，待經侍衛搜身後，熬匡引著城居模來到西兌王臥室，惟聞侯士封低聲說道：「眼前可是熬大夫請來之坊間醫者？熬大夫身為王府御醫，竟能放下身段於坊間尋醫，勇氣可嘉。倒是……這位城先生，可有把握袪解本王之病暑啊？」

「知悉西兌王曾領略《五行真經》，眼下城某未經辨證，尚不能斷言西兌王是否患上病暑之證！」城應道。

侯士封說道：「適值秋老虎逆襲數日，致使本王身感頭痛惡寒，體節疼痛，午後身熱且胸悶，偶有昏而失聰。然而醫經有謂『**凡病傷寒而成溫者，先夏至日者為病溫，後夏至日者為病暑，暑當與汗皆出，勿止**』，適值深秋時節，本王即因先傷寒而受暑之邪，故稱受病暑所困，須汗出，以排出暑邪啊！」

接著，城居模施行望、聞、問、切之四診合參，仔細對西兌王辨證後，正經表示……

頭痛惡寒，身重疼痛，有似傷寒，脈弦濡，則非傷寒矣。

舌白不渴，面色淡黃，則非傷暑之偏於火者矣。胸悶不饑，濕閉清陽道路也。

午後身熱，狀若陰虛者，濕為陰邪，陰邪自旺於陰分，故與陰虛同一，午後身熱也。濕為陰邪，自長夏而來，其來有漸，且其性氤氳粘膩，非若寒邪之一汗即解，溫熱之一涼則退，故難速已。

世醫不知其為濕溫，見其頭痛惡寒身重疼痛也，以為傷寒而汗之，汗傷心陽，濕隨辛溫發

表之藥，蒸騰上逆，內蒙心竅則神昏，上蒙清竅則耳聾目瞑不言。

「濕……溫？原來本王患上這般病證，不知此證，何以解之？」侯士封心急問道。

城居模回應表示……

頭痛惡寒，身重疼痛，舌白不渴，脈弦細而濡，面色淡黃，胸悶不饑，午後身熱，狀若陰虛，病難速已，名曰濕溫。汗之則神昏耳聾，甚則目瞑不欲言，下之則洞泄，潤之則病深不解，長夏深秋冬日同法，三仁湯主之。

隨後又說：「此方以杏仁潤肺，並宣通上焦肺氣；白蔻仁化濁宣中，以祛濕阻中焦；薏苡仁益脾滲濕，能退下焦濕熱，以此三仁，分治上中下三焦，故此方依此名之為三仁。再輔以半夏、厚朴，藉以順氣散結，除濕散滿；通草、滑石、竹葉，合以清利濕熱，八味合用，以成宣通上焦，順暢中焦，滲濕下焦，以達清熱利濕，宣暢濕濁之功。」

「嗯……好，好啊！難得本王能聞得如此精闢之辨證、詳實之藥草以論治。」侯士封接續對著城居模說道：「據熬匡轉述，先生醫術高明，寧放諸四海，為民診治，卻不見先生被任為中土五州之御醫，初聞之下，頗為好奇，不知先生可有原由？」

「回王爺的話，城某一向不喜約束，故不勝王宮殿堂之繁禮多儀。吾一生習醫，常視外邪病毒為獵物，與其爭鬥，好不快活。然坊間病證，變化多元，更可因時、因地、因人之條件不同，以享治症之趣。」

「呵呵，先生如此一說，本王即不強邀先生入我御醫之列。不過，縱然先生能開方對證，亦須明日之後，始見病之得癒。惟兩天之後，我白鑫大殿前，將舉行境外族群大會，安全起見，聞我軍機魏總管已下令，封鎖所有大殿外圍通道，為免增添魏總管之不便，本王以為，城先生不妨暫留王府作客，一方面可診察本王病勢發展，一方面可順勢參與外族大會之進行。」

熬匡靦腆說道：「下官因視西兊王之狀態，恐不勝主持外族大會，遂一心想讓城兄速速前來，故隻字未提外族大會之事兒。而今我主公已述及狀況，還望城兄能見諒！」

城回應道：「寅轅城將辦境外族群大會，此乃大事一樁，城某先前為鄉民診治時，早已耳聞。待遇上熬御醫時，當下亦認為，身為東道主之西兊王，如何抱病登場？權宜之下，城某決定變更原有程序，倏於今日前來，熬大夫無須在意。再說，王爺若藉三仁湯，一藥中的，依王爺之氣血狀態，經二日之休養，足矣！而藉由王爺之邀，觀摩中土難得一見之外族大會，此舉亦讓城某挪出了休診機會，單憑此一點，城屆模該向西兊王致謝才是。」

侯士封點頭道：「好！為免去麻煩，城先生當日席座主閱台後排，本王將派人知會軍機處，表明城先生乃本王之醫療智囊，待大會結束，通路戒備解除，城先生即可自行離開。」

次日，稅務之紀哲丘總管於白鑫殿內，密會了西兊王後，西兊王走出了殿外，深吸了口氣，身覺情狀頗佳，已少見先前病狀，不禁想到，「此一城屆模，果真是『一劑知，二劑已』之醫界能手！不過，甫聞紀總管告知，來自境外煉製之白粉儲量不足，倘若法王知吾重新主張中土傳統醫術，或將減少供貨，如此一來，如何暗地將白粉輸向中州？畢竟法王仍供應西州諸多藥劑，萬不能因這城屆模而得罪了摩蘇里奧。唉……算了！反正明兒個是籠絡境外族群之聚會，無須提及醫藥話題才是。」

而後，侯士封佇立白鑫殿前，閉目推演著外族大會上，何以主導該會，見縫插針，伺機推行「聯外制內」之種種可能。

轉眼東方魚肚再現，境外族群大會已屆，諸外族紛於頭目帶領下，倏朝西州白鑫大殿前進，居中較具影響力之五大族群代表，陸續入場。首見摩蘇里奧所領之摩蘇族，抵達殿前劃定區，隨後見得庫達司領著夏塔沙族、桑伊格的羅特達族、喀朗的奇嵮族，陸續到場。最後，狐基族則由狐與壇雷壇主，率著喬承基長老與數百族人，浩浩蕩蕩，風檣陣馬，來到了殿前既定席區。

霎時，查坦尤埣立對法王指出，眼前裝扮怪異者，即是雷嘯天之子……雷世勛！

「呵呵，原來是當年那醉倒酒坊，跪求老夫賜招之小癟三啊！瞧他扮樣兒，應是拾獲了老夫當年轉譯之覡巫大法才是！只是……老夫所進化之科伊家族覡巫術，乃需強大內力，始能達於似幻似真之境。雷世勛曾中過老夫施以滴豆之毒，歷經多年，應已化開了頸部栓塞才是。只是……何來內力？足以令其練上覡巫大法？難道……他已……」法王又說：「當年看上這楞子，主要是利用他能進出麒麟洞窟，難道雷世勛已知道了六稜晶鎮秘密？不過，連中鼎王都搞不清晶洞狀況，雷世勛何以得知？」

「法王您瞧，雷世勛身後之人物，不正是狐基族古莨長老之子……古亙！經咱們探子回報，狐與壇有個喬承基，統攝著該壇大小事務，原來這喬承基即是古亙啊！」查坦將軍訝異道。

摩蘇里奧瞬間理解出，古亙來到中土，搭上了有背景之雷世勛，應是古亙述出了六稜晶鎮之秘密。倘若雷世勛取得了晶鎮之能，無疑是韜隱諸霸之絆腳石！法王隨後又說：「欸……坐於谷翎軍師後方之陌生人，何許人物也？見其神情自若，難道是侯西主所納之新血？嗯……差個人伺機查探一下。」

良辰屆臨，西兑王拄著枴杖，緩步移向主閱台，說道……

「在座各族領頭與長老，中土境內首次齊聚境外族群之盛會，始由我侯士封所啟！此舉之正面意義，實乃昭告天下，境外移入中土之族群勢力，已不容小覷，尤其我西州之州禦軍團所含之外族數量，現已達總兵力之三成，諸西州之建設，亦為境外族群積極參與所致，故境外族群對西州之影響力，與日俱增，其總體權益，實應受到尊重與保障。」

「扂呀……扂呀……」「咿咖……咿咖……」「巴素姆……巴素姆……」

在場各族群聞訊之後，紛紛以各族歡呼與叫好之音調，對天狂聲吼叫。

西兑王又說：「即日起，西州將重新規劃外族居留區域，藉以提昇其生活品質。二來，凡外族遭受西州人士凌辱，施暴者將予以嚴懲重罰。」此話一出，隨即又是一陣「扂呀……扂呀……」「咿咖……咿咖……」「巴素姆……巴素姆……」之連聲歡呼吶喊。待西兑王炒熱氣氛後，旋即切入了主題……

「然而，近來西州域內，諸多不肖組織，刻意挑釁巡防軍兵，或為阻撓，或為破壞，層出不窮，以致我軍機處頻頻調動兵力，疲於四處撲滅逆襲，無形中已折損諸多國防軍力，其中更以石濬為首之組織，最為放肆。為此，本王冀望各族群弟兄，合力打擊逆賊，以維護咱們共創之生存領域！」

夏塔沙族酋長，苦笑道：「庫達司今日參與盛會，聽聞西兑王提及對外族之尊重與保障，庫達司代表在座各族群，向西兑王致上最高謝意。族群能受尊重與保障，自得以遏止外族遭人凌辱。然西兑王所提之首要逆賊……石濬，實出自身西州，倘若來日我族人發現這般逆亂賊寇，恣意妄為，當下我輩何來權力，能為軍機處出力，進而圍剿逮捕西州人嘞？」

奇嶠族之喀朗頭目，點頭話道：「是啊！置身西州之外族人，除非投身軍旅，否則身上不得攜帶利刃，違者即遭軍兵逮捕。試問，身無長物，手無寸鐵，一旦與逆賊發生衝突，連自保都成問題，何來多餘能力，捉拿不肖份子嘞？」

雷世勛笑道：「哈哈哈，侯西主積極剷除異己，以維護自我之威望，在座領頭可想而知。然藉助外族之力以剿匪，卻不賦予實質權力與兵刃，此般作法，無異於徒手擒虎，實在可笑，可笑啊！」

「哦……原來是領著狐基族之雷壇主啊！」侯士封冷笑應道：「呵呵，所謂『虎父無犬子』，雷壇主頗有乃父之風，惟雷壇主僅是狐基族推舉之分壇代表，並非真正狐基族人，更因壇主之特殊背景，猶有中州干涉西州內政之嫌！」

「能被某族人推舉，自有其影響力，任一中土人士，豈可得外族之擁護？」雷又說：「今日，西兑王為著自身利益，齊聚外族，共商要事，而在下能替狐基族出頭，自當是為著狐基族人之利益著想。然就事論事，若依西兑王之定義，石濬一幫人乃危害西州體制之逆賊，倘若我雷某人率族人滅了這幫逆賊，試問，這對中州有啥好處？但對西兑王而言，卻是去了心中大石啊！因此，侯西主欲與外族合作之條件，若不利於外族，在座諸領頭兒，應不致點頭讓族人承擔危險才是！相對地，若條件有利外族，身為各族之頭頭，自當為族人爭取，不知在座諸位，可有附議者？」

摩蘇里奧低沉發聲道：「眼前之雷壇主，今非昔比，可謂後生可畏！甫聞雷壇主所言，確實有理。依老夫看來，在場人士，具徒手抗敵能力者，寥寥無幾，來日眾弟兄欲與聯軍剿匪，還真是心有餘而力不足啊！」

「既然法王亦有同感，何不順道提個建議，倘若是利人利己之策，本王倒可審慎評估。」西兌王說道。

摩蘇里奧起了身子，於應話前夕，谷翎軍師驚訝地對侯士封道出：「上回遇著法王時，見其雙腿略有萎縮之狀，然而眼前所見法王，卻是呈現出身形挺拔，步伐穩健？」谷翎如此一提，霎令侯士封甚覺詫異！

法王說道：「在座諸族群中，唯我摩蘇一族較早接觸西兌王，並與西州有著密切生意往來，以致老夫極熟悉西州之地域分布。然此時刻，欲協助西兌王整頓四竄之賊寇，老夫以為，可將南北狹長之西州，區分為北中南三區域，各區域分由一外族，持有軍機處配發之兵器，以負責該區域之民間巡邏任務。換言之，一旦何區域出現異狀，負責該區之一族，即可率先進行圍堵，並儘速通知各軍機分處，使之派兵前來圍剿，能如此，軍兵則不致如西兌王所述，疲於四處撲滅逆襲。」

「法王此一提議，如同增派民兵，參與地方協防之權宜計策。只是……何以決定……何族固守何區域？」西兌王問道。

法王接續指出，在場之境外諸族群，倘若有意爭取某一協防區域，可推一代表，大夥兒同以競武方式為取捨，最終勝出者即可自行決定區域，以負責所選區域之協防任務。之所以如此建議，惟因各族群有其環境之適應性。習慣北區者，較能掌握與中州、北州之往來；習慣中區者，因含括了西州大都寅轅城，且該區人口較多，故須較具規模與實力之族群，始得以勝任。至於南區者，此區為外族進出中土之門戶，多元種族交雜，何族參與此區之地方協防，亦是一項艱鉅任務。又說：「此刻西兑王願將權力下放，想當然爾，應由西兑王勝任本次競武之總審官，此般提議，不知西兑王意下如何？」

聞訊之後，侯士封立馬與谷翎軍師、魏廷釗總管商議。谷翎軍師當下再三提醒，若真要將權力下放，定得拿捏參與各區域協防之外族人數。魏總管亦強調，所有外族使用之兵器，統一由我軍機處配發供應，一旦持特殊兵器，一律經軍機處審核方可。

接著，谷翎軍師登上台前，道：「甫與西兑王、魏總管一陣商議後，同意法王所提之競武比試，唯各區參與協防任務之人數與兵器，一律遵循我軍機處所定之規則。未來，某族若以協防之名，行犯罪之實，我軍機處可直接視同逆賊，就地正法！」

西兑王嚴肅說道：「今日與會雖有五大族群，然就本王所悉，奇嵿族人於我西州境內之總數，尚不及千人，對我區域協防之任務，恐無法勝任，不知喀朗頭目，是否認同本王所說？」

「確如西兑王所述，我奇嵿族向來不好戰，前來中土拓展亦相對較晚。今日喀朗前來參與盛會，主為護我族人之權益，能聽聞西兑王對外族善意之舉，喀朗已不虛此行。至於區域協防之提議，我奇嵿族自認能力有限，遂決定退出競武之行列。」

西兑王對著喀朗頭目點頭示意後，道：「這麼說來，眼下僅剩四大族群相競了！若有意爭取區域協防之族伍，可直接派人上前較勁，終以最勝者為先，依序選擇參與協防之區域範圍。」

喬承基附耳雷壇主，輕聲表示，若依三分西州來說，能掌握大都寅轅城之地方巡邏任務，應是各族必爭之目標，不僅能取得諸多資源，亦能藉協防之名義，進一步維護族人之安全。次一目標，定是北區！能進駐該區域之晉菘城，不僅可渡蟄泯江，直抵中州西部之臨宣城，亦可連接北州之冀水城，有利我狐與壇之聯繫。南區則較為其次，此區雖可朝西南以交通克威斯基國，卻少有經濟價值可言，其因乃出於西州與南州不甚和睦，更因西澤山脈成屏障，僅能倚白涘城為交易重鎮而已。又說：「既然我狐基族已來到中土發展，應以最利己之條件為考量。眼前外族於西州之勢力與影響力，均以摩蘇族居於要位，而能與之抗衡者，唯我狐基族與夏塔沙族，不知壇主心中可有打算？」

雷世勛輕浮笑道：「呵呵，用肚皮想也知道，摩蘇里奧欲掐住西兑王，定會力爭西州中區協防權，咱們絕不能令其稱心。一旦我狐基族能脫穎而出，喬長老即可準備將狐基族之重心，遷往寅轅城；而現處之北州狐與壇，即可以分舵經營之。倒是……眼前眾所關注的是，各族群將派何等角色登場較勁兒？」

忽然！羅特達族之桑伊格首領，率先提著獵刀，走向會場中央，以獨特手勢，將右食指與中指合併，直接置於眉心位置，此乃羅特達族戰士慣用之挑戰手勢。接著，夏塔沙族之酋長庫達司，立馬手持獸骨鎚，跨步登場。

待西兑王揮出一手勢，兩族群之領頭兒於相互行禮後，俄頃出招。庫達司持一直鎚衝出，惟聞一聲鏗響，倏遭敵對彎刀掃開。霎時，桑伊格速移步伐，猶以彎刀作為先鋒之兵，以掃腿

作為追擊之騎，上下交叉連攻，絲毫不待對手有喘息換招之隙。忽然！庫達司誇大後退步伐，藉以擾亂對手進攻節拍，瞬以骨鎚之一端，重擊敵對彎刀之鐔環，此一突來震力，霎令對手之掃腿失了方寸。庫達司乘勝追擊，彈指將另一鎚頭端，朝對手下肢出招，瞬聞「叩……」之一聲擊響，立見桑伊格左腳單膝下跪，久久無法起身。庫達司見狀，瞬收了骨鎚棒，退回了競場邊緣。

「唰……唰……」羅特達族兩黝黑硬漢，旋即上前攙起腳踝腫脹之桑伊格首領，緩步回到了原席位。桑伊格隨後表示，感激庫達司酋長手下留情，酋長即時減半力道，遂使桑伊格僅受筋肉脈道之傷，否則踝骨碎裂，一生跛足！

見得桑伊格受創，城居模立對侯士封附耳提出，將於不礙競武進行下，獨自繞到羅特達族席區，為桑伊格療其傷勢。得西兑王點頭後，城居模隨即朝桑伊格首領方向移動。

「啪擦……啪擦……」瞬聞布袍翻拍之聲響起，立見一濃妝豔抹之長髮男子翻飛而出，俄而落定於主閱台前，發聲道出：「在下乃狐基族所推舉之狐與壇壇主，難得西兑王對境外族群釋出美意。為此，參與西州地方協防之任務，狐基族人將視為回饋西州、義不容辭之事兒。本座身為壇主，自當為狐基族人爭取生存空間與利益，遂上前向庫達司酋長，切磋討教一番。」

庫達司酋長再次上前，隨即擺出右高左低之攻擊架式。雷壇主則雙掌朝內，貼緊幼指外側，並將拇指與食指伸直，其餘三指皆勾回掌心，嘴裡唸唸有詞，待見對手將骨鎚一端，迎面襲來，雷世勛立發出「喝啊……」之吼聲，雙手臂平肩對開，驚見該骨鎚一端，瞬間定住於雷壇主雙掌之間！隨後即見兩火團自雷之雙掌釋出，待兩火團觸及骨鎚，眨眼成了兩條火蛇，分以螺旋之式，沿著骨幹兒燒去。眾人見此一幕，無不鉗口撟舌以對。

庫達司見火蛇循骨竄來，隨即棄械轉招，瞬自腰際抽出一細薄金屬片，含於雙唇之間，如此出招以應，大夥兒一頭霧水？惟摩蘇里奧對著查坦將軍解析道：「庫達司酋長使出了高頻灌耳奇招，其藉金屬簧片之高頻震動，瞬間刺激對手耳膜，待對手突然失聰，即是酋長出手還擊之時！施展這玩意兒，越近於對手，越見得效果；以在場觀戰之距離，應不致受到簧片之聲襲才是。」

果然，雷世勛立馬收回了手勢，倏將雙掌摀住耳朵，機警地朝後退了數步，心想，「哼！襲人耳膜之雕蟲小技也使上了，看來，吾得速戰速決了！」

此刻，雷壇主不甘於雙方對峙時後退，遂決定使出前衝出擊，約莫近對手十尺之距，一躍而上，立馬迅速旋衣袖，使之發出「啪擦」之聲響，以阻高頻入耳。突然！「唰唰唰……唰唰唰……」數聲響傳自雷之袖中，隨後驚見，雷之右手五指爪疾速伸長，待其翻飛下衝，立見雷壇主之五厲爪，繞住了庫達司之頸部，倘若迅速收回該厲爪，庫達司恐遭摧頸割喉之重創！

西兇王隨即揮出手勢，喊道：「勝負已分，本場競武由狐基族雷壇主勝出。」

庫達司酋長不甚服氣，立對西兇王表達不滿，喊道：「以覡巫之術作為武藝比試，庫達司頗不以為然！」

雷壇主睥睨笑道：「呵呵，雙方較勁兒，能勝出者即是強者，來日遇上石濬一干人馬，本座仍能將其繩之以法。然酋長乃一族之領袖，技不如人，自當甘拜下風才是。既然西兑王認為勝負已分，我狐基族實已坐二望一！」話後，雷世勛瞬朝摩蘇族席區望去，問道：「不知……是否輪到金蟾法王，上前賜教？」

「哈哈，依中土文字形容，我摩蘇里奥幾近耄耋之老人，人老不中用，兩眼已昏花。方才仔細一瞧，才知雷壇主所發巫術乃兩火蛇出擊，倘若是老夫上場，見了對手這般裝扮，還真擔心將那兩火蛇，當作是宮女舞蹈所使之彩帶呢！」

「哈哈……嘻嘻……」法王此言立馬引來現場一陣嘻笑之聲。

待摩蘇席區一陣商議之後，法王出人意料地派出查坦將軍上陣，如此舉動，霎令西州人馬與狐基族席區頻打悶葫蘆。侯西主隨即疑到，「法王是真使不上力？還是畏懼了這狂妄後輩？抑或是……查坦將軍已可獨當一面，成了法王之分身？」

查坦尤埣持起了慣用之流星錘，一臉殺氣地朝著雷壇主走來，待二人定位作揖後，「咻……咻……」之鏈錘旋響，倏忽而起。雷一見此般鏈索兵器，未敢大意，横移數步後，溘然向著敵對伸出右手，掌心朝下，復而唸唸有詞。此時對手懷疑有詐，未敢多上前一步。

忽然！查坦將軍頓感足下踏地，一陣鬆軟，雖知此乃出於雷世勛所施幻術，惟其鬆軟程度頗甚，直令人不踏實，甚有身軀偏斜之感，遂決定一躍而上。孰料查坦將軍如此對應，似乎正合於雷壇主之意，不禁使其笑了出來。

一旁觀戰之侯士封，立覺到，「眼前狂妄之雷世勛，果然有些應戰頭腦，其知對手持握鏈索型兵器，須倚仗堅實馬步與穩健移位，再因流星錘之錘身頗具重量，一旦讓施用這般兵器者

離地，凌空之中，不僅沒了馬步作為定步，更因錘重向下而產生逆向扯力，除非查坦將軍能一

出手即中標的，否則殺傷力幾已失去了大半，何以對抗法術詭異之雷世勛？」

雷世勛一見對手躍起，隨即跟上，眨眼使出〈刺針厲髮〉之式，惟見雷將頭低下，其長髮隨即延伸，烏髮末梢猶如飛針，直撲敵對而去。這時，查坦機警地握住流星錘之鏈環，使勁地旋拋錘身，藉由錘身之甩力，瞬將身軀橫甩數尺，閃過了敵對狠招。落地之後，查坦出人意料地橫向翻滾兩圈，藉此算定對手落地位置，斯須快旋鏈索，使其錘球體破壞力道增強。果然，雷一落地後，立見敵對拋出錘球，在場眾人驚見流星錘球即將砸中雷之面部，結果……「轟……」之一巨響，瞬由競場向外傳開，而後一幕，瞬令法王與西兑王起身凝視，且呈出不可思議之表情。竟然！該錘球破裂成數塊，四散於場上，而著定馬步之查坦將軍，更是留下長達十來尺之滑退痕跡！正當大夥兒關注著兵器被毀的查坦將軍，惟摩蘇里奧瞠目結舌地指著雷壇主……

原來，雷世勛自知躲不過查坦尤垶之攻勢，遂於落地剎那，雙手瞬於面前做出交旋式，眨眼浮現一斗大之透淨水晶球，雷立呼咒語，並將右掌朝水晶球一推，適值掌心觸及晶球剎那，水晶球隨即發送一道金黃光氣，此光氣一對上迎面而來之錘球，霎時轟然一響，錘球應聲破裂，然此力道之大，更令對手不勝而滑退，難以止步！

值錘球爆散剎那，摩蘇里奧腦中僅有兩句話，「他……竊了吾之透淨水晶！」，「他……見過了麒麟黃晶鎮！」

尚不知晶石秘密之西兑王，見狀後覺到，「多……犀利之神功啊！無怪乎雷世勛如此狂

之區域。」

妄。」接著，侯西主直接喊出：「勝負分曉，此回競武結果，由狐基族率先選擇參與西州協防之區域。」

雷壇主倏而收下透淨水晶，得意道：「哈哈哈，以我狐基族之實力，無疑負責涵蓋寅轅城之區域！西兑王甫見本座神功展現，相信……石濬若知曉寅轅城有我狐基族巡視，應不致貿然挑釁才是啊！哈哈哈……」

「哼！追尋了十多年，原來是你這臭小子，竊走了老夫之透淨水晶！」法王怒斥道。

「喂喂喂，本座尚稱您一聲法王，可不能因輸不起而對本座無禮啊！何謂竊走？這水晶石原產於狐基部落內，狐基族人當可採掘，惟本座採得這水晶，較一般大了些而已。閣下身為摩蘇族之領頭，亦是克威斯基之護國法王，言行舉止，動見觀瞻啊！不過……本座念您年事已高，不予計較，但不希望再聽聞任何挑釁、輕蔑之語，否則，莫怪本座無禮以對！」

佇於一旁之喬承基見摩蘇里奧如此激動，不禁想起，「憶得父親提過，摩蘇家族曾於我部落採過一大晶種，並視如珍寶地收藏之。莫非……壇主那顆透淨水晶，真是法王昔日遺失之同一顆？換言之，當時我救雷世勛時，其所述及祖先之事兒，全是胡謅囉！唉呀……古亙啊古亙，爾一心為狐基族盡力，竟弄巧成拙，扶植了另一惡魔！嗯……眼下能贖我古亙之罪過，唯有順此一局勢，將狐基族之重心，儘速移回西州，必要時，亦可就近探查石濬之所為。」

雷世勛挾著傲氣，再對侯西主說道：「今兒個西兑王所召開之外族盛會，已如您願地達成了協議。王爺您放心，本座將叮囑狐基族人，確實固守負責區域，您可高枕無憂啦！歐……對了，若有相關法則須配合，還請谷翎軍師或魏總管，直與我狐與壇之喬承基，喬長老聯繫即可。」

「雷壇主身擁蓋世武藝，本王能與雷壇主合作，真是如虎添翼！倒是，列於競武次位之摩蘇族，是否將負責北區之協防任務？」西兑王問道。

尚於氣頭上之摩蘇里奧，以不甚愉悦之口氣，回應道……

「甫聞雷壇主指出老夫年事已高，然往來克威斯基與西州二地，確實徒增老夫負擔。為此，老夫以交通為最大考量，故我摩蘇族選擇參與南區之協防，屆時將過往與西州之貨品交易地，移向西州南區重鎮……白涘城！」

「什……什麼？法王選擇南區？真是出人意料之外啊！」一身影突現身大會，驚訝發聲道。一旁正為桑伊格首領療其足踝腫痛之城屆模，一見此人來到，隨即低頭不語。

「哈哈哈，原來是北川之鄒煬縣令，撥冗蒞臨指導啊！」西兑王說道。

「西兑王過獎！晚輩經驗尚淺，何德何能指導他人？倒是……聽聞法王之決定，煞是詫異！法王若選擇西州北區，幾乎是與我北川縣為鄰，鄒煬若遇事不解，欲請教法王，亦可順道圖個方便啊！」

庫達司隨即喊道：「眼下乃西兑王對我境外諸族群所舉行重大聚會，非論及經濟議題，還請鄒縣令尊重此一盛會之決定。然我夏塔沙族人大多分佈於北區，故能勝任該區域之協防任務。法王乃摩蘇族之領頭兒，若當眾出爾反爾，豈不引人質疑威信？」

法王放緩了調子表示，以雷壇主與鄒縣令為例，現已是年輕一輩兒之天下。昔日老夫已浪費不少歲月，奔波於中土五州，遂就近找個歇腳處即可，況且話已出口，故北區之協防責任，順由第三序位之庫達司酋長接手。能如此，不僅去了西兌王心事一樁，各族群亦皆大歡喜，大會圓滿，可喜可賀。

法王肯定之話語一出，現場眾族群又響起了陣陣歡呼聲，「㘔呀……㘔呀……」「咿咖……咿咖……」「巴素姆……巴素姆……」

此刻，境外各族於獲得共識下，紛紛呼喊著各族慶賀之口號，隨後由各族族人列隊領取與會之棉襖贈物後，逐漸離開了白鑫大殿，惟西兌王、法王及鄒煬，仍舊留於一隅協商，討論著未來麻鎮藥劑之供應與後繼。這時，羅特達族之桑伊格首領緩緩地走了過來，侯士封與法王見狀，紛向桑伊格慰問傷勢，西兌王更是驚訝表示，腳踝受重擊，紅腫脹痛難免，首領身懷何等神功？竟能消腫迅速，且能緩步移動？

桑伊格恭敬地感激西兌王，能於受創當下，指派御醫為其解症。侯士封這才發現，主動表明醫診桑伊格之城居模，已不知去向，惟聞御醫熬匡上前說道……

「稟王爺，方才下官見城居模為桑伊格首領療傷，其以赤小豆之研粉，混上蛋清後，外敷於腫脹處，同時再對另一腳踝處，施行針術。見其雙針下於患者足內踝處，足太陰脾經上之商丘穴，與足少陽膽經之丘墟穴，另一針則下於足太陽經脈上，位於外踝骨尖與跟腱間凹陷處之崑崙穴，以此三穴疏通足踝諸經脈之瘀阻，共治下肢疼痛，舒筋消腫。」

「嗯……此一遊歷各地之城居模，是個不可多得之醫界人才！」西兌王點頭稱道後，又說：「看來，中土之傳統醫療術，其治傷損之速效，並不亞於法王之速效止疼藥丸兒啊！」

「呵呵，老夫正想詢問西兌王，所述及之醫者城居模，正是方才大會上，席座王爺身後之中年人？」

「沒錯，正是城屆模先生。方才一見桑伊格首領受傷，其立前去為首領療治，可惜沒能多留一會兒，否則法王即可進一步體會中土傳統醫術之美！」西兌王應道。

一陣對話後，鄒煬顯出一臉狐疑貌，直說：「二位王爺說個什麼城居東、城居西的，在下怎聽個沒著啊？若依西兌王所指，方才蹲著為桑伊格首領療傷者，實乃十多年前曾於北州辰星大殿為北坎王治症，後因順路前往北川，遂搭上父親之四輪大輦，一同離開辰星殿。當下，鄒煬正於該輦上，此人相貌，令吾印象深刻，而今不過蓄了鬚髯，持了羽扇，略顯福態而已。說直了，此人即是過往江湖上，人稱『本草神針』之……牟芥琛！」

「是他！嵐映湖牟三俠，牟芥琛？為本王治症者……就是他！嗯……本草神針，果非浪得虛名啊！」西兌王於訝異中，不忘再次發聲讚道。

待桑伊格首領率隊離開後，一臉艴然不悅之摩蘇里奧，以重口氣表明了當年前來中土拓展醫藥市場，每遇百姓讚嘆陽昫觀常真人、本草神針牟芥琛之醫術時，即是推廣速效醫藥之一大阻力！孰料一向支持速效丸劑之西兌王，竟也開始對傳統醫術讚譽有加，霎令法王心生廢然而返之念。法王又激動說道：「若西兌王重拾傳統草藥之興趣，眼下與克威斯基之醫藥合作，或將放緩，甚而停滯，老夫亦可提前返鄉養老！」

「喂喂喂，且慢，且慢啊！」鄒煬緩頰說道：「法王請息怒，咱們可別為了一些無法解釋之技巧而傷和氣啊！比如說，西兌王擁有如磁石般之吸斥能力，法王有常人不可及之至陰神功，而在下曾聞先父與北坎王提及，牟芥琛身擁活血化瘀之內力，能為患者化去氣滯血瘀。晚輩以

為，牟芥琛僅藉神功為人治病，所以能達另類之速效，如此而已。西兑王切莫因某人好施雕蟲小技，一味予以美化。再說，若是正派人物，何須假借城居模之名，掩飾其身份呢？呵呵，此人恐因心虛而無以面對實際，才會將其牟芥琛三字兒，倒著唸出……城居模！」

「城 居 模……牟 芥 琛……哼！果然是個狡詐之徒。」摩蘇里奧又說：「老夫近年來曾微服穿梭於狐基部落，以求進一步瞭解狐基文化，進而化解與我摩蘇族多年隔閡。惟老夫不時聽聞，有一名曰牟芥琛之中土人士，四處打探狐基族之過往。當下，老夫即知此人居心叵測，不得不防。孰料方才之外族大會上，牟芥琛竟近在咫尺！此人以虛假之名欺瞞西兑王，應予以拘提，並審問其動機才是啊！」

「只可惜，此一城居……不……牟芥琛，早已離開了白鑫大殿，眼下僅能依魏廷釗總管所設崗哨位置，瞭解其去向了！」西兑王回應道。

法王緩了情緒後話道：「既然已知牟芥琛乃撒詐搗虛、弄虛作假之人，甫聞老夫所言氣話，還望西兑王海涵。而後，咱們仍延續所定協議，合作無間，眼下老夫尚有瑣事須走趟北川，現與鄒縣令就此向西兑王告別，未來老夫將續派專人與西州聯繫。」

摩蘇里奧話一說完，不待鄒煬反應，旋即拍拍鄒煬肩膀，立偕查坦將軍，上馬離開了白鑫大殿。接著，法王趁隙將雷世勛於大會上打出神功一事兒，對鄒煬詳述了一番。鄒煬這才瞭解，為何狐基族能於外族大會，拔得頭籌。法王並進一步慫恿鄒煬，必須加緊腳步，獲取六稜晶鎮之巨能，始能趕上雷世勛，否則，狐與壇將成鄒縣令執掌北州之絆腳石。半晌之後，法王忽停下了馬，三人突於泥路旁交頭接耳，惟見三人頻頻點頭，而後，三人將馬韁一回扯，俄頃調了個頭兒，放棄了原訂之北向路線，隨即兵分三路，火速南奔……。

叢林綠蔭下，內隱樵夫徑，忽而現身一長衣袍、肩披袋之強仕男子，視著斗大的白花兒而入神，嘴裡不禁唸道：「**風濕痺縮，以其辛散濕通，性善走竄而宣通十二經脈，能祛風濕，通經絡，主諸風，宣通五臟，祛腹中冷氣**，如此角色，**威靈仙**是也！」話畢順勢彎腰屈膝，採割其根莖，以為備用。

待蒐羅後起身剎那，驚見叢林獸鳥，倏而逃竄，林葉擦擊，吵吵作響。而後一尖銳笛聲，傳出數聲長響，採藥者聞訊當下，不禁搖頭覺道：「唉……麻煩將至，此劫難逃！」

「啪嚓……啪嚓……」忽見一身影由林中翻飛而出，不分青紅皂白，一陣拳腳即出，或是正衝，或是肘勾，抑或反切，招招兇狠，索人要害，所幸抵擋得宜，暫無傷損。二人隨後蹬躍一霎，雙掌對擊而向後翻飛，採藥者立於落地後，發聲問道……

「閣下一身墨綠武裝，雙濃眉而眼深邃，應是名外族武將才是。在下與將軍素昧平生，何以使出拳腳而多所為難？」

「閣下乃西兑王口中之城屆模，亦是是江湖人稱「本草神針」之牟芥琛吧！吾乃克威斯基之護國衛將……查坦尤埣。牟先生化名以瞞騙西兑王之舉，猶有虞犯之嫌；更因臥底於我國境內，從事不法搜密之情事，恐得請牟先生親自向我法王解釋一番才成。」

「在下僅是避免無謂之解釋，故化名城屆模為人診病，竟有虞犯之嫌？查坦將軍不妨問問那摩蘇里奧，其化名烏莫汗，穿梭於狐基部落間，並擅闖該部落之史官宅房，算不算違法搜密嘞？不過，這兒是西州，地屬中土，查坦將軍辦案辦到這兒來，似乎有些越了界啊！」

查坦回道：「法王所言甚是，中土人士果真擅於狡辯，更有不見棺材不掉淚之說。本將乃一介武夫，不擅言詞，牟先生若想解釋，不妨同我法王說去。」

「哦……查坦將軍太抬舉芥琛了！中土人士多為樸實，若真要提出擅於狡辯者，就在下所知，中州國師薩孤齊算是一個，東州穎梁城主佘伯廉是一個，耳聞北州新上任之北川縣令鄒煬，亦是一個。不過，合此三人，尚敵不過一高人，此即克威斯基之護國法王……摩蘇里奧！」

「姓牟的，我看你是活膩啦！有話，同我拳腳說去。喝啊……」

查坦尤垶沒耐性閒聊，直送上拳腳，一招〈威虎厲爪〉，猛然殺出，俄而使上前扣、旋腕、臂衝、肘頂，霎令對手僅能以前抵、外推、側閃之式以對。然側閃之際，猶有視線不及之處，遂無以抵禦敵對之肘頂攻勢，以致牟芥琛側背中招，翻滾於地。

牟芥琛中招後，隨即拎起布袋，立朝林中奔竄而去。查坦見對手已中招，嘴角難掩上揚，心知眼前任務，一如甕中捉鱉，不禁唸道：「哼！本草神針，爾能針藥兼施，回陽救命，眼下乃荒郊野外，孰能救爾之命呢？嗯……活捉嫌犯，交予法王，再恰當不過了！啪擦……啪擦……」查坦將軍眨眼縱躍上樹，直朝獵物追去。

牟芥琛忍著背痛，一邊兒奔跑，一邊兒以自體經脈感應，覺到，「嗯……還好，背肋骨沒斷！」然於頓感大幸之際，回首一望，雖不見追兵，亦不敢大意。前進數步之後，見一陌生背影，佇立在前，遂停下腳步，頓時一語不發。

「牟三俠是吧！昔日曾與大俠同一車室，深感跌宕風流氣息，十餘載不見，怎一巧遇，即見閣下一身泥濘，呈出了狼狽模樣兒啊！」

「哦……原來是北川順行號鄒老闆之子鄒煬啊！」牟訝異後又道：「呵呵，令尊一心嚮往登上北川縣令，三度候選，皆不敵聲望頗高之沈三榮。耳聞沈前縣令一時財迷心竅，斷送了仕途，煞是可惜。孰料鄒公子青出於藍，一舉登上縣令之位，一圓令尊之夢想。」

「呵呵，鄒煬早已懷疑，本草神針乃非等閒之輩矣！」又說：「耳聞前輩十多年來，遊走於克威斯基境內各地，怎能知沈三榮因財迷心竅而丟官？小小一地方選舉，前輩即知在下已接任北川縣令，無怪乎摩蘇里奧猜測，牟三俠乃藉行醫之名，反行密探之實。神醫啊神醫，您來這招，果真是高招啊！」

牟回應道：「施行針術治症，實不下兩刻鐘；開方之後，患者亦得等待藥草煎煮，如此時段，常為病患抒解情志時候。然牟某無封閉耳道之功力，遂藉診治之際聽得坊間傳聞，抑或政要消息。猶記得令尊有心治理地方，常請益於北坎王，適值芥琛為北坎王治症時，亦聞其讚譽鄒敦先生所經營之順行商號。鄒公子一表人才，機智過人，前景一片大好，實不該與摩蘇里奧為伍，否則……少年得志大不幸啊！」

「嘿嘿，鄒煬清楚與何類人為伍，能獲何等好處！摩蘇里奧乃藉商賈手段，以達其政治目的；而我鄒煬則藉政治途徑，以換取商業利益，二者並不衝突啊！法王有其想法，吾自有思維，惟北坎王不苟同於法王，法王遂少了琢磨北州之時間與空間，自然影響不了鄒煬於北州之勢力。然與法王合作，亦可藉其牽制西兌王，對鄒煬何害之有？倒是前輩阻礙了法王不少財路，無怪乎遭法王視為眼中釘。不過……牟前輩若肯分享於狐基族所探之史密，趁查坦將軍尚未追上，我鄒煬尚可掩護牟前輩前往北川縣，一生吃穿不愁，永不受法王追緝迫害。」

「呵呵，鄒縣令之所言，無異於法王以商賈手段，獲取自身利益。憶得令尊曾提及鄒公子天賦異秉，身擁鄒氏獨門絕學；牟某亦知悉閣下刻意與一製履女子雩婷競爭，藉以掩飾自個兒之武藝，城府之深，實在罕見！然任職一地方縣令，僅須顧及百姓福祉，何須耗費重金，向牟某換取境外異族之史密，莫非……鄒縣令妄想藉摩蘇里奧之力，大腳跨進北州辰星大殿吧？」

鄒煬斂容屏氣，嚴肅回應道：「連雩婷那小丫頭的事兒都知道，真是不簡單啊！看來前輩已非與鄒煬同一路線，方才查坦將軍已鳴笛數響，法王應該已於來此之路上。只是……鄒煬既不願法王見著我鄒氏絕學，亦不想讓法王得知狐基史密，不如趁著四下無人，將您給收了，以免壞了吾未來之路啊！哼……本草神針，接招啦！」

鄒煬快步移位，直抵牟芥琛身前，旋即使上〈定足三梭腿〉，藉由單足定位，倏以伸縮快腿之勢，不定序地攻擊對手頭胸腹部，其速之快，霎令敵對倉皇應對。牟於擋下三輪攻勢後，立馬向後翻飛，並於定位之後，開始緊握雙拳，自覺到，「當年僅聞鄒敦提其家傳一『碎骨溶髓』神功，怎料首一見證此神技者，竟是我牟芥琛！鄒煬利用三梭腿為掩飾，卻是空出雙手，以為溶髓掌做準備。嗯……既然是針對人之骨與髓，正如醫經所謂『腎主骨，腎生髓』，然足少陰經脈屬腎，可透過臟腑別通，連結手少陽三焦經脈；此刻不如暫閉此二經脈之運行，若能抵住對手內力竄入，即能拖延時間，消耗其內力，而後再伺機尋求退路。好……就這麼辦了！」

果然，鄒煬第二波攻勢，拳掌出擊，惟令其驚訝者，竟見對手作出緊握雙拳之勢。鄒煬二話不說，旋即快拳上陣，力攻敵對手足關節，霎時覺到，「哼！不敢與吾對掌，還真以為握拳就能避開吾之神功？殊不知，拳頭正前之第四與第五指骨間之筋前凹陷處，即是手少陽經脈之液門穴，此穴脈道直通該經脈之中渚穴，下通手少陰之少府穴，旁通手太陽之後溪穴，甚可達其後之腕骨穴，故為一穴多透之要穴！既然大膽地以拳相向，別怪我掌不留情了，喝啊……」

鄒煬看準了對手拳向，隨即內力一運，一掌抵住敵對之正拳，俄頃展出鄒氏絕技！結果……

「怎可能！吾之溶髓掌……竟推不進牟之液門穴？難道……其有閉鎖脈道之能力？」

對峙中之牟芥琛，對著鄒煬唸道：「果然，〈碎骨溶髓掌〉乃藉由經脈，進而破壞對手之骨與髓。令尊之所以沒能練成，其因出於不諳脈道運送內力。啊！糟糕！」

鄒煬雙掌一翻轉，瞬間切入對手雙臂之間，旋即將其外推，霎時，牟芥琛之身軀正面，盡是破綻。鄒煬欲以雙掌推擊對手胸膈，孰料對方之身軀後傾，頓時拉大了距離，遂轉以提腿出招，再次使上〈定足三梭腿〉。剎那間僅聞「蹬蹬蹬……」三連響，牟芥琛已胸腹中招，飛彈甚遠，接著再遇追趕上來之查坦尤埣，身背再受查坦一飛腳，腹背受創，立馬口溢鮮血，臥地不起。

「哈哈哈，好一個城屆模！好一個牟芥琛啊！」「哼……本草神針，爾亦有這般狼狽樣兒啊！我摩蘇里奧自抵中土大地，耳聞『本草神針』之名已逾十餘載，甚而走訪於狐基部落，更不時聽聞爾之行蹤，卻始終無緣遇著此一傳奇人物！而今藉由西兌王所邀之外族大會，始有機會讓老夫與牟三俠一遇，怎料竟是一幕口溢鮮血、仆臥於地之窘相嘞！嗯……鄒縣令之拳腳功夫犀利，但下手頗重了些，瞧牟三俠這般傷勢，是否該拿些鍋碗瓢盆，再生個火，幫他煮點兒傳統草藥什麼的？不不不……若須藉這般麻煩手續，還不如服下老夫幾粒止血止疼藥丸，應該會舒服些才是。」

牟芥琛撫著胸脘，道：「咳……咳……摩蘇里奧，爾藉著克威斯基護國法王之身分，處處為難國境內之狐基人，除了覬覦分散該部落之金礦外，更化名研究史學之烏莫汗，刻意接近狐基撰史長老古莨，幸得古莨長老機警，見法王不時出現於透淨水晶礦區，不禁讓人懷疑，烏莫汗究竟是史學家？還是地質探勘者？而在下僅提示了古莨長老，當烏莫汗露出了馬腳，其將表明乃一史學兼地質探勘之考古學家了。」

「哼！果真有你這號人物作梗，無怪乎原已得到古莨長老之信任，而後怎會突然顧左右而言他，令老夫百思不得其解！」法王不悅道。

牟冷笑回道：「呵呵，古莨長老談一地域之史物時，見烏莫汗興致勃勃，但論及狐基族人遭迫害時，卻顯意興闌珊。古莨長老無意間提點了在下一句『熟識後之陌生、信任後之利用』乃世間傷人致深之二刃。此語言簡意賅，或許今日牟某劫數難逃，但願藉此轉述予鄒縣令，切莫遂迷不寤啊！」

查坦將軍則喊道：「閣下已身受內傷，面對敵對三人，已是弱勢，然中土有句話『識時務者為俊傑』，閣下不知迎合法王以自保，還趁隙發送離間之語，看來本草神針恐將……草不成草，針不成針囉！」

此刻，牟之潛意識裡，只剩個逃字兒，奮力起身後，拖著蹣跚步伐，倏朝蟄泯江方向移去。摩蘇里奧雙手一攤，阻下了查坦將軍與鄒煬，嚴肅說道：「牟乃吾之獵物，定由老夫親自收拾。」法王話一說完，隨即運起至陰內力，一來可藉此除掉附骨之疽，二可震懾一旁鄒煬，使之莫敢逆於己。

摩蘇里奧架出前弓後箭馬步，單手匯集內能。鄒煬驚見一坨白光，漸漸凝聚於法王掌心，不禁覺到，「好厲害之至陰光氣！憶得韜隱五霸聚會時，這老傢伙尚須藉助枴杖，始能移步，怎去了趟邪教主所述之密道後，竟見得法王行走自若，甚而蹲出弓箭馬步？再見著這般蓄勢待發之至陰內力，不難推想，法王應已吸取了六稜赤晶鎮之能才是。倘若對照法王所述及雷世勛之神功，看來……藉著莫乃言前進玄武洞窟之計劃，勢必要加快些才行。啊……法王發出白熾光團啦！」

叢林之中，惟見一白熾光團，倏而衝向牟芥琛。正當光團將擊中目標剎那，竟見該白熾光團被捲入一氣旋之中而漸趨式微，甚遭化散解體。待鄒煬拭了目，引頸望之，眼前那吞噬光團之氣旋，實來自一快速旋轉之白色拂塵，而旋此拂塵者，亦是一身白髮白鬚白道袍，待白光完全化散，驚見拂塵上留下了冰霰碎屑，惟聞持拂塵者發聲道……

「久違法王，法王內力不減當年，相較昔日之至陰功力，有過之而無不及啊！」

「哦……原來是陽昫觀之常元逸，常真人！」法王接著冷笑道：「呵呵，此刻相較於常真人，閣下十足符合耄耋老人一詞啊！今兒個可真巧，老夫拓展中土市場十餘載，除了北坎王那老頑固外，就屬常真人與牟芥琛二人，為吾事業版圖上之兩大絆腳石。本以為就此可了了本草神針，孰料竟殺出了個白袍道長來攪局。不知老天是否早已註定，今兒個上演之完整戲碼即

是……一石二鳥！」

這時，牟芥琛回身，倏向常真人行單膝跪禮，不忘恭敬說道：「芥琛連累了常師伯！原以為能順利越過蟄泯江，於臨宣與您會合，怎料西兇王一境外族群大會，因而耽……擱……了！」

「牟賢姪一向守時，今遇異常，直覺事有蹊蹺，恐與西兇王之外族大會關連，遂渡江前來，幸於千鈞一髮，趕上了這一局。賢姪暫先盤坐運功，鎮穩心、肺、腎所合之宗氣，剩餘的，由老夫來擋了！」常真人說道。

「哈哈哈，幾年不見，常真人竟然會說笑話啦！」法王譏諷之後，又道：「常真人一向秉持『謹守莫攻』之策，再見眼前一待救傷患，如此舉鼎絕臏，何以力抗吾等三人圍攻？單憑查坦將軍之拳腳功夫，不出十招，閣下拂塵應已四散紛飛啦！不如這麼吧，您這一身老骨頭已撐了八十多寒暑了，也該令其退役啦！此刻不妨讓您嚐嚐，啥是碎骨溶髓之滋味吧！」

法王隨即向鄒煬使了個眼色，為的是親眼見識一下鄒煬之神技。鄒煬一見法王獰獰眼神，霎覺被拱上架，不過，若能藉此讓法王知悉鄒氏絕學之威猛，或可擺脫其倚老賣老、仗勢威嚇之作風。接著，鄒煬提步上前，雙掌於胸前來回摩擦，隱約可見掌中冒出了白色煙霧。常真人見狀，未敢大意，手持拂塵於胸前，凝神注視眼前這年輕後輩之怪異招式。待鄒煬運足氣力後，緩步向前了幾步，丹田洪聲而出「喝啊……」，雙足蹬地咄嗟，猛躍而起，順勢展出了凌空俯擊之勢！

霎時，同處林間之眾人，不見躍起之鄒煬俯衝而下，而後即傳來一陣「啪擦……啪擦……」之聲響，響徹林上，大夥兒立馬抬頭一望，驚見鄒煬正與另一年輕男子凌空對決，然此突現之身影，拳腳功夫了得，躍身林間與鄒煬一連數招對擊，瞬讓眾人看傻了眼兒，惟常真人頻頻點頭，並回頭對著牟芥琛說道：「呵呵……真巧，咱們的救兵來了！」

見二人凌空交手一陣後，翻飛而下，年輕男子立向常真人瞭解狀況。常真人僅簡捷回道：「中岳啊！眼前那位長者即是摩蘇里奧！這幫人，行不能正，坐不能直，唯恐天下不亂，老夫僅早爾一步趕到，否則你牟師叔恐遭不測啊！」

「什麼！牟師叔受傷了！」擎中岳憤而轉身，喝叱道：「在下擎中岳，摩蘇先生乃一國之護國法王，竟偕二人圍襲一醫者，難道不畏江湖恥笑？」

「嗯……眼前之擎兄弟，身手不凡啊！能與鄒煬對上這麼多招，絲毫未影響呼吸律動，的確是塊練武料子。只是……年輕人行事浮躁，尚不諳世間利害關係，故別強行出頭，閃退一邊兒為妙。」法王又說：「呵呵，至於爾所提之江湖嘛……小兄弟啊！江湖……說白了即是一齣把籌碼搗亂，再一一將帳目算清之不變戲碼！老夫尚有些未清帳目，等著跟常真人與牟芥琛算著呢！擎少俠若不能辨別眼前局勢，莫怪老夫沒事前提醒，喝啊……」

摩蘇里奧為挫擎中岳之銳氣，立馬拳腳齊出，直衝擎中岳而來，旋即使上肘鉤、指扣、展劈、側踢，四式交錯之〈鷹爪扣魚〉，並趁勢壓低自體溫度，以為施展三重至陰預作準備。擎中岳早聞至陰神功之魔幻詭譎，遂引動體內之**手、足陽明經脈**真氣以應，一股熱勁兒泉湧而上，逐一反擊對方之犀利攻勢。法王驚覺對手雙臂泛出橙色光氣，不禁發聲道：「你……身擁經脈武藝？」

「欸……連續一陣拳打腳踢，哪個人不會熱啊？可能是您年紀大了，身子虛冷啊！再這麼冷下去，當心您的命門火也熄囉！」摯中岳一邊兒說著，一邊兒運著真氣，雙掌心隱隱釋出了橙光。

查坦尤垶見狀，飛身而起，欲為法王頂下這攤子，孰料常真人俄頃蹬躍，凌空攔下查坦將軍。這時，鄒煬再次切入戰局，致使中岳一人應付二敵，一旁盤坐運氣之牟芥琛，立對中岳喊道：「小心啊！別只顧法王之陰功，那叫鄒煬之掌功，是能穿筋竄骨的，不容小覷啊！」

然於對戰中難以占得上風之摩蘇里奧，深感摯中岳之內能極強，絲毫不遜於先前於密道中之揚銳，更因對手熱能不斷湧出，對集中內力以壓下體溫之法王，甚為不利。突然！法王釋出一眼色，提示一旁的查坦尤垶後，隨即退出了戰局，由鄒煬獨自續戰摯中岳，自個兒旋即盤腿而坐，持續降溫，以醞釀三重至陰之內力。

這時，摯中岳雙臂之**陽明經脈**熱能，魚貫而出，鄒煬欲伺機施展溶髓掌，怎奈對手出招，既快且準，根本無法襲其經脈穴道，遂改以梭腿出擊，一陣上中下之三梭腿功，霎令摯中岳僅如常真人之謹守莫攻，心想，「眼前之鄒煬，武功底子相當紮實，惟其出招方式，易使對手覺其腿功犀利，實乃掩人耳目之攻勢。惟其雙掌隱含奇妙內力，每遭其掌心掃過，隱有著刺麻之感，倘若一個不慎，著實受他一掌，後果應如牟師叔所提醒，穿筋竄骨，痛不欲生才是！」

再觀常真人力抗查坦尤垶，常老仍採化解對手攻勢為應對，惟查坦將軍追隨摩蘇里奧多年，與法王作戰經驗無數，相互默契，不在話下。剎那間，查坦已知法王正醞釀著下一波進攻能量，遂藉步伐移位，漸漸將常真人引離摯中岳，好讓法王有機會撂倒一旁運功療傷之……牟芥琛！

雙手交疊於腹前，盤坐運功之牟芥琛，雙目微睜，立見正前方一抑溫惡狼，雙掌正醞釀著至陰光氣，不禁憂心想著，「不對啊！此時吾定神運功，以鎮氣脈，雖能穩住體內狀況，但為免岔氣逆衝，暫不得大肆移動。此刻正於右樹林對戰之擎中岳，雖不見其採閉鎖經脈應戰，但憑其豐沛之陽明內力，應可防禦對手之毒招出擊。但看置身左林之查坦將軍，似乎漸趨拉開兩戰場之距離，嗯……此乃沙場戰略之菱形佈陣！法王若雙掌齊發，直衝芥琛而來，就算擎中岳與常師伯能及時抽身，躍回我這兒，值二人落地剎那，應來不及作出定步，即遭法王之集光陰氣衝倒！倘若吾等三人均受創，無疑是坐以待斃啊！看來，面對摩蘇里奧此一棋局，我牟芥琛須有所取捨了！」

果然！法王雙眼一睜，見方位與時機已成熟，雙掌亦泛起了白熾光氣，深吸了口氣，倏將雙掌上提胸前，起身朝前跨了兩步後，雙腿一蹬，立隨「啪嚓」之衣布擦響而一躍丈高。牟芥琛瞬將體內氣脈真氣匯聚，作出了正面迎擊之勢，「來吧魔頭，大不了咱倆同歸於盡！」

孰料，適值法王將推出掌功，發出吼聲剎那，牟芥琛倏忽喊道：「啊……小心啊！法王他……」

原來，法王躍至高點處，旋身一圈，突然轉向，俄頃朝著常真人方向，俯衝而下。查坦尤埣見法王凌空旋身之際，刻意於對擊方位中，令常真人背向於法王，一旦法王轉向衝來，常真人絕對不及回身接招！霎時，於另一頭作戰之擎中岳，驚見法王突襲常真人，當下欲飛身上前作擋已來不及，僅能洪聲喊道：「常師公，快退開！」

鄒煬見對手分心吶喊，機不可失，俄而衝出雙掌，情急之下，中岳立採雙掌迎對！然此同

時，惟見摩蘇里奥鷹眼般地盯住常真人，雙掌亦呈出了白熾光球，待常真人聞得牟芥琛與摯中岳之呼喊聲後轉身，瞬見法王熾亮雙掌已來到身後，霎令常老隨口唸出：「糟了！」

「轟轟……轟隆……」一熾亮光團如輪輻般四散而出，轟然震響瞬由林中外傳，大量塵煙旋即揚起。摯中岳即於雙掌對擊之刺麻感下，猛然發出手陽明經脈內力，惟見橙熾光氣於林間震爆聲中，同步而出，眨眼震飛了對手，瞬令鄒煬仆臥於數丈之外。摯中岳轉身咄嗟，立朝塵煙揚起處奔去，孰料聞得連聲「啪擦……」之響，伴隨查坦將軍翻飛而至之身影，隨後即見昏暗處躺臥一人。惟因摯中岳於暗處之視力過人，立馬識出查坦尤猝屈膝下蹲，扶撐著一臥者，而該臥者一手撫著胸口，一手擦拭著口溢鮮血，仔細一瞧……摩蘇里奥是也！

待塵土熾光散去，大夥兒即見常真人身旁，正挺著一對尚冒著煙兒之雙拳，隨後見其由前弓後箭馬之姿，挺身而起，隨即聽聞摯中岳叫道：「厲害厲害！佩服佩服！能應聲衝破『三重至陰』神功，真是不可思議之『強武太陽』內力。大師哥，真有你的，中岳真服了您啦！」

「常師伯還好吧！」牟芥琛上前問道。

「呵呵，老夫這條命還真夠韌地，情急之下，先有了中岳前來助陣，後於難避敵襲下，千鈞一髮遇得允昇及時出手支援。眼前見得摩蘇里奥與鄒煬這般模樣兒，應可推知，爾倆師兄弟之『經脈武學』，實已探得了另一境界！」常真人再說：「阿昇啊，佇立身旁者即是師公常提及之本草神針，亦是杏林之中，頌聲載道之……牟芥琛！」

「晚輩凌允昇，見過常師公與牟師叔！原來此人即是摩蘇里奥！」允昇拱手後，又說：「待晚輩偕著中岳，將這批惡人給掃了，有好些事兒，等著與大夥兒分享！」，又說：「阿岳，藉爾之足厥陰經脈真氣為基，上行支援手陽明經脈，此般力道，應可衝破那魔頭之至陰邪功！」

允昇立搭擎中岳之肩膀，又說：「走……咱們去試試！」

孰料，抬頭已見查坦與鄒煬各支著法王一胳臂下，蹣跚前進，後見三人倏上馬背，狼狽逃竄而去。

「唉……甫欲試試大師哥所提之運脈功力，沒想到……唉……法王此戰不僅耗費了內力，甚遭允昇哥猛然一擊，短時之內，應無攪局之本錢才是。」中岳推測道。

常真人倒是提出了疑問，「為何爾倆師兄弟能於此現身？」

擎中岳首先表明了過往一段經歷後，道出認識了一姑娘，名曰雩嫜。後因中岳欲送雩嫜回北川縣，遂與一名為蓊驛之前輩，打造了一艘木船，打算循蟄泯江上北川，孰料行經半途，突見遠處叢林之禽鳥，驚慌竄飛，應是林中突發某一現象所致。而後將船靠岸，循著原鳥散方向，盪著樹藤而來，隨即見著常師公受人為難。

凌允昇接著話出：「本於北州打探祖父行蹤，待經歷一連串事蹟後，決定由北川縣直接回西州，怎料禦風岩已無人跡，而後再回往西州峿町鎮老家，亦不見家父行蹤！耳聞西兑王舉行外族大會，因不想招惹是非，遂穿行寅轅城外道路，不巧聽聞叢林傳出響笛聲響，直覺有人受困求救，故尋著聲源前來。」又說：「就近之後，一陣至陰功力推散出之寒涼，令允昇敏感，以為那身著套頭斗蓬之妖怪出現，遂於趕來途中，率先將太陽經脈內力燃動，而後經常師公所述，始知發出陰功者，竟是沉寂一段時日之摩蘇里奧！惟因當下驚見法王白熾寒光已箭在弦上，遂以雙拳齊出方式，直接釋出強武太陽之力，藉以衝散其陰寒光氣。」

「身著套頭斗蓬的妖怪？」常真人疑惑道。

摯中岳突然岔話道：「我看這麼吧！為了看管船隻，雩婷還在船上等著呢！不如大夥兒先回我船上，要如何談妖論怪，悉聽尊便囉！」

牟芥琛點頭說道：「這樣也好，甫聞凌少俠於回西州後，遇上諸多疑惑，沒準兒芥琛與雩婷姑娘能提供些相關線索。」

「牟師叔認識雩婷？」中岳驚訝問道。

牟芥琛搖搖頭後，道：「待會兒到船上一聊，或許能因大夥兒不同之經歷，兜出相關事件之來龍去脈！」

一靠岸木船，隨江波搖曳，甲板上一姑娘認真刻著皮雕，難掩情竇初開之喜悅，自唸著，「不知中岳哥喜不喜歡這皮玩意兒啊？中岳哥離開了這麼久，會不會有事兒啊？好不容易有了艘自個兒的船，若沒人顧守，轉眼成了賊寇走私之工具。唉……落霞與孤鶩齊飛，秋水共長天一色，竟僅一個姑娘家獨賞！」

「啪擦……啪擦……」之翻飛聲響傳來，見摯中岳領著一夥人陸續登上了甲板，霎令雩婷驚訝！待中岳一一介紹後，雩婷隨即為大夥兒燒煮茶水，中岳立招呼登船三人，依序走入船艙。常真人行經艙門口，拍了拍中岳肩膀，微笑道出：「嗯……蕙質蘭心！」，隨後之牟芥琛亦點頭道：「嗯……秀外慧中！」，最後之允昇則說：「嗯……裊娜娉婷！」三人稱讚雩婷之話語，瞬令摯中岳面露靦腆之貌。

眾人入座後，牟芥琛率先表示，此回西兇王舉行境外異族大會，其目的乃籠絡外族，藉以聯外制內，而制內之目標，實乃石濬於西州成立之大小組織。當年前西主石延英，發覺多數官員已被侯士封買通，加上身罹重病，為保少主安危，故託付魏廷釗之父魏天灝，將石濬帶離西州。適值中州混亂，魏天灝遂前往了西南數百里之克威斯基國，終落腳於狐基族區域。年少之石濬因見狐基人屢遭迫害，遂醞釀了其革奸鏟暴之思想；而後為免石濬受外族內戰之牽累，魏天灝輾轉又回了西州，隱姓埋名，遊宿西州各地。

牟又說：「侯士封執掌西州後，心中不時存一疙瘩，其因乃於兵權在握之魏廷釗！倘若魏總管暗地掩護其父，侯士封根本無法根除後患。惟因此等矛盾關係，雷嘯天遂於取得中州後，趁勢釋出豐厚條件，只為延攬驍勇善戰之魏廷釗。侯士封為阻雷嘯天增添猛將，甚至洩漏西州國防軍機，遂續留魏廷釗掌軍機處。數年後，因魏天灝不慎失足墜谷，魏總管低調處理父親後事，自此之後，不再有石濬消息。」

牟續說：「待芥琛由克威斯基返回，甫入境西州，即遇上倉皇數人，擔抬二病患，聞其表出身熱足寒，項背強急，口噤不開，甚有角弓反張之狀。經芥琛當下診斷，發覺二患皆因外感風寒延治，素體津液不足或輸布不利，以致邪阻筋脈，筋失濡養，且見筋脈強急不舒，其脈按之緊如弦，直上下行，惟二者相異之處，乃一是發熱汗出，不惡寒；另一則是發熱無汗，反惡寒。」

常真人話道：「病者身熱足寒，頸項強急，惡寒，時頭熱，面赤，目赤，獨頭動搖，卒口噤，背反張者，痙病也。」

凌允昇接續表示……

太陽病，發熱汗出，而不惡寒，名曰柔痙。

太陽病，發熱無汗，反惡寒者，名曰剛痙。

擎中岳亦表明……

太陽病，其證備，身體強，几几然，脈反沉遲，此為痙，栝蔞桂枝湯主之。

雩婷順接指出……

太陽病，無汗而小便反少，氣上衝胸，口噤不得語，欲作剛痙，葛根湯主之。

常老再行補充……

痙為病，胸滿口噤，臥不著席，腳攣急，必齘齒，可與大承氣湯。

「沒錯！呵呵，咱們船上五人，足可醫治一城鄉病患了。」牟芥琛笑後又指出：

治柔痙之症，藉栝蔞桂枝湯，可解肌祛風，調和營衛，清熱生津，滋養筋脈。

治剛痙之症，藉葛根湯，可開泄腠理，發汗除邪，滋養津液，舒緩筋脈。

治裡熱成痙，藉大承氣湯，可通腑泄熱，急下存陰。

牟接著又說：「之所以提及此事兒，乃因當下患得剛痙者，實為一組織之領導，與之閒聊後，始知此人即是凌允昇之父……凌泉先生！」

「什麼？是我父親？」允昇詫異後，疑道：「家父受教於常師公，自身通曉醫經藥理，怎會身患外感而延治，以致成了**剛痙**之症？」

牟回道：「閒聊之中，始知令尊知曉醫術。待芥琛表明身份後，令尊才道出其子乃常師伯與龍武尊之徒孫。如此緣分下，令尊接續表明，因緣際會下，遇上了年輕有為之石濬，並對石濬之濟弱扶傾行徑與治國理念，頗為認同，遂決心奔走西州各地，以凝聚反西兑王之民間力量。然凌泉兄現已是數個反侯組織之領導，正因令尊為著理想而刺促不休，墨突不黔，故身受外感而自認體強能擋，怎料不勝業務，魴魚頳尾，手足重繭，以致病邪竄筋透裡而不支，同儕驚見，遂協力尋醫解疾。」

見允昇頻頻點頭後，牟又表示，凌泉兄為組織所需裝備而奔走，遂前往了北川市集，幸而巧遇雩婷姑娘為人裁製皮革，故向雩婷姑娘訂製了數十軍用皮鞘。雩婷姑娘知悉對方用意後，竟於交貨時，多贈予數十皮革飲壺，雩婷姑娘此舉，令凌泉兄感激再三；而芥琛更由凌泉兄之轉述，遂得知了北川縣順行號之鄒煬！

一旁靦腆微笑的雩婷，一聽鄒煬之名，隨轉嗤之以鼻，指鄒煬不僅於生意上惡意施放黑函重傷，甚因雩婷親送皮製品至中州，竟狀告北州機察處，直指雩婷有洩漏國情，密通中州之嫌。殊不知，鄒煬密通中州神鬣門戰將芮猁，巧被雩婷撞見，此等揣奸把猾之雙面人，夜路走多了，終會栽跟斗的！

雩婷一提神鬣門，擎中岳順勢表述了遇上雷夫人馬車，以至隨雷世勛入麒麟洞，見其以怪異手法，吸取一金黃色澤之晶石能量。然為滅口消音，雷竟藉晶石能量對中岳出招，並刻意製造麒麟洞崩塌，以致將中岳埋於石礫堆中，怎料中岳因遭晶石能量衝擊，竟衝開了**陽明與厥陰**經脈；待劫後重生，又因上了雷夫人的當，遂參與了神鬣門之獵風競武。

牟芥琛聞訊後恍然大悟，遂將外族大會上，雷世勛以罕見巫術神技，強勢擊退查坦尤垮之經過，詳實描述了一番。

常老極憂心地表示，除了摩蘇里奧重回中土作亂外，竟又出了施展覡巫大法之雷世勛來攪局！於此，常老隨即道出龍武尊於臨終時曾叮囑……「戒慎雷世勛」之經過，隨後又提及中州護國法師薩孤齊，亦是唯恐天下不亂之狠角色。中土大地之未來，恐因此三人而無寧日。

然於此刻，凌允昇自袋中取了樣東西，對大夥兒說道：「不妨聽完在下所遇之斗蓬妖怪，再來評估一下，哪個才是頭疼人物吧？」

允昇將一皮革飲壺，擱置大夥兒面前，表明雖未見過雩婷姑娘，但雩婷姑娘之製品，早已隨所經歷之事件而出現。接著，凌允昇將遇上北淼怪醫仇正攸，以至置身北江無名湖中央，自我衝開全身經脈氣道之經歷，為大夥兒詳述了一番。然為查出北江縣令宋世恭之不法，更是去了趟北江何思鎮。待事件告一段落，允昇遂得宋縣令贈予了該皮飲壺。

允昇又說：「適值允昇待於何思鎮期間，數度於著名之何思樓前，遇著一連串光怪陸離，難以解釋之事兒，而一切皆起因於一身著套頭斗蓬之妖怪！而後經仇正攸介紹，見著了北州水墨大師孫于巔，與前北州刑部確案官暨酆先生。經二位前輩相互回憶一段逾越十餘寒暑，發生於北州津漣山斷崖之過往，竟然對上了允昇於北江所發生之一切！後經諸前輩之旁搜博採，此一斗蓬妖怪，幾可斷為昔日牟師叔之大師兄……寒肆楓！」

凌允昇一道出這名字，霎令常真人與牟芥琛兩兩互看，鉗口撟舌片刻後，雙雙搖頭，異口同聲唸出：「麻煩大了！」

雩婷為緩凝滯氣氛，冒出了句，「呵呵，原來雩婷之製品，甚連置身北江之允昇哥都遇得著耶！來來來，中岳哥，這是甫完成之皮雕龍，龍是祥物，有了它，那斗蓬妖怪傷不了你的。」

「呵呵，雩婷姑娘心地善良，不愧為釋星子調教之後啊！」常老說道。

雩婷微笑道：「義父時常跟雩婷提及陽昫觀及江湖種種，真沒想到，眼下之先進先賢，皆是未見過小女子前，即聞過雩婷名字耶！呵呵，還好諸位未受鄒煬之毀謗言語所影響。」

擎中岳將皮雕龍握於手中，道：「耳聞嵐映五俠之首寒肆楓，曾受摩蘇里奧調教，始為寒肆楓掘出了至陰至寒之不歸路。而允昇哥與中岳之功力，皆屬至陽至剛路線，一旦至陰邪氣肆虐，咱們恐將難免一場激烈較勁！」

允昇點了點頭，正經說道：「甫見允昇之雙拳，引動太陽脈衝出擊，即能衝垮法王之三重至陰。允昇幾可確定，寒肆楓重生後所回復之內力，實已凌駕摩蘇里奧。憶得允昇與寒肆楓兩度交手，其二次對決時之功力，明顯較前次增強許多，保守推估，應具三重至陰之數倍能量。倘若寒肆楓之內力仍未登頂，允昇則心生兩好奇，一是何等能量，能再助其增強？二是……此人……是人？……是魔？」

常老嚴肅表示，摩蘇里奧乃藉本身內力，強行抑壓自體溫度，進而運發其所練之至陰神技。然法王畢竟是常人之軀，臟腑能承受之溫降有限，故僅能練及三重至陰之「集光陰氣」，而寒肆楓則非如此！又說：「過往曾聞龍武尊提及，寒肆楓自幼即存有極重之仇恨感，年十四後，自體溫度始較常人為低，且一息脈動，不及四至，甚見其能吸引楓葉，使之成為震懾他人之暗器，故身懷諸多常人不及之特點；而今再獲重生之寒肆楓，確實難以捉磨其未來之去向？」

牟則感嘆指出，原本寒肆楓結緣於摩蘇莉，因而心生退隱山林之意。孰料擅於施毒，且懷有身孕之摩蘇莉，竟因誤服了回陽救逆之四逆湯，以致內毒四散，待芥琛發現，此事件乃因庸醫誤判了**真熱假寒**之證，為時已晚！寒肆楓遂因痛失摩蘇莉母子二命而發狂，萬念俱灰下，即當北坎王與芥琛面前，躍下了津漣山斷崖。

「然有一事兒，必須提醒諸位！」牟嚴肅說道……

「寒肆楓於前往全尹堂報復後，曾遭北州堅防軍長江乘，攔下了去路。待江軍長與其三屬下抽刀之際，寒竟出掌反擊，結果……身中寒肆楓凜冽寒掌之江乘，全身硬化，終碎裂成了石礫，北坎王聞訊，驚愕不已！然芥琛歷經數年於克威斯基境內，知悉了摩蘇家族〈至陰神功〉之描述，明確表明：三重始凝光，四重摧成礫，五重喚風寒，六重攝陰魂，七重斂魔域，八重馭地資，九重遮天垠。換言之，摩蘇里奧之〈集光陰氣〉，確實是三重至陰之凝光階段，而江軍長罹難事件，可見寒肆楓早已身擁四重至陰之功力了。」

「若依牟師叔如此一說，允昇於何思樓所遇怪異風寒之象，乃出於〈五重至陰〉之結果囉！再這麼延伸下去，寒肆楓真要趨於妖魔之境了！」允昇說道。

牟接續推論指出，寒肆楓於躍下斷崖前，其功力應已達五重至陰！惟因身擁五重至陰而遇危難時，自體將啟動冰凍護體，而水墨大師琮勻巔，正是此一冰凍護體之最佳見證者。而今寒肆楓甦醒，急需回補過往功力，甫聞允昇之經歷描述，可推知寒肆楓之現況，應已恢復至五重至陰才是。

「唉！至陰至寒之寒肆楓，乃因我凌允昇而重生，趁吾太陽脈衝尚能應付之時，定要遏制寒肆楓朝向至陰之六重；為不使其衍生為魔，甚須將其永久封印！」

「此事兒巧發於因緣際會，非允昇哥一人責任！」中岳又說：「寒肆楓何時上衝六重至陰？無可捉磨，但欲遏制這魔一般力量，除了允昇哥之太陽脈衝，亦有中岳之陽明脈衝，能夠的話，尚有三弟揚銳之少陽脈衝，如此三陽齊力，絕對是咱們勝出逆邪之籌碼！」

「中岳賢姪所言甚是！」牟附和後，又說：「此回芥琛約了常師伯於臨宣一見，本欲藉該城諸多管道，匯集中土能人志士，以抗金蟾法王重出江湖。孰料，突來一外族大會，冒出了個雷世勛，再經叢林一戰，又多了個鄒煬，眼下又出現了令人毛骨悚然之寒肆楓，所幸臨危之中，遇上允昇、中岳與雩嬣姑娘相助。看來，芥琛欲往臨宣之計劃雖生異，卻有了另一番景象呈出，而後應是朝原擬之第二計劃進行了！」

「牟賢姪，何來第二之計？」常老疑道。

「常師伯有所不知，芥琛深居狐基部落，除了瞭解當地醫藥外，為的即是深入瞭解克威斯基之痲略斯文，藉以對照中土之磐龍文。而今出現關鍵之點，須與黃垚五仙中之銘義天師研議，故第二計劃即是……前往黃垚山！只是……芥琛未曾上登五藏殿，五天師未必肯冒險獨會一江湖人士！」

常老回道：「黃垚山之行，可由老夫親自領路！老夫不僅可藉此與五天師談道，熟悉龍武尊之黃垚五仙，應期待一見武尊欣慰義徒，人稱「本草神針」之牟芥琛，以及武尊之武傳徒孫……凌允昇、摯中岳！」

一旁雩嬣輕聲道：「黃……黃垚山！嗯……小女子能否隨前輩們前往該聖域？」

「哈哈，當然可以。只是……中岳偕雩嬣姑娘回北川一事兒？」常老問道。

「義父勤於國事，一饋十起，雩嬣回北川亦是一人縫製皮件，頗為無聊。」

「也好，一塊兒去黃垚山，免得讓阿岳掛念著。」允昇接著又道：「素聞黃垚山乃道教聖地，五天師皆逾期頤之年，論醫論道，盡可奉為圭臬。吾等後生之輩，或許能藉此行，啟蒙再造，福慧雙修。」

牟隨即表示，待完成第二目的後，第三計劃即是前往北州，拜訪惲子熙先生。當年曾因惲前輩一本磐龍文習冊，拓開了芥琛一探「磐龍仙翁」傳說之欲望。而今芥琛已深入探索克威斯基，遂藉拜訪惲先生之機，以期共研該傳說之始末。

常老為助大夥兒行程順利，立馬提筆書了封信，隨後說道……

「自此循江而下，將於中州牧里城靠岸，岸邊有座福安宮，宮內之宏申道長曾是位駕船高手，此船交予道長代管，中岳應可高枕無憂；而老夫亦將差人帶個信兒，知會陽昫觀之茂生道長，代老夫主持觀內上下。然經牧里城外一叢林山徑，越過栗芃山，可直抵黃垚山，如此，或將能省去近半路程。」

大夥兒聽得常老建議後，紛紛點頭以示贊同，且聞「啪啪啪……」之響聲，出自允昇、中岳、雩嬣三人之交互擊掌。摯中岳更是興奮地對著艙內大夥兒喊出：「眼下之登船賓客，中岳

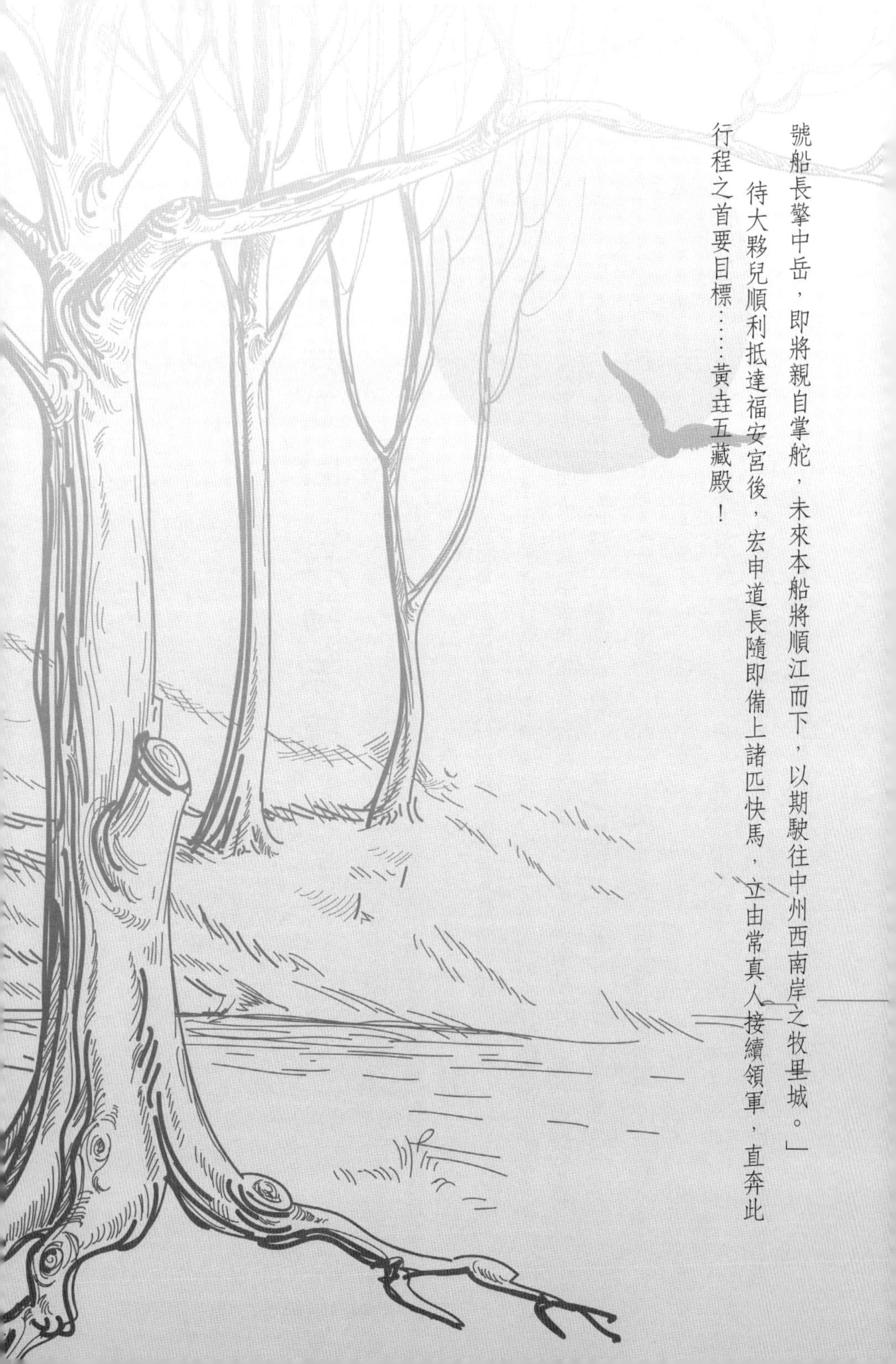

號船長擎中岳，即將親自掌舵，未來本船將順江而下，以期駛往中州西南岸之牧里城。」

待大夥兒順利抵達福安宮後，宏中道長隨即備上諸匹快馬，立由常真人接續領軍，直奔此行程之首要目標……黃垚五藏殿！

第廿五回 三陽淬礪

道觀銅鐘聲咚咚，信徒撮土禱穀豊，虔誠膜拜行尊禮，善男信女秉初衷。

放眼宮辰山陽晌觀，盼引眾生習得醫經，以為濟世救人，日日教頌五行經脈，以為日常知識。然此時刻，聞秋蒔亭一對男女，雖無參與道場之醫經教授，卻也傳來針灸研習之論頌聲響。上前端倪，即見女子不斷發問，何謂經脈氣道穴位，對應肘膝以下之井、滎、俞、經、合也？

「十二經脈穴位，包含手部之三陽三陰脈，足部之三陽三陰脈，研馨皆已背熟了，但究竟何謂井、滎、俞、經、合之穴位區分呢？」

揚銳捋起衣袖，亮出了手掌至肘彎部分，對著研馨詳實述出……

人之手足共十二經脈，以手不過肘，足不過膝之部分，將諸經脈自四肢末端起之五穴位，分別定以井穴、滎穴、俞穴、經穴、合穴，而合稱五俞穴。

以**手太陰肺經**而論，**少商**即是**井穴**，**魚際**即是**滎穴**，**太淵**為**俞穴**，**經渠**為**經穴**，而肘橫紋之**尺澤**則為**合穴**。

然五行屬性定位，因陰陽脈絡而不同，如**陰經脈之五俞穴**屬性，由**木火升發**而起，依序為**木火土金水**；相對之下，**陽經脈之五俞穴**屬性，則由**金水沉降**而論，依序為**金水木火土**，以致……

陰經脈之五俞穴屬性為：**陰井木**，**陰滎火**，**陰俞土**，**陰經金**，**陰合水**。

陽經脈之五俞穴屬性為：**陽井金**，**陽滎水**，**陽俞木**，**陽經火**，**陽合土**。

然醫經有言：所**出**者為**井**，所**溜**者為**滎**，所**注**者為**俞**，所**行**者為**經**，所**入**者為**合**。

井穴佈於指趾爪甲旁，似水之源頭，為經氣所出。

滎穴佈於手足掌關節之前，經氣如涓涓溪流。

俞穴佈於手足指關節之後，經氣漸盛，如細水擴大。

經穴佈於手前臂與足脛部，經氣盛行，猶水入江河。

合穴佈於肘膝關節周圍，經氣充盛，入於臟腑，似江河入於大海。

「縱然知悉了各經脈之五俞穴定義，有何用處呢？」研馨續問道。

揚銳認真指出，瞭解了十二經脈之五俞穴後，即須切記醫經精闢之述：

病在臟者，取之井；病變於色者，取之滎；病時間時甚者，取之俞；病變於音者，取之經；經滿而血者，病在胃以及飲食不節得病者，取之於合。

井主心下滿，滎主身熱，俞主體重節痛，經主喘咳寒熱，合主逆氣而泄。此五臟六腑其井、滎、俞、經、合所主病也。而後又言，滎俞治外經，合治內腑。

「哦……銳哥，我知道了，這幾句話即是針對病出於臟腑、顏色、時間，出於身熱、節痛、喘咳、逆氣等症狀時，可根據其五俞穴之屬性與各穴所主之病證，再對應手、足陰陽經脈，取穴治症，對不？」研馨問道

「嗯……孺子可教也！沒想到，不過幾天時間，馨妹已能舉一反三。過去吾待此觀習醫，為了不遜於允昇與中岳哥，卯足了勁兒背誦，但他倆絕沒料到，吾之聽力倍於常人，隨時可聽到道室內之教頌聲，所以耳濡目染，耳熟能詳囉！唉……不知常師公何時回往陽昫觀？等常師公回來，再提點妳些經脈之理，即可達事半功倍之效啦！」

研馨表示，習醫不僅自救，甚可救人，但與烹飪相較，烹飪則簡單許多！

「脾胃乃氣血生化之源，飢餓亦是種不利身體之狀況。馨妹能諳烹煮料理，即可為人解症，實已具備救人之能力！」揚銳話出，研馨不禁一笑。

這時，一德高望重之長者，走向了秋蒔亭，揚銳一見，隨即打躬作揖，行禮問候。

「茂生道長，晚輩揚銳偕同研馨姑娘，回到昔日受教淨地……陽昫觀。咱倆叨擾道觀許久，以靜候常師公回觀，倘若觀內需揚銳效力之處，道長囑咐一聲即可。」

茂生道長撫著長鬚，微笑道：「貧道臨此之前，聽得經脈五俞穴之釋義聲，即知揚施主乃出於本觀之習生。然而貧道甫接獲常真人自牧里城福安宮，託人送達一書信，內容囑咐，因要事須前往黃垚山五藏殿數日。惟因揚施主乃常真人之親收徒孫，此回特為常真人而等待，故貧

道特來秋蒔亭轉告，以不礙施主近日行程之拿捏。」

「師公有要事兒……去了五藏殿？」揚銳靜思片刻後，又道：「憶得常師公每輒上黃垚山，皆攸關蒼生之要。而揚銳回到陽昫觀，亦因南州火連教事件，欲向師公請益。既然同為要事商討，不如揚銳偕著馨妹，齊上一趟黃垚山，或可省去不必要之等候。」

茂生道長對揚銳所提，頗為贊同，隨即為二人備上馬匹水糧。待揚銳與研馨謝過茂生道長後，旋即上馬，兩聲「駕」響傳出之後，惟聞漸趨遠離之馬蹄聲，伴隨一對男女身影，俄而離開了陽昫觀，奔下了宮辰山。

黃垚山上擁五藏，五行天師鎮殿廊，青赤黃白黑分立，論醫談道守倫常。

惟因世局趨紊亂，陽昫道長勤奔忙，親率菁英訪五仙，盼得五州正氣揚。

常真人率著眾菁英，直抵黃垚山下，突聞隊伍後方，「蹦……」之一聲，隨後傳來「嘶……」之馬鳴聲響，驚見雩婷所馭馬兒，陷入一狩獵土穴，「呀……」雩婷更於尖叫剎那，眨眼遭獵狼所用之藤編網綑住，懸吊半空之中。眾人見狀，急停下馬，待知雩婷無傷損後，惟聞常真人無奈表示，此路乃通黃垚山之捷徑，御時聞附近農村之禽畜，頻遭豺狼襲擊，遂使村民架設陷阱圍捕。惟因豺狼齒銳，能斷繩索，致使村民們藉韌藤以編網，怎奈……

嗅覺靈敏之凌允昇，仔細一瞧後，急忙喊了聲：「雩婷別動！」

允昇再次確認後表示，此異味出自一毒漆藤，當獵物困於藤網中時，因焦急而翻動，甚因下垂之力道拉扯時，牽動藤網正上之毒漆藤，因而溢出青色毒漆液，待毒漆液順藤而下，即可毒昏獵物。針對大型尖齒類野獸，常施以這般狩獵法，惟沾量大了還是會致命的。

「這可麻煩了！咱們身上幾無刀具，何以破網救人？」正當中岳發愁之際，突又叫道：「歐……對了！雩婷有對蝴蝶刀。大師兄，咱們各持一柄，上樹救人！」

牟芥琛俄頃上前，驗過了該雙刀，搖頭話道：「此蝴蝶雙刀之刃，雖可摧人皮肉，斬樹斷枝，卻不足以一刀即斷韌藤，況且藤網懸於半空，就算爾倆聯手飛躍出擊，至少得十來刀次以斷韌藤。然過程中之砍擊震動，亦會讓漆液溢出的，這麼做，太過冒險！」

擎中岳眼見當前狀況而無能為力，僅佇立於雩婷正下方，急如熱鍋上螞蟻，回頭問道：「允昇哥，咱們可否使上經脈脈衝光氣，將藤網擊落？」

「這個嘛……」允昇頓處於審慎評估中。

常真人於允昇考慮時，正經表示，根據龍武尊所倡「經脈武學」之天地人論說，允昇所練，乃屬天之「強武太陽」脈衝，其以雙拳之式發功，可強力發出兩團脈衝光氣，威力甚大，若以此發向樹藤，摧毀瞬間，恐傷及藤網中之雩婷，甚因衝散瞬間，使樹藤爆破而毒液四散。除非……允昇已能自體悟出如何脈衝分量，否則，暫勿冒險為宜。

常老又說：「中岳所練，乃屬地之『精武陽明』脈衝，其藉陽明脈衝發功擊地，可震地摧物，而其摧毀範圍，隨功力大小而定。此刻，雩婷現正吊於半空，難道……中岳欲震倒整棵藤樹？」

大夥兒突聞牟芥琛喊了句：「不妙！上頭已有溢出青漆液之貌啦！」

常真人亦喊：「大家小心！有不明蹄聲接近中！」

忽然！一急奔蹄聲，隨山徑而來，惟見一身手矯健之身影，倏立於馬背之上，而後大夥兒聞其自遠處，洪聲喊道：「中岳哥，把人接好啦！」

大夥兒瞬朝發聲者一望，此人甫於行進中，自馬背上蹬躍咄嗟，見其雙前臂外側，瞬間發出橙熾光氣，待其躍至至高之點，立見其雙臂揮出前甩之勢，四道如新月狀之迴旋光氣，霎時如迴旋鏢般飛出，現場惟聞「唰……唰……」兩聲，兩迴旋光刀，瞬將漆藤切斷，而另二光刀則切斷藤網交編處，該藤編網立馬裂解而開，而後聽聞雩婷「哇……」之一聲驚叫，佇立其下之擎中岳，立馬接捧了雩婷姑娘。

「常師公，大師兄，二師兄，揚銳終於趕上你們啦！」

「揚銳啊，好一陣子沒見，都長這麼高啦！來來來，身旁這位即是師公常提及之……本草神針！」常老說道。

「本草神針！牟師叔，晚輩揚銳，久仰您大名了。」

「哈哈，有了『強武太陽』之凌允昇，『精武陽明』之擎中岳，那麼……眼前之揚賢姪，應就是龍師父心中之『厲武少陽』囉？」牟問道。

「沒錯，牟賢姪猜得沒錯！呵呵……」常老笑道後，倏而上前關注雩婷狀況，雩婷隨即謝過大夥兒與揚銳。允昇、中岳更是與揚銳輕敲了拳，接連反應道……

「哇……沒想到厲武少陽脈衝，如此犀利，愚兄算是開了眼界啦！」

「是啊，三弟！這回多虧爾之及時相助，化解了危機，實在佩服！」

「大哥、二哥過獎啦！方才這般情況，小弟於南州遇過，只是少了個人於底下接應，終不幸令受纏者摔傷了臀骨！」話後，三人齊力將陷於土穴之馬兒拉起。

常真人再說：「揚銳所練，乃屬人之『厲武少陽』脈衝。人之全身骨骼，唯有脇肋骨呈出彎曲之象，而少陽經脈，氣行脇肋，取類比象可知，厲武少陽之脈衝光氣，乃呈彎曲之新月迴旋鏢狀。然引龍武尊所倡『經脈武學』之天地人論，天者能飛，地者能震，而人者即遊走於天地之間；倘若揚銳能掌握迴旋鏢之遊走行徑，厲武少陽脈衝應可擊出弧形攻勢才是。」

「多謝師公指點，揚銳將持續領悟以精進武藝！」

「揚兄弟怎會巧合地來到這兒？否則，雩婷麻煩就大了！」雩婷問道。

「銳哥哥，你跑那麼快，研馨都追不上啦！」研馨來到後，訝異道：「欸……允昇哥！怎會在這兒遇上您？」

「呵呵，大夥兒還真是有緣啊！甫於中岳船上述及北江經歷時，提過研馨姑娘，怎會結緣遠在南州之三弟嘞？」允昇訝異道。

揚銳隨即表明因於南州發生了諸事兒，進而結識了搭船南向之研馨。又說：「待咱倆上了宮辰山陽昫觀找師公商量，孰料茂生道長轉述了師公前往黃垚山之訊息，多方斟酌之下，遂決定前往五藏殿，與師公會合。咱倆原本行於另一路徑，只因揚銳耳力靈敏，聽得林間馬兒之長聲嘶鳴，更聞一女子發出尖叫，遂岔越了山坡道，循聲前來，而後即見方才驚險一幕。」

「太好啦！這趟路程，雩婷終有了女伴兒啦！」雩婷開心地牽著研馨說道。

「趁天色尚未昏暗前，咱們就此直上黃垚山，有何須商討之細節，待抵五藏殿後，一併細說！」常老一完話，七人逐一上馬，隨後連聲「駕……」響喊出後，眾人立朝黃垚山之升坡道，拖曳著滾滾黃沙，扯轀狂奔而去……。

時屆酉時，惟見大殿杜門卻掃，卻因一陣嘶噪馬鳴，不禁驚動了五藏殿之仙官仙卿。驟然見得常真人親率陣伍，直抵五藏殿，眾仙卿立馬指引入內，倏忽通報黃垚五天師。

常真人順領初訪黃垚山之六後輩，來到五大殿前廣場，一一介紹了東角太衝、南徵神門、中宮太白、西商太淵、北羽太溪之五殿，分由杍仁、煉禮、圻信、銘義、海智五天師所鎮守。五殿並依節氣，分由五仙輪番主持大殿總務。然此時刻雖值立冬節氣，惟大殿之任務交接訂於冬至，眼下故由銘義天師掌主持，以致西商太淵殿之殿內主燈，燈火通明。待常真人領著大夥兒來到太淵殿，五天師已於殿內廳堂等候。

常真人率眾齊向黃垚五仙行禮致敬，且訝異五位天師同時出席，只因對此後生晚輩這般禮數，愧不敢當。這時，銘義天師上前說道……

「凌允昇、擎中岳、揚銳三少俠乃龍武尊之得意徒孫！吾等同道本以為三少俠將一一前來五藏殿，孰料，聞得常真人親率牟神針、凌、擎、揚三少俠與雩婷、研馨二位姑娘前來我五藏殿，瞬感千載難逢，吾等同道遂齊聚太淵殿，以見證這萬世一時！」

「天師何以說，凌、擎、揚三後輩，將一一前來五藏殿？」常元逸願聞其詳。」

銘義回應道：「中土五州，地大物博，三少俠遊走四方，能不約而同齊聚一處，實在難矣！然因條件局限下，吾等同道無法藉由召喚方式，以達此目的。若凌擎揚三人之一前來，即可得知吾等同道之用意，此人而後之行徑，自當引得另二者前來。待三人齊聚後，瞭解了吾等同道之所為，定會尋找『本草神針』之下落。倘若依此模式，恐將耗費多時，始能成事兒。而今常真人引領關鍵人物前來，是否符合銘義所言，千載難逢！」

牟芥琛接話道：「登訪黃垚本是芥琛回到中州之草擬計劃，竟得銘義天師以千載難逢形容！然於此刻，甫聞銘義天師所提之局限條件，在場後輩不免心生好奇！」

海智看了下其餘同道後，正經回道……

「針對牟施主之所問，貧道以為，既然千載難逢，擇期不如當下，遂謹定明日午時，吾等同道將依原先之模擬，於殿外五大巨柱所圍繞之五行祈場，慎重解答所提疑問。三少俠今晚務必養足精神，以應明日之祈場考驗。諸位不妨先回客房，吾等同道將續與常真人，訪論稽古一番。」

「大師哥，甫聞海智天師提及，明日午時將於五行祈場考驗咱們？考驗啥嘞？」揚銳走出太淵殿問道。

擎中岳亦搔著後腦勺，道：「咱們甫登黃垚山，即遇五仙提了萬世一時、千載難逢之語，明兒個又要考驗咱們，莫非欲知咱們是否熟悉醫經藥理、治症之術嗎？真如這般，那牟師叔即可勝任主考官了。」

允昇則認為，雖說黃垚山五藏殿乃論醫談道之聖域，應無考驗後輩醫經藥理之必要，倒是對牟師叔所提，何謂局限條件？較為好奇。

牟芥琛則說：「較為好奇銘義天師所提：爾等三人齊聚後，會找尋『本草神針』之下落。眼下又要求爾等養足精神，看來，明兒個將是一勞心勞力之考驗了！」

一旁雩婷認為，若真要考問醫經藥理，何須刻意齊聚五行祈場？海智天師甚而提及，「將依原先模擬」，為何要模擬？難道……五仙已事先佈了局不成？

研馨亦說：「方才咱們離開大殿時，五仙尚須與常爺爺私下討論，難道常爺爺亦是審考官之一？」

這時，大夥兒來到了巨柱廣場，個個瞧著座落五方位之巨柱，揚銳不禁仰首發聲：「哇……多雄偉之巨木啊！其上之雕刻與撰文，煞是特別，此即五仙所指之五行祈場啊！」

牟芥琛見狀，俄而上前觸摸巨木柱，並將鼻竅附上，立覺到……

「這……這是覡魘杉啊！果然，古莨長老提及，當年運走天外巨石之曲蚺長老，真來到了中土大地。不過，眼前每一約莫二丈八高之巨木，的確經過加工，其上所雕刻之文字符號，即是惲子熙先生所說之……磐龍文！」待牟端詳該刻文之註明……「五方位之巨柱，乃鎮守中土大地之基石，五柱齊力，始有太平」。再觀每一巨木，環繞祈場排列，以對應著中土之翠森、赤焰、黃垚、雪鑫、烏淼之五大峰頂，以此可推得，曲蚺長老不僅是位醫家，甚是位高明之天象地質能手！嗯……既已來到這兒，不妨先瞭解黃垚五仙所謂之祈場考驗後，再向五仙傳達古莨長老之論述好了。」

翌日清晨，殿內仙官仙卿與三清弟子，陸續齊聚五行祈場，紛於五巨柱之前，一一作出鋪陳。一為百斤重之烈火鼎，二為盛有清澈淨水之大水缸，且於五大巨柱前方八尺處，各設有一火炬架台，架台上均置著一塗上燃油之未燃火炬，唯見一特殊架台，其上設一垂直輪盤，該輪盤上卻設有兩未燃火炬！除此輪盤架台外，其餘四架台之正下，皆橫置著一精雕木箱。

雩婷與研馨一早前來客房，喚起了凌肇揚三人，三人睡眼惺忪，緩緩起身，揚銳甚而補了個哈欠，道：「不是要咱們養足精神嗎？就讓咱們多睡會兒吧！」

「喂喂喂，銳哥教過研馨，醫經有謂『久視傷血，久臥傷氣，久坐傷肉，久立傷骨，久行傷筋，是謂五勞所傷』。久臥則生理經脈輸送不暢，精氣自然萎靡不振！趕快起來吧，五行祈場早傳出了佈置聲響哩！」研馨說道。

雩婷接說：「是啊！中岳哥，快梳洗吧，甫偕研馨來這兒之前，遇上了常爺爺與牟師叔談話，見他老人家似乎面帶哀容，並要咱倆前來轉達，一刻鐘後將前來客房。」

「什麼？一刻鐘後！大哥、二哥，咱們得快些啦！」揚銳才說著，凌允昇早已動作，率先著裝，中岳隨即跟上。半晌之後，常真人偕牟芥琛來到了客房。

常老嚴肅地說道：「今日午時於五行祈場之淬煉考驗，將由黃垚五仙親自執行。五仙此舉乃受龍武尊所託，考驗爾等三師兄弟針對強武太陽、精武陽明、厲武少陽之琢磨程度，而老夫僅扮演淬煉前之耳提面命角色。」

「什麼？那……那五位皆逾百歲之天師，慈眉善目，竟諳武藝？」揚銳驚訝道。

牟笑道：「龍師父懇請黃垚五仙幫忙，想當然爾，五仙功夫自不在話下；況且黃垚五仙自入山後，未曾出過五藏大殿，除了常師伯與龍師父外，應無人知曉五仙之武藝……登達何等造詣了？」

常老搖頭道：「牟賢姪或許不知，摩蘇里奧曾與五仙交過手，惟因法王施展詐術，遂盜走了五藏殿之鎮殿寶鑑……《五行真經》！據聞此真經曾經手西兌王與中鼎王，現於東震王之手。只因東州傳出，嚴震洲多年肝疾已因真經而獲改善，遂引來南離王之覬覦，甚或聽聞北坎王亦有意取得。唉……人於天地之間，冥冥之中，自有天數，何以得權得勢者，皆變向追逐生命之延續與常存之道，不知其心中尚存多少空間予蒼生百姓？」

牟接續附和了常真人所倡之「天人合一」論，表明人本合於天地之間，人不能合於**春生**、**夏長**、**秋收**、**冬藏**，不識五臟六腑之**陰陽**、**表裡**、**虛實**、**寒熱**，單憑擁有《五行真經》，再將其美化成延續生命之寶物，穿鑿附會，捨本逐末，世間盲目也。又說：「凌擎揚三賢姪乃得天獨厚，遇黃垚五仙親自淬煉，爾等三人之經脈武藝須能徹能通，否則欲通過五仙淬煉，不甚易也！」

常老對著三徒孫表示，此回三陽淬礪，非採取一對一過招，而是考驗各位之局勢觀察力。待時辰屆臨，五仙之一，率先出擊；三陽之一，立馬應對。過程之中，五天師將視狀況發展，進而變更淬煉陣伍。受驗一方竭盡所能，激發個人潛在，其餘二人亦如天師們一般，視局勢發展而加入三陽應對行列。

「既然是考驗三陽後輩之經脈武藝，是否點到為止？畢竟，五位天師皆為前輩中之前輩，倘若不慎……」允昇道。

「是啊！若是受驗後輩，對五仙們放肆了，這般重罪可就難當啦！」中岳接話道。

常老搖動著食指表示，五仙於雙方對峙中，自有拿捏。縱然爾等三人年輕氣盛，惟黃垚五仙各擁百年功力，爾等使出全力，未必能勝經驗老到之五仙！

「請教師公，名為淬煉考驗，是否有其終極目標？以作為咱們作戰之參考。否則無理由地過招下去，沒完沒了啊！」揚銳提問道。

常老針對揚銳所提，回道：「甫見過五行祈場之鋪陳架設，顯而易見，五仙代表人之五臟，而爾等身擁太陽、陽明、少陽，即代表人之經脈。受驗者可循醫經法則，因應出招，屆時五天師將全力固守各巨柱前之未點燃火炬，以防範爾等三人發功點燃。終極目標即是點燃巨柱前之所有火炬，其中尚包含一輪盤上之雙火炬，此一輪盤位於海智天師把關之巨柱前。然而海智天師代表五臟中之水腎，水腎與小腸火之間，尚有一水火相容之命門；待點燃肝木、心火、脾土、肺金四臟之火後，爾等須齊心齊力，同時點燃代表腎之相火與命門火之輪盤雙火炬。然因火炬皆已上了燃油，爾等若能以經脈之熱，點燃所有火炬，即可達成淬煉目標。藉此提示，此一輪盤乃由銘義天師所設計，其旋轉動力出於輪盤後方之金屬捲條，該捲條紮緊後，可提供兩時辰之動力；換言之，若受驗者無法於兩時辰內，合力達成淬煉任務，即告闖關失敗，擇日再試。」

「哇……多另類之淬煉考驗啊！相較中州神鬣門之獵風競武，刺激多啦！」中岳興奮道。

允昇聞訊後表示，過往凌擎揚三人之遭遇，單打獨鬥為多，此回黃垚五仙根據龍師公之想法，創設了此般三陽淬礪方式，實為難得之聯手對戰模式。受驗三人可根據三陽對應五臟，訂出交戰法則，一旦五仙聯手出擊，受驗一方亦可聯合個人專長，予以反擊。然反擊之目的，實乃伺機點燃五臟之火，惟因同時點燃垂直輪盤之雙火炬，並非易事，故可列為最後目標。

牟芥琛於推估後認為，依常師伯所述，「時屆午時，五仙之一，率先出擊；三陽之一，立馬應對。」惟因海智天師須把守輪盤要關，應不致先行出擊。然**一年始於春，立春之後，木氣升發，天地俱生，萬物以榮**。故歸屬木性之杍仁天師，有可能為首發考官。再說，**人體一日之氣，始於寅時之手太陰肺經氣脈**。肺者歸屬於金，亦有可能由銘義天師率先出擊。

允昇點頭表出，**太陽統攝營衛，主一身之表，以固護於外，為諸經之藩籬**。然太陽主表，肺亦主表；**太陽主表乃因衛氣敷佈於體表，而肺之主表，乃因肺津宣發於皮毛，使體表之衛陽與津液，相輔相成，以衛外邪**。倘若真如牟師叔之推測，身擁**太陽**脈衡之凌允昇，自當成為迎陣先鋒才是。

擎中岳搭上揚銳之肩膀，再次提及常師公所述，「五天師將視狀況，進而變更淬煉陣伍。」倘若真由大師兄率先上陣，中岳將偕三弟，緊盯局勢發展，適時加入三陽應對行列。

常老發聲道：「好！爾等於巳時三刻，齊聚五行祈場前之石階處。今日若能通過五天師之三陽淬礪考驗，咱們先前之疑問，自當能得黃垚五仙解釋。」

待常老與牟師叔離開後，凌允昇立對兩師弟表示，此局乃凌擎揚三人首度聯手，惟因無關勝負，故不視五仙為敵，務必逮住時機，點燃火炬，更要運用智慧，群策群力以達陣，正所謂「能用眾力，則無敵於天下矣；能用眾智，則無畏於聖人矣。」

巳時屆半，凌擎揚三人偕著雩婷、研馨，來到石階梯下，見階梯外一水池，若干三清弟子，手提大小木桶，面帶憂鬱神色。雩婷上前一問，才知殿內仙卿交予弟子二只水桶，體型稍大者，可容五斗之水，較小者可容三斗水量；而仙卿卻要弟子帶回一盛有四斗水量之水桶，瞬讓眾人不知所措。

揚銳見狀表示，三斗量之桶，不能勝任，故將五斗水桶盛滿八成即可。

中岳隨即搖頭，表明揚銳之作法，應非原始之意。三清弟子當下回應表示，大殿後院，有一四斗水量之水缸，眾弟子已使過目測五升桶之八成量，待提回大殿，均受眾仙卿退回，遂懊惱於此。

這時，凌允昇捋起衣袖，提起五斗木桶，順勢擲出另一桶予擎中岳，立喊道：「中岳……隨我來！」

允昇一到水池旁，隨即將五斗桶裝滿，待與中岳之三斗桶，一陣左傾右倒後，隨即提了一盛滿八成之五斗水桶，道：「將這桶提回大殿，即可交差了。」

「大師兄，這是啥子戲法？瞧您兩木桶倒進倒出的，怎說就是四斗水量嘞？」揚銳質疑道。

允昇看了下研馨，道：「就讓研姑娘向大夥兒解釋吧！」

研馨微笑道：「允昇哥曾於北江何思鎮，協助處理堰塞湖潰堤之災後。當時鎮上男女分持五升與三升之水桶，一瓢一瓢地除去鎮內積水。適值鎮內一石皿，正好能盛四升之水，當下研馨即向允昇哥請教此一問題，而今狀況僅是放大十倍，由升轉為斗，如此而已。」

研馨接著解釋，甫見允昇哥持起五斗桶，使之盛了滿水，隨後將之倒滿三斗桶，此時之五斗桶僅剩二斗水量。接著將盛滿之三斗水倒回水池，而允昇哥再將其二斗水，全全倒入三斗之空桶中，立見桶中僅剩一斗空間而已。而後允昇哥再將五斗水桶盛滿，緩緩倒入三斗桶內，待桶內之一斗空間被填滿，想當然爾，允昇哥手上之五斗水量即少了一斗；換言之，此時的五斗木桶內，即是所需之四斗水量。

三清弟子們聞訊後，無不拱手致謝，隨後即挑著四斗水量，俄而上殿交差。凌允昇則回頭，再次向兩師弟叮嚀，一旦有輔助達陣之機會，即以食指，朝天畫圈兒；若須三陽合力出擊，倏而拳握胸口，藉此作為共通手勢。話後，凌允昇深吸了口氣，道：「時辰已近，咱們上石階吧！」

凌允昇等五人來到五行祈場，常老隨即領著牟芥琛、雩嫥與研馨，入座祈場外圍。然於午時之銅鐘作響剎那，黃垚五仙即步出五大殿堂，直抵五行祈場。五仙見凌擎揚三少俠已就緒，立聞「唰啪嚓……唰啪嚓……」之聲響齊出，俯仰之間，五天師即依各自方位，蹬躍而上，紛紛盤座於五巨柱上端，屏息以待。

「哇……真是好身手，年皆逾百之五天師，武藝深度，莫不可測！」揚銳唸道。

中岳輕聲應道：「見大師兄如鷹般之眼神，應已蓄勢待發，咱倆立馬運上經脈真氣，隨時因應三陽陣容所需！」

這時，常真人起身，持起了實木鑼棒，立朝吊掛於座位旁之大鑼一敲，惟聞鑼聲傳出剎那，五天師之一，陡然而下。雩嫥見狀，隨即唸道：「果真如牟師叔所測，銘義天師率先出擊！」

允昇見銘義天師一動作，斯須上陣，立見二人一俯衝，一前躍，霎於祈場中央正面交手。

銘義以熟練之點步移位，作出〈八卦點躍〉，先是〈乾坤對步〉，後接〈巽震轉跟〉，交以〈兑艮旋踝〉，合以〈坎離鉤翹〉，四組移位，對轉旋鉤，不疾不徐，一氣呵成。允昇眨眼翻躍，輔而帶上劈叉一字馬應對，二人一陣足下功夫後，銘義急轉掌指出擊，驚見對手已悄然運起手太陰經脈之氣。然手太陰肺經乃銘義天師所專，遂專注力攻對方掌腕內側之魚際、太淵二穴，惟因太淵乃手太陰之原穴，此處當寸口動脈，氣血旺盛。霎時，銘義使上〈引斥雙極〉掌功，此神功犀利之處，乃可藉由引力，吸引對手之太陰真氣，亦能發出斥力，彈開對方之徒手攻勢。

驚覺不對勁兒之允昇，心想，「好厲害之四兩撥千金招式，不過……明知對方乃專長太陰肺脈之能手，吾竟運起太陰真氣以對，煞是不該！倒是……天師使出吸引內力，形同抽散對手經脈真氣，惟其斥力乃針對金屬利刃，故對徒手攻勢之影響有限。好……既然太陽與太陰經脈皆為吾所專精，不如將計就計，順應對手之勢，暫以其他脈道之力，且攻且守，再伺機逆轉頹勢。」

果然，允昇一轉念，銘義即知對手保守了太陰氣脈，遂使引斥雙極掌失去了瞬間吸引之優勢。

突然！巨柱上之杍仁天師，出人意料，躍飛而下，隨即加入了陣局，瞬間強化了銘義天師之勢力，以期力守陣線，不讓允昇有趨近火炬之可能。

「唉呀！二老對上一少啦！」揚銳見狀後，自唸道……

「銘義天師乃手太陰之肺金，而杍仁天師為足厥陰之肝木，以此作戰方式，似乎是藉金能生水，木以生火，猶為後續登場之水火二天師鋪路一般。」

一旁之中岳則覺到，「大師兄似乎保留著實力，一來，其已洞悉銘義天師採取了抽散真氣之策。二來，大師兄已開始探索杍仁天師之出招虛實。所謂『**肝主氣脈疏泄**』，銘義天師欲抽散對手之**太陰真氣**，而杍仁天師輔以擾散對手之氣脈疏泄，煞是天衣無縫之組合。不過，大師兄之**太陽**與**太陰**力道，目前仍具增生狀態，此刻以一敵二，尚無問題才是。」

「咻……咻……」杍仁俄頃作出攻擊架勢，連續甩動袍袖以生風，不僅為銘義之雙極掌做出掩護，亦助其逮住對手運行真氣時，再行一次抽散出擊。然此同時，杍仁這般掩人耳目之勢，霎令允昇起了疑，「這杍仁天師之袍袖生風，絕非僅是擾亂，其甩動之幅度，皆能巧合地遮掩其雙掌。若沒猜錯的話，一旦見其出掌，即是吾措手不及之時！嗯……既然這樣，不妨試試甫悟出之……分量脈衝法！」

突然！杍仁雙袖朝外一甩，旋即推出雙掌，立見一陣幾可撕裂肌表之掌風發出，此幕不禁令一旁常真人唸出：「煦陽烈風掌！」並對牟芥琛解釋，杍仁天師此一烈風掌，猶如飛砂襲膚，倘若受掌者之肌表**衛外之氣**不強，掌風即可竄入皮層，進而循經入裡，以亂人經脈疏泄，終使人**肝陽化風**，**肝風內動**！

「能藉掌風而循經入裡，此與芥琛之活血化瘀掌氣，曲調雖異，工妙則同。」牟又說：「人之**太陽**，**主一身之表**！允昇最強的**太陽**脈衝，其所具之**衛外真氣**，不在話下。倘若允昇之**太陽**脈**氣**不強，恐難抵住杍仁天師這一掌了。看來，五仙之出招，真是為著考驗此三後輩之原始本質而來。」

杍仁之〈煦陽烈風掌〉來的出奇，允昇為固護體表，彈指運起**手太陰肺**脈之氣，霎時臂發橙光，體表衝氣瞬間燃起，藉以作為第一線防禦。然此同時，允昇身背之**太陽經脈**，猶有噴發之勢，盤坐巨柱上之圻信天師見狀，倏而躍下，欲以分散凌允昇之內力凝聚。

揚銳見狀，發聲道：「大師兄以一對三啦！」此語一出，摯中岳已蹬躍一霎，立聞「啪嚓……啪嚓……」聲響起，直接迎上了圻信天師！

牟芥琛唸道：「圻信天師乃中宮太白殿之代表，專司五行脾土之功，此刻加入防禦陣容，支援銘義天師之後續出力，猶有醫理治症之**培土生金**。蓋**陽明胃經**合於脾土之表裡關係，故由主司**陽明脈衝**之摯中岳上陣，再恰當不過。」

摯中岳以貫通全身上下之**足陽明脈氣**，瞬時展出精武陽明之柔剛勁腿，提足踝以氣連足跟，實腓側以衝脛力，單足立地以堂掃，雙腿騰空以旋氣，霎令俯衝而下之圻信，凌空接招，暫無觸及地面之機會。

允昇得中岳之足下氣旋推助，及時阻下了圻信天師入陣施作**培土生金**之法。銘義見狀，夥同杍仁左右開弓，二人再次使上〈引斥雙極〉與〈煦陽烈風〉。此回允昇並未閃開，反而迎面以對，藉前弓後箭馬步為基底，手出雙拳，強力推出由**太陰脈氣**支援下之**太陽**脈衝！霎時，驚聞祈場上一聲轟然巨響，雖見杍仁定位不動，但銘義卻因錯估抽散對手之氣量，立遭對手強大**太陽**脈衝逆灌，以致銘義雖呈出足下定步姿態，卻因迎面力道強大，硬是朝後滑退。

霎時，與中岳交手之圻信，凌空使出側身翻飛，倏而來到銘義身後，立止其朝後之滑退，隨後即聞「轟……轟……」兩連續聲響，眾人抬頭即見銘義與杍仁固守之柱前火炬，瞬遭允昇所發脈衝擊中，應聲燃起熊熊火焰。

圻信見狀，斯須上前，旋掌以運化內力，見允昇再朝另一火炬發出脈衝，立馬瞬間移位，回防巨柱之前，倏以右掌承接對手之脈衝光氣，隨後左掌觸地，俄而將允昇之太陽脈衝能量，轉向導入地層之中，隨後偕銘義迅速回防。擎中岳立以拳掌力抗二仙，並引厥陰真氣，以為陽明經脈之後盾；不出三招，已見其運起陽明之熱，胸膛亦泛出了赤橙脈光！

忽然！允昇對著中岳示出食指畫圈之手勢後，旋即切入，俄而使上強武太陽之〈迴風熱旋〉，令銘義與杼仁於不知不覺中，隨熱氣旋上帶。擎中岳見二天師離了地面，腦海立馬閃出常師公先前所提……「精武陽明脈衝，威可震地摧物。」接著，中岳以充盛之陽明內力，朝圻信固守之巨柱衝去。圻信下半身呈出後弓前箭馬步，上身則如常真人作出「謹守莫攻」之勢，欲再次將對手之強盛脈氣，引導入地。

孰料，擎中岳蹬躍咄嗟，轉身俯衝而下，惟見中岳於觸地後，以右拳直擊地面，霎時驚聞「轟轟轟轟轟……」之地表五震爆，自中岳擊地之處，直衝巨柱震去。圻信本欲將對手所釋能量，直接下導入地，怎料對手逆向思考，將陽明內能由地面反向衝出，圻信驚見震爆迎面而來，蹬步躍起，擎中岳剎那推出左掌，強勢發出手陽明經脈熱氣，俯仰之間，眾人立聞「轟」之一聲，又一柱前火炬，瞬間燃起！

煉禮見三火炬已燃，眨眼躍下巨柱，火速來到杼仁身後。揚銳一見火性之煉禮天師入陣，隨即想到，「火性心脈，實歸屬手少陰經脈。心者，君主之官，神明出焉。心之火乃身內之君火，君火居於上焦，主宰全身，相火多居下焦，溫養臟腑。然手少陽以相火主令，足少陽則以甲木而化氣於相火，火生於木，相火既旺。惟此少陽與少陰二經脈為揚銳所專精，眼見五行之木火土金已入陣，這方三陽三陰……怎能獨缺吾之少陽、少陰？來吧！」

揚銳一躍入陣，凌擎揚三人隨即並肩互倚，惟聞允昇說道：「咱們已點燃三火炬，而後尚有水、火二仙入陣把關，眼下目標，先鎖定煉禮天師固守之不動火炬，待四炬完成，再伺機攻下水火兼容之輪盤雙炬。」

突然！眾人見煉禮天師雙掌一畫，祈場上之百斤烈火鼎瞬間烈焰噴發，烈火旋衝如柱，併發熾熱之能。半晌之後，祈場中央溫度上升，甚見身處外圍之雩婷與研馨，舉手擦拭額上水汗，疑道：「怎會使出這般高溫戰略，天師們不怕未點著之火炬燃起嗎？」

常老對二姑娘解釋道：「爾等見煉禮天師入陣，斯須立於杍仁天師之旁，杍仁天師主風，煉禮天師主火，前者將風向使向祈場，自當讓後者所生之熱力前送，遂不致引燃火炬。看來，煉禮天師之〈烈火浮螵〉神技，即將登場了。」

果然，煉禮引動內力，雙掌於火旋柱周圍，左右擺移，而後竟拖出一條筒管狀火鞭。中岳不禁道出：「煉禮天師舞動火鞭之神技，堪稱一絕，其動作似乎源自於拉麵師傅溜條技巧中之搗柔抻摔，卻別妄想煉禮天師會端盤麵條而來。」

允昇接道：「咱們是真陽之氣所發熱能，煉禮天師卻直接以火出招，看來，一向無懼凜冽風寒之咱們，此局恐受嚴苛考驗了。」

「我看，這一局就由小弟主攻吧！畢竟吾之厲武少陽功力，乃於南州火焰地洞裡激發而出，眼前這點兒溫度，小巫見大巫啦！」

忽見煉禮蹬躍剎那，瞬將火鞭帶離地面丈高後放開，立見煉禮以熟練之劈切技巧，一劈一切，將火鞭劈成數小火團，火團一一飄出，燃燒越久，增生能量越大！隨後配上杍仁之袍袖生風，一會兒後，見得祈場上空猶如施放天燈一般。然此小火團非似天燈上飄，卻是凌空飄下，飄降之中，每一火團均發出吡咧響聲，待火團一觸及地面，旋即爆破，聲響懾人。牟芥琛一見如此攻勢，直覺到，「煉禮天師這般〈烈火浮嫖〉神技，若能用於敵軍迎面衝鋒，不失為一奇佳之阻攻方式。」

突然！「轟……隆……轟……隆……轟……」一連串爆響，響徹五行祈場上空，銘義、杼仁、圻信三天師見狀，隨即動身，聯手防禦。

原來，揚銳於火團飄下之際，倏忽上躍，霎時引動雙臂之**少陽**內力，騰空揮出少陽迴旋光氣，立見若干迴旋橙光，竄飛於祈場之上，待其觸及空飄火團，隨即凌空引爆。然因揚銳不待火團之火喉持續增強，即於空中將其攔截，遂使浮嫖火團爆發之威力，不及落地時之半。允昇見頂上有揚銳除障，倏偕擎中岳，朝煉禮固守之巨柱挺進。

這回由允昇直接對上杼仁，令其無法續使袍袖生風以助陣，而中岳則以拳掌迎上銘義，以腿足對應圻信。待允昇之**太陽經脈**衝發全身，暫不畏杼仁之風掌出擊時，再度對中岳作出旋指手勢。對戰中之中岳發覺，銘義天師擅於拳掌功夫，而圻信天師以土為本，故於地面纏鬥之實力甚強，若出招不能變通，恐有事倍功半之虞，遂決定將內力均分上下以出擊。果然，蹬躍之後，時而上下翻轉，以手臂朝下，力拼圻信拳掌，再順勢翻轉，以**足陽明經脈**內力，藉膝頂、踝鉤與掃腿，突擊銘義下盤，三人於一陣對擊後，擎中岳已逐漸將陣線拉開。

煉禮見凌允昇逐漸逼近，放棄了〈烈火浮嫖〉，旋即加入了杼仁行伍。然隨著揚銳於空中掃去浮飄火團，祈場溫度明顯下降，亦讓地面作戰之凌、擎二人，越戰越暢。

這時，允昇見煉禮天師入了陣線後，立採經脈內力均分四肢之策，接續後仰翻躍，筋斗回翻。眼尖之煉禮，見得對手於筋翻剎那，環腰處瞬顯些微破綻，一旦能擊中奇經八脈中之環腰帶脈，對手之翻轉攻勢必將瓦解。一旁杍仁識出了煉禮之用意，主動配合出招，一旦允昇翻轉失利，立施以〈拘筋三指扣〉，藉以扣鎖對手筋腱，使之無以順利舞動四肢。果然，凌允昇於後仰翻轉上昇之際，煉禮瞬將中、食二指一併，立以〈點凝雙指〉出擊，卻於出手剎那，驚見煉禮傾斜了身子，收回了〈點凝雙指〉之攻勢！

常真人見狀，起身引頸而望，原來允昇於筋斗回翻中，利用先前杍仁之舞動袍袖，為銘義作擋之模式，其每一筋斗之高度，恰巧遮蔽了些煉禮之視線，直至煉禮雙指出招時才發現，一直於空中掃除烈火浮飄之揚銳，亦藉允昇所使之視野阻擋，出人意料地發出少陽迴旋脈衝，待煉禮發覺不對時，僅能作出收指且斜身退閃。孰料，此回揚銳所發之少陽脈衝，甩勁甚大，致使迴旋脈衝產生了弧形走向，應證了常真人於揚銳切斷毒漆藤時所述，厲武少陽脈衝應可擊出弧形攻勢之說。

揚銳見其所發之厲武少陽脈衝已能轉彎，遂依樣畫葫蘆地，趁勢再發出另一迴旋脈衝光氣。惟因煉禮與杍仁已離開了原固守區域，以致無以回防，眾人遂見著揚銳所發之迴旋光鏢，畫過火炬頂端，隨即點燃巨柱前之第四火炬！

研馨立喊道：「太棒啦！三陽已燃起四火炬，再克服那轉盤兒就能過關啦！」

雩婷亦喊道：「是啊！接下來就是對上五仙了！受驗者雖僅有三人，但合擁三陽三陰，共是六脈，六多於五，若再算上手、足共十二脈力，綽綽有餘，別妄自菲薄啊！」

牟芥琛對著常老指出：

凌擎揚三賢姪能點燃四炬，論其戰略，可圈可點。然面對五仙聯手，芥琛以為……

杅仁天師主風，掌風凌厲，無人能及。銘義天師主金，引斥互變，令人難料。

圻信天師主土，引能入地，超乎想像。煉禮天師主火，熾火烈灼，難以就近。

海智天師主水，水濕滲竄，防不勝防。

眼下即見三陽面臨輪動雙炬，海智天師將出現何等考驗？難以捉磨！

常老回應道：「見百斤烈火鼎仍火焰熾盛，再瞧那輪盤前之斗大水缸，後續之考驗，應與水火兼容之**命門**有關才是！」

「啪嚓……啪嚓……」海智天師瞬自柱頂躍下，立對受驗三後輩，循序剖析述出……

「甫見三少俠燃炬過程之應對步伐，超乎吾等同道之原先預期。凌少俠機智聰穎，能於迎對銘義與杅仁時，洞悉銘義欲抽散對方**手太陰**之氣，適時將充盛之**太陽**脈衝能量，一分為三，其一用以強化體表之**衛氣**為先，以力抗杅仁之煦陽烈風掌襲表，其餘能量則全數供作應對銘義之用。然銘義因須顧及斥引二力之平衡，故抽散對手之能量約莫為伍千，怎料凌少俠所釋之**太陽**脈衝，包含**太陰**氣脈之能，幾可上萬，超出銘義原先預期，故不勝對手之衝力而滑退。」

「再觀擎少俠，少俠已洞悉圻信具有引能入地之功力，卻能於關鍵時刻，反向將**陽明**脈衝推入於地，使之朝向對手逆灌回衝，無怪乎圻信反以蹬躍應對。擎少俠能急中生智，以致扭轉乾坤。」

「最後入陣之揚少俠，常人見空飄而下之烈火浮螵，不僅因熱而生燥，且為躲避爆擊而亂了方寸。孰料少俠之耐溫程度超乎常人，無畏浮螵之危，捨身上躍，以為同伴解決頂上未知變數，進而能護航伙伴衝鋒，終而激發出厲武少陽之弧形攻勢，吾等同道，煞是佩服！」

凌允昇回應道：「天師過獎了，先前待受驗之三後輩，受了常師公之提點，遂能藉諸天師指教之際，領悟、探索經脈武學之奇，只是……諸晚輩於應對過程中，若有所不敬之處，還請諸天師見諒。」

此刻，木、火、土、金四天師，雙掌合於胸前，微笑點頭以對，惟銘義天師道出：「吾等同道於事前諸多模擬，即為能激發三陽之潛能。眼下見得四火炬已燃，實已不失吾等同道之用心了。」

海智接說道：「四炬之後，尚有輪轉雙炬。其一代表**腎之相火**，所謂腎為**生命起始之臟**，亦為**先天之本**；另一則為**水火兼容之命門火**，其乃**生命陰陽共治之徵**，**陰衰陽脫**，**命門之火則無以繼**。惟輪轉雙炬之難，難於旋動之中，同時引燃，若非群策群力，恐難達成！」

「倘若受驗三人，分別引燃其一，是否歸於達陣？」擎中岳問道。

「受驗者皆須使出『經脈武學』之武藝，分別引燃無妨。惟因雙炬迎面輪動，或同為上下，或同為左右，實在難於同時引燃！」海智天師於回應後，雙手橫向一攤，木、火、土、金四仙，立馬各就定位。

揚銳喊道：「大夥兒小心啦！那碩大的水缸，應與造景無關才是！」

這時，見海智右掌心朝下，於缸之水面上方，一陣左右挪移後，忽見海智雙腿一蹬，祈場上空驟然泛起一陣「嘩啦嘩啦……」聲響，然此聲響之伴隨者，乃由海智自水缸拉起一條丈高之淨水蟠龍！

圻信倏而移位至烈火鼎旁，見其雙掌朝火鼎一推，百斤烈火鼎隨即移位，且於水缸旁十尺而止。後由煉禮接棒，如海智一般，倏自火鼎拉起另一條丈高之烈焰虬龍！

常真人見狀，隨即述出……

「龍者，游水為蟠龍，有鱗為蛟龍，有翼為應龍，有角為虬龍，無角為螭龍。海智與煉禮二天師於輪轉雙炬前造此二龍，實已明顯呈出水火並存一幕。看來，受驗者欲點燃蟠虬二龍後方之輪盤雙炬，煞是困難！」

「咻嘯……」海智天師眨眼衝出，其以一己之力，力戰凌擎揚三人。海智拳腳併用，上下連擊，對上強武太陽之威猛時，剛中柔外，以柔克剛；面對精武陽明之勁韌時，尺蠖求伸，以退為進；交手厲武少陽之利速時，謀定後動，以緩制急。一旁牟芥琛疑到，「明明五仙皆已躍下巨柱，為何海智天師此刻採一夫當關之策？且天師每輒出招，必與三陽輪番交手，似乎……似乎是為著暫時纏住對手之策略，難道是……」

忽然！海智俄頃抽身，後仰回翻蟠虬雙龍之前。允昇於此同時，立對兩師弟喊道：「立引動體內**足太陰經脈**真氣，巡行全身！」原來，海智於力戰三陽之際，每一觸及，均釋出或多或少之水氣，藉以竄入對手經脈，使水濕之氣，阻滯經脈運行。海智如此出招，霎令允昇憶起狼行山所施之〈隱狼溯水〉神掌！惟因**五臟之脾**，**主水濕運化**，故急籲中岳與揚銳，倏以**足太陰脾**脈真氣去濕，以避免濕阻經脈之虞。

待凌擎揚三人一回身，驚見木、火、土、金四天師已就定位置，並與甫歸位之海智完成合體。而後五仙雙掌合十於胸前，呈出煉禮盤座在前，杍仁、海智、銘義直立居中，圻信盤座於後之一三一陣式。

「哇……真沒想到，黃垚五仙竟為凌擎揚三後輩，另行創設淬煉陣式！看來……好戲即將登場！」牟自唸道。

五仙陣式一出，允昇率先闖關，於三跨步之後躍起。置身前排之煉禮見狀，雙臂左右一攤，五火焰光團立即由水火二龍之間噴出，允昇咄嗟揮出左正拳、右鉤拳，配上左掃腿與右旋踢，隨即聽得「隆隆隆隆……」四聲響後，即見允昇被第五火光擊中，朝後彈飛而回。擎、揚二人順勢撐起回彈之大師兄，卻見大師兄全身呈出一股熾熱。擎中岳火速抽出三稜針，於允昇第七頸椎棘突下隆起之**大椎穴**，施以點刺放血，藉以速速退去其身上火熱。

允昇隨即表示，與火焰光團對衝之下，相對時間不及應付多餘火光，遂不慎中招。經中岳放血處置後，身熱已退，現已無大礙。又說：「走…咱們再想法子破陣！」

三師兄弟一陣唸唸有詞後，立由擎中岳上前，揚銳居中，凌允昇殿後，三人呈出一線攻勢。然此陣式，霎令黃垚五仙為之震驚，但見闖關三人蓄勢待發，杍仁隨即使出雙掌朝上之托天式，一股厲風隨即自蟠、虬二龍柱間發出。剎那間，殿後之允昇以右掌頂住揚銳第三脊椎棘突下凹處之**身柱穴**，而揚銳再依此模式，頂住前方之擎中岳，待允昇一發功，隨即強化了三人之**太陽經脈**，藉以防禦風邪襲表。

接著，煉禮作出雙爪緩旋式，驚見烈火虬龍瞬間加大火力，並與杍仁之厲風相結，形成一股熱燥疾風，倏朝位居前位之肇中岳襲來。中岳想著，「此股熱燥疾風乃隨著發送距離增長而輻射擴散，若不能將之摧散，一旦熱邪侵入體表，循經入裡，吾等三人恐將引發**陽明實熱**之證！」

突然！海智持起雙掌，緩向前推，一股濕濡水氣瞬自淨水螭龍釋出，此般水濕之氣，立與杍仁之厲風、煉禮之火熱相結，其勢甚可形成襲人**衛分**與**氣分**之**濕溫**邪煞。

肇中岳立馬將雙拳交叉於臍前，由**足厥陰**經氣為基，凝聚**足陽明經脈**真氣於胸膈上方，立見一股赤橙光氣自胸膛泛出，隨後操著手刀架勢，倏朝水火雙龍直衝而去。待接近五仙陣列前方，肇中岳溘然躍起，再次將雙拳拳心朝上，交叉於臍前；當其高度同等於風、火、水混合源頭時，見肇中岳將雙拳朝外，猛然一甩，洪聲吼出「喝啊……」，驚見先前凝聚胸膛之赤橙光氣，伴隨一轟聲巨響，輻散爆開，力道之大，瞬將三天師之**濕溫**傑作，摧散於一霎，接著後仰回翻，迅速歸回三陽陣線。

「阿岳，好樣兒的！沒想到你的正面**陽明**脈衝，竟有這般威力，大出吾之所料啊！」允昇與奮道。

阿岳回道：「當下直想衝散**濕溫**邪熱，再因對方乃以輻散方式擴出，遂想到同以輻散脈衝震出，倘若凝聚之能量夠大，或可將對方之聚合三元素摧散。還好，老天眷顧了！」

揚銳立推斷指出，常師公先前提示：五仙即代表人之五臟，而**太陽**、**陽明**、**少陽**即代表人之經脈！闖關三人可針對醫經法則而因應出招。今日五仙對受驗者之考驗，似乎已展出了**六淫外邪**中之**風**、**暑**、**濕**、**燥**、**火**等五邪。然五仙所練內力，一如凌肇揚三人之陽功，依此推斷，

六淫外邪中之**寒邪**，應無以出現今日場合才是。

允昇說道：「頓與三弟同感！過往練及強武太陽脈衝時，腦海中皆以寒肆楓為假想敵；待敵對愈強，即可再激發吾之深層內力。但看今日五仙之安排，其以銘義天師打頭陣，無疑是要咱們瞭解人為之引斥神力；而圻信天師身擁引能入地之神功，幾乎是為了制衡三陽脈衝而來。然咱們三人所擁之經脈內能，**太陽**脈衝射程最遠，**陽明**脈衝涵蓋面積最廣，**少陽**脈衝之疾速曲攻最利。咱們必須朝蟠、虯二龍柱靠近，才有機會點燃火炬。惟眼下存在三問題！」

允昇接續表示……

其一，倘若以**太陽**脈衝，直朝輪盤出擊，定遭圻信天師攔截。

其二，倘若能躲過圻信天師，又因脈衝能量過大，恐有毀了輪盤之虞。

其三，倘若能接近輪盤，雙炬輪轉之速度若拿捏不當，依舊會無功而返。

「唉！原本僅是點燃幾柱火炬，經五仙如此設計，真是傷透腦筋啊！」中岳接著驚訝道：「欸……五仙之陣式改變啦！土之圻信，位置不變，金之銘義居於中位，倒是前排自左而右，分別是水之海智、木之杼仁、火之煉禮。五仙陣式已成一倒掛之丁字兒，有何用處嘞？」

揚銳隨即表示，圻信由後支援銘義，頗有**培土生金**之意。而水、木、火並立，有五行之**水生木**，**木生火**，兩兩相生之關係。此刻三天師居於前位，欲靠近二龍柱，實屬不易！

杼仁遽然推掌發功，蟠虯雙龍柱隨即生風，水、木、火三天師兩兩以掌相併，居中之銘義，緩緩將雙掌貼上杼仁身背，半晌之後，祈場上發生了離奇現象，竟然……祈場溫度……下降了！

然此異象，不禁令常真人詫異道：「原以為銘義天師僅能轉換引斥雙極，孰料其轉換之功力，竟已達到物相之轉換！亦即將煉禮之熱，反轉為寒，再藉杍仁之風與海智之濕，共同釋出六淫外邪之風寒濕三邪。」

牟芥琛隨後引醫經指出：

風寒濕三者合而為痺，凌擎揚三人若不甚受襲，恐生三走勢之證！

其一為**行痺**，**此脈為浮**，**且感肢體關節萌生遊竄性疼痛**。

其二為**痛痺**，**此脈弦緊**，**遍身或局部關節產生定位性疼痛**。

其三為**著痺**，**此脈濡緩**，**外呈肌膚麻木**，**內感關節痛而有定處**。

又說：「三賢姪甫遇海智天師之水濕掌，現應慎防手腕關節處，以免受襲成痺。」

突然！凌、擎二人橫列於前，揚銳殿後，呈出了三角陣式，惟聞凌允昇唸道……

「咱們甫與海智天師交過手，應具力阻水濕入侵之經驗。切記！莫讓眼前之風寒濕氣，鎖阻經脈穴位；關注個人腕部之**合谷**、**腕骨**、**陽谷**、**陽池與陽溪**，肘臂部之**曲池**、**尺澤**、**外關與天井**。不過，咱們可不能僅採被動防禦，該是即刻引動三陽脈衝，適時出擊了。」

黃垚五仙見凌擎揚三人，一一泛出赤橙光氣，銘義率先移位雙掌，瞬貼於海智身背，一會兒後，海智雙掌推出轟聲，並見一水藍寒光團應聲而出。允昇見寒戰出現，俄而迎上，倏以足**太陽經脈真氣**，運握於雙拳之中，隨後跨步前衝，速旋前翻，落地之後，弓箭定步，雙拳齊出，驚見兩橙熾光團咄嗟衝出，直朝水藍寒光而去。「轟隆……」二力迎面對擊，轟隆巨響即出，

剎那雖見二力相銷，惟瞬間震波過大，不禁令允昇後躍回翻，待回落地面後，允昇對自個兒能釋出沖銷二天師之脈衝勁道，直覺不可思議！

這時，擎中岳不待海智再儲蓄能量，接續衝出，惟一旁之煉禮天師，實已運積不少內能，一見中岳起身，雙掌立馬發出赤焰光氣。中岳見煉禮出了招，靈機一動，立將經脈真氣下運雙腿，待赤焰光團襲來，盯住目標，使出了前跨抬腿正踢步。霎時，眾人於轟聲巨響中，見擎中岳釋出橙熾光氣之足腿，應聲將赤焰光團衝散。此一幕不禁讓中岳自言道：「原來貫穿全身之**足陽明經脈**真氣，竟能藉足腿發功出擊！哇……二天師聯手出擊，不妙！」

海智與煉禮突然擊出一藍一赤二光團，見此一寒一熱齊出，霎令允昇與中岳亂了方寸，不知是否該接下這般極端之寒熱雙攻？結果……二人齊喊：「快閃！」

適值凌、擎二人朝兩側閃開剎那，驚見一矯健身影，倏由原三角陣式後方，疾速衝上，一旁研馨見狀，不禁叫出：「銳哥……小心啊！」

祈場上驚見揚銳振臂出擊，瞬間調運了**足少陰腎脈**之氣，結合了**手少陰心脈**真陽，並將此般水火屬性之脈氣，全灌注於雙手之**手少陽三焦**脈道，且以雙手刀交叉式，挺出釋著橙光之雙臂，正面迎向寒火雙至之光團，結果……「劏……」的一聲響傳出，周圍塵土應聲揚起，待塵土散落退去，凌、擎二人隨即靠上，只見揚銳深吐了口氣，微笑說道：「呵呵，同收一寒一熱，竟能被厲武少陽和解！大哥、二哥，眼下小弟經脈之通暢，幾可連發少陽迴旋脈衝啦！」

凌擎揚三人相互瞧了一下，露了自信一笑，隨後點頭齊說：「走……放膽衝吧！」話一說完，允昇身背部，中岳正前胸、揚銳雙肩臂，同時發出赤橙光氣。接著，三人一字排開，緩步朝黃垚五仙陣式，跨出步伐。

海智、杍仁、煉禮見狀後，齊躍而上，倏與三陽陣線交叉互擊，惟凌擎揚三人，似因全身經脈已通達，越戰越上手，待一空檔出現，凌允昇雙拳脈衝齊出，直噴輪盤雙炬，孰料固守之圻信，雙掌作旋，立將對手**太陽**脈衝引入旋掌，俄而導入地層之中。

凌允昇再次無功而返，而揚銳雖已備上**少陽**迴旋脈衝，卻無把握能雙臂齊發，同時點燃雙炬。忽然！一群野鴿由北朝南飛來，並於祈場上空分飛為二群後，速速飛離。允昇見狀，微微點了點頭，似乎看出了什麼？當下主風之杍仁，瞬感飛鳥之異常，立向同道傳達了異狀萌生之警示。一會兒後，允昇再對兩師弟做了食指繞圈動作，隨後又將拳頭置於胸口。

中岳與揚銳雖點頭以對，卻又納悶到，食指繞圈乃掩護他人達陣，而拳握胸口卻是三陽聯手齊攻，似乎有矛盾之處？既是合力齊攻，究竟誰負責達陣？揚銳覺到，「眼前時機緊迫，不管了，唯有三陽聯手齊攻，才有突破五仙陣式之可能。來吧！全身經脈正熱著呢！」

擎中岳見過大師兄手勢後，隨即脫離與三天師之纏鬥，兩移步後，蹬躍而起。揚銳洞悉了二師兄即將採取之攻勢，遂備妥雙臂能量，試圖連發迴旋脈衝以對。霎時，黃垚五仙見三陽即將擴大陣線，海智、杍仁、煉禮迅速回防，惟動作似乎稍晚了些。值主風之杍仁回移蟠虬雙柱之隙，祈場中央突然起了異風，接著緩緩旋起。

雙拳熱得發燙之擎中岳，於蹬躍至高點後，反轉直下。眾人只見一身影凌空下衝，「唰……」的一聲，擎中岳以力帶**陽明**脈衝之威拳，猛擊於地，現場再次聽聞「轟轟轟轟轟……」之連動震爆，且朝著蟠虬雙柱而去。然此同時，凌允昇啟動迴風熱旋，霎令回防三天師急採定步以對，並偕揚銳分置一左一右，齊發太陽與少陽脈衝光氣。此刻鎮守蟠虬雙龍柱之圻信與銘義，驚見陽明連動震爆襲來，圻信亦將雙掌猛震於地，一股渾厚內力瞬入地層，迎著逆來震爆傳去，待二力對衝，一轟然爆破，破地噴出。隨後諸天師見左右兩側之太陽與少陽脈衝發出，猶有點燃火炬之勢，兩天師默契瞬生，立由銘義速發〈引斥轉極〉神掌，力擋太陽脈衝；而煉禮再次使出〈烈火浮螵〉，藉以攔下少陽迴旋脈衝之弧形攻勢。

孰料，甫於祈場中央旋起之旋風，越轉越快，隨即成一小龍捲風。一會兒之後，此一龍捲於五仙交手三陽時，上升丈高後翻為雪白，再由垂直旋態，轉為橫向螺旋之勢。適值黃垚五仙擋下三陽攻勢剎那，海智天師突然轉身脫陣，欲躍步上飛，驚見橫向白龍捲已對上輪盤，立發驚愕一聲：「來不及了！」

惟見祈場上兩道橙光，伴隨著「咻……」之聲響而出，隨後再傳來「轟……轟……」之二響，立見輪盤雙炬應聲燃起熊火，隨後之淨水蟠龍與烈焰虬龍二柱，瞬間回歸火鼎、水缸，霎時大夥兒鴉雀無聲，目光均聚焦於白龍捲上。待白龍捲放緩旋速，隨即浮現一身著白衣之身影，後隨「啪擦……啪擦……」之衣袖擦擊聲下，即見一女子凌空翻飛而下，凌允昇隨即前奔，擎中岳與揚銳見狀，笑著上前一聚。

黃垚五仙一字排開後，常真人欣喜領著牟芥琛、雩婷與研馨，齊朝祈場而來。隨後即見白衣女子居前，凌擎揚三人居後，齊步走向五仙。

女子打躬作揖，恭敬說道：「晚輩龐鳶，拜見黃垚五仙與常師公！」

海智天師笑道：「哈哈哈，猶記得常真人曾述及一徒孫女……龐鳶，因受龍武尊之啟蒙，悟出了『**衝任**經脈武學』。今日吾等同道於祈場上一見，見識了龐姑娘對旋速之拿捏，恰到好處，無懈可擊，令貧道佩服，佩服！」

「天師過獎了，龐鳶中途入陣，還望黃垚五仙能見諒。」

常真人愉悅地為龐鳶介紹牟芥琛與兩位姑娘之來歷，隨後向五仙問道：「五仙此回專為淬煉凌、摯、揚三後輩之內力而模擬佈陣，而今龐鳶臨時入陣，不知是否亂了五仙原本之用意？」

銘義隨即表示，先前杼仁同道見飛禽異象，已瞬間告知空中另有一溫熱脈氣存在，怎奈揚少俠之**少陽**迴旋脈衝攻勢，分散了吾等同道進一步瞭解該凌空脈氣之衍生態勢。待海智同道欲蹬躍攔截速旋之**衝任**氣脈，為時已晚！然龐姑娘乃以經脈武學之式，且同於凌摯揚之進擊方向，勇闖吾等同道之防禦，並藉旋身出擊，以一箭雙雕之勢，燃起祈場之輪盤火炬，雖出於意料之外，仍合於今日淬礪之範圍，見得三陽配上**衝**、**任**，實為完美組合！

銘義接著說：「貧道本以千載難逢，形容三陽之齊聚黃垚，如今再遇龐姑娘來到，甚可以『萬世一時』來形容。當初吾等同道依據龍武尊所提之試煉，欲作出一磨礱淬勵方法。當下煉禮同道即提出引燃火炬為目標，其餘同道則表示，將以**風**、**暑**、**濕**、**燥**、**寒**、**火之六淫外邪**為淬煉主軸。然當海智提議，須將**命門**火炬列入時，霎令模擬設計，陷入瓶頸。直至貧道想起，尚有一身擁**衝任**脈衝之後輩，且憶得龍武尊提過，該後輩能同時聚焦二物，遂引動貧道設計輪轉火炬之構想。昨夜，吾等同道認為，倘若今日之三陽淬礪中，三陽均無法達成引燃雙炬之任務，或將取消雙火炬之輪轉，擇日再試！孰料龐姑娘之出現，不僅完成此回三陽淬礪之任務，亦凸顯貧道於設計當下之理念，符合實際。而今黃垚山能同時匯集三陽與衝任，豈能不以萬世

一時以稱之！」

「嗯……果真是萬世一時之概率啊！」牟芥琛又說：「雖未見過賢姪女，卻曾聞龍師父多次對芥琛提及，一身擁衡任神技之徒孫女。」

「牟師叔為龍師公施行活血化瘀大法，此神功之於龐鳶，遙不可及，晚輩冀望能受牟師叔提攜，藉以探索更高深之醫藥領域！」

這時候，揚鋭興奮表示，當大師兄發出掩護訊息後，隨即加上聯合齊攻手勢，霎令人丈二金剛摸不著頭腦！原來大師兄已知龐師姐來到。龐鳶見著揚鋭，既驚訝又興奮，表示曾於東州聽聞揚鋭遇難，而今一見，驚喜交加。隨後龐鳶對大夥兒表明了昔日於陽昫觀，除龍師公外，僅大師兄知悉龐鳶能聚焦二物。然於無意中發現，龐鳶因羽化之症，竟能引來飛禽相依，為避免遭學堂弟子嘲為妖孽，大師兄遂一直為龐鳶保密，直至大師兄離開陽昫觀時，已見得龐鳶能指揮群鳥，故當龐鳶欲充三陽陣容，遂引動附近鴿群，幸得大師兄憶得龐鳶曾施用過之伎倆，故令三陽齊力護航，龐鳶始有點燃雙炬之機會。

煉禮天師則對眾表出，與三陽對峙下，疏忽不得，若非主風之杼仁提醒，尚難察覺飛禽掠過之蹊蹺。然龐鳶姑娘輕功一流，竟能隨旋風即起而入陣，更因凌少俠之太陽迴風熱旋掩護，以致吾等同道發現龐姑娘趁隙合體龍捲旋風，為時已晚！

圻信天師接著描述，見白龍捲靠近輪盤時，龐姑娘似乎藉橫向龍捲而調整速度，使之轉速幾近於輪軸之速度，如此同步出招，遂能達到一次發功，隨即引燃雙炬之效，如此機智應對，實在佩服！

「太好啦！有了龐鳶姊姊之神功，雩婷姊姊之蝴蝶雙刀，我研馨即可放心地研究食療與烹飪啦！」

允昇微笑道出：「研馨姑娘除具烹飪巧手之外，地質觀察與推理，極為細膩。雩婷姑娘另有過人之縫紉裁切技巧，若加上龐鳶之專業護理技能，真可稱為金三角之組合啊！」允昇於稱道之後，不免再問龐鳶，何等原因，前來五藏殿？

龐鳶表示，先前於東州經歷諸事件後，決定回陽昫觀請益常師公。孰料經過黃垚山下，遇著幾位農夫村婦，正為捕獵豺狼而佈施陷阱，一經詢問，得農夫告知，見一白髮白鬚，身著白道袍之長者，駕著一白駒，領著五六男女，朝山路上奔去。龐鳶當下直覺，應是常師公領人上了五藏殿，遂順勢上了山，試試能否遇得上常師公？結果竟是天大驚喜，遇上了眾前輩、諸師兄弟與好姊妹。

龐鳶甫一話完，黃垚五仙對常真人示了手勢後，常老隨即引領凌擎揚與龐鳶四人，分別立於五行祈場之火炬對向位置。木、火、土、金四天師則來到原固守火炬之後方，海智天師則立於輪盤雙炬之前，並對諸後輩正經述出……

「今逢時空運作，因緣際會，吾等同道得以履行龍武尊之託付，並完成模擬多時之三陽淬礪。其中，三陽之群策群力，力摧六淫之突如其來，勇闖吾等同道固守關卡，有目共睹，尤因淬煉末段，於**太陽**、**陽明**、**少陽**之聯手齊力下，加入**衝任**脈衝相助，致使今日之燃炬考驗，留下令人讚嘆之句點！此般淬煉，實有其用意！龍武尊為延續其『經脈武學』於世，早已顧及後世傳人恐將面臨之逆境。除了早已編纂了《強武太陽》、《精武陽明》、《厲武少陽》，以及《旋武衡任》之真陽內功冊笈外，更冀望其傳人能於融會真陽神功後，再將功力延伸至銳陰神器之中。然此時刻，貧道海智於此發佈，接由木、火、土、金四同道，一一執行。」

忽然！木、火、土、金四天師同出右掌，整齊化一地將火炬架台下之橫置精雕木箱，轉成縱向，並使之呈現上揚角度。接著，海智喊道：「身擁『強武太陽』者，出列靜候！」

凌允昇隨即跨步，走到祈場中央。這時，杍仁天師率先運起內力，於出掌擊向木箱前，喊出：「凌少俠接妥啦！」隨後「轟……」之一聲發出，眾人驚見一圓柱狀棍棒，瞬自箱中飛出，允昇於應聲後咄嗟躍起，並於至高點接住該棍棒，瞬間深覺此一桿物，觸感極佳，外表有著精緻之陽刻雕花紋路。待允昇翻飛而下，正讚嘆該物之細緻工藝時，立聞海智天師說道……

「依龍武尊之釋，『經脈武學』發於體內脈絡真氣，為無形純陽之功力；而兵器乃有形之陰物，亦為被動之利器，其乃受人意識之驅使，以為護衛掠傷之用。然施使武器，均不免內含原始獸性，故授予三陽傳人之銳陰神器，均以三陰為名，且賦予降獸之含意。」

接著由杍仁天師洪聲表明……

「凌少俠手握之神器，名曰『太陰擒龍劍』！此一神器全長三尺有八，乍視之下，雖具柱桿外貌，卻可見得居中一細緻金質圈環，此一圈環之內，實以精榫工法製作，欲解此榫鎖，操之者須藉**太陽**、**太陰經**脈之氣以旋動，始可解之。然此一神器製作完成後，至今尚未開封，凌少俠不妨運起強武內力，藉以引動此一……太陰擒龍劍！」

大夥兒聞訊當下，無不面露期待。這時，凌允昇平持太陰擒龍，手握柄端，藉一次深層呼吸，倏而提起脈絡真氣，再將之運至右手**太陽**、**太陰經**脈。忽然！一金橙般光氣，瞬由八寸處之圈環接縫散出，允昇同時將左手前轉，右手後轉，一種紮實之解榫手感，瞬傳至掌心，而後雙臂外擴，即見一刃長二尺八，劍寬寸六之鋒利劍刃現身！「咻……咻……咻……」太陰擒龍一開封，凌允昇旋即揮出前刺、橫削與上撩，招招速疾生風，一如凜寒霜雪之呼嘯竄行，此般犀利聲響，著實令一旁之師弟妹，瞠目咋舌。

海智天師又喊道：「身擁『精武陽明』者，出列靜候！」

這回由煉禮天師發功一擊，隨即又見一柱狀桿物應聲飛出，且伴隨著旁觀者一陣驚嘩，其因乃於此桿物之長度，甚於太陰擒龍頗多。擎中岳於躍身握取後，隨即露出了笑容，大夥兒見中岳手握一約莫同等身長之長棍，而外表一如允昇所持之精雕紋路，卻差異於此棍有著兩處金質圈環！

煉禮天師隨即表明……

「擎少俠手握之神器，名曰『厥陰伏虎棍』！此一神器具六尺之長，乍視之下，雖具長桿外貌，唯於三等分處，亦即每二尺段落，均可見一細緻金質圈環，此一銜接圈環處之工法製作，同為接榫，操之者須藉**陽明**、**厥陰經**脈之氣以旋動，始可解鎖。擎少俠不妨運起精武內力，藉以引動此一……厥陰伏虎棍！」

本擅於使棍之擎中岳，一時技癢，持起六尺長棍，立馬來上一段劈、蹦、點、撥、攔、封、掃，撩、提、旋臂、身纏繞之精闢棍法。接著，中岳將六尺長桿平舉，雙手各握於兩金質圈環外側，隨即使上**陽明、厥陰氣動**，立見兩圈環交接縫隙，釋出金橙光氣，而後將雙手前後旋動，於手心感覺解榫剎那，緩緩將雙臂朝外推出，立聞「啷……啷……」之鏈條聲傳出。擎中岳見狀，不禁興奮喊道：「太……好啦！此一厥陰伏虎棍，竟可瞬間曲轉成三節棍之勢！」

「這……這是冥冥中之安排嗎？」一旁雩婷驚訝叫道。

正當龐鳶、揚銳與研馨，見著雩婷之反應而不知所云時，牟芥琛則順勢指出，擎中岳因參與神鬣門之獵風競武，因緣際會，結識了昔日叱吒江湖，亦曾是神鬣門銀鬣戰將，人稱「疾勁三節棍」之……藹驛！藹大俠更將三節棍之精華授予了中岳。眼前驚見中岳手持伏虎三節棍，無怪乎見證一切之雩婷，如此訝異。

海智向大夥兒解說道：「龍武尊明瞭擎少俠寬仁之性，每輒出招，不損人肌表，僅鎖定敵對之關鍵擊點，一旦中的，對手必麻痛震裂而無以回擊，故設計此一能直能曲之神器。然此神器雖僅以短短鎖鏈相接，惟其真正結構，卻是兩鏈條連接三段二尺精鑄鋼條，再以木質外覆而成，此神器之威，遠勝天下之棍器！」

海智再次喊出：「身擁『厲武少陽』者，出列靜候！」

圻信天師聞訊後，馬步一紮，不疾不徐地雙掌一出，眨眼將身前木箱內物擊出。揚銳俄而躍上，凌空接住，依舊是一圓柱狀桿物，亦是外顯同等陽刻雕花紋路，惟手中棍桿相較允昇所持為長，卻較中岳所握為短，且僅一金質圈環居於正中。收下棍桿之揚銳，瞬顯莫名，惟因其擅長雙臂齊攻之速利出招，一時持上這四尺長物，頓感些許不適應。

圻信天師立馬表示……

「揚少俠手握之神器，名曰『少陰抑獍鋒』，此一神器具四尺之長，乍視之下，雖具長桿外貌，然於中分之處，可見一細緻金質圈環，此圈環處之工法製作，依舊為木榫設計，操之者須藉**少陽、少陰經脈**之氣以旋動，始可解鎖。揚少俠不妨運起厲武內力，藉以引動手中之……少陰抑猇鋒！」

「鋒？何等兵器謂之鋒？令人好奇啊！」牟芥琛茫然不解地問。常真人亦搖著頭表示，僅知曉「猇之為獸，狀如虎豹而小，生性兇殘，始生還食其母」，不甚明瞭龍老以此「鋒」字兒為名，其意為何？

揚銳雙臂平舉，與肩同寬，雙掌分握於桿物之三等分處，內運真氣上行，匯集**少陽、少陰經脈**之氣於雙手肩臂，隨後即見正中圈環交接縫隙，散出了金橙光氣。而後，揚銳將雙手前後旋動，深感榫鎖旋開之際，雙臂緩緩地朝兩側推出，結果……原二等分之握桿，竟相互延伸兩柄利刃，然此利刃之特異，乃於兩利刃之劍脊處，完全鑿空，如此利叉般之設計，可令雙利刃相互垂直對叉，使之完全收入桿鞘之中。

海智天師解釋道：「揚少俠所持之雙刃，實為龍武尊刻意為揚少俠之雙臂出招特質所設，任一刃之劍鞘，即為另一刃之木柄。木柄劍鞘各長二尺，而內收之利刃均長一尺八，為使雙刃能對收入鞘，遂採劍脊鑿空之構想。然因揚少俠藉雙臂甩出厲武少陽脈衝，故龍武尊設計雙二尺桿鞘，可於制敵時，將桿鞘外翻以護衛雙臂；值桿鞘置於臂下，亦可於揮刃剎那，同發**少陽**脈衝！此一神器精妙之處，乃於對手劍刃陷入了劍脊鑿空處，以少俠之**少陽**臂力，定可折損該劍刃，使之無以回擊。然因此一設計來自史無前例之構想，除了以矯健敏捷之山猇，作為抑制對象而名之外，龍武尊更為此神器定名為……鋒！遂成了此一傑作。」

聞得海智天師說明後，揚銳瞬間握住雙桿，立馬使上一段「上削下刺捲中折，左攔右截取營帥」之式，霎時展現抑猊鋒驚人之倏疾威力！允昇與中岳突發興致，紛持起劍、棍，同時躍上祈場中央，三陽接連交互出招，現場立見橙光四溢，鏗鏘連連，直令黃垚五仙瞻望咨嗟，嘖嘖稱賞。海智天師更從中喊道：「爾等之銳陰神器，末端皆有隱匿接榫，一旦遇上蹋天踏地之境，或可機警利用。」

三陽聞訊之後，凌允昇瞬將擒龍劍反轉，以劍柄尾端套接上原來棍鞘，立成另一三尺八棍身，二尺八刃長之利器。揚銳亦將兩利刃反轉，使兩握桿尾端，藉榫相接，形成桿長四尺，兩頭各一尺八之利刃，惟因總長約莫七尺六寸，長過了擎中岳之六尺伏虎棍。三師兄弟揮使一陣後，常真人語重心長地表示，經由黃垚五仙之淬礪，遂使三陽所屬之銳陰神器，終歸所屬；冀望三陽傳人能藉此更行領悟經脈武藝，始能達到龍武尊所期之陰陽相結，人器合一之境界！

待三陽各自收回利器之後，海智天師再次喊出：「身擁『旋武衝任』者，出列靜候！」

「哇……龍師公太厲害啦！連師姐的衝、任二脈也能成精銳神器！」揚銳驚訝道。

銘義天師調了下息數，隨後雙手平舉，掌心朝下，一會兒後，惟聞「喀嘰」聲響發出，立見其身前木箱蓋應聲開啟。而後，銘義藉引力吸起箱中奇物，隨後藉由斥力，瞬將奇物推向祈場中央，龐鳶立以朝天雙掌承住，眾人見物當下，無不好奇以對！

銘義天師對眾表明……

「此一神器所以令人生奇，乃出於特異之造型。乍視之下，實乃一段同於先前三利器外鞘雕刻之六寸短桿，桿之正中與兩端，各鑲有一金屬旋軸，而兩端之旋軸，各接上兩尺長之特製中空金屬細管，雙管臂外側隱匿利刃，管之末端呈出相互緊靠，既可與原桿呈出中空三角形狀，亦可藉短桿中央之旋軸對折，形成一類菱狀之利刃。然此神器雖無榫鎖工法，卻於旋軸處使上了旋簧彈片，操之者須藉衝脈與任脈之氣，始能驅動旋簧彈片。龐姑娘不妨運行衝、任二脈真氣，以見識其神奇之處。」

龐鳶以左手握起六寸短桿，待運起衝任二脈真氣於掌心剎那，「哇……哇……」現場驚奇之聲即起。原來，龐鳶驅動了旋簧彈片後，兩長管開始隨旋軸外擴，而長管原相接之末端，竟拉出了條韌質細線，待兩長管升至旋軸極點，雙雙呈出拱形，而隨著韌質細線之趨緊，一銀質射弓，隨即成形！銘義天師立馬說道：「龐鳶女俠所持神器，名曰『衝任焰凰弓』，此一傑作乃出自龍武尊之理念而成。」

此刻，龐鳶抽出包袱中之羽箭背袋，斜背上肩，持起焰凰神弓，大跨兩步，縱身上躍，配合其羽化雙臂，振臂一揮，直衝數丈高點。牟芥琛不禁讚嘆道：「賢姪女這般輕功，實已超越稱霸武林數載之迅天鷲展鵬。若以龐鳶這般速度，合以羽箭之攻勢，想當然爾，迅天鷲之天敵，即是龐鳶！」

此時佇立祈場上之眾人，無不仰著頸項，注視著至高之龐鳶。隨後即見龐鳶斜下俯衝，單手平持焰凰弓，合以輕盈身軀，頗似凌空鳳凰一般。忽然！龐鳶連二拉弓出擊，驚見祈場上空出現二對羽箭飛出，倏而聽聞「哇……哇……」兩聲傳出，待龐鳶雙足觸地，即見原由木、火、土、金四天師所固守之火炬持桿上，各插著一羽箭。雩嫜訝異地對著中岳唸著：「哇！凌空二次弓弦，即可鎖定四標的，這太神了吧！」

中岳側著臉，微笑應道：「瞧鳶妹之架勢，似乎……尚有好戲在後頭！」

龐鳶著地之後，佇立於輪盤雙火炬之前，兩眼直視著輪盤，屏息不動，祈場周圍亦是鴉雀無聲！

龐鳶緩緩抽出雙羽箭，雙雙扣上弓弦，採取垂直立弓發箭之姿，大夥兒目不轉睛地盯著，深怕遺漏了珍貴一幕。而後，龐鳶右臂扣上弦線，呈上一個滿弦弓，鬆放扣指於一霎，眾人惟聞「咻……」聲傳出，瞬見雙羽箭應聲齊出，卻……不見輪盤雙炬熄滅！

研馨拉著揚銳直問：「龐鳶姐緊盯著輪盤，難道不是將雙火炬射下嗎？」

大夥兒見銘義天師走向輪盤後方，將提供輪盤動力之金屬捲條鎖上，致使輪盤失去旋轉動力而緩慢。待輪盤停止剎那，驚見雙火炬仍分立於輪盤二等分圓周位置，而兩隻羽箭則靜靜豎於輪盤另兩對稱位置，以致雙火炬與雙羽箭，正好四等分輪盤之圓周。

「哇……好一個不偏不倚啊！師姐真是好樣兒的，倘若這羽箭再經衝任真氣加持，威力應再增生數倍才是。」揚銳激動叫道。

龐鳶笑著指出，眼下羽箭，雖能中的，卻是直線攻勢，且可無時限地瞄準，真是便宜了龐鳶。眼前諸神器傳人所專之經脈武藝，唯「厲武少陽」脈衝能展曲線攻勢，倘若遇上前方有阻物時，尚得勞動揚銳出手才成。

海智天師領著四仙，走上了祈場中央，立對龐鳶表示……

「龍武尊已為龐姑娘打造一對可發出羽鏢之護腕銀環，惟因彎弓型體碩大，不便隨身，甚因弓弦易遭利刃所催，遂製上兩旋簧彈片，此舉不僅能使曲弓收合，更能將韌弦線縮回中空銀管。然為易於收納，六寸握桿之正中另一旋軸，可令操使者將握桿對折，成一約莫二尺三之對稱利器，此般設想，可謂『微妙在智，觸類而長，玄通陰了，巧奪造化』之神器是也！」

「多謝天師提點，龐鳶定會細心琢磨這般巧絕天工之……衝任焰凰弓！」

接著，海智跨步轉身，對著大夥兒朗道……

「蒙天之助，四件銳陰神器，至此交付龍武尊所囑傳人，此一重任釋手，吾等同道實已功德圓滿！」

天師此話一出，眾人雙掌合十，以感先賢之恩澤及人。

半晌之後，凌允昇拱手，恭敬提出心中所疑，道：「知悉黃垚山五藏殿乃談醫論道，為百姓蒼生祈福之聖地，怎會藏存如此精妙利器？莫非龍師公生前已先鑄好？再託付諸位天師代為管收？不過，回想龍師公逝世至今，已逾十二寒暑，眼前三陽傳人所持之利器，見其外覆棍鞘，均鑲著金質細圈環，卻不見此圈環覆上歲月霧化現象，不禁心中疑問……諸後輩所擁之蓋世利器，果真出自龍師公所打造？」

海智天師回應道：「凌少俠對事物之觀察與推論，鉅細靡遺，為年方弱冠之輩所罕見。然貧道甫對每一神器解說時，僅提及龍武尊曾為龐姑娘打造一對可發出羽鏢之護腕銀環，其餘之說，貧道皆以出自龍武尊之構思、理念、設計，以為形容，僅此而已。」

「難道……五仙不僅談醫論道，甚擁煉爐鑄劍之術？進而將龍師公之理念，付諸實現？」擎中岳接問道。

銘義天師上前回道：「昨日於太淵大殿內，貧道提及爾等三陽於此齊聚，千載難逢，惟因一條件局限下，故無法藉由召喚方式，令爾等前來。然此條件乃出於爾等所持神器之鑄造者所要求，定當由該神器之所屬者，自然前來開封，始可引動各神器之靈性！而今，四神器所屬者，同現身五藏殿，吾等同道一致認同，此刻不妨前往五藏殿後山，即可探得一切究竟！」

銘義話後，黃垚五仙居前引領，常真人隨後，並帶著牟芥琛等七人，來到了大殿後山，隨後諸初訪者好奇著步入一地道，更訝異該地道直抵一火光通明之洞窟中。大夥兒入洞後，即見一寬廣密室，其中不乏打鐵用之搥台，熱熔鍋爐，鼓風豎爐等等冶金設備。但直令牟芥琛感到好奇的是，何以於此洞窟內，竟有著一捆捆巨大粗繩？

「哇……原來這兒即是打造三陽、衝任之利器所在啊！」聞揚銳嘴裡說著，一旁中岳隨即對揚銳使了眼色，只因見著了常真人面露嚴肅而凝重之神情。

然隨著洞窟之深入，不久後，大夥兒即見一耄耋長者，背倚石板，盤座於一石台之上；惟因一火炬出其身後，逆光效應下，大夥兒霎時視不清該長者之面貌。

然此時刻，五仙雙手合十，環著石台而立，而後由年齡較長之海智天師，嚴肅地對眾指出……眼前盤座石台之上者，即是一代鑄劍大師，亦是遵照龍武尊所倡「經脈武學」之理念與構想，進而將之與銳陰神器相互結合之……凌秉山，凌大師！惟凌大師已於兩年前，因不敵肺癰纏身而辭世。然其願望即是待得三陽傳人，親自前來開封所屬利器，吾等同道遂決定於凌大師臨終前，定時傳以五行內力，藉以續燃其命門之火，使之足以氣撐頸脊而立座，直至達成其心願而止。而後再依大師所託，將其火化後之骨灰，灑於黃土之上，使其一生，終歸大自然懷抱。

「不……不會的！不該這樣的……」凌允昇搖著頭，顫著唇，哽咽發聲道：「爺……爺……

爺爺！允昇踏破鐵鞋，尋蹤覓跡，終讓允昇找到您了！」允昇一話完，潸然淚下，泣下沾襟，隨即哭跪於凌大師之石台前；擎中岳等經脈武學傳人，亦隨之跟跪於大師兄身後，以感念凌大師為武學傳人之所為！

這時候，常真人走到石台前，由衷地唸出：「常生有命，龍後有傳，凌研有得，惲危有嗣。」隨後解釋道：「此乃當年常某夥同龍玄桓、凌秉山與惲子熙，齊聚臾桑島時，由惲先生藉由天磁地氣，為與會四人所做之推演。」又說：「常某有幸，得天獨厚，至今已年逾杖朝之年。凌允昇、擎中岳、揚銳與龐鳶，則因常某之關係，間接成了龍武尊之徒孫，進而延續了龍武尊之『經脈武學』。而今凌大師更於龍武尊之理念下，突破其一生鑄劍之思維，研究出能融合經脈武藝之銳陰利器，其中之太陰擒龍劍，更為凌大師之長孫所屬，真正達到了『凌研有得』之境，並留下了千古不朽傑作。」常老又哽咽道：「秉山啊秉山……你我莫逆之交，能見您鑄出天下絕頂神器，實已達於此生之巔峰鉅作，安息吧！常某將絕對教化後輩，撥亂反正，並輔助後輩，以朝武藝與神器合併之極致境界！」

常真人此話一道盡，凌允昇等四傳人，隨即向凌大師磕頭默哀。適值叩首完成後，猶有一股真氣，緩自凌大師後腦之**風府**與**風池**散出，遂使其頸椎之支撐趨軟。待五仙見得凌大師之額前傾、頷內縮，一如點頭示意，即知大師已氣出**百會**、**命門**火熄，倏以布巾覆蓋一代鑄劍大師。隨後即見諸後輩隨著允昇，或因感念，或因不捨而頻頻拭淚。此刻，環繞平台之五天師立偕常真人，雙手合十，一陣傳統誦經之聲，隨即而起……而後，五天師等長輩，領著允昇等後輩，依循凌大師之遺願，於傳統道教儀式伴隨下，陸續安妥了大師之相關後事……。

數日之後，牟芥琛依循一段過往史事，欲求證於五仙；而揚銳與龐鳶亦是為了請益常真人而回到中州，故由海智天師提議，大夥兒齊聚五藏殿正後之百會殿。惟此殿位於陡峭山壁，僅一狹窄棧道可達，隱密性甚高，絕非宵小能隨意進出。

待大夥兒入座百會殿內，海智首先向大夥兒提及，關於凌秉山大師來此鑄劍之經過。話說十二年前，因龍武尊驟然辭世於中州臨宣，此聞不僅震驚武林，亦為黃垚同道所惋惜。然常真人依龍武尊之意，將其火化後之骨灰，交予嵐映豫五俠，而後豫五俠將骨灰暗地送到西州之禦風岩，交予了凌秉山大師，惟當時之凌大師，正為陷於鑄劍瓶頸而苦惱。後來凌大師因同窗好友，亦即現今西州之谷翎軍師，贈予了一句……「前因對了，後果自然就順了！」遂令大師聯想到……**人之生命，始於水腎，然水腎為人先天之本，須藉後天之脾土得以延續**。然而環顧中土大地，或北水之烏淼，或南火之赤焰，或東木之翠森，或西金之雪鑫，唯中州乃土之屬性，遂決定帶著龍武尊之骨灰，前往代表黃土之中州。

而後，不知凌大師於中州顛簸了多少路程，聞其回顧一次渡江過河，適值載船靠近渡船埠頭之際，竟遇上盜匪突襲打劫，船客身上財務，慘遭洗劫！孰料當下該埠頭另一載船之舵手，一眼識出凌大師，俄頃出手，據聞此舵手僅藉一槳中藏劍，力戰八九盜匪，終為凌大師擊退匪徒。隨後凌大師認出該船夫所持利刃，乃出自過往大師曾鑄過之「陣太刃」，遂憶得此一船夫，名曰江偉士，其曾搭載過龍武尊前往禦風岩。

海智又說：「江偉士替凌大師解圍後，二人談話投機，並得知了凌大師為了鑄劍而奔波。然為避免耽誤大師計劃，抑或有節外生枝之可能，江偉士遂依循凌大師五行之談，向凌大師提出建議，前往中州之黃土代表……黃垚山！」

此刻，允昇附和道：「哦……晚輩想起來了！當年此一江姓船夫，載著龍師公前來禦風岩時，家父與允昇亦身處禦風岩！當時隨船前來者，另有北劍紳原羽辰、南刀臣凜秋痕。憶得祖父曾贈予那江姓船夫一柄陣太刃，並由家父將此長刃隱設於船槳之中。真沒想到，秉山爺爺竟巧遇此人，更因此人建議，來到了黃垚山！」

圻信接著說道：「當年，凌大師前來五藏殿，正巧遇上貧道。當其道出凌秉山之大名時，貧道已是一驚，當下不免疑到，西州鑄劍大師怎突訪五藏殿？待聞其包袱內乃龍武尊之骨灰時，貧道再是一驚，立促同道齊聚於中宮太白殿。而後始知龍武尊於生前，已將其製作銳陰神器之構思與理念，告知了凌大師，並再三強調，值煉鑄四神器之金屬主體時，務必融入其骨灰，以助經脈陽武能延伸入於銳陰利器，速達陰陽合一之境。」

允昇訝異道：「原來，龍師公早有以骨灰製劍之想法！那好，自此咱們四人揮使手上神器，絕不孤單，惟因龍師公隨時伴隨繼承神器者之左右！」允昇說完後，三後輩隨即點頭，以表認同。

擎中岳接著問及，「倘若龍師公已提出製法，凌大師為何會陷入瓶頸？且不能於西州鑄造，而須遠赴中州以求突破呢？」

「嗯……關於這一點，不妨由我這做師叔的來解釋吧！」牟芥琛接著表示……

「**人體經脈真氣，能藉由金屬器物而行傳溫、傳導，甚而傳能**！此乃施行針術時，可藉由金屬銀針行**泄氣、理氣**，甚而藉著**陰陽跨經之透針術**，行**集氣**之功。放眼天下兵器，皆屬有形之陰物，然以金屬為利刃者，亦多設有手操握把之設計。如刀劍斧鉞有其握把，槍箭戟矛亦有其棍桿，故常以金屬之尖刃，以達摧割撕裂之目的。然此非金屬之握把，其材質與覆蓋面積大小，卻是阻礙經脈真氣傳導之關鍵！」

牟又說：「龍師父所倡經脈武學之精髓，貴能將過盛之經脈真氣，延伸出自體之外，形成一脈衝能量，進而與所操兵刃相結！以允昇為例，其雙拳可發出太陽脈衝能量，若握上一般設有木質握把之刀劍，待其經脈真氣行經該握把，能再延伸出之能量，約僅原雙拳之五六成功力而已。試問，世間除了銀桿槍矛戟、暗鏢，甚或東州菩巖寶剎之沁茗方丈所持金環，何等兵器是以純金屬所製，且無任何外覆握把？相信凌大師乃為著製出低阻礙之握柄，傷透腦筋才是！於此遂生了鑄劍瓶頸。然而凌大師決定離開西州，遊歷各地，為的即是藉機悟出鑄造陰陽融合之工法與道理。」

「沒錯！牟神針所言極是。」杼仁天師接續回應指出……

「凌大師至五藏殿後，暫時拋開了鑄劍一事兒，其隨吾等同道一同談醫論道，並積極參悟天地五行之說。數月之後，凌大師獨自於大殿後山一茅草涼亭，重新根據龍武尊之三陽經脈武藝描述，提筆草擬了『太陰擒龍』之鑄造工法。孰料，一日午後，凌大師突奔來我東角太衝殿，惟因大師於後山涼亭，不慎滾落了支鑄鐵棍，當鐵棍觸及亭旁石凳所發聲響，瞬令大師起了疑，後經大師進一步察覺，該涼亭某一石凳下方……竟是空的！然為不影響五藏殿之運作，吾等同道輪流與凌大師拆了涼亭，這才發現，石凳下方確有一斜坡密道，經火炬照明後，竟發現地底下有座封存已久之冶鐵密室！此一發現，猶如老天為其鑄劍所設，令凌大師欣喜若狂，遂著手整飭那老舊密室，而該密室即是日前諸位施主，跪拜並完成凌大師心願之處。」

龐鳶直覺表示，既然有密室，想當然爾，先前定有人在此開鑿，並從事勞作才是！

銘義天師回應道：「龐姑娘所言甚是！凌大師無意中尋得密洞，或是老天眷顧，抑或冥冥中有安排，能遇此冶煉設備，定有先人於此勞作才是！憶得當年，凌大師於清通冶煉火爐之通風管道後，點燃火爐剎那，似乎也燃起了其鑄劍鬥志。適值大師熱爐之際，又於洞窟深處，拖出了幾綑運船停泊港埠所用之粗糙纜繩，此物之出現，瞬令吾等同道一陣驚愕！」

「對對對！芥琛入洞時，確曾對一綑粗繩起了疑，為何這般冶鐵密室，會有這般粗纜繩？有何用處？」牟疑道。

銘義接著指出，凌大師於好奇心驅使下，再度於密洞內探掘，終於密洞深處，發現了大量古船殘骸，而該殘骸恐是藉由纜繩拖運至此。當下，諳於木質辨識之杍仁同道，查驗了該殘骸後，斷出了此一材質，同於五行祈場之五巨柱，卻非出自中土五州。值納悶之際，銘義憶起先父曾往來於中土與克威斯基，其攜回一木製玩偶之質地、氣味，與古船殘骸頗為相似，後經證實，該木偶材質，始於境外一樹木品種，當地稱之為……覞魘杉！

聽聞「覞魘杉」這三字兒，霎時引來牟芥琛與揚銳之注意！

接著，銘義取出了該殘骸一短木桿，交予了大夥兒傳閱。嗅覺敏銳之凌允昇，接手木桿後，隨即反應道：「此木料之香氣，相同於擒龍劍之外桿鞘！」此話一出，擎中岳、揚銳與龐鳶才發現，手中神器之木質外覆，確如允昇師兄所言。

甫自克威斯基回到中州之牟芥琛，藉此向大夥兒解釋了覞魘杉。

覞魘杉乃克威斯基國境內，於狐基族區域之特產，此植物平均樹齡約三至五百年，待其傳輸水分之木質部完全退化，生命即告終了。然其所製成之木器，盡為研習巫術者眼中之珍品，惟因覡魔杉乃唯一遭雷擊而毫無損傷之奇木，故為當地族人引為神木之說；而後更傳出該神木能阻消外來逆能！

牟又說：「根據昔日狐基族曲蚺長老之手札記載，此神木具吸能、傳能，甚而放大原吸收之能量，且於高溫下，易與金屬相接合。曲蚺長老曾親自實驗，於木炭前將覡魔杉之一端燃起火源，一陣子後，竟發現距該神木另一端不及尺之木炭，呈出了熾熱狀態！而後更察覺到，經一連串高溫炙燒後，置放覡魔杉之銅架，竟與神木倆相結合而不易分離。最終曲蚺長老寫下一結論：針對能量之傳輸，覡魔杉猶如一鑿空木桿，而所吸之能量，一如空桿一端塞入棉花，當棉花不斷塞入，終將由空桿另一端推擠而出。然雷電能量何其之大，當其擊向覡魔杉時，多餘能量則被覡魔杉推向根部，進而將能量釋放於土層之中，而千年以上之覡魔杉，其所具之該特性愈是顯著。

又說：「覡巫者除了可藉此神木，吸收敵對瞬間攻勢外，亦可藉其將自個兒能量，擴大釋出，惟覡巫者欲達成吸能與釋能之目的，則須透過相關咒語始成。而經脈內能則如方才之棉花舉例一般，內能夠強大，即可藉由該材質，將過盛能量傳遞出去。」

煉禮天師點頭表示，「發現」與「發明」實為推動世代巨輪之兩面！曲蚺長老與凌秉山大師，皆因不斷試驗而發現物之特性，進而發明達成某種目的之工具。貧道憶得凌大師於發覺覡魔杉之特性後，首先研究將該材質與金屬結合之工法，待獲突破之後，擇一良辰吉時，大師於吾等同道面前，開啟龍武尊之骨灰罈，進行鑄煉銳陰神器之精鋼本體，終至其完成三陽與衝任脈衝傳人之神器而止。然自開啟骨灰算起，凌大師共耗費六年時日，閉關煉鑄神器，待其出關時，驚覺肺癰損身已重，錯失了治症時機！而後，凌大師將四神器封箱，並告知了願望。煉禮又說：「為著爾等傳人能自然前來取件，眨眼即是兩個寒暑。孰料，凌少俠等四傳人，竟能同時前來，無怪乎銘義同道會以千載難逢，甚是萬世一時四字兒以形容。」

凌允昇聞訊後，想到秉山祖父積勞成疾，一陣不捨之感再度湧上。一旁常真人撫慰了允昇後，深吸了口氣，提出一疑問，道：「細觀四徒孫之銳陰神器，其外覆桿鞘之關鍵接縫處，均鑲上一細緻金質圈環。然於密洞之中，或遇得冶鐵密室，或見得粗糙纜繩，抑或覓得古船碎骸，秉山老弟何來金質材料可用？」

海智天師微笑指出，常真人之疑問，亦是當年吾等同道協助凌大師為神器封箱時之疑問。本以為凌大師用上隨身金飾，鎔鑄而成，這才想到，凌大師曾遭盜匪劫奪，何來隨身金飾？此一疑問，至今仍是個謎團。

「呵呵，若無巧事，何來巧字。此事兒巧得芥琛能給予解答！」牟隨後對眾表明：現今狐基族之領頭，乃八旬之古莨長老，其乃曲蚺長老之養子後嗣。而現今於北川縣之狐興壇，協助雷世勛統理教務之喬承基，其本名為古亙，古亙乃古莨長老之子。芥琛則根據古莨長老整理曲蚺之紀冊述載得知……

約莫一百六十年前，本是平日常見之夜空流星雨，怎料一日夜裡，星雨成真，轟觸地面！當年散落於科穆斯，亦即現今克威斯基國境內之大小隕石，難以計數，而墜於狐基部落附近之隕石，更於冒煙數日之後，接連爆炸，唯一體型巨大之天外巨石，煙散之後，安然不動。不久後，因該巨石甚重，致使所處地層下陷。狐基族人深怕巨石爆炸，曾向夏塔沙族、羅特達族求助，而當時勢力較大之摩蘇族，恰與狐基族為世仇，遂刻意向其他族群施壓，不許他族協助狐

基族處理天外巨石，致使狐基族孤立無助，以致任由巨石逐年緩沉，延宕了十多年之久。然此期間，不時傳出居於巨石較近之族人，相繼得了怪病而逝，以致該族人對巨石甚感……敬鬼神而遠之！直至一位年近五旬之中年出現，啟始鑽研解決巨石之法，此人即是當年由族人推舉出之領頭……曲蚺！

牟接著表示，曲蚺長老每日拄著杖，前往巨石區勘察，並一一記下所見所聞。光陰荏苒，眨眼又過了近十載，這才發現，巨石陷入地層中之部分，竟產生近似五色之稜狀晶石，其中可影響土壤與水質者，即是三稜晶石所釋出之能量。不過，巨石雖藉此管道，得到了能量抒解而不致爆炸，但終究危害著狐基人之生活環境。自此，曲蚺長老依循天地五行對應五色之論說，輾轉來到了科穆斯東北方之中土大地，探索了翠森、赤焰、雪鑫、烏淼、黃垚五山峰後，回到了科穆斯。曲蚺回到科穆斯後不久，其試著依色澤延伸趨勢，欲將巨石分割成五部分，卻發現巨石陷入土層越深，其能量釋出相對穩定。待曲蚺長老追其究理，才發覺，巨石雖處於不具五行條件之科穆斯，卻能使巨石穩定之因素，正是巨石正下方之……金礦！

正當大夥兒驚訝之際，一旁雩婷發聲疑到：「為何先前之狐基族人，會因巨石能量外洩而罹患怪病，甚而去世，而頻於實地勘查，甚而發現巨石下有寶藏之曲蚺長老，能不受其害呢？」

「呵呵，雩婷姑娘此一問題，亦是當年狐基族人之疑問，當地族人甚而將曲蚺長老譽為『神仙再世』，或予『不死金身』之稱呼！然……箇中關鍵，即在於曲蚺長老手上之……木杖！只因此木杖乃狐基特產之覎魘杉所製。芥琛甫已提及，此一材質能吸收突來逆能，故能保曲蚺長老不受天外巨石所傷。」

牟接續表示，曲蚺發現金礦後數年，故事萌生了轉捩，其因來自中土五名礦物探勘者之到來，該成員分別是斛謙、杜濂、沐野、釜珅、杰忡。然為著除去狐基族區域內之不定因素，年近八旬之曲蚺長老，以五船量之黃金作為條件，協議五探勘者將切割後之巨石，分別運往中州五處，且以深埋方式處理。而後曲蚺長老下令族人，連日趕工，將逾千年之覡魔杉，建成五艘運船，並藉由黃金能穩晶石之特性，將眾多黃金隨著分割後之巨石，一一上了運船，隨後再依照曲蚺計劃，由靈沁江順流而下，以期五船順利抵於中土大地。孰料途中因沐野與團隊發生衝突，甚而不幸落入江中，遂使曲蚺計劃，蒙上了遺憾！

牟芥琛將故事述及至此，龐鳶隨即接續了沐野上岸後之經歷，並將自己近日來所接觸過之人事物，向大夥兒描述了一番。居中不僅提及了「藥對王」荊双兑之說，更因蔓晶仙棄而不捨地追蹤，以致救出了被囚禁於濮陽城地窖之聶忞超，並進一步證實了聶城主即為沐野之後代！隨後再提及中州國師薩孤齊，主導中、東二王打撈黃金運船一事，順勢牽扯到東州菩巖寶剎之沁茗方丈，此僧早已成聽令薩孤齊之傀儡角色，進而道出余伯廉父子謀反之關連！在座聞訊當下，無不面露驚愕之貌，而常真人對蔓晶仙之所為，讚譽有加，遂將當年於臨宣城外，蔓姑娘以〈靈禦神罩〉及時助龍武尊抗敵一事，循記憶詳述了一遍。

然此時刻，好戲接連登台。揚銳接續龐鳶所敘，順勢將自個兒被囚禁於火連教總部，並因礫奴之身份，結識了項烿，因而證實了五探勘者中之斛謙，其子即是火連教創教始祖斛衍煜！而令在座眾人再次咋舌之事，惟揚銳描述了韜隱五霸之說，常真人於聽聞摩蘇里奧介入了火連教一事，頻頻搖頭以對。

話說至此，牟芥琛瞬對韜隱五霸中，勝任北川縣令之鄒煬，心生了疑問？卻更好奇於揚銳描繪孤雁島上，發現遭掩埋之古船殘骸，其上刻有「雙角泥牛，肩脊擔斗，言聽計從，耕運兼行」之字跡，幾可斷定乃斛謙所為。以此可推，除沐野外之四探勘者，不僅隨曲蚺長老前來中土，且已逐一將晶岩運至五州，並藉諸探勘者開山鑿洞之能力，將五晶岩分別埋入曲蚺先前探索中土時，符合五行之預設位置。

「那麼……五船之黃金，真如薩孤齊所推測，沉沒於靈沁江中？」擎中岳問道。

牟芥琛搖了搖頭表示，由於五船之黃金，已受天外巨石長時間之能量輻射，經曲蚺紀冊所敘，當年於黃金運上船前，其刻意擕上當地一名曰「靈草」之植物，與一名曰「地節甲蟲」之生物，以作為試驗之用。此二生物之生命力極強，但遇上逆能輻射之環境，活不過七天。曲蚺於船隊出航後告知探勘隊，此二生物置於該批黃金周圍，約莫二至四日間死去，證明該黃金已受染，不僅不能使用，且須掘地掩埋。如此說法，直令沐野深覺受騙，遂與眾人起了衝突而不幸落入江中。

再說，斛謙、杜濂、釜珅、杰忡四前輩，雖願配合將各運船之晶岩，依原計劃深埋，但首站抵南州赤焰山下，奈何火山地熱，易心生煩躁，令該團隊吃盡了苦頭。釜坤於上了岸後，始終覬覦著船上黃金，一路嚷著索取所得，惟此舉不被同行三隊員所認同，遂於南州發生了二次衝突；後因釜坤不敵杰忡，遂脫離了運送團隊，離開了現場。接著，適值搬運赤晶石入洞不久，曲蚺發現晶岩衍生出六稜角之赤晶石，但隨行三人則因身感不適，紛紛退出洞外。曲蚺幸得覡魘杉之助，獨自將此六角晶石安置於一岩塊上，並名之曰……六稜晶鎮！不過，曲蚺長老於安置前，突於岩塊上刻上了麻略斯文，其意為：赤者歸火，主天地之火，稜規則強，互逆則危，六為頂巨。

牟指出，長老之用意乃為防範此六稜晶鎮，將來若遭他人掘出，能藉此作為警示之用。惟此舉耐人尋味，中土能有多少人懂得麻略斯文？

聞訊至此，常真人與五天師隨即有了反應，惟聞常真人說道：「這……這岩塊字句之意，不正符於徐逵於米雕上之刻句？」

「沒錯！」牟芥琛立馬回應常老，當年曲蚺於岩塊上之刻畫過久，以致杜濂擔心曲蚺長老之安危，遂再次入洞探視，怎料見到了曲蚺長老之刻畫動作。至此之後，曲蚺於每一洞窟之掩埋，皆會留下岩塊刻痕。當四人來到北州烏淼山時，曲蚺長老依樣，於置放六稜烏晶鎮之基石上，刻下警示字句。然於大夥兒照舊實行掩埋任務時，卻讓杜濂發現，此回置放北州之六稜烏晶石，似乎顯出懸浮狀態！機靈之杜濂，隨即記下當時之時空狀態，然此一舉，立引來曲蚺關注，遂讓曲蚺長老於手札上，記下了此一小段兒。

這時，凌允昇提出，按刻痕字句所指，「稜規則強，互逆則危，六為頂巨」，似乎傳達了晶石之能量最巨者，為六稜晶鎮所屬，此一說法，已由中岳與揚銳之親身經歷而得證。倒是……「互逆則危」這一句，如何解釋？

牟回應道：「此句之意乃曲蚺長老根據天地五行之說，觀察而來。其始於天外巨石分割時，其內部色澤之排列，依循青、赤、黃、白、黑，五行五色相生之順序，遂使巨石得以穩定。換言之，互逆了順序而相接合，或有五行相剋之虞，恐將如其他隕石發生爆裂之不堪後果。」

牟接續表示，隨著四晶石逐一安妥後，杜濂與斛謙因思鄉情節而離開，最終黃垚山之行，僅剩長老與杰忡二人。惟因人手不足，曲蚺長老雇了當地勞力，利用運船纜繩，將解體後之三運船，齊力拖上了黃垚山。然因經歷了四次埋設晶岩之經驗，曲蚺長老最終於岩塊上，多刻下了四句：

逆者危殞，順者呈周；呼風喚雨，力拔山河。

顛覆陰陽，宗氣漸散；命門見熄，萬劫不復。

水火相衝，亡月風疾；惟金能疏，齊驅盡散。

木火升發，金水沉降；五行歸屬，延續長生。

第一句即附和了允昇所問，能順著五行相生之順列，即可發生極大能量。惟因天外巨石已被曲蚺分開，何來相生排列乎？此乃說明，倘若有心人得六稜晶石之能量轉換，實可增強原有功力；但若將六稜晶鎮一一合體，並依相生順序接合，或能呼風喚雨，或能力拔山河。而第二與第四句之敘，實乃傳統醫理之闡述，亦可推得，曲蚺長老乃一知悉醫術者。惟第三句之說，耐人尋味！依字面之意，「水火相衝」是同歸於盡嗎？「亡月風疾」是指天狗食月，狂風疾起嗎？諸多揣測，將待芥琛前往北州，會晤了惲子熙先生，或可得解。畢竟芥琛實在不解，何以惲先生能讓義俠徐逵拓得曲蚺長老之刻痕？

這時，常真人描述了一段牽扯杜濂之歷史推演，藉以告知牟芥琛，離開曲蚺長老後之杜濂，於更名後入贅於惲家，再根據關連性推得，杜濂即是惲子熙之祖父！甚而提及當年探勘隊領頭杰忡之子，名為杰昕，此人即是眼前黃垚五仙中之……銘義天師！

牟芥琛知悉了各角色之關連性後，煞是驚訝，恍然大悟地話道：「無怪乎惲先生能收藏甚多磐龍文獻，原來與其家族收藏有著極大關連！」

半晌之後，牟接續針對曲蚺與杰忡於黃垚山所遇奇事，娓娓表示，待二人將黃晶岩埋入密洞深處後發現，該黃晶岩竟隨地層下陷而消失！然經後代百年地質探勘紀錄始知，黃垚山內含兩特殊地理特性，一是地底伏流，一是由南州向北延伸至颯肓島之火山熔岩脈。然因十多年前發生之中土大地震，五晶岩相繼出土，始知昔日消失之黃晶岩，乃隨著地底伏流，轉移到了中州奇恆山！當年發現黃晶岩無端消失之曲蚺，心中極度忐忑，為避免流失之黃晶岩危害中州百姓，遂與杰忡將所有運上黃垚山之船材，亦即覡魘杉，藉由粗繩，全數拖入密洞之中，而後二人共同設置了凌大師所發現之冶鐵密室。曲蚺指出，一旦流失之黃晶岩，危及了中州百姓，定要以黃金予以鎮蓋，以覡魘杉予以阻隔！

杍仁天師說到：「根據揚少俠所提韜隱五霸之說，顯而易見，已有多位狂人覬覦著六稜晶鎮之強大能量，一旦狂人得逞，而吾等在座未有及時解決之道，天下蒼生恐將面臨一場浩劫啊！」

大夥兒一陣無奈後，牟芥琛接著又說：「杰忡前輩根據曲蚺長老定出之中土五行方位，畫出了圓周五相位，並規劃立起象徵五行之巨柱，以為五行祈場。而後於祈場後方，搭建一簡易廟宇，取名……五藏！杰忡前輩並於廟堂正上之樑板內側，隨手刻下了廟外五巨柱之意義後，辭了曲蚺長老，離開了黃垚山，回往西州老家。」

銘義天師於芥琛話後，雙掌合十，嚴肅地唸道：「經牟神針之描述，貧道始知，原來……先父長年在外，多是為著解救狐基族人，與安定中土百姓而奔波。只是……父親曾留了句『避轉顛覆，唯恃黃垚』予銘義，再對照杍仁同道所提，『一旦狂人得逞，及時解決之道』……真在於黃垚山？抑或是……一旦狂人顛覆世人生存條件，得倚靠五行祈場之覡魘杉來阻擋？」

「不！貧道以為，應非躲藏於黃垚山之意！」圻信接著說：「一旦世人失了生存條件，黃垚山依舊擔綱濟弱扶傾之重要角色。圻信以為，銘義同道所提字句，其絕妙之點，應於『避轉』、『唯』這三字兒。惟如何『避轉』？即考驗著大夥兒智慧了！」

霎時，在場眾人暫無頭緒，僅是嘴裡反覆唸著……「避轉顛覆，唯恃黃垚……」

常真人來回踱了踱步，道：「常某僅提及銳陰神器之金質圈環，竟能讓牟賢姪述出一段曲蚺長老之手札往事！換言之，曲蚺長老確實於冶鐵密室，拆解了古船船體，藉以取得覡魔杉材，以製成五行祈場上之五大巨柱，而剩餘之覡魔杉材，則為凌大師鑄造神器之利用。再藉由冶鐵熔爐等設備推知，曲蚺長老亦曾於密洞中冶煉黃金材質才是！否則，凌大師於煉鑄銳陰神器時，何來金質圈環之作？莫非……當年由科穆斯運出，能鎮穩天外巨石之用的五船黃金，並非如薩孤齊藉由當年沐野上岸後之推測，直讓中、東二王認為該運船已沉於靈沁江，而是……全部集中於……」

牟芥琛隨即接了常真人的話，鄭重表示，此即芥琛自克威斯基回往中州後，計劃親訪黃垚五仙之理由。依照曲蚺長老手札所記載，一如常師伯方才所推述，五運船所搭載之黃金，自科穆斯運出後，其最終之停泊站，正是此刻在座所處之……黃垚山！

第廿六回 追本溯源

觀中州黃垚，崇山峻嶺；見五藏大殿，堂哉皇哉；仰祈揚巨柱，拔地參天。

遙望聳立峭壁之百會殿堂，高掌遠蹠，拏風躍雲。來往殿堂之仙官仙卿，濟濟蹌蹌，矜持不苟；更有年逾期頤之天師，玉輝冰潔，川渟嶽峙，修至善之道，固無恙之休。惟三陽豪傑齊聚，衝任女俠會合，如此萬世一時之聚，座談世間事，剖析舊史疑。臆測五船之金，落於黃垚，或是驚愕，或是質疑。五仙唯恐世人以訛傳訛，聞風前來，暫將金留黃垚傳說，虛構視之。

煉禮天師聞得「金藏黃垚」一說，反應道……

「黃金之於世間，有其價值。然吾等同道終日為蒼生祈福，遠離世俗，縱然五船黃金在前，仍不如虔誠百姓供奉一杯粳米。後山密洞雖有冶鐵密室，卻不見鑄煉之物，亦不見任何骨骸。再則，遭棄之密洞，不僅以掩埋處置，其上更搭建茅草涼亭，掩人耳目。倘若真有曲蚺先賢落腳，可推見曲蚺長老於完事之後，從容離開，有無將加工後之黃金運出，不得而知！」

「煉禮天師所言，不無道理！」常真人附和道。

此刻，堂內眾賢，集思廣益，年歲稍長之海智天師，突生一陣暈眩而晃身，常真人隨即上前，診得弦細且數之手脈。海智天師則反應，近來偶發心悸失眠，視物昏花，耳聾耳鳴，恐為**髓海不足，腦轉耳鳴**。隨後，牟芥琛亦上前為天師診治，惟聞常真人發聲表明：

「海智天師之症，**心腎不交，水火不濟所致。腎水無以上濟於心，則心火獨亢，遂擾神明，致心悸失眠。水無以涵木，肝風挾痰，痰隨氣逆，待清竅蒙蔽則暈眩晃身**。不知牟賢姪可有治方？」

牟芥琛從容回應，可藉**磁石**以益陰潛陽，寧心安神；輔以**硃砂**，可鎮攝浮陽，使心腎相交，始能上傳精氣。待心火不上擾，目眩耳鳴、心悸失眠則可除。蓋**磁石**入腎，鎮養真精，使神水不外移；**硃砂**入心，鎮養心血，使邪火不上侵。隨後佐以一味**神麴**，消化滯氣，生熟併用，溫養脾胃發生之氣，實乃「道家黃婆媒合嬰姹」之理。三藥合用，以達重鎮安神，益陰明目之效，此乃**磁硃丸**之應用也！

一旁之圻信天師，點頭讚聲以對，道：「好啊！好一個**磁硃丸**之應用，以合道家黃婆媒合嬰姹之理。如此論治，實不愧『本草神針』之名！」

初入醫門之研馨，隨即引來龐鳶與雩嬣從旁協助。研馨受惠，斯須將辨證論治之理，抄入紀冊。

待海智服下藥劑後，牟芥琛針對煉禮質疑曲蚺離開黃垚一事，先行補充當年杰忡離開黃垚

山之後續，然此敘述，霎時引來銘義之關注。

牟芥琛接著表明了當年杰忡別了曲蚺長老，回到了西州老家後，頻感忐忑。一日夜深，突發奇想，斯須備起紙墨筆硯，藉由神怪傳奇之靈感，提筆撰寫，竟編撰出一篇二百字故事，且將故事主人翁名為「磐龍仙翁」，紛以中土文字與磐龍文寫下，藉此警惕世人，莫輕易深探地層，否則恐有匿地惡龍復活之虞，以期五晶岩能永存於五州地層深處。

牟接著又說：「完成了曲蚺之託，如釋重負之杰忡前輩，本打算於西州重啟掘礦買賣。孰料，一日深夜，凜風捲來了血腥殺氣，宅院大門突發催魂叩響，隨後驚見三提刀莽漢破門而入；上前應門之僕人逃避不及，隨即倒臥血泊之中。聞聲驚醒之杰忡，咄嗟抽刀，瞬自窗樓躍下以回擊，交手當下發現，眼前肇事三莽漢，無一不為熟識面孔！其一乃西州永利錢莊領頭屠涇雄，一是北州威勝鏢局副鏢頭鄒弼，另一則是杰忡前輩之老搭當……釜坤！」此話一出，不免引來在座關注眼神。

聞訊至此，調養氣律中之海智天師，腦中似乎泛起了些過往記憶，惟因未確定腦中所思，且聞牟芥琛繼續描述。

牟於在座詫異神色陪襯下，接著表述，此刻見得釜坤登門，想當然爾，定是為著運船上之黃金而來。當下，屠涇雄表明了釜坤積欠錢莊鉅額銀兩，而鄒副鏢頭則因釜坤欠下龐大賭債，遂一同前來索取黃金，以抵釜坤之債務。釜坤立趁勢於同夥兒之前，一口咬定杰忡私吞了大量黃金。然於事發當下，杰忡前輩認為，要是真有黃金，可抵去釜坤一身債務，此三人勢將食髓知味，往後居宅將永無寧日。再則，釜坤若將曲蚺長老掩埋晶石之處，公諸於世，想必編撰再多警惕版本之「磐龍仙翁」故事也無濟於事，甚或引起中土五州一股莫名的淘金熱潮，如此進退兩難之窘，杰忡前輩遂依直覺行事。三莽漢見對方不從，隨即亮刀威嚇，杰忡前輩倏以飛刀攻勢，擋下了釜坤手上柴刀，雙方即於鏗鏘刀響下失控，衝突俄頃爆發，隨後宅院內血光四濺，家中另一長工欲持棍驅匪，亦不幸喪命衝突之中。適值危急之際，杰忡前輩之內人禹芝，倉皇之中，攜兒欲由宅院後門逃離，卻不慎遭刀劍襲擊，嗚呼咄嗟！

銘義聞訊至此，緊鎖眉，閉唇囁嚅後，嚴肅回應道出……

「一段不堪回首之過往，令銘義厭惡了紅塵世俗。憶得釜坤叔因嗜賭而家道中落，父親見其債台高築，遂同意為其還去半數債款，並使其加入採礦行列以維生。然而過往之杰昕，見過幾回釜坤叔，覺其為人甚為平和客氣，孰料血洗宅院當夜，杰昕於睡眼惺忪下，一個回頭，立見父親擲出飛刀，眨眼刺穿了釜坤頸項！杰昕當下未瞭事發始末，僅覺從商之父親，竟為金錢利益而屠殺同儕，霎時不能諒解！杰昕更於二次回頭，驚見母親身重數刀，橫屍當場！自此之後，父親為躲避官兵捉拿，四處躲藏。案發後數日，父親突現身杰昕之前，才發現其因日前械鬥而受了傷！惟聞父親告知，為避風頭，暫先遠離西州。但見父親進房後，似乎急於搜尋某物，卻數度欲言又止；惟因時機緊迫，遂叮囑杰昕，暫去投靠遠親，最終留下了『避轉顛覆，唯恃黃垚』二句後即離去。然杰昕當年僅是個不足十歲孩童，待鄰里叔伯協助辦妥了杰家喪事後，杰昕即前往了中州修道。孰料初訪中州，不僅遇上與世隔絕之境……黃垚山！更陸續遇上了願為蒼生祈福之三四同道。而吾等同道為揮去世俗過往，分據五行之木、火、土、金、水，依序定名杍、煉、圻、銘、海，再對上五常之仁、義、禮、智、信，遂成各同道之修道名號。」

牟芥琛倏向銘義天師請教，釜坤肇事之後，可聽聞衙府偵辦杰府血案之相關訊息？銘義不

改嚴肅表情，回應表示，事發之後，宅院裡共七人喪命，而杰宅上下七口，僅先父與杰昕倖存，其餘無一倖免！

一旁聽著長篇史事之後輩們，一陣細思後，允昇心存疑問地指出，銘義天師對案發前後之描述，甚為詳細。然杰宅上下有七口，除提及二位倖存者外，尚有令堂、應門僕人與持棍長工三人，不知府中其他二人為何？

此問所得回應，杰府之中，另有杰昕之姑姑與姑丈，此二人亦未逃過當夜劫數！

得回應後之允昇，立將線索予以整合，又提出新疑點……

釜坤肇事之前，銘義天師表明宅中上下七口，而三莽漢入侵後，宅內共有十人。然杰氏父子為血案倖存者，故杰府實際遇害人數應為五，而血案事發之後，衙府對外表示，宅院裡共七人喪命，由此推得，三莽漢應僅二人受傷不治，而銘義天師又見釜坤命喪飛刀之下，換言之，此案是否意味……屠涇雄與鄒弼二人，尚有一人存活才是！

允昇如此一提，百會廳堂內頓時雜聲四起，此一疑問，亦引來牟芥琛高度關切。孰料，龐鳶突然發出了不同疑問，正經表示，經牟師叔之歷史回溯，聞者已知，坊間流傳甚久之「磐龍仙翁」傳說，實是一過往史事，後經人為賦予神怪色彩，渲染而成罷了。只是……此一逾百年之過往歷史，手撰「磐龍仙翁」傳說之宅院，竟出了命案！此一傳說，何以能傳開？再則，為何離開黃垚山後之杰忡前輩，其所留下之事跡，牟師叔會如此清楚？莫非……尚有線索，有跡可尋？

銘義回應道：「血案發生後數日，衙府封鎖了杰府周遭。當時負責追查此案者，名曰戈韋，戈韋查官於搜查杰府血案後指出，釜坤因暗夜入侵民宅而釀禍，以致多人喪命。惟因先父杰忡自衛過當，致使入侵歹徒傷重不治，恐涉過失殺人之罪！再因鄒弼乃北州人士，且同屬護衛性質之鏢局人馬，故於事發翌日，倏由北州威勝鏢局指派人馬，將奄奄一息之鄒弼帶回，而後威勝鏢局為了避嫌，一概將杰府命案之犯行，推予釜坤與屠涇雄二人所為。戈韋查官因無力跨州追查鄒弼下落，以致查案中斷，遂草草了結此案。」

銘義又說：「戈韋查官為息事寧人，竟因搜得父親所撰之『磐龍仙翁』墨跡，模糊了辦案焦點，直指父親此般危言聳聽之論，恐有妖言惑眾之虞，遂予以強制沒收。惟因戈韋查官不識磐龍文字，致使磐龍文撰寫之版本，得以流傳下來；而『磐龍仙翁』之相關傳說，應已藉由官府查辦人員之交談而傳出。然銘義對官府之不當指控，深感世態炎涼，萬念俱灰下，對世俗心生厭惡，遂離開了西州。故針對凌少俠所提，當年確實僅定釜坤與屠涇雄二人於血案中喪命，而威勝標局之鄒副鏢頭是生是死？銘義不予置評。至於牟神針何以瞭解此一過往，銘義不得而知。」

牟回應表示，能知悉杰忡前輩之過往事跡，乃因杰忡前輩擔心，一旦遇官府追問其過去行蹤，甚而洩漏了運金之說，恐掀起無謂波瀾，故於離開西州後，經昔日生意伙伴幫忙，輾轉來到了科穆斯首城……帑夯諾城。而後，值一摩蘇族盛會中，杰忡前輩被當時科穆斯國王黎基爾斯之幕僚認出，只因杰忡前輩當年曾表明幫科穆斯探掘金礦，而後竟幫狐基族搬運天外巨石，遂遭黎基爾斯國王下令拘捕。杰忡前輩聞訊脫逃，怎料身擁內傷，一路逃亡，終因不勝負荷而倒下。」牟又說：「孰料杰忡前輩曾助狐基人搬離巨石，故得狐基人即時出手搭救，當其醒來時，已置身狐基族所轄領域……犛澚城，想當然爾，又見到了自中土回歸部落之曲蚺長老。故芥琛能由曲蚺長老之手札，知曉杰忡前輩所述之諸多事跡。」

銘義天師立與眾人頻頻點頭，以示明白了事件之源由。惟銘義再度好奇到，為何父親會出現於摩蘇族之盛會中？

牟芥琛理了下思緒後，表明了當時之黎基爾斯國王，雖急欲弭平境內族群內鬥，實際上仍得偏袒勢力較為龐大之摩蘇族，而摩蘇族即為摩蘇里奧之家族所領導。然摩蘇族奇人異士不少，多數以幻巫之術為主，而杰忡前輩當年遇上的盛會，乃因摩蘇家族完成了煉鑄多年，且多次修正氣場，藉以融合家族〈至陰神功〉之神兵利器……摩耶太阿劍！而該盛會即是由黎基爾斯國王親自揭幕，並將該神器親自交予了摩蘇里奧之父……摩蘇羅沃，並令其永續領導摩蘇族，以助科穆斯早日統合境內族群。牟又說：「不過，此一神器之精神象徵，似乎大過其實質效應，故僅被摩蘇家族供為傳家至寶，直至芥琛離開克威斯基時，仍聽聞該摩耶太阿神劍，一直置於摩蘇家族之密室中，且至今尚未開封。據曲蚺長老一參與鑄劍之友人描述，此劍乃至陰之物，惟開封者須擁十足之〈三重至陰〉功力，始能令太阿神劍出鞘。」

牟又提到，摩蘇家族自摩蘇涅笂以來，以致接續的摩蘇里奧之父摩蘇羅沃，皆身擁「二重至陰」功力，而後之摩蘇里奧，卻是能發出「三重集光陰氣」之後代！此人足智多謀，更令現今的查穆爾道國王封其為護國法王。然法王除了與原配科伊甄，亦即龐鳶姑娘所說的甄芳子，所生之摩蘇維與摩蘇莉外，另一由摩蘇里奧與二房所生之摩蘇宇列，耳聞亦身擁二重至陰之實力。摩蘇里奧知悉「攘外必先安內」之理，故刻意培植摩蘇宇列，以掌住摩蘇家族於克威斯基之地位。孰料，時至今日，芥琛於西兑王所邀之外族大會上，依舊能見摩蘇里奧之活躍步伐，由此得見，摩蘇里奧尚未對中土五州罷手。根據芥琛蒐羅近十年之境外歷史，幾可證明，摩蘇里奧所覬覦者，正是深埋於中土五州之……六稜晶鎮！

常真人聞訊後，問道：「甫聞牟賢姪提及之摩耶太阿劍，乃一歷經多次修正氣場之利器。然而刀劍本為陰物，且受人所使，何須施用氣場以修正？」

牟回道：「欸……關於常師伯所提，恐須提及一過往事件，該事件雖已不可考，但分布於科穆斯境內之諸多部落皆知曉，摩蘇家族曾發生一泯滅人性之事兒，而科穆斯之諸文史吏官，因屈就於摩蘇家族之施壓，遂將該事件一筆帶過。」

牟接續表述：話說，早年科穆斯境內，戰亂無數，各族群為鞏固勢力範圍，礪兵秣馬，枕戈待旦。其中，一約莫三百餘族人之峈辛坦族，向來以畜養豬羊為生，此族原本無關權力鬥爭，怎奈一日，該族之兩武師……弓畋與帛郁，不巧於市集中，遇上族人受摩蘇武士侮辱、圍毆，一股怒氣上衝而出手攔阻，隨後衝突即生且傷了對方。孰料該名武士回歸部隊後，竟因不明衄血而亡，此事兒隨即引來摩蘇涅笂之注意。待經探子打聽後，本微不足道之峈辛坦族，竟見該族兩武師各擁蓋世武學！摩蘇涅笂為奪下此二絕學，立對該族施以各類威脅利誘，卻始終未能得逞，終而惹惱了摩蘇涅笂，遂以莫須有之罪名，強指弓畋盜竊、帛郁走私，欲以押回聽審。待摩蘇涅笂領著旗下武士，提著征戰沙場之太河神劍，前往峈辛坦部落押人時，竟遭全村拋擲卵石以對！此舉瞬引摩蘇涅笂怒火中燒，一聲令下，摩蘇武士殺聲震天，一夜之間，全村成了人間煉獄。當下，弓畋不慎中招，帛郁為救弓畋，挺身阻擋逆襲，竟遭太河劍刺穿腸腑，而弓畋則趁隙出掌，擊中了摩蘇涅笂之身背第七椎間。

煉禮隨即表示，身背第七椎間乃**督脈**之**至陽穴**，其外開寸半即為**足太陽**之**膈俞**穴。**膈俞**之上為心俞，心主血；膈俞之下為肝俞，肝藏血，故膈俞穴為八大會穴之……血會膈俞，此處中招，衄血之證，在所難免！

「煉禮天師所言甚是！」牟繼續說到：「摩蘇涅笎中掌後，滿面赤紅而臥下。待其起身時，見弓畋攙起帛郁之背影，漸趨遠離，俄而持起屬下之弓箭，奮力張弓一射，立見弓畋倒地，而摩蘇涅笎亦於放劍後，鼻出衄血，倏由屬下攙扶上馬，其餘摩蘇武士則於縱火後，火速離開，峈辛坦部落遂於一夜火光之中，於科穆斯史上畫下了句點！然而，故事描述到這兒，在座應是心生質疑，為何芥琛會知曉這些事兒？呵呵，這其中乃存有關鍵人物，此人即是……杰忡前輩！」

此一名號再度出現時，齊聚百會殿堂之眾人，無不訝異。揚銳更是禁不住地發聲道：「摩蘇涅笎乃摩蘇里奧之祖父，依年代上，怎會牽扯上杰忡前輩？」

一旁的杰忡之子，聽得莫名？故順帶了句：「牟神針之所述，銘義未曾聽過父親描述，願聞其詳！」

牟芥琛微了一笑，娓娓述出解釋……

「甫提及釜坤登門騷擾一事兒，且得銘義天師附和了芥琛之述。然該事件之結果雖令人惋惜，但銘義天師表明事發當時之齡，尚不及十歲，但根據曲蚋長老之手札，杰忡前輩當年因杰宅血案離開西州，實已年近五旬。換言之，杰忡前輩於年四十之前，仍為著事業而奔波各地，所以……杰忡前輩於年輕時，早已到訪過科穆斯。過去，科穆斯時有隕石之災，加上狐基領域內之未爆巨石，或有致人怪病之說，或有爆裂傷人之虞，以致科穆斯之逾百族群內戰，暫時無人敢靠近狐基族領域。而當時掌控科穆斯軍事權力之摩蘇族，其所居之區域內，雖亦避免不了隕石頻落，但拉攏與吞併其他族群之行徑，依然恣意進行。巧合的是，年輕之杰忡前輩，初次到訪科穆斯之落腳處，正是峈辛坦族分布之區域，而當時之摩蘇涅笎，實已年近七旬之老將矣！」

牟接著說道：「提及了緣分這事兒，誰都難料！當年，人生地不熟之杰忡前輩，因水土不服而病倒，而後受到一名曰弓畔菲之女子照顧。呵呵，由此姓氏，在座應不難聯想，弓畔菲即是峈辛坦武師……弓畋之獨生女。而後，兩人日久生情，杰忡前輩即是於此時段，習得了麻略斯文，以致好些年間，杰忡前輩幾乎是來往於中土與科穆斯兩地。孰料，因摩蘇涅笎之蠻橫，竟揮軍滅了峈辛坦族！據說，單是摩蘇涅笎手握之太河神劍，即弒去了該族逾百婦孺之性命。待杰忡前輩驚見慘劇發生時，僅剩傷重而奄奄一息之弓畋。弓畋自知劫數難逃，當下交予了杰忡前輩兩張薄羊皮後，嗚呼氣絕。然見著慘絕人寰一幕之杰忡前輩，震懾之中，將血肉模糊之諸屍首掩埋後，觸目崩心地離開了科穆斯，直至若干年後，因籌組地質探勘隊，遂又前往了科穆斯，此乃杰忡前輩遇上曲蚋長老之起始點。」

這時，牟芥琛針對常真人所提，「刀劍本為陰物，且受人所使，何須施用氣場以修正？」其實，當年摩蘇涅笎之戰無不克，據聞乃因其手上之太河神劍……內蘊魔力！但自從摩蘇涅笎血染峈辛坦族後，日日鼻出衄血，且衄血之量，與日俱增，最終口鼻齊衄，一命嗚呼！而後，接下摩蘇族之重擔者，即為摩蘇涅笎之長子……摩蘇羅沃！只是……接下太河神劍之摩蘇羅沃，不僅功績不再，每輒出戰，深感體能每況愈下，這才憶得，當年父親所倚之太河神劍，是否因血染峈辛坦族之生靈，以致失去了銳氣？而後經由摩蘇族諸長老之剖析，此太河神劍之氣場恐已紊亂，須藉覡巫大法，結合摩蘇家族之至陰神功，以期重塑神劍威力！孰料，此一決定，又耗去了數十載光陰。

牟又說：「直至杰忡前輩再回科穆斯時，遇上了當時由黎基爾斯國王揭幕之摩蘇族盛會，而摩蘇諸長老更將重塑後之太河神劍，命名為……摩耶太阿劍！不過，據聞科穆斯有逾百族群部落，但歷任國王仍希望各族群能和平相處，不希望再添殺戮之氣，故摩蘇長老們以法術牽制並密封摩耶太阿神劍，以作為警惕與家族象徵之用；而欲開封太阿神劍，必須身擁十足之『三重至陰』內力，始能解咒。然自摩蘇涅笎，以至接回太阿劍之摩蘇羅沃，均擁『二重至陰』功力，怎知日後之摩蘇里奧，竟能將至陰內力……推向了第三重！」

一旁研馨問道：「若依牟前輩所述，為何摩蘇家族不自個兒當科穆斯國王？如此即能一手遮天，完全掌控全局！」

牟回應指出，摩蘇族雖掌握科穆斯之武力優勢，但所佔領土範圍並非最大，且高傲之姿亦受其他族群排斥，故不易得到擁護與推崇！而歷任國王雖握有全國重要資源，卻仍須仰賴摩蘇族之武力以禦外，甚而藉其制衡境內蠻族。摩蘇家族能挾天子以行事，實已樂在其中！例如，為了整合分散之科穆斯，摩蘇族於降服諸多族群後，即令繼任之查穆爾道國王，變更科穆斯之名，成為克威斯基國；而至摩蘇里奧掌摩蘇族時，更施壓國王封其為克威斯基之護國法王！換言之，現今的查穆爾道國王，已是十足的魁儡王。然摩蘇里奧瞭解，眼下克威斯基仍為貧瘠之域，急需龐大資金以建設，遂以摩蘇族人所擅之萃取合成療藥，鎖定了中土五州逾百萬之人口，故如何掌握這廣大市場以壯大克威斯基，實為摩蘇里奧首要之務！

牟芥琛話一說完，在場或論及外族過往，或提及克國現狀，抑或對史事之細節而心生好奇。這時，杍仁天師針對牟芥琛之所述，回應道：「根據牟神針之說，頗吻合時空之交替。杍仁確曾聽聞銘義同道提及，其父親約莫年卅有八成家，且家中玩偶風格，確與中土迥異。然杰忡前輩之諸事跡，或許能解釋坊間傳說之一二，惟杍仁此時發聲，實乃因方才故事中之所提……衄證！」

此刻坐於杍仁右側之圻信，立馬接話道：「近半年來，五藏殿出現諸多異常症狀之求助者，其中多數男性罹患**鼻衄證**，女性則多為**崩漏出血**所苦。然傳統醫經有謂『**陽絡傷則血外溢，血外溢則衄血**』，衄證可因**陰虛火旺**而**迫血妄行**，或**瘀血內阻而不歸經**，或**陽虛無以固陰**，抑或**脾虛無以統血**所致。衄證常見於**眼衄**、**耳衄**、**鼻衄**、**齒衄**、**舌衄**、**肌衄**，解症不外**清熱瀉火**，**滋陰降火**，**涼血止血**，**益氣攝血**等治法。惟近日出現之鼻衄怪症，所謂**鼻衄者，鼻中出血也**！雖可辨得**陰虛火旺**之**迫血妄行**，惟見患者鼻衄不止，煞是罕見。甫聞牟神針敘及摩蘇涅笂因鼻衄不止，以致**陰竭陽脫**而亡，此與圻信所遇病患，極為相似，不知曲蚺長老之手札可有進階描述？」

「聽聞二天師所述，瞬令芥琛頭皮一陣痲。雖說衄證之病機，不外**火**與**虛**，**肝火犯肺**，**胃火熾盛**，**風熱壅肺**，**熱毒內蘊**，**腎精虧虛**，**氣血兩虛**以致**陰竭陽脫**等，均可導致衄血。但一般之**陰虛火旺**，怎會一出鼻衄，即奔**陰竭陽脫**而亡？」牟又說：「相隔逾百年，患者皆因同一症狀而喪命，想當然爾，須對今日所述及之內容有所聯想，不知凌擎揚三賢姪，可有相關聯想與疑問？」

允昇隨即指出，先前之摩蘇武士中了招，衄血而亡，而後摩蘇涅笂又中了弓畋一掌，晚輩直覺，能令摩蘇涅笐覬覦之武藝，非同小可，所以，關鍵即在弓畋交付杰忡前輩那兩張羊皮，其中或許涉及了奇門武藝？

中岳亦表明了整段運金之過程，出現了數量上之矛盾！首聞曲蚺長老引領五船出航，首站抵達南州。而後揚銳發現棄於孤雁島之古船，即是當年探勘隊之斛謙前輩所航駛。姑且先撇開掩埋行程之衝突經過，但聞最終由曲蚺長老與杰忡前輩委託當地勞力，齊將剩餘三木船解體運上黃垚山。試問，原先之五運船，扣除了孤雁島一船與運上黃垚山之三船，是否……尚有一船之下落不明？

這時，手搔後腦勺之揚銳，傻笑說道：「重要的兩大疑點，皆讓兩師兄提了，小弟只好挑個小細節來說。話說，整段歷史之回溯，其重要角色，不外是曲蚺長老與杰忡前輩。而編撰『磐龍仙翁』傳說之杰忡前輩，其年輕時所經歷之事跡，適值銘義天師尚且年幼，遂無法全然隨之分享，故於杰宅血案發後，杰忡前輩曾回杰宅搜索，並呈出欲言又止貌。揚銳不禁好奇，居中到底有何隱情未述？」

「哈哈……爾等三兄弟所提，正是牟某追查一事兒之關鍵啊！」牟接著對大夥兒表示，當年杰忡前輩因與弓畔菲之關係，得到了弓畋武師之信任。弓畋遂於臨終前，將兩張薄羊皮交予了杰忡前輩，這才知曉，此二羊皮上所書著的，即是摩蘇涅笐所覬覦，關於峈辛坦族之絕世武藝！其一為弓畋所專之〈逆脈衄血掌〉，另一則是帛郁所長之〈碎骨溶髓掌〉！而摩蘇涅笐即是中了弓畋所施之逆脈衄血掌功，衄血不止而亡。

常真人聞訊認為，摩蘇涅笐之內力，勝於常人，故能延抗脈血逆流之惡症侵蝕。然而，鼻衄不止，亦稱鼻洪，一旦衄血溢入口中，以致口鼻俱出血，名為腦衄，此乃甚言鼻衄之重，而非指腦髓出血之證。而遇衄血不止而生肢厥、氣短、氣隨血脫者，則須益氣回陽，遂採大量人參加附子以固脫。惟摩蘇涅笂年事已高，受此掌功重創，終因氣血離散，以致陰竭陽脫。不過，正因摩蘇涅笂嗅出弓畋與帛郁之神功不凡，遂生納神功為己有之貪念，孰料此一念頭，卻令其提前步上黃泉！

眼下聞得眾人所論，除了〈逆脈衄血掌〉之外，甫聞〈碎骨溶髓掌〉之名，揚銳隨即豎起了耳朵，瞬間聯想先前於火連教總壇密會之……韜隱五霸！

牟芥琛接續解釋，弓畋與帛郁之獨門武藝，基本上歸屬於邪派武藝。然謂之為邪派，乃因練此神功大法，必先練成逆轉經脈氣向，再將逆能累積至某一層級，始能擊出令人衄血不止，或達碎人骨、溶人髓之摧力。惟此武藝乃經自傷經脈練起，杰忡前輩接此密笈後，未感興趣，尤其是〈逆脈衄血掌〉，習練者須噬飲陰血，以為增生功力，此述令人不寒而慄，杰忡前輩遂敬鬼神而遠之。惟因受了弓畋託付，遂決定將此一先人遺留絕學，於尋得峪辛坦族人後，予以轉交。又說：「杰忡前輩回到中土，開始精研探勘技術。數年之後，杰忡前輩於雪鑫山西南麓，掘到了金質礦脈之象，遂開始組織探勘隊伍。歷經數年訓練，杰忡前輩終於親率隊伍，再次朝科穆斯前進，此回之機緣，即讓杰忡前輩遇上了曲蚺長老！」

牟又說：「來到科穆斯之探勘團隊，為協助解決狐基族之天外巨石，遂長期駐紮於狐基族所轄之犛湮城。然曲蚺長老之行徑作風，甚得杰忡前輩之讚賞，二人遂提起了峪辛坦滅族事件，而後杰忡前輩欲將隨攜的兩張薄羊皮，託予曲蚺長老代為保管，曲蚺擔憂狐基族人恐因此而無寧日，遂予以婉拒，以致最終，兩張羊皮又隨五運金船回到了中土。」

牟喝了口清茶後，繼續說道：「五運金船進入靈沁江後，沐野起了私念，欲將運船駛離航道，卻遭杰忡前輩登船制止。據曲蚺手札所記，二人於衝突中，因無人掌舵，以致船身觸礁而嚴重毀損，沐野恰於船隻重創時落水，而後該船改由杰忡前輩操舵續航。孰料，歷經二日，受創運船毀損甚巨，恐有不勝負荷之虞，眾人遂於移走該船之晶岩後即棄船，任其沒入江中。事後不久，杰忡前輩發現其隨攜之兩羊皮，竟遺失其一，待曲蚺長老聞訊推測後，書著〈逆脈衄血掌〉心法之羊皮，恐已隨著沉船，深藏於川江之底了！」

牟又說：「自此，杰忡前輩不時忐忑，心存一驚，直至完成曲蚺長老之掩埋計劃後，回到西州老家，倏將所剩羊皮藏於宅室內，以免再次發生遺憾，並再三叮囑內人禹芝，謹慎看管。然而隨著自暇自逸，美食甘寢，卻生撫脾興嗟之慼，遂令杰忡前輩編撰了『磐龍仙翁』之說。怎料朝開暮落，好景不長，杰氏一家之輕裘朱履，卻止於突來之宅門驚響。待杰宅案發後數日，杰忡前輩再生一驚，只因其趁隙回宅，卻遍尋不出匿藏之另一羊皮，又苦於未曾將羊皮來由，告知年幼的銘義天師，無怪乎曲蚺手札描述，此乃杰忡最終離家時，欲言又止之事兒！」

擎中岳唸道：「原來，少了沐野，少了一運船，卻促成了未來諸多變數！」

龐鳶提出疑問道：「知悉杰忡前輩乃習武之人。杰宅案發當晚，三歹徒持刀入侵，衝突發生後，宅院鏗鏘作響，而杰忡前輩之妻子，適值攜子逃脫時遇害，足見已有歹徒追入宅室之內，以致多添了銘義天師之姑姑與姑丈兩命。只是……龐鳶好奇，當時銘義天師回頭驚見劌目鉥心一幕時，可有印象，是何莽漢出刀襲擊令堂？」

龐鳶如此一問，瞬令銘義天師起身，來回踱步，嘴裡唸著：「嗯……見釜坤叔頸項中刀後，父親欲衝進屋室，卻遭屠涇雄攔阻，而後……而後……見……母親急忙持起一卷物，並將杰昕拉向屋後門……然後……然後……對了！是那三人中，唯一無蓄鬍子的！嗯……印象中，見過釜坤叔與屠涇雄皆蓄了鬍，另一位雖有印象，卻呼不出其名號來。當杰昕二次回頭時，已見母親身中數刀，並聞其直喊……快逃！」

經銘義此一回顧，大夥兒不禁互瞧了下，接著異口同聲地唸出……鄒弼！

「對！就是案發之後，倏遭外客運走，遂令戈韋查官無以追查之北州威勝鏢局副鏢頭……鄒弼！」研馨直言道。

來自北州的海智天師，挺直了身子，正經表明了創於北州履順城，亦為北州最大皮製履靴之順行號，其已故創立者鄒敦，曾是海智所教授之學子。海智依稀記得，鄒敦頗具商賈頭腦，曾好奇問過其家世背景，鄒氏家族是否授以從商手腕？鄒敦僅告知，其父親與祖父曾任職北州威勝鏢局，惟二長輩皆因公而傷殘，父親鄒邑遂於臨終，叮囑鄒敦另謀發展。時至今日，海智仍記得鄒敦曾說，此生最敬佩者，乃教授其武藝之祖父……鄒弼！

「嗯……這就對啦！」揚銳激動地發聲指出，之前身處於火連教總壇，聽得韜隱五霸之密會，居中一員乃北州之北川縣令，亦是順行號之繼承人……鄒煬，此人原來即是鄒弼之曾孫！

這時，龐鳶推敲說道：「依在座之推論，當年衝入杰宅屋室之鄒弼，恐欲搜出釜坤所指之黃金，抑或是紀錄藏匿金處之文件。孰料，曾受叮囑之禹氏，深怕丟了羊皮，遂將之收拾成捲狀，而鄒弼一見禹氏攜物逃跑，俄頃揮刀以奪取該皮捲，故無暇追殺已逃跑之杰昕。待杰忡前輩了結屠涇雄後，眨眼衝入屋室，甫奪取羊皮捲之鄒弼，因不敵對手而重傷臥地。龐鳶以為，見著氣絕之禹氏後，杰仲前輩驚慌之餘，想必是奪門而出，盼能尋得劫後餘生之孩兒下落才是。」

熟悉鄒煬行徑之雩婷，隨即岔話道……

「若循先前所推述，鄒弼所奪取之羊皮，應是當年帛郁武師所專之〈碎骨溶髓掌〉心法囉！然由鄒弼，而後鄒邑，再接鄒敦，最終傳至鄒煬之手。所以，能與摩蘇里奧、薩孤齊等大人物，齊等列席韜隱五霸之密會，想當然爾，鄒煬不僅是位金主，更是身擁絕世武藝之角色囉！不過……小女子曾與鄒煬交過手，並不覺其武功突出啊？」

「呵呵，吾心中之一大疑問，至此真相終於大了個白啊！」牟芥琛接著說道：「昔日芥琛眼中之鄒煬，頑皮賊骨，而今卻試想踢天弄井，今非昔比！有道是……武藝心法若能掌其訣竅，直可一日千里也！眼前能評估鄒煬功力者，唯有日前與其交過手之輋中岳了。」

中岳仔細回想之後，正經回應表示，鄒煬逆循氣脈出招，煞是少見，惟「精武陽明」氣血衝盈，著實令對手之陰功難以入侵。而後深覺敵對放緩實力，改以刺探招式應對，倘若鄒煬能即時探出敵對破綻，再能湧出其內積之逆能，絕對是位不容小覷之對手！

至此，允昇憂心認為，眾人齊力，重溯過往，能推得究理，吾等慶幸；惟諸多變數，模糊了未來。據天師所提，近來衄血崩漏之異症患者，日增月益，莫非……此與弓畋武師之〈逆脈衄血掌〉有關？此乃未知變數之一。再則，一生盡享優越，自詡能掌控中土之摩蘇里奧，日前遭強武太陽脈衝擊潰，法王受此屈辱，難料其將啟動封存已久之……摩耶太阿劍！此為未知變數之二。然而眼下已知韜隱五霸，無不覬覦五州晶岩之能！一旦晶岩轉能之說確立，中土五州勢力，恐有重整之虞！此未知變數之三，實已成立。倘若未來無以抑制各方逆竄勢力，生靈塗炭，在所難免！

正當大夥兒感觸允昇所言之際，研馨突然想到，日前與揚銳渡越靈沁江，上岸中州後，確於淇郁城聞得參與打撈之民兵提及，已於南州紫郁樓北向之江底，撈獲數片古船遺骸，難道……甫聞未知變數之一的〈逆脈衄血掌〉，已被人發現？當下另一民兵隨即提醒，國師已下封口令，違者格殺勿論！

牟芥琛隨即指出，羊皮上之密笈內容，應為麻略斯文所撰，縱有拾獲者，亦須通曉該文之意，始能意會神功心法。然而鄒弼、鄒邑習武，鄒敦通商，極有可能因交易所需而識得外文，以致成就了後代之鄒煬，故韜隱五霸中，通曉外文者，就屬摩蘇里奧與鄒煬了，若是薩孤齊的話……

常真人隨即提起，薩孤齊曾向惲子熙之父，求教「天磁地氣」之術，因而習得些許磐龍文。而磐龍文乃麻略斯文之延伸，倘若由薩孤齊拾獲留有密笈之羊皮，應能予以解讀才是。果真如此，欲解羊皮密笈所造成之未知變數，難上加難！隨後，常真人搖著頭，形容道……

蛇蠍牙刺俱毒，見其形而得以防備，遂無以懼。

狂人雖不泌毒，惟不見其心思謀劃，故難以防。

常又說：「北州莫烈與東州嚴震洲，本為維繫中土平衡之二支柱，正所謂五行中之**水能潤木**。孰料，北江宋世恭轉手輸毒予東州，致使二州萌生嫌隙。再因嚴東主之痼疾得解後，對外誇大了《五行真經》之能，卻輕描了龐鳶辨證施治之功，不禁引來北坎王與南離王對《五行真經》之覬覦。唉……為政者心繫延壽之法，卻不見州域內十鼠爭穴，以致狂人伺機坐大，更因疏了對後輩之培育與教化，五州前景，著實令人堪憂啊！」

海智天師搖頭表示，《五行真經》乃吾等同道齊為臟腑五行之論所編纂之書冊，適值坊間醫者之說相抵觸時，能有一正統之索引。自摩蘇里奧取走後，不僅變相成了利益談判之籌碼，甚而成了各州主視為延壽之鳳毛麟角，實令吾等同道……啼笑皆非！

允昇隨即面向五仙表明，待偕眾師弟妹來往中土州域之間，定當留意《五行真經》之去向，並冀以平和手腕取得真經，終將此一冊笈，物歸黃垚五藏！

黃垚五仙旋即雙掌合十，收頷點頷，已表謝過允昇之所言所允。

這時，牟芥琛有感表示……

五州州主，飽經世故，斫輪老手，或知平和處事之貴。

韜隱五霸，桀黠擅恣，刁鑽促掐，惟具逞兇鬥狠之能。

然中土五州一如人之五臟，人之臟腑經脈受損，不外由外邪與內傷所致。而今於百會殿堂所談，實受惠於眾賢之經歷回顧與集思廣益，故能抽絲剝繭，理出來龍去脈。聞允昇所歸納之三變數，或可視為積勞成疾，以致自體內傷。惟在座切莫忽視，尚有隨時可襲身之……外邪！

「牟神針所喻之不定外邪，所指乃是？」圻信天師問道。

牟芥琛朝著允昇，並向大夥兒指出，未來中土之不定外邪，即是與允昇交過手之……寒肆楓！

接著，由凌允昇將其所遇，再為黃垚五仙描繪了一番。惟此回允昇於完敘後，好奇地請教牟師叔，先前於擎中岳之木船上，聞師叔所提及摩蘇族之「至陰大法」！

牟說道：「杰忡前輩於逃離摩耶太阿劍之完鑄盛會，經狐基族搭救後，再次遇上曲蚺長老，想當然爾，摩耶太阿劍自成了兩人話題，才知此劍乃昔日滅了峈辛坦族之太河凶器重現。曲蚺長老認為，有形之陰器，或可傷人，甚可令人屈服。惟無形之陰功，能顛覆天地之氣，影響萬物生息，令人毛骨悚然！至此，曲蚺長老描述了一段，關於摩蘇家族中，曾有一女子，名曰摩蘇萸，其乃摩蘇羅沃之堂妹，只因緣分難料，該女因與狐基族人浦欹相戀，遂遭摩蘇家族驅離以對。而後二人所生子嗣，名曰浦邷，竟出人意料地練及四重至陰！惟不久之後，暴斃身亡，且於葬後數年，竟於掩埋之地隆起一草不生，木不長之灰色山丘！而後，曲蚺遇上浦欹，始閱得浦邷之練功手札，其中多數張頁雖模糊，仍識得其中一頁乃參考其母針對摩蘇族『至陰大法』之所述，其義乃指：

至陰大法乃逆常溫之激能，法見三重始凝光，四重摧成礫，五重喚風寒，六重攝陰魂，七重斂魔域，八重馭地資，九重遮天垠。人之軀體能承六重至極，以為巔頂，非有巨能則無以躍升，惟摒陽祛火，得化形以縱橫天地。

牟接著又說：「正因浦欹目睹其子擊物成礫，實已超越三重至陰。消息傳回摩蘇家族，掀起力促浦邷回歸摩蘇家族之舉，怎奈浦邷於一次展功下，暴斃身亡！此事兒引來曲蚺長老關注，隨即聯想留置狐基族領域內之天外巨石，恐遭有心人藉探訪浦欹一家，進而親近利用，遂極力謀劃將巨石外移。至此，杰忡前輩才徹底瞭解曲蚺長老費盡一生之使命。而後經古莨長老證實，曲蚺長老傳奇一生，享壽百又八歲，相異於『磐龍仙翁』所述之百八十壽長，足見該傳說乃史實渲染而成。而杰忡前輩則於養好身傷後，前去了過往峈辛坦族所居區域，而後即金瓶落井，杳無音訊。」

然牟芥琛提起此一過往，除了體會曲蚺長老之憂心外，更因當年寒肆楓欲離開嵐映湖，於祁玄亭向龍師父道別時，二人以陰陽內力對峙後，龍師父即再三叮囑，「危世逆能已成形，須戮力匯集經脈正氣，始能自強以應外！」此一回憶，時時令芥琛心存警戒。孰料，驚聞允昇於何思樓遇著斗蓬奇人，不禁令芥琛前來黃垚五藏請益天師，人之軀體極限，可達何等巔頂？

煉禮針對牟神針之問，嚴肅表示……

人之恆溫，乃臟腑溫陽達外之表現。

脾胃之胃氣用以腐熟食穀，以運化氣血精微而至全身。

體表之衛氣用以禦外固表，以抗外邪循經入裡而損身。

體溫散失，無疑是臟腑陽脫之表現。若無施以回陽救逆，待命門火竭，嗚呼咄嗟。惟世間奇人異士廣佈，眾已見「三重至陰」之摩蘇里奧，再聞擴及「四重至陰」之浦郈，眼下更有何思樓之異常風寒，「五重至陰」……不無可能！至於六重嘛……

煉禮天師顯出了語帶保留之貌。

此時，圻信接話道：「陽脫則魂移，陽不守則魂不留。倘若六重至陰能攝人陰魂，該攝魂者應已處於人魔交界地帶；而隨著攝魂之累積，無疑化身成魔！既已成魔，自然能晉級七重至陰，進出魔域！對照凌少俠提及斗蓬奇人之所云，『天地生靈越虛弱，能使其愈形強大！』看來，圻信不得不懷疑，天地存有逾越人體極限之可能！」

摯中岳聽聞，眉頭緊鎖，道：「倘如大師兄所描述，寒肆楓恐已身擁五重至陰內力，而吾等弟兄務必於寒肆楓未成魔前，將之封印！只是……一旦寒肆楓真如浦邱手札所言，『狂人摒陽祛火，得化形以縱橫天地。』咱們還能如何因應？」

忽然！年長之海智天師，運氣起身，憂心表示……

陽界人獸，弱肉強食，惟人可依道德法規，循序向善。

陰界妖魔，逞兇鬥狠，力爭強勢，絕不輕易善罷干休。

人魔兩界，氣場迥異，陽界神兵利器，難抑冥界魔獸。

欲與魔鬥，恐恃真陽內力與銳陰利器，合而為一，始有可為。

常真人隨後附和道：「龍武尊所創『強武太陽』、『精武陽明』、『厲武少陽』、『旋武衝任』之經脈武學，即是海智天師所示，真陽內力與銳陰利器合而為一之代表。眼下三陽偕衝任之四傳人，若能將『經脈武學』推於巔頂，則可無懼狂人之至陰功力，居於何等層級？然天地間之三陽正氣能堅，邪氣自當虛弱，並使之無以積聚成魔；一旦正氣潰退，天地生靈相形弱小，欲對抗邪魔，難矣！」

常真人一話完，凌允昇隨即對著師弟妹說道：「如師公所述，三陽正氣能堅，邪無以積聚成魔。又如牟師叔形容，中土之暗積勢力，一如人之內傷；寒肆楓之竄走，一如不定之外邪。先前赤手空拳交手過寒肆楓，而今擁有龍師公加持之太陰擒龍劍，仍可延續強武太陽之威力；再加上**陽明**、**少陽**、**衝任**之群力匯集，何以不能為中土大地診脈，進而為五州治傷驅邪！」

「喂喂喂，賢姪啊賢姪，治傷驅邪，不盡是爾等年輕人可為之事兒啊！牟師叔雖有些年紀

了，武藝亦不慎精湛，但腦子尚稱清醒，這治傷驅邪，可得算我一份兒啊！」

「嗯……要協助三陽正氣挺立，確實少不了牟神針之相助！」銘義天師話一完，起身走向堂室一隅，倏自壁櫃內取出一信函，旋即為大夥兒唸出……

「玄桓西行中州臨宣，以化中、西二州之干戈。若事與願違，恐至州域脫序！惟黃垚五藏乃中土之砥柱，定能引三陽、衝任匯聚。屆時，見經脈內能與銳陰神器相合，玄桓敬託眾天師轉述三陽、衝任，欲昇華經脈武藝，唯繫嵐映芥琛！」

銘義天師解釋道：「此乃當年龍武尊前往臨宣前，將書信託付昉雲宮辛垣森道長，送交我五藏殿。龍武尊心存萬一，故留此訊息予三陽、衝任傳人。」

常真人恍然大悟道：「無怪乎銘義天師甫見凌擎揚三人齊聚黃垚，會以千載難逢，甚是萬世一時來形容，並表明了三人齊聚之後，定會尋找牟神針之下落。呵呵，牟賢姪啊！甫聞爾之腦子尚稱清醒，想當然爾，龍武尊欲藉助你那過目不忘之特質才是！」

牟芥琛端詳了龍師父所留書信後，微笑回應道……

「常師伯所言甚是，當年龍師父情急之下，於玄悟精舍告知了『經脈武學』之心法，並於舍外之祁玄亭前，親展各路經脈之單一與匯集威力，芥琛至今記憶清晰，惟恃凌擎揚三賢姪對『經脈武學』之悟性了。總地來說，『經脈武學』具三層進階，首層之功乃經脈內運，進而脈氣外伸，甚而凝成脈衝量能。進階二層為脈氣延伸，進而與銳陰利器相結，終至最高層之氣牽利器，進而隨心操馭，故三陽須藉心法以開竅。至於龐鳶之旋武衝任，其功力之變化，惟恃全身血液之淨純與多寡而定。然女子月信，牽動自身儲血量之多寡，雖影響了整體威力，但血之淨純與否，卻也左右了該神功之旋速與準確度。旋武武學巧妙之處，乃當診治女性病患時，藉診脈及行針灸之術，既可轉化對方邪氣之能量，亦能加速自血之淨化，能掌控此二訣竅，潛心龍師父之《旋武衝任》笈冊，即可自行探索脈衝之巔頂。」

龐鳶點頭回道：「過往研習旋武笈冊，對武藝之提升，始終不見進展。自開始行醫後，女性多因隱忍保守，紛紛求助於龐鳶，自此體會龍師公笈冊之精妙。換言之，今後龐鳶仍繼續揣摩與延伸旋武武學，而大師兄、二師兄與三師弟，有勞牟師叔調教了！」龐鳶說完，瞬向允昇與中岳微了一笑。

聞揚銳提問，「除了龍師公外，至今可有能者，已達『經脈武學』最高層之氣牽利器，進而隨心操馭？」

牟芥琛搖頭表示，未曾於江湖上見聞過！

揚銳此問，隨即引來常真人嚴肅回應……

「常某亦曾問及龍武尊相同問題，龍武尊當下點頭以應，並表明此人經龍武尊提點後，始達脈衝馭劍之領域。惟此人因過往一切，使其萌生退隱之意。常某本答應龍武尊隱匿該能者之姓名，後經各路宮廟道長所傳，此人已於十多年前的大地震中逝世，常某現將其名公諸，應無不敬才是。此一能者，即是曾前來黃垚五藏請益之……川尻治彥！」

「川尻……？他……就是蔓晶仙的父親啊！」龐鳶如此訝異發聲，霎時驚動了在場。隨後，龐鳶附和常真人，描述了過往川尻治彥於颯肓島遇上甄芳子，並表明甄芳子即是摩蘇里奧之元配；隨後更道出了甄芳子與蔓晶仙相認於東州清善庵之經過。

杍仁訝異道出：「當年川尻先生自境外而來，因受惠中土傳統醫學，解其痼疾，遂一心研習傳統醫經藥理。此人習醫不過四五寒暑，前來我五藏殿以醫理交流，吾等同道煞是佩服川尻先生之領悟力。然經爾等述其過往，殊不知，川尻先生乃一武界奇才！可惜，如此文武雙全之才，卻困於世間情感而失張失志，咄咄書空，此等醫界之佼者，天妒英才，無以回饋世間，吾等同道深感惋惜！」

杍仁話後，圻信天師突然憶起，眾多黃垚五藏之訪者，除川尻之外，尚有一位令吾等同道印象深刻，此人雖具年紀，惟保養得宜，臉無皺痕，面無色斑，雲心月性，當年曾駕馭一穿山蟣前來，無不引人注意！此人不僅熟悉十二經脈與奇經八脈，甚能承襲先賢所傳，並融會中土無數經外奇穴以治症。尤以一深針穴位，名曰小節，即能療癒一腳踝扭傷之殿內道長，令吾等同道讚嘆天地之間，人外有人，天外有天，以致方才圻信回應牟神針，天地存有逾越人體極限之可能！

「圻信天師所提，可是名號之中，同樣有個川字之……高川先生！」常真人問道。

「呵呵，正是高川先生！」圻信回應後續表示，吾等同道深居黃垚五藏，而常真人則延伸五藏殿之濟助義舉，不時奔波於州域之間以助人，以致當日未同黃垚同道遇得高川先生！待高川先生離去後，時至今日，黃垚五藏並未再見過此一高人現身。

「敢問天師，晚輩允昇，認同天地萬物，無奇不有。然晚輩駑鈍，僅識得穿山甲獸，耳聞此高川先生之坐騎，名曰穿山蟣，這……穿山蟣，究竟何等生物也？」

圻信天師微笑指出，高川先生自幼與馬兒結緣，擅於安撫不安馬匹。聞其曾於黃垚山北麓，發現一馬兒不慎陷入泥坑中，動彈不得，當下為之安慰，頃刻感出馬兒溫度頗高，推知泥坑之下，應是北貫中州之南州火山熔岩脈道。後經耗時七日搭救，終將馬兒自溫泥中拉出，這才知曉，馬兒已懷了孕胎；不久，馬兒於產下畸樣小馬後即亡。待育此小駒成長，竟成一全身赤黑，身擁細小鱗片，頸上更具散發熱能之鬃毛，而小鱗片亦能自主微翻，適時排出體內過剩之熱能。高川先生曾述此一神奇物種，不僅日行千里而不疲，更擅翻山越領，且多次營救荒山受凍百姓；惟因受凍者臥於該駒頸鬃上，及時取得溫暖而續命。然……毛色赤黑之馬謂之「驦」，高川先生遂將此一良駒，命名為……穿山驦！

晚輩們聽聞後，點頭如搗蒜，煉禮天師接著表示，據聞高川先生乃極盡樸實，淡泊名利之人，其雲遊五州，隨遇而安，為貧療疾，分文不取。若非因緣際會，否則，刻意約見，實屬不易！

「足踝之經脈氣道不少，能僅取一穴，療癒足踝之不適，芥琛煞是佩服！此生若能遇此高人，向其請益經外奇穴之妙，實已列為芥琛此生之冀望！然眼前迫切要務，實屬引導三陽傳人，領略『經脈武學』之妙才是。為不礙黃垚五藏之日行運作，望眾天師通融，能將雲仙亭前之草坪，作為芥琛轉傳龍武尊武學心法之處。」牟說道。

「呵呵，雲仙亭位於大殿後山，本不礙我五藏運作。既是迫切要務，有勞牟神針費心提點後輩，儘早培起能為中土大地診脈，進而替五州辨證論治之奇才才是！」海智天師代表五仙回應後，常真人上前一步，道：「為中土培育診治之新血，怎能少了貧道參與呢？」

常老又說：「回憶當年允昇、中岳、揚銳於陽眗觀時，見常某與龍武尊於秋蒔亭前切磋武學。常某雖一貫地謹守莫功，數度收下龍武尊之出招，其經脈氣衝之拿捏與勁衝，常某再清楚不過，爾等三陽傳人是否拖泥帶水，何者能瞞吾乎？」

龐鳶興奮地拉起雩婷與研馨，道：「有了常師公親自督導，三陽傳人可難以輕鬆啦！不過，咱們三姊妹亦鬆懈不得，不妨朝黃垚西麓前去，那兒不僅有藥草可採，亦可教兩妹妹馭馬射箭，一旦她倆熟悉了訣竅，即可不定向朝吾發箭，以藉此挑戰〈旋武衝任〉之另一領域！」

「唉呀！高手發箭，直、速且靜，較好掌握對手攻擊線路。雩婷姑娘尚有兩把刷子可使，倘若換成研馨，她可是會讓師姐驚到，什麼叫做不定向中之不定向哦！」揚銳道。

龐鳶鎮定應道：「唉……沒想到，刻意找馨妹加入之用意，竟被你這小子給發現了。有道是，遇著按理出牌之敵手，考驗的是平時實力；遇著不按理出牌之對手，考驗的則是即與機智了！」

揚銳聽了，稍側臉頰，對著中岳輕聲唸道：「呵呵，鳶姐處事兒，頭腦始終這麼清醒著，將來允昇哥可累囉！」

「噓……別亂說，大師兄之機智，優於常人許多，這也是龐鳶折服允昇哥之處，況且當年咱們在陽昫觀時，大師兄就很保護龐鳶，這點兒，你該也注意到才是。倒是……研姑娘面對愛講話的揚銳，應也適應了好一陣才是！」中岳對著揚銳唸道。

「這……這哪壺不開提哪壺呀！研馨是因為在下說話極具磁性，不禁深受吸引而陶醉呀！」揚銳輕聲反駁道。

接著，牟芥琛先謝過黃垚五仙之允諾，亦感激常師伯能春風夏雨，財成輔相。隨後即令凌擎揚三兄弟，徹底熟悉個人所擁之銳陰神器。明晨卯時，三人齊於後山雲仙亭前，盤座運行十二經脈之真氣，以待常師公與牟師叔提點一二。

凌擎揚三人，偕龐鳶、雩婷與研馨，俄而起身，隨即對在場眾前輩，打躬作揖，行禮致謝。而後六人先行離開百會殿堂，順勢居於高位，瞭解黃垚之山勢與地形。然此時刻，擅於分析地勢之研馨，遠眺五行祈場當下，心中起了一疑，立對大夥兒提到：「五行祈場之五大巨柱，雖對應中土五州之五大高峰，但咱們就此遠觀，五巨柱之基座上，皆有著一深綠圈印，似乎非一般廟宇宮殿之形式，此般設計，不知內含何等用意？」

經研馨這麼一提，大夥兒關注了片刻，一會兒後，雩婷則聳了聳肩，無奈地說：「除非牟師叔能給予解釋，否則馨妹這問題，也僅有曲蚺長老知曉了。」接著，六人循棧道而下，紛紛熟悉著大殿之一草一木，惟常真人與牟芥琛仍置身百會殿堂，直至金烏西墜，玉兔東升。

薄暮冥冥之下，凌允昇與龐鳶來到五行祈場旁之涼亭，允昇依舊沒改呵護口吻，瞬令龐鳶一陣窩心而提到：「知悉昇哥為著尋找凌大師而奔波。適值昇哥遇上太陰擒龍劍時，陸續得到了答案。昇哥會就此回往西州嗎？」

「鳶，雖然見了不願見之結果，但見祖父為完成己念，夙夜匪懈，霎時萌生一使命感！憶得他老人家說過，『遇事兒而願神相助，那是你相信神有這能力；倘若事與願違，那是神相信你有承擔之能力』。自從狼行山掌握了速效藥丸之技，吾不時為蒼生摒棄傳統醫技而憂心！再因無意之中，震醒了沉睡中之寒肆楓，其藉風寒邪氣，使人因病而虛，進而因眾生之虛弱，練就其六重攝陰魂大法！若不能抑制寒肆楓，防微杜漸，未來諸事恐皆事與願違！欲讓自己有承擔之能力，眼下除了有『太陰擒龍』相助，即是藉牟師叔之轉譯，以期悟出龍師公經脈武藝之上乘。此舉將歷時多久，不得而知，故短時之內，暫無回往西州之打算。倒是鳶依舊行於窮鄉僻壤，為民解症乎？」

「嗯……這個嘛……」龐鳶遲疑了一下，道：「回往中州途中，耳聞中鼎王因腦疾纏身，暫將大權交予狼行山。一向得中鼎王信任之薩孤齊，不吃味兒嗎？相對的，狼行山喚得動國師嗎？再則，就黃垚五仙所提，近來中州南部罹患衄血與崩漏患者激增，其中不乏披著官宦色彩，狼行山如何面對？為此，神鬣門已著手介入調查！倘若時間允許，龐鳶可藉著為民解症，順勢瞭解事件之蹊蹺。」

「呵呵，瞭解鳶之聰穎！聞中岳描述過，神鬣門個個身懷絕頂武藝，實非等閒之輩，鳶得謹慎再三，攬不下的就擱著，昇哥會幫你扛的，別讓昇哥擔心了！」

龐鳶開心地拉著允昇，笑著道：「幼時受人欺侮，都是昇哥為我出頭。得知昇哥關心著龐鳶，真是開心，我會謹慎行事的。倒是昇哥別責任盡攬，莫忘龐鳶隨時與昇哥並肩作戰哦！」話一說完，允昇提臂搭上龐鳶右肩，點頭微笑以應。龐鳶亦順勢倚入了允昇懷中，而後師兄妹二人於涼亭前，細說過往，相惜互擁，直至雲遮皓月，靜影沉壁，惟見儷影雙雙，循徑離去。

翌日辰時將屆，牟芥琛與常真人來到雲仙亭前，見凌摯揚三人早已盤座靜候。牟芥琛提步上前，立發聲呼道……

夫經脈氣道以為要，疏通氣滯血瘀，利暢水濕作阻。

總三陽之力以為恃，融銳陰神器以維安。

欲調飽滿之氣逆，三里可勝；要起六脈之沉匿，復溜稱神。

察歲時於天道，定形氣於予心，隨心法運氣，順心境出招。

同一心法口訣，三陽武藝各循經脈運行，可見招式之迴異。牟見三賢姪起身，運起強武、精武、厲武之真氣，隨心法之所述，啟氣之源，如江河泉流；暢血之輻，如阡陌縱橫；發乎至深，如地岩熔漿；陰陽六脈，如波光粼粼。

待凌擎揚三人架勢就緒，牟芥琛娓娓道出……

原夫起自中焦，水初下漏，太陰為始，至厥陰而方終；穴出雲門，抵期門而最後。

正經十二，別絡走三百餘支；正側仰伏，氣血有六百餘候。

手足三陽，手走頭而頭走足；手足三陰，足走腹而胸走手。要識迎隨，須明逆順。

況夫陰陽，氣血多少為最。厥陰太陽，少氣多血；太陰少陰，少血多氣。

而又氣多血少者，少陽之分；氣盛血多者，陽明之位。

霎時，雲仙亭前，見真氣內蘊，振臂舞招之三陽傳人，潛移默化中，環身橙光脈衝，漸趨展出。凌允昇之太陽脈衝，自其身背上下，擴及雙臂陰側；擎中岳之陽明脈衝，自其正前身軀，延伸至雙臂陽側；而揚銳之少陽脈衝，則自身軀兩側，延伸至雙臂尺側。三人所顯之凝聚能量，相較以往，有過之而無不及；拳腳不出三招，三人已顯經脈武學之第一層級……經脈內運，進而脈氣外伸！

接著，允昇藉著樹幹，單腿躍步而上，身子於騰空擺轉，並隨牟師叔道出：

先詳多少之宜，次察應至之氣。輕滑慢而未來，沉澀緊而已至。

中岳蹬腿後仰，跨步旋身，回應師叔所述：

既至也，量寒熱而留疾；未至也，據虛實而候氣。

揚銳則舞出上勾下掃，剪腿雙劈，順著前輩，嚷呼：

氣之至也，如魚吞勾餌之浮沉；氣未至也，如閑處幽堂之深邃。

果然，同一口訣，三人出招各異。半晌之後，凌擎揚三人至陽之氣大發，橙光真氣充盈上下，三人無視冬寒凜風，一一褪去上身衣著，並依師叔所示，持其所屬銳陰利器，順其真陽氣勢，逐一將掌中神器之榫門開啟，咄嗟之間，強武接上太陰擒龍神劍，精武連上厥陰伏虎節棍，厲武串上少陰抑獍雙鋒，三陽人器併合，氣隨意走，隨即達成經脈武學之第二層級……脈氣延伸，進而兵刃相結。

上身赤裸之中岳，舞招之中，一不起眼角度，顯出了其右大臂上一深色胎記。此一圖案，霎令坐於雲仙亭中之常老，俄而持起拂塵，起身關注，隨後心裡嘀咕著，「當年，擎氏夫婦以無力扶養為由，將中岳送來黃垚五藏，惟由言談之中，不覺擎氏夫婦之言可採，然因嬰孩無辜，遂將之留下……」

這時，再聽聞牟芥琛對三陽傳人喊道：

必欲治敵，莫如用針。巧運神機之妙，工開聖理之深。

凡針者，使本神朝而候入；既攻也，使本神定而氣隨。
神不朝而勿刺，神已定而可施。
陽部筋骨之側，陷下為真；陰分隙膕之間，動脈相應。
定腳處，取氣血為主意；下手處，認水火是根基。

凌允昇四脈匯集，率先以太陰擒龍，舞出拖曳劍氣、神龍擺尾之式，一氣呵成。擎中岳則於伏虎三節交錯中，橙光銜慣，立顯暴虎截鬚之威，剛中夾柔，渾然生成。另有揚銳之雙鋒齊出，配上其雙臂之少陽脈衝，一如開山手刀，勢如破竹。

待凌擎揚三人，招招人器合一後，牟又喊出了數道經脈心法，並指出……

「切記口訣心法，推真氣於身外，延經脈於器內，以達人、氣、物三者合一之境。待爾等三陽火侯純熟，常真人將親自受納爾等所發之內功，三陽傳人切莫輕怠。」

牟芥琛甫一話完，隨即移位，退離草坪，隨後來到雲仙亭，面露訝異地問道：「常師伯可有注意，擎中岳右上臂之記號？」常真人隨即點頭以應。

「乍視之下，芥琛本以為一般胎記罷了，就近察看後，此一記號乃由點刺生成，而該記號之形式，極似麻略斯文字！」

「倘若一如牟賢姪所述，此一記號，可有其含意？」常真人反問道。

牟立說：「此字形之含意即表……尊重。只是……知悉擎中岳自幼於陽昫觀成長，師伯是否記得，當年中岳之由來？」

常真人本已注意到中岳臂上之記號，經牟芥琛又提起，遂於雲仙亭中，憶起了過往……

話說，廿多年前一夜，一摯氏夫婦，抱著尚未滿月之嬰兒，前來了黃垚五藏殿。起初，夫婦二人話語吱唔，而後婦人表明，因夫婦二人膝下無子，以致領養了該男嬰。怎料領養以來，不僅未聞嬰兒哭鬧，甚或夜裡見其睜眼嘻笑，更見其膀上刺著不明圖樣，婦人憂心，直覺此嬰恐為靈異之胎，而該圖樣近似鎮煞之用，以致夫婿摯笠，心生畏懼，未敢為嬰孩取名。然摯笠本帶著為兒求診之心態前來，後又改口表示，因無力扶養，煩請道觀協調有緣人家，以接納該男嬰，輔其成長。當下直覺嬰孩無辜，亦發覺摯笠夫婦已無心撫育，遂同意讓男嬰留下，而後該男嬰亦隨老夫前往了陽晌觀。龍武尊一聞此事，對男嬰之成長，甚為關注，並發覺此嬰孩能於光線昏暗中視物，難怪能於夜裡睜眼嘻笑。然而龍武尊無畏鬼魅之說，並順其摯姓之下，取名中岳，一路而來，中岳始終保有其忠誠厚道，一如鎮守中土之山岳，不偏不倚。

「常師伯日後可有再遇那摯笠夫婦？」牟問道。

「呵呵，約莫一寒暑之後，老夫於濮陽城市集，巧遇了摯笠，才知夫婦二人平日種植棉花，待收成後，拉著小拖板車，將所栽棉花，運往棉襖棉被之製場交易。怎料數年之後，耳聞摯笠夫婦並未躲過中土爆發之瘟疫劫難！」

常老話後，牟芥琛突然提了個熟悉人物……徐逵！

牟指出，徐逵於攜出晶石拓紋米雕後，受了追緝而重創，經龍師父搭救後，由芥琛負責徐逵之創後復健，居中尚得常師伯取自黃垚五仙之麝香與硃砂相助，待其意識清醒後，曾緩慢地描述受惲子熙先生之所託所為。猶記得徐前輩確實提過，曾於濮陽城，失手丟了竹藤箱，難道……這凌空翻落的竹藤箱，恰巧地落於擎笠拖板車上之棉堆裡？

牟芥琛這般推測，霎令常真人茅塞頓開，隨即聯想到惲子熙曾於東靖苑告知，因藉「天磁地氣」之推演，其後嗣必須名中帶上「敬」字，始能續命。而當年為退去雷嘯天與薩孤齊之戒心，子熙事先為將臨盆之嬰，取名曰……惲敬歆，怎料該嬰出生不久即夭折！然於臨盆當日，惲子熙將隨後出世之孿生男嬰臂上，刺上一記號後置入竹藤箱，並交由徐逵將之帶離永業官邸，如此推敲，惲子熙之所刺，應有其意義才是。甫聞牟賢姪將擎中岳臂上之字形，解釋為「尊重」，這……是否不甚吻合眼下之推測？

牟芥琛於亭內踱了踱步，忽然！淺露了微笑，道：「嗯……真是天意啊！昨晚咱們於百會殿續談惲先生所提『磐龍仙翁』一事兒，居中論及磐龍文乃麻略斯文之精簡演進，而方才直覺中岳臂上所刺乃『尊重』之意，倘若對照杰忡前輩於中土所書之磐龍文，此一『尊重』，經由精簡譯出，即是個『敬』字！無獨有偶，拾獲竹藤箱之擎笠，其姓氏中之擎字拆解，即是『敬』字置於手上，想當然爾，此一擎字已成男嬰續命之起始。常師伯您說，這是否即是天意啊！呵呵，看來，芥琛欲前往北州拜訪惲子熙先生之行，無意之中，已為惲先生準備了份大禮啦！」

常真人聽聞後，一時難掩激動神情，直說：「太……好啦……真是……太好啦！沒想到，當年所推演之『常生有命，龍後有傳，凌研有得，惲危有嗣』，至今一一實現！昔日留於道觀中之小童……擎中岳，正是惲老弟之子嗣啊！而今眾賢能齊聚黃垚，追本溯源，套句銘義天師所述，千載難逢，萬世一時啊！只是……好不容易讓中岳尋著了根，卻又成了三陽中之『精武陽明』傳人，嗯……還真苦了這孩子呢！」

常老又說：「歐……對了，牟賢姪尚未與惲先生詳核過往之前，為不擾其國事如麻，老夫暫不去函告知。然此之前，老夫能幫上忙的，無非是強化與精進三陽傳人之應對能力了。呵呵，老夫這就上前，會會所謂三陽傳人之火侯如何！」

常真人一跨步飛躍，俄而自雲仙亭衝出，洪聲喊道：「允昇、中岳、揚銳，爾等逐一對上老夫，老夫將以行針之技術，合併過往與龍武尊接招之心得，隨招道出，冀望爾等能從中受惠。」

允昇聞訊，斯須領劍而上，太陰擒龍出鞘，數丈高空舞出橙光粼粼。常真人凌空收納強武脈衝，並循序道出……

若夫過關過節催運氣，以飛經走氣，一曰青龍擺尾，如扶船舵，不進不退，一左一右，慢慢撥動。

中岳接續出擊，隨即跨步轉檔旋腰，手持節棍之前後，以退為進。常老腿踝倏轉閃禦，接連唸道……

二曰白虎搖頭，似手搖鈴，退方進圓，兼之左右，搖而振之。

揚銳隨後出招，倏以一對抑獍鋒，凌空畫出如蜂巢般之交錯細格。常真人以拂塵擋收，再次述道……

三曰蒼龜探穴，如入土之象，一退三進，鑽剔四方。

接著，三陽輪轉連擊，常真人以自體速旋，暫化逆來奇襲，並敘道……

四曰赤鳳迎源，展翅之儀，入針至地，提針至天，候針自搖，復進其原，上下左右，四圍飛旋，病在上吸而退之，病在下呼而進之。

此刻，三陽真氣接連發出，疾聞「轟……轟……轟……」之三連巨響傳出。常真人倏而旋轉手中拂塵，雖能迎面逐一吸收，惟採定步收納，硬是令常老之馬步後滑退數尺方止。接著對招四人同傳後仰翻飛聲，「啪嚓……啪嚓……啪嚓……」凌擎揚三人皆於落地前，瞬收銳陰神器，使之入鞘於咄嗟，常老則回移至雲仙亭前。

牟芥琛順勢喊道：「三賢姪真不愧為三陽傳人，一經龍師父之心法提點，即可達二級經脈武學之脈氣延伸，並迅速與銳陰利器相結。倘若三陽能更行精進，待功力深達摧裂石礫之境，直可凌駕四重至陰之摧礫神掌，進而抵禦五重至陰之呼風喚寒。倒是……不知常師伯甫受納三陽勁道，感受如何？」

常元逸點了點頭，回應表示，三陽之中，允昇之〈強武太陽〉，內力剛猛而強，出擊專於「重」字。中岳之〈精武陽明〉，功力韌勁而長，出擊專於「耐」字。揚銳之〈厲武少陽〉，出招銳利而準，出擊專於「速」字。居中令人訝異者，乃抑猿雙鋒之伶俐敏捷，若論及左右連擊之速，幾可抑制當今以速劍制霸之神鬣門總督……刁刃！然龍武尊身集十二經之真陽，適其經脈全開之內力，非單一**太陽**、**陽明**、**少陽**之功可比擬。甫受三陽齊攻之勢，霎令老夫定步難擋，此等勁道，實已躍居龍武尊之上，倘若再能發揮銳陰利器之功，甚而謀出三陽合擊陣式，相信世間之邪魔歪道，勢將無以匹敵！

「多謝常師公與牟師叔之提點教化！」三陽傳人同聲感激之後，允昇又說：「今兒個咱們三兄弟，首次嘗試人、氣、物之合一運用，並於潛移默化中，領略到『經脈武學』之另一境界，待經時間磨練，咱們三人定能於默契中，試出絕對應戰之策才是！惟因牟師叔尚有前訪北州會晤惲子熙先生之計劃，二弟中岳已決定，待此黃垚精訓告一段落，其與雩嬣將陪同牟師叔前往北州，屆時之行程中，亦可增些照應。」

常真人看了下牟芥琛，隨即話道：「太好啦！有了牟神針會上釋星子，相信諸多過往史蹟，終將化暗為明！」常老難掩心中喜悅，復微了一笑後，不忘對三徒孫叮囑道：「眼下與牟神針約了黃垚五仙於五行祈場商議。未來時日，爾等三陽傳人仍須細心揣摩『經脈武學』之玄妙，人一己百，終能見得九轉功成之日！」

「嘶……嘶……」忽聞一陣快馬長聲嘶鳴，正循黃垚西麓山徑而去。

中岳見狀，笑著直說：「呵呵，看來雩嬣與研馨將體驗一下，何謂龐式之駕馭集訓了。」

揚鋭接著道：「呵呵，沒準兒研馨學不來百步穿楊之功，卻教了鳶姐與雩嬣姑娘如何烹飪哩！嗯……如果是學會雩嬣姑娘的裁縫術，或許可再增點兒女人味吻，呵呵……」

凌允昇立將話題拉了回來，「好了好了，咱們也不能遜於娘子軍啊！來……大師兄先行餵招，爾倆使勁兒出招吧！」

「嘿嘿，許久未同大師兄討教啦！咱們來瞧瞧，這『少陰抑獍』……如何會上『太陰擒龍』呢？」揚鋭興奮道。

「嗯……大師兄不妨直接出擊！吾亦想試試這般『厥陰伏虎』，如何以一敵二！」中岳建議道。

「好，既然爾倆這麼有自信，那大師兄就不客氣啦！來吧，接招了，喝……啊……」

三兄弟於大師兄吼聲即出，齊躍一霎，瞬聞雲仙亭前傳出鎗鎗啾唧，俄頃之間，驚聞劍棍之鏜聲，蓋過黃垚西麓之群馬蹄響；更見遠處奔馬揚起之黃土塵沙，漸趨模糊了殿後之蒼翠山林……。

「喀噠……喀噠……」三駿驥交竄黃垚西麓林間，聞龐鳶興奮喊道：「真沒料到，爾倆能把馬兒駕馭得這麼好，甫遇一落差甚大處，見馨妹能穩控轡繩，牽動馬頭之頂革、頰革、額革與咽革，令馬兒頃刻尋得平衡點，煞是巧技！還有……雩婷的水平穿梭技巧，閃躲角度恰到好處，此技亦須倚恃駕馭者絕佳平衡感才成！」

「師姐過獎了，雩婷自幼是個孤兒，待遇上退隱之惲大人收留，撫育成長，再經養父兩莫逆之交評估，直覺雩婷手腕之技巧，不適揮長劍、耍重刀，遂授予一對蝴蝶雙刀與馭馬之術，以作為防身之用。而後，雩婷每日上下山，均賴馬兒代步，惟因循行捷徑得以省時，遂練了山林穿梭之小技。」

研馨則說：「研馨因家鄉恐遭土石流淹沒，故日日爬上陡坡，觀察山腰上之擋泥牆與傾斜之地勢，時時為著居住之安危而搏命，遂學會馭馬拙技。倒是鳶姐瞧見那般緩降技巧，則是遇上允昇哥後才學會的。」

「呵呵，還以為是揚銳教的嘞！」龐鳶笑著道。

「嗯……研馨認為，雖見揚銳騎術了得，卻是展現於馬背上跳躍翻轉之類，亦即帥勁花俏，歸屬玩命之路數，頗令人畏懼三分。不過，論及揚銳之游水功夫，常人倒真是難望其項背哦！」

「好，爾倆既有了不錯底子，但如何於馭駕中，得百步穿楊之效？這般訣竅在於……不斷與馬兒溝通！一旦馬兒熟悉並瞭解駕馭者之騎姿及欲射方向，立可覺馬身與馬頸將適時微微移位，以利馭者張弓所需空間，並達到行進中所需之平衡感。走……鳶姐做一次側身左右張弓予爾倆瞧瞧，駕……」

「喀噠……喀噠……」三女子於林中來回穿梭，見識了龐鳶藉轉腰而左右開弓，不禁讚嘆連連。適值雩婷與研馨勤練之際，三女不知不覺來到了黃垚西麓南向數十里。孰料……見居前之龐鳶坐騎遽然急煞，待龐鳶視察周遭一番，始知前方隱著諸多蜈蚣窟穴！遠望窟穴之另一頭，發現一斗笠叟翁之背影，頻彎著腰，專注著採收什麼似的？然而隨著叟翁一步步倒退挪移，幾可能陷入其後方之蜈蚣隱窟！

龐鳶立對兩師妹使了眼色，決採定向定靶作為試擊，試圖為叟翁解圍。龐鳶穩於馬背，摒息凝神，平緩張弓後，率先發出一箭，唯聞一咻聲，旋即射裂了林中一粗樹枝，隨後再聞兩聲咻響，兩師妹接連射中同一樹枝。「啪嘰……啪嘰……」見該樹枝連同其上枝葉，應聲斷裂傾下，直接落於一較大蜈蚣窟穴上，瞬見若干蜈蚣四處逃竄。斗笠叟翁回頭見狀，搖頭驚呼道：「唉呀！瞧妳們幾個丫頭幹得好事兒啊！老朽一路彎腰屈膝，為的即是搜尋這些特別的紅巨龍啊！」

「紅巨龍？」三丫頭納悶兒唸著。

「是啊！這般赤身蜈蚣，體長約莫八寸，身具廿一體節，且有『紅巨龍』之稱。老朽守在這兒，正是為了這些寶兒啊！眨眼兒即遭爾等丫頭給打散了，唉……今兒個又白來啦！」

「欸……這位老伯，咱們三姊妹乃擔心老伯誤踏蜈蚣窟穴，所以才……不然這麼吧！咱們幫您抓些回來，以緩些您的損失。」龐鳶說道。

「呵呵，抓回來？這玩意兒可是極毒之品啊！單憑赤手空拳，妳們幾個姑娘家是抓不來的。欸……別動！老朽所放的餌，好像……」

接著，叟翁取出一刻意編織之長桶狀竹網，再將先前隱埋地上一細繩端，穿過長竹網後，一手扶網，一手持住細繩。忽然！「唰……」的一聲，一大塊朽木，應聲被拉入長網之中。而後，叟翁纏起長網兩端，深吸了口氣，笑道：「呵呵，以這般窸挲聲響評估，裡頭大概有個三四十隻紅巨龍吧！呵呵，不無少補。」

「敢問這位老伯，您這是啥法子補蟲啊？讓咱們都看傻啦！」雩婷問道。

「呵呵，這妳們就不懂啦！此類蜈蚣雖毒，卻生性膽小，稍有驚動，隨即鑽入石隙木縫，方才姑娘們擾動了牠們，遂使其逃竄躲藏。老朽幾天前在這兒置放了些繫了繩的朽木，待蜈蚣熟悉後，即可棲息，甚至躲藏於朽木縫隙中，一旦將朽木入了網，自然能擄獲一些囉！嘿嘿，這可是老一輩所教授之法子哦！回去用熱滾鹽水將其燙熟，曬乾入甕，即是收了天地之極品啊！」

龐鳶微笑應道：「**蜈蚣，其性辛溫，性善走竄，歸屬肝經，能攻毒散結，治瘡癰腫痛，瘰癧，痰核，瘿瘤，令其通絡止痛之效；可用於風濕痺痛等痼疾，甚至口眼歪斜，麻木偏癱**，用

藥尚有全蠍可取，另有異曲同工之妙。」

「嗨呀！姑娘年紀輕輕，竟能知曉大地之藥材用法！嗯……年輕即是本錢，多懂些醫理藥草，受益無窮啊！呵呵，老朽……倫永緒，過往仗著年輕，不時暴食熬夜，水酒水煙不離，自傷臟腑而不自知，待見內人病重離去，始效仿先人嚐百草，去陋習以自救。至於姑娘所提之蠍子嘛……息風止痙，其攻毒療瘡之效，遜於蜈蚣，惟治手足抽搐震顫，全蠍可為首選！若遇角弓反張，強直痙攣之證，必取蜈蚣以為用！呵呵，現有了這些紅巨龍，再配上昨兒個抓的蠍子，不多不少，就蜈蚣與全蠍等量，即可產生倍於單用蜈蚣之效！」

「小女子龐鳶，偕同雩婷、研馨二師妹受教了！」龐又說：「晚輩知悉黃垚西麓有著諸多醫用良材，遂前來此地領略大地藥材之奧妙，無端擾了前輩採藥，煞是愧疚！」

「嗨呀……龐姑娘言重啦！有捨始有得嘛！爾等三人不也幫了老朽，將蜈蚣趕進了朽木之中，沒啥愧疚說法，倒是……要在這兒瞧點奇特之物，非得去瞧樣東西才行。咱們得再往南向走些囉！」

不久後，四人來到一處遍布蘭科之植區，倫老伯指著地上一玩意兒，道：「眼下所見，一曰『赤箭』，亦有『鬼督郵』之別稱。姑娘們或許用過此藥，但幾為藥商處理後之乾品，不見得見其原生模樣兒。」

研馨反應道：「這玩意兒在咱們哪兒叫做『定風草』，卻沒見過如此巧樣兒的。」

「定風草？那應該就是春麻或是冬麻之類的。」雩婷說道。

「嗯……小女子認為……此物應是平息肝風所施之……天麻！卻如前輩所言，僅見過乾品，不知其生長模樣兒為何？」龐鳶肯定說道。

「沒錯！就是**天麻**。由於收採於冬季至隔年春季，故有**冬麻**與**春麻**之稱，唯藥性以**冬麻**為佳。」倫老頭兒接著又說：「**天麻**乃一寄生之蘭科植物，其下無根，無以從土壤吸取養分、水分；其上無葉，無以吸收陽光，卻和一名為**密環菌**之物共生，此菌體附於**天麻**之表面，並自土壤吸收養料，然後供**天麻**生長發育所需。反觀天麻開花後若沒被採挖，不久即生腐爛，反成了**密環菌**之營養成分，故二者乃為共生關係。**天麻**對於溫熱病之熱盛生風，可同清熱解毒藥或息風止痙藥配伍，既祛外風，又息內風，遂能用於**肝風內動**，甚而**肝陽化風**之證。」

龐鳶接續表示，醫經有謂，「**夫人身惟陰陽和合以為氣，而風木由陰以達陽，故陰虛則風實，陽虛則風虛，助陽氣者正所以補風虛。天麻辛溫入肺，主殺鬼精物、蠱毒惡氣，以其能定風，鎮八方之邪氣也。**」

「哈哈哈，龐姑娘對醫藥如此通達，佩服，佩服！」倫老說道。

「前輩過獎了！倫前輩親嚐百草，且詳藥草之來龍去脈，應是醫界翹楚才是！」龐鳶回道。

「呵呵，妳們還是直呼我老伯就行啦！醫界翹楚不敢當，名醫易自傲，庸醫常自詡，坊間有多少醫者，尚不知**四逆湯**與**四逆散**之區別，甚而混為一談！老夫以為，關鍵時分呈出己之所能，勝過時時標榜己之所長！」

「嘿嘿，這兩藥方兒，允昇哥有教過我呦！」研馨話後表示……

四逆湯乃生**附子**、**乾薑**、**甘草**之合用，主用於溫經逐寒，回陽救逆。

四逆散由柴胡、枳實、白芍、甘草所組成，其效在於透邪解鬱，疏肝理脾。

「姑娘所言甚是！」倫老嘆道：「唉……要是時下年輕一輩兒，皆如三位姑娘一樣，通曉醫藥，不僅臨證能有所判斷，更可護及家人，一舉數得。怎奈坊間之速效藥丸已漸普及，惟論解去當下症狀，卻不曉臟腑經脈之承受，令人堪慮啊！」

「喀噠……喀噠……」忽聞遠處一陣馬蹄聲響傳來。

「大夥兒小心！山坡下方有動靜。」雩婷警覺道。

倫老伯說道：「咱們自黃垚西麓，一路南向而來，遠眺眼前那山峰，即是位於黃垚西南之奇恆山，而奇恆山東南有一小鎮，名曰滬芫，此鎮原是老饕齊聚之平凡小鎮，自從奇恆山之黃晶岩出土後，中鼎王即列此鎮為通往麒麟洞窟之要鎮；乍視之下，此鎮似乎得了繁榮，實則成了中州都衛軍之補給站。雩婷姑娘方才所見人馬，即是近來輪番騷擾鎮民之……神鬣門！」

「神鬣門？神鬣門乃中鼎王直屬之威嚇單位，何來理由干擾該鎮之樸實百姓？」龐鳶問道。

「龐姑娘有所不知，前陣子中州南方諸城起了不明屾證，絕了不少人命，其中亦含不少都衛軍兵。中鼎王令神鬣門接手調查後，竟發生了一神鬣門高手，斃命於滬芫鎮西郊，此一事件驚動了中鼎王，而代理中鼎王職務之狼行山隨即下令，全面清查滬芫鎮。自此，鎮上家家戶戶不時遭官兵搜查，藉以追得該案之蛛絲馬跡。」倫老說道。

「神鬣門的人掛了？此聞讓自恃甚高之刁刃總督，情何以堪啊？」雩婷續問道：「倒是……神鬣門何等人物遇害，竟能引來中鼎王如此關注？」

「據滬芫鎮之袁邈鎮長指出，倒於血泊之中者，即是御劍山莊少莊主……樓御群！其所持之御旌劍，狠遭摧折！」倫老回道。

「什麼？是那姓樓的！就是與中鼎王私交甚篤之御劍山莊樓茂榮莊主之子，亦是與擎中岳於獵風競武交手之樓御群！」雩婷又說：「若非受制於雷夫人所開條件，中岳才不會輸給那姓樓的呢！只是……小女子見過樓御群之武藝，堪稱水平以上，難道……他也中了衄血掌？」

「按倫老伯這一說，近來若要走訪滬芫鎮，應是件不易之事兒囉？」研馨問道。

「欸……目前尚不至全鎮戒備，畢竟滬芫鎮以美食聞名，亦是眾饕客聞香下馬之處。再說，後天即是該鎮一年一度之饕餮大賞，屆時，定有諸多趕熱鬧，嗜美食者前來。老朽以為，近日神鬣門出入頻頻，沒準兒已獲樓御群遇害之線索。倒是提及這饕餮大賞，不瞞各位說，此回老朽特別撥冗前來，正是為了一品饕餮大賞之美食啊！」

「什麼是饕餮大賞啊？」雩婷再問道。

「嘿嘿，姑娘這就問對人啦！」倫老伯笑著，又說：「滬芫鎮遐邇聞名之維德大街兩旁，比鄰著各式生熟食料理店家，而饕餮大賞則是各店家展出精心製作之料理，供人品嚐。歷來該鎮出現過之饕客中，約莫十來老饕，能於品味中覺出該料理之質地、用料與火候，屆時鎮長將依其評定，公布最被認可之三料理，並須贈該店號一饕餮獸旗，一旦店家能插上這旗子，無疑是個金招牌兒，各地慕名而來之饕客遊子，僅須追認旗幟，即可享得齒頰留香之珍饈美饌。不過……老朽誠心建議，三位姑娘欲前往該鎮，攜伴參與為佳，畢竟三杯黃湯下肚之莽漢，可是煞風景之角色啊！」

「好啦！許久沒同年輕一輩兒聊這麼多啦！老朽還得回去泡我的紅巨龍哩！咱們後會有期啦！」「嘿……唰……」倫老伯話一說完，隨即一手提著長綑，一手抓著樹藤，以矯健身手，倏朝斜坡滑下，一溜煙即抵山坡之下，且隨著擦擊聲響漸趨模糊，其身影即於三姊妹前消失。

「鳶姐，咱們是回黃垚五藏呢？還是……」雩婷問道。

龐鳶道：「已告知常師公，此回外出訓練，約莫三天時日，怎料竟於此刻聽聞驚人血案，更出人意料地扯上神鬣門，此案兇嫌應非泛泛之輩！吾已打算親自走訪一趟滬芫鎮，而妳們倆……」

雩婷立說：「甫聞倫老伯建議，攜伴前往滬芫鎮為宜！鳶姐獨自訪鎮，咱兩姊妹也不放心，相信允昇哥亦不同意鳶姐隻身獨行的。」

研馨接著說：「不妨咱們三人一同去瞧瞧，彼此也有個照應。再說，咱們一邊兒觀察情勢發展，一邊兒尚可見識那饕餮大賞，是否真能引來饕客，研馨一嚐便知。欸……雩婷姐在做啥嘞？」

「哦……咱們一路朝西，甚或已抵黃垚之西南。為留下咱們行蹤，雩婷一路於行經山徑之諸樹幹上，藉塗抹革油與折枝方式留了記號，以備不時。」

龐鳶笑著說：「呵呵，就爾倆之所言所為，眼下欲探訪滬芫鎮，應是三人之行了。不過，該磨練之技藝，尚不能免，咱們朝滬芫鎮前去途中，鳶姐將一路訓練爾倆馭馬張弓之技，待抵目的地，頃刻入宿客棧，以免引人矚目，走吧，駕……」

「哇！還得沿途受訓！好吧，待抵那滬芫鎮，再大快朵頤一番好了。雩婷姐，咱們快跟上鳶姐吧！駕……駕……」

夕陽餘暉，霞光豔豔，滬茳鎮上之維德大街，處處得見店家張燈結彩，街坊大小食販，應接不暇。慕名饕餮大賞之來者，無不沿街瞧著店家商號，探詢料理特色。街巷人影之中，雖不乏都衛軍官巡行、帶刀兵衛穿梭，惟因年度大賞開鑼在即，外人絲毫感覺不出曾有朝廷鎮暴要將……殞命於此！

「嘿嘿，來鎮品賞的女流之輩還真不少啊！」一巡行都衛，輕蔑喊道：「呵呵，姑娘啊！要不要哥哥帶妳們去嚐鮮嚐鮮啊！呵呵呵……」

「馨妹，別理會這些閒兵。走……咱們快跟上，雩嬣似乎已覓得住宿點了。」龐鳶說道。

「鳶姐您瞧，眼前客棧雖不起眼，但客房俯視角度頗佳！」雩嬣再說道：「您瞧，由窗台即可瞧見大街上諸多熱鬧店家。咦……」雩嬣頓了下後，又說：「真是奇了，見一高掛『鮮之烹』招牌之店家，對照街上懸燈結彩之『深滷坊』、『羊大仙』、『龍鬚羹』等等，相形失色，難道大賞當前，這『鮮之烹』已提前退出了局外？」

這時，小二端進了茶水，龐鳶隨即向小二問了雩嬣所提。小二一陣左顧右盼後，面露慌張地回應道：「三位外來客官，有些事兒，小的不便張揚，卻也為那『鮮之烹』感到可惜啊！『鮮之烹』曾是咱鎮上之最佳鮮魚料理，不論煎、煮、炒、炸，樣樣令人垂涎三尺。只是……這些年來，隨著都衛軍往來奇恆山，咱們這平凡小鎮，不免蒙上了軍政色彩。每輒駐防麒麟洞窟之軍隊輪番交替，下了山之都衛兵立馬佔據了鮮之烹，肥吃肥喝；近來更因神鬣門之要將進駐，令定了鮮之烹之掌娘……梅珊，梅大娘，隨時備好大頭鰱魚，以為神鬣門奉上店內著名料理……砂鍋魚頭！」

「哇……好大的官威啊！遐邇聞名之料理，盡歸神鬣門所享，無怪乎惹出民怨。沒準兒神鬣門因此而遭人圍毆，以致衄血而亡。」研馨氣憤道。

小二又說：「不過，鮮之烹至今會沒落，多少都得怪罪於梅大娘那不成材的兒子……梅錦元！那小子自幼因入贅的父親被野女人拐跑，遂轉從母姓，但其仗著家業興隆，無所事事，四處遊蕩。孰料，一日傷重，被人抬了回來，這才發現其腳筋已遭挑斷，形同殘廢，梅大娘傷痛欲絕，眼下僅與其女梅錦芳相依，照顧著傷殘的梅錦元。然因神鬣門與都衛兵常出入鮮之烹，一般饕客僅伺空檔，得入內品嚐。惟梅錦元出事後，據聞梅大娘抑鬱寡歡，手藝已不若以往，生意每況愈下，故昔日風光之『鮮之烹』，已成本鎮之過往。」

突然！小二一聞窗外傳來神鬣門之馬蹄聲響，連忙叫道：「姑娘可千萬別對外表明，從咱們這兒聽到任何訊息啊！若遭怪罪，咱們可擔待不起啊！」接著，小二慌張地退至房門外，面露驚惶地離開。

雩婷立馬移向窗戶，倚著窗邊一瞧，不禁愣了一下，嘴裡唸道：「是他！他也來到這兒了！」待龐鳶上前，雩婷又說：「鳶姐，甫躍下馬背者，即是與中岳交過手之神鬣門總督……刁刃，而隨其身後者，巔稜快刀……芮猁！」

「妳怎知是芮猁，莫非你遇過這號人物？」龐鳶問道。

雩婷指出，獵風競武前，曾見一人鬼祟，跟蹤之後，見此人密會了鄒煬，並於對談中得知，此人名曰芮猁；待獵風競武登場，始知芮猁乃神鬣門一員勇將！

雩婷忽驚道：「欸……瞧！刁刃與芮猁，先後走入了『鮮之烹』耶！這麼晚了，店家都歇了吧！難道……刁刃同其屬下一般，慕名前來一嚐那砂鍋魚頭？」

龐鳶正經道：「刁刃親自出馬，應是為樓御群遇害而來。難道……身擁〈逆脈衄血〉神功者，果真出沒於此鎮？嗯……看來這『鮮之烹』恐是血案之關鍵，明兒個不妨走趟『鮮之烹』瞧瞧。倒是……刁刃恐認得出雩婷，故由研馨隨吾前去即可。」

「那好，雩婷就留守這兒，馨妹可別忘了帶些好吃的回來喔！」

「放心吧！研馨所選料理，定令雩婷姐唇齒留香的。」

入夜之後，滬茳鎮陡然起了滂沱大雨，雨勢瞬間驅了維德大街之來往行人，而刁總督亦於子時之前，匆匆離開了「鮮之烹」，並偕芮猁紛朝大街一向而去，隨後入宿了街旁之恆興客棧。

刀刃入內後，即令吳掌櫃慎查進出客棧之異鄉人士，未經允許，切莫擾其所宿閣樓。接著，刁刃上到閣樓房門前，瞬覺一絲異樣，旋即持起戮封劍以禦；經嗅得一陣香味飄來，刁刃即知房裡有人等候，遂推門而入。待門房闔上，一女子倏而撲上刁刃胸膛，直令刁刃聞其髮香，道：「禕，怎知吾留宿於此？」

「耳聞中州之南，不明衄證叢生，再經師兄弘羿告知，有狂徒挑釁神鬣門，甚令御劍山莊之樓御群，無端命喪滬茳鎮，芸禕遂猜想，刁總督定會親自前來查案。然狂者居於暗處，芸禕隨決定前來關注安危，又知刁總督喜於居高臨下，故這恆興客棧之閣樓，應得刁總督青睞才是。怎料芸褘雖趕上刁總督之步伐，衣裳卻遭突襲大雨所滲，惟兩全其美之策，即是先進閣樓等候！」

一向鐵血之刁刃，遇著靳芸褘屢屢關注，早熟悉了其飄散之氣味，怎料今夜這般香氣，一如魔藤般地纏繞，咄嗟之間，實已掩過胸膛，撲鼻入心，直逼人情慾沖升！窗外雖滂沱依舊，燭光卻如此催情，不禁瞬化總督剛烈之性，倏以右臂擁攬佳人，左臂揮袖生風，滅去了扭動燭火，雙臥寢簾之內，齊浸歡愉雨夜……

歷經一夜瓢潑大雨，黎明晨曦已越窗櫺，惟見鏡前伊人梳妝，總督則隨口提問，「耳聞西兑王值內憂外患，內有石濬集結地方勢力，外有異族分食區域協防，唯一信任者……雪盟山莊莊主喻湘芹！喻莊主可有協西兑王履險蹈難之把握？」

芸褘擱下木梳，倚於總督肩旁，半露憂鬱之貌，娓娓道出……

「芸褘此回前來，除了為總督掛心外，確實為著西州情勢，深感憂心。自西兑王拉攏境外異族，甚而藉由外族之力，抑制民間逆反勢力，如此聯外制內之棋局，似乎漸將西兑王推向深淵。原以為摩蘇里奧會看上西州交易熱絡之北區，以作為其協防區域，孰料法王以年事已高為由，選擇了距克威斯基較近之南區，且已調派眾多摩蘇族人，陸續進駐西州南區重鎮……白涘城。喻莊主這才識出摩蘇里奧處心積慮，為的即是靠近西州之白虎洞窟！然西兑王雖將駐防白虎洞窟之職，交予了喻莊主，但經探子回報，法王於白涘城暗地擴大武力操演，並施以兩面手法，一面對西兑王表明，將竭盡所能，剷除南區反動勢力；另一面卻是威嚇我雪盟山莊。時至今日，法王旗下之查坦尤垶，已對我莊發出二次信函，以期上山莊切磋武藝，卻為我喻莊主所婉拒。」

「哼！趨近取物……此乃摩蘇里奧慣用之手法。」刁刃接著話道：「中鼎王刻意別開戎兆狁之軍機處，另成立神鬣門，為的即是機動清除挑釁勢力，其中亦包含了法王這不定因子。本門更藉競武選拔，無非昭告世人，中州神鬣門之武藝，天下第一，以致十多年來，法王未敢當面挑釁。知悉法王出招，多倚幻術，欲由戮封劍下闖關，實屬不易。而今，法王連雷世勛都敵不過，足見摩蘇里奧今不如昔，虛張聲勢罷了，就算統領一班烏合之眾，未必敵得過貴山莊之雪纏四劍。」

「刁郎之述，雖有其理，惟與我西州尚稱和睦之諸外族，已於坊間傳言，摩蘇里奧將開封家族神器……摩耶太阿神劍！據傳，此劍可結合摩蘇家之至陰神功，威力不容小覷，此事兒已令我喻莊主惶惶不安，日前已隻身前往西州白鑫大殿，盼與侯西主共商因應大計。」靳芸禕回應道。

「呵呵，一耄耋老人，至此甫倚恃銳陰劍器，為時已晚。不過，法王有了威劍助陣，反倒引來刁某興致萌生。禕，妳得多防著點兒，一旦摩蘇里奧藉劍撒野，即便法王未挑釁刁刃，刁刃亦將領著三禪戮封劍，一較那……摩耶太阿！」

「嗯……能得刁郎關心，芸禕已滿足矣。倒是刁郎周遭，龍蛇雜處，一切小心為上！」話畢，芸禕再次陶醉於刁刃懷裡。

待刁刃整裝後，來到窗邊，俯瞰大雨清淨後之維德大街，見商攤一一挨著大街擺設，另見諸伙計踏著凳子，急忙掛上醒目布條，比擬年節氣息，街上林林總總，無不為明日之饗餮大賞

而鋪陳。然隨著大街人潮湧入，熙來攘往所生之嘈雜，不禁令刁總督一陣煩躁湧上，其因乃於欲查血案，繁雜難理！適值刁刃眉頭緊鎖之際，忽見一熟悉身影現身大街，旋即引來刁刃關注，直聞其唸道：「是她？她怎也來這兒湊熱鬧！唉……」

「何許人物，竟令總督如此嘆息？」芸褘靠上刁刃右膀，同刁刃視線望去，驚道：「是……雷婕兒！她怎於此現身？難道……中州駙馬爺也到了這兒？」

「不可能！刁某來此之前，狼行山尚於惠陽城，偕同御醫李焜，剖析著樓御群之屍首。」刁刃接著指出，活潑外向之雷婕兒，似乎與狼行山漸行漸遠，而狼行山更因代理了中鼎王職務，幾與婕兒無重疊時刻，雷婕兒恐悶得發慌，遂來此湊熱鬧。倘若不期遇上這般大小姐，勢必話不投機，無啥交集。今兒個不如先從袁邈鎮長那兒查問，以免萌生不必要麻煩。」

「據聞袁鎮長乃最先發現樓御群遇害者，卻未必知曉誰下的毒手？」芸褘推道。

刁刃嚴肅說道：「樓御群之武藝，雖論不及頂尖，仍具水平之上。甫見過樓之屍首，雖無中毒之貌，唯**身背第九胸椎棘突下之督脈筋縮穴**，與該穴左右旁開寸半，**於足太陽經脈上之肝俞穴**，瞬遭掌風震擊，以致筋散離骨！所謂，**肝主筋，肝藏血**，是否因此使其肝破血溢，遂自口吐衄？然兇嫌能斷其二尺六長之御旌劍，此人絕非等閒之輩！」又說：「據聞神鬣門戰將，常聚於大街上之『鮮之烹』，吾才憶得，樓御群不喜魚鮮海味，經店家表明，並未見樓御群前來光顧。昨兒個又得其他商家告知，曾見樓御群於另一『彘心坊』店家用膳。吾以為，除了袁鎮長外，『彘心坊』亦是待查之處。嗯……時不待人，刁某這就上路！」

離開恆興客棧後，靳芸褘刻意巡視一回維德大街，並於人群中，巧與龐鳶擦肩之後，隨即離開了滬芫鎮，直奔雪盟山莊。

轉眼屆臨傍晚時分，龐鳶與研馨回到了客店，隨即提了大小美味，速速安撫留守之雩婷。值狼吞虎嚥之雩婷，不忘對姊妹提到，「今兒個可有收穫？」

龐鳶率先表明，鮮之烹之梅大娘，自其兒受創傷殘後，刺激甚大，常生胸滿、煩驚、譫語等症狀；其女錦芳，因尚未承得母親火侯，以致令魚兒失了鮮，湯頭走了味兒，致使現今的鮮之烹，生意慘澹，門可羅雀。待龐鳶為梅大娘辨證後，隨即針下清火涼營，寧心安神之**手少陰神門穴**，並配上眉心之**鎮靜穴**後，再為其開出**柴胡、黃芩、桂枝**以和解裡外，**生薑、半夏**以祛其逆滿，藉安神重鎮之**龍骨、牡蠣**，治其煩躁驚狂，並配合施以**鉛丹**，以平其驚癇，藉**大黃**以瀉裡熱，**茯苓**健脾利濕，終以**人參、大棗**益氣養營，諸藥合用，使達和解清熱，震驚安神之效。開出此一傳世名方……**柴胡龍骨牡蠣湯**之後，始得梅錦芳之信任；待抓藥回來，已見研馨與錦芳熟悉，並於廚房裡侃侃誾誾。隨後於煎煮草藥時，遇上了倚於輪椅上之梅錦元，當下，梅錦元面露懊悔之貌，久久不能自已。

曾於鬼門關前走了一遭的梅錦元表示，鮮之烹每況愈下後，鮮少人對梅家伸出援手。錦芳火侯不當之烹煮，難以招來生意，每日剩食僅供自家三口糊用，以致無多餘銀兩為母親看病，值山窮水盡之際，怎料世間尚有人情溫暖存在。待龐鳶餵完梅大娘湯藥後，梅錦元眼淚奪眶而出，並道出了自己過往之不堪……

「憶得過往時日，錦元成日遊手好閒，遂搭上了來店之都衛傳令官……李潤。然而李潤嗜賭，遂常於休防空檔，邀集防兵於鎮上聚賭。一日，錦元好奇參與賭局，初嚐了些甜頭兒，即認李潤是個可倚之好哥兒們。後經李潤刻意安排下，錦元十賭九輸，遂欠其不少賭債。為此，李潤常夥同其他衛兵前來『鮮之烹』大食大飲，以藉此抵債。孰料，不知何時，李潤竟染上了毒癮！然為滿足其食毒花用，不時要脅錦元交出銀兩。一日，錦元因抗拒李潤脅迫，慘遭毒打，幸得神鬣門樓大俠及時出手而脫困。」

「樓大俠？就是那樓御群嗎？」雩婷問道。

龐鳶點了頭後，又說：「樓御群本是前來滬茺鎮追查衄血案，卻因排解一樁鬥毆事件，竟發現都衛軍營出現了違禁物！而後，樓託錦元跟蹤李潤，錦元一時虛榮，自覺已攀搭上神鬣門俠士，自此應不再受都衛兵欺侮，遂不時隱於通往奇恆山之山徑旁，以伺機跟蹤李潤行徑。果然，跟監七八日後，梅錦元聞得線索，傳出某高人暗中力助李潤，欲使李潤得以取代守護麒麟洞之巴矽將軍。此一計策乃由李潤夾帶一包白粉回營，並將其藏於巴矽將軍之營帳中，屆時由神鬣門查獲巴矽將軍藏毒，即可將其問斬。」

「按梅錦元之說法，似乎早有人想動巴矽將軍之位置！發現如此重大預謀，梅錦元何來能力處理？難道……直讓樓御群去查巴矽將軍嗎？」雩婷又疑道。

龐鳶立回應指出，錦元自知麒麟洞區，戒備森嚴，根本無法直接入營通報。一日，錦元巧遇李潤因嗑毒而飄然譫語，隨口道出了某日寅時，將有人於鎮西山麓，提交白粉予李潤，並令其帶回軍營，不久李潤即可升官發達。聞訊當下，梅錦元認為能處理這般陰謀者，除了神鬣門之樓御群外，不做第二人想。

等待數日後，錦元終於事發前夜，遇上來鎮巡視之樓大俠，並於樓大俠喜好的「毳心坊」，將己之所聞所遇，一一告知了樓御群。樓於知情後，立與錦元再三研擬鎮西之可能位置，俄頃提劍上馬，倏朝鎮西方向而去。對此好奇之錦元隨後跟上，以期能見樓大俠將李潤繩之以法。

孰料，當錦元抵鎮西山麓前，突見李潤倉皇逃竄之背影，火速遠離，而後即聽聞山麓旁之茶園，傳來刀劍之鏗鏘擊響！待錦元上前一瞧，驚見樓御群早已抽劍，對戰一身手矯健之蒙面人。數回合之後，蒙面人似乎有些力不從心，值一轉身不力，瞬遭對手一記飛踢而倒地。樓御群乘勝追擊，幾可擒下蒙面人，怎料咄嗟之間，殺出一頂上留有戒疤之蒙面僧人，一掌擊中樓御群身背，樓自知深受重創，能殺一個是一個，遂執意出劍，刺向先前倒地之蒙面人。剎那間，見著蒙面僧人倏以二指神功，及時折斷了樓所持之御旌劍，以致樓頓時失衡而前傾，隨後竟遭倒地起身之蒙面人，施以迎面一掌。樓御群受此一掌後，雙手直撫著頸部，呈出難以呼吸之狀，隨後即見樓御群正面臥地，口吐鮮血，未再見其起身。

半晌之後，錦元再聞得兩蒙面人之對話……

「怎麼？連你也嗑粉啦！單憑爾之武藝，怎勝不了這姓樓小子？保重啊！爾乃做大事之人才，待咱們拿下巴砼將軍，這中州幾乎就是咱們的啦！」蒙面僧人道。

「哼！若非一時逆氣上衝，瞧這般咬著金湯匙長大之公子哥兒，怎會是吾之對手！再說，為掩人耳目，今兒個並未攜上自個兒擅長之兵器，否則這姓樓小子，怎傷得了我？倒是，若依計劃前去這奇恆山，單憑咱倆，即能入洞取寶嗎？」

「呵呵，早已安排了菩巖寶剎之高僧前來協助，眼下就等著拉下巴砼將軍啦！」蒙面僧人又道。

雩婷想了下，推論道：「一蒙面僧人，僅藉雙指即可力折御旌劍，又能請來菩巖寶剎的高僧幫忙，想當然爾，應是鳶姐遇過的中州國師……薩孤齊！倒是另一蒙面客，僅以迎面一掌，即能令樓御群吐衄，莫非……他就是身擁〈逆脈衄血〉神功之人？」

「嗯……聽鳶姐轉述錦元之說，研馨認同蒙面僧人即是薩孤齊。」研馨說了後，再問：「樓御群遇害後，梅錦元是否逃離了現場？」

龐鳶回應表示，匿藏茶園旁之梅錦元，不幸遭行兇者發現，錦元拔腿即跑，適值蒙面客毒癮稍稍發作，追了一段路後，擒住了梅錦元。然此時刻，巧遇了一群連夜運送蔬果入鎮的販子經過，蒙面人見狀，速抽出一尖物，斷了梅錦元之腳筋後，僅留了句話：「爾是『鮮之烹』的人吧！方才所見所聞，絕口不提，否則滅了爾之一家三口。」話一說完，蒙面人即離去。而後錦元靠著雙手匍匐前進，待聽聞呼救之販子靠近，梅錦元才撿回了一命。

雩婷又推論道：「錦元不務家業，遊閒在外，能一眼認出錦元是鮮之烹的人，應是常往來鎮上者。再聞其要脅錦元一家三口性命，或許是熟悉鮮之烹之常客！依此推之，巴矽將軍未出事兒前，此蒙面人仍將出沒這鎮上才是，不知鳶姐有何疑處？」

龐鳶起身，來回踱了踱步，道：「梅錦元知悉龐鳶諳醫術後，同意龐鳶察看其腳筋傷處。適值診察當下，瞬令人起了疑竇！能與樓御群對上數回合之高手，其斷人足筋之手法，煞是粗糙！視其傷處，明顯非利刃所為，而是強行刺鋸所致！倘若咱們能儘早發現持有特殊暗器者，或將找出這殺害樓御群，且要脅梅家，甚而勾結國師以謀反之蒙面兇嫌。不過……切莫大意，倘若此人真擁〈逆脈衄血〉神功，咱們得更加小心才是。」

「欸……甫聞鳶姐描述，馨妹同梅錦芳談得投機，可有啥心得嗎？」雩婷問道。

「呵呵，兩位師姐不妨到窗邊瞧瞧！」研馨說道。

待龐鳶與雩婷俯視大街之後，霎時呈出瞠目咋舌之貌，隨後齊說：「這……是怎一回事兒嘞？」

「呵呵，今晚兩位師姐先睡吧！小妹得前去『鮮之烹』幫忙啦！希望趕得及參與明日揭幕之饕餮大賞。」研馨應道。

「鮮之烹……饕餮大賞？」龐鳶與雩婷訝異道。

「呵呵，二位不是瞧見了唄！錦芳已掛上了歡迎饕客蒞臨指教之斗大布條。再說，偕鳶姐離開鮮之烹時，已見梅大娘有了微笑反應。若沒猜錯的話，此刻之梅錦元，應是使勁兒攪和著魚漿才是。嘿嘿，今晚，研馨將進駐『鮮之烹』；明日，錦芳將會端出經研馨急訓之成果啦！」

「好，既然鮮之烹有馨妹在，那明兒個雩婷不妨同鳶姐上大街視察囉！」

「好啊！老待在這兒也會發慌的。明兒個定會好好瞧瞧這維德大街的。」雩婷興奮道。

正當眾人們感受著各店家之佈置氛圍，回觀各客棧之房內，卻有著不同的入住心情。其中對比較大的，莫過於刁刃所宿之恆興客棧，與其斜對街之唯承客棧。

「叩……叩……」一短捷敲門聲響起！

「欸……刁總督，是我，芮猁！」

「芮先鋒今日巡視，可見任何線索？」刁刃問道。

「回總督的話，關於樓御群斃於鎮西茶園，據此地販子之說法，樓御群因排解一樁鬥毆事件，意外發現鎮守麒麟洞窟之都衛軍營內，似乎流竄著俗稱白粉之禁物，是否……樓因深入緝毒，遭逢不測？」

「禁物？據吾所知，近來私運白粉管道，已由過往的蟄泯江，轉藉靈沁江滲入我中州。不過，以滬芫鎮之民生水平，應非毒販覬覦之點；再則，巴砛將軍之操守，深得軍機處之信賴，僅聞幾個販子所言，可信度待確！」

這時，芮猁走到窗邊，推開了窗櫺，驚見已沒落一陣子之「鮮之烹」，竟掛起了參與饕餮大賞之布條，不禁對著刁總督叫道：「欸……昨兒個咱們查訪過的『鮮之烹』，怎突然醒過來似地？打這兒望去，又張燈，又結綵的，真是怪了！」

「嗯……確與昨日所見，判若兩樣。不過，明兒個即是饕餮大賞之日，鮮之烹總得藉此機會振作一下。只是……傳聞它的『砂鍋魚頭』，深得我軍兵青睞，既然重啟生意，不妨明兒個去品嚐一下，順勢查探可疑人物。」刁刃點頭道。

「那好，這兒的店家我熟，明兒個就由芮猁包個桌兒，以區開那些評鑑饕客，好與總督大人大快朵頤一番。」芮猁一說完，隨即離開了恆興客棧。

閣樓上見著芮猁遠離後，刁刃欲將房窗闔上，待其搆上窗櫺時，忽由眼角餘光掃到，座落斜對街之唯承客棧樓上，巧見一人正推開窗子，愉悅地俯視著維德大街，刁刃不禁唸著：「哦……原來雷婕兒宿於唯承客棧！若依禮節來說，吾是該過去打聲招呼，不過……此回大公主既不知會各部各門，亦不帶隨扈丫鬟前來，如此低調，應是不想驚動王府，獨自出來散散心，湊湊熱鬧罷了。算了，若明兒個在街上不期而遇，即當面表明正為王府查案，一語帶過以了事兒。倒是……許久不見雷婕兒……如此喜溢眉梢！欸……那是……？」

霎時，一雙突如其來之粗糙手臂，正由婕兒之兩後腰，緩緩向前環抱。此一幕映入刁刃眼簾，令其詫異不已，腦裡僅閃著一念……何時駙馬爺已來到這兒？

訝異一霎之刁刃，見婕兒撫著腰際上之雙手，面露愉悅地退入房內，接著再見那粗糙之手，探出了窗口，惟見一左顧右盼身影後，連忙將窗戶闔上，隨後即見該房內燭光……驟然熄滅。此刻佇於窗邊之刁刃，心中五味雜陳，徒呼奈何，嘴裡直唸道：「婕兒怎會？怎會……幽會……樊曳騫？」

翌日午時未至，慕名前來滬芫鎮者甚眾，鎮內街道，車馬輻輳；維德大街，連衽成帷。袁邈鎮長於發放數十評鑑饕家之身分名牌後，饕餮大賞隨即展開。評鑑饕家須於酉時之前，嚐出心中三珍味店家；非具評鑑身份者，仍可隨處嚐鮮，直至店家作歇而止。

「哇……真是過癮啊！」雩嫜興奮又道：「深滷坊的冰鎮滷味，煞是一絕啊！尤其是那鳳爪凍、滷雞頭，直令人吮指回味啊！還有前方街角一攤子，所炸之脆皮豆腐，無可比擬。眼下眾多美食，那些評鑑饕家怎吃得完嘞？」話後，雩嫜朝大街另一頭望去，突叫道：「喂喂喂，前方那群評鑑老饕中，好似有個熟面孔耶！」

「倫老伯，原來您也是評鑑饕家之一啊！」龐鳶上前招呼道。

「呵呵，被妳們發現啦！眼前見雩婷姑娘手上所持，即知年輕人喜好厚重口味。身為評鑑老饕，聞香氣即知用料，食入口即知火侯；真正之廚藝，乃於不甚起眼之材料，能令其化腐朽為神奇。眼下大夥兒最感興趣者，莫過於那『鮮之烹』。待饕家們體驗過『龍鬚羹』後，留了點兒胃，即將前往『鮮之烹』，惟時間有限，二位且容老朽暫止寒暄！」

「真沒想到，咱們巧遇採藥之倫老伯，即是這回大賞之評鑑饕家。唉呦……好疼啊！」雩婷接著叫道：「鳶姐您瞧，那女人家只顧貼著男人，撞著了人，還若無其事地走開。欸……甫與吾擦撞那女人，好像在哪兒見過似的？」

龐鳶隨耳目之，訝異道：「欸……眼前可是雩婷見過之刁刃和芮猁？怎麼……方才撞著你的那對男女，一見刁刃，彷彿遇上債主似地，隨即轉身入巷，莫非……他們互相認識？」半晌之後，龐鳶又道：「瞧，刁刃踏進了鮮之烹！莫非神鬣門發現了啥？否則，不可一世的刁總督，怎會在這時候湊熱鬧？走，咱們跟去瞧瞧。」

龐、雩二人入了鮮之烹才發覺，裡頭除了一桌留予評鑑饕家外，其餘皆已滿座。突聞研馨嚷到：「嗨呀！瞧見爾倆真好，這兒快忙翻啦！快換上衣服，幫忙備菜吧！」

龐鳶點了點頭，輕說道：「也好，咱們可藉機瞭解一下店內狀況。」

「二位大爺，『砂鍋魚頭』給您送上啦！」錦芳招呼道。

「我說……梅小妹啊，梅大娘知悉我芮某人嗜嚐鰱魚下巴，待會兒可別忘了，幫芮某多留份魚下巴啊！哈哈哈，嗯……今兒個湯頭可真不錯哩！」

不久之後，七八評鑑老饕走進了鮮之烹，隨即入了座位。一會兒後，錦芳雙手捧了盤兒魚料理出來，此一動作，無不引起在座注目，道出：「喂喂喂，大夥兒瞧啊！是未見過之魚料理啊！」隨後，錦芳又端來了魚丸湯上桌。

一陣品味之後，三老饕品著魚肉，點頭表示，此乃烏青、草鯇、白鰱、鱅魚，四大食魚中之草鯇，亦有草魚之稱。眼前所呈之玉盤珍饈，頗具心思。料理者以利刃淺畫魚身後，先抹覆米酒，再和上鹽巴，以此去了大半腥味，而後吸乾魚身水分，再行入鍋煎煮。

另二饕家附和指出，其以細末薑與蒜末炒香，並搭少許紅辣椒末以增色，惟火侯適中，始達成料理之色、香二條件。

倫老頭接著評道：「此一料理之畫龍點睛處，始於外調之紅糖、米酒、黑醋與蔭油，再藉老抽以增色，後以少許清水攪和，合入爆香熟魚之中；待煨至調醬滲入肉層，終灑上蔥末以作收，即可呈出色、香、味俱全之完美佳餚。此一糖醋草鯇，實不違『鮮之烹』之『鮮』字兒啊！」

另一連任三屆之饕家卞罍，細心評出甫下嚥之湯丸，乃鮮烏青漂洗去水後，於砧板上先以刀背敲擊成泥，再以刀刃排斬如茸，接以米酒、細末蔥、薑汁與清水，混和於魚泥之中，再合以雞子蛋清，使勁兒攪拌後，始能呈出彈牙爽口之魚丸兒，此等細膩工法，坊間鮮見。

一旁鄰桌食客嚷嚷道：「喂喂喂，小妹啊！若糖醋草鯇來不及端上的話，先來碗烏青丸湯，好讓大夥兒解解饞唄。」

待評鑑饕家走離後，立見袁邈鎮長倉皇奔來，慌張說道：「嗨呀！刁總督啊！今兒個欲在大街上尋人，可真是件苦差事兒，還好在這兒遇上了您呀！」

「何等要事兒，竟讓袁鎮長如此慌張？」刁刃問道。

「方才巴砼將軍差人來報，前陣子牽涉軍營藏毒之逃兵李澗，現已緝拿歸案。更重要的是，代理中鼎王職務之狼駙馬，亦派人通報袁邈，其將即刻啟程，前來我滬芫鎮。」

「什麼？狼駙馬疾奔前來？難道……發現了大公主之異常行徑？」刁刃隨後令道：「巴將軍那兒，暫由芮先鋒處理，本總督暫留鎮上，靜候駙馬爺到來。」

甫斟過各桌茶水之龐鳶，聞訊後回了廚房，立聞雩嫜叫道：「我想起來啦！方才於大街上撞著我之女子，正是雷王府千金……雷婕兒！很久以前，雩嫜曾送皮靴進雷王府，故見過她的模樣兒。不過，知悉雷婕兒已與狼行山成了親，怎還跟其他男人……」

「噓……小聲點兒，這其中恐有隱情！」龐鳶應道。

接著，三姊妹見梅大娘起了身，與奮地加入廚房陣線後，「鮮之烹」隨即重現昔日火侯，而梅錦元更沒閒著地攪和著魚漿，待梅家上下完全接手後，三姊妹即趁大賞尚於熱絡期間，上街大快朵頤一番。

入夜之後，龐鳶等三姊妹回到了客棧，研馨隨即趴臥在床，雩嫜則稱讚道：「馨妹果然厲害，才一天兒的功夫，就讓『鮮之烹』奪下了饕餮大賞之榮譽旗幟。說實在話，當下收回各桌之碗盤，還真僅剩魚脊骨而已呢！」

龐鳶則表示，另奪下饕餮榮譽旗幟之「奰心坊」與「赤冠樓」，風味獨特，亦是實至名歸。

臥床之研馨，隨後道出：「嗯……那『奰心坊』所製之冷切豬心，不僅火侯控制得當，去腥之後，更以八角茴香增味，始入味於心壁內層。更見師傅將置於冰塊中之利刀，切出了嫩彈之豬心片兒，煞是令人佩服！至於那『赤冠樓』之冰鎮醉雞，其引人參、**黃耆**、**甘草**、**肉桂**所成之**保元湯**為基底，輔以**當歸**、**枸杞**等藥材入味，配上絕佳比例之水酒與紅棗，並藉冰鎮以鎖味，待醉雞入口，遇溫漸化，藥香隨肉層滲出，濃而不膩，真是拿捏得恰到好處。嗯……料理界真是人外有人，天外有天啊！」

「唉……今兒個最遺憾的，就屬沒能即時嚐到馨妹操刀之……糖醋草鯇！」龐鳶接著表示，刁刃對後來呈上之「糖醋草鯇」，其反應似乎勝過芮猁的「砂鍋魚頭」。適值隨桌斟茶之間，倒是聞得袁鎮長所述二事，一是逃兵李澗已緝回，二是駙馬爺即將前來滬芃鎮！

「狼行山現已暫代中鼎王職務，他來這小鎮做啥？難道也趕著來鎮嚐鮮？抑或……與今早擦撞雩婷之雷婕兒有關呢？」雩婷疑道。

龐鳶再說：「李澗怎會成了逃兵？此亦表示巴砯將軍尚未遭到栽贓！這麼看來，薩孤齊與蒙面人之計劃恐已受阻！然此時刻聞李澗被緝回，這對神鬣門偵察樓御群血案，應有絕對助益才是！」

「那挑斷梅錦元腳筋之蒙面人，真是身擁〈逆脈衄血〉神功之人嗎？」雩婷又問。

「唉……看來……欲知解答，得多待此鎮些時日了！」

「呼……呼……」龐鳶甫一完話，回頭已聞倒臥床上之研馨，響起了陣陣鼾聲，此聲似乎表明了連日來之折騰，已令其疲憊地跌入了深層夢鄉……。

第廿七回　誅凶殄逆

滬芫小鎮之饕客齊聚，大街巷弄之熙來攘往，或聞擺攤人家吆喝，或見名店商號旗海。獨門滷味引人連嚐，知名彘心深得眾望，冰鎮醉雞吮指回甘，草魚鮮烹饕家讚賞。惟百姓浸於盛會餐饗，殊不知，官府衛兵已策動兵馬，精銳盡出，以為緝兇剿匪而來。

驚聞連夜快馬疾奔滬芫，出乎刁總督意料之外，袁邈鎮長以為前鋒部隊先至，孰料避免打草驚蛇，僅駙馬爺獨自前來。恆與客棧低調對外，倏採暫阻入宿以應。

狼行山一進恆與閣樓，隨即引來刁刃關切道：「隻身連夜快馬，何事兒令駙馬爺如此急切？」

狼行山嚴肅回道：「憶得薩孤齊親送《五行真經》予東震王，待其歸回瑞辰大殿，避重就輕地論述其置身東州，如何不使中州受辱之種種，遂得中鼎王之賞賜。國師領了賞金離去後，還記得狼某刻意留下中鼎王、戎兆犰與刁二哥，四人聚於殿後議室。」

「記得，當然記得！當時四弟藉由南區都衛水師軍長罕井紘得知，國師私自更動東州行程，意圖硬闖東州青龍洞窟，然此節外生枝，終創傷了曹歲總管。狼四弟還不忘提醒，一旦薩孤齊刻意接近麒麟洞窟，即可證明，其欲藉晶石之能，壯大自己，以伺機造反。當下直覺四弟杞人憂天，摩蘇里奧那套幻術，或許可唬住不少人，然區區幾處出土晶石，薩孤齊能有何作用？」

狼行山倏而提及，曾於西州拾得一晶石拓紋，竟能令摩蘇里奧直闖黃垚山，盜取五藏殿之《五行真經》，以向西兑王交換該拓紋。再說，薩孤齊雖具武藝，惟水平居於曹歲之下，何以能潛入青龍洞窟後，倏將曹總管擊倒？其中必有文章。之所以快馬至此，主為三事兒而來。

其一，中鼎王僅對重要親信，提及前往碧瑤山靜養。孰料王爺與夫人竟於碧瑤山遭人行刺！後經尉遲罡出手，斃殺其一刺客，遂知參與行動者，乃出家僧人佯裝也！待經查證，此易容僧人乃出自東州菩巖寶剎，法號唯平之武僧。換言之，能差人埋伏碧瑤山，足證內鬼已生！

其二，經盤問國師座駕馭手張冀，日前，國師於奇恆山南麓下車後，即令張冀先回惠陽。而數日前緝回之逃兵李潤，已向巴矻將軍表明，曾於駐防區見過一蒙面僧人，由此可見，薩孤齊已預謀靠近麒麟洞窟，中州不得不防。

其三，御醫李焜剖析樓御群之屍首後，驚覺其主傷出於背脊，以致肝臟破裂，遂使三焦遍布溢血。待剖其胃腑，仍見未消化之白米與豬心，推其生前食過相關店家。而真正讓樓御群吐衄之主因，實為一自口腔強行塞入之尖物，此物畫破死者之聲帶、咽喉，直至扯裂喉管、食道，因而引胃腑衄血，逆從口出。

狼行山描述之後，隨即取出一小木盒，順手將盒蓋推開，並表明盒中之物，即為取自樓御群喉管之尖物。

刁刃起身踱步，目盯盒中尖物，眉頭緊鎖地話道：「眼下所見尖物，實乃歷經切磨之……魚骨頭！」

霎時，刁刃腦海中，似乎浮現了什麼？一會兒後說道：「哼！居心叵測之薩孤齊，鮮少從事沒把握之事兒；其趁中鼎王疏於國政，欲由奇恆山南麓上山，刻意捨棄行經滬芫鎮以掩人耳目。倘若按四弟推測，麒麟洞內，確實有他要的東西。」刁刃又說：「至於樓御群血案，猶記得樓不喜魚鮮，遂不見其出入『鮮之烹』。後因『毳心坊』老闆告知，樓御群乃該店常客，幾可應證御醫解剖之說，故案發前夕，樓確實去過『毳心坊』。再看木盒中之小玩意兒，能取得此般六寸大魚骨，鎮上除『鮮之烹』之外，刁某不做他想。依此推估，絕斃樓御群之兇手，吾大致有了底。只是……已指派芮猁先行上山，以配合巴將軍處理逃兵事件。看來，欲解決問題，咱兄弟倆得親自上趟奇恆山了。」

狼說道：「戎兆犰本欲調動都衛騎隊，隨吾前來，為免打草驚蛇，遂令都衛軍先固護回歸惠陽之中鼎王，而咱兄弟倆可先合力鎮住國師之虞犯行為！」

「噓……有腳步聲靠近！」刁刃警覺道。

「叩……叩……」一短促敲門聲響起！「狼代主、刁總督，袁邈有急事相告。」

袁鎮長入內後，隨即表明，一往來軍營之信差，甫於袁宅告知，巴矽將軍近來有些異狀，時而顯出病發欲死之貌，時如常人；為免於軍心動搖，將軍暫以腸胃不適為由搪塞。惟託信差轉告，盼鎮長能指派一大夫上山為其診治，以免誤了狼代主前來之步調。然因狼代主提前抵鎮，眼下之巴將軍，尚不知情。

「病發欲死，又時如常人？何等怪病，匪夷所思？」刁刃接著又說：「四弟身兼中州醫研處總管，巴將軍這般症狀，可有速效丸藥可施？」

「嗯……這個嘛……」狼行山露出了猶豫貌，說：「乍聽之下，不聞巴將軍有具體症狀，一如頭疼、發熱、暈眩，甚或腹痛，單憑病發欲死、時如常人之述，難以施藥。狼某以為，咱倆尚有正事兒要辦，不妨先讓坊間大夫蹚這渾水好了。只是……這鎮上可有可靠大夫？」

「嗯……這個嘛……」袁邈露出了猶豫貌，說：「本鎮正值饕餮大賞，其中一外來評鑑饕客，名曰倫永緒，其已治癒鎮上諸多怪症，若欲低調行事，倫老乃不二人選。」

「好，這事兒立馬交由袁鎮長處置；待與刁總督將情勢推演妥當，旋即前往麒麟駐防區。」狼說道。

袁邈離開恆興客棧後，狼行山倚著窗邊朝外俯瞰，刁刃旋即跟上窗邊，稍稍掩住狼行山望向唯承客棧之視野，並刻意提及狼與婕兒之瑣事兒。

狼表明，自雷王前去碧瑤山，狼每日於瑞辰大殿批完公文後即回到雷王府。惟個把月前，雷婕兒以外出散心之由，離開了惠陽，至今不見其蹤影。日前，雷王險遭行刺，遂偕夫人提前回府，此訊尚無法通知婕兒；眼下已託迅天鷲與夜行翁協尋公主下落，至今仍杳無音訊，直令人徹夜難眠！

「唉……女人！」刁刃搖了搖頭，道：「先父曾因女人而險丟了命，後因牽掛而令其劍術遭遇瓶頸，遂接連敗於刀臣與劍紳。刁刃一生以此為鑑，故始終與女人保有距離。但見四弟，功成名就，卻背負著不睦姻親……」話後，刁刃突顯出欲言又止貌。躊躇片刻後，又道：「唉……咱倆兄弟一場，刁二哥可不願見四弟……始終被矇在鼓裡啊！於此不妨告知，公主日前已來過此鎮，待刁某前去招呼時，公主實已退宿離開。」

「什麼？婕兒獨自來到這兒？」狼行山驚訝道。

接著，刁刃差小二送上兩罈美酒後，緩緩移向窗邊，自窗口指著唯承客棧，並將近來所遇，詳實述出。然此敘述之於狼行山，晴天霹靂，絕非火速前來滬芫鎮所能意料。適值鬱悶難抑之下，倏將罈中水酒直朝嘴裡送，間中不時見狼行山牙根緊咬，雙眸怒燃，卻任水酒痲痺情志，終不敢接連恣意狂飲，醉臥於恆與閣樓。

翌日，刁刃親調獨眼蛇矛冉垣甲，倏往奇恆山支援，而袁邈鎮長亦前來告知，已安排倫永緒上山，以為巴砼將軍治症；惟因倫老年邁，遂攜一女徒隨行，今晨二人已朝駐防軍營前去。話後，袁鎮長顯出欲言又止貌。

「袁鎮長有話直說，勿須吞吞吐吐。」刁刃話道。

「回刁總督的話，袁邈今晨聽聞輪防都衛兵提到，日前緝回之逃兵李澗，昨夜竟吐衄身亡！」

「什麽！李潤亦因不明衄血而亡，難道：近來頻傳之〈逆脈衄血〉神功，真有其人其事？」刁刃想了想，又說：「唯一能指證蒙面僧人之李潤，慘遭滅口，莫非……真是薩孤齊所為？嗯……此事兒不宜拖延，待狼行山清醒，立馬上山查證。」

約莫兩時辰後，刁刃與情緒尚未平復之狼行山，來到了麒麟洞窟之駐防軍營。二人甫下馬，隨即由芮猁引領，前往探視巴矽將軍，不巧遇上走出帳棚的倫老伯。

倫老隨即上前表示，巴矽將軍乃身罹奔豚氣症，然豚者，幼豬也。顧名思義，此症發作，氣如小豬奔竄，煞是難挨。醫經有云：「奔豚病，從少腹起，上衝咽喉，發作欲死，複還止，皆從驚恐得之。」又曰：「病有奔豚，有吐膿，有驚怖，有火邪，此四部病，皆從驚發得之。」

狼接著問道：「按先生所云，巴將軍乃患奔豚氣症，患者自覺氣從少腹上衝至心胸，甚而衝上咽喉而成所謂衝疝之痛，且病發欲死。然此一氣症，竟來自驚恐所致，不知如此罕症，可有藥醫？」

倫老不疾不徐地表示，所謂驚則氣亂，氣機疏泄不暢，肝則鬱熱；又驚則傷心，恐則氣下，恐則傷腎。體內氣衝，責之於肝腎失序，或為肝氣奔豚，或為腎氣奔豚，惟不論涉及肝腎，皆不離心與衝脈。醫經有曰：「衝脈者，起於胞中，上循脊裡，其浮於外者，循腹上行，會於咽喉。」此即符合奔豚氣症之行徑也。一旦病發，裡氣氣逆上衝，而後再返回於下，惟復還發作之間，一如常人。然而對應此證之方，即依循先賢所述：豚氣上衝胸，腹痛，往來寒熱，奔豚湯主之。

「奔豚湯？竟有這般以症為名之藥方？」狼行山一臉狐疑道。

倫老解釋，**奔豚湯**以藥性趨寒，且能止心煩逆之**李根白皮**為主藥，續以**當歸**、**川芎**、**芍藥**調理肝血，藉**生薑**、**半夏**以降逆，和以**葛根**、**黃芩**以清肝膽鬱熱，後施**甘草**以緩急。然**李根白皮**乃李子樹之樹根，剝去外層拴皮而為藥，此藥若難取得，可以同為性寒之**桑白皮**，或施以疏肝解鬱之**川楝子**。上述諸藥合用，即可治**奔豚氣逆**之症。

狼行山頂著中州醫研處總管之銜，當下為扳回不知**奔豚湯**之面子，遂向倫老伯表明，何不施以專治**少陽往來寒熱**之**小柴胡湯**？其中亦含上述之**黃芩**、**生薑**、**半夏**，更有疏肝解鬱之**柴胡**，與補中益氣、和緩藥性之**人參**、**大棗**、**甘草**！

倫老微笑表示，**小柴胡湯**確實是治**少陽往來寒熱**之良藥，唯**柴胡**升陽作用較強，面對氣衝上逆之證，此時施以升陽舉發，豈不火上澆油？再則，奔豚症患發病，痛不欲生，惟原方中之**芍藥**與**甘草**相組，亦為緩急止痛之**芍藥甘草湯**應用。相較之下，**小柴胡湯**之對證，稍有偏差，故老夫已令隨身小女徒，再為巴將軍煎煮第三帖**奔豚湯**，若能去除巴將軍之驚恐根源，應更具療效才是。

這時，面露尷尬之狼行山，話鋒一轉，即說：「僅從事戍守職務，無須領軍作戰之巴砱將軍，何來驚恐之有？」

刁刃見狀，隨即令芮猁巡視各登山通道，並表明了冉垣甲將前來支援。

「什麼？那獨眼蛇矛前來支援？呵呵，不過死了個逃兵，這場子我芮猁一人即可擒下。」

芮猁得意完話後，斯須出帳上馬，並於「駕」聲之後遠離。

刁刃俄而走向斂收李潤大體之棺木，瞬將棺蓋推開而端詳。半晌之後，刁刃極嚴肅地回到

營帳，正巧巴砱將軍醒了過來。

一見狼行山與刁刃在前，巴砱倏而起身，喊道：「末將該死，不知狼代主與刁總督蒞臨，還請恕罪！」

「經大夫診治，巴將軍之症狀，始於驚恐。然巴將軍忠誠不二，砥厲廉隅，何驚恐之有？」狼行山疑問道。

「回……回……代中主的話，末將……末將……恐擔當不起罪過，此回末將之所犯……項上人頭恐不保！」

「有話快說，神鬣門不容惡勢力威嚇橫行、恣意妄為！」刁總督不耐煩地喊道。

巴砱立馬正襟危坐，娓娓道來……

「話說，前些時候，末將發現李潤染毒，遂派人跟蹤。一日，李潤漏夜出營，密會一蒙面僧人與毒梟，待李潤收下一大包白粉後，竟起了私吞私賣之心，遂決定逃離軍營。待末將欲以全面追緝時，臥帳突然出現一人，此人表明，原本多方勢力欲推李潤取代末將職位，孰料李潤毒癮難控，且吃裡扒外，遂直接前來與末將談條件。此人欲省去取得中鼎王之入洞許可，遂於中鼎王暫卸政務期間，直接前來麒麟洞窟，表明欲藉駐防都衛之交替空檔，伺機進入麒麟洞窟，並要末將睜眼閉眼待之即可。當下，末將搖頭以對，唯對方之身分、勢力，令末將畏懼！再則，其以末將之長母與妻小作為要脅，末將遂與之妥協。自此之後，末將不時懸心吊膽，色若死灰，直致病發難忍而倒下。」

「依此推斷，只在意中鼎王是否點頭，而無視代理中主職務之狼行山者，唯有國師薩孤齊了！」狼以直覺猜想道。

「回大人的話，巴砱之所述，正指薩孤齊國師之所為！」

「國師是否告知，何時前來麒麟洞？」刁刃問道。

巴砱將軍聽聞刁總督問話後，開始顫抖，立馬跪下，請罪道：「回刁總督的話，其……實……早在滬芫鎮饕餮大賞揭幕當天，末將即以鎮上外地人徒增為由，令駐守洞窟之衛兵，分批下山巡視，而國師即是藉該大賞引人關注之際前來。不過……此回國師另帶一蒙面僧人隨行，惟因末將僅允諾國師一人入洞，因而發生了些衝突！孰料國師出掌於咄嗟，末將應對不及而不省人事，待末將醒來，已臥於帳內床鋪。」

「糟了！按巴將軍之說，薩孤齊已於日前入洞，現在不就……，抑或是國師已得逞，離開了洞窟！」狼驚道。

巴砱連忙回應表示，憶得上回雷少主入洞，洞內發生了嚴重坍塌，此回國師欲入洞，光是清開洞內落石，恐得耗去一二時日才是，所以……

刁刃聞訊，俄頃提劍，衝出營帳。狼行山旋即跟上，二人直奔麒麟洞口。

「眼下見得二人入洞足跡，薩孤齊應還在洞裡才是。咱們是否入洞一探？」狼說道。

刁刃應道：「一直以來，時而聞得晶岩損人與晶洞崩塌事件，甚傳出驚悚鬼魅之說，遂令各州主敬鬼神而遠之。眼前薩孤齊已入內數日，其對洞內方位之熟悉，勝過咱倆，倘若貿然入洞，諸多條件，對咱倆不利。然於待時而動之際，刁某欲先了結另一事端！」原來，刁刃話畢之前，已見芮猁領著冉垣甲前來。

刁刃倏將戮封劍反轉，倚於身背，問了芮猁，道：「先前差芮先鋒前來滬芁鎮探查樓御群血案，皆不聞芮先鋒有具體回報；而今又一可當證人之李潤，突然吐衄身亡，芮先鋒可有線索？」

「回總督的話，近來傳聞，似有身擁衄血神功之狂人，為非作歹，芮猁見樓御群與李潤之死狀雷同，均為吐衄而亡，恐是同一人所為。芮猁遂提醒垣甲，切莫輕忽，狂人恐已近我咫尺！」

冉垣甲接話道：「稟總督，就垣甲近來於中州南部所查，凡身中〈逆脈衄血掌〉之人，男者眼耳鼻口，七竅衄血不一；女者則月信崩漏不止。然二者共通之點，乃於中掌處之瘀血漸擴，甚於絕命後，該處皮膚明顯紫黑。」

「哈哈哈……」聞刁刃突發笑聲，隨後聞其道出……

「芮先鋒說得貼切，好一個狂人恐已近我咫尺！只是……芮先鋒懂得提點他人，切莫輕忽！惟自本總督來到滬芁鎮，不見芮先鋒亮出巔稜快刀，反顯一派輕鬆。」又說：「不久前，刁某曾與芮先鋒對招，直覺芮先鋒之出刀雖快，卻於快中帶顫，當下已懷疑芮先鋒是否染毒？再經惠陽只瀧城主告知，芮先鋒常與西州商賈密會，更令本座懷疑芮先鋒之行徑。孰料，芮先鋒竟以白粉，控制了李潤，以致李潤之行為脫序，早已被巴砱將軍盯上。芮先鋒應沒料到，樓御群乃『毳心坊』常客，該店王老闆得知樓御群將趕往鎮西緝毒，當下不忘提醒樓御群小心以對，殊不知，咱們神鬣門緝毒之對象，竟是門內之自家人啊！」

冉垣甲持蛇矛於一霎，立對芮猁喝斥道：「你這王八羔子，染了毒還抄了自家人！若樓御群真是你殺的，老子絕饒你不過！」

「喂喂喂，芮猁尚尊重刁總督乃明智上司，怎單憑幾件瑣碎推論，即強扣我芮猁帽子嘞？小心啊！這或許是狂人離間之策啊！」

「離間？哼……老天爺刻意讓『鮮之烹』重燃生意，遂生機會，引芮先鋒帶本座前往嚐鮮，居中確實見得芮先鋒嗜嚐鏈魚頭，待離席後，竟見爾帶走該魚頭之上下頷骨，此骨質地甚堅，一經打磨，即可成一利器！」刁刃說道。

「呵呵，芮猁嗜嗑砂鍋魚頭，眾所皆知，至於取走頷骨，只因許久未嚐『鮮之烹』美味，吮指再三，遂剝了根魚骨，吸吮剔牙，稀鬆平常啊！刁總督尚不可急於破案，強令芮猁對號入座啊！」

這時，狼行山立馬示出一木盒，對著芮猁道出：「盒中之物即為御醫李焜取自樓御群喉管內之致命物……魚下頷骨！」接著，刁刃再取出另一魚上頷骨，隨即表明，甫開了李潤棺木，並自李潤喉中取出該骨。驚見二魚頷骨之芮猁，霎時面轉鐵青。

刁刃接續表示，兇手刻意藉不明衄血事件萌生，而以魚頷骨強行刺入死者喉管，管破血溢，以造成死者吐衄之狀。惟不見樓、李兩死者，身具垣甲所述之中掌紫塊，以此可推，造成樓御群與李潤斃命者，實出於同一人所為。刁又說：「回想本總督於『鮮之烹』聞得逃兵李潤被緝回消息，見一旁芮先鋒，煞是吃驚，當下即遣芮先鋒前去處置。然李潤乃樓御群血案之關鍵證人，行兇者必定滅口以自保，遂知李潤命不久矣！孰料，僅藉李潤喉中之魚頷骨，即可令芮猁之行徑，無所遁形！」

狼行山笑道：「呵呵，原以為可藉滬芫鎮之行，揪出衄血狂魔與蒙面僧人，怎料陰錯陽差地拖出了蒙面僧人之同夥人，竟是假冒衄血狂魔之神鬣門將領！水落石出當下，刁總督急欲清理門戶，可想而知。」

「哈哈，芮猘行事，一向縝密。沒想到，原以為天衣無縫之計畫，竟敗於一對鱷魚頭之上下頷骨！沒錯，我芮猘依利行事，誰予我好處，我就順誰。西兑王曾救家父一命，芮猘遂順其令，滲入神鬣門之列，以還予人情。試問，芮猘追隨以天下第一之名而活之刁總督，有何出入與未來？待遇上薩孤國師之開導，始意識到追求一己之富裕與榮耀。芮猘雖無狼總管之幸運，能攀上公主，晉升駙馬；一旦助國師執掌中州，芮猘可是新中主之左右手，孰敢不向我芮某人低頭？」

狼又笑道：「呵呵，芮大俠或有機會既富且貴，惟估錯了三事兒，以致身敗名裂。一是染上毒癮，二是為利謀害同儕，三是錯跟了居心叵測之薩孤齊。」又說：「唉……踏著他人之血以謀自身之仕途，芮大俠勢將為己之遂迷不寤，付出代價。」

「哼！殘害同儕弟兄，我冉垣甲忍無可忍，於此，莫怪我手中蛇矛伺候，喝啊……」冉垣甲蛇矛一提，強刺而出，直逼芮猘抽出巔稜快刀以對。霎時刀矛相擊，頻發鎗鎗啾唧之響。惟見蛇矛刁鑽，或直刺，或橫掃，或轉扯，或急撩，操之於獨眼俠客，犀利之至，猶勝南州火燎教之火散槍法。另見芮猘之快刀，倏而直抽，倏而劈砍，一招〈貓鼬扣蛇〉，使出急中帶煞，誘中帶略，直讓對手捨攻為守。芮猘乘勝追擊，俄頃出招，以退為進，面對敵對之長桿重器，伺機近身出擊，然此一技，皆於刁、狼二人眼裡。

狼不禁唸道：「芮猘這般攻勢，該不會是要……」

「唰……唰……」果然，芮猘瞬自兩袖中推出尖銳魚骨，使出一上一下二魚頷，紛對著敵對喉結旁開寸半之**足陽明人迎穴**，與側腰第十二肋骨游離端下凹處之**京門穴**，猛然刺出，此乃冉垣甲因獨眼所生之視野死角。霎時，惟聞垣甲大呼一聲：「不妙！」，隨後即聞「咔……咔……」兩魚骨脆響傳出，且見芮猘瞬間失了衡，踉蹌數步而止。原來，刁刃抽劍襲上於千鈞一髮，狼行山跨步倏展旋錚鐵扇攻下，眨眼瓦解芮猘之雙頷攻勢，使冉垣甲免受致命之創。

刁刃一雙怒眼，瞪向芮猘，唸道：「芮猘不死，神鬣門何以向御劍山莊交代？」

聞訊之後，芮猘雙掌與嘴唇，稍有顫抖，旁人不知此一狀貌，是出於害怕？抑或毒癮上身？只見其倒垂手中快刀，突嗚咽喊出：「刁……大人，饒……饒命啊！」

刁刃俄頃低身前衝，提腿跨步，借石上躍，凌空抽出戮封劍，霎時僅見刁刃轉以薄刃出招，欲施以速劍，令對手承接一個痛快！芮猘見求饒無效，斯須挺起巔稜快刀，架出了正面防衛之勢，剎那間，突現一耀著金光之速旋飛物，直衝刁刃側身而來，惟聞狼行山及時喊出了聲：「小心！」

適值凌空衝下之刁刃，若依原招式出手，芮猘不僅立遭斷刃，其眉心處，幾成戮封劍貫穿之進口，怎料由刁刃側身襲來之異物，勢必擊中其腋窩**極泉穴**直下六寸，亦即側胸第六肋間隙之**足太陰大包穴**，此穴亦為**脾之大絡**，於此受創，四肢無力，痛及全身，實乃武術練家必防之處。惟……尷尬的是，若刁刃凌空轉身，回擊飛旋異物，芮猘即可藉此刺中刁刃！

權宜之下，刁刃決定稍偏原來攻勢以自保。一旁狼行山覺出刁刃處境尷尬，遂於旋物飛擊剎那，拋出手中旋錚鐵扇，及時於刁刃受創之前，擊開逆襲之迴旋飛物。芮猁以快刀抵開戮封劍後，立馬後翻，退了數十尺之遠，回頭一望，隨即破涕為笑，興奮喊道：「我的再造之神啊！您終於出現啦！」

待迴旋飛物回到一人之掌中虎口，刁、狼二人這才仔細瞧見，原來泛著金光之飛物，即是薩孤齊所擁之鑲金珠串，而立於麒麟洞口之國師，其身旁另隨著一僧人。

隨後即見薩孤齊緩緩走離洞窟，笑著說道：……

「呵呵，芮先鋒啊！爾能令中州駙馬與神鬣門總督聯合出手，何等榮耀之事兒啊！我薩孤齊行遍大江南北，最令貧僧嫉妒者有二，一是屢受幸運之神眷顧之狼駙馬；二是能得名聞天下之鑄劍大師青睞，為其量身打造絕世名劍之刁總督。不過，老天爺亦未虧待貧僧太多，繞了一大圈，終讓貧僧身擁執掌中州之能力。哈哈哈……」

「呵呵，國師這般話，狼某於滬芫鎮上，隨處可聽聞臥街醉漢一述再述，等到大夢一醒，才認清了自個兒實際身份！」

「呵呵，姓狼的，甫聞閣下教訓芮猁之言，什麼錯跟了居心叵測之薩孤齊！呵呵，貧僧走過的橋，遠勝於爾等走過之路。芮猁與貧僧身後這位唯芒禪師，慧眼獨具，預曉貧僧將執掌中土大地，遂前來為貧僧鋪路，將來薩孤齊稱霸中州，絕對予以加官進爵！聰穎機智一如刁、狼，甚是神鬣門之冉中衛，若爾等能恍然大悟，及時歸順於薩孤齊，尚未遲矣！」

狼行山隨即面向禪師，無奈道出：「素聞東州菩巖寶剎設有首座、西堂、後堂、堂主之四大班首；另有監院、知客、僧值、維那、典座、寮元、衣缽、書記之八大執事！唯芒禪師居維那之位，而維那乃負責寶刹之法務戒律，眼下卻隨中州國師顛覆中州法統，豈不矛盾在先，失禮於後，狼某實替禪師不值啊！」

唯芒禪師隨即回道：「阿彌陀佛……榮根法師榮任中州國師，實為寶刹弟子之榜樣。過往榮根師伯數度助我沁茗方丈成事，而今榮根師伯須藉貧僧解析磐龍字號，遂由沁茗方丈指派唯芒前來，貧僧僅盡一己綿薄之力而已，涉不上顛覆中州法統，狼代主言重了！」

「甚連他州寶刹之八大執事，尚知曉我狼行山暫代中鼎王之職，敬稱狼某一聲『狼代主』。眼下薩孤國師藐視王法，未經代中主批准，私自領人闖入駐防禁地，甚而大言不慚地利誘狼某與刁總督歸順，身為國師，飛揚跋扈，何以不是顛覆中州法統？」

「素聞狼行山能言善道，油嘴滑舌，無怪乎能將婕兒公主擁為掌中棋子，直奔中州駙馬之位。只是……一味謀其政，卻不知費心照顧嬌妻，當然得由其他能者照顧啦！哈哈哈……」薩孤齊譏笑道。

狼行山難承國師揶揄言詞，斯須衝向薩孤齊，一蹬躍，一翻飛，眨眼來到薩孤齊面前。薩孤齊倏將佛珠上項，拳腳出於俄頃，隨即迎上狼行山之正面拳掌。

一旁刁刃驚見薩孤齊之出拳、抵擋、掃腿、移位，似乎泛著拖曳殘影，而殘影隨後生風，令狼行山難以取得優勢，不禁想著，「真如四弟所言，薩孤齊藉晶石之能，壯大了自己？」

果然，狼交手國師不出五招，頻頻後退，甚而多次欲使上溯水神掌，均遭國師之袖中銳風所止，頓感不妙，心中覺到，「眼前所遇，已非昔日之薩孤齊。國師本畏懼溯水神功三分，怎料眼前禿驢，僅舞動其袈裟袍袖，竟可推出如此強勁銳風！有道是：潮濕多無風，風盛多無濕，**風可散濕，風可化濕，風能勝濕**。哼！窮則變，變則通。薩孤齊是有些年紀了，吾倒想試試，國師尚存多少內力可使？」

此刻，狼行山運起了內力，回退三步後，蹬躍而起，翻飛向前，倏忽推出雙掌，瞬藉速度與衝力，以助整體內力釋出。薩孤齊以右足尖畫狐半圈，架出前弓後箭馬步，隨後氣出丹田，上湧雙掌，於敵對近身剎那，正面出掌，值二人對掌剎那，旋即發出「轟……」之聲響。而後，薩孤齊依然穩住馬步，狼行山卻應聲朝後彈開，更於落地後持續滑退。刁刃及時上前，抵住狼之身背，止住了狼行山之退移。

「不妙！這禿驢所擁內力，較以往攀升了數倍，薩孤齊恐已得了晶石能量之助。二哥，尚未摸清其實力前，先別與他硬碰硬為妙。」狼說道。

「哈哈哈，甫見國師輕輕一推，姓狼的即彈飛甚遠，看來我芮猁是壓對寶啦！哈哈，爾倆及時向國師請罪，或許國師心胸寬大，尚能包容二位之忤逆行徑啊！」

薩孤齊得意道：「呵呵，狼行山啊狼行山，識時務者為俊傑啊！爾雖有霸著中州之岳父可撐腰，但如摩蘇里奧所斷，雷王的腦子早已出了問題，你可別以為，僅立瓜棚下，瓜果將盡歸所有啊！」又說：「唉……爾自代理中鼎王之職，僅知浪費時日地跟蹤貧僧腳步，竟不查南離王已透過探子，追蹤著中鼎王近況；一旦南離王跨過了靈沁江，中州都衛軍可有得忙囉！嘿嘿，我看這麼吧，雷嘯天已勢窮力竭，趁其尚於碧瑤山療養，咱們何不聯手拿下政權，吾以國師身份，拉攏朝廷眾臣，狼總管則親率軍隊，護我南疆！」

「呼窣……呼窣……」在場眾人驚見滬芫鎮通往奇恆山之山徑，突然揚起了大量塵土，隨後即見巴砱將軍指揮駐防都衛，將麒麟洞之周遭團團圍住。冉垣甲回頭一看，大聲笑道：「哈哈，國師該不會以為有人領著軍隊來歸降吧！」

狼行山見中州左右雙衛居於前導，速速上前迎接王府馬車，眾都衛軍立馬肅然起敬，只因先後走下馬車者，中鼎王偕夫人是也！狼立馬將麒麟洞前之對峙，向著中鼎王扼要描述。

「糟……糟了！」芮猁顫唇覺到，「本以為薩孤齊已占上風，現……在……又多了赫連雋與尉遲罡，再……加上刁刃的三禪戮封劍，看……看來，是否該來個斷尾求生呢？」

「呵呵，中鼎王身體微恙，不正於碧瑤山療養，怎會突然來此奇恆山？莫非……其因出於駙馬爺值勤不力，前來督促一番不成？」薩孤齊強顏歡笑道。

雷夫人艴然不悅斥道：「薩孤齊，中鼎王待你不薄，當年王爺見榮根法師遭菩巖寶剎排擠而出走，置身中州而舉目無親，遂一手提攜至中州國師地位，何等榮耀！本座原以為國師與狼駙馬不睦，遂怪罪駙馬屢屢讒言，孰料王爺與本座之性命，竟險喪於誤將諫言當讒言！此回王爺刻意對外宣布，暫卸職權而前去碧瑤山療養，實出於駙馬之獻計；倘若此次仍見國師忠誠付出，狼行山誓言淡出政務！沒想到，國師竟趁駙馬代主期間，串通殺手前來碧瑤山，幸得尉遲罡擒得一殺手，始透視了國師之居心！」

雷王移步上前，搖頭說道：……

「薩孤齊啊薩孤齊，爾煞費苦心地為中、東二王牽線，並同摩蘇里奧聯手，欲於靈沁江打撈運金船，兜了一大圈，虛耗了中、東二州龐大資金與人力，卻僅撈得一艘破古船！本王不禁

懷疑，整個打撈計畫，居中之建造探船與增添水兵，南離王怎會無動於衷？後經罕井紘軍長嚴查始知，探測船中已藏南州臥底，不僅監視打撈作業，甚而打探我州南方軍情，待刑求之後，原來是法王藉機拉攏南離王之舉。當然，薩孤國師亦難辭其咎，對此，本王甚感憤怒與失望！」

雷王語氣加重，又道：「人非聖賢，孰能無過；惟薩孤國師之過，怙惡不悛。薩孤兄既為本王親信之一，竟透過密使，上諫南離王，趁吾微恙，取我南疆；更因鎖定本王之性命，進而謀竄江山社稷，此等惡行，難以寬赦，如此養虎為患，唯有殺一儆百，始能平我中州上下。」

「哈哈哈，中鼎王能拔擢貧僧為護國法師，應瞭解貧僧之斷事能力。薩孤齊向來不做沒把握之事兒；中土五州已生變數，最終將歸強者所掌。過往寄人籬下之薩孤齊，須受人施捨與憐憫，而今局勢已變，所有人皆得認同，順吾者，得永生！哼！殺一儆百？中鼎王之光環已退，爾已奈何不了我這新中主啦！哈哈哈……」

雷王應道：「嚴東主已派顧還軍師前來，詳盡描述了薩孤先生強行闖入青龍洞窟，並傷及曹崴總管等人，幸得一治癒嚴東主痼疾之奇女子龐鳶，及時出手相助，力挫了薩孤先生之銳氣。呵呵，一女子即可抑住薩孤先生之惡行，本王對閣下自詡新中主……嗤之以鼻啊！眼前有中州左右雙衛，再有我神鬣門刁總督把關，爾等逆賊，本王即刻就地正法！」

薩孤齊一邊兒笑著，一邊兒擺出架勢，喊道：「呵呵，此一時也，彼一時也。訪青龍洞窟之際，貧僧內力未暢，以致輕忽了名曰龐鳶之女子。而今貧僧通體舒暢，王爺既要就地正法，怎不見執法武官上前嘞？」

「身著一身金閃袈裟，口中仍自稱貧僧，煞是矛盾，令人作嘔！王爺，此等忘恩負義叛徒，死有餘辜！」雷夫人咬牙道。

這時，赫連雋與尉遲罡，紛由薩孤齊兩旁走近，薩孤齊俄而持起佛珠串，擺出了略退之子午四平步，當下心想，「碧瑤山行刺失利，正是哉在三巡伏暢劍與西蒙秋延刀上。眼下不妨藉此一會威震武林之中州左右雙衛，何等深度？」

狼行山即時喊道：「小心！此禿驢之內力，不容小覷啊！」

說時遲那時快，赫連雋率先出擊，一柄三巡伏暢劍出鞘咄嗟，令劍刃運旋於肢節空隙中，疾如捷豹，兼施緩招，游刃有餘。薩孤齊則藉金珠串纏上右臂，倏以金質珠環直擊敵對，雙方對擊之中，鏦鏦錚錚，金鐵皆鳴。剎那間，見尉遲罡提刀助陣，刀劍聯手，或見三巡伏暢使出疾豹襲羚之式，抑或西蒙秋延展出猛虎擒犢之威，招招雖可奪命瞬間，卻見眼前頑敵，見招拆招，無以攀得上風。

覃嬚燕倚著雷嘯天，附耳唸道：「薩孤齊何時擁得這般能耐？以其之力，單挑左右雙衛之一，或有五五戰局；而今乃雙衛齊攻，應可速戰速決。惟眼前所見，薩孤齊僅舞袖生風，即能抵伏暢之犀，利用金珠纏臂揮拳，即可退秋延之厲，毫不讓敵對有近身之機。耳聞近於洞內晶石，能噬人精神，蝕人臟腑，然此禿驢竟先闖青龍，再竄麒麟，莫非⋯⋯真有能量反轉，融體強功之法？」

雷嘯天亦面露狐疑，道：「欲解箇中秘密，關鍵在於隨薩孤齊入洞之僧人。甫聞阿山告知，此回助薩孤齊得逞者，一是西兑王派來臥底神鬣門之芮猁，另一則是勝任菩巖寶剎『維那』之職的唯芒禪師。換言之，唯芒禪師恐有助薩孤齊轉能之能力。眼下除了制服薩孤齊外，活逮那唯芒禪師，亦為要務之一！」

忽然！見薩孤齊雙肩雙臂透出異樣光氣，亦露出了詭異笑容，隨後接連使出掃堂腿，畫地生風，不僅揚起若干塵灰黃土，其刻意掃起之碎石礫，幾成了攻擊石彈！赫連藉快劍擊開碎石，而手持重刃之尉遲將軍，雖能以刀之側身禦住飛石，唯膝下防備不及，遭速旋飛石擊中，當場筋傷肉綻；孰料再逢敵對掃腿襲來，以致足踝不支而雙膝跪下。薩孤齊趁勢朝赫連推出雙掌，一陣光氣霎自掌中輻散而出，瞬將赫連雋震飛，隨後疾速移位，立擒跪地之尉遲罡，面顯兇惡地對著尉遲唸道：「尉遲將軍斃了唯平，毀了吾之行刺計畫，爾之魯莽，必須付出代價！」

「咔啦……咔拉……」之皮骨砉然聲響後，立傳出尉遲罡之嚎叫聲。原來，薩孤齊一出手，瞬將尉遲罡右肩骨捏碎，接著再予以正胸一掌，將其震飛數尺之外。

眾人驚見尉遲罡受創，刁刃與狼行山立躍身一霎，雷嘯天亦隨之翻飛上衝，凌空突發全身靜電，雙掌電光交織，霹叭作響，可惜落地之後，靜電隨即逝去。薩孤齊後仰翻飛，道：「好個中州三巨頭聯手，不知中鼎王是要落個以多欺少之惡名，還是欲考驗中州國師之能耐啊？自王爺受腦疾之苦，許久不見王爺之陰陽電擊掌，這回，貧僧到要試試這電擊掌，威力如何？」

震飛一旁的赫連雋，趁薩孤齊後仰之際，火速將受重創之尉遲罡攙回，但見其傷勢甚重，遂暫先穩住其臟腑出血。

刁刃回頭見尉遲罡口衄，立於對峙中發聲道：「樓御群遇害當夜，除了芮猁出手之外，令樓御群臟腑爆裂出血者，恐出自薩孤先生之所為？」

「哈哈，毒癮上身之芮猁，何來能耐制服樓御群？貧僧以為，樓御群至氣絕身亡時，依然不知中了吾隱匿多年之〈截脈震魂掌〉！不過，大夥兒無須遺憾，方才貧僧已再施展了一次，惟此回受掌之對象乃擾我行刺計畫之……尉遲罡！」

「咻……咻……咻……」刁刃不耐薩孤齊之狂妄，隨即抽出戮封劍，鋒利出擊，隨後再聞「唰……唰……唰……」，由狼行山揮出鐵扇助陣，聯手對上薩孤齊！一旁隱發毒癮之芮猁，欲趁機開溜，冉垣甲咄嗟上手蛇矛，上前攔阻芮猁。

果然，刁刃不愧掛帥神鬣門，交手薩孤齊之際，反覆以薄刃送出勁刺、橫削、直砍、反戳，且於撩擊之中，兼攢帶挑，合以七溯之勢出擊；接以厚刃施以連攫之攻，巧妙地將樓御群慣用之〈飛濺七溯〉與〈鶺鴒連攫〉二式連貫，合以刁刃慣用之轉刃技巧，瞬令薩孤齊頓失應對招式。而狼行山倏以全幅扇面，抵住薩孤齊襲向刁刃之水袖勁風，以助刁刃勢如破竹。

這時，雷嘯天以眼角餘光，見尉遲罡口溢鮮血，近趨凋零，一時怒火湧上，再度引燃其久未運起之雹擊雙臂，此般霹叭聲響，再次引起狼行山注意，心想「雹能耗氣！換言之，若能引十足雹力至禿驢身上，將能耗去其不少的內力。好，既然這禿驢嗜用舞袖生風，藉風袪濕，以禦吾之溯水神掌，這般如意算盤用於我狼行山身上，哼！算你倒楣！」

狼行山對刁刃使了眼色後，刁刃依舊採七溯、連攫之二連攻勢，而狼行山則釋出掌中水氣，並藉旋錚鐵扇將水氣滲向薩孤齊之袍袖中。數招之後，薩孤齊果因袍袖水氣加重，頓時增加了舞袖之負擔。刁刃一見敵對不再輕盈揮袖，遂於狼行山鋪路下，再次翻轉利刃，使出七溯中之撩、攢帶挑式。現場惟聞一割布撕裂聲傳出，瞬見薩孤齊之袈裟左袖，應聲遭戮封劍削裂了一大塊兒，頓時顯出失衡之態。刁刃趁勢再送上一反手勁刺，薩孤齊驚覺不妙，隨即閃躲以對，

惟角度略有偏差，致使一道三寸細痕，硬是留於薩孤齊臉頰！待薩孤齊穩住步伐後，頰上細痕立即溢出了鮮血。

「這……這是何門何派之招式？」薩孤齊錯愕喊道。

「此乃御劍山莊所創，亦是樓御群慣用之〈飛濺七溯〉與〈鵜鶘連攫〉二劍招，惟刁刃將此二式合而為一，合以戮封劍之厚薄雙刃展現，藉此替樓御群討回一劍！」刁刃應道。

「呵呵，是有兩把刷子！當今能領略他人劍招，進而精進該招式而成另一攻勢者，唯刁總督外，絕不做第二人想。只是……貧僧陪後輩玩玩，爾等竟得寸進尺！」薩孤齊一完話，雙掌朝下，於白駒過隙之間，雙掌泛出了青光，隨後握拳於前胸，倏朝兩側甩出雙拳，並於狂喝聲中，發出強力震波，惟聞「轟……」之一聲，刁、狼二人瞬受震波所襲，立即朝後滑退，直至二人將手中劍、扇，強行插入土中方止。

忽然！「霹叭……霹叭……」一陣雜響，倏由狼行山身後傳出，並伴隨一低之聲，「薩孤老賊！過去，爾憑藉目語頷瞬之能，令眾臣當是三耳秀才。而今情見勢竭，一世英名，毀於一旦。本王能提攜人才，亦能遏阻狂魔，爾之神功雖猛，但受吾一掌如何，喝啊……」

薩孤齊見雷嘯天威拳既出，立馬拳腳迎上。雖說電能耗氣，惟雷王身患痼疾，縱能釋電，摧力不若當年。但見薩孤齊拳腳出擊，頻遭電竄，耗氣之速猶勝於交手左右雙衛。

雷夫人見狀，頗為心急，立對狼行山唸道：「王爺之激怒，雖可引燃電擊雙掌，惟此等耗費氣血之神功，煞是擔心引動王爺所患雷頭風，一旦發作，頭痛如雷鳴，甚覺風動作聲不絕於耳！」

「方才狼某已施放濕氣於禿驢之袈裟上，然而濕能引電，王爺僅施過往一半功力，即可達一定效能，旁人若突然入陣引電，則可能分散王爺原有電能。倒是……王爺若舊疾復發，薩孤齊則有機可趁，那可不妙！嗯……一旦王爺電力放緩，狼與刁總督隨即輪番上陣擒賊。」

果然，薩孤齊因周遭水濕過盛，每一交手，瞬感電竄四肢，稍有不慎，即遭對手擊中要害，故僅防禦以對。雷嘯天雖有水濕相助，能於對戰中耗去敵對真氣，惟許久未曾引動如此內力，頓感氣隨血脫，氣隨液耗。孰料，難耐電擊頻攻之薩孤齊，突將佛珠串拋出，霎時引來眾人一陣詫異，惟見佛珠串凌空盤旋，薩孤齊立運右臂泛青光氣，並將光氣推向速旋之珠串，隨後一幕，直令大夥兒瞠目咋舌。

「哇……怎麼……怎麼王爺所發之電氣，全被飛旋珠串吸走？且見王爺發功手臂漸趨上提？」覃媮燕急說道。

原來，薩孤齊以內力推動珠串快速旋轉，藉珠上所鑲之金質以吸電，且以佛珠之覌魘杉本質以吸能。然所吸得之電能，瞬因速旋而生向上磁場，遂生吸引雷王發功手臂轉趨朝上。霎時，薩孤齊頓感四肢竄電感退去，立馬朝敵對衝去，隨後一記單腳引身而上，俄而騰空橫向轉動雙腿，瞬如麻花捲般地踹向對手。此刻尚不清電能何以朝上之雷王，不察敵對已趁隙近身攻擊，致使腹脘部遭敵對踹個正著，惟聞「碰」之一聲，雷嘯天即朝後彈飛，一口鮮血飛濺而出，覃媮燕火速翻飛上前，扶起受創王爺，直喊：「快……快傳來大夫呀！」

薩孤齊順勢收回佛珠串後，見雷王倒坐不起，心想到，「哼！老而不死謂之賊。我薩孤齊有了六稜黃晶鎮之力，誰能奈我何？所謂強者稱霸，此乃亙古不變之理。一不做，二不休，不妨直接把中鼎王給滅了，不信四州霸主不服我薩孤齊！」

見得可乘之機一現，薩孤齊平舉雙掌畫圈，兩手所呈之青黃拖曳光氣，隨即凝聚於胸前。刁、狼驚覺不妙，旋即起身，惟距離雷王倒臥之處尚遠，恐無即時救援之機。此時，薩孤齊洪聲喝出，並應聲將所凝之青光氣團，猛力推出，在場只見一光團，迅速衝向雷氏夫婦，隨後即聞「轟……」之巨響，旋即驚爆於麒麟洞口，瞬間揚起一陣黃土塵灰。

半晌之後，待塵土漸漸散去，眾人驚見雷氏夫婦依舊坐臥原處，僅見薩孤齊對天喊道：「誰？是誰？竟敢突發激光，礙吾大事兒！」

突聞一話聲傳出，「呵呵，走了趟瑞辰大殿，竟不見哪個官兒能作主？一問之下，方知中州決策領頭，皆朝滬芃鎮而去，還以為大夥兒是衝著饕餮大賞而擱下朝政呢！後經袁逸鎮長告知，始知奇恆山上之麒麟洞窟，才是大夥兒聚集之處啊！」又說：「壓根兒沒想到，本座尊其一聲榮根師父之中州國師，竟也生叛變之心啊！呵呵，這年頭連六根清靜之僧人，說翻臉就翻臉，要殺人就殺人，真不知還能相信誰嘞？」

「勛兒！王爺，是咱們的勛兒來了！」雷夫人接著嚷道：「阿勛，這居心叵測的禿驢，罔顧王爺如此信任他、提攜他，竟忘恩負義地派人行刺你爹娘，還密謀篡奪中州。方才爾之所見，與一旁重創之尉遲將軍，均出其狠心所為。」

雷世勛上前，見著父王因受創而暫不能言語，倏而皺了眉頭，眼神瞬轉兇狠地瞪著薩孤齊，緩緩走向薩孤齊，道：「狐基族有句話是這麼說的：『魚那麼信任水，但終被水給烹了；紙鷂那麼信任風，但終被風給栽了。』榮根師父啊！您瞧咱們雷王府，是那條魚？還是那紙鷂啊？」

「呵呵，一段日子不見，雷大少爺竟已身擁蓋世神功，今非昔比啊！」此時，薩孤齊雙手置後，緩步移位，與雷世勛保持距離地兜著圈子，又說道：「魚也好，紙鷂也好，其不也有水中暢游之享，隨風飄揚之快乎！一旦魚不察餌而上鉤，紙鷂形骨不堅而下墜，此乃順天之意啊！同理可推，中鼎王痼疾纏身多時，是該另由強者撐起中州才是。只是……貧僧好奇，耳聞克威斯基之門術絕頂，卻不知境內之狐基族亦有蓋世神功啊？眼見雷大少出手逆抗，頗令貧僧……心生震懾啊！」

世勛應道：「所謂人外有人，天外有天。其實，境外絕世神功之厲，絕非你我所想像。據我喬承基長老所述，傳聞出現於中土之〈碎骨溶髓〉、〈逆脈衄血〉二神功，均傳自於上古之科穆斯境內民族，而在下所學，既擁境外魔法，亦含中土武藝。自摩蘇里奧於西州外族大會上不敵本座後，本座已得境外諸異族尊為……靈幻大仙！不過，以本座現今實力，欲談接掌父王大位，尚不夠資格；但要替中州剷除方命圮族，貪人敗類，呵呵，綽綽有餘！」

雷世勛話一完，蹬躍俄頃，敵對不甘居於下風，眨眼躍上，二人凌空對擊，或是虎爪鉤扣，或是鷹喙叼啄，雙方張脈僨興，毫不軟手。一方施以揮袍出招，一方展出水袖纏繞，對決數招後，翻飛疾下。薩孤齊突然手持珠串為攻，藉金質珠環，猛然甩盪，拖曳成風，一如金鞭抽擊。雷世勛亦非等閒，倏以紅巾奇術，現出三犄法杖，經透淨水晶加持，令世勛如虎添翼。惟此舉立讓在場詫異，只因昔日摩蘇里奧所遺之法杖，竟現身於雷世勛之掌中！

這時，巴砱將軍請來營帳裡之倫老伯，倏為在場傷者診療。惟見雷王與尉遲將軍顯出吐衄、腿創溢血，遂以**三七粉**內服、外敷傷處，止血化瘀；再煎服**炒炭後之側柏葉，取其苦、澀、微寒之性，以緩解熱血妄行，始達涼血止血之效**。但見尉遲將軍之肝臟受創，無以藏血，猶有元陽外脫之象！

佇立一旁之刁刃，專注著對戰中之薩孤齊，以及武藝精進神速之雷世勛，不禁覺到，「一直以為薩孤齊嘴上功力，勝其拳腳功夫，怎料去了趟青龍洞窟，初試水溫，再窩於麒麟洞內，即可身擁如此駭人神力！而昔日扶牆摸壁，暗弱無斷之雷大少，其監督過麒麟殿寺之建造，後因觸怒地神，抑或鬼魅之說，致使殿寺崩塌，而今見其獨立對戰強敵，難道……真有晶石轉能之說？倘若世上身擁奇能者愈多，吾欲藉由人劍合一，坐享天下第一，不就……」刁刃搖了搖頭，再唸道，「雷王尚尊吾為神鬣門總督，倘若連雷世勛都能勝我，豈不被他踩在腳下？」刁刃突然猶豫了下，「還是……與芸禕之暗約私期，以致吾之功力衰微？」刁刃再次搖頭，「不……決不能重蹈父親之覆轍，鴇和狐綏，必招身敗名裂。」接著，抬頭驚見薩孤齊擺出了大招架勢！

麒麟洞前一陣互擊後，雙方各退居一隅。薩孤齊立於胸前，以雙手虎口扶扣珠串，由內而外伸展，一會兒後，氣運充掌，放開虎口，珠串即成垂直圈狀，緩緩前飄，約莫胸前五尺之距而止。另一頭之雷世勛，右手微傾法杖，左手展出蓮花指式，嘴裡唸唸有詞，隨後即見法杖之透淨水晶，緩緩亮起，雙方猶有決一死戰之勢。

「不好了！尉遲將軍他……」倫老伯一聽小女徒喊聲，隨即移向尉遲將軍身旁，孰料小女徒如此遽然一喊，瞬引旁人關注！然大敵當前，雷世勛專於念咒，無暇他顧，而同於雙掌運功之薩孤齊，稍以眼角餘光，掃向發聲之處，霎令其驚愕失色，頓時舌撟不下，驚覺到，「不妙！此人何以出現在這兒？倘若使出全力對抗雷世勛，一旦有人從中攪局，吾極可能因岔氣而經脈閉鎖。看來得留點兒氣力，以應而後之突發狀況。」

「喝啊……」雷世勛突然洪聲喝出，一道白光瞬自水晶發出，直衝對手而去。薩孤齊應聲推出單掌光氣，惟見一道青光射入懸空珠串環中，光束轉眼擴成一拖曳光團，薩孤齊掌功持續，立見該光團於迎上水晶白光後，依舊緩速推向敵對。

「哇……這老禿驢藉著晶能轉換，強大了其隱匿之怪異奇功！」阿勛訝異後又唸：「若不是被那擎中岳吸走黃晶能，此禿驢絕非吾之對手。好……咱們不妨來個九連奔牛，待耗去爾之元氣後，不信三犄法杖制不住爾之佛珠串，來吧！」

「呼啦呀吧……嘎嘎工塔……，呼啦呀吧……嘎嘎工塔……」

忽然！一陣黃土於雷世勛身後揚起，眾人驚見數頭犄角上燃著火焰之蠻牛，紛由阿勛身後奔竄而出，立馬朝著薩孤齊衝去！

薩孤齊雖知此乃境外幻術之施展，惟犄角上之火焰，乍看之下，煞有介事，如忽視其虛實，不察九蠻牛內隱一真火焰，可想像身著之袈裟，勢成最佳之助燃物。

果然，薩孤齊不敢冒此風險，放任狂牛直衝而來，遂採移位方式，逐一對懸珠串發出掌氣，經由珠串之放大功率，九道青光掌氣逐一擊中來襲狂牛，「咻……轟……咻……轟……」十八犄角上之火焰，倏於第九狂牛被擊散後，消失殆盡。然薩孤齊雖解決了敵對攻勢，惟連發九道掌氣，難免換來氣喘吁吁。

雷世勛乘著氣勢，再次耍出三犄法杖，且逐漸向前移位，試圖逼近對手之懸空珠串，並接續唸出「迷啦坷咖……咖嘟咖嘟……，迷啦坷咖……咖嘟咖嘟……」

薩孤齊直覺不妙，甫欲收回佛珠串，卻為時已晚，惟見雷世勛藉法杖之三犄角，釋出一如靈蛇之三白光束，迅速將懸空珠串纏住，並趁著對手上前奪回之際，倏發水晶熾光，只見白熾光氣衝出，筆直穿過被纏住之珠串，不偏不倚地射中薩孤齊位於任脈上之天突穴與鳩尾穴連線正中點……玉堂穴，此穴內之氣血，實為肺金之性的天部之氣，以為中和膻中穴熱燥上行之氣。此刻受創之薩孤齊，頓感熱燥之氣，直衝而上，為鎮住該逆上之氣，除先穩住馬步與自身宗氣外，另將四肢之氣匯集上焦，藉以抗住白熾光束持續侵入。當下，雷世勛為固住獵物，持續送出內力，為免岔氣，遂無言以出，唯其內心亟欲喝出……「來人啊！及時捅上這禿驢一刀啊！」

狼行山側身對著刁刃，疑道：「眼前二人對峙，倘若咱倆就此上前，恐有機會宰了那禿驢！」

刁刃立馬回應：「如此僵持二人，各使出未知神功，咱倆若莽撞出手，恐有傷及雷大少之虞！」

「喂喂喂，咱們世勛，似乎撐得有些吃力啊！」夫人喊道。

阿山立轉述了刁刃之推理，夫人不耐煩道：「算了，爾倆不出手，不妨由老娘親手了結這叛賊。」

覃嬿燕斯須提劍，蹬躍上前，薩孤齊見勢不利己，決定斷尾以求生，驟然內力外震，咄嗟之間，令佛珠串全然爆開，當下惟聞轟轟連響，雷世勛即因拉鋸力道頓失，瞬間失衡，更因震爆力道而朝後踉蹌了數步。捨棄佛珠之薩孤齊，一見雷夫人衝上，隨即出招應對。惟見雷夫人使出蒼穹劍法，薩孤齊倏以右袖抵開，夫人瞬因不適敵對犀利袖風，一個不察，閃躲失利，立遭對手之金剛扣指反襲，在場聞得一聲鏜響，雷夫人手中利刃，應聲斷折，薩孤齊倏而捏起斷劍之尖刃，一記反手回扣，順勢將雷夫人之手臂反轉，另一手則以該尖刃，抵住了夫人之頸項處。

赫連儁與刁、狼見狀，欲湧上反擊，立遭雷嘯天制止，並聞其喊道：「住手！男子漢大丈夫，直可於沙場拋灑熱血，閣下竟劍脅女流之輩，縱然能藉此取得天下社稷，如此行徑，何以能得眾臣信服？」

薩孤齊輕蔑笑道：「哈哈哈……信服？甫聞雷大少爺比擬個什麼水中魚、天上鷂的，連僧人都信不得了，還能信誰嘞？呵呵，雷嘯天，爾也算是一代梟雄，應該知道，真能倚靠的，唯有自個兒手上之兵刃，與握於掌心之籌碼，其餘的，皆有可能暗地把你給烹了，或把你給栽了。呵呵，既然僧人不能信，難道……王爺身旁之醫者，能信乎？」

薩孤齊此話一出，霎時引來眾人不明所以，隨即瞬朝倫老伯那兒瞧去！

薩孤齊又說：「憶得東震王曾賣貧僧面子，同意前來濮陽城，會商打撈運金船一事兒。惟二王會晤之前夕，正巧北州惲子熙軍師置身於北渠縣，當下展鵬與岑鴞本欲將惲先生擄回濮陽城，然而此計最終因一人插手，致使到手的鴨子飛了。再說貧僧東行青龍洞窟，原以為一切盡於掌控之中，最終亦因一人無端插手而前功盡棄！巧合的是，此二事件之攪局者，皆曰龐鳶！眼下見著臥倒的雷王與傷重的尉遲將軍，均受著一年邁醫者療治；貧僧倒想問問王爺，此醫者能信乎？呵呵，中州看似嚴謹，實則漏洞百出啊！大夥兒應意料不到，此刻佯裝成老醫者身旁之小女徒，正是屢次插手之攪局者……龐鳶！」

薩孤齊此話一出，隨即引來赫連將軍持劍上前，以劍抵住倫老伯，喊道：「莫非……尉遲

將軍之情況惡化，是爾倆搞的鬼？」

龐鳶甚為嚴肅喊道：「大夥兒眼睜睜地見著這虛榮和尚重創了尉遲將軍，竟還能疑慮涼血止血之藥草，令將軍情狀惡化！無怪乎中州上下，盡遭這絕口不唸阿彌陀佛的僧人，玩弄於股掌之間。」

龐鳶又說：「倘若中鼎王如此易受奸人挑撥，中州已無可指望。小女子龐鳶，原留於北渠縣祈安宮為人診病，怎奈遇上盜賊強行擄人，遂出手相救。而後因緣際會，前往了東震大殿，為嚴東主醫治肝疾，順勢隨行身體不適之曹崴總管，前往了青龍洞窟，遂見著薩孤先生之霸行。然此時刻，為中鼎王與尉遲將軍療治之倫永緒老伯，實與小女子熟識在先，惟巴砱將軍低調行事，臨時託袁邈鎮長請倫老上山診治，倫老年邁，需人隨行，巧於滬芫鎮遇上龐鳶，只因醫者救人為先，龐鳶遂同意隨行至此。倘若倫老與龐鳶預謀加害他人，那巴砱將軍，甚或中鼎王，豈能見著叛徒之接連惡行！」

正當大夥兒專注龐鳶敘述，刁刃則向狼行山問道：「何以不見雷世勛行蹤？」

經刁刃這麼一提，狼行山隨即注意著周遭一切。

此刻，雷嘯天不忍夫人痛苦難挨，對著薩孤齊喊道：「情急之下，本王無暇驗證兩造說詞，惟倫老與龐鳶尚有臥底嫌疑，暫不能釋；而逆賊薩孤齊之持刃脅持，危及夫人安危，倘若賊人願罷手釋人，本王或可留予生路。」

突然！能感受周遭溫差之龐鳶，似乎覺到一不明溫體，正於移位當中！

薩孤齊沒料到，本欲借雷王之刀以剷龐鳶，卻事與願違，頓時自覺情勢不利於己，心想，

「倘若就這麼放了雷夫人，而後刁刃與龐鳶一行人再圍衝上來，恐難脫逃，不如……」

薩孤齊躊躇片刻後，喊道：「呵呵，王爺當貧僧是個三歲娃兒啊！關鍵籌碼在貧僧手上，怎由王爺您開條件嘞？我看這麼吧！貧僧正好有兩粒柔緩丹，此乃摩蘇里奧為鬆弛僵硬肩臂肌肉所製，服後三時辰內，會因肌肉鬆弛而使雙手無以施力。貧僧要求夫人與龐鳶各服下一粒，並隨貧僧、唯芒與芮猁一同下山，待咱們安全抵達滬芫鎮，自會放人，否則貧僧將不惜與覃女俠同歸於盡！」

芮猁叫道：「嗨呀！真是妙招啊！咱有雷夫人當人質，刁刃與狼行山能耐我何啊？再則，眼下大夥兒之內力已去了大半兒，唯龐姑娘較為棘手。倘若她沒了氣力，對咱們之威脅，自然降低不少啊！」

薩孤齊突如其來之條件，令人咂嘴弄唇。無計可施之雷王，轉而向龐鳶話道：「情勢所迫，情非得已，龐姑娘若能相助，以期順利救回人質。」

霎時，龐鳶又感到一陣不定溫體遊走，只是……怪哉！此回怎覺不止一物藏匿周遭？但見眼前局面，心想，「雷王心裡只顧及救人質，根本無心思考手上尚有多少籌碼可反擊！若沒猜錯的話，突然消失之雷世勛，應是一關鍵，至少其所營救之人質，乃其親生之娘親也！」

龐鳶於允諾雷王當下，堅持附帶一要求，無論如何，絕不為難倫老前輩！雷嘯天於點頭後，立令赫連雋鬆放了倫老頭。倫老伸了伸筋骨後，伺機朝著龐鳶捏了下自個兒的手食指、幼指，藉以提示控穩二指之**手太陽、陽明經脈，其巡行手臂、肘、肩、頸而上至耳、鼻邊之氣道**，藉以縮短肌肉鬆弛時間。

果然，按著薩孤齊之要求，雷夫人與龐鳶服下柔緩丹後，芮猁立馬搶了幾匹馬走來，並將兩人質綁上繩索。薩孤齊刻意走向龐鳶面前，睥睨以對，不屑說道：「哼！爾亦有栽在貧僧手上之一天啊！哈哈哈……」

適值薩孤齊跨上馬背剎那，地上突隆起一土堆，且火速竄向薩孤齊之坐騎下方後，噴爆咄嗟，瞬間冒出成百成千之金龜蟲，或四散，或飛舞。馬兒因受到驚嚇而擎起前肢，對空嘶叫數聲後，退至山岩壁前始止步。薩孤齊直拍著馬頸，不斷安撫受驚馬兒；孰料，一幕令人咋舌畫面，隨即呈現……

芮猁瞪大了眼，看著薩孤齊身後之山岩紋路，忽上忽下，似有水波舞動之模樣兒。

忽然！「嘩啦……嘩啦……啪嚓……啪嚓……」一形似十尺翅寬之石紋蝙蝠，倏由山岩面衝出，直撲向馬背上之薩孤齊！頓時失察之薩孤齊，旋即狼狽落馬，一陣慘叫隨即吼出。待大夥兒拭眼一瞧，原來甫踉蹌後傾之雷世勛，伺機匍匐至山岩旁，待其喚出覡巫之術後，全身連同袍衫，一如變色龍般地融於所附山壁紋色，待其爬至適當位置，先施以龜蟲巫術，使獵物退向山壁，瞬於對手之不察，俄而揮袍，彈離山岩壁，乍視之下，猶如巨型蝙蝠展翅，衝牆而出，惟此時機拿捏得宜，分毫不差地踹下薩孤逆賊，而後再以三犄法杖，強刺其身背。然醫理有謂：「**腹深似井，背薄如餅**。」此即意味醫者施行針術時，身背近肺，不得深刺。孰料法杖之三犄角，破皮深探，直入薩孤齊之背肋間縫，甚而創及肺臟，以致肺氣腫裂，在所難免；當下立見薩孤其握拳緊縮，煞是痛苦！

此刻，背受重創之薩孤齊於倉皇之餘，依然尋著翻身逃竄之機會，遂自地上拾起先前爆碎之佛珠金質碎片，抖著雙唇，瞠目唸道：「金……子！於人生最低潮時，娘給的金子，令吾度過了難關；這回……這回也不例外！呵呵，我薩孤齊有九條命，誰能奈我何啊？再說，吾尚有六稜晶石之內力，此生註定要勝任中州之主的！爾等無知百姓，順吾者生，逆吾者亡。來吧！咳……咳……咳……」

薩孤齊以碎金片為利器，使上渾身氣力一躍，凌空展出雙臂，散射碎金片，並藉機攀上另一馬背，趁隙離去。這時，狼行山鐵扇全展，瞬為中鼎王擋下碎片，而刁刃與赫連雋立揮速劍擊開碎片，以確保人質不受波及。一陣鏗鏜連響後，雷世勛架出前弓後箭馬式，持法杖射出水晶白光，惟見白熾光氣直中薩孤齊之背袈裟，霎見薩孤齊被定於二丈高空，刁刃、赫連雋見機不可失，蹬躍一霎，惟聞「咻……咻……」二劍響發出，薩孤齊之左右雙臂，立隨著袍袖，脫離了本尊。狼行山則隨戮封、伏暢二劍收鞘後，斯須前空翻躍，於薩孤齊之前胸膈肋間，雙掌補上溯水神功，兩股充盛之水濕氣，俄頃灌入對方自**任脈**旁開之**足少陰腎脈、足陽明胃脈、足太陰脾脈**與**足厥陰肝脈**之中。

凌空之際，狼行山雙眼瞪著薩孤齊，道：「你這九命怪貓，終不敵我催命狼嚎！快說，是否教唆樊曳騫行事？」

自知命不久矣之薩孤齊，忍著最終一口氣，道出……

「兩虎相爭，輸贏難免；鴛鴦別戀，情慾兩空。」

「狼駙馬見利忘義，樊將軍情牽伊人。」

「此生一遭，權……終不依吾；情……亦不歸爾啊！呵……呵，呃……」

霎時，一股津液，瞬由薩孤齊之眼、耳、鼻竅溢出。

狼行山見狀，立收掌回落地面。雷世勛亦因體力透支而收回法杖，就地盤座調息。薩孤齊則於肺氣爆破、臟腑經脈水濕失控，以致面腫肢脹，終而凌空重墜而下，轉眼葬身於一片血水模糊之中。然而，隨著薩孤齊威震中土之金箍珠串碎散一地，更於凌空飄落之金絲袈裟巧合地覆上了其大體，威名中外之中州護國法師薩孤齊，就此劃下了人生句點！

「快……快解救夫人啊！」雷嘯天急喊道。

狼行山與赫連雋旋即上前，除去人質繩索；而刁刃與冉垣甲則走向了芮猁。

芮猁自知不是刁刃對手，旋即棄刀下跪，洪聲向中鼎王喊道……

「王爺饒命……饒命啊！小的有眼無珠，一時受薩孤叛賊之慫恿蠱惑，望王爺給予芮猁將功贖罪之機會！」然此同時，刁刃已握上劍柄，一步步走近。

「刁總督，且慢！」雷王接著發聲道：「欲將功贖罪？端視芮先鋒之接續表現！甫見少主隱身衝出，踹下薩孤齊之際，一同夥禪師，見勢不利，隨即朝洞窟旁之小徑奔去。想贖罪？速速將禪師擒回。倘若芮先鋒這點事兒都達不成，此等損五穀之徒，苟活於世，有何用乎？呃……」話才說完，頭疼之疾似乎漸趨而起。

芮猁得意回道：「唯芒禪師乃菩巖寶剎專研磐龍文之僧人，欲擒住一不諳武藝之僧人以將功贖罪，王爺果然胸襟似海，芮猁使命必達！」

芮猁一拾起巔稜快刀，俄而三步當兩步，立朝洞旁小徑追去。

刁刃側了身子，對冉垣甲唸道：「殘害同儕，壞我門風，吾將親自了結芮猁，以正我神鬣門！」

雷王於夫人脫困後，強忍疾疼表示，薩孤叛賊突具驚人神功，出人意料，莫非五州晶洞……真有秘密？又說：「待芮猁緝回唯芒禪師後，龐姑娘則隨本王回往瑞辰大殿，藉由二者之說法，得以釐清薩孤叛賊自青龍以至麒麟洞窟之所述，並瞭解其何以取得洞窟巨能？」

龐鳶稍顯不悅表示，因受王爺之託，龐鳶始吞下敵對不明藥丸兒，藉以作為營救雷夫人之下下策。惟脅持事件突發轉折，以致叛賊斃命，夫人亦已得救，如此結果，實為兩全其美。又說：「龐鳶本隨倫老上山診治，雖不幸遇尉遲將軍傷重不治，卻已穩住王爺與巴砱將軍之症狀，實已完成咱們上山之任務。倫老與龐鳶皆一介布衣，所有與薩孤齊之牽涉，純屬偶遇巧合，故瑞辰殿堂之行，龐鳶實在無助於王爺查探神功來由，遂不參與其中，以免旁生枝節。」

「哼！給妳幾分顏色，竟開起染房來啦！」雷夫人接著又說：「驚聞我迅天鷲與夜巡翁之任務受挫，本座即已記住龐鳶這名號。怎料龐鳶斗膽混入我奇恆山駐防軍營，即發生薩孤齊叛變事件！薩孤齊自知懼龐鳶三分，且認定龐鳶是個關鍵性人物，遂刻意要龐鳶服下藥丸，可想而知，龐姑娘應握有不少秘密，若就此錯放了，恐成我中州之後患！」

「真是欲加之罪，何患無辭啊！」龐鳶接續怒道：「果然，雷夫人慣於出爾反爾，背信忘義，不僅刻意操縱獵風競武之輸贏，甚而罔顧對莆汕村民之承諾，龐鳶卻甘冒危險與夫人同為人質，煞是愚蠢之至！」

夫人惱羞成怒，喊道：「牙尖嘴利之丫頭，快說，爾怎知這些？擎中岳是你什麼人？」

忽然！刁刃與雷世勛隨即靠了上來，曾被擎中岳創及天樞穴之刁刃，眉頭緊鎖地對著夫人道：「原來，擎中岳受人指使，藉以操縱獵風競武！」而雷世勛亦驚訝問道：「娘，上回麒麟洞崩塌時，被埋在洞裡的擎中岳……沒死？」

一時心虛的雷夫人，不知如何答話，隨便吱唔道：「擎……中岳……是……沒死，但……藉由獵風競武，挑撥王府與神鬣門，罪不可赦！刁總督，要不趁那丫頭尚無法使勁兒下，先將她拿下，如此胡謅，理當處斬！」

「夫人，我刁刃拿人，何須趁人之危？」刁刃嚴肅又道：「自龐姑娘被薩孤齊識出後，刁某直覺龐姑娘頗為眼熟，待釐了下記憶才想起，龐姑娘即是饕餮大賞當天，為『鮮之烹』顧客隨桌斟上茶水的姑娘。原來，龐姑娘藉此聽得袁邈鎮長與刁某之對話，遂刻意上山刺探軍情，眼下若不拿下姑娘，恐不知我中州已流出多少機密？」

一旁的雷世勛想著，「擎中岳無意中吸走了晶石能量，以致能獨挑刁刃的場子。看來，擎中岳這小子，留他不得！」接著，雷世勛盯著龐鳶，道：「嗯……甫聞娘之所言，若將龐鳶帶回王府，即可查出擎中岳之下落！」又說：「聞得龐姑娘諸多巧合行徑，確實須好好質問一番。既然刁總督不欲趁人之危，卻又認同龐鳶臥底之可能，那本座不妨將她擒下，來日若欲追根究底時，刁總督即可隨時來我王府要人。」

龐鳶驚覺，「雷氏欲得己之所欲，不惜使出下三濫伎倆。惟眼下肩臂無力，故先以二銀針，一刺幼指骨接連掌骨尺側之後谿；二刺該穴之後二寸，於掌骨基底凹陷處之腕骨穴，此二針之倒馬連刺，可緩肩臂麻木拘攣。一旦衝突即起，尚可藉旋腰、蹬腿等功夫應急，只是……何以能不波及倫老伯呢？」

一旁見著雷夫人吱唔言行之狼行山，霎時一股納悶湧上，內心不禁覺到，「一直以來，因蔓晶仙之出現，惹惱了丈母娘；與婕兒不時口角，其也看在眼裡。上回婕兒私下偕樊曳騫外出打獵，夫人竟無指責樊曳騫之行徑！難道……樊曳騫已得夫人信任？待時機成熟，即將我這駙馬架空！不……不行！好不容易走了個難纏的禿驢，趁著中鼎王尚且信任下，必須適時地排除異己，以持續掌控全局才是。」

「啪嚓……啪嚓……」突聞一陣袍布摩擦聲響，朝著麒麟洞口傳來，仔細一瞧，原來是芮猁緝回了伺機脫逃之唯芒禪師，聞其得意道：「中鼎王交代之差事兒，芮猁現已達成。此一文質僧人，基本馬步雖紮實，卻不諳武藝，一旦被追上，只得任人擺佈！」話後，芮猁踹了唯芒膝後一腳，唯芒禪師立馬單膝下跪。

唯芒說道：「阿彌陀佛……貧僧唯芒，僅奉沁茗方丈之命，前來為薩孤前輩轉譯外族語文，時至走出洞窟，貧僧並不知國師之舉已違中州法令，更不知會遇上如此暴戾場面。然因國師之叛逆惡行，實已受到中鼎王制裁，貧僧見任務已告一段落，遂依循原來路徑離開，如此而已。阿彌陀佛……」

中鼎王撫著側顱，說道：「唯芒禪師雖完成了任務，惟此一事件，發生於中州，且牽扯中州高官之叛亂，故須慎重以對。然針對薩孤逆賊於洞窟中之所作所為，本王需要進一步釐清真相，故請禪師先進王府作客；待巴矽將軍整飭洞窟後，咱們可一塊兒進洞，還原禪師當下之所聞所見。呃……」

「阿彌陀佛……惟因洞內氣息與外界迥異，貧僧已覺身體不適，倘若真如王爺所言，貧僧不妨先回我寶剎修養，待巴砱將軍備妥現場，貧僧再前來配合，如此行事，豈不簡捷。阿彌陀佛……」

「不不不！」雷王又道：「一直以來，知悉洞內之氣場，異於外界，甚而先前小犬入洞探查，又逢坍塌，險些喪命。本王遂計畫由巴砱將軍強固洞窟結構後，再入內一探究竟。至於身感不適，王府御醫可隨時為禪師診治，倘若唯茫禪師就此一走，今日我中州之政壇醜事兒……勢必外揚！」

「喂，王爺這麼大面子，邀您當王府上賓，可別不視抬舉啊！」芮猁向唯茫喊道。

「呵呵，中鼎王威權在手，凡人難以違抗啊！」倫老伯發聲再道：「只是……中鼎王之情志，對腦中痼疾影響甚鉅，老夫不得不及時提醒。王爺甫見國師叛行而生怒，始傷了肝氣；而後運功放電，耗氣力戰叛賊，傷了腎氣；見夫人遭挾持，憂傷肺氣；急欲探得國師神功之密，見獵心喜，遂擾了心氣；然眼前欲動之以情以留人，此等思慮，恐傷脾氣，正符合醫經所謂：『**怒則傷肝、喜則傷心、思則傷脾、憂則傷肺、恐則傷腎**。』王爺為他人設想周到，卻不知自身水液循環已受阻。老夫見王爺頻撫側顱，更見王爺雙耳之後，已有浮腫難消之象，恐有顱內積水之虞！王爺龍體堪慮，或許卸下預設，不欲不求，痼疾或能得控，還請王爺三思而行。」

「顱內積水？如此水腦之症，先生可有配方能解之？」雷夫人急問道。

倫老伯娓娓表示，曾聞外族以開腦之術，將腦中積水導出以降腦壓，惟此過程易受感染，而使顱內增生炎症之可能。倘若疏導水液不利，亦可能造成局部不平衡現象。至於中土之傳統醫術，以天然草藥即可漸退水腦之水液壓迫，其一即是池塘裡之荷葉！荷葉清升化瘀之性，可助胃氣清陽上行，以清除間中淤塞。其二為蒼朮，此物生用，燥性極強，雖與白朮同為燥濕健脾之要藥，惟二者之異處，蒼朮乃善於走而不守，白朮則善於守而不走，故可藉蒼朮之善走，祛化顱內餘水。第三味則是升麻，此物出於毛茛植物，取其味甘氣升，升發解毒之性。然醫經有謂：「病於三陽，切莫使寒藥之重劑。」故以上三味之甘溫、辛散、升發，使其邪由上越，固護鎮中之脾胃，使邪不裡傳而得效，以此荷葉、蒼朮、升麻之組合，即為傳世名方……清震湯之應用。

一旁顯露不耐煩之雷世勛，上前嚷道：「凜冬風寒環伺，恐竄人皮骨，咱們不宜久留山林。惟此處歸屬中州，中鼎王之令，即為王法，若有不從，莫怪本座無情。來人！倏將龐鳶等偏激份子，縛之以繩索，速速押解下山。」

此刻，龐鳶不從雷氏之霸王硬上弓，立取出掌腕雙針，蹬躍而上，以騰空踏步之勢，倏而衝向中鼎王，以圖凌空攫起倫老伯而逃離此境。狼行山鶩見情勢危及雷王，俄而起身護駕，倏躍空對上龐鳶，歷經拳臂對擊兩招後，狼輕蔑唸道：「如此軟弱臂力，竟能勝我迅天鷲與夜巡翁之聯手？令人質疑！」

龐鳶雙臂交叉撫胸，一記甩步，始能疾速扭腰快旋，見著這般速旋神技之覃嬐燕，不禁疑到，「此人無須臂膀輔助，僅藉扭腰力道，即可凌空速旋，煞是一絕！」龐鳶隨後一記側旋踢，直中敵對側腰，瞬令對手失了衡，自高處翻落而下，幸得赫連雋之助力，使其免去踉蹌窘境。龐鳶速旋得勢後，於凌空轉正身子之際，忽見背後一道白熾光氣襲來，立馬急展雙臂，欲挺升高度以避開，無奈臂膀力道不濟，遂如薩孤齊一般，瞬遭光氣定於半空之中。雷世勛接續揮出

手勢，嘴裡依然唸唸有詞，結果……

大夥兒僅聞「唰……唰……唰……」三聲響，三條韌藤即自山林飛出，立馬纏住龐鳶，使之動彈不得。待雷世勛收回法杖，龐鳶旋即翻落地面。倫老火速上前，驚見被緊縛之龐鳶，面色蒼白，且隱約聽得其喊著：「好冷……好冷……」

倫老立即為龐鳶診其寸關尺脈，這才訝異於龐鳶雙臂之羽化症狀！隨後由倫老指尖傳來之脈象，並無顯出寒邪循經入裡之徵狀。

然而不願遭束縛之唯芒禪師，一見龐鳶受縛，拔腿就跑，芮猁見狀，難掩嘴邊一笑，直說：「呵呵，被蛇盯上之蛙，逃也逃不掉。」話完，芮猁雙腿一蹬，立朝唯芒追去，待騰空踏了數步後，立馬傳回「崩……崩……」兩聲震響，唯芒聞聲回探，立見芮猁遭一怪客猛然一掌，瞬間彎腰拱背地被逆向推回，隨後重摔於地。刁刃見狀，俄頃抽出戮封劍衝上，待大夥兒聚焦一瞧，即見一身手矯健，面戴一樹皮面具，凌空躍下，火速拾起尉遲將軍所遺下之西蒙秋延刀，立於麒麟洞口與刁刃迎面對上。惟見二利刃相迎，霎時刀劍擊響徹天，刁刃見秋延刀之質重，遂持厚刃以對。面具怪客即以熟練之刀法，接連使出直切、推切、拉切、鋸切、側切之五連轉切刀法，此一敏捷身手，瞬令一旁赫連雋震驚，不禁唸道：「屢見尉遲罡提刀出招，當遇上揮使速劍之敵手，其每一連轉刀法，僅有四連轉切之時間，即得再次迎上敵對之二次速劍，怎料眼前之面具怪客，竟能面對刁刃這般高手，使出五連轉切之刀法！尤以鋸切轉側切剎那，力道拿捏，恰到好處，不難直覺此怪客應慣於持用質重兵刃才是。哼……既是不速之客，吾之三巡伏暢劍，絕無滯留鞘內之道理，來吧！」

「鏜……鏜……鏜……」面對戮封與伏暢之雙劍連擊，面具怪客立以連鎖批刀式應對。當下見其迎對三禪戮封，揮出平批、上批、下批、抖批之四連批法，回身向著三巡伏暢，眨眼使出旋斜批、正斜批、反斜批以對。然戮封之厚薄一體，伏暢之疾緩相間，變化莫測，再因刁刃之速劍，更勝赫連將軍一籌，二人聯手，隨即呈出三種劍速，致使面具怪客於對擊十招之後，幾乎退居防禦以對。

留守中鼎王夫婦旁之狼行山，心想，「何方高手？竟能對上刁刃與赫連雋之聯手十招而不潰，此人絕非等閒之輩！」忽然，狼行山盯上了面具怪客之握劍方式，又覺到，「欸……這般握劍手法，好似在哪兒見過？嗯……真想摘了他的面具瞧瞧！」

甫纏住龐鳶之雷世勛，觀戰之餘，不禁心生納悶……

「眼前怪客之移位步伐甚奇，每輒對手朝東向移位，必提刀攔阻，這個嘛……呵呵，原來，怪客擊退芮猁後，始終守著東位，其真正目的是……拖延時間！藉以助唯芒禪師能順利逃離。呵呵，逃掉也好，省得我回王府尚須費時了結。嘿嘿，看得出來，父王急欲從那禪師身上，找到晶石轉能之法。其實，轉能之法不一，惟關鍵在於特定時間內，始能轉出最大能量。薩孤老賊於此時獲取黃晶石能，應屬失算；若依喬承基所述，眼前最重要的時刻，就是冬至！屆時以透淨水晶，即可於北州之玄武洞窟，擷取大量烏晶鎮能量；如此，將可提升吾十載功力。時至明年長夏，若再回到這麒麟洞轉能，將可再增十年功力；待身擁二晶鎮之巨能，誰能奈我何？然眼下之要務，首當制住這叫龐鳶的姑娘；畢竟能令薩孤齊敬畏三分者，皆可能成為我未來路上之絆腳石啊！」

刁刃雖也洞悉了敵對護航之來意，卻因好勝心之驅使下，招招急欲擒下這面具怪客，居中雖有使出〈疾風刋斷〉之念頭，但見敵對手握西蒙秋延刀，一旦斷刀不成，恐有損及戮封之虞，故於使招時，顯出了猶豫，此一反常之舉，霎引雷嘯天之注目，內心直覺，「眼見刁總督之出劍，不若以往狠絕，欲擒怪客，恐有疑慮！」

果然！面具怪客利用抵禦間隙，刻意採旋移步伐以揚起塵灰，接著突轉後仰連翻，眨眼消失於刀劍對峙之中。

赫連雋隨即唸道：「難道會是同一人所為？」

雷王聽聞後，立馬問道：「赫連右衛可有嫌疑人選？」

赫連雋回道：「放眼中土五州，能使出這般刀法者，末將即聯想到當年入侵我東靖苑，劫走惲子熙之兩蒙面客中，其一之犀利刀法，甚連尉遲將軍亦感棘手。方才末將出劍迎擊怪客剎那，忽有此一聯想閃過，遂提出如此質疑。」

「啊……哇……呃啊……救……我……」

大夥兒突被一慘叫聲驚住，冉垣甲立上前扶起哀嚎之芮猁，芮猁雙掌撫著自個兒脖子，隨後見其眼耳鼻孔緩緩出血，終由嘴裡吐出鮮血，嗚呼咄嗟。冉垣甲立馬掀開芮猁上衫，立見胸腹呈出兩團皮下紫塊。狼行山與刁刃見狀，同聲道出……逆脈衄血掌！

冉垣甲再道：「甫見手持秋延刀力戰總督與赫連將軍者，果真是近來衄血案頻傳之兇嫌？」

雷夫人目睹芮猁之死狀後，心有餘悸地說道：「中州頓失謀略國師，眼前又現身了衄血怪客，王爺，咱們得速回王府，重新謀劃因應對策才是。」

雷嘯天拄著楞杖，嚴肅說道：「武將、軍師、神醫，眼下中州確實需要諸多人才。江湖人稱『塹龍居士』之曁酆先生，曾為本王測字，聞其鐵口直斷，經由領導狐與壇之歷練，我兒世勛將於中州危難時，出手解我憂患。今逢薩孤齊叛變事件，完全證驗了曁酆先生之所述。本王以為，若能延攬曁酆先生為我中州之軍師，勢將成我中州一大助力！」

冥想片刻後，雷王責成狼駙馬謀劃延攬軍師一事兒。然為防範家醜外揚，令下軍機處追回唯茫禪師，而神鬣門則全力緝捕面具怪客歸案。至於恐涉臥底嫌疑之龐鳶與醫者倫永緒，立於世勛監督下，押回王府待查。

雷嘯天下達命令之後，顱內突發一陣轟雷頭痛，煞是痛苦，然為顧及威嚴，遂不發任何聲響，僅掏出痲鎮丹直往嘴裡送，待與夫人登上王府馬車後，始放聲哀嚎。刁總督則於聽令之後，立派冉垣甲上路，速速追查面具怪客之身分與下落。隨後，巴矽將軍令屬下處置了國師大體後，俄頃整裝上馬，親自引領王府車隊下山。雷夫人則於馬車軸轂驅動後，不時回頭打著哆嗦，唸道：「以勛兒之身手，押回龐鳶，不成問題吧？算了……是吾多慮了。」

見著王府車隊離去後，雷世勛立走向受縛的龐鳶，輕聲唸道：「呵呵，龐姑娘如此清秀細緻，竟跟人舞刀弄槍的，煞是可惜啊！龐姑娘不如跟我雷某人好好合作，包妳一生享盡榮華富貴啊！呵呵……」甫話完，雷世勛不規矩之手指，悄悄來到了龐鳶臉頰旁，輕蔑又說：「呵呵，瞧妳這般虛弱，掙扎勢將虛耗氣力，既對妳沒啥好處，甚會讓樹藤越纏越緊的。倘若覺得身冷，不妨倚在本大仙懷裡囉！呵呵……」

「哼！趁人之危的小人，縱然龐鳶僅剩一口氣，絕不受污辱！」話一說完，龐鳶強行退了一步，雖見三韌藤纏其上身，但藉雙腿使勁一蹬，竟上衝二三丈高，而後狂吼一長聲「喝……」，瞬令衝、任二脈之真氣爆發，上身隨即泛出橙光！然此吼聲即出，立引狼行山回頭，頓時面露驚異；刁刃見狀，亦詫異唸出……經脈武學？二人一見情況有異，旋即返身朝雷世勛會合，惟王府馬車已隨著巴砯將軍前進，早遠離了麒麟洞窟。

龐鳶於躍至高點處後，如羽鳥般地緩緩下降，並於下降過程中，憑藉經脈內力之外釋一一將纏身之樹藤蒸乾、蒸裂、蒸脆，隨後於觸地剎那，立聞「咧……咧……咧……」三脆響，應聲將裂藤扯斷！然此同時，刁、狼二人已迅速折回，並與雷世勛一同環圍龐鳶，三人極驚訝地盯其一舉一動，惟見其雙臂後伸，單膝跪地，靜著不動。

倫老伯隨即奔來龐鳶身前，喊道：「喂喂喂，三個享名武林之大男人，群圍一虛弱姑娘，不怕遭人唾棄與恥笑嗎？」

「虛弱？呵呵，我說老頭兒啊！眼沒瞎的都見著了這姑娘發了光氣，甚將本座所施之纏藤奇術給破了，能發出這般神力還謂之虛弱，直教人懷疑閣下醫者之身分啊！如此刁蠻之嫌犯，危險至極，無怪乎能引回刁總督與狼駙馬返回助陣。」雷反駁道。

狼行山指出，上身受縛，僅藉雙腿蹬躍，即登三丈高空，此等功力，令人不得不信，龐姑娘若於無恙下，迅天鷲與夜巡翁二將應占不了上風才是。

刁刃則說：「繼摯中岳之後，龐姑娘乃刁某再次遇上身懷經脈武藝之人。姑娘這般身手，恐令眼下押解任務萌生變數，不容小覷！」

雷不屑道：「萌生變數？喂喂喂，甫聞父王已將押解任務，全權交予本座。唉……不就是透出個橙光之氣罷了，二位竟緊張成這模樣兒，想想當年龍武尊所倡之『經脈武學』，還不是敗於摩蘇里奧的鬥術之下。而今本座之覡巫大法，依然可將這般雕蟲小技，完全鎮住！」

龐鳶輕聲對倫老說道：「前輩，小女子之內力及羽鏢，尚能撐住些時間，您先暫於一旁，待吾纏住敵對三人時，前輩倏地奔向樹叢裡，莫回頭，使勁兒地跑，應可脫離險境。前輩尚不用擔心，敵對輕功不如龐鳶，晚輩仍有趁隙脫逃之機會。」

「唉……此趟奇恆山之行，是老朽拖累了龐姑娘！」

「前輩快別這麼說了，是福不是禍，是禍躲不過！前輩不是說過小女子具福相嗎？福神會眷顧咱們的。切記，躲進山林為先喔！」說完，龐鳶勉強微了一笑後，起身躍步翻飛，刻意引雷世勛等三人之注意。

刁刃見狀，火速上躍追緝，狼行山隨後跟上，心裡卻嘀咕著，「龐鳶甫中了雷世勛之幻寒凝光，短時內雖難以驅散寒邪入裡之感，惟其服下之柔緩丹，恐因經脈真氣之內運，提前恢復了肩背之力。眼下不妨利用寒風襲來，令龐鳶再吃吾一記溯水掌，即所謂：『**風寒濕三氣雜至，合而為痺**。』一旦對手發起痺症，什麼奇招皆難揮使啊！」

輕盈之龐鳶雖能暫藉點躍優勢，急閃刁刃之疾攻，卻也感到狼行山於出招時之頻釋水濕，不甚利己。待遇刁刃劍刃相逼，立馬一迴身，使勁兒逼出肩背之力，凌空瞬發五六飛羽尖鏢，奈何一一遭戮封劍與旋錚鐵扇掃落。忽然！刁刃朝狼行山使了個眼色後，兩人倏由纏鬥陣式，俄而散開。原來刁刃已聞得雷世勛喚出了咒語之聲，遂偕狼行山暫交出眼前場子。此刻，龐鳶驚見一白熾光氣迎面襲來，卻因逆光而識不清敵對實際位置。

適值龐鳶因炫光而迷惑之際，雷世勛倏而旋杖橫掃，擊中了龐鳶足踝，遂使之翻落地面。雷得意唸道：「鳶者，禽鳥也。鳥之速矣，非以箭矢張網而不能擒也。且看靈幻大仙凌空下罩巨網，諸禽展翅也難飛啊！……唯……沏……呼……，……唯……沏……呼……」

雷世勛朝天高舉法杖，值法咒相伴下，法杖之三犄角隨即發出白熾光氣，並於「茲……」之聲響下，立於空中結成一巨大白熾索網，直朝龐鳶罩下。龐鳶抬頭見索網之大，降速之快，絕非足踝受創當下所能脫逃，嘴裡直唸：「由敵對跨下竄逃，乃唯一法子了！」

刁刃與狼行山見龐鳶難逃索網，雙雙後退一步，順勢收下了掌中利器。孰料……

「轟轟……崩崩……」一陣突發之爆裂聲響起，驚見空中罩下之白熾索網，竟於白駒過隙之際，漸趨泛紅，燃燒，進而斷裂，凌空碎爆成灰。雷世勛見得異狀，立馬退出碎爆區，而狼行山尚不及反應現況，直覺唸道：「是咱們靈幻大仙出了差錯？抑或唸錯了法咒？還……還是……龐鳶發功啦？」

霎時，操縱白熾索網之雷世勛，瞬轉嚴肅，立於塵灰中對空喊道：「明人不做暗事兒，閣下暗處出招，挑釁意味濃厚，倘若閣下欲上映英雄救美之戲碼，何不直接對上我靈幻大仙！」

忽然！隨著塵灰緩落，樹林內翻飛出一矯健身影，轉眼落於龐鳶身前，發聲斥道：「自詡大仙，竟以虛幻異術，欺凌勢弱女子，令人嗤之以鼻！此等幻術欺人之格調，相較刁總督與駙馬爺之使劍舞招，猶如泥豬疥狗，令人不屑！」

「大膽狂徒，竟敢忤逆本座！逆賊這般有恃無恐，可有門派名號報上？」雷世勛憤怒道。

狼行山詫異話道：「又是你這小子！上回於北川冀水城，以**生薑**、**乾薑**之別，讓狼某當眾出糗；衝突當下，尚吃了吾一記〈隱狼溯水〉神掌，可想爾之筋骨皮肉，應是發脹作痛才是。眼前見得爾一身銅澆鐵鑄，甚能退去靈幻大仙之索綑，嗯……確實有兩下子！」又說：「雷少主與刁總督口中所云之擎中岳，狼某不慎熟悉，但眼前這年輕人，名曰凌允昇，教他化成灰我都認得！」

視線微開之龐鳶，對著高大背影，叫道：「允……昇哥，真……是你嗎？」

「鳶，別擔心，天塌下來，有昇哥頂著！」

「龐姑娘不妨由老朽來照料，凌大俠還是小心應對，惟眼前諸對手，個個身手不凡啊！」又見一身影由林中走出而話道。

「倫前輩，您怎沒走？」龐鳶問道。

「老朽奔向林間後發現異常晃動，見一敏捷身影頻頻摸索著殘枝足印，直覺此舉絕非都衛兵所為，遂直接上前求助，以期前來替龐姑娘解圍。孰料凌大俠正是為著龐姑娘而來，真是謝天謝地啊！」

氣頭上之雷世勛，洪聲嗆道：「哼……凌允昇是吧！能逃過溯水掌之水液內氾，恐是運氣，而能凌空破解吾之索網大法，足見閣下已能內力外發，這輩子，本座僅見過龍玄桓對摩蘇里奧施展過，難道……」

「沒錯！凌允昇與龐鳶，皆是龍武尊之叩頭徒孫！」允昇又說：「龍師公一生剛正不阿，與中鼎王道不同不相為謀，亦不苟同摩蘇里奧之速效療治論。沒想到其徒孫所遇，竟是一善心行醫之女子，遭中鼎王麾下猛將，與仗恃醫藥速效而不諳醫理者所迫害！爾等官場行徑，允昇不予置評，惟眼下同門師妹受創，在下務必將其移往安療處所。」

刁刃極不友善道出：「凌允昇，論及輩份，此地哪兒有爾等放肆的份兒？龍師父持其理想，刁某崇個人志向，你狼師叔登上中州駙馬之位，刁某亦領著神鬣門掃蕩逆亂，無不為著安定社稷而戮力。眼下力阻我神鬣門拿人，甚欲劫持我嫌犯，如此行徑，皆屬違逆王法。看來，吾之戮封劍將教教你，何謂蚍蜉戴盆？何謂以莛叩鐘？」

狼立說道：「二哥且慢！眼前目無尊長，恣意妄為之後輩，恐已忘了上回教訓。而今再遇，狂妄自大如昔，端視其手持三尺有餘之桿棍，尚不須戮封出鞘，狼某僅藉鐵扇，即可制服。」

凌允昇不屑回應道：「當年狼大俠成了西兌王之俘虜，龍師公隻身前往營救，待狼大俠脫困後，竟捨下困戰中之龍師公而去，此舉不足為後輩榜樣；而允昇更不屑與追利忘義者為伍，倘若諸位阻擋在下救人，凌允昇只好得罪了。」

雷世勛輕蔑譏道：「嗨呀！非同道即是敵對，可別再牽扯啥叔姪關係啦！」「我說妹婿啊！爾不妨放個大招兒，將這小子給了啦！只不過……妹婿似乎未視清這小子怎破解吾之法術？呵呵，甭擔心，這場子由我靈幻大仙控管，一切由我罩著啦！」

「啪嚓……啪嚓……」狼行山率先提步衝上，空中揮展鐵扇，隨即使上拿手之〈鳳蝶花舞〉摧式。凌允昇跨前兩步，手持未出鞘之太陰擒龍，連續揮出正前旋禦、側身挺擋、劈腿低防，令對手雖能急攻，卻不得其門而入。

突然！狼抛出鐵扇，霎時驚見飛天旋扇，以弧形路徑襲向敵對，允昇立馬後翻下腰，卻於閃過飛扇後，迎上瞬間左右移位之狼行山。此一功夫瞬令雷世勛覺到，「眾人皆知狼行山之〈隱狼溯水〉神掌，遂避之近身對擊以自保。怎料眼前所見之〈夜狼巡行步〉，竟也達爐火純青之境！嗯……若不先想個招應對，稍有不防，極可能遭其近身攻擊。」

果然，凌允昇雖閃去了飛扇攻擊，卻一溜煙地讓對手竄到了身旁，隨後一陣拳腳攻勢，在所難免。然於狼行山欲使出一波強大溯水掌前，其已瞬間吸收了寒風中之水氣，以為出掌前之鋪陳。而嗅覺一向敏銳之允昇，頓感周圍空氣水濕驟降，即預感敵對又將使出過往招式，不禁覺到，「上回狼行山沒將我擊垮，此回豁出大招，在所難免。眼下唯有施展吾之本能，始得以禦敵了。」

霎時，允昇匯集**手太陽、太陰**經脈之真氣，隨後即見雙臂泛出橙光，且感手臂溫度持續上升。狼欲以俯下攻擊出招，遂一躍而上，孰料見得敵對蹬躍咄嗟，待二人登及至高之點，雙掌同時推出，惟聞四掌於一聲擊響後，隨二人下降過程，接連快速對掌了三回，直至立穩地面剎那，兩人再呈出前弓後箭馬，雙雙使出內力推掌，現場立聞一轟然巨響傳出……

值狼行山於相互推掌之中，不斷釋出水濕之氣，並伺機灌入對手掌中**勞宮穴**，卻不巧遇上對手強大經脈真氣外釋，該水氣不僅沖灌不進對手體內，更因敵對雙掌釋熱，瞬將水濕熱烤蒸發，然此水蒸之氣遇上凜冬寒風，旋即生成霧氣而外散。此幕不禁令狼行山自言道：「怎……怎麼可能？已使出數倍施於薩孤齊身上之掌力，不僅沖灌不前，竟瞬間蒸成水霧！而對手體內經脈內力之強大，幾乎要將水濕回灌吾之經脈！」

凌允昇見一旁雷世勛舉起了法杖，隨即將內力收回，並藉對掌之回饋力，後仰翻躍，孰料刁刃未待雷世勛出招，躍出一霎，允昇一回身，立見刁刃以劍鞘襲來，霎時二人傳出「咔……咔……」之互擊聲響，居中並聞刁刃冷冷道出：「閣下僅藉掌力，即可禦住溯水掌之攻勢。刁某倒想試試，單憑一根桿棍，如何抵住吾之三禪戮封！「唰……唰……」刁刃於抽出戮封劍後，疾如電，快如風，不出五招，即削去允昇之肘衫布一角。

允昇見對手招招狠疾，遂運起強武太陽內力，啟動劍環卡榫，順勢抽出太陰擒龍劍！此一動作，隨即引來刁刃等三人側目。刁刃訝異話道：「惟聞劍身之細膩出鞘聲，可知此刃乃出於名家之作。刁某雖視劍無數，尚嗅不出此劍之出處為何？」

允昇速旋利刃，架出劍式道出：「此劍名曰太陰擒龍，出於祖父凌秉山融入『經脈武學』之思維所成。此劍不為爭得天下第一而生，卻為掃蕩天地邪氣而來。刁總督，且容晚輩……討教了！」

凌允昇藉此雙劍之會，釋出牟芥琛轉述龍師公之經脈延伸，瞬將經脈真氣內運，進而脈氣外伸，並試圖挑戰進階層級之脈氣結合兵刃。果然，允昇右臂橙光運至掌心後，太陽與太陰真氣紛由幼指與拇指端延伸而出，二氣雙旋纏繞劍身前行，直至劍尖方止。允昇見火侯已成，隨即震臂一揮，一陣強勁風切聲即起。然而，見太陰擒龍出鞘，不見其疾，卻感其威，當下劍觸三禪戮封，霎生嗡嗡之響，旋即震懾周遭。反觀劍術卓越之刁刃，雖熟悉劍刃生風，卻不諳敵對之劍氣拖曳，倘若唐突快劍出擊，恐遭對手劍氣波及！既不能薄刃以對，亦不知厚刃能否阻截劍氣，瞬令其矛盾再三。

允昇見勢已成，遂使上太陰巡脈三式之少商出井式、魚際和滎式、太淵入俞式，惟此三式，疾中帶泄，溫中帶韌，抽中帶纏。見劍氣之犀利，一如風削岩石；劍能之釋出，一如江河入海，直教敵對猶戰二敵，其一乃有形之銳陰利器，另一則是無形之真陽脈氣。

雷世勛見刁刃之出擊，且攻且閃，隨即對狼行山使上眼色後，俄而提上三犄法杖，立馬偕狼行山加入了陣局。

龐鳶見允昇遭三強圍攻，忍著足踝疼痛，抑住泛紅眼眶，使勁兒放聲吼道：「允昇哥，小心啊！」

「轟……」雷世勛之袍衫於起身後揚起之塵沙，直令旁人難以睜眼。隨後即聞「唰嚓……唰嚓……鏗鏗……鏜鏜……咔咔……咻咻咻……」之陣陣雜亂聲響，逐一傳開。

倫老伯抬頭一瞧，急忙揉眼叫道：「龐姑娘，是否老朽眼花？甫見凌允昇與刁刃一對一交戰，而後雷、狼二人續加入戰局，怎麼？眼前所呈，竟出現著五、六身影嘞？」

「五、六身影？」待龐鳶仔細一瞧後，點指數著，一、二、三，隨後破涕為笑道：「是……是他們！倫前輩，是允昇的兩師弟擎中岳與揚銳，及時前來助陣啦！」

場上一陣混打後，雷世勛等三人暫且退回對峙狀態，並說道：「哦……原來是搰了助陣人手啊！方才一陣混打之中，竟讓本座見著了欲瞧見的人啊！呵呵，一陣子沒見，雖同是手持長

棍，但見擎兄弟之出擊，今非昔比啊！」

刁刃立向擎中岳問道：「是否真有人操縱本門之獵風競武？見爾於競武場上之身手，樓御群絕無機會奪魁才是！」

擎中岳收回伏虎棍後，對允昇道：「見大師兄擔心龐鳶之安危，隻身出外搜尋，中岳與揚銳隨即認為，或有危難發生之可能，遂於大師兄動身後跟上，沒料到，果真遇上了大角色！」

中岳轉身又道：「上回雷大少毀損麒麟洞窟，刻意將中岳活埋於洞內。孰料老天爺給了機會，讓咱倆再次舊地重逢！」又說：「至於刁總督之所提，以總督之對戰經驗，確實應順從當下之直覺才是。不過，耳聞樓御群已遇害，民間有謂『死者為大』，在下就不便重提雷夫人之悖信，以免冷飯熱炒啦！」

「哼！我揚銳最看不慣仗勢欺人了。鳶姐，這回您休息，這場子交給咱們三兄弟即可。」

允昇立馬道：「阿岳、阿銳，眼前三位官場高人，個個身懷劍術、幻術與奇術等絕技，非等閒之輩，切莫以一般舞刀弄槍之江湖人士視之。不過，換個角度來說，欲試試自個兒之能耐，眼前正是絕佳機會！」

「呵呵，一群乳臭未乾的小子，身陷泥沼而不自知，還真以為能從我靈幻大仙面前安然退去。好，很好，原以為逮住龐鳶，即能逼出擎中岳下落，怎料一干逆賊自投羅網，真是踏破鐵鞋無覓處，得來全不費功夫啊！呵呵，我說……狼駙馬與刁總督啊！眼前三刁民欲藉手中之劍與棍，上演一場青出於藍之戲碼，咱們不妨證明一下，什麼叫『薑是老的辣』，來吧！」

雷世勛法杖一上手，隨即對上帶頭之凌允昇，揚銳則持著未出鞘之抑猊鋒，迎上狼行山，而曾遭擎中岳擊中臍旁**天樞穴**之刁刃，再次遇上持棍之原對手，不禁唸道：「擎少俠曾以一齊眉棍，橫掃我獵風競武擂臺，而今手持等身六尺棍，身手依舊不凡。惟玩弄神鬣門之場子，定得付出代價才是，接招吧，喝啊……」

擎中岳腳踼棍下，旋棍而上，應對刁刃之速劍出擊，倏而左旋右轉掌中棍以應，更藉其倍於常人之眼力，刻意以三等分棍身處之金質圈環對擊三禪戮封，但見二人連番對戰，不僅鏦鏦錚錚之金鐵鳴聲不絕，相互擦擊而生之火花，亦伴鏗響而四散飛舞。

另見手操四尺長物之揚銳，首次對上鐵扇敵手，只因對手之扇鋸犀利，翻轉動線難辨，故僅以防禦為先，並伺機戳撩扇面內側之中骨以破招。狼行山雖能仗著飛梭攻勢，以縮減敵對喘息機會，惟扇面迎來不小風阻，亦讓接連出招之狼行山，頗感吃力。

再觀手持法杖，力戰太陰擒龍之靈幻大仙，欲藉透淨水晶之幻寒凝光，凍住對手之真陽循環，怎奈大仙之招式，終源於幻巫之術，而龐鳶之所以中招，乃因其衝任氣脈未發，即遭幻寒襲擊。適值強武太陽激發中之凌允昇，根本無感對手幻光之威嚇，更於經脈真氣再次延伸擒龍劍尖，眨眼將法杖所發之白熾光氣，切分為二，此幕一如川流遇上江中孤島般，分流為二。雷見狀後直打哆嗦地驚到，「好……好厲害的經脈出招，這小子似乎越戰越勇，出擊力道一次強過一次。嗯……近身出擊，對吾不利，恐得施個大招，免得讓人當病貓啦！」

此刻，擎中岳燃起了精武陽明之力，霎時雙掌氣衝而出，惟見橙光脈氣自掌心渲開，直至包覆六尺棍身而止，隨後使出了**中衝**出井式、**勞宮**和滎式、**大陵**入俞式之厥陰貫脈三式，迎面直攻對手之速刃出擊。然而，刁刃雖能擋下敵對之棍身連擊，卻難防棍桿出招後之拖曳棍氣，遂於伏虎棍連番出擊下，數度朝後移防以對。

然瞬間引爆厲武少陽功力之揚銳，僅藉雙前臂甩出少陽迴旋脈氣，數度將狼行山拋出之旋錚鐵扇擊回。待揚銳以少陽脈氣，衝開卡榫，旋即雙手握稈，外展出刃，聞「唰……」之聲響下，亮出了少陰抑獍鋒，接著吼道：「中岳哥，那個持劍的酷哥，交由小弟啦！」

雙臂釋著橙光之揚銳，見著光氣自雙臂延伸至雙鋒鋒尖，斯須翻飛，來到刁刃面前，惟聞刁刃喊道：「還是持利刃出擊者，較合吾之胃口，惟少俠仗恃何等怪異兵器？竟如此猖狂放肆！」

揚銳應道：「在下雙手所持乃龍師公自創，且由凌秉山大師所精鑄之少陰抑獍鋒，峰刃雖僅二尺，但遇這般雙鋒連擊，尚不知刁總督能否吃得消？喝啊……」

揚銳隨即使上少衝出井式、少府和滎式、神門入俞式之少陰環脈三式，而刁刃則轉薄刃出招以對，一連使出刺中帶戳之〈尖喙刺魚〉、攢中帶撩之〈地龍鑿土〉、削中帶挑之〈飛魚躍海〉，三劍式出招之速，甚為罕見。若以數字形容，刁刃出劍之速，可展十之八九，而揚銳單鋒可達十之七八，惟揚銳雙刃齊出，合速出擊，刁刃依舊難登上風，驚訝之餘，不禁覺到，「眼前這抑獍雙鋒，操之者非但刃速出奇，其左右可分使兩招式，毫不含糊，若非這般雙劍護航，絕對可施以〈疾風刋斷〉之絕招，旋即斷其一鋒！怎料眼下僅能以薄刃作攻，瞬轉厚刃作守。看來，若不伺機動用中州武力，滅了這班狂妄小輩，我刁刃欲擁天下第一疾劍之名號，勢將動搖。不行，吾已擊敗了劍紳原羽辰，這天下第一，非我莫屬！」

一旁狼行山見得龍武尊能收得凌、擎、揚這三徒孫，不論劍術、棍法，抑或雙刃出擊，無不蘊存蓋世風範，不禁讚嘆，如此後輩，後生可畏矣！

「咧……咧……咧……」雷世勛於一串法咒後，再次施法冒出一地層隆起，現場惟聞隆起處發出三咧響，一碩大彩鱗地蟒，自地竄出，隨即又鑽入地層之中，而後地上隆起轉朝允昇方向竄移，雷世勛心裡得意道：「呵呵，若被地蟒纏住，不僅躍不起、走不得，一旦筋骨盡碎，可是終身殘廢啊！哈哈」

倫老見狀，立於一旁吼道：「小心啊！雖是樹根之誇大幻影，一旦被纏住，恐不易脫身啊！」

這時，雙手高舉，速旋著伏虎棍的擎中岳，立朝著允昇衝來，並嚷到：「又是妖幻出招！大哥，這般地層竄動妖孽……我來！」

擎中岳躍至大師兄身前，對著迎面竄來之地裂隆起，隨即運起貫通全身上下之足陽明經脈真氣，並將能量充灌於伏虎棍中，隨後直接將棍之一端，垂直擊向地面，藉以施展〈乾坤波震〉，惟聞震波循地發出「碰……碰……碰……」之接連震響，立見震波正面衝撞地裂巃起，剎那傳出「轟隆……轟隆……轟隆……」之巨響，隨後即見地層裂縫冒出陣陣黑煙，最終地表僅呈出一段燒焦樹根，不見彩鱗地莽任何蹤影。

雷世勛一見法咒再度遭破，暴跳如雷，持起三犄法杖，倏藉手指於胸前畫圈，嘴裡念著唸著，一會兒後，見得塵沙石礫集聚，竟騰空形成一球狀岩石！待球岩及地後開始旋轉，隨後洪聲一喝，岩球隨即滾動。然於靈幻大仙指使下，該岩球率先直衝正與刁刃對擊之揚銳，揚銳蹬躍於指顧，空翻閃過了岩球衝撞，立見岩球折返，衝向了擎中岳，中岳見此滾動岩球可作瞬間轉向，乾坤波震恐難以建功，遂及時側翻以避開衝撞。

「哈哈哈，頑固刁民，此岩球可讓爾等後輩嚐嚐，啥叫做無立足之地啊！哈哈哈……」雷再狂笑道：「趁這些猴兒閃躲之際，刁總督與狼駙馬欲擒誰，就擒誰囉！哈哈哈……」

此刻面臨敵對之岩球攻勢，忽見躍閃中之凌允昇，左手指著摯中岳，隨後朝天畫圈，待中岳與揚銳點頭後，允昇立持擒龍劍衝向靈幻大仙。雷世勛未料敵對如此使招，立持三犄法杖應對出擊。霎時，允昇僅正面出招，並積極鎖定法杖上之透淨水晶，孰料竟讓對手料到了出招目的。雷心想，「這小子欲摧吾水晶，藉以阻斷岩球之操控，呵呵，真是天真，不妨瞧我怎麼整你！」

果然，雷於而後對擊中，悄悄地將岩球自凌允昇背面滾來。摯中岳見狀，立擊開狼行山之鐵扇後，俄頃移位大師兄身旁，而揚銳則於阻下刁刃攻勢剎那，瞬間側翻，定位於龐鳶與倫老前側。接著由揚銳測距後，適時將手中雙鋒對擊，待聞得鏗鏜聲響剎那，凌允昇後翻咄嗟，並藉由太陰擒龍揮出強武太陽真氣，直接畫向滾動中之岩球，瞬間破壞了岩球表面。摯中岳則於大師兄後翻之際，倏將精武陽明之能，匯集於長棍之中，順勢架出前弓後箭馬，直接以伏虎棍推出前進突刺之勢，一橙熾光團隨即自棍端衝出，隨後一震耳欲聾之巨響發出，瞬令狼行山就地趴下，現場只見光團衝破岩球後，剩餘光氣直衝向雷世勛，不偏不倚地正中其**神闕**（**臍眼**）與**關元穴**之連線中點……**氣海穴**！

倫老一見靈幻大仙中招，隨即指出，**氣海**之名，意指**任脈**水氣於此吸熱而氣化，以化充為天部之氣。本以治人之虛脫，形體羸瘦，臟氣衰憊，水穀不化，惟此處受創，必衝擊腹壁脈管，以致破氣血瘀，氣血失調。

觀雷世勛受創當下，因未料及敵對之脈衝力道，遂朝後持續退移，直至刁刃與狼行山躍至其後，相挺而止。惟因擎中岳擊爆岩球剎那，岩破石裂，碎礫四散而飛，揚銳立馬雙鋒迎對，偕大師兄揮刃碎石，而中岳更是退回一步，收棍速旋以碎飛礫，三人及時固護龐鳶與倫老免於石礫所擊。此刻，凌擎揚三人見得手中利器，不僅結合了經脈真陽以出擊，更能強力裂岩碎石，無疑證實三人之功力，實已能抗衡四重至陰，甚達抑制五重至陰之水平。

霎時鉗口撟舌之狼行山，直覺不可思議，心想著，「不過多久時日而已，今日一登奇恆山，竟能見得鶚心鸝舌之薩孤齊，一展驚人內力；二見脫胎換骨之雷世勛，操控虛實魔幻於股掌之間；三見凌擎揚等後生晚輩，揮展經脈武藝，淋漓盡致。莫非……世間真有未開發之巨能，待人發掘？或許，該早雷王一步，探索麒麟之密才是。」

一旁刁刃亦悶不吭聲地想著，「同是手持利刃，何以人劍合一之外，另有巨能助推，始能削鐵如泥，揮刃碎石？或許，儘快緝回那唯芢禪師，以瞭解晶洞秘密才是。」

這時，佔有慾極強之雷世勛，似乎感受到身後呆滯之刁、狼二人，恐已對今日之所聞所見，產生了疑惑與設想，不禁打心裡唸著：「哼！就憑你們這兩條王府看門狗，也配覬覦我麒麟晶鎮？嗯……只要我雷世勛能強大，所有曾瞧不起我的人，皆得向我俯首稱臣。呃啊……」

雷世勛忍著下腹創痛，不甘地舉起三犄法杖，對著山壁唸道……

「嗚啦刮嘛……兮枯哩吋……，嗚啦刮嘛……兮枯哩吋……，嗚啦刮嘛……兮枯哩吋……」，半晌之後，立見透淨水晶漸亮，仰角發出一道白光，直向山岩壁衝射，隨後即傳來清脆之龜裂聲。

「咔啦……咔啦……咔啦……」陣陣石塊滾動之擦擊聲響，旋即由山壁上方傳來。

擎中岳急喊道：「不妙！是落石啊！上頭的山岩要崩啦！大夥兒儘速遠離啊！」

凌允昇一個反身，倏而背起龐鳶，惟聞龐鳶呻吟著：「好冷……我好冷……」

「鳶，藉著吾背部釋出之足太陽經脈熱氣，應能緩解厥冷纏身的。」允昇安慰道。

擎中岳亦背起倫老伯，立由揚銳揮使雙鋒開路，立馬展開撤離，火速直往山林方向衝去。過程之中，倫老伯先指引一條小徑後，斯須掏出一腰際葉片，置於雙唇之間，惟見其頰鼓氣吹之動作，卻不聞任何聲響傳出。然此一舉，隨即引來身擁特異聽能之揚銳關注，不禁覺到，「指引咱們一條陡斜曲徑，此刻又送出如此高頻音調，眼前這倫姓老伯，到底打著啥算盤嘞？不管了，眼前竟是一片荊棘，先為大夥兒砍出一條退路要緊！」揚銳立馬洪聲喊道：「大哥、二哥，跟緊啦！」

此刻，山林曲徑，昏暗不明，惟夜視能力出奇之擎中岳，一草一木，瞭若指掌，霎時驚覺道：「欸……阿銳，左前方不遠處，似乎有一二落單馬匹，快……別讓牠們跑啦！」

待倫老伯與龐鳶上了馬，倫老隨即喊了聲：「大夥兒隨我來，駕……」

凌允昇一見倫老伯馭馬架勢，判若兩人，心中不免疑到，「此人雖謂為醫者，見龐鳶頻頻呼冷，卻不予熱藥，反能旁觀後輩對戰，並即時識破雷世勛之幻蟒樹根！而眼前見其喝聲帶隊，卻是朝著山巔奔去？究竟這倫永緒前輩，何許人也？無妨，吾保護鳶妹之際，尚有中岳與揚銳

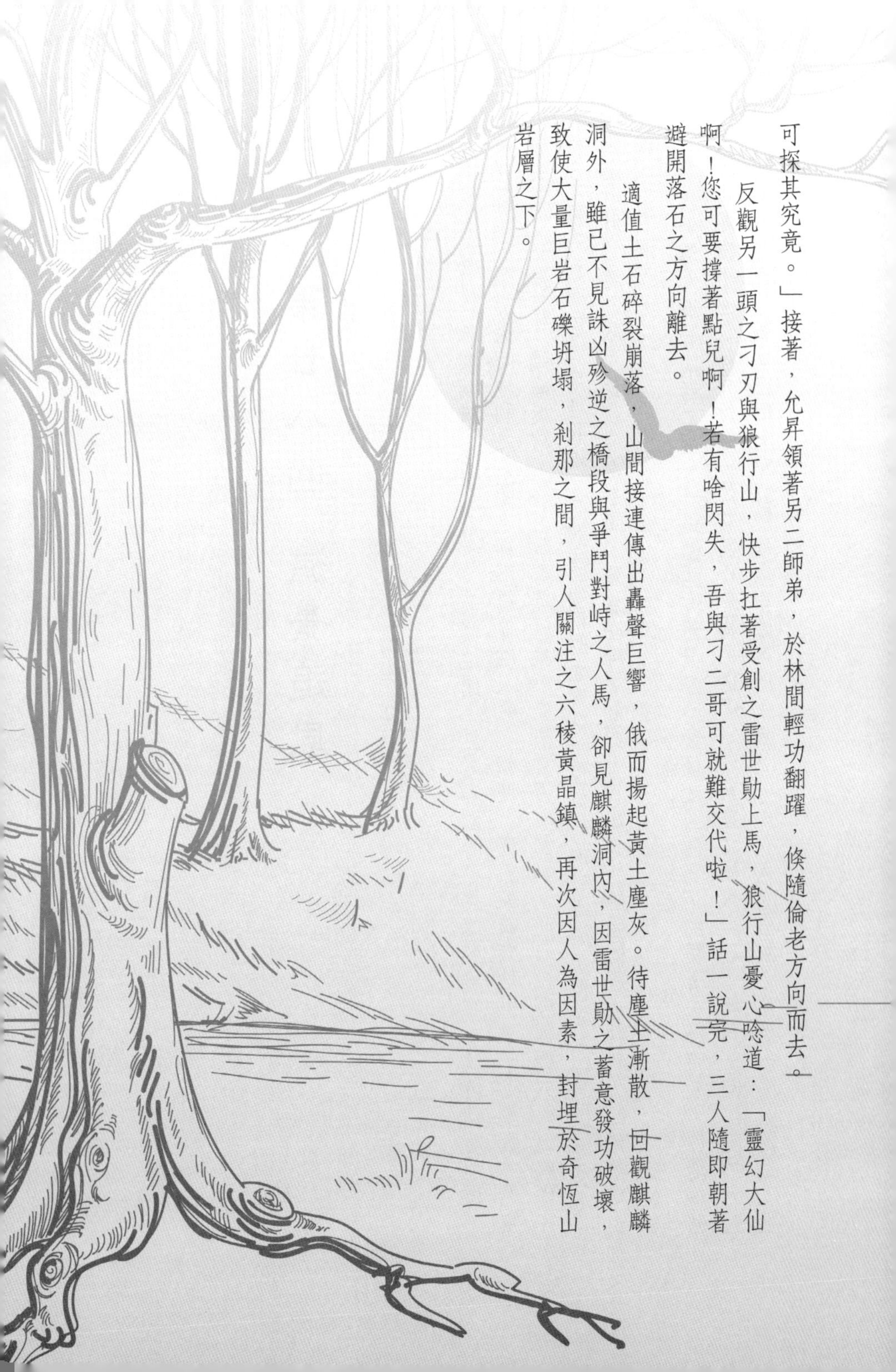

可探其究竟。」接著，允昇領著另二師弟，於林間輕功翻躍，倏隨倫老方向而去。

反觀另一頭之刁刃與狼行山，快步扛著受創之雷世勛上馬，狼行山憂心唸道：「靈幻大仙啊！您可要撐著點兒啊！若有啥閃失，吾與刁二哥可就難交代啦！」話一說完，三人隨即朝著避開落石之方向離去。

適值土石碎裂崩落，山間接連傳出轟聲巨響，俄而揚起黃土塵灰。待塵土漸散，回觀麒麟洞外，雖已不見誅凶殄逆之橋段與爭鬥對峙之人馬，卻見麒麟洞內，因雷世勛之蓄意發功破壞，致使大量巨岩石礫坍塌，剎那之間，引人關注之六稜黃晶鎮，再次因人為因素，封埋於奇恆山岩層之下。

第廿八回　滅景追風

寒冬臘月，林寒洞肅，冬至前夕，天凝地閉。見尊容國師不畏凜冬風寒，仗恃神功加持，圖謀篡位，雖謀天時地利之氛圍，卻不得地磁人氣之相迎，遂於麒麟穴外引來干戈變數。然叛將縱能以一擋百，砥鋒挺鍔，終不敵群英匯集，虛術實刃之圍剿；此一血濺麒麟穴外之戲碼，終以山壁裂解、石礫崩埋收場。且觀薩孤國師之殞落，僅似一池之漣漪；但見窺探晶石之密者，個個眈眈逐逐。眼下俯視岩洞周遭，殘岩碎礫；靜觀奇恆山林，靜謐闃寂。孰料，仰望積雪山巔，別有洞天！

三陽傳人追著倫老之後，一路循陡坡而上，不久後迂回而下，約莫費去一時辰，即遇柳絮般之雪花飄下。值馬兒行經一片艾蒿後急轉，遇著了兩緊靠之碩大岩石，轉角一隅可見約六尺寬，丈八高之岩縫。三師兄弟立隨倫老與龐鳶所乘馬兒，先後入了岩縫，穿越一晦暗隧道，抵了岩縫之另一頭。甫居薄暮冥冥之時，眼見一幢幢覆雪之農舍矮房紛紛亮起了屋燈，煞是溫馨唯美！接著即見街陌之棉襖百姓，面露親切笑容，伴隨與世無爭之雙眸，逢人雙掌合十，躬身行禮；此刻見著倫老歸回，莫不忻悅以對，而後立投以好奇眼神，只因若干灰頭土臉之陌生面孔，突隨倫老蒞臨！

待陌生訪客梳洗後來到一木屋堂室，倫老立馬清水淨手，一小童見倫老點了點頭，隨即備上了銀針。這時，本讓允昇攙扶之龐鳶，突然意識清醒，唯右腳踝無力支地，遂坐於木椅上靜候。凌擎揚三人亦於小童親切招待下，圍圈就坐，隨後聞倫老道出：「三陽偕衝任傳人折騰了一日，是該歇歇了！歡迎諸位蒞臨……幽甸谷！」

「幽甸谷？」允昇一行人，頓感訝異，齊聲針對奇恆山上，竟有如此與世隔絕之境域，同表難以置信。

倫老隨即表明了十多年前，中土大地瘟疫肆虐，而後又遇地牛翻身，造成相當之傷亡。中州倖存百姓，多數受濟於黃垚山五藏殿，另有若干人隨永緒移居至此。此域水清土沃，故能自給自足；再因永緒熟悉耕種、木作，遂同眾人於此齊建家園。所謂幽者，隱蔽、僻靜也；甸者，百里城郊之外也。惟此境域乃於奇恆之一壑，與世隔絕，遂名之為「幽甸谷」；谷民自訂道德約束條規而居，故不問外界世俗塵囂。

倫老轉朝龐鳶道：「龐姑娘身寒之感應已漸退，惟體內真氣四散，以致心、肺、腎三氣所組之宗氣下陷，故生『力不從心』之感。老夫藉由施針，匯集氣脈，順勢氣衝腳踝，不若一時辰，爾之症狀將得改善。呵呵，三位少俠不妨上前見識交流一番！」

接著，倫老依循「**右主氣**，**左主血**」之理，先令龐鳶拳起右手，再循其右掌背之拇指與食指叉骨間，取其一二掌骨接合處，以寸半銀針，貼骨進針，並發聲話出：「此穴名曰**靈骨**，此法雖採深針，切莫透針出掌！」隨後再以一寸銀針，自**靈骨**朝**手陽明經脈**前移一寸二處刺入，接續表示，此穴名曰**大白**，亦採深針入穴。切記！此二針有其先後，**先進靈骨**，**再入大白**，**取針則先取大白**，**再出靈骨**。倘若於**靈骨**施針，深及二寸，甚可禦煞抵邪，令鬼魅不近！

「敢問前輩，見**靈骨**與**大白**近於傳統**手陽明經脈**之**陽溪**與**三間**二穴，應算是經外奇穴，何等理由論其集氣之效能？」允昇問道。

倫老娓娓表示，單穴施針，藉瀉氣以引動氣脈；而同取一經脈之前後應對雙穴，謂之「**倒馬**」，而倒馬針法引動力道較大，甚可速連臟腑之氣，以行理氣之效。一如治肝之實症，可施**足厥陰肝經**之**行間**與**太衝**，可見奇效。然眼下所見**靈骨**之深刺，其妙點乃於**手陽明氣脈**透向**手厥陰氣脈**，此般陰陽經脈透針術，可強推人體陰陽氣動，倏以召回散於陰陽脈道外之浮游真氣，進而達集氣之效，以期聚回分散之**宗氣**！

倫老接續指出……

腎主骨，**靈骨**貼骨進針，通腎以應水；**大白**位居**手陽明大腸經**，**大腸與肺金相表裡**，故**大白**通肺以應金，與**靈骨**併針，始能金水併治。然……**水為陰**，**氣為陽**，**補氣則功同補陽**。治症方藥之中，常藉**桂枝**、**附子**以溫補陽火，而用於療中風半身不遂之**補陽還五湯**，方中重用**黃耆**達四兩，藉以大補元氣，令氣旺以促血行，以達活血通絡之目的，得見補氣即是補陽。再如允昇所述，**靈骨**近於屬火之**陽溪**，**大白**近於屬木之**三間**，**靈骨**與**大白**齊下，助木以生火，生火以溫陽。再觀氣穴之**合谷**，此區肉厚以應脾土，而**靈骨**、**大白**包覆前後，亦能調理土氣。綜觀上述，此二穴併針，實已具木火土金水之五性，直可比擬**補陽還五**，足為補氣集氣，助火溫陽之治症首選。待**宗氣**凝聚後，若氣之盛餘，甚可助推真氣，上至諸陽相會之睛眼、中疏環腰之滯氣、**下通陰**、**陽蹻脈**之足踝，故可併治頭疼，腰酸，坐骨與腿踝之疼痛，如此針法於進針得氣後，患處須配合活動，尤是關節之處，此即……**動氣針法**！

此刻，倫老再令小童送上二寸銀針，依「**左病右治，右病左治**」之理，倏令龐鳶拳起左手，並以四指包覆拇指前段，接著針下拇指掌指關節橈側之赤白肉際貼骨處，有道是「**治下焦如權，非重不沉**」，故深刺寸半，橫透**魚際**穴前而止。

擎中岳問道：「晚輩曾見聞，掌面大指指關節橈側橫紋頭處之穴位，名曰**踝點**，是否即為前輩施針之處？」

「非也！非也！」倫老隨即回應表示：

踝點施法，直刺三分，或燃灸以治，雖能治踝，其效有限。而眼下施針於**踝點**稍後之貼骨處，以骨治骨，亦屬引動**手太陰**之氣，以治足踝扭創；惟治症之機理，乃因足踝不順，始出於氣滯內踝之**足太陰脾經**，與外踝之**足太陽膀胱經**。然依**手足同名經互通**，則**足太陰**通**手太陰**，故**手太陰**能通內踝；再依**臟腑別通**之理，則**手太陰**別通於**足太陽**，故**手太陰**能通外踝。綜上所述，欲於**手太陰**引動充盛脈氣，唯藉**合谷**氣穴正下，以至**魚際**前緣之氣血最充處，故貼骨進針後，深針寸半，得以取之，使足踝之扭創得治。

揚銳問道：「原以**任**、**督**二脈合以十二經脈之穴道，即可治症。前輩何以知曉諸多經外奇穴，且於關鍵之際，取穴解症？」

倫老回應指出，人體之奧妙，一如天地間之萬千變化。任、督二脈合以十二經脈之穴道，約莫三百六十，而最初之《神農藥經》記載，亦約三百六十。然隨時空之演進，大地間諸多草藥陸續被發現，其中雖有雷同之性、味、歸經，卻具不凡之藥性呈現，至今為數，實已上萬。又說：「回觀人體穴位，因歷代至聖至賢，或藉五行之說，抑或依經脈互通之論，相繼發現經外奇穴治症之理，甚有特殊奇效之處。老夫即是蒐羅歷代聖賢們之精華，合以自身試驗與治症經驗而受惠其中。眼前小童，名曰罨芫，當年於危難之際，即由老夫藉由經外奇穴，將其由鬼門關拉回。」

「敢問前輩，為何龐鳶中招之後，聲聲呼冷，前輩卻未採回溫以療治？」允昇又問。

倫老喝了口清茶，微笑回道：「自靈幻大仙現身後，視其出招，均為幻、巫二術交雜。觀其藉巫術將實物誇大，並施幻術使人迷失；施展〈彩鱗地蟒〉之前，老夫見其自袖中拋出一樹根，倏忽置入土中，即是一例。至於龐姑娘中招之後，老夫曾伺機診其脈，卻不見脈緩而沉遲之寒象，遂直覺是因幻術，使人深覺寒已入裡。當下雖可藉深針**靈骨**、**大白**以驅鬼魅，惟現場動盪難控，無以確保深針之準度，遂作罷應之。而藉由入谷前之一片**艾蒿**，龐姑娘身中之幻術，自當不藥而解。」

一旁頓感身背漸熱之龐鳶，精神狀態，漸至佳境，足踝痛感，愈趨和緩，問道：「前輩願將畢生所悟之經驗，傾囊分享，後生晚輩，受益匪淺；**靈骨**與**大白**二穴，足令在座後輩參悟其中。唯前輩施針於**踝點**稍後之貼骨處，小女子深感奇效，於此恭敬請教，不知該穴之穴名為何？」

「唉呀，真是老糊塗了，僅顧及解釋其穴性、位置與治症機理，竟未告知其名啊！過往先賢發現此一經外奇穴，對其命名，甚為收斂，稱之……小節穴！」

「小……節……穴？」凌擎揚三人與龐鳶一面復誦，一面相互對瞧，而後四人不約而同地望向倫老伯，齊聲唸出：「高川先生？」

「前輩可是黃垚五仙之圻信天師所提及……高川先生？」凌允昇驚訝問道。

倫老伯瞧了下左右與屋頂板，起身踱了幾步，接著由罿芫遞上濕巾，將臉上諸斑拭去後，微微搖頭笑道：「呵呵，許久沒聽過這名號了，若非允昇搬出了圻信天師所提，老夫還真想否認到底嘞！咳……嗯……沒錯！昔日老夫四處遊蕩，嗜徜徉於各州山巒之間，人們總見我倫某人悠悠哉哉自各州山巔而下，一如水之出高而循下，遂給了老夫這名號兒……高川先生！」

龐鳶靦腆表示，依先生先前之貌，在座後輩尊稱您一聲老伯，但……甫見先生拭去面斑，竟然……

「唉……老夫少時輕狂，嬉戲熬夜，水酒不離，頻傷臟腑而不自知，以致斑紋雜茂；後因拙荊病重，撒手塵寰，始自覺自悟。至於龐姑娘所提之面斑，其乃出於臟腑不調，經脈不暢，以致色素沉澱。惟老夫自覺自悟後，順應天地五行之說，護**先天之本之腎器**，固**後天之本之脾胃**，終生恪守醫經之述，而今髮雖已蒼，卻神色榮而斑不生，得老天眷顧，幸哉！幸哉！然而出入城鎮鄰里，考量掩人耳目，遂採行偽裝，以遠避不明是非。孰料……呵呵，人算不如天算，今兒個一往麒麟洞，還差點兒遭人押往雷王府哩！」

倫老興致一來，又說：「老夫雖已度數十寒暑，至今仍有三不知！不知所生父母，二不知姓氏，三不知出世之地域時辰，故不知享年多寡，惟依僅存之記憶得知，年幼得一倫氏人家憐憫，遂任刷馬童工，日刷馬背，夜宿馬廄，所作所為，僅為換得一日之食飲。一日，見馬兒踱蹄躁動，頻顯不安，值吾雙眸對上馬眼一霎，竟能緩其躁動！待以雙掌觸其頸，訴以安撫之言，即見馬兒靜倚圍欄，還回平日之溫馴。本以為巧合，怎料再遇一孕馬，依舊能安其躁性，直至順利產下小馬，自此即與馬匹結上不解之緣；時至今日，老夫仍可不藉馬鞍，隨心駕馭。然而感恩倫老爺於老夫窮困當下予以救濟、教授識字，且命予『永緒』之名，雖簞食瓢飲度日，卻深感恩同再造，而後遂自冠『倫』姓，遊走天涯。」

「原來如此！」允昇接著指出，適值大夥兒離開山岩崩塌後，倉促中尋得二馬，見先生俄而上馬，並見識前輩之非凡馭馬架勢，翻山越谿，一路領航至此，提步下馬，不見喘吁，煞是佩服！

揚銳接問道：「敢問前輩，撤離麒麟洞後，晚輩聞得前輩於中岳哥背上，發出高頻音調，不知此舉，有何用意？」

「呵呵，揚少俠絕頂聽力，非常人能及！且容老夫先行一問，山壁崩塌當下，塵煙瀰漫，常人根本識不出遁逃之路，何以凌少俠能背著龐姑娘衝出煙塵？」

「高川先生和藹以對，故直呼晚輩姓名即可，以應親切融洽之感。」允昇接著又說：「晚輩身擁特異太陰肺能，中岳與揚銳則分具**厥陰肝**與**少陰腎**之異能，正所謂：『**肺開竅於鼻，肝開竅於眼，腎開竅於耳**』遇及山壁崩塌當下，允昇可藉山林草木分子之多寡，以區開塵灰濃稀程度，始辨別可行方位。另由揚銳領頭陣，乃藉其雙鋒之速，披荊斬棘以闢路。適值山林昏暗，藉中岳之明眼，倏而斷出可行方向，所幸其發現了林中二馬，遂使大夥兒得順利逃離災區。」

「哈哈哈，真不愧是三陽傳人啊！」高川先生接續回應道：「天地蒼生，無奇不有，眼前小童之父罨天垠，即是一能聞得高頻音域者，亦是勝任幽甸谷之巡衛。老夫過往馴服諸多荒山野馬，而後皆飼於谷中各隅。針對揚銳所提，藉一葉片吹出高頻音調，待罨天垠聞得音調所示，旋即釋出距發信處較近之馬匹以支援，否則，再駑鈍之駘，必將遠離荊棘叢生之域，怎會於揚銳斬棘後，瞬見林中二馬靜候哩？」

擎中岳恍然大悟道：「甫見林中二駿，越豁急彎，駕輕就熟，原來皆出於高川先生之所飼！如此崎嶇山徑，對咱們可謂陌生之路，對二駿則如返家之途。然此奇恆山上，別有洞天，直出人意料之外！」

突然！一婦人清敲室門，喚道：「罨芃，時候不早，莫打擾先生休息啊！」

經高川先生介紹後，此一賢淑農婦乃罨芃之母，名曰汎璉，平時採集岩鹽，以供谷民之用。隨後即聞汎璉對著倫老話道：「今日谷中湖泊與泉流皆已測試，一如往常，先生無須掛心。時候不早，汎璉且先帶回芃兒。」接著，汎璉再對訪客表明，明早於大堂供應燒餅與地瓜粥，若不嫌棄，可與谷民共享早點。話一說完，母子二人隨即闔門離去。

機警龐鳶，隨即問道：「小女子自入谷以來，所見男女老少，一草一木，無不深感寧靜和諧一面。直至先生述及罨芃之父，任職谷之巡衛，不禁疑惑，此境一如世外桃源，若非親臨至此，中鼎王定不相信有此神秘山谷。如此人間淨地，何須設置巡衛一職？再因罨芃之娘親，述

及巡測谷中湖泊泉流，以令先生免於掛心，莫非……此幽甸谷……存有隱憂？」

高川先生再於屋內踱了踱步，頗為無奈地唸出了三字兒……季戊申！

「季戊申？果真有危害谷民之角色存在！」揚銳訝異道。

「非也！非也！」高川先生嘆了口氣，說道：「唉……季戊申為兕天垠之表舅，乃一對幽甸谷有功之水利行家。季戊申為著完善幽甸谷之水利灌溉，耗去了大半歲月，並娶了一擅於織布且宜事宜家之女子……露幃。怎奈老天捉弄，始終不聞季家孕事兒，後經老夫追蹤診治，發現季戊申乃患上無精之症！季戊申知情後，為顧及顏面，懇求老夫保密。惟年復一年，露幃不勝季氏無後之壓力，遂決定讓季戊申納妾。惟因季戊申深愛其妻，並不認同此般建議，唯嘆積德不足，故不得子嗣！」

先生接續指出，一日，季戊申聽聞中州南區河渠氾濫，淹死眾多無辜百姓，遂整裝出谷，循著奇恆南麓而去，以為災民解去水患；然此一行，即是三個寒暑。值此期間，中州前主傅宏義指派水利師樊旭，率隊南下治水，而後樊旭發現季戊申之治水專才，認同其治水理念，遂與季戊申結成莫逆之交，並將其納入分區治水之督導。孰料，一謎樣兒女子出現，竟使季、樊二人之命運，走上了難以預測之境！

先生喝了口茶水後，續對諸後輩指出，市集之中，見一豐神綽約女子，藉其曼妙舞藝以掙錢，乃稀鬆平常之事兒。一日，季、樊二人經過市集，霎時均受一姬姓女子之舞蹈雜藝所吸引，惟二者相異之處，季戊申乃陶醉於該女子之舞藝，而樊旭則相中了姬女之姿色。怎料日後，樊旭起了慾念，藉著為季戊申慶生之由，突於二人飲酒暢談之際，安排了姬女表演以助興，並趁隙參了矇幻藥劑，以致模糊了隨後時段。翌日醒來，不見樊旭去向，僅留衣衫不整之季、姬二人。季自知闖了禍，百般安慰淚眼淒傷之姬女。自此之後，好色之樊旭即抓此把柄，每輒領了俸祿，便邀季戊申飲酒作樂，居中自然少不了那藝女助興橋段。然於酒精與肌膚，雙向催化之下，兩兩之間譜出了異常情愫，日久月深，姬女遂自然地周旋於季、樊二人之間。季戊申清楚，姬女與樊旭相處，多半存在金錢與玩樂關係，而姬女真正之情感，卻是扎根於自個兒身上。如此荒謬關係，終抵不住良心譴責，雖偶有浮上內人所提之「納妾」建議，但納妾終究解不了身患無精症之事實，遂決定淡了這段畸戀。孰料，一大雨滂沱之夜，樊旭手持兩壺水酒上門，並以與奮口吻，告知了姬女有了孕事！季戊申聞訊當下，晴天霹靂，心情瞬如岸旁遭風雨推瀾之木筏，隨浪起落不定，而後更令其傻眼的是，樊旭竟嘻笑地道出恭賀之語。

「果真是個遊戲人間的浪子，惹了麻煩就倏地推諉塞責，結交此輩，遲早吃虧！」龐鳶話道。

先生再行表述，季戊申震驚當下，顧不及尊嚴問題，一五一十地托出其乃無精之患，並坦承告知於一深山谷村之中，已有妻室之事實。樊旭聞訊當下，久久不能自已，隨後竟惱羞成怒地斥責季之虛偽不實，口角之中，季戊申竟不智地反譏樊旭乃慫恿角色，更不智地說了「水性楊花」之字眼予姬女。樊旭自知玩出了火，冷冷地唸出：「縱然樊某已是孩子的爹，季兄弟亦不該言詞污穢孩子的娘啊！」話一完，一口乾了手上水酒後，轉身，開門，不畏風雨地朝外走去。然而同樣之塞責橋段，亦發生於姬女登門告訴，只是……季戊申此回未使傷人字眼，卻依舊讓眼前女子肝腸寸斷。

「季前輩是否於此事件後，回了幽甸谷？難道其未考慮……倘若萌生挾怨報復，恐波及幽

甸谷之安危！哦……莫非……巡衛一職是這麼來的？」擎中岳提問道。

高川先生搖了搖頭，說道：「季戊申離開幽甸谷期間，老夫僅與其遇面兩次，一次是老夫前往中州水患區，拜訪一當地良醫……太史渤，巧合遇上季戊申就診；當下值上述事件後一年，見得季戊申手撫左肋，極為痛苦狀。太史先生診其似受瘧原蟲寄生之瘧疾症，且已為時一段時日。老夫隨後上前一診，見病患氣血紊亂，舌紫而脈呈澀弦，更見瘀血聚結左脅下，或有脾腫之虞，甚可觸得痞塊，疼痛且拒按，諸此病徵，可謂醫經所述之……瘧母！太史先生隨即提筆寫下鱉甲、芒硝、大黃、地虱、蟅蟲、蜣螂、蜂窩、桃仁、紫葳、牡丹皮、厚朴、石韋、瞿麥、射干、半夏、葶藶子、柴胡、黃芩、桂枝、乾薑、人參、赤芍、阿膠，共廿三味藥。」

凌允昇聞後指出，此方藉鱉甲入肝，滋陰潛陽，軟堅散結，以為君藥。

大黃、芒硝攻積祛瘀；地虱、蟅蟲、蜣螂、蜂窩、桃仁、紫葳、牡丹皮活血化瘀；柴胡、黃芩以疏肝調達，清熱解鬱；射干、半夏、葶藶子共化痰飲，以散氣結；人參以益氣，厚朴以暢氣，赤芍、阿膠以養血，桂枝、乾薑以溫中助陽；藉石韋、瞿麥之利水以袪濕。此乃化瘀消癥，軟堅散結，能應瘧母及五臟瘀血痰結之證的傳世名方……鱉甲煎丸之應用。

「沒錯！初診下，確有瘧母之徵，而老夫亦擔心其脾之腫脹，遂於其右足外踝尖正上三寸，後再趨前一寸處下針，並於此針正上各兩寸處，另下兩針，如此三針乃為經外奇穴之三重穴位，不僅可助活血化瘀，施於右足，亦有左治脾疾之效。」高川先生回應道。

「季前輩怎會染上瘧原蟲？染症可有來由？」龐鳶提問道。

高川先生回道：「待季戊申病勢稍緩，隨即將其所經所歷，對老夫娓娓道來，這才知曉，季、樊二人遇上了報復慾極強之奇女子……姬尹霜！嗯……或許爾等年紀尚輕，倘若曾行走江湖，而今已為中年之長者，聞此姓名，尚且心存畏懼。」

先生接續表示，自身遊歷中土五州，歷經數十寒暑，所聞所見，唯二奇毒，毒性之最，無人可解。其一乃出於通達醫藥之嵐映三俠牟芥琛！此人少不更事，竟於高溫蒸餾金屬礦物中，製出無色無味之「絕寰砒霜」，霎時毒害了農莊大半禽畜，而後幸得嵐映湖龍武尊之匡正，使之轉以懸壺濟世，修得江湖稱以「本草神針」之名。至於另一奇毒，則歸姬尹霜所製之「山蘭綠液」莫屬了。

「允昇年少時雖模糊了姬尹霜之名，惟此山蘭綠液，曾聞家父提及！」

允昇隨後指出，此一綠液猶如壓榨綠色植物之汁液，雖具些微綠草香氣，卻少了草液之稠澀，耳聞僅需一食碗之量，即可毒害百人，致命關鍵乃此綠液可藉毛孔侵入人體，先行痲痺四肢，再漸趨腐蝕人體神經脈管，臨死之前，面顯綠膿泡，待綠泡爆散，濺及他人，可令毒液續散，根本無醫者敢接近。然此綠液觸及純銀器皿，將使純銀顯出水藍色澤，故可藉此以為檢驗之用。昔日西州於石延英執掌時代，曾生此毒液之駭人事件，一日之內，損失三班築水提之兵將，當下懷疑敵對所為，遂令石延英亟欲取得「絕寰砒霜」，以作為制敵強劑，所幸牟前輩及時將煉製方法銷毀，阻止了蒼生之另一浩劫。

「沒錯！允昇道出了這玩意兒之殺傷性，卻未提及此毒液，何以得來？」

先生再娓娓描述，季戊申曾親送姬尹霜回其所居之陋室，始可體會，其為脫離貧困，不惜於市集賣藝之原由；甚至理解其刻意親近領著優渥軍俸之樊旭。惟見該陋室牆角置放諸多密封鍋甕，詢問之後，得知姬尹霜喜燒陶瓷鍋瓶，並指出眼前鍋甕，不乏燜煮之藥材與特製滷味，然採取燜封，僅為鎖住原味之古法應用。季戊申當下不疑有他，直到老夫二次見著季戊申時始知，姬尹霜除了舞技、燒製陶瓷外，最大嗜好即是……煉養蠱蟲！

一日，老夫於滬芫鎮東南十里處，突遇一四肢痲痺者，欲上前攙扶，竟遭其拒絕！此人恐因感染之虞，刻意距吾數尺而話，才知眼前仆臥者，季戊申也！見聞其含淚述出，因季、樊二人於得知姬尹霜孕事當下，相互推諉塞責，待樊旭認責後，又以姬氏出身卑微，不願將兩人關係公諸同儕，諸如種種，無一不令姬尹霜痛心疾首，肝心若裂，甚而數度遇下陰出血而乏人問津。然為固護胎兒，姬尹霜忍氣吞聲，僅恃一味草藥安胎，藉以度過妊娠之期。

「僅恃一味草藥安胎？」龐鳶接話道：「依小女子對妊娠婦女之經驗，僅藉一藥安胎，唯有滋補肝腎，益陰養血，固護衝任，袪痺安胎之**桑寄生**莫屬了。」

「呵呵，正是**桑寄生**沒錯。」高川先生接續表示，強忍妊娠十月之姬尹霜，見樊旭間歇前來陋室照應，雖感片刻溫馨，但真正支撐其存活之力量，竟是……報復之慾！又說：「惟因姬尹霜亦是母親遭負心漢遺棄所生，遂對感情負心者積累了更甚之仇恨，想當然爾，亦包含了逃避現實而避之不見之季戊申。然為嚇阻樊旭遺棄以對，姬尹霜將平日捕獲之赤腹蜘蛛、屎殼蜣螂、彩足蜈蚣、褐斑螞蟥等數十毒蟲，封於鍋甕之中，使其自相殘食，日久月深，取其獨存者以製蠱。藉此，不僅能讓樊旭心生畏懼，亦可不受他人欺侮，然以毒法嚇阻，何以能維繫真誠情感？孰料，腹中胎兒臨盆後，姬尹霜要求於樊旭的軍配宅屋內，敬邀夫妻倆共同好友季戊申，前來喝滿月酒，季、樊二人亦可前嫌盡釋。值受邀當下，念舊之季戊申，當然不會婉拒好友弄璋之喜。

然而，據季戌申回憶所述，當日於三杯黃湯下肚後不久，漸感腸胃不適，卻礙於身處祝賀場合而隱忍。不久之後，突發左脅下之瘀血疼痛，直至觸及痞塊，遂由樊旭介紹，找上當地頗負盛名之太史先生問診，此即季戌申服用**鱉甲煎丸**之始。

「看來，寄宿於季前輩體內，恐非瘧原蟲，而是早已計畫報復之姬尹霜所煉養多時之毒蠱！倘若真是，那治**瘧母**的**鱉甲煎丸**，勢將解不了這般怪症才是。」中岳說道。

大夥兒談說至此，高川先生起身，為龐鳶依序取出**小節**、**大白**、**靈骨**之銀針後，回應表示，如中岳之所云，此乃姬尹霜施行報復之起始。不知情之樊旭，見季戌申每況愈下，以為遭鬼魅附身，遂請來捉妖道士畫符咒、燒香灰、製符水，怎料該驅邪香灰，竟遭調包，令季戌申之病況更加嚴重！

一日，樊旭回到宅房地窖取物，驚愕發現，地窖中已滿是姬氏之封甕，再見一旁置放幾支瓷瓶，其內盛著味道怪異之水液，甚見一罐裝粉末，這才發現，此顏色與味道，即是季戌申服用之香灰。然此一幕，霎令遊戲人間之樊旭震懾不已，隨後再感一陣冰寒，瞬自頸後涼至足底，不禁自問道：「吾……是否早已遭此娘兒們下了蠱？不，不會的，我可是孩子的爹啊！尹霜不會害我的！」突然！「哇……哇……」自後院傳來了嬰兒哭聲，樊旭隨即循聲而去，即見尹霜一手抱著兒子，一手持著方才地窖中，盛著不明水液之小瓷瓶，澆灑著花草，一問之下，才知是姬氏家族一種趨吉避凶之古法，藉以護及夫君避開邪氣。樊旭頓時心中又想，「難道……是吾多心了？只是……這娘兒們連瓶甕都搬來了，看來，她……硬是住下來了。」

翌日，樊旭藉由探訪季戌申時，將其宅中所遇，轉述給季戌申，藉以撇開香灰被調包之嫌。

而後，性嗜飲酒作樂之樊旭，竟戀上一歡場女子，甚而徹夜不歸。數日之後，驚見該女子面呈墨綠，全身泛黑，橫屍於溝渠之中。詫異之樊旭，甚於案發溝渠附近，發現了一同於宅房地窖之小瓷瓶，不禁顫唇唸道：「是……她……是她刻意讓我見此瓷瓶嗎？倘若讓官府查到這瓶兒出自我宅，吾豈不冤啦！」頓感栗栗危懼之樊旭，隨手掩下瓷瓶兒後走人。當下一突來念頭閃過腦海，「此一製蠱之女，可為錢財而親近異性，一如季戌申所形容之『水性楊花』。或許……尹霜手中所擁嬰孩，恐非吾之骨肉？」待樊旭觀察數日後，原來，不明水液來自毒蠱屍液，而姬尹霜日日將屍液澆養一不明品種之蘭花叢草，藉此栽養新種，而後將新種之莖葉搗碎，以備萃取之用。

數日之後，又見樊旭數夜未歸，待姬尹霜起疑詢查，僅獲樊旭同儕告知，樊旭奉命外調東州，以協助治理當地水患。怎料樊旭更趁此機會，已將所儲銀兩全部帶走，藉以遠離這陰毒女妖。然於樊旭離去前夕，將其近日所見所查，向季戌申全盤托出，並勸其遠離那蠱毒女！然自樊旭轉身離去後，遂不再見聞此人任何蹤跡。

驚覺不妙之姬尹霜，見樊旭狠心遺棄母子二人後，攜子急奔治水區域，頻頻打探樊旭下落，卻遇眾治水兵匠，個個守口如瓶。孰料，一外顧運砂船之船東，見抱著嬰孩獨坐岸旁之姬尹霜，推知其遭遇了負心漢，遂透露了一訊息，瞬讓整起事件，掀起另一驚人後續！

船東表示，依其多年經驗，東州岩岸甚堅，砂岸齊整，鮮見東州需施治水工程；真正求才若渴者，應屬西州之水堤工程才是。又說：「不久前，聞得熟識友人之運船，自此地運走一批治水師匠，直往了西州烊鎮。」聞訊後之姬尹霜，見樊旭之訛言謊語，無不為其完全斷尾之手段，立顯雷嗔電怒。孰料個把月後，據聞西州一水堤旁之蓄水池遭人下毒，一夜之間，令二百餘治水師匠與駐防官兵喪命，見個個面冒綠泡，死狀悽慘！

「什……麼？真是同一事件嗎？」允昇驚訝後，立表明當年父親所提及，前西主石延英於一日內，損失了三班治水兵將，該事件正是發生於西州炓垟鎮！隨後於案發蓄水池旁，採集到一嫌疑瓷瓶，瓶上繪有一特殊蘭花，其內尚有綠液殘留。據聞當年檢驗該殘留綠液之驗官，不久亦喪了命。而後，石延英對外公諸此一毒殺事件，實因一山蘭綠液所致，自此，江湖上遂有了「山蘭綠液」之名。

「好可怕之蠱毒女啊！」揚銳接著話道：「為著報復負心漢，不惜毒殺數百無辜生命！只是……這姬尹霜……果真如了願？」

先生點了點頭，嚴肅說明道：「毒害事件傳出後，據估各域之霸主均表未涉其中。然事件之後，西州更將三十二位前來支援之中州罹難師匠，全數運回中州，傅宏義甚為該因公殉職團隊，舉行了公祭，並立了石碑，其上即刻有治水師樊旭之名，惟西州至今始終未緝得該案之施毒兇手。」

先生接續指出，毒害事件後不久，姬尹霜找上了季戊申，並於季戊申面前坦承了西州毒殺事件，乃其為了報復樊旭之狠心遺棄所為。當下甚而狠嗆表示，所有負於姬女者，都將遭受報復，隨後將手指著病勢尪羸之季戊申，說道……

「季戊申啊季戊申，明知我倆情投意合，竟於吾最需關懷之際，以異常不孕且已有妻室之理由，倏將一弱女子遠遠撇開，甚而添贈一句『水性楊花』，如此落井下石，無怪乎我那些憎恨負心人之蠱蟲，使勁兒地穿筋竄骨，啃噬臟腑囉！」姬又猙獰話道：「爾之痛苦是自找的！

未來，吾將尋得爾之妻室，據實告知季戊申在外所為，亦讓她憎恨你一輩子！哈哈哈……」

季戊申自姬尹霜離去後，雖知逃不過蠱蟲侵噬，卻憂心姬尹霜未知之報復手段；畢竟姬尹霜為報復樊旭，有不惜毒害上百無辜之前例。再則，姬尹霜能提及「水性楊花」四字，可見樊旭已將大雨之夜，季、樊二人之口角衝突，告知了姬尹霜。倘若樊旭亦托出幽甸谷之所在，一如姬尹霜所云，其將尋得露幃，更不排除再藉山蘭綠液，毒害所有谷民。然此考量下，季戊申抱病，提著煤油，來到樊旭之原宅屋，欲與姬女同歸於盡，怎料姬尹霜為顧及孩子免於蠱害，暫覓他處為撫育之所，惟宅屋地窖，仍存在陰森蠱毒氣息，儼然成其製蠱之處。

季戊申雖未遇上姬女，卻趁四下無人，將煤油一一倒入製蠱密甕，再將剩餘煤油，全澆於屋後所栽之山菅蘭花叢。最後，季戊申燒毀了數張手寫蠱毒配方，並帶走了地窖內僅剩之一瓷瓶後，離開了宅屋。而後，季戊申本想奔回幽甸谷見露幃最後一面，孰料一路奔波，氣血雙虛下，不敢體內毒蠱循經入裡，遂倒臥於滬芫鎮外十里處。霎時，季戊申想到，倘若就此死去，身上之瓶液，恐將禍及無辜！既然難逃一死，不如積些德，讓此山蘭綠液，就此冰消霧散。隨後即開啟了瓷瓶，一口飲盡山蘭綠液，待其四肢麻木，始遇上了倫某。然而，老天爺之所以留下時間，讓季戊申得以述完往事，實因飲下之山蘭綠液，竟巧妙地依循經脈，滅殺了體內蠱蟲。待季戊申面部起了變化，立見其盤腿而坐，隨即引火自焚，藉以銷毀身上毒液。

故事敘述至此，高川先生自隱櫃中，緩緩地拿出了樣東西，並對大夥兒指出，眼前所見，有著二寸瓶口，寸半瓶頸，六寸瓶身，其表彩繪著山菅蘭之瓷瓶兒，即是季戊申自地窖攜出之小瓷瓶兒。然受季戊申臨終所託，回谷後告知其妻露幃，其夫婿不慎於治水中，遭洪水沖走，已無音訊。

擎中岳盯著瓷瓶，說道……

「山菅蘭即是桔梗蘭，卻不同於**宣肺化痰**、**利咽**、**排膿**之藥用**桔梗**。而山菅蘭全草皆具毒性，莖汁尤具大毒，家畜誤食可致死亡，農民更將其莖葉搗汁，於浸米曬乾後，即成毒殺老鼠之劑。然姬尹霜以蠱蟲之毒，合以山菅蘭之大毒，再將之萃煉成山蘭綠液，此法製毒，煞是罕見，如此混煉所成之奇毒，絕非等閒視之。」

龐鳶接話道：「經先生如此一說，琞天垠大俠擔任巡衛，況琏女士藉採鹽而檢視谷內水源，皆是因應季前輩所叮囑，以防姬尹霜前來作亂囉？只是……這般時時警戒，何時能了，數十年，甚而百年嗎？」

先生點了點頭，回應道：「確實是受了季戊申之叮囑，畢竟當年季戊申所設之水利灌溉，皆倚山泉與蓄水湖泊而來，倘若一個不慎，讓毒殺事件再犯，任誰也擔當不起啊！不過，近些年來，老夫頻頻出谷，即為打探坊間有無毒害事件再生。雖說至今毫無所悉，反倒於此回滬芫鎮之饕餮大賞，經由各路評鑑饕家之座談時，聞得一令人震懾之消息，此即關於近來頻傳之不明衄血案！然此衄血案之嫌犯，是否真是先前出現於麒麟洞口，及時救走唯茫禪師之面具怪客？老夫暫不予置評；惟受不明出血困擾者眾，甚而因顱內熱盛，以致鼻竅出血者，個個皆如驚弓之鳥，深怕得了不治絕症，遂四處問神尋醫、卜卦求符。其中聞得一鄭姓古董商，慶幸遇上解症貴人，其僅服下一罐藥水，即止了其不明鼻血。耳聞此一解症貴人乃一隱山女巫，施法治症，所費不眥，惟其診病當下，慣於手撫一金色貔貅，遂得『金貔靈姑』之封號。」

揚銳笑道：「呵呵，據聞風水師口中之貔貅，既能招財開運，亦可辟邪鎮宅。而雄貔貅頭

朝左，左足置前，代表了財運；雌貔貅頭朝右，右足於前，代表著財庫。惟民間亦存迥異傳說，相傳貔貅其乃雌雄同體之祥獸。然此高價售著治病符水之女巫，果真得貔貅而招得財富啊！」

先生再說：「老夫熟識一略涉醫術之評鑑饕家……卞罍！此人即隨該鄭姓商賈前往求診，遂見過『金貔靈姑』。巧合卞罍曾參與過往南區之治水工程，其憑著過往印象，斬釘截鐵地指出，其所見之金貔靈姑，正是昔日治水領頭樊旭身旁女人，此女甚曾抱著出世不久之襁褓嬰孩到治水區，四處打聽樊旭下落。老夫就此饕家所言，與季戊申臨終所述，不謀而合，幾可證實，『金貔靈姑』即是……姬尹霜！」

先生接續表明了卞罍所指，當下見及金貔靈姑，身目俱黃，面色晦暗，形似畏寒肢冷，並見其神疲乏力，爪甲不榮，更見其數度足趾轉筋，直覺此靈姑身患嚴重黃疸肝疾，恐不久於世。更令人驚訝者，惟聞卞罍指出，待偕鄭老闆於診療後，驚見一體態魁梧之男子跨檻而入，隨即聽聞靈姑喚道：「兒啊！你可回來啦！啥時討房媳婦，給娘抱孫子啊？」當下，卞罍識出該男子，立於謝過靈姑後，一把拉住同夥兒直往外衝，於此始知，姬尹霜獨立帶大的兒子，即是曾任中州與南州火連教之互通密使，亦為當今中鼎王旗下猛將，江湖人稱「七骨銀鏈」之……樊曳騫！

「什麼？是樊曳騫！」大夥兒聽聞，無不詫異以對。揚鋭隨即反應道：「憶得牟師叔提及，曾於東州普沱江岸，差點兒了結狼行山之殺手……樊曳騫也！」

允昇見高川先生不明所以，遂將四師兄弟妹於黃垚山，遇上本草神針之經過，為高川先生詳述了一番。

先生恍然大悟道：「原來如此，無怪乎眼前諸後輩能藉圻信天師，得知高川先生之名號！」

先生又說道：「針對龐鳶之所提，幽甸谷這般時時警戒，何時能了？眼下，幽甸谷仍須安逸中不忘憂患，雖說姬尹霜可能病老，惟因一插曲出現，令谷民與在座尚不能掉以輕心！」

「插曲？」大夥兒相互對瞧了一下，頓時不甚了了，隨後見先生走向窗邊，推開了窗櫺，藉著皓月千里，指向西南方一山脈之巔，道：「栗芃山，此山之巔高，不及奇恆，但依卞罍所示方位，金貔靈姑即居於栗芃山中。然中土之大，挾怨報復者竟僅一山之遙，何以不居安思危乎？再則，老夫所言插曲，實乃出於鄭姓古董商一即興舉動！」

先生接著表明了饕家卞罍於見著樊曳騫後，為避免不必要麻煩，速速拉著鄭老闆離開，怎知鄭老闆一路指責卞罍，只因鄭老闆於靈姑響鈴作法之際，竟相中了一置於神案香爐後方之瓷瓶！具鄭老闆多年古董經驗，其形容該瓷瓶有著二寸瓶口，寸半瓶頸，六寸瓶身，其上彩繪著精美山蘭，製工之精細，不失為一當代逸品，遂準備於診治之後，另向靈姑詢問該瓷瓶之割愛價碼？

大夥兒驚訝道：「不會吧！難道……尚有山蘭綠液……留於世間？」

先生嚴肅道出：「姑且不論姬尹霜是否留有山蘭綠液？畢竟其仍有再造新液之能力！惟其是否再重啟報復之心而毒殺無辜？不得而知。綜觀上述，唯有小心謹慎行事，幽甸谷民才得以安然處於世外桃源之中。然故事述及至此，往後尚請諸位為幽甸谷之隱私，增添一份助力才是。」

「先生請放心，龐鳶自巧遇先生以來，不聞先生提起谷中瑣事；時至山岩崩塌，面臨危難之際，才得先生引領至此。先生如此用心，吾等後輩將戮力維護，使幽甸谷之祥和，永續長久。」

龐鳶再向大師兄提到，決定陪同高川先生上麒麟洞當下，即令雩婷與研馨回歸黃垚山，告知遲歸之原由，隨後齊得三師兄弟及時支援，頗感意外。又說：「而今薩孤齊之反叛已告一段落、三陽傳人之神功利器已展、逆脈衄血掌之面具怪客已現，想必中鼎王、雷世勛、刁刃、狼行山四人，定當為著神功異能而密謀會商，不知大夥兒有何打算？」

允昇回應道：「知悉常師公已決定，將偕牟師叔、中岳與雩婷，齊往北州會晤惲子熙先生。揚銳則表示，將與研馨將再探南州，以探詢研馨失聯之胞弟，故中岳與揚銳，勢將回往五藏殿與之會合。然允昇考慮再三後，決定走訪一趟中、北州界上之颯肓島，而後順採水路，回西州老家瞧瞧，畢竟此刻西州正值內憂外患之際，吾甚擔心再次與摩蘇里奧合作之西州，恐有外族顛覆滲透之虞！」

此刻，高川先生發聲道：「呵呵，老夫年少荒唐時，亦曾與友人流連颯肓島。待老夫接觸醫經藥理，進而遊歷五州時，深感天地對應人體臟腑之理，此與陽晌觀常真人所倡之『天人合一』，不謀而合！然在座皆諳醫理，可曾想過……人體水火相容之處為何？」

中岳隨即表示，**小腸與心臟相表裡**，心血挾心臟之熱，直通小腸，故小腸可喻為「**人之第二心臟**」，**屬性為火**。然而，小腸斜後相稱之**雙腎**，**屬性為水**，故人體由臍眼入內，以至左右**腎臟之間**，**即為水火相容之「命門」所在**。**人以心火為君**，**臟腑之火為相**，**故「命門相火」與「胸膈宗氣」同為堅守生命之要角**，一旦宗氣盡散，真陽脫出頂上百會，命門相火無以繼生，則命朝黃泉，不復生焉！

揚銳接著指出三說法……

其一，身軀背脊之第十四脊下為督脈之命門穴位，其應對身軀正面之臍眼。

其二，命門居兩腎之中，即人身之太極，由太極以生兩儀，而水火俱焉。

其三，命門為天一所居，即真陰之府。精藏於此，精即陰中之本也；氣化於此，氣即陰中之火也。

凌允昇則接續補充說明……

命門乃為人體水火之府，為陰水陽火相容之所。

陰陽之本，曰乾與坤；陰陽之用，曰水與火；陰陽之化，曰形與氣。

先天因氣以化形，陽生陰也；後天因形以化氣，陰生陽也。

形即精也，精即水也；神即氣也，氣即火也。

命門之火可謂元氣，命門之水可謂元精；元氣、元精乃臟腑之生化之源，故陰陽之用，曰水與火也。然腎精屬陰而化形，腎氣屬陽而為質，故陰陽之化，曰形與氣也。

龐鳶更以傳世名方補述之……

醫經有謂「壯水之主，以制陽光；益火之源，以消陰翳」，實乃以左、右歸丸，治腎之陰陽水火不濟之據。

凡真陰腎水不足，宜壯水之主，培補元陰，使元陰歸於左腎，故有左歸丸之用。凡元陽不足，則宜益火之源，培補元陽，使元陽歸於右腎，故生右歸丸之方。足見兩腎間之命門，即為先生所提，人體水火相容之處。

「哈哈哈，藉『水火相容』一問，即可接連道出陰陽水火形氣之醫理，更能引出方劑以為輔證，如此後生之輩，真是了得！」高川先生愉悅之餘，接著表示……

先聖先賢所創之**金匱腎氣丸**，以**熟地**、**山萸肉**、**山藥**為三補；**牡丹皮**、**茯苓**、**澤瀉**為三瀉，合組成**六味地黃丸**，再配上溫陽之**桂枝**，補火之**炮附子**，八味合用，得以滋陰助陽；而**左**、**右歸二丸**，即是於腎氣丸之基底下，增減而成。

左歸丸以**熟地**、**山萸肉**、**山藥**之三補，配上**枸杞**、**菟絲子**、**鹿角膠**、**龜板膠**、**川牛膝**，八味合治腎陰純虛。

右歸丸以**熟地**、**山萸肉**、**山藥**為三補，配上**枸杞**、**菟絲子**、**鹿角膠**、**當歸**、**杜仲**，加以助陽之**肉桂**，補火之**附子**，十味相契，合治腎陽不足，命門火衰。

高川先生再說：「若遇陰虛陽脫之病患，醫者尚且能循醫經藥理，藉回陽救逆以一搏；但見大地化生逆亂，一如臟腑經脈之異常，且觀得風雲驟變，甚而危及乾坤陰陽，不知可有藥醫？」

揚銳斯須應道：「人之臟腑經脈異常，雖有銀針藥草可施，亦須藉辨證以論治。一如上述之腎陽不足，**命門**火衰，遂得以助陽補火以救逆。然面臨大地陰陽逆變，以蒼生之渺小，何以力挽狂瀾，逆轉大地乾坤？」

先生微微笑道：「呵呵，東州蒼翠茂林以應**肝木**，南州火山熔岩以應**心火**，中州物運土沃以應**脾土**，西州蘊藏鐵砂以應**肺金**，北州水利炭煤以應**腎水**，五州相應五行五臟，自然可見水火相容之處啊！」

擎中岳搔著後腦勺，唸道：「北州水，南州火，莫非……水火相容之處，出於中州？難道是中州地標……黃垚山！」

「非也！非也！」高川先生搖搖頭後，正經指出，黃垚山地層正下，存於一來自南州赤焱山之熔岩脈，此一形勢，以醫經所謂「**取類比象、以形會意**」而言，一如方才中岳所述：「**心血挾心臟之熱，直通小腸，故小腸可喻為人之第二心臟，屬性為火**。」然此一熔岩熱脈，貫穿中州，直抵中、北二州之州界，亦即中土最大內陸湖之湖底，此湖名曰汩琤湖。然湖者，水之聚也。水遇火則溫，故昔日人稱五州溫泉之最，唯颯盲島之溫泉莫屬！孰料一次地牛大翻身，繁華榮景倏轉斷瓦殘垣，島上眾生瞬成孤魂亡靈，至今一片死寂，乏人問津！

「先生所言甚是！」允昇接著回應，汩琤湖之源頭，始自烏淼峰，湖中之颯盲島，依政治版圖而言，實屬北州管轄，但就地理形勢而論，確實如先生所喻，該島位於水火相容之處。環顧中土五州分布，不僅涵蓋木火土金之五行，亦有類於「**命門**」之孤島；惟中土之大，真有陰陽逆變之可能？若是，僅藉一荒島，真能起回陽救逆之功？

「唉……老夫先前於麒麟洞口診過中鼎王之病況，發現其雙眼視角範圍已趨窄，偶有作嘔現象，隨後發現其水腦已擴及雙耳之後，若以此推斷，中鼎王恐行將就木，一如風前殘燭。中

州之大，物產之豐，令狂人垂涎不已；雷王雖非賢君，倒也鎮住各方勢力，一旦群龍無首，勢必引來群雄相爭。然中州之角色，一如人之脾土，倘若『後天之本』遭顛覆，委靡衰敗，在所難免。再說，『**肺者，相傅之官，治節出焉**。』肺乃人體五臟中，唯一直通體外之臟，以此比擬**肺金**之西州，於政策與利益之驅使下，實與境外異族交通多年，西兌王一旦失去抑遏內外之力，一如**肺金**衰微則無以生水，連鎖衰敗效應油然而生，蒼生惶恐無依，無疑是助陰邪之擴大，如此浩劫，即是陰陽逆變之發生！」又說：「老夫就此提及『水火命門』，無不提醒著萬物之取類比象、以形會意之理！至於能何等視之，何等利用，端視人為何等因應之！」

「嗯……經高川先生之提點，若非走趟颯肓島，恐無以瞭解中土命門之箇中玄妙！」允昇點頭說道。

翌日清早，凌擎揚三兄弟來到大堂，見諸多谷民享用著一笑容可掬老婦人所準備的燒餅與地瓜粥，待沉璉上前為三兄弟介紹，始知眼前華髮蒼顏之老嫗，即是季戉申之妻……露幃，當下沉璉更是替幽甸谷之諸多婦女，感激諸位外賓之到來。揚銳手持燒餅，聳肩唸道：「二位師兄啊！咱……咱們做了啥事兒啦？眼前遇著這般感激，受之有愧啊！」

正當三兄弟不明所以之際，高川先生前來告知了龐鳶一早為谷民之所為，隨後訝異話道：「原來龐姑娘為婦女治症，即能藉由凝聚內力以袪邪，強化其**衝任二脈**，以致迅速恢復了原有體能，如此轉功異能，實令老夫眼界為開！尤其婦女有疾，常隱忍以對，甫聞女醫於谷中義診，紛紛前去探問。龐姑娘對近來頻傳之衄血症，頗為敏感，遇患崩漏之婦女，尤為細心。老夫見其針對婦人衝任虛損、血虛隱寒之出血證，隨即開出**乾地黃**、**當歸**、**川芎**、**白芍**、**阿膠**、**艾葉**、**甘草**，輔以止血之**仙鶴草**，補血之**雞血藤**，煞是一對證良方。」

中岳回應道：「以**四物湯**之**熟地**、**當歸**、**川芎**、**白芍**，應上衝任虛損，配上滋陰補血之**阿膠**，止血調經之**艾葉**，合以調味和中之**甘草**，此即傳世名方……**芎歸膠艾湯**！輔以收斂止衄之**仙鶴草**，治血色不足之**雞血藤**，師妹之對證施藥，既補且收，妙哉！妙哉！」

「喀噠……喀噠……」聞大堂門前傳來一馬蹄聲響，見一魁梧壯漢下馬，俄而雙手合於胸前，對著先生與諸賓客行拱手之禮，待先生介紹後，始知眼前壯漢即是幽甸巡衛……翟天垠，隨後聞其說道：「先生囑咐之諸駿驥已備妥，莫非先生將邀諸少俠前往武驥坡？」

高川先生點了點頭，微笑表示，凜冬風寒之際，武驥坡雖積雪難行，惟此刻之「滅景」，較為穩定，確實可登坡一試。

滅景？三兄弟臉顯茫然不解，揚銳隨即話道：「此幽甸谷中，有高人，有奇景，怎突來『滅景』一詞，教人如何猜透？」

然此時刻，見龐鳶回到了大堂室，直喊：「哇……好香的地瓜粥啊！一早診了卅餘婦女，得再祭祭吾之五臟廟啦！」接著又說：「大師哥，今早晨曦初露，忽感身體一股奇特內能隱隱作動，當下心生一直覺，是否趁此時刻，究出『衝任焰凰弓』之奧秘？待請教先生之後，決定暫時留於谷中修練。只是……甫聞先生道出了什麼登坡一試？倘若有新鮮事兒，可得算上小女子一份喔！」

高川先生點了點頭，對著罡天垠說道：「難得幽甸谷來了『經脈武學』之傳人，所謂擇期不如即刻，趁著天公作美，大夥兒有勞罡巡衛引領，齊上武驥坡瞧瞧。至於揚銳所提字詞之疑問，待登上武驥坡，即可得解。」

罡巡衛隨即表明，因未見過諸賓客之騎術，天垠將馭馬殿後，以為隊伍安全考量。

「也好！初嘗顛險曲徑，是該多方考量才是。」高川先生認同道。

揚銳立拉著中岳，輕聲道出：「二哥，你若適應不來，別擔心，小弟就在後頭，必要時會助您一把的！」

「去去去……二哥我無懼駕舟之乘風破浪，區區山徑，難不倒我的！倒是擔心三弟耍帥，又來個什麼倒立馬背勢，二哥可聲明在先，爾若於後頭落了馬，我可瞧不著啊！或許得倚罡巡衛伸出援手啦！」

「呵呵，嗑了這燒餅，喝了這蕃薯粥，力氣都來啦！不好意思，小弟先去挑選馬兒囉！」揚銳興奮道。

半時辰後，一隊伍由高川先生領前，罡天垠顧後，六人逐一馭馬出谷。適值大夥兒越過一片溼滑泥濘山徑，見先生俄頃急剎，瞬將馬韁朝右一扯，令馬兒四步轉向，經一髮夾急轉後，使勁兒上衝坡度甚陡之武驥坡。怎料於溼滑處之急煞，驚見中岳剎那失衡，隨後再遇一髮夾右轉，瞬令其上身左傾，所幸厥陰伏虎使於千鈞一髮，藉其六尺棍長，倏忽抵住山壁，藉力之回反、腰之扭轉，硬是將傾斜之身回正，化險為夷。然此斗折蛇行之山徑，稍有閃失，即有落崖之虞，霎令騎術頗佳之四後輩，全程戰戰兢兢，謹小慎微。待經歷一段隱有高差之曲徑，見隊伍一如輕舟顛簸於浪濤之中，直至該隊伍抵於陡坡上之白葦亭，立見揚銳手抵亭柱，溢出了兩口薯泥，擎中岳則續藉長棍，撐立調整氣息，唯允昇與龐鳶於馬蹄平穩後，從容下馬。

值允昇等後輩齊聚之後，見翇天垠取出一葉片，一如上回先生之所為，做出了頰鼓吹氣狀貌。高川先生立指示大夥兒順著蘆葦草叢，朝遠處山坡望去。惟此刻再聞高頻音調之揚銳，頓時因刺激了雙耳內膜，瞬穩了因急顛而生噦之嘔逆，隨後上前一步，引頸而望。

半晌之後，「嘶……嘶……」一長聲馬鳴自遠傳來，隨後即見一碩大黑影呼嘯而過，瞬間刮起之風勢，直令蘆葦叢一如巨浪撲岸，更令白葦亭旁之六駿，齊退了數步。一會兒之後，該黑影再次現身蘆葦浪海，見其曳影翻濤，宛如勃然躍出海面之鯨豚，待其衝出葦海，即見四蹄翻騰，赤鬃飛揚，疾速穿梭於山林草坡之間。聞其長聲嘶響，彷佛草澤英雄；見其挺拔之軀，一如山林蒼松；感其所釋氣勢，剛健直比驕陽，一如萬夫之長！

眼前赤黑駿馬，不禁令允昇憶起黃垚五仙之所述，立馬發聲道：「莫非……此駿驥即是傳說中之神駒……穿山驥？」

「哈哈哈，看來五藏殿之圻信天師，道出了老夫不少事蹟啊！哈哈哈，既能呼出『穿山驥』之名，相信圻信天師已描繪了其傳奇之出世經過，無須老夫贅述，惟老夫所飼之穿山驥，已成追憶，眼前所見，實為穿山驥之後嗣！」

翇天垠接續表示，驥者，毛色赤黑之馬也！惟此種之特異，須近觀之，始能發現其鬃毛之色，赤棕近黑，鬃旁自馬頸以至軀背，覆有一層可自主開闔之鱗甲，藉以助其穿越荊棘而不受損。平凡馬匹之壽，約莫卅又五，然此逐日千里之駒，尚可享近半百之壽，惟……桀驁難馴，難以令其俯首戢耳，接承三代，唯此「滅景」為最，至今除先生之外，無人能穩坐其上！

「滅景？原來『滅景』指的就是眼前神駒啊！」揚銳接著疑道：「除先生之外，難道……翟前輩也難登其上？」

高川先生回應道：「昔日接觸過穿山驥者，除當年受其救助之百姓，與黃垚五仙之外，唯屬曾任北州刑部確案官，人稱『塹龍居士』之暨酆。然海智天師曾形容穿山驥為『逸塵斷鞅』，而暨酆先生更以『蹄間三尋』，予以穿山驥之後嗣。然於馴服該三尋良驥之後，尚稱俛手貼耳，致使翟巡衛能結緣以馭之。眼前所見，實乃年僅十載之三代驥驥，不僅承襲特質血統，更有青出於藍之勢；惟老夫與之溝通數回，始瞭解其不悅馬鞍之鋪置，更不屑騎乘者視其為寵愛奇物！」

龐鳶接說道：「此一驥驥，其軀背覆有鱗片，若不藉馬鞍鋪置，騎乘者稍有不慎，恐因急彎而落馬，倘若遇及方才登坡之曲徑，如同玩命啊！」

「呵呵，此即翟某未敢嘗試之理由啊！」翟天垠接續指出，甫見驥驥奔躍，其後如浪之葦草，盡隨波而屈腰；再視其鬃毛驥尾之拖曳，一如拋風於疾蹄之後，高川先生遂予以「滅景追風」之稱號。

忽然！高川先生感受了驥驥之意，隨即發出高頻後，道：「難得『滅景追風』嗅得爾等挑戰意味，正朝著這兒奔來，四位菁英可有興致一試？」

中岳隨即搖頭表示，甫藉長棍之迴力，始能免於一粸；眼前之無鞍駕馭，尚無掌控之把握。擅於藉著馬鞍之摩擦，始展花式馬術之揚銳，見聞驥驥之背覆鱗片，瞬間未敢有駕馭之設想，遂退出了挑戰之列。孰料，定靜之龐鳶，跨前了一步，伺機而動。忽然……霎見黑影奔竄葦海，俄頃翻躍飛出，一轉身跨步後，精準地坐於馬背之上，倏隨「滅景」……追風而去。

翟天垠讚嘆表示，龐姑娘馬術了得，見其隨驥扭腰之勢，游刃有餘，若非擅於弓馬嫻熟者，無此架勢，甚可聯想乃百步穿楊之能手！一旁高川先生亦頻頻點頭，欣喜指出，龐姑娘之馭馬，婉轉順暢，霎時驟減了馬兒鬱浮之氣。視其行進之間，配上龐姑娘之長髮律動，直令人抹去「滅景」二字之肅殺氣息，惟留「追風」二字，恰當不過。

忽然！三兩冬毛轉白之雪兔，瞬自草地竄出。龐鳶既不忍見其遭踏，又見馬兒恐有擦撞枯木之虞，遂放棄躍馬之勢，旋即曲轉腰向以對。孰料跨下之追風，剎那呈出擰轉急停動作，致使龐鳶頓失附著力，飛甩而出！凌允昇見狀，快步蹬躍而上，三兩跨步飛踏，凌空與龐鳶虎口相交，瞬採力偶雙旋，以緩逆來衝力。眾人驚見二人凌空互旋，允昇適時將龐鳶甩向白葦亭，自個兒則藉逆甩之力，飛向「追風」，而後準確地跨坐於「追風」背上。

翟巡衛見狀，點頭唸道：「方才齊上武驥坡，見凌少俠單手持韁馭馬，並於躍障涉水，坑壑急轉之處，猶如大師揮翰成風之提筆，花須蝶芒之揮毫，既順而暢，一氣呵成，不知其對上驖驥追風，將是如何？」

「欸……大師兄上馬後，怎毫無動靜？難道方才之急剎，讓馬兒受驚了！」揚銳納悶道。

「噓……不急不急……不錯不錯！」先生點頭微笑道：「呵呵，並非毫無動靜，以老夫對此驖驥之熟悉，看來又多了個能與『追風』溝通之駕馭者啦！哈哈哈……」

「吾以為，眼前之駿驥，應是走大師兄之『強武太陽』路線才是！」中岳說道。

龐鳶驚訝道：「方才直覺跨下之神駒，不喜馭者觸其頸側，遂藉馭馬開弓之腰力駕馭。眼見允昇哥已能雙掌附於追風之頸側，且見馬尾自然甩動，一如先生所言，允昇哥已能與之溝通。喂喂喂，瞧……追風抬蹄奔步啦！」

追風逐步放開步伐，漸趨增快速度。見馬背上之凌允昇，上身緩緩前傾，雙掌依舊撫於馬頸，待追風奔馳草坡兩圈後，忽見允昇背部**足太陽經脈**，瞬間發出橙光脈衝，更見脈衝循接其**手太陽脈道**，俄而直抵雙掌。霎時，追風擎起前肢，發出仰天長鳴後，惟聞「轟……轟……」二響即出，眼前一幕呈現，一座皆驚！

亭外眾人驚見允昇之**太陽氣脈**，猶如引動了追風另一心臟，瞬令驥驥追風之頸鬃與馬尾，迸出了橙光之氣焰，此刻對比其黑黝身軀與反光鱗片，一如傳說中釋出烈焰之麒麟神獸，視其奔馳於武驥坡道，更形威猛無比！然允昇持續放射之**太陽**脈衝，隨著追風之大步流星所生拖曳光影，乍視下猶如疾騁展翅之飛馬，立顯橫掃千軍之勢。

「哈哈哈，老夫終於明白，上天賦與驥驥神駒之鱗片，原來另有阻隔橙光熱焰之功用！冥冥之中，允昇之來到，似乎是啟動『追風』潛能之鎖匙！今日若沒能引領爾等『經脈武學』傳人前來，僅任桀驁不訓之驥驥於山頭狂奔，真可謂暴殄天物啊！」

此刻，大夥兒依然目不轉睛，直盯著散發橙光之神驥，以風馳電掣之速，馳騁於山林草野之間，霎令中岳與揚銳羨慕不已。

「欸……大師兄怎下馬了？瞧他撫摸著追風，像是溝通個什麼似的？」揚銳說道。

半晌之後，「嘶……」瞬聞追風再發出長聲馬鳴，斯須退去了光氣，旋即朝著山林奔去。

待允昇走回了白葦亭，隨即向大夥兒表示，此一特異驌驦，適值充盛內能而無以洩，遂頻顯鬱鬱發愁，此狀一如允昇過往之內能亂竄而不得解。待追風感受龐鳶之衝任脈氣，令其深感內能循經脈而行，再經允昇之「強武太陽」引動，其內能一如水壩開閘，勁衝各脈，隨後再以自身於無名湖激發內能之經驗，與之交流溝通，終達成一共識，追風尚須耗時五六曆月，藉以揣摩各脈道之內能控制；一旦其四足經脈得控，即能應對各類山巒谿壑之挑戰。甫見追風積壓甚久之內能，瞬被激發而出，故須費些神將其內積衝能釋放，遂領令其馳騁山林為先。未來追風於此調適期間，留此自訓之龐鳶，即可利用衝任內力，以輔其經脈茁壯發展。

「太……太好啦！龐鳶可幫追風強其經脈發展，追風則可助吾探索『衝任焰凰弓』之奧秘，教學相長，一舉數得啊！多虧高川先生與罡前輩有心，始令後輩與驌驦追風結緣。」

「呵呵，龐姑娘客氣啦！幽甸谷有了龐姑娘協助問診，老夫或許可多偷得幾日閒，四處採藥，抑或走走滬芫鎮，藉機嚐嚐珍饈美饌哩！」

罡天埌亦點頭表示，幽甸谷多了龐鳶相助，禦外能力，倍感厚實！

摯中岳則感嘆道：「雖無緣一試驌驦追風，惟今日武驌坡之行，不僅精進了自我騎術，甚而拓展了新眼界，值得，值得！」

此時見得高川先生一手勢，罡天埌立響出一聲口哨，隨即引來亭旁六駿騎。待大夥兒躍上了馬兒後，允昇即道：「咱們三兄弟就此各行任務。惟先前已與常真人達成共識，未來咱們可藉由分布五州之廟宇道觀，作為信息之聯繫，一旦遇上急況，即可經各道長轉述，朝同一目標會合。」

允昇話後，諸經脈武學傳人再行謝過高川先生與翯巡衛之接待，一旁揚銳仍好奇指出，猶記得翯前輩提及：「逐日千里之驖驥，尚可享近半百之壽。」倘若皆以四十論之，高川先生值年輕時接生了穿山驖，歷經了兩代之驖驥，眼下之追風亦已年及十載，由此推知，高川先生豈不過了期頤之年，且已逾百歲之人瑞矣！

哈哈哈，先生再展親切笑容，回應道……

「小兄弟啊！存活多少寒暑並不重要，尋得自我生命之價值點，活得才有意義。老夫只論能為大地蒼生盡力，無須他人為吾擔憂；一個人存於天地之間，能承先啟後，才能不枉此生。老天留我，必有用我之處，或許為後輩提示『水火命門』，即為老夫職責所在！如今中土五州之隱亂，交由爾等問診把關，應歸屬世代責任之繼承，即便老夫真已年越期頤，能見如此傳承，依然對未來樂觀欣慰。」先生接著又說：「今日一見驖驥追風得以運發內能，老夫瞬感自個兒仍是個內能充盛之年輕小伙子。小兄弟，自此騎乘，直下武驥坡，老夫可不見得落後喔！」

揚銳笑著表示，一早多飲了碗蕃薯米粥，隨即上馬，俄頃應上武驥坡之顛險，一時腸胃趨緊，頓感不適，遂生噦氣嘔逆。眼下已熟悉坡道路線，再見著大師兄駕馭神駒馳騁山坡，不覺技癢，若再以武驥坡為試驗，應能一路領先才是。

「有道是『上山容易下山難』啊！小兄弟，要不跟老夫一同衝出幽甸谷，直抵滬芫鎮，遲者則請嚐『鮮之烹』之糖醋草鯇，如何？」

「好呀！終有我揚銳展技的時候啦！大哥、二哥，別勉強啊！小弟先幫高川先生前去『鮮之烹』佔位子囉！」「嘶……」「駕……」

此刻，邂逅「滅景追風」之行既成，立聞白葦亭旁兩擎立駿馬嘶出長鳴，一老一少扯韁挺腰，直朝陡坡而下，其餘人馬則於翟天垠之引領，隨著陣陣黃沙翻起，逐一順坡而下，惟聞穩健馬蹄聲響漸趨遠離山林，旋即還予了武驥坡上原始之靜謐。

中州惠陽城郭，內擁八街九陌，九衢三市；外見阡陌交通，雞犬相聞。惟詭譎怪誕、陰森幽沉之氣息，充斥王府大廳！雖見君臣佐使前來探視，卻不見雷王安然穩坐，僅倚恃御醫李焜所備躺椅，夫人陪同一旁，聽聞武將要臣繪聲繪影於麒麟洞外所遇奇人……

「什麼？龐鳶之外，另有凌允昇、擎中岳與揚銳之『經脈武學』傳人！呼……噦……」雷王聞訊，隨即一陣逆氣、一陣呃逆。又說：「中州頓失智囊國師，又缺了尉遲左衛！奇恆山之劫數，雖有世勛及時相助，但見敗陣窘境退場，情……情何以堪！呼……噦……昔日之嵐映奇俠啊！爾等威風何在？」

赫連雋連忙道：「稟王爺，少主神功奇異，刁總督劍術不凡，駙馬爺更擅施策略。惟山壁崩落，非人力可擋，當下能全身而退，實已強過敵寇於災難中慌亂逃竄。」

雷世勛瞬請雷王息怒後道：「麒麟洞前，父王已見識薩孤賊寇之不凡內力，兒臣能於千鈞一髮，削弱其防備，好讓妹婿能出掌得手；而後再殺出一面具怪客，亦耗去了刁總督與赫連將軍不少氣力。孰料又竄出三初犢來鬧事，如此輪番對戰，自然不利我方。於此，兒臣直覺，沒人能永遠稱霸上位，除非能不斷增強自我實力！然於軍兵數量上，戎總管所率之都衛軍，實已

取得絕對優勢，惟我方領頭戰將，務必積極尋求突破，始可抑遏逆來勢力。」又說：「兒臣於帶領狐興壇期間，僅習得三四武藝，即能遏阻薩孤齊之逆叛，惟眼下局勢所逼，兒臣必須於冬至前趕回北州，只因狐基之另類奇功，須藉冬至之氣場，始能修成。」

「什麼？此時地方諸勢力蠢蠢欲動，勛兒卻要前去北州，這一去，尚得待多久？」雷夫人驚愕且略顯不悅道。

「娘，您不希望孩兒更強嗎？取得蓋世神功，並非簡單服下煉丹即可。倘若能趕上冬至前修練，以孩兒現今實力，約莫半載後之長夏時期，即可身擁蓋世神功；屆時孩兒會為如虎之中州，添上威武之翅膀的！」世勛對著雷王又說：「至於中州空缺之軍師一職，父王不妨讓足智多謀之狼駙馬擔綱，而圍捕面具怪客、緝拿凌允昇等四小犢，即刻交予神鬣門之高手處置！以中州之實力，不可能撐不了半載光陰吧！」

刁刃心裡覺到，「好你個雷世勛，爾口口聲聲唸著不具承接父王大位之實力，卻趁勢行著霸主之調兵遣將；看來，未來半年將是變數。過往雷嘯天尚且敬重我『天下第一疾劍』之實力，方才卻已當眾羞辱了嵐映俠士。倘若雷王持續衰微，雷世勛企圖坐大，我與狼行山勢將永成雷王府之看門狗。不行，待雷世勛前去北州，我刁刃必須再立起江湖威信，唯有使出狠勁兒，才得以出頭天！」

「呼……嚱……」雷王撐著氣，話道：「勛兒，父王終於見得爾之指揮調度雛樣兒，好，就依爾之所言，即刻宣告薩孤齊猝死異地，狼行山自此接下中州軍師一職；刁總督持續強化神鬣門，並速速緝回唯芒禪師，屆時本王將親自審問，以查薩孤齊之神功來由。」

狼行山領命後心想，「唉呀呀！雷王啊雷王，此刻爾之病魔纏身，卻不忘覬覦著神功來由？此回雖見得〈陰陽雹擊〉神功重現於麒麟洞前，惟匯聚之能量，已不及當年端陽大會之半。再說，王爺已發過一回顱內中風，倘若洞內真有密笈，真不認為王爺有能力收下。倒是雷世勛欲藉吾與刁二哥之力，先替他守住江山，待其神功告成後回朝，即可坐享其成。哼！既然雷世勛下了『以退為進』這一招，吾不如順水推舟，只要能任及軍師，即能直接拜晤各州州主，一旦探出了各州虛實，即可趁勢採行要脅與滲透，藉以鞏固個人對各州之影響力。呵呵，眼下世道，無財富何以成大事兒？倘若真讓薩孤齊撈得了五船黃金，應可動搖中州之文武官將才是。依此推知，堆金積玉，實為狼某首要之務；待吾富埒天子，這靈幻大仙……能奈我何？」

然此時刻，雷夫人拿了個平安符，交予雷世勛後道出：「此平安符乃過去王爺出征時所配戴，冀望勛兒能攜此符，如父王一般，頂著光耀回朝。」

突然！狼行山神情嚴肅，向雷王詢問樊曳騫之去向？夫人立搶於雷王回應之前，沒好氣地道：「狼駙馬代理中州之主期間，國事如麻，婕兒悶得發慌，欲外出打獵散心，難得樊將軍有心，自願擔綱護衛責任，怎料途中聞得樊母病重，遂陪同樊將軍前往慰問。若按君臣之禮儀，狼代主是該派人送上慰問禮，怎知狼代主對此不聞不問，不知善待良將，真是失禮！」

夫人又說：「本座為顧及王府顏面，已派人致上慰問重禮，此等應對進退，狼駙馬是該好好學學，否則怎夠資格勝任我中州軍師一職？」

狼行山本欲藉機指責婕兒不安於室，卻出乎意料遭來夫人一陣奚落與教訓，霎時令其無言以對。然此一幕，無疑增生狼行山心中之不甘。

適值御醫李焜派人送來升麻、蒼朮、荷葉所煮成之清震湯當下……

「啪嚓……啪嚓……」一陣翻飛布衫擦擊聲，接連傳至王府門外，聞守衛傳訊入內，始知展鵬、岑鴞二將，先後歸抵王府。二人見得中鼎王模樣，煞是驚訝；待雷嘯天服下倫永緒所提之清震湯後，接續撐起身子，立馬詢問展、岑二將之打探任務。

展鵬率先表示，先前因北州私運違禁毒物至東州，致使雙方關係每況愈下，甚而降至冰點。然而，據聞北坎王近來頗受骨疾之苦，東震王遂藉此機會，不僅親訪北州辰星殿，更慎重地以《五行真經》相贈，藉以修好兩州之互動關係。

雷夫人隨即輕蔑指出，原以為《五行真經》乃至高之驅邪祛病密笈、延年益壽之法典，孰料此經書僅將人之臟腑氣血，連及四季氣息，不僅談天兜地，甚藉一日時辰，述及「子午流注」之論。又說：「倘若藉此經書真能祛病除邪，那王爺還須打探坊間秘方，至今仍倚臥呼噦嗎？哼，北坎王真正病因，實來自其所練之水霰冰稜劍！然遭水濕滲骨多年之北坎王，恐已病入膏肓，無藥可醫了吧！」

狼行山上前一步指出，除了痼疾纏身外，真正令北坎王頭痛的，該是那一文一武之莫乃言與莫乃行兩兄弟才是。

「不解狼軍師所言之意，戎兆犰願聞其詳。」

狼解釋道：「戎總管恐忘了，狼某之諸頭銜中，尚有一『中州醫研總管』。昔日狼某為推廣速效醫藥，曾率隊親訪北州，經當時北川沈三榮縣令告知，莫氏兄弟，自幼互輕，為兄者仗恃飽讀詩書，自恃甚高；稱弟者承襲父王之精湛武藝，甚得北坎王傳予了〈凝關冰劍〉心法。

孰料，耳聞莫乃行因迷上異族幻術，剝奪了透悟冰劍心法之時間，令北坎王甚為憂心。」說著說著，狼不禁朝雷世勛瞧了一下。原來，狼所耳聞之內容，實乃關於莫乃行近來頻頻進出之地……狐輿壇！

雷世勛瞬間覺到，「聞狼行山之所述，似乎已知悉了什麼？」隨即轉了方向，道：「是啊！妹婿之頭銜是不少，除了『駙馬』之外，尚有中州醫研總管、濮陽城主、中州代主，眼下甚而登上了中州軍師，咱們雷氏可真待您不薄啊！只是……常待北州之世勛，似乎得替妹婿更新點兒消息才是！」

雷大少又說：「狐輿壇成立之初，急需有力人士以為後盾。然世勛於狼、雷聯姻之日，始結識那莫乃行，待其知曉本座協喬承基於北川縣成立狐輿壇，遂主動前來招呼、幫忙，如此而已。再觀先前西兌王邀集之外族大會，摩蘇里奧當眾臣服於本座之神功，本大仙遂助狐基族取得西州行政重鎮之協防，藉以驅除石濬等反動勢力坐大。然經權宜之後，狐輿壇將由喬承基長老主持，進而遷駐西州中區之寅轅城。倒是……大夥兒不慎瞭解之莫乃言，雖是飽讀詩書之人，卻是居心叵測之輩！」

雷世勛又說：「甫提及之北州運毒事件，據身任北州機察總管之莫乃行所查，為此事件下台之前縣令沈三榮，不過是遭人利用之棋子兒罷了，真正始作俑者，實乃現任北川縣令……鄒煬！思慮縝密之鄒煬，藉著吃喝玩樂，百般討好莫乃言，二人甚而成了莫逆之交。然北州四縣令乃由推舉產生，莫乃行既知鄒煬賄選，卻不得有力證據，為此，北坎王甚為憂慮，莫乃言恐有遭人設算之虞！」

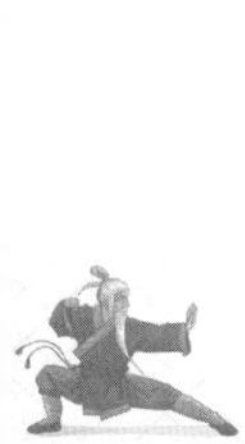

「既然狐輿壇將遷往西州寅轅城，勛兒為何還計畫著北州之行？」雷嘯天問道。

「這……這個嘛……」雷世勛躊躇了下後，吱唔回道：「此回所經練之高段幻術，因體溫恐有高升之虞！眼下中州雖見寒氣，惟春後入夏，恐不利於神功之修練，故須藉北州低溫環境，以保神功大法不致岔氣攻心。」

中鼎王無奈地點了點頭後，撫著右腦又問：「除了嚴東主探訪北坎王外，展將軍可有其他發現？」

「啟稟主公，末將就此延續雷少主所提之西州外族大會。日前雪盟山莊之喻莊主，偕同了谷翎軍師密訪西兌王。據末將所探，其因乃見得金蟾法王繕甲厲兵於南區白涘城，近來更聞查坦尤埣數度發函，表明欲上雪盟山莊切磋武藝，但就末將所悉，自外族大會之後，摩蘇里奧已回克威斯基，根本不在西州，不知這老狐狸打著啥算盤？」展鵬說道。

一旁豎著耳朵之刁刃，立覺到，「芸禕沒有騙我，摩蘇里奧應是醞釀著下一波攻勢而準備。倘如芸禕所述，法王若真有了摩耶太阿劍，而凌允昇又持有凌秉山大師所鑄之太陰擒龍劍，那麼……吾手上之三禪戮封劍，是否犀利依舊，稱霸群雄？嗯……不行，唯有斷了『太阿』、『擒龍』，即可永續我戮封之威；唯有我刁刃才是天下第一！」

雷王於疼痛中隱帶冷笑述道：「侯士封也算是個老江湖了，當年臨宣一役，摩蘇里奧已明顯擺了西兌王一道，而今為了消弭地方勢力，竟回頭再與金蟾法王合作，如此養虎為患而不自知，呵呵，他病得也不輕啊！」又說：「咳……想想咱們老謀深算之薩孤齊，亦未能藉打撈運金船之合作上，從法王那兒削得好處，反倒聽得法王對本王建議，欲治頭疾，勢必開腦。哼！

本王尚未病及那般程度哩！」

雷王又說：「摩蘇里奧刻意選擇協防西州南區，明顯是為著擴大外族進入西州之門戶，難道精通地象之谷翎軍師，視不出所以然？看來軍師也有老衰駑鈍時候啊！」又說：「中土大地亂象萌生，正是考驗各州軍師能耐之時，未來狼駙馬之各項提議，本王絕對全力支持！」

狼行山單膝跪地，得意領命當下，一旁雷世勛則不悅想著……

「哼……狼行山，你搶了我的蔓晶仙，又憑著一張嘴，騙得了駙馬之位，現又冷落了婕兒；趁吾不在中州時，又接手中州代主之職，若非本座及時趕回，或許眼下執掌中州大位者，薩孤齊也！哼……求人不如求己，此回北州之行，除了藉寒引陰之外，首要任務即是取得玄武烏晶鎮之能量。待經半載精鍊，突破神功大法後，將於長夏時節回往麒麟洞窟，補足被擎中岳吸走之晶鎮能量，屆時狼行山僅是本座跟前一隻搖尾乞憐的……狗！」

雷王剖析法王之舉後，岑鴞隨即上前稟報，針對其關注中州南方區域之所見，就此以三大方向陳述……

其一乃主公甫提打撈運金船一事。憶得薩孤齊親送《五行真經》予東震王時，曾向對方爭取增添打撈計畫之支出，而岑鴞亦向財政總管宰亦勯大人求證，中州配合東州之二次追加資金，亦已撥予薩孤齊。但就探查得知，打撈計畫之所以無疾而終，乃因摩蘇里奧以資金不足為由，數度與薩孤齊起了爭執；而該計畫之東州代表嚴翃廣，亦與薩孤齊頻生口角，其因亦與東州資金遲遲未到有關。

「哼！好個浮頭滑腦，污吏黠胥之薩孤賊寇啊！」雷夫人又道：「薩孤齊刻意編了個撈金計畫，既收中州撥款，亦索東州資金，原來此禿驢早為了叛變而籌資！然此賊寇一邊兒斂收不法財富，一邊兒趁中鼎王前往碧瑤山之際，佈下殺手以行刺，幸得勛兒及時回助，當面揭其醜陋面具，否則後果不堪設想！」

「哼……揭露薩孤齊面具者，是我狼行山啊！」狼心裡叱著，「若非〈隱狼溯水掌〉及時灌注，單憑雷世勛之力，何以制得住薩孤齊？不過，兜了一圈兒，不變原則即是……無資金怎可成大事兒？倒是……薩孤齊能將那不義之財，藏到哪兒嘞？」

雷王聞訊之後，即令狼行山查出中、東二州所支之資金下落；如遇情勢所需，不妨藉由軍師身份，親訪東震王，試以追查其中內幕。然此追金命令，正合狼行山心之所欲。

岑鴞接著指出，關於第二與第三方向，須將焦點指向南州……

話說火連教主邢彪，自偕同摩蘇里奧入了朱雀洞窟後，身子每況愈下，既不能發功，亦不能言語，全教上下無不聽令於該教總召……叢云霸！然叢云霸本為邢教主所組十三子午鉞手之一，自邢彪無力打理教務之後，叢云霸完全接管該子午鉞隊，並更名為「子午鉞殺陣」。日前，叢云霸令教中長老孟鈁宣布，邢彪教主已氣絕身亡，眾教徒一致擁護叢云霸接任火連教主。

「南州最大教派易主，何以不見火連舉行接任儀式？南離王亦無任何表示？」刁刃關注道。

「回刁總督所問，叢云霸為掌得教主之位，實已強壓不少教內反對勢力，甚而藉由子午鉞殺陣，私了了教內諸長老與分舵舵主，致使教內元氣大傷，遂不經接任儀式，直接宣告接任教主。不過，過往邢彪之強勢作風，已於南州結下了不少仇家，遂使叢云霸上任後，即得面對與其他教派之爭鬥，藉以清算所據地盤，其中動作較劇者，唯火雲教主翟堃莫屬。時至岑鴞離開南州，當地各教派已衝突不斷。至於刁總督之另一問，即是岑鴞將述之第三方向。」

岑鴞續道：「近來見得盧王府御醫淳于翕，頻頻出入南州大藥商奚圳之宅院，待岑鴞屬下混入奚圳經營之『和裕堂』始知，淳于翕向奚圳調購大量藥材，以為王府所用。末將雖不諳醫述，卻即時抄下藥名，以備為線索。」話後，岑鴞將手抄單呈予了夫人，夫人立馬唸出：「嗯……有滋陰補氣血之**人參**、**玄參**、**丹參**、**當歸**、**生地**、**茯苓**、**桔梗**、**天冬**、**麥冬**、**五味子**，尚有疏心安神之**酸棗仁**、**柏子仁**、**遠志**等十三味藥，難道……南離王也病了？」

雷夫人倏令御醫李焜前來解之，隨後即聞李焜表明，單就藥材而論，此方乃以**生地黃**為主，**天冬**、**麥冬**、**玄參**為輔，以達滋陰清熱之效；**人參**、**茯苓**益氣健脾以安神；**當歸**、**丹參**養血以安神；**酸棗仁**、**柏子仁**、**遠志**、**五味子**，合以寧心安神；更藉**桔梗**以引藥上行。其中之**人參**、**麥冬**、**五味子**，亦是益氣生津，斂陰止汗，且具強心功效之**生脈散**組合。由此可推，服用上述藥方者，恐有心悸神疲，心律失常，以致心神上擾所生之心煩少寐，甚而患上精神官能，抑或心包內膜之疾。然下官之所以如此斷言，惟因此十三味藥，乃為滋陰清熱，養心安神之傳世名方……**天王補心丹**之方劑組合。

雷嘯天幸災樂禍地笑道：「呵呵，中土五霸之中，相較年輕之南離王盧錟，亦難逃痼疾纏身之命運，可想而知，其赤焰霽烽刀之威力，應已不如當年才是。不過，何等情事兒，竟令南離王心煩少寐？」

「稟主公，依岑鴞之觀察，此回火連、火雲、火燎、火冥四大教之衝突爭鬥，逐日擴大，

卻僅見南軍派出竺逯、栗璁二巡城小將，分領數十騎兵，點綴撲火而已。」

戎兆犹不禁疑道：「南州軍機總管公冶成、單騎拋槍之秦勵、銀桿鏈球之廉煒，堪稱南州聯域三魁，難道……掌權者坐視內亂坐大，這……於理不合啊！」

「呵呵，戎總管之問，亦是岑鴞之所疑。待追蹤調查後，竟見約八千精兵於南州滎瑨城東南廿里一隱密叢林中操練，陣中之督訓官即是秦勵與廉煒，公冶成與單鍏軍師則於咸禛大殿前，另行訓練二千兵馬。」

「怪哉！不弭平內亂，卻暗自練兵，南離王究竟有何打算？」刁刃質疑道。

刁總督甫話完，狼行山立起了身，來回踱了數步，分析指出，綜觀岑將軍所述，南離王確實有疾！若有心包之疾，不宜長途跋涉；若是心煩不得眠，則確實為著諸教派內亂而焦慮。憶得邢彪教主曾述，出身軍人世家之單鍏，擅施「乘間伺隙」之兵法。然自十二年前，南州出兵奇襲西州無功而返後，至今南離王似乎靜得出奇。又說：「眼下看似養尊處優之南離王，或許正循著單鍏之謀劃，處於靜伺之中。惟因南州長期受教派內亂所苦，故此回南離王刻意不弭教派衝突，待四大教多年恩怨一攤，大夥兒殺個你死我活之後，精鍊之聯域軍再行圍剿，即可趁機殲滅境內亂黨教派，並將各教轄區歸於一統。」

「為何過往之南離王不採此法應對，藉以降服亂黨教派？」戎兆犹問道。

狼回應道：「十餘年前，戎總管曾與狼某於端陽五霸盛會上，見識過邢彪教主之子午鉞威力。多年來，邢彪願與中州合作，目的乃藉中鼎王撐腰，以期推翻盧錟，進而於南州稱王。然面對邢彪之十三子午鉞手，南離王確實心生猶豫，一旦南軍圍剿不成，恐有讓火連教反噬坐大之虞。而今邢彪已逝，火雲、火燎等教派已不畏火連，而南州聯域軍又持續壯大，想當然爾，南離王就等此一時機，一舉殲滅各教領頭，孰料這悶久了的盧啖，竟也悶出病來了！」

「那麼……咱們的狼軍師，對此局勢，有何打算？」雷世勛輕蔑問道。

狼回應道：「甫與戎總管接獲南區都衛水師軍長罕井紘告知，近來靈沁江北岸三崗哨之夜巡哨兵，陸續發生不明衄血證，或是吐衄，或是鼻衄，惟原因不明，以訛傳訛下，鬼魅襲人之說，油然而生。倘若真是面具怪客所為，其真正目的為何？尚不得而知。惟其幹案均鎖定我州南區，再因應南州局勢詭譎多變，微臣就此力諫中鼎王拔擢罕井紘軍長為鎮南將軍，再由戎總管調出二勇將，以配合罕井紘鎮守靈沁北岸三城，如此不僅強化邊防，亦可振奮邊防軍心。至於防堵面具怪客之任務，則有勞神鬣門之高手，戮力追緝。」

中鼎王猶豫了下後表示，罕井紘乃由東州出走之武將，當時論其忠誠度，尚待商榷；然經多年觀察，確實忠於一防禦水師之職守。雷王想了下，又說：「好，本王信任新任軍師之所諫，即起，罕井紘軍長晉升中州鎮南將軍，戎總管則為其直屬將官。」令出之後，戎兆犰隨即指派庾晏、狄葳二將，即刻啟程，以配合罕井將軍戍守南疆。

「面具怪客？」岑鴞不明所以，隨即表明知悉靈沁江北岸之崗哨衄血案，卻不知啥是面具怪客？待一旁赫連雋，將巔稜快刀斃命於面具怪客所施之〈逆脈衄血掌〉後，岑鴞急轉驚愕神情，並從腰際抽出一張樹皮所製之破面具，此一動作，霎令現場一陣騷動，中鼎王立馬追問該面具之來由，惟聞岑鴞解釋道……

「眼前這般樹皮，始自南州一種鐵灰橡樹，此一樹種奇特之處，乃於該樹皮遇上高溫之可塑性極大，待成形之後，削去外表皮層，即成一耐高溫之成品。惟削去表皮時，須於高溫退去之前處理，否則品相即如末將手上之殘破不均一般。南離王本將此一發現，用於製作手用護套，藉其耐高溫之性，即可手握南州特產之火焰石。孰料竟將此一技術，轉製成面具，頗耐人尋味！」

「岑將軍於何處取得此一面具？」刁刃問道。

岑鴞表示，曾跟蹤公冶成至南離王府後，偶於王府後方待棄廢物中，發現此一詭異面具，遂將它帶回，怎料一瑕疵面具，竟能引來王爺諸將關注，甚而牽扯上衄血奇案！

「難道……衄血迷案……真為南州暗室欺心之所為？而屢傷我南區岸防哨兵之兇手，即是……南離王盧錟！」夫人因詫異而疑道。

赫連雋搖頭道出：「末將曾於昔日端陽五霸盛會上，交手南離王威猛之赤焰霽烽刀，此刀亦為南離王遏制子午鉞之利器。日前末將與面具怪客對決時，見其握刀方式甚為特殊，再視其出刀路術，實與南離王有南轅北轍之別。倘若再依身形對照，面具怪客尚不若南離王之福態。綜觀之下，末將認為面具怪客應非南離王，或許另有其人。」

狼行山正經道：「岑將軍發現之面具，至關重要，在座幾可懷疑，橫行南區之衄血案，恐為南州對我之滲透與破壞，藉以削弱我南區邊防實力。然經方才論述之推測，南離王身體微恙，應無個人犯案之理由，更沒必要救唯芒禪師脫困而蹚下渾水。狼某以為，衄血案極可能是南離王扶植之殺手所為，雖然此刻仍處於猜測，惟強化南疆邊防，實屬眼前要務。眼下有了罕井紘與庚晏、狄葳三將固守南疆三城，還望刁總督能增援南岸之巡防，以免萌生猝不及防之窘境。」

刁刃眉頭緊鎖，理了下思緒後表明，將令神鬣門之京鋒短戟史堅、烈絕槍耿彥，即起協防南區沿岸各城。此話一出，隨即引來虛弱之中鼎王頷首以對。

狼接著表示，既然南區已有固守策略，中州東部之防衛亦不容小覷。此話一出，隨即引來在座一陣訝異！雷王撫著頭疼，顯露質疑之貌，狼行山即娓娓道來……

「薩孤齊之馬車駕馭手張冀，得知薩孤之死訊後，旋即前往了濮陽城，告知其守城兄長張薺，張薺自知紙包不住火，遂於狼某前來王府前夕，負荊請罪，聞其述及十多年前，嚴翊寬率兵入侵濮陽，當時眾人皆聞，濮陽聶城主於此役中失去了蹤跡！或說其棄城而逃，或說其死於亂刀之下，惟因身首異處而無以辨識；原來，此皆出於薩孤老賊之詭計。」狼又說：「薩孤齊為呼應東軍攻城，竟暗地襲擊聶城主，並將其禁錮於東城門古井下之地窖，約莫十二年之久。」此言一出，一座皆驚，雷夫人更是一陣咬牙切齒，直指拜金禿驢之下場，死有餘辜，隨後疑道：「只是……窖中囚犯已被救走，何以得知此囚即是過往之聶忞超？」

狼回應指出，由於地窖石壁遺留諸多刻痕，其中不乏聶城主獨特之批文字體。再則，張薺之所以請罪，實因其乃為聶城主密送食飧之人，惟主謀薩孤齊已逝，張薺失去了有力靠山，遂將此一塵封往事，全盤托出，以求免其死罪。

「既然禁錮事件已化暗為明，為何聶忞超不速回我瑞辰大殿，藉以揭發薩孤齊之面具？」雷王疑道。

狼行山皺了眉頭，有些不安地回道：「聶忞超是個聰明人，雖說十餘載不見天日，仍可由張薺聽令於國師行事，推知中州仍處於薩孤齊一手遮天世代。倘若唐突行事，恐不利於己，遂選擇隱匿以對。惟狼某心存二憂，其一乃何等高人能知聶忞超受困於井下地窖？並將之救出。其二即是張薺透露，中州東部之淮帆、建寧二城，已有暗地支持聶忞超之地方勢力崛起。耳聞已有幕後金主援助聶忞超，倘若不盡快查清內幕，狼某擔心，中州恐繼西州之後，淪向內憂外患之局勢！」

「什麼？呃啊……我的頭啊！快……快動用一切管道，找出聶忞超下落。西州尚有石濬反動，南州仍有教派作亂，我中州有能力削去國師叛亂，定可掃蕩所有內亂份子！呃啊……」雷嘯天驚聞聳動情事，一陣煩躁湧上，不禁引動顱內之疾。雷夫人隨即將場子交予阿勛與阿山，立偕御醫李焜齊攙雷王移向了居室。

刁刃當下想著，「雷嘯天痼疾纏身，似乎強勢不再，而雷世勛有其背景撐腰，狼行山則可藉機掌握中州眾多資源，一旦所恃主公失去了主宰能力，自個兒將何去何從？續聽令於雷世勛，以致神鬣門任其擺佈？抑或向狼四弟搖尾乞憐，尋求一官半職？看來我刁某人勢將為著未來，殺出一條唯我獨尊之路才成！」

雷王離開後，狼行山隨即以軍師身份表明，耳聞聶忞超恐受東州金主資助，為防微杜漸，狼暫先回往濮陽城，以釐清事件之來龍去脈。然值雷少主暫居外地期間，赫連將軍負責王府維安，惠陽城則交由軍機處鎮守，至於機動緝捕任務，則非藉刁總督之神鬣門不可！迅天鷲與夜巡翁續查西州與南州之局勢，並令各自屬下，追蹤凌允昇等虞犯小輩下落，必要時，展、岑二將軍或可施以利誘，說服凌允昇等人為我中州效力。呃……狼突然遲疑了片刻，隨後鎖眉道出：「倘若各局處遇得公主婕兒，倏而轉告狼某已置身濮陽城，以謀國事！」

待眾將官告辭了雷夫人，離開了雷王府，夫人則獨坐於廳堂，自唸道……

「王爺之痼疾，雖不致大漸彌留、病入膏肓，卻也一時難見起色。倘若方才所聞皆屬實，時至世勛於明年長夏歸來，居中之未知變數，甚難預料。」隨後搖頭又說：「狼行山冷落了婕兒，令本座信他不過；刁刃自恃甚高，為求勝出，甚而認劍不認人。看來我這中州第一夫人，可得持有一套應變法則才成。」

這時，御醫李焜走出了王爺居室，遇上了雷夫人，隨即稟上王爺情況已稍穩定。孰料夫人託付李焜，藉由醫者聚會與藥行商賈，儘速打探一人下落！此人雖銷聲匿跡數載，卻聞其現身西州之外族大會，並為西兑王治其濕溫之證。此人對我王府而言，並非陌生，如此醫者，本草神針……牟芥琛也！

當下，李焜雖難掩訝異之貌，卻也樂見神醫前來相助，隨即應諾夫人之交代，將竭盡所能，請來「本草神針」，以為主公療癒痼疾。待李焜走出王府，適值苦惱於夫人所託之際，瞬想起甫收一訃聞，此乃一契若金蘭之同窗慈母仙逝，並於近日回往中州奔喪。然此臼杵之交，實乃現今北州王府御醫，孔炩祺是也！

廿四節氣之大雪後，中土北州實已雪虐風饕，朔風凜冽。然而座於北河、北江二縣間之烏淼峰，放眼冰天雪窖，一片林寒澗肅，此地雖為中土百川之源頭，卻是人煙稀少之境域！唯一交通補給之據點，即為北河屹瑋城東北二百里之崎哩鎮，此乃欲登烏淼峰者必經之西麓村鎮。

然此時刻，崎哩鎮鎮長……薄裎，驚聞北州機察處莫總管將於此鎮會晤要人，隨即空出聆峭客棧上房，並藉入夜風寒難擋之由，宵禁於亥時之後，以免變生不測。

「喀噠……喀噠……吁……」一快馬頂著飛雪，飛奔入鎮，駕馭者僅作出單臂高舉之勢，店頭小二立於聆峭客棧前提燈接待，俄而引領一濃妝賓客，直上了樓房。

「呵呵，莫老弟不愧是機察處總管，時間總是拿捏得精準。不過，既然老哥哥遲到了，理當賠個禮才是啊！砰……砰……」雷世勛瞬間畫出兩團煙霧之後，兩壺臨宣高粱立馬應聲呈現桌上。

「哈哈，雷壇主甫於西州外族大會上，強壓了摩蘇里奧之氣勢，並獲在場各族呼予『靈幻大仙』之封號，為此，不才小弟早該設宴款待才是！」接著，莫乃行起了身，倏秀出一紅巾，順勢鋪於兩壺高粱之間，待其雙掌合十，一個吐氣後，彈指抽離紅巾，惟聞「唰……」之一聲，隨即呈出了一桌珍饈佳餚。

「嗨呀呀！啪……啪……啪……」雷世勛拍掌讚道：「孺子可教也！甫授過幾招隔空移換手法，賢弟即能將廚房料理呈上，老哥哥實在佩服，佩服啊！只是……咱兄弟倆於冰天雪地裡，嗑著南方之鮮魚嫩鴨，會不會過份了點兒啊？哈哈哈……」

「此乃小弟特地差人將食材北運，本為留著咱們慶功之用，怎料料理師傅將於冬至後啟程南下，回鄉團聚過年，故擇期不如即期，就此提前慶功唄！」

「呵呵，慶功？莫老弟真有把握過得了符戳總管那一關？好讓咱們能順利進入玄武洞窟。」雷世勛疑道。

「哈哈，真是天助我也！隨著凜風刺骨時節來到，父王之骨疾作痛難挨，孰料東震王為修好與北州關係，特令曹崴總管與近身護衛衛蟄沖隨行，一行人已於日前，將《五行真經》送達北州辰星大殿，盼能藉此為父王解證。然而，按同等禮數，符戩總管須對等接待，故現行護守玄武洞窟之衛官，實已調為北州軍訓總長……靳剴。惟靳剴過往曾涉幾樁緝毒案，因未繳回應搜數量，遂遭我機察處盯上，後因小弟掩下其證據，使其逃過了死罪，於情於理，靳剴確實欠了本總管一個人情，所以……」

「哦……原來如此！也好，免得符戩總管認出吾之模樣兒。嘿嘿……這麼說來，此趟烏淼峰之行，已算成功一半兒囉！」雷世勛竊喜道。

忽然！「砰……咻……咻……」

瞬間怪風衝開了房內木窗，一陣凜寒霜雪，乘著風勢灌入了房內。雷世勛立馬雙手一攤，惟聞「砰」之一聲，三犄法杖應聲現出，隨後順手一揮，一股內力倏將隨風擺動之木窗闔上。莫乃行旋即射出木筷，立將木窗鎖拴推上，並放聲讚嘆道：「靈幻大仙之迴風內力，令人難望其項背，此等身手，論及接續中州之大勢，指日可待啊！」

得意之雷世勛於喝下一口烈酒後，隨即對莫乃行描述了如何抑制法王之氣勢，與日前制服薩孤老賊之經過，霎令莫乃行既佩服且驚訝，隨後說道……

「什麼？原來麒麟洞口發生了這麼大事兒！嗯……那小子果然沒胡謅。」乃行又說：「我方初聞薩孤齊猝死異地，無一不驚，隨即聯想其中應夾雜隱情才是。而後又驚聞狼行山接掌中州軍師之職，我方智囊推測，應是雷王內舉不避親之舉。不過，依惲軍師之見，過往薩孤齊雖詭譎難測，惟其手法，尚稱委婉。然憶得狼行山於推廣速效丸藥之威嚇利誘兼施，凸顯其利慾薰心之性。惲先生以為，未來牽扯各州之利益談判，勢必萌生諸多變數才是。」

雷沒好氣地道：「宿命……真是宿命啊！當年老哥我於中州建寧城盛隆客棧，被初訪中州之摩蘇里奧擺了一道，衝突當下，掛著嵐映奇俠名號之寒肆楓與狼行山，亦屬該事件之滋事份子，後因狼行山賠了不是，遂全身而退。孰料狼行山向本座低頭剎那，即已註定向本座低頭一輩子之宿命！之所以讓狼行山囂張至今，無非是因婕兒看走了眼，遂使其滲入雷王府之計劃得逞。不過，事事隨時間輪動，絕無一成不變之理，只要樊臾騫能善待婕兒，我這作哥哥的就無所顧忌了。待本座收下玄武鳥晶鎮能量，未來中州一概由我雷世勛說了算！」

「聽得靈幻大仙這般口氣，難道……未來大仙將了結狼行山？耳聞其所擁之〈隱狼溯水掌〉，堪稱絕世武藝，絕非等閒之輩啊！」莫乃行問道。

「哼……了結他，算便宜了他！以本座神功蓋世，且有了這三犄法杖與透淨水晶，無須在乎什麼嵐映奇俠？一旦斷了狼行山經脈，廢其武功，僅留他一張嘴，倒蠻有用地，畢竟此人利口捷給，鼓舌如簧之功力，仍屬當代一絕啊！本座諫舉狼行山接任中州軍師，即為藉助其手腕於本座在外與父王病榻期間，穩住中州局勢。」

「什麼？中鼎王他！先前聽聞以調養身子之由，遂讓狼行山暫代中主之職，怎麼？難道如我父王一般痼疾纏身？」莫乃行驚訝疑道。

雷頷首應道：「正因如此，適值拔除薩孤叛賊之際，甚而出現了施展〈逆脈衄血掌〉之面具怪客。眼下諸多爛攤，嘿嘿，不妨暫交狼軍師去謀斷囉！」

「嗯……世勛兄乃做大事之人才，只是……若得了六稜烏晶鎮之能，可別忘了小弟從中牽引之功啊！」

「呵呵，那是當然。未來本座若執掌中州，亦須靠賢弟拿下北州之權。縱然賢弟已具莫氏之冰劍絕學，惟針對摩蘇里奧與三陽傳人之不定變數，賢弟之功力確實得再提升。嗯……放心吧！老哥我定將晶鎮能量傳予賢弟。若依喬承基所述，五大晶石分別應上春分、夏至、秋分、冬至四時令，合以另一長夏時節，只要時機無誤，必可取得最大能量。眼前冬至在即，咱們得掌握好這絕佳時機才是！」

「三陽傳人？何等人物？小弟不甚瞭解。」

接著，雷世勛將了結薩孤齊之後，於麒麟洞前所發生面具怪客與三陽傳人解救龐鳶之經過，乘著酒興，對莫乃行娓娓道出。孰料，述及凌允昇與擎中岳二人之姓名，瞬間震懾了莫乃行！而後莫乃行將過往查緝北江縣令運毒之經過，對雷世勛描述了一番。然雷、莫二人論及了凌允昇這號人物，霎時對凌允昇之強大，甚感威脅。

然於交談當下，雷世勛亦見乃行對擎中岳三字兒反應極大，遂藉杯酒下肚，再行追問來由。惟見莫乃行起身，踱了踱步，理了下思緒後，對雷世勛一一解釋道……

「話說，東震王前來北州作客，怎料三日之前，另有北坎王昔日故友來訪。其一乃陽晌觀常真人，另一則是人稱『本草神針』之牟芥琛！」

「牟芥琛？此人曾登我雷王府，為我父王診治。耳聞其已銷聲匿跡十載，怎會此刻突然現身北州？」

乃行立回應道：「依機察處所得消息，牟芥琛確曾旅居克威斯基近十年之久，待其回歸西州，即化名城居模以行醫。先前雷壇主參與西州外族大會，城居模即已診治過西兑王，或許當日之靈幻大仙，太過聚焦於摩蘇里奧，以致忽略了此一臨場醫者之角色。」又說：「牟芥琛醫術精湛，眾所皆知，此回來訪，僅為我父王針下外踝尖上三寸之足少陽絕骨穴，以應八大會穴之『髓會絕骨』，並隨手開出二味藥，隨即緩了父王之骨疾。然此二藥之用藥釋意，小弟予以備留，現即在於莫某手上，如此高明醫術，或許能治得了中鼎王之腦疾。」

雷世勛好奇地瞧了下莫乃行手上之用藥釋意，其上示著……

補骨脂，又名**破故紙**，其性大溫，味辛而苦，歸經腎脾而屬火，主五勞七傷，風虛冷，骨髓敗傷，腎冷精流，收斂神明，能補**命門之相火以通心包之君火**，故元陽堅固，骨髓充實，以強腰膝酸軟。

骨碎補之性溫味苦，歸經肝腎，主破血止血，補傷折，續筋骨，療骨痿，以活血續傷，補腎強骨，亦主骨中毒氣，風血疼痛。

雷聞訊後不禁想著，「重現江湖之牟芥琛，僅以一針二藥，即能緩解北坎王之症，不知這本草神針，是否肯為我父王治症？嗯……待冬至之後，再請莫老弟引個線兒好了。」

乃行接著又說：「隨常真人與牟芥琛同行之來者，尚有鞏中岳與雩婷姑娘。大哥已識得前述三位，惟雩婷姑娘乃惲子熙先生未拜入宗氏之養女，此女子一雙巧手，竟能製出媲美北川順行號之皮革製品，並得中、北二州諸多達官顯要青睞。然而面對市場流失之窘，順行號老闆，亦即現任北川縣令鄒煬，不免難堪；而雩婷姑娘則因親送製品至中州惠陽，巧遇了前往參與神鬣門獵風競武之擎中岳。」

霎時，雷世勛之腦海裡，浮現了擎中岳於麒麟洞口發功擊碎岩球一幕；更因擎中岳之真陽脈衝，直接衝擊了雷之腹脘。時至今日，受創處仍感不適，致使雷隨手撫著傷處，不免一陣咬牙，問道：「北坎王之昔日故友來訪，無庸置疑；雩婷姑娘乃惲先生之養女，亦有其理，倒是……那耍猴棍之擎中岳，憑著啥身份？竟能隨著大夥兒走進辰星大殿嘞？」雷一陣不屑詞語後，立持起酒壺，狠灌了一口。

「不瞞大哥您說，擎中岳是……惲子熙先生失散多年的……兒子！」乃行說道。

「噗……」雷世勛聞訊剎那，隨即噴出未入喉之燒酒，而後叫道……

「什……麼？你說什麼？擎中岳是惲子熙的兒子？嘿呀，啥時候輪到了半路認親之戲碼上演啦？莫賢弟，老哥曾聞父王提及惲子熙之子……惲敬歆，已於初生不久後夭折了，事發當下，父王亦於現場。究竟依據啥樣兒理由？能證明他倆是父子嘞？」

乃行表示，此段認親之戲碼即由常真人引燃，而兩代對證當中，眾多北州文武要官與東震王皆在場，其中尚有一關鍵人物出現，此人即是多年前遭全中州通緝，人稱「義賊」之……徐逵！

「徐逵？他還活著？」雷大吃一驚後話道：「憶得展鵬將軍提及，當年其追緝徐逵時，同芎廷縣武備軍長孫磊，將徐逵困於虹昶吊橋上，而後徐逵傷重，強行截斷吊橋後墜下，並遭谷底泛桑河之急流沖走，如此地重創、墜橋與急流，竟然……沒死！」

莫乃行接續表明了當年惲子熙之妻室馮適芳，懷了雙胞胎而不自知，惲先生藉星象與命盤，測出妻室妊娠有難，一命險存，且名中帶「敬」字者得延續。為此，惲先生提前為胎嬰取了「惲

敬歆」之名以保命，孰料惲敬歆出世後不久即夭折，惲先生遂於夫人產下第二胎時，俄而將呱

呱墜地之嬰孩，置入竹藤箱裡，並於箱中灑上鎮眠散，好讓男嬰於短時間內無聲熟睡，隨後再

將竹藤箱交予徐逵，火速帶離永業官邸。然而，徐逵不幸遭巡城衛兵追捕，一路逃到濮陽城後，

不慎滑了手，丟失了竹藤箱，所幸遭一犖姓夫婦拾獲，正巧其「犖」字裡頭帶著「敬」字，符

合了惲先生先前之推算，再經常真人接手後，由龍武尊予以「中岳」二字為名，此即犖中岳三

字之由來。

「呵呵，可笑啊可笑！故事人人會編，該不會來日，老哥我執掌了中州，一堆人前來認吾為父吧！呵呵，真沒想到，一向受人敬重的常真人，竟也是杜撰軼事，哄騙世人之能手啊！難道……北坎王與嚴東主也信了這般瞎說？」雷讖笑道。

乃行表示，此一半路認親之戲碼，雖有著常真人與徐逵單方推測之疑，孰料一突發之雙向對證步驟搬上，幾成了父子二人關係之鐵證。

莫乃行接著指出，惲子熙當眾表示，當年其將嬰孩置入竹藤箱前，見此嬰之左腋窩正中，有一赭紅胎記，隨即神來一念，於該嬰右肩骨與上臂骨之接縫處，順臂而下寸半，刺上一內含「致敬」之磐龍文符號。接著，惲子熙當眾提筆，將該符號畫出，犖中岳一見，立馬潸然淚下，不畏當下凍寒，旋即褪去上衣，果真秀出了其肩下寸半之怪異符號，相照惲先生當場所繪，一模一樣；隨後即當眾上演失散逾廿年之父子相擁而泣橋段。

「嗯……無怪乎老哥甫提及薩孤齊斃命之經過，聽聞賢弟指出某人沒胡謅，果真是指那犖中岳啊！哼……若依照賢弟之說法，那姓犖的不就得改名為惲中岳啦？」雷依舊不屑道。

莫乃行搖搖頭表示，惲子熙先生相信，擎中岳三字兒乃順天而行，始有今日，遂不堅持中岳此生更回姓氏，惟娶妻生子後，再續惲氏即可。然此一戲碼中之可笑插曲，竟出於那雩婷姑娘！雩婷含淚表示，擎中岳既歸屬惲氏，雩婷勢將與擎中岳有緣無份。孰料惲先生豁達表出，雩婷自幼痛失雙親，哀毀骨立，雖受惲先生收養，卻未讓雩婷行拜入宗氏之禮儀，遂無須多所顧忌。倘若二後生晚輩能成緣分，那惲先生未盡養育中岳之責，順天之意，即由撫育雩婷長成以代之。

嚴東主當下，甚而笑說道：「惲先生果真是先知先覺啊！不僅能替子孫避開危難，亦能顧及未進門之兒媳婦，嗯……看來老夫之餘年，該隨惲先生學點兒星象推演，或許比持著蒼宇陷空劍有用哩！哈哈哈……」

知悉擎中岳身擁神功、擁得伊人，又團圓了能推演未知之生父，雷世勛不禁再灌下一口烈酒，隨後持起了三犄法杖，對著莫乃行說道：「乃行賢弟任職機察總管多時，該也膩了才是。待咱兄弟倆拿下中、北二州後，直教那嚴東主……手不持劍，寢食難安啊！不過，未完成晶能轉換前，咱倆不得大意，畢竟此刻辰星大殿添了個擎中岳，未來難免增添變數！」

「大哥放心吧！乃行早已安排機察處屬下，盯緊辰星殿之一舉一動。曾於何思鎮面對三陽傳人之首的凌允昇，我莫乃行尚未瞧在眼裡，區區一個擎中岳，應成不了啥氣候才是。倘若真有人前來礙事兒，端視其有無本事兒過得了我〈凝闕冰劍〉這一關囉！」

「砰……咻……咻……」又是一陣強勁凜風，推開了莫乃行身旁之另一扇木窗。

乃行俄而轉身舉起雙臂，欲將木窗闔上之際，瞬見街上來往行人，個個身著厚重棉襖以禦凜寒入侵。怎料一眼角餘光，驚見鎮上另一供登山客休憩補給之淮雁樓門口，甫停下了一匹黑壯馬，其上一披著黑革斗蓬者，手拎一牛皮袋，跨步轉身下馬。此刻見得淮雁樓俞掌櫃連忙上前，頻頻點頭，順手接下了牛皮袋，隨即引領斗蓬衣者直入了淮雁樓。待莫總管鎖上木窗後，嘴裡直唸道：「何等人物來到這兒？且讓那見錢眼開之俞掌櫃，如此卑微以對？」

一會兒後，聆峭客棧洪掌櫃，親自前來問候莫總管。

「嗨呀！莫總管啊！小的因瑣事耽擱了，遂遲了一步招呼，還望莫總管見諒。大人您放心，知悉莫大人微服搜查、低調行事之習慣，故大人留此查案期間，本客棧守口如瓶，絕不漏半點兒風聲。」

莫總管頷首之後，隨即詢問洪掌櫃關於甫臨淮雁樓之訪客。洪掌櫃立馬表示，惟因本地長年籠罩低溫風寒，一年前，薄裡鎮長自北川順行號帶回了雙禦寒皮靴，贈予其年邁父親。孰料此皮靴立於鎮上傳了開來，以致每輒鎮上有人前去北川，均會攜個幾雙回來；倘若順行號供貨不及，則依所訂尺碼趕製，待製成之後，立差人一併送來崎哩鎮。洪掌櫃又說：「淮雁樓向來為來往過客之補給站，久而久之，淮雁樓即成了順行號收送款物之據點。方才莫總管所見牛皮袋，即是順行號之單純運送，如此而已。」

「呵呵，看來雩婷確實威脅了順行號生意，沒想到順行號為了顧及市場，不僅學了差運製品，甚於各地設下交易據點，嗯……這個鄒煬，果真是個極具商業頭腦之人！」雷於一旁說道。

洪掌櫃又說：「客官您有所不知，咱們這偏遠小鎮，若非提供登山者或前往北江之過路客食宿，早就無以為繼啦！尤其越到凜寒冬季，變數越多，攀登烏淼峰者必然驟降。不過，自從烏晶岩出土後，符鐵總管常帶領駐守玄武洞之軍隊上下山，間接繁榮了咱們崎哩鎮。據說，鄒煬尚打算贈予該駐軍百件禦寒皮內甲，藉以攀上軍機處之生意啊！」

莫乃行聞訊後，心裡不免質疑，「鄒煬隨父從了商，現又從了政，眼下又欲與軍機處掛勾，果真是為著擴大其事業版圖？嗯……我得派人查查才是！」

莫總管接著又問：「耳聞淮雁樓之俞掌櫃，眼高手低，唯利是圖，似乎不見鎮民與之互動啊！」

「沒錯！聆峭客棧承蒙莫總管指名入住。由於本客棧僅供一般食宿，不若淮雁樓之五花八門，訪客總以淮雁樓能提供多元服務，以致招攬了不少商賈入住，日久月深，淮雁樓之消費已非一般民眾所能負擔，不禁讓人覺得淮雁樓僅作外人生意，故少了與當地互動。」洪掌櫃應道。

乃行想了一下，又問：「若依洪掌櫃所述，甫見一身披禦寒斗蓬，且拎著一牛皮袋者，不過是個順行號之製品運差，何以讓俞掌櫃如此躬身打禮？倏而上前提拿牛皮袋？莫非……順行號給了俞掌櫃啥好處？」

「嘿嘿，巧了，今兒個達官顯要皆來訪了崎哩鎮！」洪掌櫃接著說：「回莫總管的話，依過往之觀察，俞掌櫃能顯出這般搖尾乞憐貌，除了鄒縣令來到，在下不作他人猜想。」

「什麼！鄒煬來到了崎哩鎮！」雷世勛吃驚道。

莫乃行點了點頭，隨手給了洪掌櫃些賞銀後，洪掌櫃隨即恭敬離去。

「嗯……變數來了！」乃行對著雷又說：「三天後即是冬至，為何鄒煬隻身前來？或許是巧合吧！就算鄒煬已是縣令，沒有軍機處之官印批文，定也過不了斬剴這一關啊！就算欲與軍機處談生意，亦不致選在這兒談吧？」

雷冥想片刻後，道：「這傢伙最好是單純為著生意而來，只是……天寒地凍的，何等生意這麼重要？需要大老闆親自前來嘞？再說，鄒煬已是北川縣令，為何無隨扈跟行？」忽然……

「啊……哇……啊……」一陣悽慘哀嚎聲自外傳來。

正當莫總管循聲來源，欲開啟木窗剎那，忽聞敲門聲響，原來是薄裎鎮長前來。待關上了門，薄裎對著莫總管表示，甫聞之哀戚聲，實乃對街巷弄內，一戶年邁長者昨夜病故，家屬因難捨所致。然……此乃三天來鎮上之第五喪者！雖說遇上病老衰逝難免，惟一罕見現象，適逢莫大人在此查案，薄裎斗膽前來，欲稟呈詳情。

「何等情狀喻為罕見？」莫總管問道。

薄裎嚴肅指出，三日來，除了年邁逝者為壽終正寢外，其餘往生者皆是外地過客。其一為過路商賈，另三則同為性嗜登山者。然此四者皆非首次前來本鎮，尤其該批登山組員，每年均組隊前來挑戰烏淼峰，可謂經驗豐富之團隊。三天前，林姓商賈於入崎哩鎮前，似乎已受風寒侵襲，而後一病不起，以至氣絕。次日，三登山者因攻頂失敗，狼狽下山，待退回我鎮時，實已呈出嚴重凍瘡。此四人雖是淮雁樓常客，但俞掌櫃見其眼不能睜，口不能言，全身打顫，擔心病證恐波及賓客，遂不願讓其入住，僅整理淮雁樓後方之大柴房，以供其休憩之用。待本地醫者前來診察，視其身雖熱，反欲蓋被，其口雖渴，反飲不多，其脈雖大，卻按之無力，並見其四肢厥冷，下利清穀，舌淡苔白等，一派真寒症狀，遂斷四者皆為陰盛格陽之證，意旨病患內真寒而外假熱。醫者隨即開出大枚生附子，乾薑三兩與炙甘草合用之通脈四逆湯，藉以回陽救逆。翌日，四人一度穩定，怎料入夜之後，病況急轉直下，林姓商賈先行氣絕，隨後十二時辰內，其餘三人接連去世。

「挨凍厥逆而亡，此幕於我北河、北江二縣，時有所聞。然而今年溫差確較往年為劇，薄鎮長特來稟呈遭天寒所噬之四人，莫非……薄鎮長發現什麼？」莫乃行疑道。

「回大人的話，幾日來，俞掌櫃確實派人看守淮雁樓後方之柴房，以應客官之所需。然經薄裎視察該柴房之四具大體，赫然發現四大體之正額面，均呈出微微凹陷，似乎生前遭人按壓之印痕。守房小二甚以性命為擔保，不見任何閒雜人進出柴屋。適值薄裎惑然之際，遂於今晨前往壽終長者住處慰問，怎料亦隱約可見得亡者額頭陷痕，不禁直覺此非偶發事件，故提膽穿了街巷，前來呈告。」

「竟有這等詭異之事兒？此一看似單純之小鎮，恐不單純！」雷說道。

待薄裎離去後，莫乃行猶豫了下，說道……

「三天後即是冬至，依照原計劃，咱倆得明日啟程，趁著日間暖陽相助，應能於日落前抵達玄武洞窟之駐紮營地，翌日傍晚再由斳剴帶咱倆入洞，時間綽綽有餘。怎奈薄裎鎮長臨時出了這麼個題兒，身為機察總管之乃行，能坐視不理嗎？」忽又說：「難道是……是鄒煬藉著死無對證之大體，刻意兜出這麼一橋段，使人暫不敢前進崎哩鎮？欸……不對呀！按鄒煬入住淮雁樓時間，對照薄鎮長所述，前四位過客氣絕時，鄒煬應尚未抵達鎮上才是！」

「呵呵，故弄玄虛者，會讓人這麼快察覺可疑之處嗎？真要我靈幻大仙使招，真實虛幻間，能讓人易於推斷真偽嗎？莫老弟啊！若老哥我真想幹下這樁懸案，大可於抵達前，隱身行事，待懸疑成形，再披個斗蓬，騎著快馬來到淮雁樓，藉著俞掌櫃當人證，誰能懷疑我嘞？呵呵，本大仙之所以起疑，始因堂堂北川縣令來訪北河縣，既不拜會北河縣令薛勝霖，又隻身來到這崎哩小鎮，於理不合啊！」

雷又說：「本不該讓此事件複雜化，惟因狐基族喬承基長老曾述，昔日科穆斯曾丟失兩絕世神功心法，其一為〈逆脈衄血掌〉，另一為〈碎骨溶髓掌〉！本座本不以為意，既已失傳，無須理會，直至日前於麒麟洞前現身之面具怪客，始知失傳之神功並非子虛烏有。眼下中州所掌握，身擁〈逆脈衄血〉神功者，恐出於南離王所扶植；而喬承基根據過往長老記載，另一丟失之〈碎骨溶髓〉神功，極可能遭鄒煬祖先竊據。至此，除了吾父王與莫賢弟外，本座尚未與任何人透露失落神功之相關。」

「經雷壇主如此一說，明兒個恐得先走趟淮雁樓，由俞掌櫃查起；必要時或將會會那鄒縣令，瞧他交易何等生意，須得值這般凜冽風寒下，隻身來此偏遠小鎮？待問完相關線索，即交予薄裡鎮長處理，咱們再朝目的出發。嗯……就這麼辦了！」乃行說道。

「早點兒睡吧！吾之靈幻神功亟需養足氣力的！哦……對了，賢弟身旁木窗上之插拴似乎要鬆了，記得壓牢它，免得夜裡又遭強風推開啦！老哥我先歇著囉！」

「咻……咻……咻……」

此刻，凜風依然強勁，立於窗前之莫乃行雖置身寧靜屋室，心裡卻因一己之所作所為，泛起了陣陣嘀咕。反觀窗外之飛舞雪花，伴隨著疾風咆哮，一如岩岸經久不息之駭波虎浪。孰料

雪浪捲伏之中，猶可見一沉靜許久之烏雁棲倚，狎近一瞧，實乃歇坐聆峭客棧白磑屋脊上，一身披黑革斗蓬之不明身影，動而若靜！唯有壬午仲冬之明月知曉，此一鸞鵠停峙，究竟已流連了幾多時辰？

第廿九回　烏集之交

卯時迎旭，雄雞報曉，一夜霜雪和著風寒咆哮，終潰退於冬陽露臉之後，且還予了叟翁挑擔兜售豆腐之冀望。聆峭上房貴客，二壺高粱下肚，暖身入睡，深墜於溫柔被窩之中。然熟夢未醒，怎知沉重眼皮，硬遭溫煦日光掀開，驚訝當下，始知時辰已居巳時。

「叩……叩……」莫乃行急敲著隔壁房門，喊著：「喂喂喂，勛哥，咱們睡過頭啦！」待房門一開，見雷世勛早已理好其長髮衣袍，微笑道：「昨夜見爾房燃燈甚晚，以致今晨未敢吵醒賢弟，就算要辦事兒，也得充足睡眠才成啊！」

「哦……原來，昨晚入睡前，小弟飲乾了剩餘的半壺高粱，以致酣睡不起。不……不過，方才推開窗櫺剎那，瞬遭窗台一黑貓驚嚇，接著眺遠一瞧才發現，原留於淮雁樓旁之黝黑壯馬，現已不見了蹤影！」

雷聽聞後，抖了下眉毛表示，昨夜風嘯甚大，雖辨不出周遭聲響，卻覺得頂上屋瓦傳來微移之聲，欲起身視察，立聞得「喵……喵……」之聲回應，始知夜貓作祟，甚而發覺了隔房燭燈未熄。至於淮雁樓之壯駒，若不將之移往馬廄，恐難以熬過昨夜風寒。雷又說：「一個時辰前，本座目睹俞掌櫃親自牽出該壯駒，接著躬身親送一身著黑革斗蓬者，要不，咱們上淮雁樓一趟瞧瞧？」

「好啊，不過，恕小弟一問，自外族大會後，勛哥似乎漸趨退去濃妝豔抹，有何意味？」乃行問道。

「哦……那是配合狐基族祭拜神偶之扮相！而今本座已將教務全權交予喬承基長老，況且本座已是各族尊封之『靈幻大仙』，眼前更將邁向中州大位，當然得先褪去狐基色彩；待神功加持之後，沒準兒本座亦可能呈出另一扮相！哈哈哈，咱們走吧！」

待雷、莫二人踏進淮雁樓，頓感門可羅雀，眼尖之俞掌櫃立馬上前招呼道……

「嗨呀！莫大總管啊！什麼風把您給吹來啦！沒想到，還幫咱們介紹了新貴客呀！以草民之閱人經驗，大人身旁這位大爺，印堂飽滿，衣冠緒餘，乃非富即貴之相啊！在下俞霄，眼前高貴公子，將來定同莫總管一般，有腳陽春，州域之主啊！」

「呵呵，俞掌櫃滿舌生花，妙語連珠之功力，絕對是淮雁樓興盛之最大功臣。沒準兒北州醫藥處莫乃言總管至此，俞掌櫃一樣稱其州域之主啊！」乃行說道。

「不不不，莫大人乃是威武將才，坐觀中土五州，哪一霸主不是揮刀挺槍的？而書卷味兒重些的，不過是任上輔佐軍師而已。倒是前些日子，莫大公子才來過這兒，在下見其兩眼發黑，顴後暗沉，精神似乎不慎理想。啊啊啊……小的該死！莫大公子恐是案牘勞形、刺促不休所致啊！」

「什麼？乃言來過這兒？這兒有啥醫藥市集或重大會議？他來這兒做啥？」乃行疑道。

「這個嘛……小的就不甚瞭解了。不過，莫大公子確實向俞霄提問，關於符籤總管巡經本鎮之時間，惟因此事兒涉及國防機密，俞霄輕描帶過，未多琢磨。翌日過午，莫大公子即單騎離開了崎哩鎮。呵呵，俞霄知曉莫二少乃機察處總管，恐與查案有關，遂坦然以告。」

「那麼……可有一身著黑革斗蓬者，來訪淮雁樓？」乃行又問。

「欸……這個嘛……莫總管指的可是北川之鄒煬縣令？沒錯，鄒縣令是咱們這兒的熟客，昨兒個還攜來了幾雙皮靴呢！」俞霄又說：「鄒老闆不僅親自送來製品，甚要咱們小心山下的雁鳴鎮，已發生多位東州來的登山客，尚未登我崎哩鎮即離奇死亡。巧了！近些日來，打我這兒就發生了四位，甫倒下不及兩天，即告回天乏術，莫非……大人正為查此案子而來？」

莫乃行點頭回應後，再問及四驟逝者之大體。俞掌櫃因得等著招呼登門貴客，遂令看顧柴房之小二，引著莫、雷二人到後柴房察視。雷世勛入房後，見一法師正於誦經超渡，乃行上前緩緩掀起大體蓋布，立見四大體之前額處，果真有按壓凹陷痕跡，其二甚有顱骨凹陷之狀，回頭對雷道：「人之額顱骨尚稱堅硬，為何眼前氣絕身亡者，顱骨呈出這般脆弱？」

一旁誦經法師表示，依其多年經驗，除非生前中了劇毒或入了蠱蟲，否則因病氣絕者，鮮少見得這般脆弱顱骨。此話一出，不禁引來雷唸道：「莫非真有〈碎骨溶髓掌〉這事兒？」

接著，雷、莫二人轉身欲回往淮雁樓大廳，不巧見著柴房一隅，擱著若干遭棄置之牛皮袋，袋旁亦發現數撮散置之禽類羽毛。乃行隨手一撥，發現袋內空無一物，靈機一動，故意對著小二質疑道：「是否有人欲以牛皮袋悶死病患，不巧遇得病患掙扎，行兇者情急下，狠敲擊對方頭顱以致死？哼……若有人隱情不報，勢將以重罪處置！」

小二立馬跪下，舉手對天發誓，「冤旺呀，大人！回……回……回大人的話，小的於看顧柴房期間，除了湯大夫入內診治外，就僅一黑貓穿梭進出而已，絕無其他人出入。那……那牛皮袋兒，是……是順行號老闆用來裝銀兩用的。小的若言半點兒假話，定遭天打雷劈！」

「不是裝著皮靴嗎？怎會是裝銀兩用的？快說！」莫總管喝道。

小二瞧了下四周後，輕聲表示，已許久沒人下訂昂貴皮靴了；小的僅知，鄒老闆常拿一袋銀兩給俞掌櫃，並與俞掌櫃飲酒暢談。又說：「小的記得一回遞送酒菜，離開房時，僅聽聞俞掌櫃唸了聲『斬剴將軍』，而後房內隨即鴉雀無聲。大人啊！小的就知道這麼多啦！」

雷隨即道：「如此說來，這鄒煬確有台面下之舉，眼下首要之關鍵人物……俞掌櫃！」

這時，俞掌櫃走來柴房，恭敬知會道：「薄裎鎮長領著一手持機察處令牌之檢搜官，正於大廳等候莫大人。」

莫、雷二人來到大廳，一片冷清，僅見機察處屬下與薄裎鎮長佇立等候。

「頁鈞！怎會現身此處，有何急事？」莫總管問道。

「回大人，幸得薄裎鎮長沿街詢問，屬下遂能前來淮雁樓。」頁鈞又說：「稟大人，屬下派人緊盯辰星殿內外舉動，竟傳來宵小伺機闖入符總管官邸，所幸無重大損失。再則，醫藥處莫總管自向北坎王借閱《五行真經》後，已數日未上朝，惲軍師直覺有異，遂親訪其官邸，怎料不僅不見乃言總管蹤跡，更於官邸几案旁發現不明粉末，待檢驗後已確為違禁之物！」

乃行聞訊，瞬顯詫異。頁鈞接著表示，此一突發事件，尚不知來龍去脈，為顧忌乃言總管恐遭人誣陷，惲先生暫不上奏北坎王，僅令機察處嚴查。頁鈞直覺茲事體大，立快馬前來告知，怎料抵達雁鳴鎮後，驚聞崎哩鎮出現傳染怪疾，且見四處張貼告示，要求登山者暫且止步，待事件平息後，再行開放。

「呵呵，眼下變數萌生，正考驗著賢弟之智慧了。」雷唸道。

「嗨呀！無怪乎這些天來，皆不見外客上山啊！看來，今兒個又可提前打烊啦！」俞掌櫃唸道。

「頁鈞，可有聽聞數位東州登山客於雁鳴鎮離奇死亡之消息？」乃行問道。

頁鈞立馬搖頭表示，直至今晨離開雁鳴鎮，均未聽聞鎮上有人意外身亡之消息。

乃行向頁鈞使了個眼色，隨即對著俞掌櫃說道：「掌櫃的，真是不好意思，我機察處可得替您早些打烊了！」此話一出，頁鈞立將淮雁樓大門關上。

「這……莫大人啊！在下不過是說笑，您……您怎當真？這淮雁樓還得等客官上門哩！聞您此一令，不教俞某難堪嗎？再說，京城裡出了樓子，怎拿我這兒查辦哩？」

乃行正經回道：「等客官上門？吾已數日不見外客上山，僅見鄒煬駕馬登訪淮雁樓而已，如此慘淡經營，卻見俞掌櫃從容以對，笑臉迎人，難道……俞掌櫃這麼杵著，就有人自動將銀兩送上？」

俞霄聽了這話，立馬嚥了口水，接著，乃行將牛皮袋朝桌上一擲，質疑道：「甫聞掌櫃提及鄒老闆親送皮靴而來，瞧這麼個皮袋兒，應可盛裝兩三雙吧！俞掌櫃可否將昨兒個鄒老闆送來之製品，拿出來瞧瞧！」

俞掌櫃神色瞬轉鐵青，吱唔表示，貨主一早即將皮靴取走了，莫大人如此口吻，莫非……我淮雁樓觸了王法？還是……俞霄為鄒縣令行銷製品，須另行繳稅？倘若真是，只要莫大人您開個口，俞霄定當雙手捧上。

「非也！非也！淮雁樓乃崎哩鎮之地標，深得外客口碑，何等光榮，何來觸法？」乃行又說：「縱然另須繳稅，其屬稅務官之責，勿須與本總管論及金錢來往。眼下趁著薄裎鎮長在此，還請俞掌櫃告知，是哪戶人家前來取靴？莫某倒有興趣瞧瞧這順行號所製皮靴，製工如何？」

「呃……這個嘛……對啦！今早是……貨主差人來取，而後即攜貨出鎮去了！」

「呵呵，真那麼巧，看來，吾以機察總管身份察視一下淮雁樓，相信俞掌櫃應能配合才是！」「頁鈞，搜查一下淮雁樓上下！」莫總管洪聲令出後，俞掌櫃臉色瞬間由青轉白。

「叩叩叩……」忽聞一陣敲門聲響起，俞掌櫃忐忑地上前開門，隨即聽得門前一人發聲道：「俞掌櫃啊！今兒個怎不作生意嘞？還好有人應門，否則這趟可就白跑啦！挪……就這隻最肥美啦！欸……若俞掌櫃忙的話……這帳咱們下回再算囉！先走一步啦！」

俞掌櫃隨即差遣小二，將綑綁好之白鵝提往後院兒。此舉不禁引來雷世勛好奇提道：「淮雁樓位居高海拔之域，竟能供應南方飛禽料理，如此凜冽風寒之地，能品嚐鮮鵝珍饈，奢侈……

真是奢侈啊！」

俞掌櫃回應表示，肥美白鵝於此之身價，勝過山下一頭肉牛。俞某之所以斥資將其購進，取其新鮮鵝血，實為主要目的。又說：「在座可曾聽聞醫界之四大難證？」

「我機察處雖不諳醫經藥理，惟接觸名醫之機會不在少數。耳聞中醫之四大難證，實乃『風、癆、臌、膈』，意指中風偏癱、虛勞肺萎、腫瘤腹水、噎膈反胃，神仙難解。怎麼？何來與禽鵝扯上關係？」

俞掌櫃搖頭回道：「因高齡老父罹上了上述四難證之噎膈，不時嚥下梗塞，食入即吐，唯此症狀歸屬難證，遂得北淼怪醫仇正攸關注。仇神醫以苦酒、雞子去黃，配伍半夏，合以製成半夏苦酒湯作飲，並以生半夏入袋，外置於食管咽阻處，試以化去積阻。數日之後，再更替了張藥方。」話後，俞掌櫃拿出了藥單，藉以證明所述。

莫乃行接過藥方後，見其上書著……

水煎丹參、沙參、茯苓、鬱金、貝母、砂仁殼、荷葉蒂、杵頭糠。以上八味，共成治噎膈之傳世名方……啟膈散！

莫總管點頭說道：「見過仇正攸所開藥方，嗯……這的確是仇正攸所書之特有字體。」

俞掌櫃接著表示，父親於服飲數日後出現神蹟，竟能微量進食！待仇神醫離去前，僅以「取類比象」，「以形會意」之理，表出了禽鵝之食管何其長，自古至今，未曾聽聞鵝頸食管遭噎膈所累。遂建議家父熱飲鮮鵝血，或可保父親食管之暢。為此，俞霄始斥資，託人運上禽鵝，如此而已。

薄裎鎮長聽聞後起身，並發聲為俞掌櫃證實，怪醫仇正攸確實曾來崎哩鎮為俞霄之父治病。至此，莫乃行遂將柴房禽羽之疑慮卸去。適值俞掌櫃博得眾人同情之際，頁鈞檢搜官分別於淮雁樓上房與掌櫃之寢室，各搜出了包細白粉末。俞掌櫃見狀，自知紙包不住火，甚難自圓其說，旋即渾身顫抖，頓時不發一語。

莫總管沒好氣地說道：「俞掌櫃可別再辯稱這兩包是樹薯粉吧！就算是樹薯粉，它也該出現在廚房，而非賓客上房吧？呵呵……單憑這兩玩意兒，本總管即可送俞掌櫃上絞刑台啦！」

此話一出，俞霄隨即仆跪於莫大人跟前，涕淚雙下，哽咽發聲道……

「莫……大人，草民無知，不該受外人煽惑利誘。」又說：「每逢嚴冬，崎哩鎮登山過客驟減，生意蕭條，更因照顧重症父親而開銷甚鉅。孰料半年前，鄒老闆初次來訪，大手筆地將淮雁樓包下一週，且明確表出，『素聞登山者必登烏淼高峰，始可謂登上中土之最。』故藉此為由，暫留此鎮以熟悉登山路徑。想想，能遇上出手如此闊氣之貴賓，必然是咱們同行搖尾乞憐之對象。兩個月前，一鎮民因順行號肯為其送來訂製品，逢人即讚頌順行號；再因淮雁樓得登山客青睞，遂讓淮雁樓成了順行號另類行銷之處，順勢讓鄒老闆成了淮雁樓之常客。」

俞霄又說：「個把月前，北州軍訓總長靳剴前來淮雁樓，表明了符戠總管公務纏身，分身乏術，故暫由其接任玄武洞窟之駐防軍長，而符總管則採不定期巡視駐防營地。一日，鄒縣令在此遇上了靳剴軍長，三杯黃湯下肚後，二人即成了杵臼之交，俞霄這才知曉，鄒縣令自此差人送來白粉，以供靳剴所需。」

一旁雷世勛岔話道：「莫總管已放過靳剴一回，怎料此人故態復萌，以致讓鄒煬趁隙而入。

此一鄒煬，可真是放長線釣大魚之能手啊！」

「何以俞掌櫃不為此向機察處舉報？反與之同流合污？」莫乃行問道。

「大人饒命啊！草民一時糊塗，聽了鄒煬之建議，其不僅供我銀兩，以助淮雁樓之開支，更因白粉可減輕重症病患發病之疼痛，如此之誘因，致使俞霄成了鄒煬與靳剴之訊息傳遞者。莫……大人饒命啊！眼前所呈之違禁物，即是昨日鄒煬親自攜來之物，小的尚未拆封啊！」

莫乃行起了身，立將兩包違禁物交予了頁鈞帶回機察處，並再次對俞掌櫃叱道：「單憑俞掌櫃洩漏軍機處機密，即可問斬，更何況是助人藏匿違禁物！」又說：「鄒煬擅於利用金錢攻勢，收買能為其辦事兒之人。快說，收受了鄒煬銀兩，俞掌櫃受其何等任務？倘若有助揭發鄒煬罪行，俞掌櫃或可從輕發落！」

俞霄雙唇依舊顫抖，跪地指出，鄒煬要求俞某自本月十五起，為期一週，配何其於山下雁鳴鎮發佈，崎哩鎮恐有怪異病症肆虐，其目的乃阻擋外人進入崎哩鎮，而所支付之銀兩，即是補足淮雁樓之營運損失。鄒煬為何這麼做？俞霄不得而知。然因先前受了寒，以致來到鎮上之三登山客與林姓商賈，意外於本鎮身亡，消息一出，竟與鄒煬釋出怪異病症肆虐崎哩鎮之說……不謀而合！而俞霄僅對鄒煬表示，「真出了人命，恐將引來機察處關切！」鄒煬則神情自若回應：「若因天候因素致死者，不在機密調查範疇內，故無須顧忌。」

俞又說：「時至今晨鄒煬離開時，其表明將透過管道知會死者家屬，並通知家屬因鎮上入夜風寒甚鉅，故以順行號之名，出資差人將大體運至雁鳴鎮，以方便家屬指認。接著鄒縣令即表明，尚有要務在身，故須倏回北川。莫大人啊！草民就知道這麼多了，還望大人開恩啊！」

「呵呵，一個北川縣令，竟能於北河縣內指揮若定？一個製鞋商賈，即可決定北州之地方事務？嗯……真是有錢好辦事兒啊！」雷說道。

莫總管隨即下令檢搜官，仔細蒐集柴房周遭之可疑點，並重新紀錄四大遺體之細部特徵，再令屬下全力追查順行號之禁物來源。隨後又對薄裎道：「此事件尚未釐清前，暫且保留淮雁樓之內幕；有勞鎮長每日巡視俞掌櫃之經營狀況，得以配合頁鈞之行事。然俞掌櫃已成此事件之嫌犯，尚未查出鄒煬具體犯罪證據前，俞掌櫃不得擅自離開崎哩鎮！畢竟俞掌櫃亦是指證鄒縣令罪行之重要證人！」

回到聆峭客棧後，雷世勛立對俞霄所述，分析指出，鄒煬資助俞霄，使之配何崎哩鎮有怪異病症肆虐之風聲，明顯藉機阻下外客登上烏淼峰。而鄒煬欲藉白粉誘惑蘄剴，並使俞掌櫃助其轉手白粉，莫非……鄒煬亦以此等形式，滲入了莫乃言之醫藥處？

乃行則認為，鄒煬故佈疑陣，先阻去閒雜人等上山，並藉四具遺體，攪亂官辦人員之思緒，再將白粉交予俞霄處理，亦可退避其直接犯罪之嫌，且能以淮雁樓作為裡勾外連蘄剴之處，眼下又表明倏回北川處理要務，此般聲東擊西，究竟盤算著什麼？

雷突然問道：「賢弟先於雷某來到這鎮上，雖說薄裎鎮長與聆峭客棧之洪掌櫃願意配合莫總管低調行事，但淮雁樓之俞掌櫃，是否已知莫總管早已來到崎哩鎮？」

「不可能！乃行來到聆峭客棧後，除了透過窗外視野察看外，直至世勛兄來到，莫某始終足不出戶，倒是……見過俞掌櫃行經聆峭客棧前，駐足片刻後離開。啊……遭啦！」

莫乃行似乎想起了什麼，隨即道出：「乃行抵達聆峭客棧後，坐騎暫停於客棧旁，而坐騎上之馬鞍，明顯烙印著機察處特有徽章，俞掌櫃乃極為關注外來訪客之生意人，一定注意到吾之坐騎。換言之，或許鄒煬抵鎮時，早已知官辦人員抵達崎哩鎮，而鄒煬下榻於淮雁樓，可就近前往柴房動手腳，其目的即是模糊咱們查案，甚而藉由俞掌櫃，引誘咱們前往雁鳴鎮查案，此乃刻意誤導！再則，鄒煬先前以贊助皮革內甲為由，伺機搭上軍機處之生意，卻因調任靳剴軍長前來，轉以白粉接近靳剴，顯而易見，鄒煬是為著接近玄武洞窟而刻意搭上靳剴！」

霎時，雷世勛恍然大悟，隨即表明了鄒煬曾包下淮雁樓一週，除了引來俞掌櫃注意外，其藉登山為由，實為勘查崎哩鎮上玄武洞窟之可能路徑；再對照俞掌櫃於吐露實情時表示，鄒煬自本月十五起，為期一週，要俞掌櫃配合阻止閒雜人等上山，然此時日內，最重要的日子，即是……

莫乃行與雷世勛互瞧後，異口同聲地唸出……「冬至！」

乃行更指出，鄒煬刻意向俞掌櫃表明，將倏回北川處理要務，如此聲東擊西，只為能如期前往……莫、雷二人再次同聲唸出……「玄武洞窟！」

莫、雷二人驚覺被鄒煬耍了一圈，竟拖去了半日時間，旋即三步當兩步使，衝下聆峭客棧，雙雙躍上了坐騎，馬韁急扯，「嘶……嘶……」俄頃見聞兩駿驥仰天擎蹄，放聲長鳴後，立馬衝出崎哩鎮，急往玄武洞窟方向奔去。惟因乃行即興查案而虛擲了時辰，莫、雷二人遂於倉促之中，忽略了山巔之六出紛飛，恐已緩緩下侵。倘若不幸遭遇山巒凜寒圍剿，莫、雷二人恐將為其魯莽之舉，付出難以預期之代價！

白雪皚皚，冰封雪蓋，相照兩黑革斗蓬身影，煞是對比；惟見黑點趨近，隨即引來駐防軍兵上前盤問。待靳剴軍長前來，見著雙雙褪下斗蓬之主角，攜來數罈臨宣醇酒，不禁心大悅，隨即引領二訪客步入營帳。而後帳內杯酒盡酣，以慰駐將之辛，甚令帳外守兵暫歇溫飲，以淡思鄉之愁，放眼軍營上下，一夜酩酊。

翌日，見眾兵將仍處宿醉狀態，靳剴軍長遂於守兵鬆懈下，放行二訪客入洞勘查。孰料數時辰後，驚見另二登山訪客匍匐來到，靳剴一眼識出之一乃機察莫總管，連忙攙入軍營，惟因二人不禁一夜鵝毛大雪，猶顯昏厥之貌，斯須臥上火炕，待臟腑經脈得溫，始見二人緩緩甦醒。

然因二人吸入甚多凜冽寒氣，不僅損及主宰周身之**上焦君火**，更傷溫養臟腑之**下焦相火**。依**臟腑別通**之論，**心包虛損**則波及**陽明胃腑**，遂得併發脾胃陽氣虛衰之**胃寒病證**，故見得**胃脘疼痛，得溫則緩，嘔吐清涎，食穀不化，舌淡苔白**之一派虛象。靳剴於送上禦寒被毯後，唸道：「莫總管不畏雪虐風饕，漏夜上山，莫非向天借膽，挑釁死神不成？」

「咳……呃……呃……」莫乃行撫著胃脘處，道：「身居北州數十載，終體驗到烏淼山之風刀霜劍之厲，冰雪嚴寒之威！咳……呃……只因……事在迫切，顧不及周遭因素，縱然折損坐騎，務必趕及玄武洞窟。然隨行之弟兄乃中州肅毒要官……羅崑！咳……其懷疑坊間違禁物品，流向了北州軍營，居中牽線之嫌犯，恐為現任北川縣令……鄒煬！惟因事關重大，遂聯合本總管親自查辦。咳……孰料，搜查過崎哩鎮淮雁樓，並得鎮民提供線索，曾見鄒煬單騎出入烏淼山林，惟烏淼山為我軍防重地，靳剴軍長又曾與我機察處深度配合，咳……遂漏夜上山查

察，不知……靳剴軍長可有線索提供？」

「這個……這個嘛……」靳剴見莫乃行之眼神，似乎已掌握了若干證據，再聽聞搜查過崎哩鎮淮雁樓，靳剴頓時口水猛嚥，頻顯局促不安；一旁羅崑隨即附和，表明已於淮雁樓搜出若干禁物。靳剴深感威脅上升於指顧之間，立馬將帳門緊密扣上，腦中突然閃出拔劍滅口之念頭，卻明瞭莫總管乃凝關冰劍之高手，倘若刺殺不成，死路一條。當下靈機一動，瞬向莫乃行下跪，痛哭流涕，直指一切均受鄒煬脅迫所致！

乃行見手段奏效，順勢表明靳軍長若肯配合指證鄒煬之罪行，並協助提供鄒煬之行蹤，或有將功贖罪之希望。靳剴躊躇片刻後表示，鄒縣令藉由冬至勞軍名義，已於昨日來到軍營。此訊一出，霎令莫、雷二人驚愕連連。乃行立對著雷唸道：「果真是聲東擊西之策！恐怕更糟的，尚在後頭嘞！」

匿名羅崑之雷世勛，立向靳剴問道：「鄒煬於何時離開軍營？」

靳剴自知莫乃行曾給予通融，倘若再胡謅掩飾，恐不利己，遂自認責任疏失，把關不利，倏向莫總管坦言，鄒煬現已置身玄武岩洞之中。

「什麼？鄒煬已進入玄武洞窟！」乃行接著斥道：「僅藉勞軍名義，為何軍長擅自放行閒雜人等入洞，況且入洞尚須軍機處之官印批文才成！」

此刻，靳剴拿出了軍機處之官印批文，立交予了莫總管。莫乃行再次驚愕唸出批文道：「軍機處批準……醫藥總管莫乃言……查訪玄武岩洞！」

乃行這才恍然大悟，「先前頁鈞通報，宵小伺機闖入符總管官邸，莫非即是乃言入內，利用官印偽造通行批文，這麼說來，乃言真協助鄒煬闖關！」

「呃……不瞞總管您說，末將之所以放行鄒煬入洞，實因莫大少爺偕同鄒煬前來，面對莫大少爺手持通行批文，末將怎能不放行乎？」靳剴機靈辯道。

「什麼？眼下除了鄒煬，醫藥處之乃言總管亦置身玄武洞中？」乃行急問道。

見靳剴點頭如搗蒜，莫乃行隨即提筆書函，寫下莫乃言之所為，並令靳剴派人將信函送至崎哩鎮，交予檢搜官頁鈞，火速傳回辰星大殿。

雷世勛立附耳莫乃行，輕聲提醒道：「今夜子時即入冬至，此乃一年之中，晝最短，夜最長之時刻，咱們得敏捷腳步，免得如常言所道……夜長夢多！」

莫乃行隨即將已入洞二人之罪行，述予了靳剴，並告知北州機察處將聯合中州肅毒官，立馬入玄武岩洞逮捕嫌犯。靳剴軍長知悉事態嚴重後，即刻調動軍兵，封鎖岩洞四周，隨後聞乃行叮囑道：「倘若時至明晨曙光乍現，仍未見咱倆緝嫌出洞，隨即封死洞口，以待軍機處領兵前來支援！」

靳剴領命後，旋即引領莫、羅二人來到玄武洞口，立見二人各持火炬，倏朝洞內走去。此刻，莫乃行尚憂心於自身氣血俱虛，惟雷世勛表示，莫乃言不諳武藝，僅藉一販履縣令，即想換得晶石巨能，一如吹網欲滿、蹇人升天！待靈幻大仙轉得晶鎮巨能，自能同祛體內之寒，勿須擔驚受恐。接著二人達成共識，一旦洞內有異，不排除以意外為由，滅了鄒煬，永除後患！

然而，置身玄武洞內之鄒煬，得意說道：「憶得鄒氏祖先之手札，留有一段記載：一曰，造訪杰仲書室，經杰仲先生相告，中土之黑者歸水，主天地之水，稜規則強，互逆則危，六為

頂巨。所謂玄者，黑也！玄武乃四象之一，為北方七宿之斗、牛、女、虛、危、室、壁之總稱，其代表北方靈獸，對應四季之冬。然今夜即入冬至，眼前之烏晶石礫雖多，僅此六稜烏晶鎮之儲能乃諸晶石之最，且將應天磁地氣之影響，使晶鎮斥開晶岩基座，屆時僅將雙手橫置於晶鎮與基座之間隙，即可吸收其晶鎮內能。呵呵，再過不久，乃言兄即可見證晶鎮之威力啦！」

乃言疑道：「讀經書，吾在行，惟自幼厭斥習武，如此不諳武藝，亦可吸收晶石之能量乎？」

「呵呵，不諳武藝？或許晶鎮之能未能直接添助乃言兄，唯乃言兄與鄒煬乃莫逆之交，一旦乃言兄表態爭取北州大位，合以在下之影響力，北川、北河、北江、北渠四縣，定擁護乃言兄擔任北州之主。倘若鄒煬能取得晶能，進而兼任北州軍機處總管，以咱倆這般一文一武治國，他州何以與我北州匹敵？」

孰料，滅了火炬之莫、羅二人，隱隱來到了六稜烏晶鎮周圍，隨即聽聞莫乃言說道：「若吾弟乃行亦表態競爭王位，以其與軍機處之交情，亦有若干影響力才是。」

鄒煬譏笑道：「哈哈哈，機察處之反應極其駑鈍，空有舞刀弄槍之伎倆，實在難生氣候。吾僅藉著四具大體，即可模糊莫乃行之查案方向，沒準兒咱們之機察總管，尚滯留於雁鳴鎮驗屍嘞！哈哈哈……」

鄒煬又說：「北州大位並非北坎王屬意何人，即可交棒。我鄒煬費盡心思，當上了北川縣令，正是為著幫乃言兄抬轎。倘若沒了四大縣令之支持，莫乃行欲登上北州之主，單憑藉其『吃一塹，長一智』之速度，恐得下一輪迴才有希望。不過，真正麻煩人物，除了軍師惲子熙之外，竟於此節骨眼兒，讓惲子熙迸出了個失散逾廿年，名曰摯中岳之兒子！不巧的是，此摯姓小子，一身至陽神功了得，縱然鄒煬身擁祖傳之〈碎骨溶髓〉神掌，尚占不得上風，故取得六稜烏晶鎮之能量，至關重要！眼下趁著中州薩孤齊殞落，中鼎王亦病榻之際，乃言兄一旦掌了權，咱們即可揮軍南下，擴大北州之疆域啦！哈哈哈……」

隱匿一旁之莫乃行，驚訝地表示，曾聽聞順行號創始人鄒敦，不時對外誇稱鄒氏神功，聞訊者無不以為此乃鄒敦藉故拉搭政軍人士之浮誇詞語，孰料其所述之鄒氏神功，竟是科穆斯失傳之〈碎骨溶髓掌〉！甫聞鄒煬所述，果真練成了這般鄒氏神功！

雷世勛頗為不屑地指出，鄒煬心中之如意算盤，表面是助推莫乃言登上王位，實際上卻是為己鋪陳，以行「鯨吞蠶食」之計。眼下聞得鄒煬之野心，實已伸入我中州領域，倘若讓其取得晶能，中、北二州之後續，不堪設想！「呃……莫乃言拿出了什麼？」

「咻……呼……咻……呼……嘿嘿嘿……真是讓人如臨仙境啊！如此質地之白粉，唯有鄒縣令篩選得出啊！呵呵呵……」莫乃言恍惚道。

「呵呵，咱們北州醫藥處總管，竟也禁不住科穆斯之紫花罌粟誘惑啊！」鄒煬又說：「並非小弟篩選功力高超，而是摩蘇里奧之萃煉技巧，無與倫比啊！有了這玩意兒，欲打通中州管道，事半功倍啊！」

「不不不……」乃言搖頭話道：「咱們將勢力伸向中州前，可得留些醇品，始能控制吾弟乃行之機察處，一旦有了藏毒實據，就算乃行能躲過絞刑台，也得蹲坐地牢一輩子啊！又說：「自從乃行接近那狐與壇，弄得一身陰陽怪氣的，令人礙眼，遲早遭外來異族蠱惑，此乃咱倆須考量之變數！只要沒了機察處作梗，咱們也好辦事兒啊！」「歐……對了，崎哩鎮怎會巧出了人命？且巧妙迎合了鄒老弟先於雁鳴鎮，刻意釋出怪疾肆虐崎哩鎮之計策？」

鄒煬稍稍皺了眉，嚴肅說道：「上回北江縣令宋世恭運毒一事兒，若非我鄒煬夠機警，提前將倉庫儲貨與沈三榮調包，讓莫乃行撲了個空，鄒煬何以能當上北川縣令？倘若當時被莫乃行撂倒，我鄒煬恐難有翻身機會。正如乃言兒所說，沒了機察處作梗，咱們確實好辦事兒。至於崎哩鎮之突發人命，果真天助吾也！甫聞淮雁樓俞掌櫃提及，四外客受了寒凍，怎會湊巧地逐一氣絕身亡？難道……流連柴房旁那黑貓，果真是死神之化身？唉……算了，甭管那麼多啦！追查疑案這檔爛攤兒，就交給乃行去忙吧！咱倆尚有正事兒要辦哩。」「欸……怎麼回事兒？」

洞窟內五火炬突然滅了三炬，一會兒後，隨即復燃，另二火炬接連熄滅，而後又再度燃起，如此怪象，週期數回，莫乃言見狀，兩腿直軟，抖顫唸道：「有……有……有鬼啊！父王早說過，玄武岩洞或有不祥妖氣，過往中州麒麟洞窟亦不明坍塌，甚連火連教主邢彪，亦是深入南州朱雀岩洞而重創失智。鄒老弟，吾之生辰八字甚輕，咱們還是先撤離為妙啊！」

鄒煬立馬挺身唸道：「難得天時、地利、人和，咱們計劃了大半載，等的即是眼前這時刻，怎可前功盡棄？瞧這般引燃手法，這……這不是鬼魅！是……幻術！嗯……看來咱們已定好角色之戲碼，硬是切入了不速之客啊！」鄒煬接著喊道：「既然入了岩洞，何以這般鼠首僨事，縮手縮腳？此等雕蟲小技，鄒煬不屑一顧！」

鄒煬甫話完，莫乃行立由暗處緩步走了出來，道：「好一個聲東擊西之策啊！先放風聲以支開閒雜人等上山，再藉離奇命案，引檢搜官下山驗屍。呵呵，鄒縣令啊！上回沒讓吾逮著，這回卻掌有了人證、物證，再加上乃言兄長私自偽造軍機處批文，又於醫藥總管之官邸，搜出了不明禁物，看來，爾倆狼狽為奸之罪行，恐難逃過北州審案處之重懲了！」

「哼……吾乃莫家大公子，亦為爾之兄長，本總管所為何事，你莫乃行管不著！」

鄒煬接說道：「哦……原來是咱們北州機察處莫乃行總管啊！查案查到這兒來啦！咱們莫大少爺尚知拿張通行批文來，而乃行兄直接入洞抓人，仍屬藐視王法。乃言兄，看來知法犯法者，不止咱倆喔！」

「機察處與醫藥處向來井水不犯河水，乃言總管自知身為兄長，卻不知榜樣可貴！怎料結識了鄒煬，不時縱情於吃喝玩樂，鮮於關注父王之不便作息，放縱自己於藥粉麻醉，不知何以支配自我。乃言吾兄還真以為利益一身攬之鄒煬，能為兄長您……抬轎賣命？今日，就憑我機察總管令牌，即可先斬後奏！」

「哈哈哈，好笑，要令牌？哼……吾身擁醫藥總管令牌，亦僅由北州審案總管賀亟軒發令直審，尚輪不到機察處逾權緝捕本總管！」

鄒煬接續質疑道：「先斬後奏？呵呵，就憑閣下向狐與壇學來那幾招幻術？呵呵，火侯還差遠啦！欲藉幻術退敵？學學那中州雷大少吧！其能於西州外族大會，擊退摩蘇里奧那老狐狸，並得了個『靈幻大仙』之名號，更能制伏內力不凡之薩孤齊。呵呵，等你乃言兄長得了北州之位，這軍機處總管位置，鄒煬倒可讓予乃行兄，屆時咱倆可以合作，一同除掉雷世勛，以絕後患，不知機察大人，意下如何？」

「咻吵……」一陣風沙突自洞口襲入，本於洞內冬眠，霎時被風沙喚醒之數條蝮蚺蟒，一一朝洞內游去。「哇……哇……媽呀！是毒蛇耶！」莫乃言見蛇游來，驚叫連連。鄒煬不疾不徐地持起一火炬，交予莫乃言驅走小蛇後，自個兒抓起了兩條較大蚺蟒尾部，值雙掌使勁兒一握之後，二蟒隨即癱軟不動，隨後即聞一陣拍掌聲響傳來。

「啪……啪……啪……厲害！厲害！不過，可憐喔！被吵醒之蚺蟒，竟遭人碎骨溶髓啊！」

「哦……原來我鄒煬尚擁召喚神力啊！竟然把靈幻大仙都給喚來啦！」

鄒煬又說：「唉呦呦……我沒看錯吧！見靈幻大仙一路移位至乃行大人身後，竟不見乃行大人驚訝神情，莫非……機察總管藉著查訪狐興壇，竟私自與異族賊寇結盟？再說，靈幻大仙之身分特殊，以乃行大人勾搭外賊，並領之入侵北州軍防重地之罪名，倘若咱們同受賀亟軒大人審判，吾以為，首登絞刑台者，恐為乃行大人是也！」

「話說多了，嘴不酸嗎？」雷世勛接著說道：「本座暫先不與鄒縣令抬槓。爾倆如此大費周章地來到這兒，無疑是為著洞內之烏晶鎮！既然大夥兒目的相同，何不待轉能之後來場生死決鬥，誰能離開玄武岩洞，即可得天下之威名。」

「不不不，哪怎麼成嘞？我莫乃言不諳武藝，何以參與較量？再說，六稜晶鎮就此唯一，誰先轉能，誰先得利。換言之，若是靈幻大仙首先轉能，何者能與之匹敵？所以，咱們先行入洞，應由鄒煬率先轉能才成！」

雷世勛大方表示，同意鄒煬率先轉能，怎料卻遭鄒煬輕蔑回應……

「呵呵，大仙還以為鄒煬仍是吮奶娃兒嗎？乃言兄不諳武藝，惟轉能過程中，誰能護及鄒煬安全？倘若爾倆趁人之危，豈不讓大仙瞬成刀俎，對方即為魚肉啦？」

然此時刻，乃行機警覺到，「豈有此理，鄒煬乃我機察處緝拿要犯，何等理由於此說一論二。再則，甫聞雷世勛提議生死決鬥，誰能離開玄武岩洞，即可得天下之威名！難道……雷世勛已有排除異己、獨自離開之念頭？嗯……不妙！看來，我得儲備凝關冰劍之內力，以備不時之需！」

當下四人雖僵持一陣，卻隱隱推升著洞窟內之火藥味兒，突然！「喀……喀……喀……」一陣石塊擦擊聲傳來，砰砰作響！原來，數人對峙洞穴之中，渾然不知已屆深夜子時。距六稜晶鎮較近之乃言，驚訝喊道：「晶……鎮……六稜晶鎮，它……它動啦！」乃言此話一出，其他三人於俯仰之間，各有了驚人動作！

鄒煬俄而轉身，兩跨步後，一伸手即將莫乃言推開，倏朝晶鎮靠了上去。乃行見鄒煬之舉，斯須蹬腿翻躍，立馬對上鄒煬，雙雙出招於六稜晶鎮之前。向來舉止從容之鄒煬，一見晶鎮浮動，瞬露猙獰面孔與極強之佔有慾，所使招式，既兇且狠。乃行於接連防禦下，欲運起凝關冰劍之內力，怎奈先前經寒風霜雪蹂躪後之氣血雙虛，遲遲無法令其凝結周遭水氣，自唸道……

「不妙！歷經一夜霜雪，凍創未癒，而敵對昨夜卻是溫飲醇酒，安神入眠，如此滑頭之鄒煬，所使拳勁兒不僅威猛，掃出之旋腿亦帶狠急；眼下自知內力尚不及六成，迎面對擊，一如蚍蜉撼樹！不過，為何鄒煬不使上〈碎骨溶髓掌〉？莫非其尚有顧忌？」「哦……原來鄒煬真正擔心者，實乃吾身後之靈幻大仙！只是……見吾對戰吃力，雷世勛為何不上前助我？難

道……他也受寒創所苦？」

突然！見靈幻大仙緩緩抽出紅綢布，口出法咒下，手中立顯出三犄法杖，隨後蹬步咄嗟，騰空揮出法杖，旋即釋出一陣風嘯，眨眼近百蝙蝠自洞內縫隙竄出，立馬衝向晶鎮前之對戰二人。

鄒煬見蝙蝠群裂嘴襲來，一記迴旋踢腿立將莫乃行踢開，倏而拾起過往掘工遺留之圓鍬與一石塊，猛然對敲，霎時發出震耳欲聾之擊嚮，隨後即見蝙蝠群相互擦撞，甚而逐一飛回岩間縫隙中。然於蝙蝠飛散剎那，靈幻大仙俄頃衝出，始料未及之鄒煬，一個滑步，中焦腹脘立遭法杖尾端掃中，踉蹌後退了數步。雷欲乘勝追擊，怎料鄒煬提踏石壁，借力使力，反衝回擊，猛然使出〈狂羆摧林〉之掌爪，分以上扣、中戳、下截，配上左摧、右甩之不定向出擊，心想，「雷世勛不過幾年光景，竟可左壓摩蘇里奧，右打薩孤魔頭？其所倚恃，無非是虛實不定之咒法！」見得敵對基本馬步不甚穩妥，鄒煬遂採紮實拳掌之疾襲攻勢，直令對手除了抵禦，無暇施展靈異幻術。待雷世勛逐漸退回晶鎮附近，對戰二人才發現，莫乃言已悄悄倚於晶鎮一邊兒，並將雙掌伸入晶鎮與基座縫隙之間，乃行見狀，始知此舉即可自行轉能，斯須靠上晶鎮另一邊兒，如法炮製。

鄒煬怒叱道：「哼……兜了一圈兒，咱倆拼命佈局抬轎，卻讓莫氏兄弟漁翁得利，這麼下去，咱們得永遠當看門狗啦！」

雷世勛見狀，一股怒氣直衝腦門兒，與鄒煬對瞧一眼後，兩人轉向晶鎮，運起內力，聞雷唸出了「摩枯撒泥……咪囉吐耶……」並於法杖水晶發出白熾光氣剎那，朝莫乃言蹬躍而出；

鄒煬亦於氣衝雙掌下，瞬朝莫乃行衝去。說時遲那時快，反應遲些之莫乃言來不及閃躲，身背直中靈幻大仙之〈膈膛三血滲〉！機警之乃行，見苗頭不對，俄而抽出雙掌，立藉甫得之晶石能量凝聚水氣，眨眼朝鄒煬發出尺長之凝關冰劍，當下惟聞一聲咻響，冰劍旋即飛出，鄒煬揮掌閃躲，倏將冰劍擊斷後，順勢與莫乃行雙掌對擊，惟因乃行藉晶鎮充填不少內力，雙方於內力相當下對掌，瞬間互斥外彈。孰料，甫遭鄒煬擊斷之冰劍，不偏不倚地刺入莫乃言正面，位於**胸蔽骨正下一寸之鳩尾穴**，然醫經有謂：「**膏之源出於鳩尾**。」此處遭創必出血，再因先前遭受大仙之〈膈膛三血滲〉，乃言頓時內血不得控，臥地不起。

　　莫乃行驚見兄長身中冰劍而臥地不起，霎時不知所措！居心叵測之靈幻大仙，適值出掌擊中乃言剎那，轉身二發白熾光氣，分別射中驚愕中之乃行與翻飛觸地之鄒煬，霎令二人動彈不得。鄒煬驚覺不對，洪聲喝叱雷世勛趁人之危，伺機使詐。

「嘻嘻嘻……莫氏絕學之〈凝關冰劍〉，鄒氏祖傳之〈碎骨溶髓〉，聽聞其名，直令人不寒而慄啊！我雷世勛缺了雷氏之陰陽電擊體質，又無深厚之武功基礎，何以能繼承父業？何以能抵禦他州覬覦我中州沃土？所幸上天憐憫，讓本座修得覡巫大法，加以狐基族特有之膈膛內震武藝，遂將之融合成〈膈膛三血滲〉，算是此一神功之創始者。而今，能推升十載功力之六稜晶鎮，近於咫尺，任爾等多個十載功力，將來豈不成了本座之威脅？哈哈哈，鄒縣令不是好奇薩孤齊怎哉於本座之手嗎？本座不妨告訴你，薩孤齊於二丈高空，身中本座之〈定止冷光〉，當下四肢一如眼前爾倆一般，無法動彈，而後自高墜地，血肉模糊。呵呵，聽了這麼段故事兒，甫見本座待爾倆觸穩地面後，才施以〈定止冷光〉，是不是對二位特等禮遇啊？哈哈哈……」

「雷世勛，我莫乃行始終敬爾為兄，甚而排除萬難，領你上玄武岩洞，孰料靈幻大仙不僅背信忘義，甚而殺了我乃言兄長，此等釁稔惡盈，罪不容赦！」

「喔喔喔，中了尚未提升功力之〈膈膛三血滲〉，仍有得救之可能，惟於鳩尾穴中了莫總管之凝闕冰劍，本座以為……只能等死吧！屆時驗屍官一查創處，即知乃言總管斃命於其胞弟之冰劍利器，莫賢弟應是百口莫辯啦！」

雷接著又說：「本大仙已表明過，待轉能之後決一生死，誰能離開玄武岩洞，即可得天下之威名！如此明顯話語，無非提醒各位，冬至長夜，必經一番生死決鬥。有道是勝者為王，那敗者嘞？就甭提啦！哈哈……」又說：「能讓本座列以巨奸大猾者，薩孤齊算一個，可惜人已入了土；外地來的摩蘇里奧算是一個，對對對，還有我那城府甚深的妹婿狼行山也是一個。至於年輕一輩之鄒煬，確實後生可畏，不過……鄒煬啊鄒煬，論商場買賣，本座自認勝不了你，惟拿捏人性，靈幻大仙可不見得落於人後喔！」

「哼……卑鄙無恥之徒，待吾衝開這巫術，定教你體會碎骨溶髓，生不如死！」鄒煬喊道。

「呵呵，要衝？爾倆就慢慢兒地衝吧！等你們衝開了，恰巧成了吾提升功力後之試驗對象。」雷突然又說：「喔喔喔，對啦！乃言大哥啊，您緩點兒呼吸呀！或許能多撐些時候，即可目睹啥叫神功大法？屆時本座或許能取出閣下體內之冰劍，讓你舒服些。呃……不對！呵呵，本座糊塗了，忘了人體內是有溫度的，一旦冰劍化了，怎幫您取出嘞？哈哈哈……」

「雷世勛，今兒個我莫氏兄弟會栽在這兒，皆出於結識了烏集之交，且不能即時辨別佞徒損友，實屬罪有應得。不過，吾已通知了機察處上下，傳訊予符總管，縱然大仙身擁神功大法，終難抵擋我北州大軍！」莫乃行咬牙切齒斥道。

「呵呵，想以軍隊作為恫嚇？嗯……是沒錯，有道是『猛虎難敵猴群』啊！賢弟如此一說，無非是要老哥我放棄眼前之轉能機會。呵呵，想以軍隊嚇唬人？待本座取得中州大位後，首道命令即是揮軍剷平你北州！此刻本座將爾等幾個收了，北州也算瓦解了大半啦！哈哈哈……」

雷世勛話一說完，雙手將法杖高舉，順勢迴旋了幾圈後，轉過身子，立朝晶鎮方向移位。

「喀……喀……喀……」一怪異現象，突然於岩洞內發生……

「喀……喀……喀……」雷世勛每挪移一步，岩洞內壁同步呈現一小區塊凝結白霜，然因洞內本有火炬溫度，以致岩石於結霜瞬間，因溫差而收縮，故發出了磴磴石響。此一怪象，霎引鄒煬與莫乃行覺到，「果真雷世勛移動一步，白霜立即顯現！」鄒煬見雷面露訝異，隨即譏道：「怎麼啦？是咱們靈幻大仙刻意造景助興？還是北州烏淼山神容不下大仙囂張，前來警告啦？」

「閉嘴！待會兒本大仙率先拿你鄒煬試驗！」「唰……唰……唰……」雷世勛持起法杖，立對著山壁揮了三下，三白霜區塊瞬間化除，然此動作之後，雷世勛再挪移步伐，該凝霜現象更趨明顯且範圍擴大！

「什麼人？膽敢於靈幻大仙面前謔浪笑敖，跌宕不羈？」雷咆哮道。

此刻，原藏匿石壁縫隙之群蛇蚺蟒，無不順著白霜緩緩覆蓋，再度轉入了冬眠狀態。隨後，忽感一陣凜冽寒風，自洞口咻嘯而來，一身披黑革斗蓬，雙手交擱於身後之朦朧身影，隱隱由玄武洞口，一步步走向了洞內深處。霎時，雷世勛畏於伸手轉能時遭人暗算，暫時放棄轉換晶能，俄頃持起三犄法杖，作出了出招架勢。鄒煬見此一手無寸鐵之陌生身影，膽敢隻身闖入洞窟，應非等閒之輩，遂機靈喊出：「這位兄台，咱們已中了這持杖傢伙之巫術，待會兒其將大開殺戒，閣下還是別蹚這渾水，儘速離去為妙啊！」

斗蓬客並未理睬周遭人言，仍舊移著等速步伐前進，卻於接近六稜晶鎮區域時，突然轉了向兒，朝著重創癱臥、奄奄一息之莫乃言走去，霎時現場鴉雀無聲……

隨後，斗蓬客由莫乃言身邊走過，見乃言似呻吟般地唸唸有詞，雙眸珠微微上吊，一派神昏譫語現象；再見其額頭泛出指甲般大小之汗珠後，隨即走到乃言腦袋瓜後頭，以右手指尖觸及乃言**顱頂正中之百會穴**，隨後循著**督脈**，朝前額直移。大夥兒凝視其指尖，依序畫過**前頂**、**聰會**、**上星**、**神庭**四穴後，續見其將食指、中指、無名指、幼指，置於前額**足少陽膽經**行經之雙**陽白穴**間，終而將大拇指靠上乃言之**百會穴**後，突然！見斗蓬客四指一扣，右手肘順勢抖震一下，只見莫乃言身子顫了兩下，雙眼珠完全上吊而翻白，身軀立即僵直不動，且原本**鳩尾穴**之溢血完全乾涸，旁人見狀，幾可直覺莫乃言……走了！

鄒煬瞬間嚇出一身冷汗，嘴裡直唸著：「死……死神來了？」

「攝魂大法？你……你……是人？是鬼？」雷世勛詫異片刻後，再唸道：「曾聞喬承基述及摩蘇家族之至陰神功，功達三重始凝光，四重摧成礫，五重喚風寒，六重攝陰魂，卻從未有人能練及四重至陰而安然無恙，難道……閣下所施，是另類巫術？抑或幻術？」

莫乃行接著喝道：「魔頭，何以取我乃言兄長性命？崎哩鎮四位往生者，是否出自爾所施陰功造成？」乃行立對著雷喊道：「快解開巫咒，吾要親手將這魔頭繩之以法！」話完，乃行口中之魔頭，背對著大夥兒，隨後見其將斗蓬後掀，這才發現，此人乃擁著一頭長及半身之白髮，待其褪去黑革斗蓬，亦顯出一身白衣白袍，惟聞一低沉話聲，緩緩發出……

「乃行總管單憑水氣即成冰劍之功力，尤勝過往，惟毛躁之性，一如往常！」又說：「身受〈膈膛三血滲〉所創，三焦滲血不止，鳩尾再遭冰劍所刺，內血妄行，回天乏術。一人身受二門蓋世絕學撲殺，爾等僅狂言相向，令傷者喘噓呻吟，以待歸西，何異於凌遲酷刑？惟令其安寧上路，始得脫離苦海。」此人一話完，緩緩轉身相向。

「原來是你！」莫乃行一眼識出，立對其吼道：「數月之前，乃行曾於北江何思樓前遭閣下捉弄，後隨父王比對過往事跡，幾可證實，閣下即是當年墜下津漣山斷崖之……寒肆楓！」

「什……什麼？寒肆楓？爾即是當年於建寧城盛隆客棧，與狼行山同行之寒肆楓？」雷世勛驚訝後，又道：「時逾十餘載，閣下除了毛髮翻白之外，幾乎凍了年齡，果真是個鬼胎啊！寒大俠中途殺出，可也為著玄武岩洞之六稜晶鎮而來？」

寒肆楓微微搖頭，吐了口寒氣後，冷冷應道：「吾早於諸位入了崎哩鎮，尤其於聆峭客棧屋頂休憩時，悉聞客棧內之一言一語，而後一路見聞爾等不畏凜冽霜雪，捨命地來到玄武岩洞，怎料各具私心之兩組人馬，勾心鬥角，隨後衝突即起，吾遂順手助苟延殘喘之傷者解脫，是否算是中途參與？」

「原來屋瓦上除了黑貓，另有其人！」乃行對著雷說道。

「呵呵，無論何方神聖？果真都是為著晶鎮而來。」鄒煬說道。

雷世勛見得身前已浮升之六稜晶鎮，卻未敢施展轉能大法，霎時耐不住性子地捋起袍袖，要起了三犄法杖，吼道：「寒肆楓墜崖復生，實屬命大，但尾隨入了玄武岩洞，即為不智！只怪閣下知聞甚多，本大仙留你不得，趁著身旁兩礙事兒傢伙，受制於〈定止冷光〉下，本大仙先教你見識見識，真正靈幻大法之厲害！喝啊……」

雷大仙瞬令法杖發出光氣，俄而唸出法咒，「荷迷榙咻……菲哩吋嚕……，荷迷榙咻……菲哩吋嚕……，荷迷榙咻……菲哩吋嚕……」結果……驚見地上突然竄出若干粗細藤根，眨眼相互交織成一面碩大而堅韌之樹藤牆，立將自個兒與敵對三人阻隔開來。接著，雷開始藉法咒轉能，又唸到，「靡枯撒泥……咪囉吐耶……，靡枯撒泥……咪囉吐耶……」一會兒後，一道光束自透淨水晶發出，直朝六稜晶鎮射去。

回觀置身藤牆另一邊之三人，鄒煬譏笑表示，原來大仙狂言之後即施覡巫之術，惟其真正目的乃是阻絕他人，以利其晶能轉換；待其得逞後，咱們僅能坐以待斃！鄒煬甫一話完，寒肆楓緩緩地走至樹藤牆前，見其呈出前弓後箭馬步，再將其左拳置於腰間，右掌貼上藤牆正中。半晌之後，寒藉由自生掌風，瞬於牆上推震三下後，挺起身子，後退二步，雙臂立擱於腰後，一語不發，隨後即聞怪響發出……

「嗶……嗶……嗶……」樹藤牆突自震掌處發出摧裂聲響，一會兒後，「唰……喀……嗶……」見藤牆瞬轉灰黑而硬化，隨後應聲碎成細小石礫而逐漸垮下，且該石礫分朝兩旁低窪處滑去。然此一幕不僅讓莫、鄒二人咂嘴弄唇，更讓另一頭之雷世勛舌橋不下，腦裡直閃出「至陰四重，摧物成礫！」

寒肆楓緩步踩著石礫堆，雙目直瞪雷世勛，一如飢蛇盯住樹蛙一般。雷世勛見威脅趨近，立馬放棄進行中之晶能轉傳，倏收法杖，呈出了對戰架式。寒肆楓以食指合併中指，瞬自二指指尖延伸出二尺長之冰劍，蹬躍一霎，衝向了靈幻大仙。

「鏗……咔……鏗……咔……」寒肆楓單憑二指冰劍出招，鏗咔擊響中，刺、削、挑、撩，招招對準敵對要害。然而同使冰劍招式之莫乃行，見寒肆楓之出招方式雖狠，卻狠中帶閃，不禁一陣納悶湧上，「這魔頭明明可撂倒對方，為何見對手換招之際，刻意收手，於理不合，難道……其不欲置雷於死地？」待莫乃行接續觀察後，突然驚覺到，「嗯……寒肆楓看似對準敵對要害，惟其鎖定之目標，是……是敵對耍杖之……雙手！」

然因雷世勛甫轉取了些晶能，此回揮杖出擊，隨時可將內力灌注於透淨水晶之中。孰料雷靈機一轉，揮動法杖，唸出一段法咒後，立引石壁火炬之三火團，使之形成一燎火山犽，藉以阻下敵對之低溫攻勢。然此一似獾野獸雖不具速度，卻擁火熱，霎令對手顯出退怯。雷見策得效，乘勝追擊，藉著山犽亂竄，倏將雙腿一蹬，使出制空出擊方式，上下齊攻，以令敵對措手不及。

果然，寒肆楓縱能抗住因火熱造成之不適，卻難以捉摸山犽之鋒利爪牙，稍有不慎，恐有遭其撲咬之虞；更因敵對凌空出招，著實萌生了左右支絀之感。此刻，凌空出招之雷世勛突然閃過一念，「嘿嘿，眼前冷血寒魔，若吃吾一記〈膈膛三血滲〉，將是何等下場？哼……不管了，我雷世勛已技壓摩蘇里奧，擺平了薩孤齊，多滅了個寒肆楓，亦算卸下心中之石啊！哼……來吧！」

突然！寒肆楓收回了二指冰刃，瞬而側旋飛步，回到了石礫堆處。惟見其雙掌朝下，雙臂平伸，隨後展出風烏振翅之速轉手法，俄而使出至陰五重之引喚風寒！「唰……唰……唰……

颼……颼……颼……」一陣迴旋陰風驟然而起，旁人只見旋風帶起散落之細砂石礫，再經寒肆楓一掌風震出，「唰……唰……唰……」見飛旋石礫倏朝燎火山犽而去，現場僅聞一陣「嘩……嘩……嘩……」聲響後，燎火山犽立遭碎石礫淹沒，瞬間解去了寒肆楓之近身威脅。

霎時，居高俯瞰之雷，僅見一陣沙塵碎礫疾速揚起，旋即搜索著燎火山犽之去向，殊不知寒肆楓眨眼來到面前。當下，雷欲採轉身避敵，怎料對手之寒霜掌早已震出，正中身背第九胸椎棘突下之筋縮穴，與其旁開寸半之足太陽肝俞穴。惟醫經明示：肝主筋。若此二穴之經氣受損，甚可影響一身之筋轉功能！

雷世勛於中掌後，自空翻墜而下，更因寒霜掌之寒氣循其足太陽經脈上衝至腦，頓感一陣腦寒，隨後即見冷凝之津液順著鼻腔流出。待見寒肆楓再次現身雷前，雷欲舞動法杖反擊剎那，寒再施以二指冰刃，倏地由下向上一撩，在場僅聞得「唰……咔……」二聲響發出，雷世勛持杖之三指頭，瞬於哀嚎聲中，和著鮮血，墜落地面，而三犄法杖則應聲被敲離雷之掌中，待法杖自高處落下，順勢落入了寒之手，霎令寒肆楓露出了冷冷一笑。然此一幕，瞬讓莫乃行恍然大悟，「原來，對戰中之寒肆楓，為了不傷及三犄法杖，遂於每輒出招收招之際，產生了顧忌！」

「呃啊……」雷世勛撫著創處，一邊兒哀嚎，一邊兒咆哮道：「寒肆楓，你這卑鄙小人，處心積慮地跟著咱們，實乃覬覦吾之三犄法杖！」

「爾之法杖？不，是身擁摩蘇神功者，皆可用之法杖！」寒肆楓接著話出：「摩蘇先生藉此法杖練及了至陰三重；而雷大少藉此法杖，成就了不甚正統之覡巫大法，甚而贏得『靈幻大仙』之稱號。而今此杖由寒某接手，理當延伸吾所欲達之領域！」

「你……攝魂魔頭，可知傷了我雷世勛，將承受多大後果嗎？若真有膽識，殺了我呀！呃啊……」雷忍痛嗆道。

寒肆楓旋了兩圈三犄法杖後，指著雷世勛道：「冤有頭，債有主！吾之仇恨雖源於中州雷氏，卻非你雷世勛！真正與吾不共戴天者，中鼎王，雷嘯天也！」

「呵呵，就憑你？膽敢撼動擁有數十萬大軍之中州霸主，真是蚍蜉撼樹啊！可笑，可笑。」雷撫著手傷，忍痛苦笑道。

寒肆楓內力一運，立見透淨水晶釋出了白熾光氣，倏朝雷世勛一揮，瞬見其雙手雙足漸遭凝冰凍住，隨後說道：「靈幻大仙為達成轉能欲望，不惜一陣錯殺，以達滅口之目的。寒某若未及時出現，相信莫大總管與鄒煬縣令，應是見不著明日晨光才是。此刻若依照原映戲碼，不免枯燥無味，倘若將劇中角色互換，或許令人期待。」

「呃……寒……寒大俠所言深奧，鄒煬駑鈍，不知此意所指為何？」

寒肆楓手持法杖，盤座於岩石之上，隨即向莫、鄒二人表明，可於靈幻大仙行動受阻之際，自行前去轉換晶能，始可達角色互換之意。惟莫、鄒二人所中之定止幻術，實乃藉由視覺，以行麻痺之效。然而，心主神，心神麻痺則無以行事，而心之開竅於舌，舌尖亦是主心肺之敏位，不妨輕咬舌尖，即可破除定止幻術。

果然！莫、鄒二人四肢麻痺之感漸趨消除後，鄒煬倏而靠上了晶鎮，而乃行則於察視了胞兄狀況後，回頭狠瞪了雷一眼，接著起身朝晶鎮靠了過去。束手無策之雷世勛，驚慌喊道：「不！不是這樣的！莫賢弟，莫大總管啊！別讓那攝魂魔頭離間咱們啊！」隨後又叫道：「鄒……鄒大縣令啊！我……我中州文武上下全採購順行號製品，咱們是魚幫水，水幫魚啊！」

然而，駐守岩洞外之蔪剴，恍惚中猶見一黑影入洞，值好奇心驅使下，不待乃行總管之先前叮囑，隻身摸黑入洞，孰料依循火炬光源前進一段後，首先映入眼簾者，即是莫乃言之慘死大體！驚見莫家大公子斃命洞內，雙腿不禁一軟，僅藉雙肘匍匐前進，暫匿於岩石之後，隨後驚訝見到，「欸……那不是中州肅毒官羅崑嗎？怎一副哭喪狼狽樣兒？」

待鄒煬取得一定能量後，收回了雙手，活動了下筋骨，並對寒肆楓發聲道……

「曾由摩蘇里奧描述得知，摩蘇家族蒐羅了過去科穆斯多數民族之奇異神功，並將之區分成覡巫、萃煉、鬥術、喚靈四大類，其中最具威名者即是鬥術，而鬥術之中，又以至陰神功最震懾於人。在下驚見寒大俠已達至陰六重之攝魂功力，何以再需擁得三犄法杖，可有原因？」

盤座中之寒肆楓緩緩睜開雙眼，冷冷地表示，鄒縣令身擁〈碎骨溶髓〉神功，乃行總管青出於藍，能直接凝水氣以成冰劍。二位均已超越凡人所及，為何仍對追取晶鎮之能趨之若鶩？無非是為了強化自我使然。又說：「人為之鬥術有其極限，故須藉各類資源，以凝聚推升極限之力。然狂妄自大之靈幻大仙，不時以其中州大軍作為威嚇，鄒縣令僅憑一己之力，能動用多少縣民與之抗衡？有了此三犄法杖，合以六重至陰之力，待修練數月之後，即可達四大奇異神功之……喚靈！」

受晶能灌注而精神奕奕之莫乃行，兩眼炯炯有神地問道：「既已身擁六重至陰神力，世間已無人能與閣下匹敵，閣下何需一再攝取他人魂魄？」

寒肆楓面無表情，依舊冷冷述道：「莫總管藉轉能而增強數載功力，寒某則可攝人魂而精進自己，惟因天地蒼生，個個均為陰陽之合體，魂魄何以輕易出竅？唯有外邪入侵，內傷重創，以致虛弱至極之身，始達陰盛陽脫之可能。」

乃行這才恍然大悟道：「原來，崎哩鎮出現了林姓商賈與三登山客，皆因所受寒邪甚重而有陽脫現象；鎮上另一街坊長者，因年邁而機能甚衰，亦達陰盛陽衰之條件，此五人遂成了閣下之攝魂對象！」

寒肆楓微微頷首後指出，莫乃言因傷重，魂魄出竅在即，遂可為吾所用。再如乃行總管甫入洞之虛弱狀態，若不幸遭敵對一擊，虛上加虛，亦符合了寒某吸收精進之對象。一旦真陽已脫身，魂魄四散，即成冥界亡靈，則無助於寒某之內力精進。

寒肆楓接續表示……

人生始化曰魄，即生魄，陽曰魂；用物精多，則魂魄強。

人具「胎光、爽靈、幽精」之三魂，亦有「屍狗、伏矢、雀陰、吞賊、非毒、除穢、臭肺」之七魄，亦稱身中之濁鬼也。

人之往生，七魄消散，魂若不得招回，於陰間得不到祭祀，遂返陽間索討，即所謂孤魂野鬼。藉此三犄法杖，施以喚靈大法，即可召喚亡靈，以為所用。

鄒煬立覺到，「好厲害的寒肆楓！既能攝人魂以精進，亦將喚亡靈以聽令，更不畏他人吸取晶石能量！嗯……這魔頭究竟打著啥算盤？不行，尚無絕對把握下，暫時順其之意，以為上策。」

一旁惶悚不安之雷世勛，顫聲叫道：「冷血魔頭，難不成你也……你也為了強大自己，把大夥兒靈魂吸走不成？莫賢弟、鄒縣令，爾倆已取得晶鎮之能，何須擔心受這魔頭威脅？快……快將我放了，咱們三人聯手，天下無敵啊！」

鄒煬譏笑道：「靈幻大仙啊！還不懂寒大俠逆轉角色之用意嗎？大俠需要的是氣血俱虛者，倘若真要攝取鄒煬與乃行總管之魂，何以讓咱倆獲得晶能而強壯？甫聞寒大俠所云，若非前來相救，咱們早喪命於爾之毒手！」

鄒煬話一說完，走到寒肆楓前，立馬單膝下跪，拱手對著寒肆楓喊道：「鄒煬感受寒大俠相助，始有今日之轉機。鄒煬願聽令於寒大俠，以期同創新局。」

寒肆楓側了眼神，見莫乃行並不隨鄒煬歸順，俄而躍上，凌空旋耍法杖，隨即出招。莫乃行則倚仗功力恢復，蹬躍咄嗟，立與寒肆楓正面衝突。寒肆楓伺機給了鄒煬一眼神，並解開了雷世勛之凝冰封鎖，玄武洞內瞬間呈出捉對廝殺場面。

值相互對擊之中，寒肆楓刻意對著乃行遊說道：「勾結中州勢力，並引雷氏侵入玄武岩洞，且看莫乃言**鳩尾穴**之冰劍裂傷，在在皆已成鐵證！再觀閣下與鄒煬之入洞所為，直令賀亟軒審官以為官商勾結，甚而同流合污。切莫妄想斷剴能為閣下作證，只因斷剴軍長早已伏於一隅，倘若其將洞內一切，斷章取義，莫總管依然百口莫辯，難以翻盤，一切證據，無不推著莫總管朝絞刑台靠近。」又說：「莫總管已回不了身了，唯有與鄒煬合作，拿下北州，屆時爾倆之思維即是北州王法，依然可用於保護北州疆域啊！嗯……識實務以為俊傑吧！」

受煽後之莫乃行，頓感躊躇不前，接著緩下與寒之對戰招式後，突然轉向加入了鄒煬，立見二人聯手圍剿靈幻大仙。然此一幕，雯令靳剴震懾不已，不禁覺到，「乃行總管不僅未護其胞兄之安危，甚而違背其入洞擒拿鄒煬之原意，更令人不解的是，乃行竟傾向那白髮妖人，且聯手擅於利誘之鄒煬，一同圍剿中州肅毒要官。嗯……沒錯！過往吾藏毒販售，乃行總管刻意包庇吾之罪行，想必早已與鄒煬掛勾；而今以緝拿鄒煬為由，遂能撇開駐軍把關而自行入洞，莫非……乃行因架謊鑿空被識破，竟起滅殺肅毒官之念！故真正始作俑者，乃行總管也！惟單憑外頭駐防軍力，恐非此等賊寇之對手，嗯……已獲軍機處來函告知，惲軍師已令符戩總管領軍前來，不知能否及時趕到？啊……羅崑肅毒官不妙啦！」

腹背受敵之雷世勛，不僅於交手寒肆楓時身中了敵對之寒霜掌，且因手指斷傷、法杖不再，根本無力應付取得晶能後之莫、鄒聯手；更於專注莫乃行凝出三尺冰劍之際，一個失察，致使身背之雙肩胛大骨，狠遭鄒煬之〈碎骨溶髓掌〉擊中，然此掌力之大，倏令受者身背冒出灰白煙霧，而後再遭乃行之冰劍刺中肘膝，致使雷世勛手足四大關節漸趨凝鎖不轉，隨後呈出僵直之狀貌，筆直仆臥於地面。「喀……喀……喀……」待灰白煙霧散去，立聞碎骨作響聲傳出，惟見雷世勛吃力地抬起頸椎，聲嘶力竭地喊著：「爾等……鼠輩……焉……敢如此？我不……甘心……我……」

驚見莫、鄒二人出招力道猛烈，寒肆楓隨即翻飛上前，向著雷唸道：「原戲碼角色互換後，果真不同凡響。本以為藉莫、鄒二人之力，可令身擁巫術之靈幻大仙重創身殘，孰料取得晶能之二人出手過重，致使結果出人意料之外！惟因閣下之身分特殊，一場中土大亂之戲碼恐將由此引燃！」接著，見雷世勛一息尚存，寒肆楓隨即取下雷於交領處之平安符，並順手將其外露衣襟之小手札取走，而後依舊將四指置其前額，拇指觸及其**百會穴**，只見雷世勛不自主地身顫兩下，旋即走上黃泉，嗚呼咄嗟！

「哇……我的媽呀！」靳剴一見中州肅毒官慘死於三人圍剿之下，轉身拔腿外跑。莫乃行見狀，搖頭喊出：「絕不能讓靳剴逃出岩洞！」話後躍身而起，旋即凌空凝出二短冰劍，俄頃射出！孰料靳剴巧遭石絆而前傾踉蹌，僅於左臂中了凝關冰劍。然因岩洞路徑晦暗曲折，靳剴一陣拚命狂奔，躲過了後續追殺，僥倖逃出了玄武岩洞。

「糟了！咱們這般滅口橋段，恐將由靳剴口中流出，這對咱們極為不利啊！得儘快滅了他才行。」鄒煬驚愕道。

莫乃行搖頭道：「算啦！與其一味逃亡，不如費些時間處理周遭一切，一旦不符指證，亦可反予靳剴毀謗之名。再說，雷世勛原計劃於北州練就神功大法，待屆長夏時節回歸惠陽王府。眼下咱們尚有半載時日，或可推諉於雷世勛頓失行蹤，否則此刻引來中州大軍，尚不及寒大俠練成喚靈大法，北州防軍勝算亦不高啊！」

「呵呵，思慮細膩，不愧勝任機察總管！不過，咱們亦得有個後續規劃，始能全身而退！」鄒煬說道。

這回改由寒肆楓搖搖頭，冷酷說道……

「除寒某與雷世勛外，靳剴識得現場三角色。然莫乃言之不幸，已使乃行總管難辭其咎；再因追隨寒某且聯手鄒縣令霸凌雷之橋段，實已讓二位走上不歸之路。然昔日之寒肆楓任由命運捉弄，下場悽慘，而今寒某重生，為的即是主宰命運，唯有強化自我，始能主宰一切！綜觀五州霸主，何者不是戕殺無數人命，進而主宰州域上下？眼下能與二位匹敵者寡，惟有合力拿下北州，始為上策；半載時日，足夠二位謀劃。一旦中土亂世即起，即是二位破繭而出之時，待寒某修得喚靈大法，即可成為爾等之後盾，主宰大局之日，指日可待！」

鄒煬點頭認同了寒之說法，隨即請教乃行適當隱匿之處。莫乃行自知騎虎難下，遂告知了北渠縣東南隅之隱密處，一旦情急，尚可循川流而下，直抵中、東二州。而後莫、鄒二人分別處理了乃言與雷之大體。乃行見著遭〈碎骨溶髓掌〉摧殘後之雷世勛，不僅身形萎縮，其顏面顱骨幾乎碎裂而塌陷，甚難對照其原有容貌，當下不禁對身擁這般絕學之鄒煬，再上一層戒心。惟因覬覦晶鎮巨能，乃行轉眼由州域機察領頭淪為亡命嫌犯，付出如此代價，一股不勝欷噓之感……油然而生！

適值莫、鄒二人費時整飭現場，心存忐忑之莫乃行，甫一轉身，經由眼角餘光，驚見寒肆楓趁著晶鎮斥離時刻，以三犄法杖之引力，將六稜烏晶鎮移開岩石基座，此舉不免引來莫、鄒二人好奇靠近，這才發現，吸附六稜晶鎮之岩石基座，竟刻著若干符號！曾研究過鄒氏祖先遺留手札之鄒煬，隨即指出，眼前基石所現，乃過往科穆斯所用之麻略斯文，其所示之意為……

黑者歸水，主天地之水；稜規則強，互逆則危，六為頂巨。

鄒煬訝異又說：「哦……原來早有人埋下晶石，據聞晶石受地壓地熱後，將分裂成塊礫狀，而具稜角者始具能量，其中又以六稜者所具能量最巨。只是……眼前得以轉取晶能，何須移走這六稜晶鎮？」

寒回應道：「轉取晶能以驟升功力，常人之所欲所為罷了！」又說：「爾倆身屬本地，應知悉人稱『釋星子』之惲子熙，身擁推演天磁地氣之神技！此人可折己之壽以測萬物之來象，煞是一絕！惟天命難違，故僅可觀測，而不得褻玩焉！」

「莫非……藉晶石巨能，可駕馭天地？這……痴人說夢吧！」乃行質疑道。

寒肆楓嚴肅應道：「曾與乃行於何思樓前，先後遇一名曰凌允昇之奇俠，此人可將體內經脈真氣延伸體外，甚而成一破凜祛邪之武藝。另一奇人牟芥琛，得江湖敬以『本草神針』之名號，其過人之處乃藉掌功化去隱於體內之瘀血。更有一奇才狼行山，其可隨心所欲，操控周遭水濕，甚而將水濕灌入或抽離人體經脈；而寒某則無須如摩蘇里奧之發功抑溫，自體即可達常人不及之低溫。若干實例顯示，世間常理之外，尚存諸多超越極限，令人不得其解之異能。所以，世人覬覦六稜晶鎮之內蘊巨能，無不為了提升已能，而寒某則預謀藉此巨能，挑戰天磁地氣之運行，一旦環境任吾操控，欲助追隨者主宰所領州域，如拾地芥，指掌可取。」

鄒煬聽聞後，再次單膝下跪，拱手表示，一生接觸無數買賣，或為革品，或為遊船，甚為宮殿，擴大妄想之極，不過統領州域疆土而已。相較高人欲扭轉乾坤之思維，凸顯鄒煬之目光短淺。一旦寒大俠能如願駕馭，鄒煬定令管轄州域之百姓，敬尊前輩為……凜楓大帝！

聽得鄒煬溜須拍馬，阿諛逢迎之說，寒肆楓依然面無表情，繼續打量著如何移走晶鎮。

然於鄒煬諂媚聲後，隱約已見外頭日光，亮了岩洞入口。莫乃行立以岩洞已累積是非，不宜久留為由，決定與鄒煬先行離開，並與寒肆楓定於中州戰事升起時，莫、鄒二人將隨之顛覆北州，進而主宰北州。待見莫、鄒二人離去，寒肆楓則續留洞內，以為完成六稜晶鎮之移離。

此刻，神采奕奕之鄒煬，立馬手搭心存忐忑之莫總管肩上，為其鼓舞道：「嘿嘿，咱倆已置身同條船上，小弟於各縣鄉鎮尚有諸多據點可因應眼前不便，放心吧！咱們有了凜楓大帝為靠山，始能放大格局，成就強大事業。」

正當莫乃行欲表明立場之際，二人出了洞口，但見岩洞前不遠之覆雪山林間，隱隱冒出身著冑甲、手持兵刃之魁梧軍兵，由個生十，由十成百，並肩連結，倏以圓弧陣式，一步步向玄武洞口迫近。待拭亮雙眸，即見北州軍機處符鐵總管領頭，身旁伴隨莫王府鎮府護衛……關薦，與裹覆著肩臂創傷之駐守軍長靳剴，三人同成一列，惟見靳剴軍長直指莫、鄒二人，瞬間激動表示，眼前二嫌即於岩洞內狼狽為奸，草菅人命，甚為滅口，不惜以冰劍攻勢，廢靳剴臂膀以逞兇！

符總管立喊道：「符鐵受惲先生之命，領我堅防軍兵前來玄武岩洞巡察。孰料聽聞靳剴軍長驚慌描述，俄而列出陣式以應，心中冀望靳剴乃一時誤判，遂自我推斷，機察莫總管恐因職責在即，須違例闖關以緝拿嫌犯，怎奈於此見著莫總管與鄒煬疑嫌勾肩搭背，令人寒心，看來二位北州要官，可得順從軍機處管轄律法，隨符某回趟辰星大殿。」

莫乃行一改先前之拘拘儒儒，嚴正表示，任何嫌疑，恐出於誤會。鄒縣令自有其未涉嫌說法，而機察總管亦有現場應變之能力，況且二人分職中央與地方要官，可隨官府之輦回歸辰星大殿，何須勞動符鐵大人調動逾百兵馬？此舉不免有未審先判之嫌？

撫著臂傷之靳剴，為轉移其固守失職之責，再次激動喊道：「下官親睹莫乃言總管斃命於岩洞之內，為何乃行大人仍若無其事地於此沉穩以對？再則，爾倆霸凌中州肅毒官羅崑，甚而使之不成人形而喪命，難道亦是莫大人查案之手段？」

鄒煬立馬反駁靳剴，表明莫大公子乃遭中州肅毒官暗算使然。

「什……什麼？莫大公子……已……斃命！」符戩霎時目瞪舌彊，一臉錯愕，接著雙眉一皺，投出如鷹攫鼠般之眼神，斯須抽出九環大刀，洪聲喊出：「堅防軍兵聽令，不畏官顯權貴，立馬拿下擅闖玄武重地之二疑犯，不得有誤！」

鄒煬立對著乃行表示，依寒肆楓所云，「應強勢主宰命運，切莫任由命運驅使。歷代梟雄皆霸道在先，隨後令定王法，以為麾下標竿。」眼下刀劍逆來，惟有一搏矣！

「喝啊……鏗……殺……」前鋒軍兵一擁而上，莫乃行立馬凝出三尺冰劍以對，霎時刺、削、挑、撩，四式連出，接連擊潰前鋒衛兵。鄒煬則以退為進，藉閃躲敵對兵刃，伺機施以踢、拐、劈、震等拳腳功夫，三兩招式，立破四前鋒圍攻。然此一幕，不禁引來符戩提刀上陣，直衝乃行而去，而王府護衛關薦，倏以拳腳功夫，對上了鄒煬。惟武將單挑上陣，百餘軍兵迅速退於外圍，一旁靳剴則悄悄調動原駐防軍兵，以伺機逮下莫、鄒二人。

「鏗……鏜……鏗……鏜……」極具沙場經驗之符戩，俄頃揮出金剛振臂之刀法，並配上直刀斬、排刀斬、刮刀斬、敲刀斬之四斬出擊，令遲遲不願對符戩使出凝關絕技之莫乃行吃足了苦頭，隨後即聞「鐙……」之一聲脆響，立見乃行之三尺冰劍應聲斷成兩截。然已取得晶鎮能量之乃行，面對敵對強勢出擊，立馬推出雙掌掌氣，惟聞「轟……」聲疾起，直令符戩踉蹌後退，值大刀抵地而止。如此強勁掌風，不禁令符戩於詫異中覺到，「知悉乃行凝冰之功力凌駕於北坎王，卻不知其何時已具這般掌力，令人匪夷所思！」

然於另一隅之對峙，出手疾如風之關薦，早已聞鄒敦誇耀其鄒氏碎骨神功，甫見鄒煬赤手空拳即可撂倒陣前四前鋒，不禁提升戒心，遂以慣用之速拳出擊，絲毫不讓對手有額外運功之間隙。此刻雖遇敵對防禦以應，惟觸擊掌臂剎那，霎令關薦覺到，「眼前對手，不容小覷！同是血肉筋骨合成之雙臂，何以鄒煬之臂骨結構猶如鑲嵌鋼架一般，難道……所謂碎骨神功，即因強力對擊所致？據斳剴所述，中州肅毒官因遭施暴，以致不成人形，想必是來自鄒氏神功所為。看來以速招迎對，實乃立於不敗之對策！」

忽然！鄒煬一如乃行之推出掌風，關薦斯須側翻，閃開了大半摧擊，卻於落地剎那，滑退了數尺方止。這時候，陣列外圍傳出一聲哨響，約莫廿餘來兵，分由兩旁竄躍而出，並凌空交叉拋出韌質擒網，此計乃於斳剴平日捕獵禽鳥，藉以添充軍糧之法。果然！此一獵法，令一時不察之莫、鄒二人失了方寸，待二人欲以掌風推開天網，為時已晚！

見二嫌犯受困後，符戩上前勸誡莫、鄒二嫌莫做困獸之鬥，回歸王法之內，束手就擒。隨後立見數軍兵上前，聯手束縛二頑抗嫌犯。突然！莫、鄒以迅雷不及掩耳之勢，紛以〈凝關冰劍〉與〈碎骨溶髓掌〉，隔網襲擊上前軍兵，以致數人或是關節僵硬不伸，抑或身冒煙霧，碎骨殞命。符戩提九環刀於一霎，齊偕揮使利劍之關薦躍出，欲藉凌空砍下之勢，阻殺當眾行兇嫌犯；惟見兩利刃伴著大刀圈環聲響重劈而下，受困網中之莫、鄒二人，僅能束手以對……

「鏗……鏗……」兩突來冰錐，眨眼襲向了符戩與關薦，當下為避突擊，及時擊開冰錐後，紛紛落於擒網一旁，惟拋錐者不待符戩發聲怒斥，隨即朝著符戩翻飛而來。符總管尚不清逆襲者身份，立馬持起九環刀上躍回擊，怎奈敵對發出白熾強光照眼，頓失焦聚，立遭對手踹落。接著再見突襲者筆直旋身而上，一陣旋風呼嘯疾起，立將兩張擒網捲起於頃刻，而後分別撤向符戩與關薦二人。

脫了困之鄒煬見狀，不禁仰天狂笑，「哈哈哈，乃行兄，一日之間，咱倆一連趕上兩場角色對換之戲碼，就此應能相信咱們強力靠山……凜楓大帝！」

「大膽狂徒，竟攔阻官府緝拿嫌犯，實已犯下滔天大罪！」困於擒網下之符鐵咆哮道。

靳剴立馬喊道：「符總管，眼前一頭白髮之寒肆楓，與莫、鄒二嫌是一夥的！」

「寒肆楓？墜下津漣山斷崖，始終不見屍首之寒肆楓？果真沒死！」符鐵驚愕道。

靳剴軍長再喊道：「眾弟兄們，咱們上百軍兵，不信拿不下眼前賊寇。」話一說完，立馬又喊：「啊……這是？啊……我的腳！」凌空飄下之寒肆楓，持杖朝著靳剴一揮，瞬令其雙足冰凍鎖步。鄒煬見狀，臉一橫，唸道：「哼……滅了這靳剴，一切發生……死無對證！呵呵，先前之美酒相贈，就當是送行，此刻即送靳軍長上路囉！喝啊……」

咬牙之鄒煬，雙掌摩擦後立奔兩大步，蹬躍而起，且於靳剴身前推出了碎骨雙掌，靳剴自知劫數難逃，雙眼一閉，唯聞「碰……」之一聲發出，莫乃行旋即翻躍而上，並於空中拖住後彈之鄒煬，接著一股暖流隨即化去靳剴足下冰鎖，並聽得一人發聲：「快令部下撤去擒網，倏為二位大人解困！」

寒肆楓好奇道：「天地陰陽並存，有寒功即有熱能。少俠掌功強勁，熱感十足，能將鄒縣令逆向震回，絕非等閒之輩啊！」

「擎中岳！他……就是凌允昇之師弟……擎中岳！」落地後之鄒煬，不服氣地吼道。

曾於辰星大殿見過擎中岳的莫乃行，驚訝覺到，「好強大的內力啊！真看不出這楞小子如此威猛。不過，這姓摯的既屬惲子熙陣營，未來皆可能成為我莫乃行之絆腳石，不如……藉此機會廢了他，永絕後患！」

莫乃行倏忽凝出冰劍，道：「摯兄弟初踏入北州，對我州域不甚瞭解，機察總管在此奉勸摯兄弟莫蹚渾水，否則一失足成千古恨，恐令摯兄弟後悔莫及！」

摯中岳微笑應道：「中土五州，不論置身何地，見得莽夫襲擊軍機大臣，盡可覺其乃違逆王法之人，怎料更見狂人暴力相向，在下能力所及，定當扶正驅邪才是。」

脫離擒網後之符戩，倏而來到摯中岳身旁，提點了有關莫、鄒二人之身手，惟白髮持杖者之至陰神功，深不可測。摯中岳點了點頭後，朝前邁出了步伐。急於討回一擊的鄒煬，立自雙袖中抽出了兩柄八寸利刃，然此一幕，霎令關薦瞭了先前疑問，並對符總管唸道：「原來鄒煬雙臂匿藏堅刃，無怪乎與其拳臂相向時，深感其雙臂堅挺難撼啊！」

符戩回應表示，倘若關護衛當下未採速招抑制，恐已遭對手雙刃所傷。又說：「眼前乃行與中岳對戰，咱倆須提刃因應，一旦有異，火速上前支援。」

摯中岳馬步一穩，六尺伏虎棍隨即旋了兩圈，甫作出了應戰架勢，立見乃行揮劍出擊，「咻……咻……」三尺冰劍出收雖快，但遇敵對之疾棍收發，並未占得上風。三招之後，鄒煬雙刃加入，形成以一對二之戰局，而寒肆楓則於一旁盯住符戩與關薦，謹防兵海戰術亂了局。

「鏗……鏗……鏗……」莫、鄒二人攻勢伶俐，一方採挑、刺出擊，另一則以雙刃削、撩，更於晶鎮轉能加持下，招招威猛，刀刃犀利。惟摯中岳之六尺長棍，應用出奇，出招入招均以兩棍端交互使出上中路之枕、攤、槍，三點出棍，合以下路之掃、撥、彈、壓之四點揮擊，不僅讓對手無以近身攻擊，甚而伺機分析敵對之慣用路數。然中岳依稀記得大師兄述及何思鎮之交戰經歷，故真正令摯中岳提防者，正是一旁盤腿靜坐之持杖高手！

然經符戩提點過之摯中岳，留意到莫乃行之持劍肘臂高過肩點之際，即知將使出「凝封關節」之絕技。惟因冰劍歸屬寒功，摯中岳遂啟動貫穿全身上下之足陽明經脈真氣，瞬間溫煦臟腑經脈，接著一股內勁兒衝上，首次發出當年龍武尊釋出之環身脈衝光氣，霎時氣連手陽明經脈，倏自經脈之合穴曲池衝向掌指，循經郄穴溫溜，絡穴偏歷，經穴陽谿，原穴合谷，俞穴三間，滎穴二間，以至指尖井穴商陽，甚而直貫厥陰伏虎棍。

一見摯中岳身顯護身光環，寒肆楓立顯訝異之貌，不禁覺到，「此人能達『經脈武學』之護環光氣，其身擁之經脈內力，實已凌駕莫、鄒二人之晶鎮轉能。先前已有了個凌允昇，眼下又多了個摯中岳，此等逆阻之力，不容小覷！倘若僅倚恃莫、鄒二人之力，未來恐有疑慮。嗯……吾得繼續收服各地奇能異士，以護我達成逆轉乾坤之大計才成！」

關薦見著摯中岳一棍敵三刃，煞是佩服，更見其對陣廿招後，幾已能早於敵對出劍位置，眨眼予以擊回。惟見寒肆楓突將橫置之法杖豎起，關薦立馬作出上陣支援之架勢，或可趁勢拿下莫、鄒二嫌，怎知此舉立遭符總管阻下，聞其言道：「經脈武藝之真陽脈衝甚強，倘若恣意介入戰局，或有亂了當局者已掌握之步調。況且眼見中岳之使招應對，尚稱游刃有餘，姑且續觀後勢進展，隨機應變。」

忽然！似見一白鷹，展翅而起。「啪嚓……啪嚓……」驚見寒肆楓於白駒過隙之間，起身躍飛入陣，旋即逼迫摯中岳面對以一敵三之局勢。然而藉由長棍出擊，雖能剎那應對前後，抑或左右交叉攻勢，但同時面對三方逆襲，除了環身旋棍法可作抵禦外，尚難轉守為攻！

「喀……喀……喀……」寒肆楓以杖揮擊，擎中岳以棍應對，霎時玄武洞前喀聲大作。孰料鄒煬雙刃自左側殺出，另有莫乃行由後方出劍，眼見擎中岳顧此失彼剎那，惟聞「咔……咔……」兩聲響，隨後即見中岳將伏虎長棍之兩卡榫轉開，瞬間轉為扭曲多變之三節棍法，咄嗟之間，以右棍續戰寒肆楓，中棍抵禦鄒煬之劈砍，左棍倏轉於後，以護身背免遭逆襲，三棍齊用，力戰三方。此時已提上九環大刀之符戩見狀，瞠目驚呼：「眼前之『經脈武學』傳人，定為中土大地鎮魔驅邪之使者！」

然隨著擎中岳之**手、足陽明**脈衝強勁，合以其耐久續戰之特性，愈戰愈勇，更見其周身輻散之熱能，直令寒肆楓頻感不安；待見莫乃行出現鼻衄之不適，幾成了陣線之累贅！寒遂決定放緩攻勢，並令鄒煬攙起不適之乃行，而後即見寒肆楓振臂一揮，山林瞬間颳起凜冽疾風，隨後倏旋三犄法杖以釋出白光，更於狠瞪擎中岳一眼後，持法杖猛然左右橫掃，立聞「唰……唰……轟……」之轟然巨響疾起。半晌之後，驚見一波猶如海浪之霜雪，倏朝玄武洞外之圍捕勢力撲去。

擎中岳見威脅將至，立馬退回陣線，隨即榫接三節棍成桿狀後，再次運起經脈內力，握緊棍之重心，吼出洪亮喝聲，旋即以伏虎棍一端，垂直震擊地面，現場再聞一震響「轟隆……」！此刻得擎中岳使出〈乾坤震波〉，藉由震波之外推，立將強勢撲來之雪浪震散，惟雪浪牽動山巒凜寒，更於寒肆楓所釋疾風之催化下，風寒逐波增強，致使不及迴避強寒逆襲之軍兵，一一倒臥，而近於中岳身旁之符戩、關薦、靳剴等軍兵則受〈乾坤震波〉之防護，僥倖躲過了一劫。待雪浪漸趨退去，才發現寒肆楓等三人，早已隨寒雪飛散，黯晦消沉於玄武岩洞之前。

符戩扼腕狂人強攜嫌犯逃離後，立回身關注守軍，洪聲下令眾人齊力，倏將受風寒創傷之數十傷兵，就近移往崎哩鎮之淮雁樓與聆峭客棧，藉以作為臨時救治與安置之所。諳於醫術之擎中岳與關薦則表示，將隨隊留宿崎哩鎮，除協助療患之外，將於查清莫氏兄弟之所涉後，儘速回歸辰星殿，以共商往後因應對策……。

位居中、南二州界之靈沁大川，實乃東西往來之要徑，惟江水以南之二火難滅，一為火山所釋之熱火，二為宗教黨派間之烽火。蒼生厭煩燒殺擄掠，致使州域人才不斷外移，唯倚火焰石之不斷外輸，始能撐起維生樑柱。然因南離王推動冶鐵煉鋼之術，精進且充實軍防兵器，砥兵礪伍，日久月深，遂萌生擴張州域勢力之欲，而覬覦之所向，非中州莫屬！

一日，南離王心血來潮，刻意偕隨身護衛勅戰，喬裝成商賈與隨從，並化名為叱盧喆，微服出巡於南州次大之霖璐城。除了就近瞭解火連教總壇近況外，亦可藉機試探四大教派衝突於地方之影響力。

叱盧喆偕隨從抵於門庭若市之鴻昌客棧，朱掌櫃不知南離王微服蒞臨，僅由小二安排了大廳一隅，供以酒菜品飲。叱盧喆甫坐穩木凳，即聞鄰桌三四商賈聊開……

「嗨呀！要比新鮮事兒，孰能早先我王淇呀！」「五天前，吾經過火燎總壇所處之彌岡鎮時，差點兒就上了黃泉啦！話說，自從火連教總召叢云霸接掌了火連教主後，作風極為強悍，令下子午鉞殺陣於七日內掃蕩火燎五分舵，最後於六大鉞手衝入了彌岡鎮總壇，一陣燒殺之後，幸得火燎教主梲影，自知無力回擊，終於子午鉞威嚇下，歸順了火連教派，及時止住了兩派殺戮，我王淇才能於燒殺之中，拾回了條小命啊！換言之，南州四大教派中，勢力範圍居三之火燎教，現已遭火連教吞併啦！」

「哈哈哈，看來我黃町所聞之鮮度，亦不遜於王老闆所提！」「話說三天前，適值火連教席捲火燎之後，勢力範圍居四大教派之末的火冥教，教主氈千岬親自密會了火雲教主翟堃。惟因此二教所轄範圍較分散，二位教主憂心叢云霸恐食髓知味，藉由鯨吞蠶食之策，吞噬二教之諸分舵，最終一統眾教派，始可進一步挑戰南離王之權位。待二教主得共識後，火雲教與火冥教隨即締結同盟，雙方各擁原有教徒，唯二教派可共同護衛勢力範圍。消息既出，叢云霸立將子午鉞殺陣火速調回了霖璐城，藉以共商後續大計。嘿……您說我這消息，是不是夠鮮啊？」

另一船東隱隱笑道：「黃老闆所提消息是夠鮮，只是……關於叢云霸調回子午鉞殺陣之原因，據在下所悉，恐與閣下有些出入！」

黃町笑道：「哈哈，反正南離王遠在滎璿城的咸禎大殿裡，這回僅派出竺逯、栗璁兩巡城小將處理教派衝突，威嚇度甚低，無疑是任由教派廝殺。眼下咱們所瞭解的，可能比南離王還多著哩！呵呵，以林兄於靈沁江之船運經驗，所聞消息，絕對有其驚點兒才是！」

船東林晢立馬表示，運送南州輸外之火焰石多年，受火連教之托運亦不計其數，對火連教之近況，再清楚不過。話說，前火連教主邢彪，暗地勾搭了中鼎王，為的即是推翻南離王，坐擁南州霸主。怎料事與願違，經火雲教徒傳出，邢彪因擅闖朱雀洞窟，慘遭赤晶岩傷及心肺，以致情志不清，口不出言。惟因叢云霸一路護送邢彪回到火連總壇，遂以邢教主需長期養護，趁隙一手遮天。待邢彪氣絕後，叢云霸即以「子午鉞殺陣」為恫嚇工具，致使火連諸長老不得不同聲相應，使其接任火連教教主之位。然而據火連教徒傳出，叢云霸身後有個極具關鍵性的人物撐腰，此人即是將速效藥劑帶入咱們南州之克威斯基護國法王……摩蘇里奧！

聞訊當下，勅鞁不禁提到，「原來御醫淳于翕上報，坊間已出現諸多速效丸劑兜售，原來源自於叢云霸私自開啟了南州門戶。倘若火連教持續坐大，恐不僅是併吞其他教派這麼簡單。」

南離王微微點頭後表示，擒賊須擒王，只要公冶總管之軍隊調度順利，南軍可一舉拿下叢云霸，再順勢接收火連教勢力範圍。不過，曾聞軍機處與單鍏軍師之初步擬定，先拿下火雲教，再圍剿火連，如此策略，恐與原本想法有些出入。

林晳接著指出，邢彪去世後，連同叢云霸在內，該鉞殺陣即成十二殺手之組合。甫聞王老闆述及六子午鉞手血洗了彌岡鎮後，眾殺手速速調回總壇之原因，實因一鉞手於搗毀火燎分舵之際，竟遭不明人士襲擊身亡！待屍首運回火連總壇，經醫藥長老孟鈁驗屍後，此一大體之身背肩胛骨下緣，竟呈出了赤紅掌印！令人驚訝的是，當孟鈁長老進一步剖析，發現殞者之雙肺已遭高溫烤熟，幾乎是中掌後不久，肺臟即失去功能，因而回天乏術，此事兒令叢云霸極為震驚！孰料，前晚又一奉命回調之鉞手死於相同手法，惟其中掌於下腹，據聞傷者之膀胱腑與小腸腑，猶如受到重度灼傷而枯竭喪命。為此，叢云霸針對此等赤灼臟腑事件，已下令眾教徒嚴查可疑份子。

黃町接續說道：「前陣子於南中州做生意，駭人聽聞的乃於不明衄血傷亡，怎料咱們南州也不遑多讓，來了個赤灼臟腑之怪客！耳聞身中〈逆脈衄血掌〉而亡者，幾乎皆是南中州之都衛官兵，而眼前之赤灼臟腑事件，其對象亦為地方勢力之爪牙。然而行兇者雖不針對蒼生百姓，惟消息一傳開，百姓幾成驚弓之鳥，一如於市集與人擦撞，見瘀血不退，惶恐不安，遂急找大夫診治，還望咱們這兒僅是個案，以免引來百姓無謂騷動啊！」

朱掌櫃則正經表示，提及找大夫診治，以南州之經濟現況，能請得起大夫者，不外達官顯貴、商賈員外之類，論及一般市井小民，僅負擔得起教派術士所提供之簡陋丹藥而已。又說：「近來某些鄉鎮醫者，為了多掙點錢，亦直接提供外來速效藥劑，無端增添了病患支出。以此可見，百姓沒法多攢點錢，恐難長命啊！」

這時候，一名曰陳汲之運貨男丁，發話說道……

「朱掌櫃所言甚是，不過，老天爺還是憐憫了咱們。聽說南州最大藥材商所經營的和裕堂，最近引來了北州大量藥材，並以薄利多銷方式，大幅削減原有草藥價格，此舉對地方百姓，無疑是一大福音啊！」又說：「和裕堂的奚圳員外之所以如此，據說不久前員外於運船上突發了心絞痛，須立即回往中州淇隆港埠，始得傳醫救治。所幸同船一名曰睿洋之中年男子，及時為奚圳施予針灸之術，挽回了其一命，且讓船東依照原船方向，抵達了南州淺塘埠頭。奚圳員外本欲贈厚金予睿先生，孰料睿先生分文不收，僅期望奚圳員外能廉價出售藥材予所需民眾，並當面表示，『凡為善而人知之，稱為陽善；為善而不予人知，則為陰德；然……陰德得天佑之，陽善則享名譽。』而後，奚圳員外擇以實際行動，回饋世人。」

「事發當下，陳兄弟正巧於該船上？否則怎知該中年男子之姓氏大名？」王老闆好奇問道。

陳汲回應指出，睿洋隨船抵達南州，同船搭客隨即傳訟其船上之舉。惟此人近來流連於霖璐城，且不時於市集替人把脈診治。耳聞睿先生明兒個將於文昌宮廟旁，無私地為老弱殘疾者義診。

朱掌櫃隨即附和陳汲，道：「嗨呀！倘若四大教派都能做這樣的事兒，咱們南州即能脫離烽火，並享豐衣足食才是啊！」

此刻留於客棧一隅之南離王，不解地想著，「中州衄血事件之始作俑者，本王再清楚不過，只是……南州何以殺出赤灼臟腑之怪異俠客？且頻頻發生報復子午鉞手之舉？莫非是不滿火連教囂張跋扈者之所為？嗯……只要四大教派持續相殘，我南州聯域軍即可坐收漁翁之利。倒是……叢云霸不若邢彪之倚仗中鼎王，卻是聯結了摩蘇里奧那老狐狸，此一變數，著實令人深感棘手！」

翌日巳時，城東文昌宮眾人聚集，或是虔誠膜拜者以求應試順利；抑或是沉痾痼疾、經脈不暢者前來求診。然而並非文昌帝君顯靈以治病，實為廟旁一名曰睿洋之蓄鬍男子，偕一中年女子以為助手，擺設方桌，為民義診。

南離王刻意隨著人龍前進，約莫一時辰後，見著排位於身前一年屆而立男子，坐倚方桌旁，聞其呼吸不甚協調而咳喘，且深覺胃腑不暢。待蓄鬍醫者把了患者脈象，直言指出，「**呼出心與肺，吸入腎與肝；呼吸之間，脾受穀氣也，其脈在中。**」意即呼吸之中，為脾受納水穀精微之時，脾胃之脈氣須藉心肺與肝腎之運作，以儲備並灌輸諸臟器之營養。然依脈象所示，右手**寸脈**，或大或小，實乃**手太陰肺脈**之真氣淤滯，以致心肺之呼氣受阻所致。隨後，睿洋令男患移於一旁，以備施行針刺之術。待患者褪去上衣，睿洋施以半寸短針，斜刺身背第三椎棘下之身柱穴旁開寸半之肺俞穴，再皮下刺入任脈華蓋穴旁開六寸，亦即肺之募穴……中府，並行透針之針法，透至斜上一寸之雲門穴，此即同下臟腑經脈俞穴與募穴之俞募針療法！

睿洋施針後，轉身回往桌案，一身形略顯福態，年逾杖家之年男子，正坐於案桌旁，客氣表明經商身份後，述出身具胸痛之症狀。睿洋一見男子唇紫舌黯，左手寸脈既弦且澀，即問眼前之叱盧先生，可有心悸失眠之症？叱盧喆隨即讚嘆先生辨證高明，惟聞睿洋娓娓表示……

心主血脈，肺朝百脈，心肺之血區為為血府，而脾胃乃氣血生化之源，血液能濡養臟腑以至周身，脾胃能將水穀精微上輸於心，化氣之後而為赤血，故養血先養脾胃。然氣虛無以力推血行，故易生瘀滯；氣虛更無以固攝血液，而恐生衄血之虞！故須確保血能行之先決要務，實為使氣能正常運作。綜上所述，叱盧先生乃因血瘀胸部，氣機不暢，以致胸痛煩悶，進而心悸失眠，故可採活血去瘀，升陽解鬱之法，始能解胸止痛。

接著，睿洋提筆寫下方子，並隨藥指出……

桃仁、紅花，合以生地、當歸、川芎與赤芍，以成活血祛瘀之桃仁四物湯。

將原四物湯之熟地、白芍，更用生地與赤芍，實乃增強活血化瘀之效。

再配以柴胡、枳殼、甘草、赤芍，以合成疏肝解鬱之四逆散。

將四逆散之白芍，更以赤芍，始可改善末稍循環障礙。枳殼代枳實以助行氣。

加以桔梗、枳殼與柴胡同用，更具上開胸結之效；終以牛膝將瘀血下引。

如此一上一下，既可行血分之瘀滯，亦可解氣分之鬱結。

上述十一味藥合用，即為傳世名方……血府逐瘀湯之應用。

若心悸失眠甚重者，可加以酸棗仁、柏子仁以寧心助眠；五味子滋陰收澀以安神。

南離王當下覺到，「眼前名曰睿洋之醫者，不僅辨證犀利，論其用藥機理，毫不含糊，以赤芍代白芍，煞是關鍵，並合以滋陰收澀，寧心安神之配藥，頗具御醫水平！」

「好，好一個血府逐瘀湯之應用。」叱盧先生於稱讚之餘，心裡正盤算著以何等理由，延攬這位醫術高明之睿先生加入王府御醫行列。突然！「咔嗟……咔嗟……吁……」一自遠而近之馬蹄聲響，眨眼來到了文昌宮前，接著再傳來「嘯……」之一聲，只見一鉞刃迴旋飛來，刃尖直接插入宮廟左緣之木柱上，而該木柱旁即是睿洋義診之桌案。

霎時，一身著火連教火紅袍服者，偕同另一名手持子午鴛鴦鉞之隨扈，躍下了馬背，走向了睿洋。惟聞紅袍服者口氣不甚良善地道出：「甫經我城東分舵，驚見人龍集聚宮廟之前，不禁引人注目！惟見案前蓄鬍者之衣著呈現，若沒猜錯，應打外地而來才是。」

一旁隨扈委鎌，沒好氣兒地喊道：「喂……沒聽見我火連教主之問話嗎？」

睿洋緩緩起身，拱手應道：「在下睿洋，生於南州，長於中州。對醫術略知一二，而今回到南州，以義診回饋地方百姓。」

叢云霸瞧了下桌案旁，確有男患身上被施以針術，隨後以不屑口吻表示，眼前破舊廟寺，實在難登大雅之堂。「睿先生或可來訪火連總壇，即可知曉我火連之建築，層樓疊榭，畫棟朱簾，絕非此等篳門圭竇之道教陋寺所能比擬。」又說：「論及醫術進步，醫藥亦得精簡速效才行；或許睿先生可試試速效丸藥兒，即可見識，何謂藥到病除。」

「承蒙火連教主親自告知，睿洋銘感五內！只是……在下熟悉傳統藥材之治症，並合以針灸之術，為百姓行辨證論治，綽綽有餘，且天值地值，合於百姓之負擔，仍是治症驅邪之不二選擇。」

委鎌隨扈不悅發話：「好一個天值地值啊！我火連教主念於睿先生出生南州，遂提攜先生、告知財路，先生可別不視抬舉啊！」

「算啦！」叢云霸不屑道：「無怪乎睿先生一輩子難有仕途，只有倚於破廟旁，為人診治之命矣！」話後，叢收下委鎌取回木柱上之鉞刃，隨即瞧了下周圍後，對著廟旁大夥兒喊道：「近日火連教徒遭不明賊寇襲擊殞命，由於行兇手段罕見，不似在地手法，本教遂對出入霖璐城之陌生外客，格外敏感。」走著走著又說：「怎麼？眼前這位看似曳裾王門者，應是延請大夫到訪診療之輩，怎會流於這般陋寺旁，跟從人龍以求診，頗啟人疑竇啊！」

「呵呵，在下乃於滎璿城從事赤漆之生意人，複姓叱盧，單名一喆字兒。昨於街坊聽聞睿先生醫術高明，遂撥冗前來文昌宮一試。」

「哦……原來是從事漆業之商賈啊！」接著，叢云霸繞著叱盧喆一周後，道：「叱盧兄可認識霖璐城南卅里之『澤林號』東主……舒澤，舒老闆？」

叱盧喆搖了搖頭，立表不熟悉該號人物。忽然！叢云霸露出一敏感眼神，隨手持起了手中鉞，一旁睿洋則驚覺到，「眼前之叱盧大哥，見其左手虎口按壓右臂肘前橫紋，手掌立馬顯出鮮赤紅色，似乎正運起了內力？」隨後再驚到，「這位叱盧先生似乎略懂經脈武藝，惟因觸得其手厥陰經脈之脈氣，強於常人甚多。不過，此一經脈之氣，循行於人之心包，難道……其血府之氣滯血瘀，正因其內能反噬所致？倘若這叱盧喆再猛發心包經氣，恐有心臟乏力之虞啊！」

當下，叱盧喆嗅出了氣息不對，俄頃起身，表明了生意之故，遂先行離開，怎料瞬遭另一鉞手攔下，立聞叢云霸睥睨地對叱盧喆說道：「叱盧兄表明於滎璿城買賣赤漆，然製作漆業之最關鍵原料，即是樹脂！閣下竟不知供應京城之最大樹脂商，正是澤林號，而該寶號之舒老闆，實乃本教主之拜把兄弟，本教主亦未聞得舒老闆曾與叱盧姓氏者生意往來，足見叱盧兄之偽裝……不甚成功啊！」

火連教主此話一出，隨扈委鎌立馬上前欲擒下叱盧喆。忽然！佇立於木柱一旁，一手持香柱之壯碩身影，旋即亮出藏臂雙短槍，咄嗟躍出，及時抵住委鎌之鉞刃，隨後即見雙槍對上子午鴛鴦鉞之戲碼登場。

「哼……叱盧先生果非等閒之輩，竟暗地安排了隨身護衛！看來今兒個爾倆可要栽在這文昌廟前啦！」叢云霸喊道。

「呵呵，叢教主帶著隨扈以助施暴，而叱盧喆乃因命較值錢，故藉護衛以保身囉！」叱盧喆應道。

「鏗……鏗……鏗……」雙方隨扈立於廟前一陣狂刺、橫砍、疾削，霎時不分上下。叢云霸將鉞刃收於身後，斯須衝向叱盧喆，孰料叱盧喆突發一記掌風，瞬將叢云霸推後數尺，隨後翻躍咄嗟，立與叢大打出手，二人拳腳相向，火力全開，雙方對擊十餘招後，忽見叱盧喆後空翻躍，及地之後，立以左手撫著左胸，面露痛苦之貌。叢云霸見機不可失，火速抽出子午鉞，倏朝對手殺去！

「啪嚓……啪嚓……」一面具怪客突自宮廟簷上翻飛而下，提腿迴旋飛踢，立將殺向叱盧喆之叢云霸踹飛，而後接連翻躍，適值委鎌揮展鉞刃間隙，精準推出雙掌，正中委鎌之胸膈處後，立偕勅鞭回頭架起叱盧喆，一躍即上廟寺屋脊，隨後即失去了蹤影。

待叢云霸起身，欲上馬追緝叱盧喆一行人時，竟聽聞一旁傳來呻吟之聲！回頭始知中掌後之委鎌癱臥不起。睿洋直覺不妙，倏朝委鎌奔去，詳視其狀況。一會兒後，睿洋即對著叢云霸搖了搖頭，待叢教主來到委鎌身旁，驚見委鎌口衄鮮血，一命嗚呼！

叢云霸驚訝喊出：「橫行於南中州之〈逆脈衄血掌〉，竟已將魔爪伸入靈沁江南岸！難道……施展〈赤灼炙煉掌〉與〈逆脈衄血掌〉之神秘人，即是方才那面具怪客？嗯……眼下極具關鍵之人物……叱盧喆！」

「駕……」叢云霸擔心面具怪客恐回馬突襲，立馬衝向就近之火延壇，並令壇主寇嶽，速發火連一等追緝令，全力緝回叱盧喆與挑釁行兇之面具怪客！

數日之後，回到咸禎大殿之南離王，經服下幾帖**血府逐瘀湯**後，心悸胸痛之症已獲改善，並於檢閱公冶總管之軍兵操演後，特調隨身護衛勅鞭，參與今夜巡城任務，惟因南離王今晚密會機要人物，遂提前回到了盧王府。

「哈哈哈，還是保持一貫之神秘感！真這麼欣賞本王設計之面具？殊不知閣下為防露餡兒，甚為自個兒取了個匿名……岩子！呵呵，算了，閣下自有想法，本王不予置評。」南離王說著。

岩孓回應道：「南離王乃講信用之人，在下信得過。惟南州文武要臣可能隨時出入王府，還是暫不取下面具為宜。」

接著，岩孓拿出了張手繪圖，攤平於案上，指著其上各標註點表示，此乃靈沁江北岸之城池方位與軍力部署圖。數月以來，岩孓走遍南中州西部之粵浦城，中部之淇郁城，以至東部之閡東城，為的即是完成此一地形、軍備分布圖。然此三城之外城崗哨站，部分駐軍已因衄血事件而略顯浮動；三城之中，易守難攻者首推淇郁城！鎮守該城池之罕井紘，日前已晉升為鎮南將軍，並擁近二萬都衛軍；而戎兆犺總管更調動了庾晏、狄鷙二將，各自帶領八千軍兵，駐守粵浦與閡東二城。岩孓又說：「粵浦城距南州滎璿城較近，實為南離王揮軍北征務必攻下之要城，而岩孓將繼續削弱閡東城之軍力，必要時，或可直接斃了守將狄鷙，讓罕井紘不得不調度軍兵以支援閡東城。待軍兵東移，王爺即可直攻粵浦城，以成北征之首要據點。只是……王爺欲成此大業，您的身子……」

「唉……本王所擁之〈赤焰旋石〉神功，雖能鎮住周遭勢力，惟每輒出招，必傷上焦心包，甚而損及心脈。過往若非龍武尊提點經脈真氣之運化，或許吾之心臟早已不勝負荷。」南離王接著抽出兵刃，又說：「眼前這口赤焰霽烽刀，乃令邢彪莫敢恣意妄為之利器，而今邢彪已逝，欲對付叢云霸，根本用不上此刃。日前於文昌宮之衝突，若非本王之胸痛發作，當下還真有斃了叢云霸之念頭。眼下若不濫施〈赤焰旋石掌〉，並循著御醫之藥草調理，應能得到更理想之狀態才是。至於出兵北征一事兒，事關重大，倘若真如岩孓所述，最好不過。只是……閣下何等把握？能藉咱倆合作……顛覆中州？」

岩孓不疾不徐地回道：「薩孤齊斃命於奇恆山麒麟洞前，當下已發覺中鼎王之顱腦痼疾頗重，致使其〈陰陽雹擊〉之威力不若以往，甚聞當下醫者提及，雷嘯天已顯出腦水腫之象，一旦中鼎王無以立，中州之廣大沃土，該歸誰掌管呢？就算南離王不出兵，亦難保他州，甚或境外之金蟾法王，沒準兒趁隙而入啊！」

岩孓又說：「近幾月來，南中州所生之大小衄血案，均出自在下所為。惟因出掌火侯尚不能控制得宜，遂出現了輕重不一之衄血症狀，致使眾人見得不明衄血，寢食難安，意外造成南中州之恐慌，正巧達成吾之目的。」

盧錟立馬提問岩孓，日前於文昌宮前之出掌，是否已達掌控衄血神功之層級？岩孓立頷首作為回應，並指出，當下因移送南離王離開為要，遂不得讓敵對有追緝之可能，故重手斃了那委鎌！

「何以不先斃了叢云霸？」盧錟再問。

岩孓回應表示，近來火連教之子午鉞殺陣，一一遭人逆襲，此舉顯示，暗處已有反叢教主之力量，正於萌發之中，聯域軍尚不須蹚這渾水，畢竟利用叢云霸制衡其他教派，甚而令其自相殘殺，實乃王爺既定手段之一。倘若叢云霸就此倒下，各教派因相互爭食地盤而失控，進而發生連鎖暴動，豈不讓昔日傳宏義領軍南下，助剿南州亂黨之歷史重演？眼下乃雷嘯天執掌中州，岩孓不敢保證雷王擁有傳宏義那般胸襟。一旦南州再度失控，或許成了中鼎王揮軍南下之藉口，屆時南離王是撲滅教派之火為先？還是派軍抵禦南下之中軍為要呢？

「這個嘛……」躊躇之南離王，霎時露出兩難神色。一會兒後，嚴肅說道：「有一事兒，咱們尚矇在鼓裡！耳聞叢云霸之所以順利登上火連教主，實有幕後高人撐腰，此高人極可能是摩蘇里奧！然經我方探子回報，邢彪曾於火連總壇邀集眾巨頭密會，其中可被清晰識出者乃薩孤齊、摩蘇里奧，尚有東州穎梁城主余伯廉。除此之外，據聞另有一面具客參與其中，何等身份？不得而知。」

岩孑一陣詫異後，回應指出，火連教與摩蘇里奧掛勾，絕非南離王樂見。又說：「既然南州聯域軍已厲兵秣馬，外來勢力暫不致妄動才是。眼下仍依原計劃，由岩孑負責查探，並伺機顛覆南中州之軍防勢力。一旦粵浦與閡東二城頻出狀況，定讓鎮守淇郁之鎮南將軍分身乏術，更利王爺揮軍北上！」

「喀噠……喀噠……」忽聞馬蹄聲朝王府前來，岩孑警覺後，表明先行藏匿屋後，再伺機避開軍兵，離開王府。

半晌之後，見公冶成偕同單鍏軍師齊入了盧王府。

「何等要事兒讓單軍師與公冶總管，顯出如此焦急之態？」南離王問道。

公冶成拱手後指出，據往來商賈與傳令信差傳出，北州發生重大事故！其一為北坎王之長子莫乃言，因沉溺於北川鄒煬縣令為之安排吃喝玩樂，甚而染上毒癮，而後經鄒煬唆使，二人違例私闖玄武岩洞。無獨有偶，北坎王二公子莫乃行，亦因結識狐輿壇之佞徒損友而逾越王法，竟同於玄武岩洞前，與軍機符戡總管揎拳捋袖，兵刃相向！

霎時，南離王瞪大了眼，顯出難以置信之貌，道：「不時聽聞北坎王之文武二子不甚和睦，知書者乃言管控北州醫藥處；習武者乃行執掌北州機察處。兄弟倆井水不犯河水，何以同因聽信面朋口友而同室操戈，令人不解？」話一說完，盧錟突然想到，「欸……狐興壇？其領頭羊不正是那個身擁覡巫異術，亦為雷王犬子之雷世勛？倘若莫乃行與雷世勛沆瀣一氣，裡外同謀，如此下場，不難想像！」

公冶成再度表示，本以為是眾口鑠金之事，孰料單鍏軍師之連襟，甫自烏淼峰下之雁鳴鎮，一路藉由江船快馬奔回滎璿城，其不僅描繪了上述事件，甚而……

單鍏立馬接說道：「稟主公，微臣連襟傳來，莫乃言確已殞命，而莫乃行與鄒煬則畏罪逃逸。至於偕同莫乃行入洞者，目前身份不明，下落不明。然此駭人聽聞事件傳回辰星大殿後，北坎王雯時汗洽股栗，當眾昏厥，現已由御醫孔焓祺，偕同本草神針牟芥琛，同於莫王府為北坎王療治當中。倘若莫氏兄弟真因烏集之交而毀了仕途，甚而賠上性命，直令人不勝欷噓啊！」

「什……麼？莫乃言已經……看來北州真的出事兒了！」盧錟搖搖頭後，感嘆道：「僅以利益聚合，不以真誠相待之交情，真如軍師以烏集之交為形容，如此下場，世人皆須引以為鑑啊！」

單鍏接續表明，玄武事件爆發之後，符鐵令近百軍兵將殞命大體運至崎哩鎮，且封鎖了該鎮之出入。據聞鎮上眾多軍兵患上嚴重風寒，致使符鐵急令雁鳴鎮駐軍，火速將該鎮之治症草藥運抵崎哩鎮！單鍏又說：「微臣以為，軍人體魄強於百姓，究竟發生何事兒？竟能使眾軍兵齊患外感？果真是出於烏淼峰之凜冽風寒所致？耐人尋味啊！」

公冶成亦表明，位居五州內陸之晶岩洞窟，各州皆派遣一般將領駐守，唯獨北州惲軍師下令軍機總管巡守，莫非惲子熙早推知莫氏兩兄弟，將於玄武岩洞萌生「煮豆燃萁」之禍？孰料，嚴東主偕其軍機總管將《五行真經》送抵辰星大殿，符戩則依對等禮儀，暫回辰星殿接待，遂令莫氏兄弟有可乘之機。倘若玄武岩洞由符戩把關，以其剛硬性格，莫氏兄弟應不得其門而入才是。

南離王嚴肅表示，昔日五州挖掘晶洞，莫名事件層出不窮，致使五州主敬鬼神而遠之。而我南軍亦因火連教斛衍煜祖師，曾將赤白雙晶石融合而發生震炸，誤以為是一強大武力來源，遂貿然出兵西州，以奪取白晶石，孰料功敗垂成。再觀邢彪、薩孤齊與莫氏兄弟逆闖各晶洞，諸多案例皆已證驗，其下場均以悽慘作收，為何仍有人甘願冒險闖關，實在令人不解？又說：「嗯……惲子熙既令重兵嚴守，咱們也該為朱雀岩洞，多增些兵馬駐守，以防狂人逆闖才是。」

公冶成於領命後，順勢提道：「自北州突生蕭牆之禍後，惲子熙隨即令符戩總管增調堅防軍，全面加強中、北二州之州界防衛，難道……北州擔心……中鼎王會趁虛而入？」

單鍏軍師則表示，此刻北州滋生重大事端，北坎王絕對無暇他顧，定將國務暫交惲子熙處理。然而水能潤木，故北、東二州之州界，問題不大；面臨內憂外患之西兑王，應無多於軍力入侵北州；而中鼎王亦因痼疾纏身，貿然出兵之機率，微乎其微，而有著汨琤湖作為中、北二州屏障之北州，何以讓惲子熙一如驚弓之鳥，火速補足中、北邊防，難道是……

公冶成立馬附和道：「沒準兒公冶成內心所想，與單軍師不謀而合吧！」

藉著案上燭光，南離王瞧了下眼前二臣將之神情，一會兒後，恍然大悟地說道：「莫非……單軍師與公冶總管皆認為，偕同莫乃行入玄武岩洞之身份不明、下落不明者是……」在場三人再次互瞧之後，異口同聲喊出……雷世勛！

第卅回　發奸擿伏

臘月霜雪，環罩北州，入夜陣陣凜寒，無不催人闖窗入室。一鍋熱騰臘八粥，既凝聚親朋之心，亦溫煦寒顫之身。雪窖冰天之中，屹瑋城東之辰星大殿，戒備森嚴，殿外之武裝軍兵，一如歲寒之松柏，屹立不傾。相照於城南之莫王府，縱有御廚呈上紅參煲湯，依然無以暖和北坎王如墜冰窖之心。

本草神針置身莫王府之療院，說道……

「哀毀骨立，百藥難醫，萬念俱灰，無以謀推。北坎王喪子之痛，引來多重痼疾復發。王爺若無視頹萎，每況愈下，無疑賠上北州上下。惟乃行總管舉止嚴謹，怎聽任烏集之交，進而謀弒兄長？居中隱情，尚須藉王爺恢復情志，或有還乃行總管清白之機會啊！」

北坎王兩眼無神地表示，親睹乃言於任脈鳩尾之傷勢，實乃冰劍摧裂所為，以至內血不止而亡，如此鐵證，何來隱情？

牟芥琛見莫烈願開口發聲，立以參與當日驗屍之身份，說道……

「乃言總管確實亡於內血不止，惟芥琛尚知狐基族一祖傳掌功，合以摩蘇族之覡巫術，即可破膈膛之宗氣而滲血不止；此神功能溶去中招者體內之凝血成分，縱然芥琛擅治血病，遇此重患，依然無計可施！再則，芥琛於乃言總管身背，確實探得左右背肋骨或裂或斷，幾可推斷生前遭受掌擊。倘若依蘄剴軍長所形容，陪同乃行總管入洞者，乃一名曰羅崑之中州肅毒官，而熟悉中州諸肅毒查官之常真人，卻從未聽聞羅崑之名號，故可推測，另一骨碎不成形之大體，極可能是曾帶領過狐與壇之雷世勛，而雷世勛曾於西州外族大會上，以三犄法杖展現奇特異之覡巫法術，不難推測雷世勛確已練成〈膈膛血滲〉神功。」

聽得如此分析之北坎王，霎時清醒了不少。隨後緩緩由臥榻，起身倚坐，認真想著牟芥琛之所述。

牟芥琛接續分析表示，北坎王獨步武林之水霰冰稜劍，尤須藉水以發冰劍；而乃行總管青出於藍，能直藉水氣而凝劍。然此絕技稱為「凝關冰劍」，顧名思義，使招者以制住敵對骨骼關節為首要。試問，乃行何以針對胸前蔽骨下之**鳩尾穴**出手？不符邏輯！

牟芥琛如此一說，竟讓北坎王忘了原有骨病，立馬站了起來，道：「難道……事發當下，有人刻意借刀殺人？」又說：「蘄剴曾指出，其入洞後即見乃言氣絕之大體，並未目擊乃行出手行兇。若依牟神針之推斷，乃言極有可能喪命於〈膈膛血滲〉神功，依此而推，另一碎骨殘屍即是……雷世勛！」又說：「不，此乃片面推測，尚不能對外聲稱雷世勛已斃命，否則中鼎王恐將不惜一切對我州發兵！」

牟隨即表示，適值王爺昏厥時日，惲先生已令符戩總管增派軍兵，以強固中、北州界。聞訊後之水利總管莫沂已表明，將於明日回到辰星大殿，正巧擎中岳與王府護衛關薦亦已離開崎哩鎮，俄而奔回屹瑋城。眼下見王爺已振作，待芥琛再為王爺診治一番，而後冀望藉著眾人之力，重新回溯案發當時，始以利北州後續之因應對策。

北坎王經診斷後，依循牟之建議，於次日會過莫沂，再休養三日後，回到了辰星大殿。此刻之機要大臣與當日參與緝拿玄武兇殺嫌犯之相關人物，早已於大廳候坐。

惲子熙率先詳述近日軍兵調動情況後，符戩接續描述玄武岩洞之事發前後，吻合了牟芥琛於莫王府之諸多推測。然因符戩轉述靳剴之所見，乃行總管與寒肆楓衝突在先，隨後二人竟轉為聯手，並夥同鄒煬圍剿中州肅毒官羅崑致死一事，令北坎王頓感憂心，畢竟聞得莫乃行出手行兇，已是事實！

符戩接續表示，依時間先後而論，莫乃言與鄒煬密謀入洞，可視為同夥；而莫乃行掩飾陌生人羅崑，推知二人熟識。然而乃行以緝捕嫌犯為由入洞，兩組人馬衝突難免。惟因乃言總管不諳武藝，極可能於衝突當中喪命，而靳剴尾隨身著斗蓬之身影入洞，可推得此身影即是於洞外強勢擊退軍兵之……寒肆楓！

牟芥琛嚴肅指出，昔日之嵐映首俠寒肆楓身擁高強武藝，卻因心懷仇恨，令龍武尊甚為擔憂。憶得嵐映諸俠年少遊戲時，寒肆楓不時提及「順吾者生，逆吾者亡」；刁刃每輒持起木劍，必言「唯吾獨尊」；而狼行山則以利益為首要考量；再依凌允昇於北江何思鎮見過乃行以冰劍逆向寒肆楓。綜合上述，或可推得，岩洞內之兩幫人馬確實發生衝突，而隨後入洞之寒肆楓即以強勢武力，恫嚇在場！當下，莫乃行恐因不服，遂與寒衝突交手，而後乃行與鄒煬恐降於寒肆楓之「順吾者生，逆吾者亡」，惟另一在場者羅崑仍持逆向以對；倘若任由羅崑逃出岩洞，其所有言論必不利其他三人，故慘遭滅口，在所難免。

「何等利益？竟讓洞裡全無是非可言！」北坎王疑問道。

惲子熙認為，四位目達耳通者，摒棄是非判斷，無不為了岩洞內之六稜晶鎮。又說：「傳聞晶石內運巨能，本能安穩於地底深層，惟因世間狂人覬覦巨能，甚而妄想將能量據為己有，遂泯滅了原有評斷事物之本性。然而子熙依節氣預測，冬至乃烏晶石釋能之最，以致刻意由符總管親自鎮守玄武岩洞，怎料陰錯陽差，讓岩洞出現了漏洞！」

「依過往案例，深入岩洞者，均得悽慘收場，致使各州主敬鬼神而遠之。我兒乃言與乃行，何以知曉晶鎮內蘊秘密？」莫烈疑道。

惲隨即表示，王爺之所疑，始來自一關鍵人物……摩蘇里奧！又說：「根據我方探子回報，鄒煬曾與摩蘇里奧多次密會，疑進行違禁物交易，二者合作關係甚密，惟狡詐之鄒煬均能利用他人之貪婪，以達成其運毒之目的。而乃行總管曾多次進出狐輿壇，必定熟識領壇之雷世勛，而雷世勛所擁覡巫之術乃源自摩蘇族，再經該壇喬承基長老之族人手札，雷、鄒二人皆可間接瞭解晶石之蘊能。惟二人居心叵測，分別藉由莫氏兄弟之特殊身份，遂能逐步逼近玄武岩洞，怎料甫臨冬至寒夜，即讓暗地謀劃許久之雷、鄒二人，瞬將衝突推向桑落瓦解之場面！」

「這……這麼說來，那……偕同乃行入洞，名曰羅崑者，即是領動狐輿壇之雷世勛囉？」

北坎王推論道。

「眼下僅依符總管與斬剴軍長所述，一切尚屬推測，無人能就此斷言。」惲回應道。

符鐵接著道：「雷世勛仗恃其乃中鼎王之後，狂妄自大，甚而被境外異族推為靈幻大仙，且仗著其身擁絕世神功，怎可能輕易向寒肆楓俯首稱臣？」

接著，符總管以事發當日與寒肆楓過招之經歷表示，重生後之寒肆楓，陰寒內力高深莫測，隨性出手即可成就襲人風暴，絕非擅用巫幻奇術之雷世勛所能撼動。遂藉此推測，招致殺身之禍的羅崑，極可能就是雷世勛！

甫自崎哩鎮歸回之擎中岳，拱手示禮後，斬釘截鐵地說道：「沒錯！那具骨碎而難以成形之大體，即是中鼎王之子……雷世勛！」擎中岳此言一出，一座皆驚，一直處於推測之惲子熙，心裡不禁唸著，「此刻寧可真有不識之羅崑，卻不願獲得雷世勛已殞命岩洞內之事實。」

惲子熙嚴肅說道：「阿岳，若有實據，不妨道出源由，以為我方因應參酌。」

擎中岳表示，符鐵總管離開玄武岩洞後，中岳偕同關薦將軍，帶領傷兵與九具殉職軍兵大體移往崎哩鎮，並安排部分傷兵暫宿淮雁樓與聆峭客棧。然此期間，由於乃行總管與鄒煬縣令已成追緝嫌犯，崎哩鎮長薄裎、淮雁樓掌櫃俞霄與聆峭客棧洪掌櫃，詳實地提供二人於鎮上之訊息。經兩位掌櫃描述，乃行總管確實與一身著華麗繡袍之高貴公子，相約入住聆峭客棧。適值中岳捧出裹覆碎骨遺骸之繡袍時，薄裎鎮長與兩掌櫃立馬識出具特殊紋路之繡袍，正是隨機察總管前來之高貴公子所有。

擎中岳接續表示，玄武衝突數日後，得斬剴軍長捎信告知，其因肩背傷口紅腫作痛，遂決定下崎哩鎮更藥。惟因當時鎮上之外感傷兵逐日上升，為免靳剴軍長受感染，中岳臨時決定親自攜藥上山為軍長更藥。孰料來到一半路程，見遠處一人影跪地，面向一人苦苦哀求，待中岳靠近時，聽聞一段對話……

「靳剴啊，爾所悉之事情太多啦！滅了你，玄武事件即死無對證啦！」

「你……你這魔頭，一定是你殺了莫乃言！」靳剴說道。

「我就說唄，留靳軍長一命，定會到處胡謅的。嘿嘿，既然你有興趣，不妨告訴你，莫乃言是中了雷世勛之〈膈膛三血滲〉，臟腑滲血不止而死的；而本縣令僅及時擊開莫乃行之冰劍，怎知那劍頭會往乃言那兒鑽啊？哈哈哈……」

鞏中岳接著指出，當下欲出手救靳剴，孰料鄒煬推出一掌，眨眼擊向靳剴前額，藉以將之推開，中岳立馬交手鄒煬於山林之間。鄒煬依舊手持雙刃出招，然因招招直攻對手要害，中岳僅能防禦以對。待中岳經脈真陽齊發，遂以追擊棍法傷了對手之左肘骨，受了重創之鄒煬，旋即逃離現場。

鞏中岳話說到這兒，上前一步，朝著大夥兒解開一塊黑布，隨即亮出鄒煬所使之左刃。關薦俄而上前一瞧，一眼即認出此利刃，「沒錯！此即鄒煬於玄武洞前所使之袖中銀刃！」

中岳嘆了口氣後，又說：「待中岳欲上前攙起軍長，始知靳剴軍長早已身亡，推斷其應於中掌當下即斃命。不久之後，其顱骨逐漸塌陷，且頸椎與胸骨亦因碎裂與萎縮，致使大體多處無以成形，其慘狀相似於岩洞內所見之……羅崑。」

「什……麼？斳剴已經死了！可惡，這下可真是死無對證啦！」符戩怒道。

牟芥琛隨即表示，依鄒煬對斳剴之所述，直可說，羅崑就是雷世勛！而雷世勛不僅出現於岩洞內，且於雙方衝突中襲擊了乃言總管，而當下之乃行恐交手於鄒煬而無暇他顧，待鄒煬擊斷對手冰劍，致使冰劍入於不該之處！

「嗚……嗚……乃言我兒啊！」北坎王雖藉擎中岳之言，洗去了莫氏兄弟相殘之推測，仍因長子死於非命，不禁再次悲從中來。

待北坎王穩定後，正經說道：「由岩洞內不成形之大體，可見其重要關節處，均遭劍刃破壞且呈僵直現象，可想而知，雷世勛戕殺了乃言之後，乃行為兄復仇，故以〈凝關冰劍〉回擊雷世勛，本王已能理解。再順應牟神針對寒肆楓之形容，不難想像，寒肆楓應於洞內施以恫嚇手段，以令乃行與鄒煬屈服，否則，乃行若持續逆向寒肆楓，恐將成岩洞內另一亡魂才是！」

符戩亦說：「寒肆楓的確不容小覷！若非乃行總管突於對戰中出現鼻衄不適之狀，以致寒肆楓須分心應戰，終決定將乃行救走，否則，我軍傷亡應會更劇才是。」

北坎王聞訊後，頻頻搖頭，憂心道……

「過去，莫氏獨步武林之〈水霰冰稜〉神功，其能藉水而成冰，所耗之內力，尚於人體可容許之範圍。然而根據我莫氏凝冰神功之記載，乃行能由水之氣態，直接轉為水之固態，其所鼓動之腎氣甚大，一旦強行連發冰劍，將使腎氣接連衝向顱腦，待顱內高溫無以退，遂藉由熱血，自鼻腔上端衝入鼻腔，順勢舒緩顱內高溫，即成鼻之衄血。由此可推，乃行尚未向惡勢力妥協前，確實為對付鄒煬與寒肆楓，以致多重施用〈凝關冰劍〉而鼻衄。」莫烈頓了下，又說：

「重生後之寒肆楓，果真那麼可怕？竟能讓一官一賊之乃行與鄒煬，聯手對抗符戩所領之堅防軍兵？」

擎中岳接續北坎王所言，嚴肅表示，靳剴軍長殞命後，中岳擔心屍首恐遭山狼啃噬，遂趕在入夜前，將靳軍長大體帶回崎哩鎮。一陣疾奔入鎮後，立聞鏗鏘擊響傳來，這才發現，關薦將軍正使著三尺戕戎劍，與人交擊於鎮中大街上。當下，中岳不假思索，立馬加入戰局，只因眼前所遇之對手……寒肆楓！

「什麼？寒肆楓出現於崎哩鎮？」符戩驚訝又道：「若說鄒煬是為了滅口靳剴而埋伏殺出，那麼……寒肆楓來到崎哩鎮，其為的是什麼？還是……尚有其他仇人？」

關薦回憶道：「末將跟隨符戩總管上山，兵分七路包圍玄武岩洞，若不納靳剴軍長之兵力，且以每路十五軍兵而計，七路共計百餘五之軍兵參與圍剿。行動之後，九位前鋒不幸捐軀，其餘九十六兵則隨末將與擎少俠移往了崎哩鎮。惟當下時處冰雪嚴寒季節，本以為諸兵不敵雪虐風饕，一一倒下，探問之後，多數不適者皆表明，於寒肆楓引動雪浪後不久，即感身子或寒或痛，約莫卅餘兵於抵達崎哩鎮後，早已癱軟無力！」

關薦又說：「末將與擎少俠極力為傷兵診治，發現十來軍兵已顯出**陽不攝陰，腎陽虛衰，畏寒，踡臥，四肢厥冷，冷汗自出，之少陰陽衰陰盛證**。一夜之後，竟出現八軍兵殞命，且見十二軍兵命危。然於擎少俠前往玄武洞區為靳剴更藥之際，末將於巡視聆峭客棧時，親眼目睹驚悚一幕，一身披斗蓬者現身於命危病患顱後，其僅手扶病患前額，拇指一壓病患之頭頂**百會**穴，立見病患身顫兩下，隨即吊眼不動，待末將衝上，已見同室四兵全數吊眼氣絕。斗蓬人立馬破窗而出，末將咄嗟追上，抽劍以對，這才視清，此人即是於玄武洞前引動風寒雪浪之……寒肆楓！」

「不妙了！」牟芥琛一陣詫異後，嚴正說道……

「至陰神功，擴及九重！三重始凝光，四重摧成礫，五重喚風寒，六重攝陰魂！依關將軍所述，寒肆楓應已達六重至陰之攝人陰魂，亦是人之軀體所能承受之顛頂。不過，寒肆楓應處於六重至陰之初步，為支撐其完修六重至陰之內能，其須不斷地吸攝人魂，以蘊積其陰能；一旦寒肆楓完修六重至陰神功，則已達人與魔之臨界區了。」

「寒肆楓練了這玩意兒，與其交手者，恐遭其攝魂，何人能與之近身搏鬥？倘若無人能動得了他，那寒肆楓不就天下無敵了？」水利總管莫沂疑問道。

「非也！非也！」牟芥琛依循醫理表示……

人立於天地之間，實乃陰陽和諧之體。藉由臟腑經脈之協調運行，精、氣、神得以化生，以致**心能藏神**、**肝能藏魂**、**肺能藏魄**、**脾能藏志**、**腎能藏意**。待陰陽契合，真陽運行於陰體周身，則鬼魅無以侵犯。換言之，人體或因六淫外邪強襲，或因外損內傷重創，致使精損、氣散、血虛，而使人癱軟虛弱，以致神昏譫語，陰竭陽脫；待元陽不固，命門火熄，嗚呼哀哉！

牟接著指出，寒肆楓於身擁五重至陰之後，即可喚得風寒！而寒肆楓或可藉由六淫之風、**暑**、**濕**、**燥**、**寒**、火中之風、寒外邪，強襲人身，亦可施展犀利攻勢，使人招致外損內傷。不論何一途徑，寒肆楓之目的，就是使人……虛弱！唯有虛弱體質，易見陰竭陽脫，此般極虛之人，即成了寒肆楓之攝魂目標。所以，寒肆楓於岩洞口施展凜寒雪浪，無疑針對晝夜兼程而登上玄武岩洞之堅防軍兵；其中之陰虛羸瘦者，必不勝凜冽風寒侵襲，甚而出現「直中少陰」之證！

牟又說：「對照關將軍描繪軍兵移往崎哩鎮，與入鎮後之種種，無不符合芥琛對寒肆楓之分析。而針對莫沂總管之所疑，綜而言之，人人保持體魄強健，根本無須膽顫寒肆楓之攝魂大法！虛弱體質自成狂人攝魂之目標！此乃芥琛力勸北坎王振作，亦可避免寒肆楓趁虛而入。」

此刻，惲子熙見北坎王聽進了牟芥琛所言，欲緩些緊張氣氛，遂對牟問道：「惲某見識有限，不知牟神針甫言『直中少陰』之證，何等解釋？」

「呵呵，針對惲先生所提，芥琛已有一適當人選，可為大夥兒詳細解釋。」牟立朝向摯中岳，道：「甫於崎哩鎮有過診治之經驗，中岳不妨替牟師叔解釋一下，何謂『直中少陰』之證？」

摯中岳向著在座表示……

足太陽經脈主一身之表，多數外邪藉此徑入侵，故顯出「項強頸痛」之症狀。待服以**桂枝湯**或**麻黃湯**之解表劑，可藉汗出發表，驅離外邪。然……**病邪能攻入人之少陰層級，主要與素體陽虛有關！**

少陰病之病變部位，涉及到臟腑和經絡，如**手少陰心**、**足少陰腎**，以及**足少陰循行經脈**。而少陰病之成因，有兩種情況：

其一，**外寒直中少陰**。當外邪不經過三陽經脈擴散，直接侵入三陰之臟而發病的，則稱之「**直中**」。**少陰病，主要是平素少陰腎陽虛，一受病，外邪即可直渡少陰**。起病之初，表現了手腳發涼，精神不振，這般周圍循環衰竭，從醫經角度來看，可稱之「少陰傷寒」。

有句話是這麼說地，「老怕傷寒少怕癆，傷寒專死下虛人」，主要即指少陰直中。

其二，邪氣襲身後，由其他經脈轉傳，一是表裡傳，二是循經傳。

「表裡傳」是指太陽之邪轉傳少陰。或可由自然循經入裡，抑或是誤治以後，傷了少陰陽氣，以致太陽之邪，循經入裡。

醫經治太陽之病有云「下之後，複發汗，晝日煩躁不得眠，夜而安靜，不嘔、不渴、無表證，脈沉微，身無大熱者，乾薑附子湯主之。」此一方劑乃針對腎陽之突然虛衰，此即太陽病誤治以後，導致腎陽被傷，由太陽之邪趁虛內傳少陰的例子。然因太陽和少陰相表裡，遂將此情況稱之表裡傳。

中岳接續表明移往崎哩鎮之軍兵，病危者，如牟師叔所云，多屬於直中少陰之證，另外陸續發病者，或是太陽之邪傳少陰，或是太陰之邪傳少陰。

然而少陰病對臟證證候分類，亦有寒化和熱化之分。當素體陽虛而陰盛時，外邪得以從陰化寒，始出現少陰之寒化證，而此回軍兵所承之少陰證，即是少陰寒化證。

中岳又指出，此回多虧關將軍幫忙，待與鎮上大夫合診後亦發現諸多寒化證中，甚有內真寒而外假熱之「格陽證」，以及下焦虛寒浮越於上，出現上假熱而下真寒之「戴陽證」。遂將全數臥病軍兵分為五大類，分以不同湯劑以治症。

若涉及陰盛格陽之證者，施以生附子、四兩乾薑、炙甘草之通脈四逆湯。

若涉及陰盛戴陽之證者，治以生附子、一兩乾薑、蔥白之白通湯。
若涉及陽衰陰盛之證者，療以生附子、三兩乾薑、炙甘草之四逆湯。
若涉及陽虛水泛之證者，使以炮附子、芍藥、茯苓、白朮、生薑之真武湯。
若涉及陽虛身痛之證者，用以炮附子、芍藥、茯苓、白朮、人參之附子湯。
仝以回陽救逆，宣通上下，溫經助陽，利水祛寒。

「沒錯沒錯！除了遭寒肆楓索命者外，其餘患證軍兵，經眾醫者辨證而治之五大傳世名方後，應能見患者病瘥才是。」牟芥琛話後，關薦隨即表明，多虧了擎少俠相助，自驅走寒肆楓後，暫駐崎哩鎮之臥病軍兵逐日恢復，而後八十四堅防軍立馬離開崎哩鎮，倏歸回原駐守單位。

北坎王知悉了狀況發展，微笑對著擎中岳提到，「此回自願前往玄武岩洞援助，可有心得？」

中岳回道：「曾聞常師公談及三犄法杖之於摩蘇里奧，其以虛實莫辨之幻術為主。然中岳先前於中州麒麟洞窟對上雷世勛時，見其揮使三犄法杖，多為藉物誇大之覡巫咒法。此回寒肆楓潛入玄武岩洞之目的，中岳認為有三，一是六稜烏晶鎮，二是降服能為其賣命之角色，另一即是鎖定雷世勛手上之三犄法杖！」

中岳又說：「雷世勛揮使法杖時，常以透淨晶球之白熾光氣，結合其巫術法咒出招。自寒肆楓取得三犄法杖之後，幾乎將其當成棍狀武器使用；惟寒肆楓能藉法杖揮出凜寒功力。倘若敵對僅注意其揮杖招式，恐有遭其至陰寒功襲擊之虞！」

「沒錯！末將於鎮上大街與寒肆楓對擊，以三尺戕戎劍之速，應有把握勝其法杖，怎奈對手每輒揮杖，闞薦須先交叉劍式，以破開其所釋之凜寒漣漪波，始能對其近身攻擊。待較勁十招後才發覺，吾之雙臂逐漸趨緊、趨痲，幸得犫少俠及時支援，這才明白，寒肆楓試圖漸凍敵對之雙臂經脈，待對手出招遲緩時，即成其摧殘對象。」闞薦對著北坎王說道。

犫中岳接著說：「寒肆楓初與咱倆對戰，一派輕鬆。適值中岳之經脈真陽相結伏虎棍後，竟覺寒肆楓出現了退卻步伐，並見其而後之出招，甚為保護其法杖上之透淨水晶。交戰數回合之後，中岳藉著棍端，瞬對寒肆楓發出一〈精武陽明〉脈衝後，見其顯出一臉驚愕，隨後翻飛離去。」

牟芥琛聞後認為，憶得凌允昇描述其何思鎮之經歷，當時之寒肆楓並未見過「經脈武學」結合利器出招，更不知凌犫揚三人所持之銳陰利器，實乃龍武尊之骨魂加持，銳不可當。故當寒肆楓見得犫中岳之真陽脈衝發出，或可損及透淨水晶，或威脅其成就六重至陰所累聚之能量，諸多考慮後，遂決定暫先退離，另謀對策。

北坎王則疑到，寒肆楓已觸及至陰神功第六重，一如牟神針所述，如此亦人亦魔者，需要的是虛人之魂，盜走六稜晶鎮，對其何等助力？

這時，牟芥琛起了身，對著大夥兒表示，心中同等北坎王之所疑，惟芥琛記得，摩蘇家族震懾他族之強項，莫過於覡巫、喚靈、萃煉、鬥術之四大領域，其中之至陰神功，歸屬於鬥術之範疇。又說：「而今雷世勛已習得覡巫之術，狼行山亦通曉了萃煉製藥之技巧。試問，寒肆楓已能攝取虛人之魂，難道……身居人魔臨界區域的他，毫無欲望取得喚靈大法嗎？」

「真……真有『召喚亡靈』這回事兒嗎？他……若真能喚靈，有何用呢？」符戩驚疑發問。

擎中岳突然恍然大悟似的頻頻點頭，說道：「猛虎難敵猴群！一人縱然有再大的能力，何以能擋軍隊圍剿？寒肆楓吸收鄒煬等人，應是為了達到某種目的，而需要旁人護航。一旦寒肆楓能喚起孤魂亡靈，豈不擁有護衛軍隊一般！莫非……寒肆楓欲利用六稜晶鎮之能，藉以助其延伸『喚靈』之域？」

「嘿嘿，中岳之所云，即為芥琛內心之所想。」牟說道。

北坎王綳緊了神經，道：「眼下雖釐清了不少疑點，惟針對雷世勛命喪於玄武岩洞，吾兒乃行與鄒煬下落不明，甚而寒肆楓之詭譎難測，咱們勢得擬出因應對策才行！或許我北州可聯盟東州，以成一防護連線，必要時得以相互支應，不知惲軍師可有看法？」

正襟危坐之惲子熙，掐指推了下廿四節氣後，發聲表示，雷世勛乃一隱性企圖心甚高之人，其百計千謀，為的即是於冬至之日，潛入玄武岩洞盜取晶能。然其所擅覡巫之術，實歸摩蘇一族之陰功，遂藉北州之寒，續研其幻巫咒法，以成就更神奧之靈幻大仙！又說：「雷世勛親提狼行山接掌中州軍師之職，應是藉狼行山之力，先行整頓薩孤齊留下之諸多麻煩。待其明年長夏重回中州，即可藉雷少主之身份，順勢接近麒麟洞窟；倘若能再取得黃晶能，即完全符其如意算盤！所以不妨將計就計，直以羅崑作為岩洞罹難者，而不對外宣稱羅崑即是雷世勛；時至明年長夏之前，北州仍有充裕時間強化國防！」

惲先生又說：「近來南離王頻頻練兵，南中州亦強化沿岸三城之兵力，雙方恐有擦槍走火之虞！眼下中鼎王身體微恙，中州同時北征與南戰之機率不高，勝算亦不大，北州依然可持續

穩定強化以自保。綜合上述，值我國防無虞下，莫沂總管可暫時留於北州，並利用原機察處之力量，全力搜尋乃行總管與六稜烏晶鎮之下落。擎中岳則伺機圍堵寒肆楓可能坐大之勢力。另外，御醫孔炵祺則暫時接管乃言之醫藥處，一旦再有崎哩鎮之風寒事件，醫藥處須備妥足量之藥材，以應時局之變！」

惲再表示，關於王爺提及聯盟東州一事，子熙於王爺日前休憩養身時，已與來訪之東震王達成協議，惟東震王離開辰星大殿時，表明將前往我北渠縣，藉機探望久未聯繫之親友。子熙已派人知會北渠葉啟丞縣令，善盡地主之誼，相信以嚴東主為王爺送來《五行真經》，再藉五行所謂「水能潤木」之說，北、東二州同氣連枝之誼，應能經得起考驗才是。

「呵呵，素聞黃垚五仙所撰之《五行真經》，乃一針對臟腑經脈以應天地之作。芥琛有幸，能於緣分與時空等因素契合之下，與《五行真經》同處於辰星大殿，還望王爺允諾，致使芥琛有機會參悟其中！」牟說道。

北坎王面露靦腆表示，養護身心絕非一朝一夕可得，世人不應視《五行真經》為延年益壽之武功密笈。然而本草神針救人無數，對本王之長年痼疾更是全神關注，《五行真經》之於牟神針，絕對勝於本王之含糊摸索。惟因日前專司醫研之乃言先行取閱，而今突生玄武事端，以致該真經……尚不知去處？或將由暫掌醫藥處之御醫孔炵祺繼續尋之。此言一出，令牟芥琛頓感失望！

接著，符戩總管以整調軍兵為由，立馬告退在場諸位。莫沂總管則攙扶北坎王，並由關薦備好王府大輦，一路回往城南莫王府靜養。惲子熙則因招待東震王來訪與玄武岩洞事件之因應，一時耽擱了常真人於離去時，轉述了牟芥琛此行之來意，遂當面邀牟芥琛前往軍師官邸一聚。隨後即由擎中岳身任隨身護衛兼駕馭官，且於一聲「駕」響聲後，惟見車底軫木牽動輪輻，四輪輦車即朝城西官邸，緩緩駛去。

半時辰之後，雩嬣聽聞輦輪聲響接近，立馬敞開官邸大門迎接。中岳見狀，一則以喜，一則以憂。喜能見著雩嬣之貼心，卻憂心為何軍師官邸無配派護衛！惲子熙微笑表示，昔日遭中鼎王軟禁於中州東靖苑，居處門窗之外，盡是身著胄甲之都衛，無時不覺籠中囚鳥之感。眼下屹瑋城治安妥善，符戩總管官邸亦於附近，巡城軍兵不時穿梭，無須浪費公帑地派遣官邸護衛。而今，頗具武藝之雩嬣已遷居於此，單憑其犀利之蝴蝶雙刃，足令宵小望之卻步，故自在無虞之生活環境，始為抒解平日壓力之特效良方。

牟芥琛微笑道：「雩嬣姑娘秀外慧中，武藝與女紅兼備。中岳啊，令尊考慮甚周，早選好了未來媳婦兒，亦為你鋪好了路啦！如此一來，雩嬣姑娘不致遭受無謂騷擾，尤其那同行競爭對手鄒煬應想像不到，雩嬣姑娘會置身軍師官邸吧！」

擎中岳聞後，霎顯些許靦腆之貌，立馬牽起雩嬣小手，恭敬向惲子熙說道：「孩兒連同雩嬣，感激爹之照顧與呵護。」

惲子熙點了點頭後，有些無奈地話出：「好不容易盼得我兒歸來，卻因諸多意料外之事兒，一如寒肆楓重生之變數，惲某實在不忍無辜軍兵接近這般狂人，甚而無謂犧牲，遂藉由身擁經脈武藝之中岳，扛下了防堵寒肆楓勢力之重擔。接著再次叮嚀道：「中岳，遇著逆勢，務必謹慎小心！」

「爹，除寒肆楓外，摩蘇里奧、叢云霸、鄒煬，甚是中州神鬣門已公布，施展〈逆脈衄血掌〉之面具怪客，名曰岩孓，皆屬居心叵測之狂人，亦是五州嚴加防範之對象。」中岳又說：「不過，孩兒並非孤軍奮戰，所謂三陽傳人，尚有大師兄凌允昇，小師弟揚銳，甚有百步穿楊之師妹龐鳶。吾等齊心以應局勢，爹無須掛心。」

「是啊！還有我雩婷、研馨，與地方眾志士之力，狂人縱能得逞一時，惟烏合之眾，難成氣候！」

牟稍有異議地接道：「只怕雩婷姑娘所形容的烏合之眾，乃為寒肆楓喚起之亡靈！凡人與亡靈對戰，大夥兒可就頭痛啦！倘若真有喚靈那麼回事兒，能與亡靈作戰者，非身擁經脈武藝者不可了。唯有真陽之氣，始可驅邪！」

「呵呵，若非牟神針告知，惲某還真不知摩蘇族之鬥術與喚靈大法，如此犀利。」惲又說：「中岳所提及之諸狂人中，無一不是衝著各州域之晶鎮而來。差異僅是每個人對晶鎮之冀望不一而已。」

牟恭敬問道：「芥琛曾因徐逵前輩贈予惲先生所撰之磐龍文習冊，進而離開中土，前往了克威斯基，藉以深入研究昔日科穆斯所用之麻略斯文。其中除了曲蚺長老提到的晶鎮刻紋外，並未提及晶鎮浮動一事兒，惲先生何以讓徐逵前輩拓得各晶鎮岩石基座之刻紋？而徐前輩再巧妙地將之雕於粳米之上，以便於外攜。怎料因緣際會，此米雕幸為我龍師父所獲。」

惲子熙聽聞牟之所問後，緩緩走到房室一隅之木牆暗櫃，拿出了本極為破舊之冊笈；待拂去塵灰後，其上隱約可見「至禎草札」四字兒。隨後將之交予牟手上後道出：「眼前乃先父惲至禎之塵封手記，為避免有心人扣予文字獄，遂將內文全數以磐龍文表述。惟值得一提之事兒，實乃惲至禎之生父，即是當年入贅於惲氏之督詮，而督銓即是當年前往科穆斯探勘組員中之……杜濂！我惲氏為免危言聳聽，遂對過往諸事，閉口不提。然依循線索，最早推敲出平農鎮之惲祥布莊創始人惲亨，實為惲某祖父之人，正是陽昫觀之常真人！」

惲又說：「當年督銓得知探勘領頭杰忡發生了家宅血案，曾火速趕往西州查探，卻未遇上已逃離杰府之杰忡前輩。不過，當下曾花費了重金，向當時承辦杰宅命案之戈韋查官，買下了一重要墨跡！」

話說至此，惲再度拿出了一卷盒兒來，並於大夥兒面前將之攤展後表示，眼前所呈，即是當年杰忡前輩親筆杜撰之「磐龍仙翁」墨跡！

霎時，牟芥琛瞠目咋舌於杰忡前輩當年之墨跡，並對其中所述，逐一譯出……

上古時代，地龍翻騰，大地龜裂，山泉不流，叢草不發，地熱不宣，諸礦不藏，土不能耕，民不能生。

後生髯客，鑿山闢地，深居於下，追逐磐龍，欲駕爭鬥，難以伏之。

坐觀龍形，其犄為青，其鬚為赤，其爪為黃，其鱗為金，其尾為玄。

對峙糾纏，兩敗俱傷，磐龍被困，大地宣發，磐龍不出，民得延生。

髯客設陷，捆龍於下。為免後患，削其雙犄，滅於翠森；斷其鬣鬚，熔於赤焱；斬其韌尾，裂於黃垚；刨其堅鱗，碎於雪鑫；剝其銳爪，磨於烏淼。

磐龍至此，魂飛魄散。

屠龍歲月，歷經百載，髯客降魔，終眠於下，享壽百八。

後人追念，眾生齊呼，磐龍仙翁。

然此二百字句一出，霎令一旁摯中岳與雩婷目瞪舌彊。而後，惲子熙再翻開《至禎草札》中之數頁內文，令牟芥琛再次譯道……

「曲蚺於各州深埋晶石，並於基座留下岩塊刻痕；唯值冬至之日，竟見北州烏晶石浮。然因天磁地氣之推向，巨晶恐於一年之春分、夏至、秋分、冬至，甚而長夏，發生斥浮之象！」

恍然大悟之牟芥琛，至此明瞭，原來當年杜濂前輩已觀察到此一斥浮現象，並將之記於草札之中，徐逵前輩遂藉此，配合惲先生將晶石刻紋拓回，亦即米雕上所刻之磐龍文。惲子熙對牟之反應，頻頻點頭，作為回應。

一旁見聞「磐龍仙翁」之說的摯中岳，直覺表示，若真依杰忡前輩所描述，曲蚺長老不僅是一知曉天文者，更是一通達五行、諳於醫理之人才是。

牟附和表示，中岳賢姪辨察細微，根據現今狐基族古莨長老引述曲蚺長老手札所提，當探勘人伍隨著曲蚺長老之計劃，將晶岩運抵炙熱的南州赤焱火山時，見諸組員出現了鬱熱擾心，以致心生懊惱，又以釜坤之躁鬱症狀尤甚。而後，曲蚺於山下村鎮取得諸味簡單藥草，並記下其中之藥物施用以作為醫案備查。其內容約略是……

以苦寒之**梔子**，合以辛散輕浮之**豆豉**，以為杜濂清熱除煩，袪其無形之鬱熱。

以**大黃**、**芒硝**、**甘遂**合用，以為斛謙療治水飲與熱邪之互結。

以**大黃**、**厚朴**、**枳實**、**芒硝**合用，以為釜坤解去熱邪與陽明糟粕相結，以致鬱熱擾心，躁鬱懊惱之證。

惲子熙聽聞後，隨即翻尋《至禎草札》中之記載，見得其中一段註明到，「曾於南州，以**山梔子**合以**豆豉**，煎水服下，以為清熱除煩。」立呼應了牟之說法。

中岳驚訝表示，曲蚺長老之取藥治症，與傳統醫經所載之傳世名方對照……

梔子豉湯（**梔子**、**豆豉**）以清除鬱於胸膈熱邪。

大陷胸湯（**大黃**、**芒硝**、**甘遂**）以蕩滌邪熱，瀉逐水飲，解水熱互結於胸脅之**結胸證**。

大承氣湯（**大黃**、**厚朴**、**枳實**、**芒硝**）以峻下熱結，解**陽明腑實**之證。

此般「有是症而用是藥」，真有異曲同工之妙啊！

牟芥琛頷首以示認同後，立對在座指出，中土五州之方位合於五行，亦如人之五臟。諳於醫理之曲蚺長老，曾先遊歷過中土大地後，始決定將狐基族內之天外隕石運抵中土深埋。以此可推，欲解其晶岩基座之刻紋，勢必由醫理得以解之。

「聞牟神針此說，正合惲某之意，故特邀牟神針前來一聚，為的即是齊解晶石拓紋。」惲又指出，五晶洞皆可見得木、火、土、金、水之五行表述，其中之『稜規則強』、『六為頂巨』，已可解出『六稜晶鎮』乃能量最巨之說；而『互逆則危』這四字，則可對照五行之『相生相剋』。換言之，五晶石各有其內能，故相生得以生長，相剋終至逆亡！一旦以相剋關係將晶鎮相依，則生危難。如此即可呼應於黃晶岩之另外四句刻紋。」

話出之後，惲子熙立將該四句內容，以筆墨譯出……

逆者危殞，順者呈周；呼風喚雨，力拔山河。

顛覆陰陽，宗氣漸散；命門見熄，萬劫不復。

水火相衝，亡月風疾；惟金能疏，齊驅盡散。

木火升發，金水沉降；五行歸屬，延續長生。

「先生說的沒錯！」牟回應後表示，「互逆則危」與「逆者危殞」之最佳寫照，莫過於火連教之創始人……斛衍煜！其以兩小赤白晶石相依加熱，竟產生傷害性震炸！以此可推，若發生於六稜晶鎮之逆合，其後果……不堪設想！

雩嫏接話道：「這麼說來，若六稜晶鎮依相生之向排列，一如紙上所書『順者呈周』，即可呼風喚雨，力拔山河囉！」此話一出，牟芥琛一邊兒點頭，一邊兒應道：「果真是五行相生相剋，**木生火、火生土、土生金、金生水，水生木**，順向得以成周圈。唯獨第三句前段之『水火相衝，亡月風疾』，芥琛百思不得其解？」

惲子熙隨即反應道：「難道……牟神針能明瞭第三句後段……惟金能疏，齊驅盡散？」

「芥琛曾對常師伯提過，莫非曲蚺長老認為，人若已屆臨第二句之『顛覆陰陽，宗氣漸散』，隨之耗費銀兩治病，勢所難免，故言『惟金能疏』。孰料，待芥琛見過曲蚺長老之手札，再依循醫理得知，**醫者救人，無不為著救其胃氣**，而**脾胃乃氣血生化之源**，胃氣得生，人則得救。然五州似脾胃之土性，惟中州莫屬。故曲蚺長老確實將當年之五船黃金，經拆解運船所用之覡魘杉包覆下，運上了黃垚山！然為避免狂人、宵小覬覦，芥琛僅依手札之記載，將金何以疏？何以驅散之法，告知了黃垚五仙，何時施用？則待五仙評斷拿捏了。」

惲子熙瞭解了牟之論說後，隨即取出一卷圖，攤展之後指出，此即前中主傅宏義時代，授權子熙動用千人詳查五州地形之綜合繪圖。針對牟神針提及，「水火相衝，亡月風疾」之字句，惲某曾於地勢圖上來回比對，代表水性之北州，與代表火性之南州，並無相關性，直到請益過人稱「塹龍居士」之暨酆先生後，受其所擅長之「字形推測術」，令惲某茅塞頓開，其奧妙在於：一字之書寫先後是一關鍵，字之音韻是一關鍵，字之結構是一關鍵，字之環境又是一關鍵。惲某遂依此理，自行將「水火相衝」四字，予以拆解分析。

惲子熙認為，因水、火不能成字，故推想水字或可成部首；而火能生熱，或可對應於天地之間。經冥想之後找出了熱之來源……對，就是太陽！太陽為文可謂之「日」，故水火即可合成一「汩」字。再則，水遇火乃立即反應，水盛則火滅，火旺則水蒸，二者相逆不讓即是「爭」，故立即之爭，即可成就一個「竫」字。綜觀得知，五州之內，這水火相衝之地，即是位居中、北二州之間的……汩竫湖！

「妙……真是妙哉！」牟讚嘆後，隨即回應表示，若依先生這麼一提，芥琛依樣畫葫蘆，那「亡月風疾」，不就是「亡」、「月」二字相疊成「肓」字；風疾則視為立即風起，這「立」、「風」二字相依，即可合成「颯」字。換言之，「亡月風疾」之意，指的就是……颯肓島！此說立得惲子熙頷首以應。

牟又想了一下，俄而提到，曲蚺長老於完成晶石掩埋前，曾記下一段瑣事，其邀杰忡前輩於掩埋完成後，前往颯肓島一遊，並告知島上特有之泥漿溫泉，獨具殺菌潤膚之效。就此可知，曲蚺長老於留下黃晶岩座刻紋前，早知有汨琤湖與颯肓島；惟無人可預料，該島竟於一場大地震後，面目全非！不過，此島究竟有何重要性？竟能出現於曲蚺之基座刻紋中？

此刻，惲又拿出了本冊子表明，此冊乃父親惲至禎所記錄之天文景象，並指出其中一段古人記載……「當日之沖，光常不合者，蔽於地也，是謂暗虛。在星則星微，遇月則月食。」更有「天狗蝕月滄溟竭，罡風萬里扶桑折」此乃描寫民間所謂「蝦蟆蝕月」。然惲至禎曾記下，值月食之日，親睹厚霧圍鎖颯肓島，且出現不定向之勁風四起，更聞島上居民述及，颯肓島遇上亡月之日，天象迥異，僅能閉鎖門戶以對。

惲又藉此道出：「倘若以此線索，對照曲蚺長老之『亡月風疾』四字，也說得通。究竟颯肓島居何等角色？有待咱們續研下去。」

擎中岳聞訊後，靠向了案上之五州地勢圖，道：「眼前之地勢圖，一如禽鳥之俯視大地，雖見得高地起伏，卻不見地底世界。颯肓島之所以有溫泉，實乃南州赤焱火山之北向岩漿脈，貫穿中州，延至颯肓島所成，故該島可謂……位居水火重疊之域！」又說：「日前，中岳何其幸運，巧遇一醫術絕倫之高川先生，經其提點，五州對應五臟，而颯肓島即如體內水火同源之……命門！然而命門二字，更出現於晶岩刻紋中之『命門見熄，萬劫不復』，莫非……未來中土各州之戰事發生，將由中、北州界之颯肓島開戰？」

「中岳賢姪所述之高川先生，可是黃垚五仙所提，騎著穿山驥之奇人？」牟問道。

擎中岳立馬點頭回應，隨後指出，高川先生分析命門之說當下，三陽傳人與龐鳶均於現場受教，並聞其道出諸多治症奇效之經外奇穴，煞是令人佩服。又說：「當下更聞得高川先生針對中鼎王之顱腦積水，開出了蒼朮、升麻、荷葉三味藥以對。令人驚訝的是，根據諸事推斷，高川先生實已年逾百歲之人瑞，惟其耳聰目明，駕馭身手矯健，根本不像是個已逾期頤之年的長者！」

牟驚訝道：「研習醫經藥理數十載，受惠於常師伯與北淼怪醫仇正攸甚多。而今得知高川先生仍提攜後輩，不遺餘力，霎時心生奢望，望於有生之年，芥琛能受高川先生提攜指教，此生得以無憾！」

牟接著轉回話題，對著惲先生表示，颯肓島屬北州所轄，惟遇天災之變，難以預料。然而造成民不聊生，萬劫不復之象，除了天災，即是戰爭！眼下寒肆楓竊走了六稜烏晶鎮，而雷世勛又斃命於北州，原以為最具平和之北州，竟於時逾冬至之後，一夕萌生了諸多隱憂，恐有爆發戰爭之虞！

惲子熙嚴肅說道：「今此一聚，慶幸齊力解開了諸多先人所留疑團。惟寒肆楓竊走晶鎮，恐有引爆天災之虞！再因雷世勛意外殞命，足以讓中鼎王揮軍北戰！然而『螳螂捕蟬，黃雀在後』，南離王亦可藉中北戰事而渡江北侵，一旦諸州失控，生靈塗炭，在所難免。」惲靜思片刻後，又道：「眼下北州應積極強化水師軍兵，以固防州界水域。而為防禦不可知之災難，健全醫用藥材之運輸與管理，則可應付突發狀況時，軍民醫療之所需。再則，各縣增建避難場所，以備照護因戰亂而無家可歸之百姓。」

惲接著叮囑中岳，若干線索指出，莫乃行恐藏匿其所熟悉之北渠縣，不巧東震王此刻走訪北渠，為避免玄武事件衍生事端，或許中岳得走趟北渠縣，以期防微杜漸。又說：「甫向嚴東主建議，務必嚴守青龍洞窟！倘若東震王北渠之行未能順利，無疑為來年之春分時節……增添變數！」

牟芥琛知悉了惲先生之因應策略後表示，甫接獲御醫孔竾祺傳來一信函，表明雷王府得知芥琛已回到中土，遂由御醫李焜再次發函芥琛，函中指出中鼎王雖暫得穩定，仍冀望芥琛能前往中州，為中鼎王診察所患。

牟接著說道：「眼下能進入雷王府探得中州實情者，唯我牟芥琛為首要人選！畢竟現任中州軍師狼行山，尚能與我這三師兄溝通。倒是……真正棘手人物，唯中州第一夫人覃媮燕莫屬！其因乃於雷夫人對狼行山冷落了雷婕兒，極為不滿。倘若身體微恙之雷嘯天暫將權力交予夫人，雷夫人若不苟同狼行山之理念，中州即有引發內亂之虞！」又說：「耳聞中岳與雷夫人談過條件，甚而參與了獵風競武。雷夫人出爾反爾之不定性，中岳應是再清楚不過了。」

中岳頻頻點頭後，問道：「牟師叔是否即刻前往中州雷王府？」

「不不不，高川先生所開之清震湯若能鎮住中鼎王之雷頭風，應能穩定其他相關病情。只要雷嘯天不急發〈陰陽電擊〉神功，御醫李焜應能掌控其病況才是。」牟又說：「眼下北坎王之情況尚未穩定，近日內應仍留於北州才是，或許尚有機會與惲先生齊研古文，甚而推斷颯肓島是否殘存未知之線索？」

這時，擎中岳突然想到，曾於辰星後殿見一態度和善，面掛落腮鬍之中年人，獨自勤練一齊眉棍。招呼之後，此人聞得中岳之名，霎露與奮之貌，甚至聞其提及龐鳶師妹與一名為蔓晶仙之女子。待以晚輩身份與之請教，這才知曉，眼前長者即是龐鳶曾提過，人稱「藥對王」之……荊双兇！

「呵呵，不巧芥琛也遇上囉！」牟接著說：「此人行醫，『針下二穴，方出藥對』，頗為特殊。更妙的是，荊兄弟竟能述出當年於東州墨頂台，見得狼行山參與對句比試，亦見過芥琛坐於繆廷翰總管身旁之一幕！芥琛見藥對王訝異表示，甚難相信當年以對句奪魁之狼行山，日後竟成為中州之駙馬與軍師！然如中岳所述，芥琛亦是記取龐鳶曾提及此名號。敢問先生，這位荊兄弟何以現身辰星大殿？」

惲子熙收起了重要文物，隨手交予雩婷處理後，喝了口清茶，說道……

「時至今日，惲某共識得東州菩巖寶剎四僧人，一是清森方丈，二是薩孤齊，三是唯芒禪師，四乃荊双兇也。話說，薩孤齊於離開菩巖寶剎後前往中州，其欲習得天文星象，遂投於先父門下，經耳濡目染，薩孤齊習得了簡易磐龍文。然薩孤齊真正想要的，即是我惲氏之天磁地氣推演術，而真正身擁慧根，受先父贈予磐龍文習冊者，即是現今菩巖寶剎內執掌八大執事之『維那』者……唯芒禪師！」

牟芥琛隨即表示，菩巖寶剎有所謂的首座、西堂、後堂、堂主之四大班首，另有監院、知客、僧值、維那、典座、寮元、衣缽、書記之八大執事，而維那一職，乃負責寶剎之法務戒律。耳聞唯芒年少時，得清森方丈之教化而皈依佛門，而今能勝任寶剎維那，舉止操守，當為眾弟子之標竿才是。

惲回應道：「年少之唯芒，曾隨清森方丈訪我惲家莊。父親見唯芒頗具研習古文之資，遂贈予一冊古詩詞與一磐龍文習冊。倒是一事兒，令惲某百思不得其解？據軍探回報，薩孤齊命喪麒麟洞窟之前，隨薩孤齊入洞者，正是唯芒禪師！而後，唯芒於千鈞一髮被一名為『岩孓』之面具怪客救走，不禁疑到，禪師操守嚴謹，為何身陷中州風暴之中？」

「呵呵，此一問題，芥琛或許能解一半兒。」牟又說：「昔日惲先生遭軟禁東靖苑期間，薩孤齊藉一遭竊之鎮剎寶物……鎏金坐佛，助沁茗法師提高了聲望。再因嚴翃寬軟禁嚴東主，發兵侵略濮陽城後，終由沁茗法師助嚴翃廣殺入東震大殿，救出了嚴東主，因而登上了寶剎方丈之職。依理而論，沁茗已欠了薩孤齊人情，而今薩孤齊欲取得晶鎮能量，勢必要藉諳於磐龍文之唯芒禪師相助，想當然爾，定向沁茗要求，指派唯芒禪師隨其前往麒麟洞。所以，唯芒禪師之所以捲入風暴之中，不外乎人情債而已。」又說：「至於岩孓，芥琛惟聞神鬣門放出消息，於南中州頻以〈逆脈衄血〉神功偷襲都衛軍兵者，正是岩孓！岩孓為何救唯芒禪師？芥琛則不得而知。不過，憶得常師伯提及，經由南中州各廟寺道長相告得知，神鬣門刁總督於薩孤齊斃命後，個性急轉殘暴，對嫌犯之逼供，嚴刑拷打，毫不留情，若遇不當反抗，一概格殺勿論。原以為神鬣門乃安定中州之支柱，而今刁刃選擇殘暴而使人畏懼，無疑成了身具正規官職之狂人矣！」

惲子熙搖頭頻頻，隨後續描述了一法號沁葳之菩巖寶剎僧人，此僧曾於嚴翃寬發兵時，隨沁茗衝入濮陽城，暗殺了諸多都衛軍兵，而後亦隨沁茗，助嚴翃廣殺入東震大殿。因緣際會，沁葳受常真人之教化而放下屠刀，還俗改名為荊双兑，轉而投身救人濟世領域，終而於北渠縣以「針下二穴，方出藥對」之特色，榮得了「藥對王」之稱號。

「什麼？那藥對王曾是個和尚？令人難以聯想啊！」雩婷訝異說道。

惲點頭回應後，隨即將於北渠縣初識荊双兇，直到午崞鎮之祈安宮遇上了甄芳子與龐鳶之經歷，娓娓述出。而後再將荊双兇回返濮陽城，並聯手蔓晶仙姑娘，救出被困地窖十二年之前濮陽城主聶忞超後，立將此段經歷攜來辰星大殿，此乃諸位於此遇上荊双兇之原因。惲再道出：「惟因荊双兇曾手持刀刃，戮殺濮陽城多條人命，自知罪孽深重，除了轉以懸壺濟世外，更回復修練最初於寶剎所習之齊眉棍，藉棍之勢，禦敵退敵，取代了隨身之利刃，此乃中岳於大殿之後，見得一人獨舞棍式之源由。」

「只是……為何近日不再見著這位荊前輩？」中岳問道。

惲即表示，適值中岳前往玄武岩洞期間，荊双兇聽聞唯芒禪師異常之舉，深覺事有蹊蹺，遂表明前去東州察視，必要時，不排除回訪菩巖寶剎。畢竟，少了薩孤齊操控之沁茗方丈，其執掌寶剎之心態與方向，煞是關鍵！

牟芥琛於瞭解了荊双兇之舉後道出：「既然大夥兒皆有既定方向，待芥琛離開了北州，應先前往陽昫觀與常師伯會合，並將先生與芥琛所有研議結果，交流常師伯之意見，以作為未來所為之參考。然而常師伯早一步離開辰星大殿，為的即是走訪中州各地之宮廟觀寺，一旦萌生突然，即可藉此管道傳遞訊息，以作為置身各地之志士，立採何等行動之依據。待與常師伯取得共識後，芥琛將與御醫李焜聯繫，端視中鼎王之情況，再決定何時前往雷王府。」隨後，牟不免憂心再道：「雷世勛於北州所生意外，縱有羅崑之名可作擋，終將拖不過來年長夏到來。一旦此事件提前曝了光，大夥兒可得有應對之準備！」

而後，四人齊於官邸廳堂，聽著牟芥琛描述於克威斯基之所見所聞，令在座彷彿遊歷了境外奇景一般。然而大夥兒盡興之餘，不覺已近深夜，惟聞窗外夜鴞之呼嚕呼嚕鳴響，瞬感聲聲催人鋪被熄燈，以令臟腑得以安養一日之耗費與虛損。

驚蟄之後，日近春分。自薩孤齊以至雷世勛殞命以來，諸事混沌不明，不可究詰，惟一曝光僧人，法號唯芒，因跟隨不對之人，出現不該之地，終成了追案之焦點。詭譎當下，中州軍師直覺北州欲藉一不存在之羅崑，混淆莫氏蕭牆之禍，中州無須隨之起舞。然為追究薩孤齊匿藏打撈運船之資金，並瞭解菩巖寶剎涉案之來龍去脈，狼行山決定藉由祝賀彩墨大師姚逢琳六十大壽，一訪蒼林蓊鬱之東州。惟中州軍師乃身擁蓋世神功之輩，此行為避免他人知悉龐大資金去向，遂僅偕親信獠宇圻作為隨扈；待二人整裝上馬，旋即直奔濮陽城外之廣濱埠，渡江來到了東州礁鼎城。

狼行山單手持扇於前，手提木盒之獠宇圻跟隨其後，愉悦話道……

「呵呵，東州啊東州，真是舊地重遊啊！此回咱兄弟倆風光造訪東州，已非昔日那般楚囚相對啦！哈哈哈……」

兄弟倆緩步欣賞著大街兩旁陳列著文房四寶之諸店鋪，走著走著，來到了一門口懸著毫毛大筆，高掛著「鼎榮毫鋪」四大字之熟悉店鋪，一中年人隨即上前招呼道：「嗨呀！客官，瞧您一身……文中帶柔，柔中帶剛之氣息，肯定是位文武雙全之才子啊！來來來，您瞧這三紫七羊大毫，可是咱們這兒出了名兒的製品啊！據說當年有位狼姓公子，就是用了咱們的三紫七羊大毫，勇奪墨頂台的對句之冠啊！更令人訝異的是，當年那位狼公子而今已是中州駙馬爺且兼任中鼎王之軍師啊！客官您瞧，狼行山使過之大毫，現就懸在門簾上！」此話一出，直令身後的獠宇圻頓感與有榮焉。

「呵呵，在下曾訪過礁鼎城，憶得這鼎榮毫舖，本由一馮老先生經營，不知其……」狼對店鋪老闆說道。

「在下簡德，幾年前頂下了這鼎榮毫舖，客官所指應是馮鼎榮老先生吧！經您這麼一提，就知您確實來過咱們毫舖。可惜啊！馮老頭兒已回老家去啦！」

「甫聞簡老闆以『可惜』二字形容，是否馮老發生了啥事兒？」狼問道。

簡德回憶了過往後，表明了故事之原委乃起於馮老頭的兒子……馮科！馮科不務正業，遊手好閒，經常偕著勢力之交，吃喝玩樂，尤其於中州識得一名曰井百彥之公子哥兒，故不時渡江到中州濮陽城，跟隨那井百彥上怡紅園玩樂去。惟井公子可是中州內政大臣井上群之子，自當有錢有閒，甚能服飲**紅參**、**鹿茸**以養神補身；而馮科乃其眼中之助興丑角，根本沒啥本錢頻上怡紅園作樂。歷經數月，難免損氣燃身，終遇上藥對王給診了個**女勞疸**之症來！

「井上群？藥對王？簡老闆所述之『藥對王』，何許人也？」狼疑問道。

「哦……藥對王啊！此一名號來自北州北渠縣，此人名曰荊双兇，治病擅以『針下二穴，方出藥對』而遐邇聞名。據聞馮科曾倒臥濮陽城東大街旁，幸得路過之藥對王拉了馮科一把，隨後診其罹患因**房勞傷腎**而**腎虛有熱**、**濕熱瘀血**所致之黃疸病，亦稱之為**女勞疸**！」

霎時，狼行山憶得雷婕兒曾提雷世勛因性嗜酒色，罹患過女勞疸。接著，狼行山依稀記得御醫李焜所述，當下唸道：「額上黑，微汗出，手足中熱，薄暮即發，膀胱急，小便自利，名曰女勞疸，腹如水狀不治。」

「對對對，對極啦！藥對王就是這麼說地。嘿嘿，我就說唄，在下一眼即識出客官之不凡，沒想到，亦諳醫經醫理啊！不知……客官您猜得出，這藥對王開了啥藥對兒嗎？」

狼心想，「呵呵，倘若要我道出溫膽湯的十二味藥，我可沒輒，倒是憶得婕兒曾道出李焜所開之二味藥方，嗯……不妨直接用上唄！」接著說道……

一味硝石，又名火硝，其性味苦鹹，取其消堅散結，入血分以消瘀，並同時泄滿。

二味礬石，又名皂礬，取其能入氣分，以化濕利水。

上二藥等量相合為散，以大麥粥和服方寸匕。此即針對女勞疸兼具濕熱瘀血之傳世名方……硝石礬石散。

聽得狼行山之回覆，簡德霎時瞪目結舌，頻頻點頭以為回應。

狼隨即問道：「耳聞馮老闆收藏了一幅姚逢琳大師之墨作……淺景桃紅，不知下落為何？」

簡德回應表示，馮老去世後，撿回一命之馮科，陋習再犯，戀上了怡紅園一名曰蓮虹之女子；然為替蓮虹贖身，馮科不惜售出那幅「淺景桃紅」。怎料贖了蓮虹後不久，馮科之女勞疸再犯，捱不了苦的蓮虹，竟隨了個姘夫，削盡了馮科錢財後一走了之，捉襟見肘之馮科，為了脫離襤褸簞瓢日子，遂將鼎榮毫舖售予了簡德。而後，馮科驕侈暴佚，荒淫無度，並藉酒痲痺自我，不出半年即見其屍首浮於普沱江邊。識得馮老之姚逢琳大師，得知馮科之下場後，感慨之至，隨口即出：「父母存，人生尚知出處；雙親歿，此生僅剩歸途！」

狼行山靜思姚大師感慨之語後，再向簡德問及，是否知曉那「淺景桃紅」之下落？

簡德回應表示，原本井百彥欲購入該墨寶，孰料於交易前夕，突遇另一人以重金搶下，此事兒亦讓井百彥與馮科之間產生了嫌隙，而最終拿下「淺景桃紅」者，即是身任東州軍機副總管之余翊先！據聞余副總管是為了以此墨寶，贈予嚴東主之二公子嚴翃廣，至此之後則不再聞該墨寶之任何消息。又說：「自從姚大師轉趨醫藥領域後，現已鮮少公開作畫，如此更顯出其過往墨作之珍貴。藉此可推，余翊先欲藉此墨寶，以期拉近與嚴氏之關係！只是……拉攏關係又如何？現今之余翊先亦涉嫌逆叛軍機處，現已成了官府追緝之要犯，枉費其父余伯廉為其仕途之舖陳，不禁令人搖頭嘆息！」

狼行山聽聞後，立自腰際拿出了袋兒銀子，要求簡德細心照料懸於門簾上之三紫七羊大毫。無端收得一袋兒銀兩之簡德，霎時點頭如搗蒜，直說：「嗨呀！大爺您請放心，簡德定以此三紫七羊大毫作為鎮店之寶，惟本毫舖受大爺您照顧，卻未知尊貴之大爺您，何等名號？何等稱呼？」

忽然！「嘶……嘶……」聞兩聲馬鳴傳來後，立見一雙馬拉動之四輪大輦停於鼎榮毫舖之前，隨後一高冠敞袖，年逾杖鄉之男子下了馬車，拱手說道……

「穎梁城主余伯廉，聞中州軍師為祝賀姚逢琳大師之大壽，刻意低調來訪東州，適值東震王出訪北州北渠，故一切招待與安排即由翊廣少主作主。此刻嚴少主已率先前往姚府，然為顧及賓客安危，特派余某以為接待，閣下不妨登上已備妥之大輦，隨余某前往。」

狼心想，「東州果真是嚴謹之域啊！甫進礁鼎城，四輪大輦即現大街接送，莫非……擔心狼某藉由祝壽之行，另謀他事兒？嗯……也好，嚴翊廣曾與薩孤齊同為中、東二州打撈運船之代表，能直接與之會面，最好不過！只是……近來東震王數度前往北渠縣，為的那椿嘞？」接著，獠宇圻隨狼行山上了馬車，隨即朝著城東駛去，惟駐足鼎榮毫舖前之簡德，霎時詫異於方才之所見所聞，驚訝唸道：「這……他……他就是當年拿著那三紫七羊大毫，於對句比試中奪魁之……狼行山！」

然而，半個時辰之路程雖不算長，卻足以讓阿山自余伯廉口中探知，原來北渠縣令葉啟丞尋獲了嚴東主所託之母舅弟兄墳墓，並將之修建成外戚合葬墓園。嚴東主為答謝葉縣令之舉，允諾贈予一座聯繫北、東二州之越州大橋，而今嚴東主再次前往北渠，只因該橋已近落成。為此，北坎王特請塹龍居士暨酆，為此跨越州界之大橋命名為「沐潤」，其意乃取自聯繫北州之水與東州之木，水合於木即成「沐」字。然五行之中，水生木，遂以水能潤木以永續恆生，故以「潤」字代表北、東二州之和睦繁榮。說著說著，四輪大輦已緩緩停靠，來到了姚逢琳所居之宅院。

狼行山一入宅院，立見身體硬朗之姚大師，正與三位前來祝壽者聊得起勁兒。姚逢琳見狼之到來，頓時笑得合不攏嘴，立為其介紹眼前衣冠緒餘之嚴翊廣，二是當年身任墨頂台評官之東州文考處繆廷翰總管，三則是位蓄鬍滿腮，人稱「藥對王」之荊双兇。姚大師仍不忘對狼行山提到，當年邂逅狼於墨頂台，即感眼前乃郁郁乎文哉之俊俏文生，而後聞其晉升中州醫研處總管，接著榮登駙馬都尉，再承濮陽城主，而今已是中州軍師之職，如此飛黃騰達，令與會者與有榮焉！

狼行山立謙虛回道：「在下頻遇貴人，遂能驟然得志，以致仕途得意。惟聞姚大師休筆循醫之舉，實為吾等愛好大師墨寶者引以為憾之事兒！」

姚大師有感而發，話道：「老夫因受惠於本草神針之診治，揮別了纏身痼疾，深覺自身作品雖具價值，惟流於達官顯貴之虛榮炒作，不若牟神醫之針藥並進、解救蒼生，遂由牟神針贈予啟蒙醫書，引領探索醫經藥理之奧妙，時至今日，徜徉醫域，深感相見恨晚！」

這時，狼行山令獠宇圻捧上精緻木盒，並將之贈予姚大師。待姚逢琳開盒一見，霎時引來旁人引頸而望。荊双兇不禁發聲：「哇……純金打造之**傳統醫療九針**！」隨後並於品味工匠巧手之餘，向大夥兒接續指出……

鑱針，長一寸六，末端尖銳，點刺瀉血，以治頭身熱證。

員針，長一寸六，末端圓鈍，搓摩分肉，以治內間氣滯。

鍉針，長三寸半，末端圓而微尖，為按壓穴位之用。

鋒針，長一寸六，末端呈鋒利稜錐，以點刺四肢末稍，瀉血出膿之用。

鈹針，長四寸，寬二分半，扁平如刀，為療治癰膿，外割之用。

員利針，長一寸六，身細而針端微擴，用於癰症痺症，深刺之用。

毫針，長三寸六，身細如毫毛，為透針，疏通經絡，以治寒熱痺痛。

長針，長七寸，身細長鋒利，為治深邪塞痺，下身癱瘓之用。

大針，長四寸，身粗圓而耐燒，為治關節瘀血水積之用，後人引為火針之用。

姚逢琳樂道：「哈哈哈，真是別出心裁之厚禮啊！好啊！好啊！此與牆上所掛驅邪避凶之金絲刺繡法咒，同為意義非凡之大禮啊！」

待狼行山抬頭瞧向牆上所掛法咒，一問之下，始知此一以磐龍文所繡之法咒，乃出自嚴翊廣所贈之賀壽禮。這時，一聲音由狼行山身後傳來……

「閣下曾代中鼎王與摩蘇里奧談判得手，晉升醫研總管一職，更能將中州國師預謀叛變之瑣碎，拼湊成章。狼總管心思細膩，每輒出手，甚得人心，中州參謀之位，絕無第二人選。」

狼見嚴翊廣美言恭維，立馬回應：「嚴少主煞有膽識，不僅領兵力退佔城叛軍，重振嚴氏雄風，更能勝任東州打撈運船之督帥，如此重任，東州境內，狼某絕不做第二人想。」

翊廣又道：「有道是英雄不怕出身低！在下武藝平庸，不若武將之衝鋒陷陣，卻能得草莽中之英武人才相助而成事兒！相同地，閣下身後之獠英雄，據聞曾為我東州之階下囚，而今卻擔綱中州軍師之左右手，今非昔比，令人刮目相看！眼下更見二位風光回訪東州，不禁令翊廣深覺到，當年執行羈押者之目光短淺與不智啊！至此不禁令吾再提鄰座之藥對王，甫聞其乃出身菩巖寶剎之僧人，以此可見，踏出寶剎之輩，個個身手不凡，中州前國師薩孤齊即是最佳寫照！」

「既然嚴總督提了獠宇圻之過往，不禁憶起當年我狼某人亦是身陷囹圄之一員！甫聞嚴少主提及身具目光短淺且不智之特質者，巧合應證了『多行不義必自斃』之說；惟狼某見該角色於墨頂台之文筆才能，亦屬東州文武將才之不二人選，可惜一步之差，令人惋惜！」狼行山此說，立馬為在座之余伯廉留了面子，只因在場無人不知，嚴、狼二人之話中所指，正是余伯廉被通緝之子……余翊先！

狼話鋒一轉，立與藥對王聊起昔日鼎榮毫舖之馮科，怎料荊双兑道出了馮科諸多天台路迷之例，甚而提及身況不佳之馮科，忽視其臟實腑滿症狀，卻頻頻服下豬朋狗友推薦之鎮痛藥丸兒，更藉酗酒麻醉自我，終而病發，神仙難治。一提此過往，不免再令姚大師搖頭以對。

姚宅內一陣娓娓而談後，嚴翊廣趁著大夥兒相談甚歡，突然急轉話題，刻意對狼行山提道：「東州最大佛門淨地……菩巖寶剎，自擴建落成以來，至今已屆十載。翊廣已答應該寶剎之沁茗方丈，將於三日後，為寶剎弟子表演一段九木劍陣，以為祝賀。難得狼總管撥冗前來東州，不妨順由翊廣引領，一同前往寶剎一訪，荊前輩亦可順道回往寶剎與昔日弟兄敘敘舊，算是我嚴氏為寶剎帶來意外訪客，以仝賀寶剎之落成十載。」

敏感之狼行山想到，「當年嚴翊寬竊據東震殿，以致嚴翊廣為保命而出走，而後支助嚴翊廣之最大勢力，正是菩巖寶剎！倘若能藉嚴翊廣登訪菩巖寶剎，即可藉此拜訪八大執事之維那，亦即唯芒禪師所執掌之戒律部門。好……原本還為著如何前往寶剎而傷神，不如就此乘著嚴翊廣這船，前進菩巖寶剎，一舉數得！」

狼行山於允諾嚴翊廣後，余伯廉則於嚴翊廣耳邊留了話語，隨後對狼表明另有要務，須同軍機處曹總管協商，遂不隨大夥兒同行前往寶剎。待姚大師招待了儉樸壽宴後，繆廷翰總管表示暫留姚府，以同故友續話家常。嚴翊廣則領著狼行山、猿宇圻與荊双兑，分別登上兩大輦離

開了姚府，俄而朝著菩巖寶剎疾駛而去。

折騰了一日路程，翃廣領著舟車勞頓後之大夥兒，來到了翠森峰北麓的菩巖寶剎。沁茗方丈見翃廣領來狼行山蒞臨，煞是一驚；再見蓄鬍現身之昔日師弟沁葳，更是一驚！後經翃廣表明敬邀諸貴賓齊來仝賀之後，沁茗方丈瞬轉平和之態。然於初訪者見著擴建後之寶剎，有高塔，有殿堂，有僧舍，甚有精緻雕飾鑲嵌其中，無一不令狼、獠、荊三人目瞪口呆，個個心中不禁浮現，「哇……此般雕闌玉砌，所費不眥！」

待大夥兒齊入殿堂內，狼順勢提及昔日中鼎王於惠陽舉行五霸盛會時，曾與沁茗方丈有過一面之雅，隨後藉此話題，雙方回溯不少過往片段。然於相談甚歡之際，沁茗始憶起薩孤齊曾描述，「為取得青龍洞窟之晶能，或可利用身擁吸收與釋放之異能者！」其當下所指之異能者，即是擁有〈隱狼溯水〉神功之狼行山！隨後又想，「難道……余翊先翻身時刻已到來？好……既然引來了狼行山，吾不妨順勢配合演出。」

接著，嚴翃廣以須排練九木劍陣之由而先行離去。狼則藉此機會向沁茗方丈表示，對寶剎八大執事中之「維那」與「書記」，甚感興趣，遂表明前往拜會請益。沁茗知悉後，隨即差遣弟子引領狼施主前往二執事樓閣拜訪。獠宇圻則向狼表示，其先前往下榻宿室，藉以熟悉週邊環境為宜。待諸賓客紛紛離開廳堂後，沁茗方丈即於大殿之內，單獨與昔日之沁葳師弟齊溯過往，交流雙方所歷之心得。

適值狼行山走訪書記之後來到了維那閣，且遇著了研習經文中之唯芒禪師。待受邀入得書齋，惟聞唯芒禪師老成持重地發聲道……

「阿彌陀佛……狼施主聰穎過人，竟能藉嚴少主而順勢前來寶剎，真是出乎貧僧意料之外！然施主輾轉至此，並非為著與貧僧交流戒律，實為著探得線索而來，貧僧煞是佩服！阿彌陀佛……」

狼即興回道：「唯芒禪師學識淵博，操守謹嚴，眾人皆知。惟因禪師突然遠離寶剎，現身中州麒麟岩洞，著實令人不解？在下藉由職位之便，已令中州文武上下，莫將禪師出現異地與薩孤齊之叛行混為一談。然而該事件雖已告一段落，為免世人眾口鑠金，狼某藉此一訪禪師，望能為禪師澄清於該事件中所擔任之角色。」

「阿彌陀佛……貧僧乃寶剎中唯一研習磐龍文者。惟因榮根師兄憶得摩蘇里奧曾表明深入晶洞之內，可見著不明磐龍文之刻紋。然為尊重方丈之命，唯芒遂隨榮根師兄前往異地，以助其轉譯晶洞內之刻紋。孰料入洞之後，並不見任何刻紋，反倒見得榮根師兄之項上佛珠串，即時產生了奇用！阿彌陀佛……」

唯芒又說：「貧僧見榮根師兄將佛珠串置於一名為六稜晶鎮之晶石上，隨後唸出昔日清森方丈化其腫瘤之經文後，突見該晶鎮漸趨生光！原來，佛珠串本身即有吸能之特質，待吸能至某一程度，榮根師兄即將雙手懸置於光氣之上，不久後，見其如脫胎換骨一般，再視其將佛珠掛回頸項，盤坐約莫半時辰之後，即如狼施主於洞外所見威武神勇之薩孤齊，而貧僧當下確實未予榮根師兄任何助力！阿彌陀佛……」

狼聽聞後，接續問及面具怪客救走禪師一事兒。唯芒回應表示，事發當下，惟見現場充斥刀光血影，唯芒一心只想離開是非之地。當下一眼角餘光，見得芮猁將軍遭一怪客掌擊而臥地不起，唯芒隨即轉身逃離。然於拚命奔跑之際，數度聞得身後刀劍對擊之聲，卻不見任何人追上？如此而已。又說：「阿彌陀佛……貧僧執掌維那，嚴以律己，始能令眾弟子信服。狼施主欲探當日麒麟洞內之所發生，唯芒就此描述，居中絕無半點妄語，望得狼施主理解剖析！阿彌陀佛……」

狼行山聞唯芒禪師如此正經回應，霎令冀望甚深之當面會晤機會，寶山空回，一無所獲，且讓追查之案情回到了原點，不禁令狼行山再陷苦惱之中……

突然！狼見書齋案上有著各式經文紀冊，倚牆木櫃更置放磐龍文書寫習冊，且每冊均註明著啟用年代，狼不禁好奇提問禪師，關於木櫃上習冊之由來。瞭解之後，再抬頭瞧見牆上掛著唯芒禪師之親筆揮毫，霎令狼行山串起了腦中之瑣碎片段。

一陣叨擾之後，唯芒禪師親送賓客步出維那閣。狼甫踏下石階，不慎一失衡踉蹌，險些傷了足踝；然此意外，始來自一鵝卵大小之石礫。待唯芒快步下階問候狀況，惟聞狼行山納悶唸道：「此處乃佛門淨地而非軍機處所，怎會見得這般卵石……出現於此？」

唯芒見著後驚訝表示，眼前所見乃出自南州之火焰石，將其加熱後，可發出數倍於煤炭之熱力，各州除了軍機處能向南州採購，藉以作為煉鐵熱源外，民間根本負擔不起如此昂貴之火石！

「敢問禪師，附近可有冶煉鍋爐？」狼機警問道。

「冶煉鍋爐？這個嘛……貧僧不甚瞭解。」話後，唯芒頓了片刻，又憶道：「十年前，適值寶剎整地擴建時，無意中掘出一處埋有大量先人遺留之破損刀械，然因擴建在即，遂不予理會。一年前，沁茗方丈突令眾弟子整飭該地，並令諸鐵匠速速處置過往遭棄之刀械，而後是否採鍋爐熱熔方式裂解？實屬貧僧所轄之外，遂不得而知。阿彌陀佛……」

待狼行山離開之後，唯芒自唸道：「希望那火焰石乃無心者所遺，否則，一心攀附王室貴族之沁茗方丈，恐將面臨及溺呼船之窘了，阿彌陀佛……」

狼行山拜別了唯芒禪師，甫朝著宿室走了十來步，見四下無人，突然煞住腳步！接著深呼了口氣，隨即將雙臂擴舉，掌心朝外，再行吸氣，瞬時運起了吸引水濕之內功，藉以檢視空氣中之水氣溫差。待經四方測試後，發現寶剎西南一隅，水濕溫度相對異常，恐有高溫蒸升水氣之跡象，一陣疑惑之後，決定趁著多數寶剎弟子尚於前殿排演慶典程序，獨自前往殿之西南向一探究竟。

一陣探尋之後，狼藉由水濕溫差為輔，來到了一隱密窯房外，隱約可聞鎗鎗啾唧之金屬擊響。待狼行山湊前一探，依稀聽得窯內對談之聲……

「嘿嘿，打從有了這高溫久燒之火焰石，著實輕鬆了咱們所幹之活兒啊！」

「是啊！原本方丈要咱們將過往廢鐵重新熔造，並磨製成新刀劍，確實得耗些時日。自從運來了火焰石，咱們幾乎省了一半兒的時間啊！」

「唉……誰叫咱們東州只產木料，不產鐵砂，遂得掘取舊鐵來重煉，雖說克難了點兒，倒也交得出些鑄品來。怎料前些時候，上頭丟了個難題，要咱們於一年內練出堅硬度倍增，甚可劈斷官兵配刀之鋼鐵來，眨眼已過了幾個月，咱們還是沒法兒研製出這般剛堅利器啊！」

「唉呀！可劈斷官兵配刀之利器，肯定出於鑄劍大師之傑作。況且一般所謂的名劍名刀，亦是由大師級人物，耗去若干歲月而成，這要限咱們幾個於一年內造出，真是高估了咱們啊！」

然因視角限制，令倚於窯外之狼行山所見有限，心想到，「為何沁茗會於此時重鑄兵器？甚而要求增強兵刃之堅硬度？不妙，眼下看似莊嚴寧靜之佛門淨地，恐將激起令人難料之波瀾了！」

回觀殿堂之內，獨與沁茗方丈齊憶過往之荊双兑，見沁茗避重就輕地帶過當年親率弟子入侵濮陽一事，卻是興致勃勃地述著嚴翊廣如何盡心幫助寶剎之擴建，不禁讓荊双兑覺到，「當年沁茗亦對薩孤齊極力稱道，而今助其登上方丈之位的薩孤齊已歿，沁茗則絕口不提與薩孤齊之相關，難道……沁茗乃『識實務者為俊傑』之最佳寫照？不過，見其今日成就，絕非一蹴可及！」

然於相談之間，沁茗猶記得沁葳師弟當年殺入濮陽城之魄力，遂突發將其納入未來大計之念頭，故於對談之中，刻意對熟悉濮陽城之沁葳提及，過往無端消失之濮陽城主聶忞超，經寶剎弟子識出其不時出沒東州，且已逐步凝聚中州東部勢力，伺機於中州東山再起。東州房令盅與唐文沖等益東派大老，甚為擔心聶忞超之行動，恐損中、東二州原有之商運關係，遂聯合穎梁城主余伯廉之力，暗中計劃緝捕聶忞超。然因沁葳已還俗且四處行醫，眼下若能協助逮著聶忞超，並將之交予余伯廉，相信沁葳於東州亦可如同沁茗一般，坐享非凡榮耀。

當下，荊双兑分析情勢發展，順水推舟地向沁茗探問余伯廉於東州之勢力，這才知曉，原來余伯廉早已悄悄進行摘下曹崴總管之計謀，並力推嚴翊廣接任東震王之位，一旦如願，菩巖寶剎將成最大推手。回想沁茗曾助嚴翊廣除去嚴翊寬之反叛勢力，隨後登上方丈一職，倘若再助嚴翊廣登上王位，想當然爾，沁茗非得個東州國師封號不可。荊双兌隨即提醒道：「方丈若助推此一大計，恐與軍機處萌生衝突，鬥爭廝殺中，勢必威脅寶剎眾弟子之身家性命，還望方丈三思而行！」

沁茗一見不識抬舉之師弟，立直言回道：「阿彌陀佛……歷代梟雄，無一非由前瞻與膽識而成就一國一王。如今嚴東主已溫吞不前，而嚴翊廣僅缺兵權在握，一旦寶剎弟子與益東派之地方兵力相結，足令老將曹崴知難而退。再則，見沁葳仍得寶剎之四大班首與八大執事之敬重，相信亦是股凝聚寶剎上下之助力才是！阿彌陀佛……」

荊双兌心想，「沁茗極力拉攏之舉，無不為了找人說服四大班首中，具審查功過之『後堂』，與八大執事中執掌戒律之『維那』。畢竟當年未認同沁茗登上方丈一職者，後堂與維那是也！」

荊双兌接著回應沁茗道：「縱然沁葳能凝聚寶剎上下，惟衝突當下，弟兄們何來抵禦之刀械？難道單憑木劍木棍上陣，豈不是寸兵尺鐵，以卵擊石！」

然為回應沁葳之問，沁茗悄悄將重鑄先人廢棄兵械之計劃，告知了沁葳，並撂下了一話：「沁葳已知我寶剎上下之大計，實屬同船一員；倘若沁葳不能同舟共濟，沁茗自此當與沁葳成對立之態！阿彌陀佛……」接著，沁茗再嚴肅表示，二日後，眾弟子於殿前誦經、操舞陣列結束後，望沁葳能誠心剃度，已示共謀大業之決心。

沁茗方丈離開後，荊双兌一邊兒步於寶剎庭院，一邊兒與昔日之師僧、弟子招呼寒暄，空閒之餘，不禁想著，「昔日弟兄依然忠誠純樸，怎奈遇上利欲薰心之舵手，竟領著同舟善良之輩，直朝狂濤漩渦而去！唉……究竟……沁葳該回歸沁茗之下，戮力防患未然？還是與之釐清界線，待事件爆發，即由東震王親解此結？以東州之嚴刑峻法，沁葳若有差池，恐如過往嚴翃寬之面對極刑！唉……此刻見得寶剎之上樑已歪，卻苦無矯正樑柱之計策可施？煞是惱人！」

想著想著，荊双兌不經意來到大殿後院，見著一導引山泉注入之水池，且於池旁一石塊上刻著「恆淨池」三字，該池水由一頭注入，另一頭流出，藉此循環，使之不易滯汙，永保清澈見底。荊歇了歇腳，倚坐於池旁大石之上，無奈地看著池面漣漪與月之倒影，不禁一股惆悵上湧，隨後對著池面，獨自唸道……

「人攀明月不可得，月行卻與人相隨。」

「今人不見古時月，今月曾經照古人。」

「唉呀……怎會突然冒出借酒澆愁之思緒嘞？唉……算了！借酒澆愁愁更愁！而後不妨見招拆招，別再這麼胡思亂想啦！還是打坐靜心吧。」

甫坐一會兒後，荊双兌突訝異想到，「欸……不對啊？沁茗身為方丈，又將重中之重的大計相告，倘若沁葳不歸其陣營，難道任由沁葳帶著方丈把柄，四處遊走？換言之，沁葳極可能出不了這寶剎，甚可能被……滅口！這個嘛……還是……該找那中州軍師談談？眼下未得勢之沁茗，尚不致要脅中州要官才是！唉呀……明明欣喜回往老家探望多年故友，孰料幾個時辰後，竟心生驚弓之鳥之感！這該如何是好？」

無奈當下，荊双兌自腰際掏出了粒銀子，苦笑道：「呵呵，不妨學學年輕人之把戲，直當眼前是個許願池吧，冀望藉此銀粒兒，能為我荊双兌逢凶化吉，消災解運！」

「咻嚺……」「噗通……」忽一陣風吹來，隨後即聞銀粒兒入水聲響，荊仔細一瞧……「啊……什嘛……拋出的銀粒兒竟歪了向兒，直落於池邊石縫處！」荊不禁自嘲道：「嘻……連拋個銀子兒都會歪了向兒，這意味著啥嘞？」話後，荊搔著後腦勺，再往池裡瞧去，立馬疑惑道：「咦……我的銀粒兒嘞？怎……怎麼不見哩？難不成這恆淨池懂得銀子兒的好處？」

當下，藥對王於池旁拾了根樹枝，藉以探落水銀子之去向，一陣攪動後，忽然……「欸……怎麼回事兒？明明是清澈見底之池，怎不見我那銀粒兒嘞？啊……濁了！濁了！池底經這麼一攪動……生濁啦！」待荊双兌欲拉回樹枝時，該樹枝末端似乎鉤著了某物，且發覺樹枝入水深度，超乎先前清澈時之深，一陣疑惑下，俯臥於池旁大石上，捋起衣袖，將手探入池中，這才發現，原來池底由一般沙土鋪蓋，銀子兒入水觸及沙土後，再陷入沙坑中。隨後更見沙土下鋪著一張網子，似乎為著固定某物，使之不被流水沖走。

荊双兌趁著四下無人，再藉粗樹枝撥開池底沙土，並刻意將網繩撐開，發現了網下有著諸多袋裝之物！待以尖物劃開其中一袋後，不禁驚愕道：「這……是……這些都是銀子兒呀！原來，大殿後院看似淨澈之恆淨湖，竟是藏污納垢之匿處！沒準兒這些銀子，即是當年沁茗擴建寶剎時之不法所得！倘若池子下方盡是這玩意兒，絕對足以讓沁茗作為招兵買馬之用。然藏銀者以佛門淨地作為藏贓之處，神不知鬼不覺，煞是高竿！惟眼下之沁茗尚有嚴翊廣撐腰，暫無人能動得了菩巖寶剎，恐待東震王回到東震殿，始有能力對沁茗來個人贓俱獲！嗯……靜待時機成熟再配合行事，以免打草驚蛇！」

適值荊双兌還原了水池原貌後，於回往宿室之廊上，遇著了同為沁字輩之後堂僧……沁梓！惟因沁梓法師患紅眼之症而視物不清，猶有膜塊遮蔽視野，遂無以直視眼前沁葳。待攙扶沁梓回往後堂閣寺，沁葳隨即予以診治開方，並隨方藥指出，風邪阻滯氣機疏泄，以致肝鬱生**熱；然肝開竅於眼，風熱循經脈絡道，上衝於眼，致使血脈緊迫滲血而紅眼，津液不固滲水而迎風淚出**，遂採二藥以應……

木賊草感春升之氣，味微甘苦，中空而輕，入足厥陰、足少陽二經之血分，升也，浮也，能升散火鬱風濕，益肝膽而明目，主目疾，退翳膜，以治目生雲翳，迎風淚流。

荊又說：「火是氣之靈，水是氣之粹，氣和則火麗於水為精明，氣乖則水拂於火為水氣，水氣盛而精明衰，益精明正以除水氣，除水氣即以益精明。**茺蔚子**為益母草之子，能得水之餘也，能會神聚精於火也，故為袪眼餘液、益精明目之要藥。此方合以一草一子，得改善沁梓師弟之眼翳膜害才是。」

沁梓法師得沁葳師兄以二味藥草相助，銘感五內，對其「針下二穴，方出藥對」之特異療法，不禁連聲佩服以對。當夜，沁梓法師誠留沁葳師兄於後堂閣敘舊，居中不乏提及當年擴建寶剎之諸事兒。惟二人一夜暢談，殊不知，遠眺後堂閣燈火通明之沁茗方丈，忐忐忑忑，時刻猜疑留置閣寺中之沁葳師弟，是否正為著說服沁梓而竭智盡力？

癸未年二月十七，春分前二日，適逢菩巖寶剎擴建十載，時居辰巳交接，眾寶剎弟子齊聚宏偉之大雄寶殿，殿內供奉莊嚴之華嚴三聖，入殿者無不見得居中之釋迦牟尼，與兩旁普賢、文殊二菩薩之三尊佛。沁茗方丈引領四大班首與八大執事，偕同寶剎眾弟子虔誠誦經，而後肅立合掌，徐徐下蹲，雙膝下跪，前額貼地，掌握虛拳，掌心朝上，以頭面接足禮，尊拜三尊佛。

接著，沁茗方丈率眾弟子來到殿前，即見四方位皆置放赭紅檜木大座，而後一壯碩弟子上前，洪聲敬邀與會賓客嚴翊廣總督、中州軍師狼行山，分坐殿前左右貴客席位，而荊双兇則榮任外來敬賀者之代表，並與方丈大位對坐，待一切就緒，分居四隅之寶剎弟子，率先為貴賓與代表奉上甘純茶飲。適值狼行山持杯剎那，立聞佇立身後之獠宇圻提醒：「小心！慎防有心者使詐。」

一見狼行山縮手之舉，荊双兇不禁將自身之戒備上提，隨後即聞嚴翊廣略帶譏諷道：「呵呵，如此清飲，味如甘霖，能使人神清而無疑！不知狼總管如何品味？」

狼行山持起茶杯，鼻前一嗅，即說：「如此茶香，馥郁芬芳，足以撫慰人之違心不安！」

此話一出，隨即引來方丈之側目。

「阿彌陀佛……承蒙二位貴客青睞，此一甘純清飲，實乃東州青茂茶莊之上等香片，既含茉莉花香，且味純而不帶苦澀。有勞青茂茶莊之邵鈺莊主，今晨親自運來如此珍品，以為蒞臨寶剎貴客清嗓潤喉，沁茗由衷感激！」聞方丈述出後，在座無不為臨場之邵莊主拍掌稱道，而狼行山與荊双兇自知多了心，隨即於拍掌後，放心飲下杯中清飲。

半晌之後，鼓聲大作，惟見殿前四隅，各躍出四寶剎弟子，赤膊登場，以示佛界之十六羅漢。然此時刻，四人一行，四人一列，分別使出烈拳、沙掌、劈腿、足蹬、翻躍、舞棍，時而齊步，時而交替，煞是威武。而後更見弟子接連呈出五重疊羅漢、單掌破磚等罕見奇技，直令眾人嘆為觀止！

時至壓軸戲碼登場，立見八位寶剎弟子，個個手持三尺長木劍，俄頃移位廣場中央，隨後即見另一弟子，手捧一柚木盒兒，並將其置放於方丈正位前方，此舉瞬間驚動在座之狼行山，並聞獠宇圻唸出：「山哥，您瞧那柚木盒兒！」

此刻，嚴翃廣自柚木盒裡取出三尺黑木劍，見其單手持劍，雙腿一蹬，咄嗟翻躍入陣，立成三行陣列之勢。眾人見翃廣居於中位，九人瞬於洪聲喝響下，同以雙手握劍，整齊揮出劈、砍、挑、撩之四連招式呈現。

「咻嘯……」忽聞一陣疾風，呼嘯而來。嚴少主一躍而起，八位舞劍弟子立朝八向分位，輻射散開，剎那見得嚴翃廣離地丈高，擰檔、轉腰、轉背、旋膀，並於掌上虎口處翻轉劍把，舞出騰空翻龍招式，此般武藝呈現，不禁令獠宇圻唸道：「日前嚴少主自表不諳武藝，竟能凌空舞動三尺實木劍，游刃有餘，此勢若沒練個三五載，絕對做不來的！換言之，東州雖為嚴刑峻法之域，台面下卻成就了不少偽君子啊！」又說：「見得相貌斯文之嚴翃廣，能以鈍重木劍輕盈出招，倘若那粗獷且諳武藝之嚴翃寬尚在，恐非其胞弟之對手才是！」

狼行山專注地盯著嚴翃廣之握劍與步伐，待其展技一陣後，驚訝憶到，「曾見過東州當地武館弟子，手持實木劍操練。然因實木劍之質地不輕，揮使者遂頻藉掌中虎口翻轉劍把之甩力，藉以減輕手持之負擔；適值出招之際，立見雙手緊握劍把於一前一後，以行劈、砍、鋸、切等招式。惟因時而翻轉，時而緊握，瞬令敵對有快慢相間之錯覺，尤以施展鋸切急轉側切剎那，一氣呵成，無懈可擊！看來這嚴翃廣，果真深藏不露之輩！」

嚴翊廣於翻飛落地後，分別再與八位舞劍弟子逐一對擊後，終躍回三行陣列之中位，完成九木劍陣之演出，立馬贏得滿堂彩之回應。

嚴翊廣順勢將木劍擱入柚木盒，並對沁茗方丈打躬作揖後，再得眾人如雷掌聲。然而見著狼行山頻頻隨眾鼓掌，翊廣突然發聲道：「素聞中州軍師乃中土五軍師中，唯一身擁蓋世神功者。今日難得狼大人頂著榮耀，重訪東州，不知狼大人可有批評與指教之處？」

「呵呵，不敢不敢！狼某雕蟲小技，實在難逃嚴總督與方丈大人之慧眼。此刻，狼某感嘆東州歷十多寒暑以來，景致依舊蒼翠醉人，惟人事之變遷，卻隨時代變化甚大。一如沁茗方丈憑其膽識，領著同門兄弟衝鋒陷陣，以護嚴東主之安危。雖說此舉有反佛門戒律，然為東州之安定，五州之內，皆可視沁茗方丈護國為先，遂行使權宜之計解釋之。然此期間，一蛻變程度令人無以度量者，非嚴總督莫屬！若說沁茗方丈為膽識之舉，嚴總督應是極具遠見之能人！而令人深感惋惜之處，實因總督所為，均不見於台面行事，而頻以謎樣手法收場，著實令狼某百思不解！」

狼行山此話一出，霎令沁茗方丈冷汗直冒，忐忑唸道……

「阿彌陀佛……誠如狼大人所述，貧僧以護國為先，諸事發生，當然皆屬權宜之計。惟狼大人對嚴總督之說法，貧僧僅認同嚴少主之遠見，常人不及，何以說不見於台面行事？」

見機行事之荊双兇，趁勢附和方丈之說，當眾表明嚴少主溫文儒雅，不若其胞兄之横霸，勝任總督之行事作風，沉著冷靜，不瞭怎有以謎樣手法收場之說法？

狼行山冷笑表示，東州境內，若以護國為先之說，皆可視其為免死金牌，此刻暫且不予置評；然而置身東州之外，絕非事事能一手遮天。又說：「回溯過往中、東二州之最大合作案，非打撈靈沁江之古運船莫屬。然身為東州總督帥之嚴少主，為何遲不見東州承諾之追加款項到案？據我中州稅務徐崇之大人，將該事件傳話於東州稅務大臣房令盅總管，房大人以追加兩季之稅金，以作為應急之用，並已示出嚴總督簽呈文據。試問，如此鉅額銀兩，不見下落，不知經手之嚴總督，何以解釋？」狼行山此話一出，隨即引來在場一陣嘩然。

一旁荊双兇才恍然大悟，「莫非恆淨池下所藏銀兩，恐是嚴翃廣私吞之贓款？甚是與沁茗狼狽為奸之傑作？」

嚴翃廣睥睨回道：「嚴某尊敬閣下，直稱以狼大人，又呼以狼總管，怎料聽得狼兄弟當眾質疑，煞是不予對方台階之作法，極不厚道！」又說：「東州首批支援建造探測船之木材，全數到位，卻不見薩孤齊付出任何造船所需？待我方反應後，薩孤齊竟私自藉由送達《五行真經》予東震王時，臨時起意，反向要求父王追付增倍之巨款，待此消息傳來靈沁江，即知薩孤齊欲以勒索手法，以填資金之缺口。適值翃廣撈上一艘古破船後，薩孤齊則不再出現；待資金告罄，遂使整個合作計劃無疾而終！嚴某於此鄭重回應，中州包庇監守自盜者，待其死無對證後，前來我東州質問資金之下落不明，狼兄弟如此地寬以律己而嚴以待人，豈是堂堂一國軍師於轄區外之所為？如此護己之短，令人嗤之以鼻！」

狼行山再次冷笑道：「閣下對此事件，避重就輕，以為將諸多疑問，拋予死無對證之薩孤齊即可了事兒？待中州以正函知會東震王，進而核對雙方之資金往來，相信以東州之嚴謹，定能識破偷天換日之環節。」

話說至此，原本談笑風生之嚴翊廣，眉頭緊鎖於剎那，直轉嚴肅神色。

狼又說：「嚴總督以菩巖寶剎作為掩護，躡手躡腳行事，頗有失大國繼位者之風範啊！」

此話一出，立讓沁茗起身回道：「阿彌陀佛……嚴少主親近佛門淨地，實乃厭惡官場爭鬥，遂於此修得寧靜無爭之心。然而菩巖寶剎以護國安民為先，怎奈狼大人以寶剎掩護他人為形容，頗有侮辱本寶剎清譽之嫌！」

當下，八大執事中之唯芒禪師，直覺狼行山或已找出沁茗之逾矩，斯須言道：「倘若狼大人得了寶剎掩護不法之說，不妨就此提出，否則，當眾直言，甚為不妥！」

荊双兑亦說：「驚聞狼大人先以『不見於台面行事』，再以『躡手躡腳』形容嚴少主，不知可有服人之說法可呈？」

狼行山雙手擱於腰後，緩緩提步前移，順勢將甚囂塵上之南中州衄血事件，與神鬣門芮猢慘遭面具怪客以〈逆脈衄血掌〉突擊身亡，甚而將該怪客趁機竊取尉遲罡所持西蒙秋延刀之經過，全盤拖出，並表明經神鬣門追查之下，已知該面具怪客對外所釋名號……岂子！

狼行山雖無當眾指出唯芒禪師牽涉事件之中，惟因唯芒禪師為還原事發當日，隨即發聲表示，確實奉沁茗方丈之命，前往中州麒麟洞窟，藉以瞭解薩孤齊所託何事？然事發當下，唯芒所見之衝突過程，與狼大人之描述，極為吻合，並對尉遲將軍所持之西蒙秋延刀，印象極為深刻！

沁茗方丈略顯不悅之貌，說道：「阿彌陀佛……對於中州尉遲將軍之殞命，吾等眾僧深感憐憫與惋惜。然而今日乃歡慶寶剎擴建十載之日，怎形成賓客於此談述他州命案，甚而在此借題發揮，於情於理……皆不妥當！阿彌陀佛……」

這時，四大班首中，執掌後堂之沁梓法師說道……

「阿彌陀佛……正因狼施主恐涉扭曲寶剎清譽，故須由當事人即刻解釋。倘若狼施主毀謗我菩巖寶剎，待我四大班首與八大執事同意，即可當眾驅逐危言聳聽者。眼下若眾師兄弟無反對沁梓所提，煩請狼施主接續細說前後，始得釐清事件始末，阿彌陀佛……」

狼行山見眾班首與執事頷首之後，拿出了兩袋子，隨後自一袋中，拿出了樣東西，並向大夥兒表明道：「此乃唯茌禪師親睹令狼某踉蹌之卵石，此石來自南州，名曰火焰，惟因價值不斐，遂僅為各州軍機處採購，以為煉鑄金屬利器之用。敢問方丈，菩巖寶剎乃佛門淨地，何以需要這火焰石？其資金來源為何？」

見沁茗方丈艴然不悅，嚴翃廣不待方丈回應，隨即岔話道：「菩巖寶剎每日出入，或是佛門弟子交流，或是虔誠信眾參拜，無可計數。狼施主僅以單一遭棄之火焰石，發聲質疑方丈，為免太過單薄，猶有藉物栽贓之嫌！」

狼隨即應道：「昨兒個於參觀寶剎周遭時，不巧循著西南小徑，發現一磚窯房，且見房外堆著若干石礫，就近一瞧，始知該石堆盡是能量耗盡後之火焰石！試問，如此數量，豈是嚴少主所言，單一遭棄之物？」

霎時，在場目光無不投向沁茗方丈，方丈內心忐忑，咄嗟又起，惟神色依舊嚴肅，隨後強悍道出：「阿彌陀佛……西南隅之窯房僅作為處理先人所遺留之殘劍廢刀，惟因數量龐大，單倚煤炭熔燒，曠日廢時！孰料長於靈沁江監督打撈計劃之嚴少主，就近與南州洽得廉價火石，並差人運抵寶剎，藉以削去我方無謂之熔裂時間，亦省去龐大之開銷，嚴少主低調行事，並竭力為我寶剎付出，令沁茗倍感窩心，阿彌陀佛……」

「呵呵，廉價火石？」狼又冷笑道：「火焰石乃南州管制之品，除了南離王外，就屬位於礦脈上之火連教總壇，具備大量採掘輸出之能力，唯火連教尚知繳稅，仍屬合法，其餘途徑均屬私採與盜賣，不知嚴總督之採購對象為何啊？」

嚴翃廣理直氣壯地回應：「吾乃東州指派之督官，所循管道，當然是對等之南州執政當局，南離王對我東州示出友好，遂能取得廉價交易。眼下，中州與南州關係緊張，再聞中州軍師下令增補粵浦、淇郁、闋東之南三城軍力，如此劍拔弩張，無怪乎狼兄弟無法與南州談得優惠價碼！」

「若非面具怪客岩子，刻意傷我南三城駐防都衛軍，狼某何須費神調動軍兵？」狼行山又對方丈問道：「不知貴寶剎弟子中，可有熟識植物特性，與身具靈敏嗅覺之能者與賢者？」

沁茗方丈立即表示，若論熟識植物特性者，首推昔日菩巖寶剎之當行出色者……沁葳法師；嗅覺敏銳，則以四大班首中，執掌西堂之沁析法師為佼者。

接著，狼行山揭開第二小袋，立呈於藥對王與沁析法師之前。藥對王隨即拿出袋中物表示，此乃南州特有之鐵灰橡樹，此樹種之樹皮若遇高溫，立生極大之可塑性，待成形之後，須於高溫未退之際，削其外表皮層，即成一耐高溫之成品，南離王遂以此技，製成耐溫之掘礦手套。然此材質之所以受到青睞，實因該物能釋出一種少有之淡香味，而不同於他種橡樹發出逆鼻氣味。話後，沁析法師隨即嗅聞這鐵灰橡樹。

狼行山一手勢既出，獠宇圻即捧著一黑布裹覆之長物，來到狼身旁，隨後即聞狼行山說道：「在座諸賢好漢，狼某偕隨行弟兄獠宇圻，登上嚴少主安排之四輪大輦至此，並無身攜如此長物，眼前所呈現，即是狼某於西南窯房提取之物。或說狼某此舉恐涉盜竊行為，但見此物實為我中州所遺失，遂當機立斷將其作為對質之用。」接著，狼掀開覆蓋之黑布，立見一長形柚木盒現身。

荊双兑見物後，驚訝喊道：「這……這不是……方才嚴少主裝木劍之柚木盒嗎？」

狼回道：「沒錯！此柚木盒上烙有東州軍機處研製之印章，專供王府置裝兵刃之用，藉此木盒兒進出關卡，即可不受衛林軍檢驗。在場除了嚴少主能取得外，應不屬於任何人所有，惟其出現於窯房內，不禁讓人生疑，此物與寶剎間之關係？」話後，獠宇圻將木盒打開，狼立馬由木盒中取出一質重利刃，並讓見識過此一利器之沁茗方丈與唯芒禪師，親自檢驗一番。沁茗方丈見物後，霎時舌橋不下，唯芒禪師則正經表示，眼前所呈利器，即是已故中州左衛尉遲罡，最終於麒麟洞前揮使之……西蒙秋延刀！

「嘩……嘩……秋延刀怎會出現在這兒？不可思議啊！」現場再次嘩然四起。

沁析法師見狀，刻意上前詳查此柚木盒與秋延刀後，再走到翃廣置放於方丈座位前之柚木盒，仔細檢視，並開盒查驗其中之黑木劍。半晌之後，鄭重表示，此二木盒確實出於東州軍機處所製！隨後並質問沁茗方丈：「寶剎所屬之窯房，怎會出現官方木盒？」

「這個嘛……」沁茗立馬顯出為難之貌，嚴翃廣則怒斥道……

「眼前這般柚木盒，我王府內不可勝數。嚴某僅向方丈提及，寶剎若有鑄製堅剛利器之能力，即可將成品入盒，送至軍機處審核，一旦可行，東州即可不倚西州外輸之兵器，甚可為寶剎多添護國之力。至於窯房出現秋延刀，狼兄弟尚能隨意入內取物，難道竊刀之岩孓，不以此途徑棄置贓物？再藉熱熔鍋爐毀屍滅跡嗎？」

狼行山隨沁析法師檢視之後，對大夥兒解釋道……

「甫聞嚴總督提及中、東二州之打撈計劃，無疾而終。然此事件已距今多時，雙方早已各自散場，惟嚴總督不僅滯留當地，甚而製造了諸多事端！而狼某下令調動南中州之軍防，不過是近日機密，嚴總督竟知曉粵浦、淇郁、闕東三城之軍力調移，如此隱伏南三城，煞是有心！然此三城之都衛守軍，慘遭〈逆脈衄血〉神功所創而致死者，至今已累積半百。我方姑且將矛頭指向岩孓，唯岩孓於麒麟洞口戕殺神鬣門芮猁，並阻攔唯茫禪師身後之追兵，可知岩孓之舉，確實針對唯茫禪師而來。」

此刻，狼行山示出一張親筆書寫之墨跡後，交予了藥對王與唯茫禪師。藥對王立馬認出此墨跡之排列呈現，正是嚴少主贈予姚逢琳大師之驅邪避凶金絲刺繡法咒。狼接續道出：「此一法咒形同懸掛於唯茫禪師書齋牆上之親筆揮毫，怎料更於書櫃上發現若干研習磐龍文之書寫習冊，待與禪師確認之後得知，昔日翊寬竊據東震殿時，翊廣曾因留於菩巖寶剎，並向唯茫禪師研習磐龍文，遂留下了該書寫習冊，自此始知唯茫禪師乃翊廣之恩師！然而，見恩師遇難，弟子怎有不救之道理？」

狼又說：「再述及岩孓犯案所戴之樹皮面具，此面具之材質，相似於南州掘取火石之手套，撫觸之後所留香氣，持久不退。岩孓於掌擊芮猁後，我王府御醫李焜於芮猁中掌處，亦聞得特

殊香氣，此乃我方查案之重要線索。甫聞嚴總督提及與南離王洽購火焰石，是否一同採購了樹皮面具？而岩孑於奪走西蒙秋延刀後，出人意料地將該利刃攜向了東州菩巖寶剎，不知那位令沁茗方丈窩心，並竭力為寶剎付出者，是嚴總督？還是岩孑嘞？」

沁茗方丈立馬起身，重重地震了下手中法杖，對狼行山怒斥道：「阿彌陀佛……嚴少主即是嚴總督，岩孑即是岩孑，狼施主如此含沙射影說法，令人難以接受！」

狼行山見嚴翃廣不再即時反駁，一派輕鬆地走向沁析法師，道：「岩孑曾揮使秋延刀與我赫連將軍對擊，此秋延刀之劍把處，留有鐵灰橡樹之受熱氣味，不知沁析法師可有看法？」

「阿彌陀佛……沁析甫於檢驗之中，確實於嚴少主揮使之黑木劍劍把，嗅得同等於秋延刀劍把之氣味，對此結果，沁析深表遺憾！」

這時，執掌四大班首之首座，亦是寶剎年紀最長，且與薩孤齊同為榮字輩之榮忻禪師，撫著其胃脘之不適，吃力道出：「自寶剎擴建落成以來，沁茗方丈即預留二起居室，以供密會方丈人士住宿之用。近年來，方丈已將其中之一供嚴少主使用，而另一室則不時往來一頭戴網罩圓帽之神秘人士；然為尊重方丈職權，寶剎上下無人質問此人此事。惟近日之前，方丈既知嚴少主將前來寶剎，遂令一弟子清淨少主居室，孰料該弟子發現室中留有怪異之物，當下適逢方丈造訪他處，該弟子遂將怪異之物交予了首座，由於該物之氣味與黑木劍把雷同，所以……」話後，榮忻禪師將此物展出，驚見一樹皮面具乍現於眾人眼前，霎時一座皆驚！

榮忻禪師此舉，立馬引來狼行山喊道：「原來，嚴總督不僅將秋延刀藏在寶剎一隅，甚將行兇犯案之樹皮面具匿於寶剎居室，以此對照狼某方才之所提，『不見於台面之行事，而頻以謎樣手法收場』之語，一一應證，且讓諸多見不得光之事兒，漸趨浮上了台面！」

荊双兑立對方丈喊道：「嚴少主果真以菩巖寶剎作為掩護！而方丈重起窯房煉鑄兵刃，並非針對軍機處所需，而是欲供嚴翃廣之備用！唉……身為方丈，矯情飾偽，文奸濟惡，而今已見紙包不住火！難道……佔據另一居室者，亦是方丈隱匿另一見不得光之輩？」

突然！嚴翃廣翻飛衝出，咄嗟之間，一掌直撲獠宇圻，獠一防禦反應，瞬以手上木盒抵擋，現場驚聞「碰……」之一聲，柚木盒應聲破裂，且因逆向衝力甚大，致使獠宇圻踉蹌後退，嚴翃廣即於破盒剎那，奪下了盒中之西蒙秋延刀！霎時，四大班首齊令寶剎之十六羅漢上陣維安，另派巡房弟子前往閉戶居室，藉以詳查留宿之不明人士，並全力顧及來訪人士之安危，必要時倏由寶剎弟子協助疏散！

沁茗方丈斯須躍至翃廣身旁，一群擁護沁茗之弟子隨即湧上，立與十六羅漢形成對峙狀態。方丈喝叱十六羅漢旋即退下，惟因方丈牽涉弊端甚深，瞬遭四大班首暫止方丈職權，致使羅漢陣與方丈人馬相互對列。然為避免寶剎弟子因無謂衝突而傷亡，荊双兑順手抽了跟齊眉棍，巧與狼行山同時躍入對峙陣中。荊双兑並對沁茗表示，因不認同沁茗師兄之所為，遂藉由持棍相對，以作為沁茗師兄遊說後之回應。狼行山則倏展旋錚鐵扇，對上了手持秋延刀之嚴翃廣！

嚴翃廣立對沁茗喊道：「方丈，咱們乃成就大事之人，所謂『拔了蘿蔔地皮寬』，眼前這般跌腳拌手之徒，皆是礙吾大業之輩。倘若藉此剷除這幫外來戲謔者、馴服殿內不從之班首與執事，東州終將歸於咱倆掌控啦！哼……吾之嘴上功夫雖遜了狼行山，但憑武藝論高下，我嚴某人尚有幾分把握，來吧！」

方丈立馬應聲道：「好……只要法杖仍在沁茗手上，沁茗依舊是寶剎之至高領導！」話後，沁茗洪聲再喝：「眾寶剎弟子聽令，所有逆於方丈者，皆以逆賊論之！擒伏逆賊者，論功行賞！」話一出，支持弟子叫囂即起……

荊双兑立向寶剎弟子喊話：「冷靜！眾師兄弟們冷靜！切莫因一時對峙氣息而失了理智！」甫一話出，一弟子於對峙叫囂中躍身衝出，立遭一羅漢以直棍擊回，現場一見方丈人馬受創倒下，雙方衝突就此展開！

「鏗鏗……咔咔……」驚聞殿前對立人馬刀棍相擊，嚴翃廣俄頃躍步，直衝狼行山，惟因手持質重兵刃，霎令對手頻顯吃力應對。狼行山見近身攻勢無以得利，遂積極集結周圍水氣，順勢將之凝於鐵扇表面，待時機成熟，旋即使出拿手之〈鳳蝶花舞〉招式，惟見旋錚鐵扇如蝶飛舞，其扇面上之水滴瞬被甩至扇緣，眨眼飛灑即出，煞是一絕！

原以為如此水滴尚不構成威脅之嚴翃廣，待聽得擋下水滴之刀身，頻發噹噹之響後，始知敵對所使，非同小可！再觀狼行山獨步武林之〈夜狼巡行步〉，俄而展現直、曲、折、返之移位，藉以應對翃廣曾於麒麟洞前之直切、推切、拉切、鋸切、側切之五連轉切刀法。孰料，嚴於一次三切變轉刀式下，逮中了敵對之折返回步，惟見秋延刀於一次拉切急轉側切剎那，直接劈中對手鐵扇，現場於一聲鏗鏜巨響下，驚見秋延刀已摧損敵對兵器，直令鐵扇之扇中骨變形扭曲。狼於急中生智，利用扇骨纏住秋延刀當下，一記〈倒鉤蠍刺腿〉使於指顧，瞬將敵對手中利刃踢飛，隨後雙雙以拳腳功夫相向。此刻二人雖近身對擊，雙方卻未敢大意，畢竟二人各擁蓋世神技，一個能使對方濕阻經脈，一個能令對手逆脈衄血！

見得衝突當下，由各隨行弟子護守之四班首與八執事，紛紛搖頭表示，方丈一念之差，不僅能將寶剎推成資助叛國之勢力，更將造成寶剎弟子無謂犧牲！幸得沁葳居中撲滅對立氣焰，以降雙方高張情緒。待對峙弟子各退一步後，驚見方丈手持法杖，逆對沁葳！

沁茗於出招前向對手發聲道：「咱倆曾是患難與共之兄弟，而今情勢所逼，你我若非戰友，即是敵對！倘若嚴少主能得勢，以其睚眥必報之個性，勢必緝拿沁葳伏法，咱倆尚未交手前，沁葳尚有轉圜餘地！」

「沁茗師兄，昔日翃寬反叛，終難逃極刑制裁！翃廣雖貴為嚴氏之後，然其越州行兇，並拖累寶剎私鑄兵器，罪證確鑿，難道師兄不能引以為鑑？唉……懸崖勒馬，回頭是岸啊！」沁葳勸道。

「看來咱倆各有堅持！這兒是菩巖寶剎，法杖持於吾手，一切尚由沁茗主導，喝啊……」

「呃啊……啊……呃啊……」正當方丈與荊双兇對擊之際，殿之一隅突然傳來殺戮聲響，在場無不側頸而望。霎時，驚見數位寶剎弟子血濺飛出，隨後即見一手持二尺半銀槍之蒙面人，自殿內走廊一路殺向殿前，待其接近四大班首時，突然甩出銀桿，立見桿前之半尺槍頭拖著一鏈條射出，直衝榮忻禪師而來！適值危急剎那，見殿前一人躍出，瞬於一鏗鏜擊響傳出，及時抵住蒙面人之銀桿鏈槍，然此插曲，立引殿前眾人之側目！原來，見蒙面人殺出後，獠宇圻拾起了秋延刀，俄而迎上鏈槍之攻勢，雙方一陣對擊後，獠宇圻一股強烈感覺湧上，「眼前蒙面客之眉宇神色，似乎在哪兒見過？」「喝啊……鏗……」一陣鎗鎗啾唧之金屬擊響，瞬間再燃起殿前交戰烈火！

霎時，嚴翃廣逮住一機會，值對手施展〈隱狼溯水掌〉之際，欲藉翻身後襲狼行山背肩胛骨內側緣凹陷處之足太陽膏肓穴，怎料狼亦盯上敵對使出〈逆脈岨血掌〉剎那，其腋下脇肋處將現破綻，倘若能順勢擊中對手左肋間之大包穴，定能破其脾臟，以損其水濕運化機能。適值二人欲施絕招互擊剎那，驚聞一棍擊巨響於殿前傳出，立見方丈之法杖攻勢遭破，而荊双兌乘勝再藉低角度出擊，正中了方丈於左膝後橫紋正中之委中穴，致使沁茗左膝一陣酸軟而失衡，倏以法杖撐住上身。

這時，聞荊双兌說道：「沁茗師兄擅長雙環絕技，尤以〈金環捲葉〉攻勢，堪稱一絕，倘若師兄雙環在手，沁葳不見得有勝算。惟師兄接觸法杖之後，捨棄了原有本色，致使沁葳有了抑制之機會。沁茗師兄，切莫受人慫恿，回歸初衷吧！」

驚見方丈敗陣後，支持方丈之眾弟子本欲衝上，惟見方丈舉手一揮，止住了弟子之衝動。眾羅漢見狀，順勢上前壓下了方丈身後之浮動勢力。翃廣驚見沁茗萌生退卻之舉，頓時不禁驚惶，「要是沁茗全盤拖出吾之計劃，那不就……不行！此一追求名利之僧人，乃我嚴翃廣一手佈下之致勝棋子兒，絕不能讓此棋子兒……成為吾之絆腳石！難道……這會是方丈伺機反施之苦肉計策？」

甫見方丈止下了弟子相殘一幕，怎料又突現另一手持八尺長矛之蒙面人，倏自殿後躍出。一寶剎弟子倉皇奔來，直指道：「他……他……就是隱於居室的……呃啊……」眾人驚見八尺長矛瞬自小僧後胸刺入，前膛穿出，嗚呼咄嗟！十六羅漢倏忽提棍迎上不速之客，只見殿前蒙面人雙腿一蹬丈高，凌空疾旋長矛，隨後即聞「嘶……嘶……」之噴氣聲響自高空傳出，一陣伸手不見五指之雪白煙霧立自該長矛棍身擴散釋出。狼行山倏掩口鼻以對，卻於煙霧迷濛之中，朦朧見得施煙者自桿中拉出銀絲網凌空罩下，一陣屏息掙扎之後，漸趨妥協了周遭氣息，終而失去了原有意識。反觀同處於煙霧混亂中之荊双兇，雖視不清任何情勢發展，卻幸運地拾得先前榮忻禪師展出之樹皮面具，並以之遮掩口鼻，逃過了一劫！

若干時辰之後，諸法師與眾羅漢陸續於大殿內醒了過來，這才知曉，無恙之荊双兇於煙霧疏散之後，立籲先前協助疏散訪客之寶剎弟子，倏將殿前昏迷者全數移至大殿之內，隨後以**艾卷**於昏迷者頭頂**百會穴**上二寸施灸，再配合殿內有限之**麝香**，藉以助昏迷者甦醒；唯其中較不幸之受創者，非沁茗方丈莫屬！原來，行兇者於煙霧迷濛之際，不僅熱灼了方丈唇舌，甚而震擊其後**腦骨正下**之**風府**、**啞門**二穴，致使方丈顱內遭受強震，因而影響其肢體之協調與平衡。

此刻，沁茗方丈雖不能言語，待其呼吸趨於穩定後，榮忻、沁析、沁梓、唯芒與荊双兇，分別圍繞方丈臥榻四周，僅見方丈眼角頻滲淚水而無聲以對。

榮忻禪師即搖頭道出：「阿彌陀佛……一直懷疑隨意進出我客室者之身份，惟其出入之際，皆頂著黑網遮面之圓帽，遂不知其真正來歷？待貧僧大膽提出質疑後始得揭發，此人竟是身擁大量迷魂藥劑之危險人物！更難料的是……此一深受方丈袒護者，極可能是令寶剎上下蒙受極大劫難之推濤作浪者！」

荊双兇亦道：「驚見手持長矛之蒙面怪客現身，大可於眾人昏迷之後取人性命。怎料針對其施招方位，合以行進動線而論，此人恐為襲擊狼行山而來！然於白煙既起當下，沁茗方丈恰巧近於狼行山，難道……起了悔意之沁茗方丈，是否及時上前解救狼行山，不慎慘遭毒手？」

唯茫禪師不甚理解道：「阿彌陀佛……狼施主僅是嚴少主臨時邀約，一同前來祝賀並參與寶剎慶典之貴客，為何突發事件之後，狼行山與其隨行護衛，似乎成了預謀者狩獵之目標？難道力邀狼行山前來，即是一既定之計劃？惟因狼行山之身分特殊，其若於東州有何閃失，中、東二州恐有兵戎相見之虞啊！阿彌陀佛……」

沁梓法師隨即表示，嚴翊廣之極端行徑，在場眾僧實已掌握了諸多證據。眼前之棘手要務，無非是查出恣意進出寶剎客室者，亦即預謀擄走狼施主之神秘客，究竟與方丈何等關係？除嚴少主之外，此人極可能是事件主謀之一！

正當大夥兒毫無頭緒之際，荊双兇回觀榻上之方丈狀況，不禁訝異發聲道……

「看來咱們欲知之謎樣人物……即將揭曉！此刻未能言語之沁茗方丈，似乎聽見了咱們的對話聲音！」

果然，大夥兒朝著沁茗方丈望去，驚見其已自行摳破指尖，且於臥榻旁之木緣邊，吃力且顫抖地點示了三字兒……余翊先！

待續……

國家圖書館出版品預行編目資料

五行　經脈　命門關（四）/ 謝文慶作
-- 初版 . -- 臺北市：博客思，2019.12
面；　公分
ISBN 978-957-9267-42-7（平裝）

863.57　　108017402

現代文學53

五行　經脈　命門關（四）

作　　者：謝文慶
編　　輯：楊容容
美　　編：楊容容
封面設計：塗宇樵
出 版 者：博客思出版事業網
發　　行：博客思出版事業網
地　　址：台北市中正區重慶南路 1 段 121 號 8 樓之 14
電　　話：(02)2331-1675 或 (02)2331-1691
傳　　真：(02)2382-6225
E—MAIL：books5w@gmail.com 或 books5w@yahoo.com.tw
網路書店：http://bookstv.com.tw/
https://www.pcstore.com.tw/yesbooks/
博客來網路書店、博客思網路書店
三民書局、金石堂書店
總 經 銷：聯合發行股份有限公司
電　　話：(02) 2917-8022　　傳 真：(02) 2915-7212
劃撥戶名：蘭臺出版社　帳號：18995335
香港代理：香港聯合零售有限公司
地　　址：香港新界大蒲汀麗路 36 號中華商務印刷大樓
C&C Building, 36,Ting, Lai, Road, Tai,Po,
New,Territories
電　　話：(852)2150-2100　　傳真：(852)2356-0735
出版日期：2019 年 12 月 初版
定　　價：新臺幣 300 元整（平裝）
ISBN： 978-957-9267-42-7